KB239393

흥보전·흥보가·옹고집전

한국
고전
문학
전집
008

흥보전·흥보가·옹고집전

정충권 옮김

문학동네

머리말

유익한 『흥보전』 주석서 하나 내보리라고 예전부터 생각은 했었다. 하지만 생각만 했을 뿐 감히 도전해보지는 못했었다. 애초에 그런 작업은 품이 많이 드는 작업이라 끈기 있으면서도 섬세한 감각을 갖추고 있지 못하다면 시도할 수 없는 작업이기 때문이었다. 게다가 『흥보전』은 이미 선학들에 의해 몇 차례 주석된 바 있어서 주석서 하나 더 첨가하는 것이 무슨 의미가 있을까 하는 생각이 들었기 때문이기도 했다.

그러던 차에 문학동네 측에서 내가 아는 한 후배를 통해 『흥보전』 주석서를 현대역본과 함께 내보지 않겠느냐는 제의를 전해왔다. 왜 그랬는지는 모르겠으나 그 제의가 그때의 내게는 작품을 한번이라도 제대로 읽어보았느냐는, 일종의 질책으로 들렸었다. 물론 다른 작품도 아닌 『흥보전』이라면 셀 수 없이 읽어보았다고 자부하고 있던 터였지만, 실은 이전의 읽기는 선학들의 주석서에 의존한 것이었으며 허점이 많은 읽기였다는 무의식적 각성이 작용했기 때문이었던 것 같다. 어쩔 수 없이 승낙하고 말았다. 그리고 『흥보전』과 유사한 인물형이 주인공으로 등장하는 『옹고집전』 역시 함께 맡게 되었다.

부담이 적지 않았지만 세밀하게 읽어나가면서, 그리고 해당 대목을 한번씩 들어봐가면서 『홍보전』의 맛을 새롭게 느낄 수 있었다. 전에는 대충 읽고 지나갔던 비단타령 부분도 자세히 읽으니 그렇게 재미 있을 수 없었다. 그 재미를 혼자 간직하고만 있을 수 없어 논문으로 쓰기도 했다.

하지만 아무리 『홍보전』을 세밀하게 다시 읽었다고 해도 이미 내 마음속에 자리 잡고 있는 두 인물, '숫한' 인물 홍보와 미워할 수 없는 인물 놀보에 대한 생각은 변하지 않았다. 그들은 오늘날 우리 주변에서도 쉽게 볼 수 있는 근대 한국인으로서의 두 인물 유형이자 인간 내면의 두 모습이라는 점 역시 재확인하였다. 다만 『옹고집전』의 부富의 환원 문제는 다시 생각해볼 점이 있었다.

이 주석본과 현대역본은 혼자의 힘으로는 감당하기 어려웠을 성과물들이다. 연경도서관 소장본 『홍보젼』은 이상택 교수의 노고가 있었기에 접할 수 있었던 이본이며 정광수의 『홍보가』 역시 정광수 명창본인은 물론 전통시대 창자들의 고투가 있었기에 오늘날 우리가 접할 수 있게 된 창본이다. 그리고 기존 주석본들 곧 강한영 교주 『신재효 판소리 사설집(全)』(1978, 보성문화사), 뿌리깊은나무에서 펴낸 『판소리 다섯 마당』(1982, 한국브리태니커), 김진영·차충환·김동건 교주 『홍보전』(2005, 민속원), 김진영·최동현 교주 『홍보가』(2000, 박이정) 등에 신세를 졌다. 『옹고집전』은 아직 주석본으로 간행되지 않은 이본인 박순호 30장본 『옹고집젼이라』를 새롭게 주석해보았다. 이 이본은 오래전 최래옥 교수에 의해 현대 활자로 소개된 적이 있었는데(『한국학논집』 10, 한양대 한국학연구소, 1986), 원문 판독이 어려울 때에는 이것도 참조하였다.

바쁜 와중에 틈틈이 한 것이지만 기존 주석본과 달리 전후 맥락을 유념한, 읽기에 실제로 도움이 되는 주석을 가하고자 노력하였다. 그리고 현대역본을 통해서는 이본들의 본의를 넘어서지 않는 범위 내에서 풀어 써서 일반 대중에게 더 가까이 다가가고자 했다. 하지만 여전히 주석을 달 수 없는 어휘들이 있었으며 잘못된 주석도 있을 것 같다. 이에 대해서는 독자들의 질정을 기다리고자 한다. 지루한 작업이었지만, 그 누군가의 『흥보전』『옹고집전』 읽기에 도움이 된다면 그것을 보상하고도 남음이 있을 것이다. 끝으로 뜻있는 사업을 추진한 문학동네에 감사의 뜻을 표한다.

2010년 7월

정충권

머리말 _5

흥보전

심술궂은 놀보에게 쫓겨나는 흥보 _15
양식 구걸하는 흥보, 냉대하는 놀보 _19
매품도 못 파는 흥보 _28
다친 제비가 박씨를 물고 오다 _38
어이여라 톱질이야, 실근실근 박을 타세 _46
부자가 된 흥보를 찾아가는 놀보 _60
제비 다리 부러뜨려 박씨를 받아내다 _67
놀보가 기가 막혀 _74

흥보가

심술궂은 놀보에게 쫓겨나는 흥보 _91
매품도 못 파는 흥보 _100

양식 구걸하는 흥보, 냉대하는 놀보 _108
도승이 흥보의 집터를 잡아주다 _116
다친 제비가 박씨를 물고 오다 _120
어이여라 톱질이야, 실근실근 박을 타세 _132
부자가 된 흥보를 찾아가는 놀보 _151
제비 다리 부러뜨려 박씨를 받아내다 _159
놀보가 기가 막혀 _167

옹고집전

옹고집이 된 사연 _185
도승을 학대하는 옹고집 _189
옹고집을 어떻게 징계할 것인가 _194
진짜보다 더 진짜 같은 존재 _197
누가 진짜 옹고집이냐 _206
옹고집의 개과천선 _216

원본 『흥보전』 _221

원본 『흥보가』 _309

원본 『옹고집전』 _409

해설 | 선악과 빈부의 세계를 넘어서 _451
참고문헌 _461

〖 일러두기 〗

◉ 현대역본

1. 하버드대 연경도서관본 『흥보전』은 李相澤 編, 『海外蒐佚本 韓國古小說叢書』 1, 太學社, 1998에 영인된 것을, 정광수 창본 『흥보가』는 丁珖秀, 『傳統文化五歌辭全集』, 文苑社, 1986에 실린 것을, 박순호 30장본 『옹고집젼이라』는 박순호 편, 『한글필사본고소설자료총서』 36, 월촌문헌연구소 편, 오성사, 1986에 영인된 것을 각각 텍스트로 하였다.
2. 원전의 뜻을 해치지 않는 범위 내에서 현대 독자들이 쉽게 읽을 수 있도록 현대국어 맞춤법에 맞게 풀어 썼다. 다만 판소리계 소설 읽기의 맛을 살리기 위해 율격적 측면을 고려하여 어미나 어조는 그대로 두고자 하였다.
3. 원문에는 장의 구분이 없으나 독자의 편의를 위해 장을 나누고 각 장마다 소제목을 붙였으며 내용의 이해를 돕기 위해 간략한 해설을 첨가하였다.
4. 원문에 띄어쓰기를 하고 문장부호를 사용했으며, 인물의 직접 진술은 줄을 바꾸어 적고 따옴표(" ")를 써서 구분하였다.
5. 원문의 한자어는 계속 되풀이되는 말 외에는 가능한 한 한자를 병기하였다. 정광수 창본 『흥보가』의 경우 한자 병기가 필요 이상으로 많아 중복되는 한자어의 한자 병기는 생략하였다. 원문의 한자 병기나 맞춤법 표기 및 띄어쓰기에 오류가 있을 경우 이를 바르게 고쳤다.
6. 주석은 본문 이해에 꼭 필요하다고 판단되는 어휘나 어구로 최소화하여 간략히 서술하고자 했다. 현대역본에서 충분하지 않은 주석은 원문 역주본을 참조하기 바란다.

◉ 원문주석본

1. 하버드대 연경도서관본 『흥보전』은 李相澤 編, 『海外蒐佚本 韓國古小說叢書』 1, 太學社, 1998에 영인된 것을, 정광수 창본 『흥보가』는 丁珖秀, 『傳統文化五歌辭全集』, 文苑社, 1986에 실린 것을, 박순호 30장본 『옹고집젼이라』는 박순호 편, 『한글필사본고소설자료총서』 36, 월촌문헌연구소 편, 오성사, 1986에 영인된 것을 각각 텍스트로 하였다.
2. 연경도서관본 『흥보전』 중 수정 가필된 부분은 해당 수정 부분에 이어서 〈 〉를 사용하여 수정 가필된 내용을 제시하였다. 다만 수정 가필된 부분 중 명확히 오류인 경우는 제외하였다.

3. 원문에 띄어쓰기를 하고 문장부호를 사용했으며, 인물의 직접 진술은 줄을 바꾸어 적고 따옴표(" ")를 써서 구분하였다. 판독할 수 없는 글자는 □로 나타냈다.
4. 원문의 한자어는 계속 되풀이되는 말 외에는 가능한 한 한자를 병기하였다. 다만 정광수 창본 『홍보가』의 경우 원문의 한자 병기도 그대로 옮기는 것을 원칙으로 삼았다. 그로 인해, 원문에서는 한자 병기가 필요 이상으로 많고 또한 같은 한자가 반복되는 경우도 많았으나, 원전을 존중한다는 뜻에서 대부분 그대로 두었다. 그러나 원문의 한자 병기나 맞춤법 표기 및 띄어쓰기에 오류가 있을 경우 이를 바르게 고쳤다.
5. 주석의 표제어는 현대어 표기로 바꾸는 것을 원칙으로 하였다. 표제어가 한자인 경우 한자를 병기하였다.

흥보전

심술궂은 놀보에게 쫓겨나는 흥보

대부분의 『흥보전』이 그러하듯 이 이본異本도 놀보가 심술궂은 성격을 지녔다는 언급으로 시작한다. 놀보는, 자신은 화려한 집에 살면서도, 돈 한 푼 주지 않고 동생을 내쫓을 뿐더러 그를 조롱하기까지 하는 인물이다. 하지만 놀보가 농사일 하나는 시기를 놓치지 않고 잘했다고 한다.

시절을 바라보니 백성들이 화락和樂하는 태평성대라. 경상 전라 경계 즈음의 복덕촌福德村에 묘한 사람 흥보 놀보가 있었는데, 놀보는 형이요 흥보는 아우였다. 흥보는 마음이 어진 고로 성인聖人의 본을 받아 청산에 흐르는 물 같고 곤륜산崑崙山, 중국 고대 전설상의 성산(聖山) 옥돌의 결[1]이라. 악인을 멀리하고 성인을 가까이하니 군자 같았다. 물욕에 탐이 없어 안빈낙도를 즐기니 세상에 비할 자가 없더라. 제 형 놀보는 심사가 고약하여 사람마다 오장육보로되 놀보는 오장칠보였다. 남보다 한 보 더 있

1) 옥돌의 결: 옥결. 옥돌의 결이 깨끗하다는 데서 온 말로 흔히 깨끗한 마음씨를 이르는 말.

는 것은 심사보였다. 놀보가 심사보 가지고 평생 행세를 하되 꼭 이렇게 하겄다.

대장군방大將軍方에서 나무 베기,[2] 오귀방五鬼方에 이사 권하기,[3] 삼살방三煞方에 집 짓기[4]와 해산한 곳에서 개 잡기와 이웃 처녀 모함하기, 처첩 싸움 충동하기, 새 미투리 앞총 베기,[5] 이삭이 나오는 곡식 모개곡식의 이삭이 달린 부분 뽑기, 등짐 진 놈 다리 차고 좋은 신발 운두신 양쪽 테의 발등까지 올라오는 부분 베고 혼인 훼방하기, 잠자는 놈 눈썹 뽑기, 초상난 데 춤추기와 불붙는 집 부채질과 무덤 떼를 수시로 뽑기, 곱사등이 뒤집어 놓기, 상여 멘 놈 정강이 차기, 옹기짐 고인 작대기 차기, 오줌 누는 놈 멱살 잡기, 하품하는 놈 재 집어넣기, 글 쓰는 놈 옆구리 쑤시기, 돈 세는 데 말 묻기와 그네 뛰는 데 벌이줄물건이 버틸 수 있도록 이리저리 얽어매는 줄 베기, 널뛰는 데 돌을 놓고 새 갓 보면 땀대땀을 받기 위해 갓 안쪽에 붙인 띠 떼고 좋은 망건 편자망건을 졸라매기 위하여 아랫시울에 붙여 말총으로 좁고 두껍게 짠 띠 끊기, 영천도문靈泉道門 악담하기,[6] 혼인대사 큰상 차기, 부형父兄 계신 곳에 막말하기, 불쌍한 놈 뺨을 치고 고단한 놈 가슴을 차고 일 년 동안 머슴을 고생만 시키고 추수한 후 성묘 때 옷까지 벗겨 내쫓기, 사사로운 빚에 계집 빼앗기, 동네 주산主山[7] 땅 팔아먹기, 장에 가면 억지 흥정 집에 들

2) 대장군방(大將軍方)에서 나무 베기: '대장군방'은 음양론상 길하거나 흉한 방위를 맡은 여덟 장신 가운데 흉한 방위를 맡은 장신의 하나인 대장군신이 맡은 방위. 이 방위에서 나무를 베면 해를 입는다고 한다.

3) 오귀방(五鬼方)에 이사 권하기: '오귀방'은 열두 방위를 해와 달과 날짜와 시간에 따라 금, 목, 수, 화, 토의 오행으로 나눈 가운데서 자연의 순리가 상극하여 역행하는 가장 나쁜 방위. 이 방위로 가면 모든 일이 잘되지 않는다고 한다.

4) 삼살방(三煞方)에 집 짓기: '삼살방'은 점술에서 겁살(劫煞), 세살(歲煞), 재살(災煞) 등 불길한 살기가 낀다는 방위. 이 방위로 집을 지으면 좋지 않다.

5) 새 미투리 앞총 베기: 짚신처럼 삼은 신인 미투리의 앞 양쪽에 굵게 박은 올을 베어버리기.

6) 영천도문(靈泉道門) 악담하기: '영천도문'은 영력(靈力)을 강화하고 장생술을 연마하는 도가(道家)의 수련 장소. 수련 장소에서 악담을 할 만큼 심술궂다는 뜻.

7) 주산(主山): 도읍, 집터, 무덤, 마을 따위의 뒤쪽에 있는 산. 풍수지리에서 묏자리나 집터 따위의 운수 기운이 매였다는 산.

면 도적질을 주야로 일삼으니 형제 우애 알쏘냐.

이놈의 심사가 모과나무 심사[8]요 성정이 불량하여 부모 생전 전답 나눌 때 저 혼자 차지했으니, 놀보가 부자이기는 했다. 서울 부자 같으면 제사를 받들고 손님을 접대하는 일을 하고 벼슬을 밑천으로 하여 좋은 옷을 입으련마는, 시골 부자라 하는 것이 짚 묶음에 쌓여 있는 수확물이 재산이라, 근근이 벌어야 부자라 하것다. 이놈 심사는 십이제국十二諸國 심사[9]로 저 혼자 차지하였으되 농사는 익숙하여 칠년대한七年大旱, 매우 오랜 가뭄이 넘어 마흔네 해가 지나가도 농사시기를 놓치지 않고 벌더니라.

물 좋은 데 모를 심고, 깊은 논에 물갈이, 높은 논에 마른갈이마른 논에 물을 넣지 않고 논을 가는 일, 움푹 팬 논에 곡식 많이 하고, 무논에 찰벼 심고, 높은 곳의 밭에 늦벼 하고, 이랑 긴 밭 콩을 갈고, 살진 밭에 면화 하고, 기름진 밭에 팥을 갈되, 울콩 불콩 청대콩 눈 검은 광저기콩과의 한해살이 덩굴식물 생동찰차조의 한 가지 붉은팥 휘늘어져, 옥수수 찰깨 들깨 들들깨 동부콩과의 한해살이 덩굴식물 녹두 머드레'그루콩'의 방언. 그루갈이로 심은 콩 등을 일정한 간격으로 심어두고, 팔구월에 추수하여 앞뒤 뜰의 노적露積을 둥덩그렇게 쌓아두고, 화려한 집에 지내오며, 흥보같이 어진 동생 움막 지어 내뜨리고 한 푼도 아니 주며 지나가며 조롱하니, 어찌 아니 무거無據, 무거불측(無據不測)함. 곧 성질이 말할 수 없이 흉측함하리.

놀보는 이러하되 흥보는 본디 어질더니라. 청산에 흐르는 물 같고 곤륜산 옥돌의 결이라 천성이 이러하기로 선심善心을 본을 받고 악인을 멀리할 제, 물욕에 탐이 없어, 요순堯舜 때요임금과 순임금이 다스리던 때. 곧 덕으로 다스려지던 태평한 시대의 소부巢父 허유許由[10] 다시 난 듯, 신선 같은 모습이요 가

---

8) 모과나무 심사: 모과나무처럼 뒤틀려, 심술궂고 성깔이 순수하지 못한 마음씨를 이름.

9) 십이제국(十二諸國) 심사: 온 나라를 모두 차지하려고 할 정도로 욕심이 많다는 뜻. 십이제국이란 중국 춘추(春秋)시대의 여러 나라들을 말함.

10) 소부(巢父) 허유(許由): 기산(箕山)에 들어가 살던 소부와 허유. 소부는 속세를 떠나 나무 위에서 살았다고 하여 붙여진 이름인데, 요임금이 그에게 나라를 넘겨주려 했으나 거절했다고

을 달같이 맑은 기상이라. 집안이 가난하여 안빈낙도安貧樂道[11]하는 거동 어찌 아니 불쌍하리.

홍보 의복 볼 양이면, 오뉴월엔 솜옷 입고 겨울철에 베옷 입고, 굶다 굶다 못 견디어 부부 탄식하며 우는 말이,

"슬프다 우리 부부, 청렴만 본을 받다 가난에 빠졌으니 어찌 아니 원통하리."

관장곡[12] 울음소리 차갑고 맑게 내어, 처량하고 구슬프게 우는 소리, 홍문연鴻門宴[13] 큰 잔치에 옥결을 깨는 듯하고, 소상강瀟湘江, 중국 호남성의 소수(瀟水)와 상수(湘水)를 함께 이르는 말 소나기에 죽상지루竹上之淚 뿌린 혼백魂魄[14] 임 그리워 우는 정과, 남편을 그리워하며 악산惡山, 험한 산 높이 올라 멀리 변경의 산을 바라보는 일이 나보다 더할쏜가.

"하늘에 비나이다. 일월성신日月星辰 밝으셔서 나의 사정 통촉하여, 세상 만물 녹祿[15]을 주어 빈부貧富 마련하옵실 제, 우리 무슨 죄악으로 아무 가진 것 없게 하여, 하루 두 끼 간데없어 죽을 지경 되었으니, 형제 우애를 돼지인들 모를쏜가. 큰댁에 건너가 돈이든 쌀이든 얻어다 굶은 자식 살려내오."

하며, 허유 역시 요임금이 왕위를 물려주려 했으나 거절하고 자신의 귀가 더러워졌다 하여 영수(穎水)에 가서 귀를 씻고 기산으로 들어가 살았다 한다.

11) 안빈낙도(安貧樂道): 원래는 '가난한 생활을 하면서도 도를 즐겨 지키는 일'을 뜻하나 여기서는 가난함 쪽만 강조됨.

12) 관장곡: 미상(未詳).

13) 홍문연(鴻門宴): 초한(楚漢) 때 항우(項羽)와 유방(劉邦)이 참석했던 연회. 여기서 유방은 죽을 뻔한 위기를 넘김.

14) 죽상지루(竹上之淚) 뿌린 혼백(魂魄): 중국 고대 순임금의 두 부인인 아황(娥皇)과 여영(女英)이, 순임금이 죽자 슬피 울면서 그 눈물을 대나무에 뿌렸는데, 그것이 모두 반죽(班竹)이 되었다고 하는 고사에 전고를 둔 표현임.

15) 녹(祿): 녹봉(祿俸). 벼슬아치에게 일 년 또는 계절 단위로 나누어 주던 쌀, 보리, 명주, 베, 돈 따위 금품을 통틀어 이르는 말. 여기서는 먹을 것, 입을 것 정도의 의미로 쓰였음.

양식 구걸하는 흥보, 냉대하는 놀보

아내의 권유로 흥보는 형 놀보에게 양식을 구걸하러 간다. 하지만 놀보는 양식을 주기는커녕 몽둥이질을 하여 다시 흥보를 내쫓는다. 흥보는 집에 돌아와 아내에게 거짓말을 하나, 흥보 아내는 남편이 놀보에게 매를 맞고 왔음을 알아차린다. 이 이본에는 놀보 처가 흥보의 뺨을 때리는 삽화는 없다. 또한 곡식을 꾸러 관청에 가기 전에 먼저 놀보에게 양식을 구걸하고 있는 점도 현전 〈흥보가〉와 다른 점이다.

흥보 이른 말이,

"형님댁 쌓인 곡식 돈이든 쌀이든 주옵시면, 우리 식구 살련마는 형님 마음 생각하니 갈 뜻이 전혀 없네."

흥보 아내 이른 말이,

"좋은 일에는 남남, 궂은일에는 동기간, 저 형세 보았으면 어느 몹쓸 도척盜跖[1]이 아무것도 아니 줄까. 줄 것이니 건너가소."

---

1) 도척(盜跖): 중국 춘추시대의 큰 도적인 유척(柳跖). 현인(賢人) 유하혜(柳下惠)의 아우로, 수

홍보 형의 집 건너갈 제, 의복을 입는데, 갓모자 없는 헌 갓 벌이줄물건이 버틸 수 있도록 이리저리 얽어매는 줄 총총 달아 조색皁色, 곱지 않은 검은 빛깔 갓끈 달아 쓰고, 편자 터진 헌 망건[2] 물렛줄로 당줄 달아[3] 두통頭痛이 나게 졸라매고, 자락 없는 헌 중치막[4] 열두 도막 이은 띠로 가슴과 배 사이를 질끈 눌러 배고프지 않게 졸라매고, 개가죽으로 만든 소매 없는 덧저고리와 무릎까지 내려오는 바지를 촘촘히 박아 입고, 한 자 되는 무명 주머니에 전 재산을 모두 넣어 가운데 부분이 휘게 눌러 차고, 다 떨어진 헌 겹바지 오줌 싸서 얼룩진 채 위에 껴입고, 서리 내린 아침 추운 날에 팔짱 끼고 헛걸음쳐 누덕누덕 기운 옷으로 가는 거동, 제대로 된 값으로 치면 삼백 냥이 오히려 싸도다.[5]

벌렁벌렁 떨면서 형의 문 앞 당도하니, 홍보 마음속으로,

'내가 들어가거든 형님이 선심을 써서 무엇을 주시면 좋거니와 만일 몽둥이 영令이 나면 남 보기 부끄러우니 어찌할꼬.'

몹시 주저하다 남의 종놈 모양으로 뜰아래 가 아랫사람이 윗사람에게 절하듯 인사하며,

"형님 나 왔소."

인사하니, 다정한 형 같으면 '내 동생 날이 추우니 어서 오르라' 하련마는 박하게 대하는 말투가 주리를 할[6] 놈이었다. 느릿한 목소리를

천 명을 거느리고 천하를 횡행하였다 한다. 대체로 악인을 대표하는 이로 거론된다.

2) 망건: 상투 있는 사람이 머리카락이 흐트러지지 않도록 머리에 두르는 물건. 편자는 망건을 졸라매기 위한 띠인데 홍보의 경우 그 띠가 터진 것임.

3) 물렛줄로 당줄 달아: 물렛줄은 물레의 몸과 가락에 걸쳐 담은 줄인데 망건에 달아 상투에 동여매는 줄인 당줄이 없어 물렛줄로 대신한 것임.

4) 자락 없는 헌 중치막: 중치막은 예전 선비가 입던 웃옷의 하나로, 넓은 소매에 길이가 길고, 앞은 두 자락 뒤는 한 자락이며, 옆이 터진 옷이다. 그런데 여기서는 중치막의 아래로 드리운 넓은 천 조각인 자락이 없다고 하고 있다.

5) 제대로 된 값으로 치면 삼백 냥이 오히려 싸도다: 앞서 나열된 복색을 제대로 차려 입었으면 삼백 냥이 넘을 것이라는 뜻. 협수룩한 홍보의 복색에 대한 반어적인 표현임.

6) 주리를 할: 주리 형벌을 가해야 할 정도로 나쁜. '주리'는 죄인의 두 다리를 한데 묶고 다리 사

내어,

"어이 왔노?"

홍보 엎드려 빌 때 두 손 합장하고 무릎 꿇고 지성으로 비는 말이,

"형님 통촉하옵시오. 형님은 뉘시오며 홍보는 뉘오니까. 골육형제骨肉兄弟 나 아니오. 천륜지정天倫之情 생각하여 동생 홍보 살려주오. 길을 두고 뫼로 갈까[7], 의탁할 길 없는 동생이 아니 불쌍하오. 어제 저녁 그저 있고 오늘 아침 못 먹었소. 자식들도 배가 고파 반죽음 되었삽고 동생도 배가 고파 죽을 지경 되었으니, 형님 처분 바라며 겨우 살아 왔사오니, 돈이든 쌀이든 되는대로 주옵소서. 그것저것 못 줄진대, 찬밥이나 몽근겨'속겨'의 방언. 곡식의 겉겨가 벗겨진 다음에 나온 고운 겨나 싸라기부스러진 쌀알나 지게미술을 거르고 남은 찌꺼기나 무엇이든 주옵시면 며칠 동안 굶은 자식 한 끼 먹여 살려내겠소."

백 가지로 빌 적에, 놀보놈이 앉아 듣더니 두 주먹을 불끈 쥐어, 긴 창 작은 창 잠근 문을 휘어 당겨 탁 펼치며 눈을 딱 부릅뜨고,

"이놈 홍보야 말 듣거라, 돈 한 돈이나 주자 한들 옥으로 장식한 장막을 친 방의 가죽·나무궤에 묶음을 지어 넣은 돈을 너 주려고 헐며, 한 되 쌀 주자 한들 큰 마루에 있는 큰 뒤주곡식을 담아두는, 나무로 만든 궤에 가득가득 담았으니 너를 주자고 창고 문 열며, 한 말 벼 주자 한들 천록방天祿方, 이사할 때 방위를 보던 구궁(九宮)의 하나로 길한 방위을 향해 놓은 곡식 다물다물 쌓였으니 너 주려고 노적露積, 곡식 따위를 한데에 수북이 쌓음 헐며, 찬밥이나 주자 한들 새끼 낳은 암캐 열두 칸 창고 문 앞 마당에 구석구석 누웠으니 너를 주고 개 굶기며, 싸라기나 주자 한들 엉긴 닭이 오십 마리라 너를

이에 두 개의 주릿대를 끼워 비트는 형벌.

7) 길을 두고 뫼로 갈까: 편하고 유리한 방법을 가르쳐주었는데도 굳이 자기 고집대로 한다는 "길로 가라니까 뫼로 간다"는 속담의 활용. 피를 나눈 형제가 있는데 굳이 다른 데 의탁할 필요가 있느냐는 뜻임.

이제 주면 병아리를 어이하며, 지게미나 주자 한들 궂은 방 우리 안에 돼지 떼 들었으니 너를 주고 돼지 굶기리. 염없는 놈 어서 가라. 꿈자리가 사납더니 험한 놈을 다 보리로고. 네놈 살 데 지시하마. 산동山東 땅 궤알촌의 깊은 산과 계곡 어디 두며, 아무도 없는 외딴 주막 허튼거리 패악촌悖惡村, 각 동네 오입쟁이 난봉허랑방탕한 짓 또는 그런 사람 설축매우 강한 놈 실없는 놈 고집 센 놈 싸움 잘하는 떼쟁이가 사는 허튼거리, 입과 혀로 전갈하는 십리군[8]을 바삐 찾아 네 살아라. 마당쇠야, 창고 문 열라."

홍보, 창고 문 열라는 말을 듣더니, 쌀 몇 되나 줄 줄로 알고 엎드릴 제,

"창고 문 안의 물푸레 몽둥이 한 다발 내어오라."

놀보놈 거동 보소. 몽둥이 들어메어, 홍보의 잔허리 임금 거둥할 때 목검수 병문屛門 치듯[9], 야단법석 떠는 자 세간 치듯, 질투하는 놈 계집 치듯, 큰비 내리는 방죽 수천 리에 뇌공雷公[10]이 벼락 치듯, 홍보의 잔허리를 짤칵 메어붙이니어깨 너머로 둘러메어 바닥에 힘껏 내리치니, 홍보 기절하여 며칠 굶은 홍보 밥 한 술은 아니 주고 보릿금보리몽둥이로 맞은 흔적을 내놓으니, 하늘이 뺑 돌고 땅이 툭 꺼지는 듯하되, 거기서 울어서는 형우제공兄友弟恭이 못 된다고, 매운 것 먹은 놈 모양으로 후후 불며 나오면서,

"야속하다 우리 형님. 천지에 중한 것이 오륜五倫밖에 없건마는, 둘

---

8) 허튼거리, 패악촌(悖惡村), 십리군: 가상의 장소들. 허튼거리는 농악과 같은 놀이에서 온 말로 거리를 동음이의어로 활용한 것이 패악촌은 사리에 어긋나고 흉악한 마을이라는 뜻. 십리군은 십 리를 가서 소식을 전하는 심부름꾼을 뜻하는 듯함. 이러한 말들에는, 홍보로 하여금 험악한 곳 아무 데나 가서 살라는 놀보의 악의가 담겨 있음.

9) 목검수 병문(屛門) 치듯: '병문'은 골목 어귀의 길가. 임금이 거둥할 때 길 어귀를 지키던 군사를 병문파수(屛門把守)라 하는 것으로 미루어볼 때, 목검수는 그러한 일을 하는 자로 추측됨.

10) 뇌공(雷公): 우레를 맡고 있다는 신. 뇌공이 벼락 치듯 한다는 말은 그 정도로 세게 쳤다는 뜻임. 그 앞의 예들도 그와 유사한 의미로 비유한 것임.

도 없는 우리 형님 물욕만 탐하고 윤기倫紀, 윤리와 기강를 저버리니, 어찌 아니 원통하리. 삼강오륜 없는 곳에 속절없는 애걸이다. 크게 우는 소리 애간장 다 녹는다. 이러한 원통하고 서러운 말을 죽어 황천에 들어가서 부모 앞에 고하리라."

서럽게 울고 오는 거동, 회음淮陰에서 한신韓信이가 표모漂母, 빨래하는 나이 든 여자에게 기식寄食하고[11] 한중漢中, 섬서성(陝西省) 남정현(南鄭縣)의 지명으로 향하는 듯.

이때 흥보 자식을 낳았으되, 갑자甲子 을축乙丑 병인丙寅 정묘丁卯 무진戊辰 기사己巳 생生까지 낳아놓은 것이, 맨 아들만 서른세 명을 낳아놓았구나. 흥보 자식들이 좌우로 늘어앉아, 저의 어머니를 조르는데, 한 놈 나앉으며,

"아고 어머님, 내게 개장국에 흰밥 주소."

또 한 놈은 거기에다 더하여,

"나는 그 국에 고춧가루나 많이 넣어주오."

또 한 놈 앉았다가,

"어머님 나는 생낙지 사다 연포軟泡, 두부를 꼬챙이에 꿰어 닭 혹은 낙지 국물에 익혀 먹는 음식하여 한 그릇 먹어보세."

또 한 놈 나앉으며,

"나는 열구자탕悅口子湯, 신선로에 여러 가지 어육과 채소를 색을 맞추어 넣고 그 위에 각종 과실을 넣어 끓인 음식 한 그릇 하여 주소."

11) 회음(淮陰)에서 한신(韓信)이가 표모(漂母)에게 기식(寄食)하고: 놀보에게 아무것도 얻지 못하고 쫓겨나는 흥보가 마치 궁핍하게 살던 한신과 유사하다는 뜻. 한신은 한고조(漢高祖) 유방(劉邦)의 핵심 참모였던 장수로 처음에는 항우(項羽)를 섬겼으나 중용되지 못하자 유방을 도와 항우를 패퇴시켜 천하를 얻는 개국공신이 된다. 한신은 궁핍한 가정에 태어나 어릴 적에 부모를 잃고 강가로 가서 고기를 잡아 팔기도 하고 고기를 잡지 못한 날에는 주린 배를 움켜쥐며 지냈다고 한다. 그 시절 빨래어멈에게 밥을 얻어먹은 적이 있었는데 후에 그 은혜를 크게 갚았다고 한다.

홍보 큰아들 나앉으며,

"어머님 올부터는 이상하오. 기지개음경(陰莖)의 발기를 비유적으로 이른 말가 불근불근 세지며 가운데가 번쩍하기에 무엇이 생기려 하느냐고 열 일 그만두고 제쳐놓고 보니, 살이마가 번뜻하고 머리털 같은 것이 한 뼘씩이나 돋아나오네. 나이를 곱짝곱짝 헤어보니 을사년乙巳年 생이요, 날 장가들여주오."

홍보 아내 이 말 듣고,

"내 아들아 울지 마라. 천황天皇 지황地皇, 천지인(天地人) 삼재(三才) 사상에 바탕을 둔 중국 고대의 전설상의 제왕들 생긴 후에 일월성신日月星辰 밝아 있고, 부모 자식 생겨나서 못 먹이고 못 입히는[12] 어미 간장 불이 난다."

이리 울 제, 홍보 막냇자식의 울음이 두 마디였다. 벅벅 '응' 자나 '아' 자. 업어도 "응아" 안아도 "응아" 달래도 "응아". 홍보 아내 귀찮아,

"죽어라 죽어라."

엉덩이를 딱 때려놓으니 우는 아이 기절하니 홍보 아내 마음이 참혹하여, 우는 아이 손에 들고 달래어 어를 적에,

"둥둥 내 아들. 강남의 열쇠,[13] 추천鞦韆의 옷고름,[14] 불은 쇠방울,[15] 옥등경玉燈檠 가마꼭지[16]로다. 둥둥둥 내 사랑 내 아들이제."

이렇게 어르다가 따독따독 잠들게 해놓고, 문밖에 멀리 나와 담 모퉁이 기대서서 낭군 오기 기다릴 제, 오랜 가뭄에 단비 오기 기다리듯,

---

12) 천황(天皇) 지황(地皇)~못 입히는: 해, 달, 별이 천지에서 나와 밝은 것과 달리, 자신의 자식들은 부모에게서 나와 못 먹고 못 입는다는 뜻임.

13) 강남의 열쇠: 미상. 그만큼 소중하다는 뜻인 듯.

14) 추천(鞦韆)의 옷고름: 그네 뛸 때 보이는 옷고름. 그만큼 날렵하고 가볍다는 뜻인 듯함.

15) 불은 쇠방울: 바람이 불어 소리나는 쇠방울. 그만큼 또랑또랑하다는 뜻인 듯함.

16) 옥등경(玉燈檠) 가마꼭지: 옥으로 만든 등잔걸이의 특정 부분을 지칭하는 듯함. 그만큼 소중하다는 비유.

남병산南屛山 칠성단七星壇에 동남풍을 기다리듯,[17] 부모 후일 제사 때 닭 우는 소리 기다리듯,[18] 천 리 타향 돌아오지 못한 객이 고향 소식 기다리듯 담 모퉁이 기대서서 흥보 오기 기다릴 제, 낭군 기다리며 산을 바라보니 흥보 매만 질끈 맞고 헛 걸어 들어와 앉는 모양을 보니, 허리가 쑥 들어가 있고, 말소리가 바람 부는 날 빈 항아리 속에서 나는 소리처럼 휑휑 빈 소리 나니, 흥보 아내 이르는 말이,

"돈이든 곡식이든 간에 주옵던가?"

흥보 저의 형님 하는 대로 하여서는 형의 허물이 날 듯하여,

"형님이 있어 인후仁厚한 품이 명륜당明倫堂, 조선시대에 성균관 안에서 유학을 가르치던 곳 곁에 살아 공자님의 정신을 이어받았는지 매우 인후하였더라. 내 건너가 인사를 하니 버선발로 냅다 서서 팔을 잡고 들어가 개 잡고 닭 잡고 많이많이 권하기로 배불리 질끈 먹고, 인정 있는 우리 형수 창고 문 열고, 쌀 서 말 돈 한 냥 베 열 말 의복 한 벌 귀히 바삐 주시기로 뭉뚱그려 짊어지고, 등에 땀을 적셔가며 가쁜 숨을 바삐 쉬어 오르는데, 한 모롱이 돌아서니 어떠한 도적놈이 한 손에 칼을 들고 또 한 손에 몽둥이 들고, 이놈이 나를 위협하는데 놀랍더라. '이놈 목숨이 크냐 재물이 크냐.' 엎어져 뺨에 피가 나고 한번 호통에 정신없어 가만히 벗어주고 겨우 살아 돌아왔네. 내 복 없는 일이니 부디 형님 원망 마소."

흥보 아내 지레 알기가 중방中枋 구멍 뚫고 나오는 귀뚜라미[19]였다.

"내지 마소 내지 마소, 그런대도 내가 아네. 무정할사 시아주버니, 동냥은 아니 준들 쪽박조차 깨뜨린단 말가. 돈이나 곡식은 아니 준들

17) 남병산(南屛山) 칠성단(七星壇)에 동남풍을 기다리듯: 제갈공명이 남병산에 칠성단을 쌓고 조조의 군사를 물리치기 위해 동남풍을 기다리듯. 남병산은 중국 강소성 상요현 북쪽에 있는 산.

18) 부모 후일 제사 때 닭 우는 소리 기다리듯: 제사는 보통 밤중에 지내는 것이 관습이므로 새벽에는 제사가 끝남. 따라서 제사가 끝나기를 기다리는 듯하다는 뜻임.

19) 중방(中枋) 구멍 뚫고 나오는 귀뚜라미: '중방'은 벽의 한가운데에 가로지르는 막대기. 중방 밑 귀뚜라미는 무엇이든 잘 아는 체하는 사람을 비유적으로 이르는 말.

패어 보내기는 웬일인고. 수레바퀴 자국에 괸 물에 있는 붕어[20] 한 말의 물을 뉘라서 주며, 여상呂尙[21]같이 주린 사람 살려낼 이 뉘 있을까. 반죽班竹에 뿌린 눈물 아황娥皇 여영女英[22] 설움이요, 홍곡가鴻鵠歌를 지어 내니 왕소군王昭君의 설움이요,[23] 장신궁長信宮 꽃이 지니 반첩여班倢仔의 설움이요,[24] 옥으로 장식한 장막 속에서 죽으니 우미인虞美人[25]의 설움이요, 목을 잘라 절사節死하니 하씨[26] 열녀烈女 설움인들 우리 설움에 당

20) 수레바퀴 자국에 괸 물에 있는 붕어: 학철부어(涸轍鮒魚)에서 온 말. 매우 위급한 경우에 처하거나 몹시 고단하고 옹색한 사람을 이르는 말.

21) 여상(呂尙): 중국 주나라 때의 인물인 강태공(姜太公). 그는 본래 백이(伯夷)의 후손으로 산동성(山東省) 해안 지방 출신인데 영락(零落)하여 위수(渭水) 근처에서 낚시로 세월을 보내고 있다가 주 문왕이 그가 바로 선왕(先王)이 흠모했던 현자라는 것을 알고 군사(軍師)로 맞아들였다고 함.

22) 아황(娥皇) 여영(女英): 중국 고대 요임금의 두 딸이자, 순임금의 두 부인. 순임금이 즉위 39년 남쪽 나라들을 순행(巡幸)하다 창오(蒼梧)까지 가서 병이 들어 갑자기 세상을 떠나자, 순임금의 남행(南行)을 따라 상수(湘水)까지 가 있던 아황과 여영은 돌연한 비보를 듣고 비탄에 잠겨 눈물을 흘렸는데, 그 눈물이 근처에 있던 대나무에 스며들어 반죽(班竹)이 되었다고 함. 둘은 상강(湘江)에 투신하여 아황은 상군(湘君)이 되고 여영은 상부인(湘夫人)이 되었다고 전함.

23) 홍곡가(鴻鵠歌)를 지어내니 왕소군(王昭君)의 설움이요: 왕소군은 중국 서한(西漢)시대의 미녀. 궁녀로 있을 때 화가 모연수(毛延壽)에게 뇌물을 주지 않아 그녀의 일그러진 초상화가 왕에게 보내졌는데, 이로 인해 한원제(漢元帝)의 눈에 들지 못했음. 얼마 후 한나라와 흉노 간 우호관계의 희생양으로 흉노의 호한야선우(呼韓邪單于)와 정략결혼을 하게 됨. 왕소군은 고국을 떠날 때 슬픈 마음을 달랠 길 없어 말 위에 앉은 채 비파로 이별곡을 연주하였는데, 마침 남쪽으로 날아가던 기러기가 아름다운 비파 소리를 듣고 말 위에 앉은 왕소군의 미모를 보느라 날갯짓하는 것도 잊고 있다 그만 땅에 떨어져버렸다는 이야기가 전함. 그후 원제는 그녀의 미모를 보고 일찍이 그녀를 알아보지 못한 것을 후회했으며 이후에도 연모의 정을 품으며 안타까워했다고 함.

24) 장신궁(長信宮) 꽃이 지니 반첩여(班倢仔)의 설움이요: 반첩여는 한성제(漢成帝)의 궁녀. 한때 한성제의 총애를 받아 궁녀의 직책 중 하나인 '첩여'라는 관직을 얻었다가 후에 조비연(趙飛燕)이 총애를 받게 되자 참소를 당해 장신궁으로 유폐됨. 사랑을 잃은 그녀는 임금의 총애를 받던 과거를 회상하고 자신의 처지를 한탄하였음.

25) 우미인(虞美人): 중국 초(楚)나라 항우(項羽)의 총희(寵姬). 우희(虞姬)라고도 함. 기원전 202년 항우가 안휘성(安徽省) 해하(垓下)에서 한(漢)나라 유방(劉邦)의 군사에게 포위되었는데, 한나라 군사의 진영에서 초나라 노래가 들려오자 이미 유방이 초나라를 점령했다고 생각한 항우는 잔치를 베풀고 우미인과 애마(愛馬) 추에 대한 시를 지음. 우미인이 이에 대한 답시를 짓고 자결했다 함.

26) 하씨: 미상.

할쏜가."

홍보 만류하며 우는 말이,

"그 울음 그만 우소. 속이 쓰려 못 듣겠네. 처자妻子의 가난함은 낭군의 허물이라 부끄럽기 그지없네."

홍보 아내 하는 말이,

"옛글에 하였으되 나라가 어지러우면 어진 신하를 생각하고 집안이 가난하면 어진 아내를 생각한다[27] 하니 내 얼마나 음전하였으면[28] 이 세간이 이러할까. 아내 도리 쓸데없네."

27) 나라가 어지러우면 어진 신하를 생각하고 집안이 가난하면 어진 아내를 생각한다: 『사기史記』「위세가魏世家」에 나오는 구절인 '가빈사양처 국란사양상(家貧思良妻 國亂思良相)'을 변용한 것. 여기서는 남편이 굶주리고 어려움을 당하는 것은 아내인 자기 때문임을 스스로 상기시키고 있음.

28) 음전하였으면: 정숙하고 단정하였으면. 여기서는 반어적으로 쓰임.

매품도 못 파는 흥보

흥보는 곡식을 꾸러 관청에 갔다가, 호방에게 매품을 팔아보겠느냐는 의외의 제안을 받는다. 흥보는 그러겠다고 하고 교통비 조로 닷 냥을 받아온다. 매품을 팔기로 한 날 흥보는 아내의 만류를 물리치고 관청으로 갔지만, 그곳에 온 사람들과 자신의 가난을 비교하니 자신의 차례는 언제 올지 몰라 그냥 돌아온다. 돌아온 남편을 보고 흥보 아내는 오히려 기뻐한다. 흥보 부부는 의롭게만 살아가면 언젠가는 잘될 것이라며 서로 격려한다. 매품 팔러온 사람들이 서로 자신의 가난을 자랑하는 장면이 인상적이다.

흥보 이르는 말이,

"우리가 맑은 바람에 매미 새끼처럼 울음만 울어서는 배만 무진장 더 고플 테니, 내 읍내 들어가 환자還子[1] 섬이나 타다 먹고 가을 품 팔아 갚으세."

1) 환자(還子): 조선시대에, 국가가 비축했던 곡식을 춘궁기에 백성에게 꾸어 주었다 추수 후 돌려받는 곡식 및 그 제도.

"아무려나 그리합쇼."

홍보 성중城中으로 들어갈 제, 홍보가 못 먹어 어찌나 말랐던지 강하게 내리쬐는 햇볕에 갓거리[2] 받쳐놓은 듯이 마르고, 새끼 똥구녁이 원숭이 똥구녁처럼 반듯하게 말랐고, 불알 하나 바싹 말라 불알에서 매방울 소리처럼 떨렁떨렁 나더니라. 사창社倉. 각 고을의 환곡(還穀)을 저장해두던 곳집에 들어가 환자 호방戶房. 조선시대에 호전(戶典)에 관한 일을 맡아보던, 승정원과 각 지방관아의 구실아치 보고 인사하니,

"아재네가 홍보지?"

"예."

"어찌 왔나?"

홍보가 말을 사뢰되, 없이 말을 할 양이면[3] '어린 자식들은 많사옵고 굶다 못 견디어 호방님께 그 말씀 사뢰고 환자 섬이나 타다 먹고 가을에 갚을까 하여 왔습니다.' 이만해도 좋을 말을 모두 사뢰되,

"오늘 온 일이 참으로 어제 저녁에 온 길이온데 이제 온 길이온 길이온데 참으로, 그렇게, 두로넌하고 수물낭한찐 두로넌[4] 그래서 왔소."

호방이 홍보 말을 듣더니 웃음을 권마성勸馬聲[5] 조로 띄어 웃어,

"자네 환자 먹으려 말고 곤장 여남은 맞아볼까나?"

홍보 이 말 듣고 깜짝 놀라,

"대대로 사귀어온 정을 생각하여 찾아왔더니 환자는 아니 준들 곤

---

2) 갓거리: 갓등거리. 토끼, 너구리, 양 따위의 털로 만든, 소매 없는 겉옷으로 조끼처럼 저고리 위에 덧입는다.

3) 없이 말을 할 양이면: 가난하게 보임으로써 사정을 알아듣게 하려면.

4) 두로넌하고 수물낭한찐 두로넌: 미상. 홍보가 얼버무리며 하는 말임.

5) 권마성(勸馬聲): 임금이 말이나 가교(駕轎)를 타고 거둥할 때 또는 봉명고관(奉命高官)이나 수령 및 그 부인이 말이나 쌍교(雙轎)를 타고 행차할 때 위세를 더하기 위하여 앞에서 하졸들이 목청을 길게 빼어 부르던 소리. 여기서는 호방이 홍보의 말에 그 의도를 짐작하고 소리를 길게 빼어 웃었다는 의미임.

장 맞으란 말이 웬 말이요. 나 돌아가오."

"아니, 이리 오소. 에 아서시오."

홍보 매 아니 맞으려고 거짓말을 두어 자루쯤 하여,

"어제 저녁에 우리 아내 해산解産하고, 오늘 아침 우리 어린놈 손님천연두를 에둘러 이르는 말 받았소. 곤장하고는 상피相避라[6] 못 볼 터이오."

"매도 도움이 되는 매가 있느니."

"매 맞으면 아프지 별수가 무슨 수요."

"아니, 다른 일이 아니라 본읍本邑 좌수座首, 조선시대 지방자치 기구인 향청(鄕廳)의 우두머리가 병영으로 부름을 당하여 삯매남이 맞을 것을 삯을 받고 대신 맞던 매를 사려 하되 갈 사람이 없네. 자네가 곤장 여남은 대 맞고 삼십 냥 받아가고 마삯 돈 닷 냥은 내게서 받아가시오."

홍보 이 말 듣고,

"참말씀이오?"

"점잖은 체면에 헛말할 수 있나."

"그러하면 내 갈 터이오니 마삯 돈 닷 냥 지금 주오."

"그리하시오."

홍보 마삯 돈 닷 냥 받아 차고, '얼씨구 즐겁도다' 제집으로 들어가며,

"애기어멈, 게 있는가. 문을 열고 이것 보시오. 대장부 한 걸음에 삼십 냥이 들어가네."

홍보 아내 이른 말이,

"그 돈은 웬 돈이며 삼십 냥은 웬 돈이오?"

홍보 이른 말이,

"천기누설天機漏泄이라, 말부터 앞세우면 이뤄질 일 없으니, 그 돈으로 양식 팔아 배불리 질끈 먹고."

6) 곤장하고는 상피(相避)라: 곤장과는 서로 피하는 것이라. 곤장을 맞을 수 없다는 뜻임.

홍보 아내 이른 말이,

"먹으니 좋소만 그 돈은 어디서 났소?"

홍보 이른 말이,

"본읍 좌수 대신으로 병영 가서 곤장 맞기로 삼십 냥에 결단하고 마삯 돈 닷 냥 받아 왔네."

홍보 아내 이 말 듣고 기가 막혀 이른 말이,

"그놈의 죄상罪狀도 모르고 병영으로 올라갔다가 저 모습 저 몰골에 곤장 열을 맞으면 곤장 아래 혼백 될 것이니 제발 덕분 가지 마오."

홍보 이른 말이,

"볼기엉덩이 가운데 좌우로 갈라져 볼록하게 내민 살덩이의 구실이 있나니."

"볼기가 구실이 있단 말이오?"

"그렇지. 볼기 구실 들어보소. 이내 몸이 정승 되어 평교자平轎子[7]에 앉아볼까, 육판서 하였으면 초헌軺軒, 종2품 이상의 벼슬아치가 타던 수레 위에 앉아볼까, 사복시司僕寺, 고려·조선시대에 궁중의 말과 가마에 관한 일을 맡아보던 관청 관리 하였으면 임금 타는 말에 앉아볼까, 팔도 감사監司 하여 선화당宣化堂, 각 도의 관찰사가 사무를 보던 정당(正堂)에 앉아볼까, 각읍 수령 하여 좋은 가마에 앉아볼까, 좌수 별감別監[8] 하여 향사당鄕社堂[9]에 앉아볼까, 이방吏房[10] 호장戶長, 고을 아전의 맨 윗자리 또는 그 직에 있는 사람 하여 작청作廳, 갈청. 고을 수령이 사무를 보던 군아(君衙)에서 아전이 일을 보던 곳 좋은 자리에 앉아볼까, 소리명창 되어 크고 넓은 좋은 집

---

7) 평교자(平轎子): 종1품 이상의 벼슬아치 또는 기로소(耆老所)의 당상관이 타는 가마. 앞뒤로 두 사람씩 네 사람이 낮게 어깨에 메고 천천히 다녔다 함.

8) 별감(別監): 조선시대에 궁중의 액정서(掖庭署)에 딸려 있던 관직. 또는 유향소(留鄕所)에 속한 직책으로 고을의 좌수에 버금가던 자리.

9) 향사당(鄕社堂): 유향소(留鄕所). 고려·조선시대에 지방의 수령을 보좌하던 자문기관. 풍속을 바로잡고 향리를 감찰하며 민의를 대변하였음.

10) 이방(吏房): 조선시대에 인사(人事)·비서(秘書) 등의 사무를 맡아보던, 승정원과 각 지방관아의 육방(六房)의 하나.

양반 앞에 앉아볼까, 풍류 호걸 되어 기생집에 앉아볼까, 서울 이름난 기생 되어 가마 안에 앉아볼까, 많은 돈 벌어 부담마負擔馬, 부담롱(말에 실어 운반하는 작은 농)을 싣고, 사람도 함께 타는 말에 앉아볼까, 쓸데없는 이 내 볼기 놀려 무엇한단 말인가. 매품이나 팔아먹세."

홍보 자식들이 벌떼같이 나앉으며,

"아버지 말씀을 들으니 호사豪奢가 큼직하오.[11] 그래 아버지 병영 가신다 하니, 날 오동철병烏銅鐵甁, 검붉은 빛이 나는 구리로 만든 병 하나 사다주오."

홍보 이른 말이,

"고의袴衣, 남자의 여름 홑바지. 단고(單袴) 벗은 놈[12]이 어디다 차게야?"

"귀밑머리에 차도 찰 터이옵고 생갈비를 뚫고 차도 찰 터이오니 사오기만 사 오오."

또 한 놈 나앉으며,

"나는 남수주藍水紬, 쪽빛 나는 비단의 하나 비단으로 만든 큰 창옷[13] 한 벌 사다주오."

"고의 벗은 놈이 어디다 입게야?"

홍보 큰아들 나앉으며 제 동생들을 꾸짖는데 옳게 꾸짖는 게 아니라 하늘에 사무칠 듯 꾸짖어,

"에라 심하구나, 후레아들놈들. 아버지 그렇잖소. 나는 담비 가죽 탕평채蕩平菜[14]에 모초의毛綃衣[15] 한 놈과, 한포단[16] 허리띠 비단 주머니 당

---

11) 호사(豪奢)가 큼직하오: 매품을 팔러 간다는 아버지의 말을 듣고 돈을 많이 벌어 오리라는 기대가 담긴 말이나, 실은 홍보의 가난상을 해학적으로 드러내려는 말.

12) 고의(袴衣) 벗은 놈: 고의를 벗고 있을 정도로 아주 어린아이라는 뜻임.

13) 창옷(氅-): 조선시대에 사대부들이 집에서 입거나 외출할 때 겉옷의 바로 밑에 입었던 옷. 서민들은 겉옷으로 입었다. 넓은 소매에 길이는 길고, 앞은 두 자락, 뒤는 한 자락이며 옆은 무가 없이 터져 있다.

14) 탕평채(蕩平菜): 조선 영조 때 탕평책을 논하는 자리의 음식상에 처음 올랐다는 데서 온 말로, '묵청포'를 달리 이르는 말. '묵청포'는 초나물에 녹말묵을 썰어 넣고 만든 음식. 여기서는 옷과 비단을 거론하고 있으므로 음식이 잘못 끼어든 것임.

팔사唐八絲[17] 끈 꿰어, 쇠거울 돌거울 넣어다주오."

홍보 이른 말이,

"네 아무것도 안 찾을 듯이 하더니 단계를 높여 하는구나. 너희 놈들이 내 마른 볼기를 대송방大松房. 주로 서울에서 개성 사람이 주단, 포목 따위를 팔던 큰 가게으로 아는 놈들이로구나."

홍보 이른 말이,

"애기어멈 그리하시오. 쉬 다녀옴세."

홍보 병영 내려갈 제 탄식하고 내려간다.

"도로는 끝없는데 병영 성중 어디메요. 조자룡이 강을 넘던 청총마青驄馬나 있으면[18] 이제 잠깐 가련마는, 몸이 고생스러우니 조그마한 내 다리로 오늘 가다 어디서 자며 내일 가다 어디서 잘꼬. 제갈공명 쓰던 축지법을 배웠으면 이제로 가련마는 몇 밤 자고 가잔 말가."

여러 날 만에 병영에 당도하니 영문營門도 엄숙하다. 쳐다보니 대장이 지휘하는 깃발이요 내려다보니 순시하는 깃발이로다. 도군뢰都軍牢[19]의 치레 보소. 산짐승털 벙거지[20]에 남일광단藍日光緞[21]으로 안을 받쳐, 갓끈 고리와 밀화蜜花[22] 귀를 땋은, 궁초宮綃[23]로 만든 갓끈 잡아매고, 관디[24] 협수夾袖[25] 군복 띠를 배에 눌러 매고, 날랠 용勇이라는 글자 떡 붙

15) 모초의(毛綃衣): 가는 날에 굵은 올로 짠 비단인 모초로 만든 옷.
16) 한포단: 한포로 된 베. '한포'는 파초(芭蕉)의 섬유로 짠, 날이 굵은 베.
17) 당팔사(唐八絲): 예전에 중국에서 들어온, 여덟 가락으로 꼬아져 있는 노끈.
18) 조자룡이 강을 넘던 청총마(青驄馬)나 있으면: 중국 삼국시대 조자룡이 타고 강을 건너던 청총마가 있었으면 금방 갈 수 있으리라는 말. 조자룡은 중국 삼국시대 촉한(蜀漢)의 유비(劉備) 수하에 있던 무장. 청총마는 조자룡이 타고 다니던 명마였음.
19) 도군뢰(都軍牢): 조선시대에, 군대에서 죄인을 다루던 병졸의 우두머리.
20) 벙거지: 주로 병졸이나 하인이 쓰는, 털로 두껍게 만든 검은 모자.
21) 남일광단(藍日光緞): 남빛 바탕에 해나 햇살 무늬가 있는 옛 비단.
22) 밀화(蜜花): 호박(琥珀)의 한 가지. 밀랍 같은 누른빛이 나고 젖송이 같은 무늬가 있음.
23) 궁초(宮綃): 엷고 무늬가 둥근 비단의 하나. 흔히 댕기의 감으로 쓴다.
24) 관디: 옛날 벼슬아치의 공복(公服). 지금은 전통 혼례 때 신랑이 입음.
25) 협수(夾袖): 검은 두루마기에 붉은 안을 받치고 붉은 소매를 달며 뒷솔기를 길게 터서 지은 군복.

이고, 홍보 앞에 썩 나서며,

"에라 이놈 게 앉거라."

홍보 속마음에, '내가 분명 저승에 들어왔나보다.'

문간에 들어가니, 어떠한 사람들이 사오 인이 앉았거늘, 홍보 들어가며,

"인사하오."

"에 마오."

"거기 뉘라 하오?"

"나 말씀이오? 조선 제일 가난 홍보를 모르시오."

한 놈 나서며,

"장자長者, 큰 부자를 점잖게 이르는 말가 무엇하러 와 계시오?"

홍보 가슴이 끔쩍하여,

"거기는 무엇하러 왔소?"

"나는 평안도 사방동 동팔풍촌서 사는 솔봉애비 모르시오. 이십오 대 가난으로 매품 팔러 왔소."

또 한 놈 나앉으며,

"나는 경상도 문경 땅의 제일 가난으로 사십육 대 호적 없이 남의 곁방살이[26]로 내려오는 김딱직이란 말 듣도 못 하였소."

한 놈 나앉으며,

"이번 매품은 먼저 온 순서대로 들어간다니 그리하옵세."

"저분 언제 왔소?"

"나 온지는 저 지난 장날 아침밥 먹기 전 동틀 때 왔소."

한 놈 나앉으며,

"나는 온 지가 십여 일이라도 생나무 곤장 한 대 맞아본 내 아들놈

26) 곁방살이: 남의 집 곁방을 빌려서 생활함. 그만큼 가난하다는 뜻임.

없소."

흥보 이른 말이,

"그리 말고 서로 가난 자랑하여 아무라도 제일 가난한 사람이 팔아 갑세."

그 말이 옳다 하고,

"저분 가난 어떠하오?"

"내 가난 들어보오. 집이라고 들어가면 사방 어디로도 들어갈 작은 곳이 없어 닫는다리를 빨리 움직여 이동하는 벼룩 쪼그려 앉을 데 없고 삼순구식三旬九食[27] 먹어본 내 아들 없소."

한 놈 나앉으며,

"족히 먹고살 수는 있겠소. 저분 가난 어떠하오?"

"내 가난 들어보오. 내 가난 남과 달라 이 대째 내려오는 광주산廣州産 사발 하나 선반에 얹은 지가 팔 년이로되, 여러 날 내려오지 못하고 아침저녁으로 눈물만 뚝뚝 짓고, 부엌의 노랑쥐가 밥알을 주우려고 다니다가 다리에 가래톳이 서서 종기 터뜨리고 드러누운 지가 석 달 되었소. 좌우 들으신 바 내 신세 어떠하오?"

김딱직이 썩 나앉으며,

"거기는 참으로 장자長者라 할 수 있소. 내 가난 들어보오. 조그마한 한 칸 초막 발 뻗을 길 전혀 없어, 우리 아내와 나와 둘이 안고 누워 있으면 내 상투는 울 밖으로 우뚝 나가고, 우리 아내 궁둥이는 담 밖으로 알궁둥이 보이니, 동네에서 숨바꼭질하는 아이들이 우리 아내 궁둥이 치는 소리 사월 팔일 관등觀燈[28] 다는 소리 같고, 집에 연기 나지 않은

27) 삼순구식(三旬九食): '순(旬)'은 열흘을 의미. '삼순'은 상순, 중순, 하순의 총칭. 30일에 아홉 끼니밖에 못 먹는다는 뜻으로, 가난하여 끼니를 많이 거름을 일컫는 말.

28) 관등(觀燈): 불교에서 음력 4월 8일 밤에 등불을 달고 석가모니의 탄생을 기리는 일. 또는 그 등. 관등놀이할 때는 온갖 등을 달고 밤에 불을 켜고, 음식을 해먹으며 물장구를 치고 놀기도 하며, 패를 지어 산에 올라 구경하기도 했다 함.

지가 삼 년째 되었소. 좌우 들으신 바 내 신세 어떠하오? 아무 목득의 아들놈도 못 팔아 갈 것이니[29]."

이놈 아주 거기서 게정을 먹더니라.[30] 흥보 숨숨 생각하니, 자기에게는 어느 시절에 차례가 돌아올 줄 몰라,

"동무님 내 매품이나 잘 팔아 가지고 가오. 나는 돌아가오."

하직하고 돌아오며, 탄식하고 집에 들어가니, 흥보 아내 거동 보소. 왈칵 뛰어 달려들어 흥보 소매 검쳐 잡고 듣기 싫을 정도로 크고 섧게 울며,

"하늘이 사람들을 세상에 나게 할 때 반드시 자기 할 일을 주었으니, 생기는 대로 먹고 살지 남 대신으로 맞을까. 애고애고 설움이야."

이렇듯 섧게 우니 흥보 이른 말이,

"애기어멈 울지 마소. 애기어멈 울지 마소. 영문에 들어가니 세상의 가난한 놈은 거기 모두 모여 내 가난은 거기다 비교하니 장자라 일컬을 수 있어, 매도 못 맞고 돌아왔네."

흥보 아내 이 말 듣고,

"얼씨구나 즐겁도다. 우리 낭군 병영 내려갔다 매 아니 맞고 돌아오니, 이런 영화 또 있을까."

"배고픔을 생각하여 음식 노래 불러보자. 무슨 밥이 좋던 게요? 보리밥이 좋거던. 무슨 국이 좋던 게요? 비짓국이 좋거던. 음식을 맛있게 하여 먹으려면, 개장국에 늙은 호박을 따넣고 숭늉에는 고춧가루를 많이 치고 들기름을 많이 쳐, 사곰은 괴곰이 먹을 만하고[31], 이만큼 시

29) 아무 목득의 아들놈도 못 팔아 갈 것이니: 자신 외에 어떤 사람도 매품을 팔지는 못할 것이라는 뜻. '목득' 은 '목두기' 곧 이름이 무엇인지 모르는 귀신의 이름임.

30) 게정을 먹다: 말과 행동에 불평을 나타내다.

31) 사곰은 괴곰이 먹을 만하고: '곰'은 고기나 생선을 푹 삶은 국을 말하며, 여기서는 '곰'의 하나인 '사곰' 중에서 '괴곰'이 먹을 만하다는 뜻. '사곰'은 미상이나 '괴곰'은 고양이곰인 듯함.

장할 때는 들깨 깻묵 두어 둘레쯤 먹고 찬물 댓 사발쯤 먹었으면 든든커던."

이렇게 말을 할 제 홍보 아내 우는 말이,

"우정 가장家長 애중愛重 자식 배곯리고 못 입히는 내 설움 의논컨대 피눈물이 반죽 되면 아황 여영 설움이요, 홍곡가를 지어내던 왕소군의 설움이요, 장신궁중 꽃이 피니 반첩여의 설움이요, 옥으로 장식한 장막 속에서 죽으니 우미인의 설움이요, 목을 잘라 절사하니 하씨 열녀 설움이요, 만경창파萬頃蒼波, 한없이 넓고 큰 바다 너른 물을 말말이 다 되인들 끝없는 이내 설움 어디다 하소연할꼬."

홍보 역시 슬퍼, 샘물같이 솟아나오는 눈물 가랑비같이 흩뿌리며 목이 막혀 기절하더니 다시 살아나서, 들릴 듯 말 듯한 말로 겨우 내어 기운 없이 가는 목소리를 처량하게 슬피 울며 만류하여 이른 말이,

"마음만 옳게 먹고 의롭지 않은 일 아니하면 장래 한때 볼 것이니[32] 서러워 말고 살아나세."

부부 앉아 탄식할 제, 청산은 높이 솟아 있고 온갖 꽃이 화려하고 찬란하게 피어 있는 때 접동 두견 꾀꼬리는 때를 찾아 슬피 우니 뉘 아니 슬퍼하리.

32) 장래 한때 볼 것이니: 장래에 좋은 때를 만날 것이니. 장래에 좋은 일이 생길 것이니.

다친 제비가 박씨를 물고 오다

그럭저럭 살아가는 흥보에게 제비가 찾아와 집을 짓고 새끼를 낳는다. 그 제비 새끼 한 마리가 날기 연습을 하다 대를 엮어 만든 발에 걸려 다리가 부러진다. 흥보는 부러진 다리를 정성스럽게 동여매 치료해준다. 이듬해 봄, 그 제비가 돌아와 흥보에게 박씨를 준다. 제비가 준 박씨는 생명을 존중하는 흥보의 선행에 대한 보답이었던 것이다.

이때는 어느 땐고. 겨울 동冬 자 갈 거去 자.[1] 1월 청명淸明, 24절기의 하나로 4월 5일경 다 지내고 3월 한식寒食[2] 올 래來 자, 봄바람은 산들산들 불어 꽃과 버들을 감당하고 경치는 화려하여 온갖 만물이 자라나는 시절이로다. 청명절에 비가 부슬부슬 내리니 길 가는 나그네의 마음이 들떠[3]

1) 겨울 동(冬) 자 갈 거(去) 자: 겨울이 지나갔다는 뜻임.
2) 한식(寒食): 동지로부터 105일째 되는 날. 이날은 자손들이 조상의 산소를 찾아 제사를 지내고 사초(莎草)를 하는 등 묘를 돌아본다. 4월 5일이나 6일쯤 된다. 청명과 한식은 하루 정도 차이가 난다.
3) 청명절에 비가 부슬부슬 내리니 길 가는 나그네의 마음이 들떠: "청명시절우분분(淸明時節雨紛紛)하니 노상행인욕단혼(路上行人欲斷魂)." 두목(杜牧)의 시 「청명시淸明詩」의 제1, 2구절.

강어귀가 어지럽고, 봄서리 내린 저문 날에 멀리 떠난 나그네의 시름이라. 동쪽 한편 바라보니 높은 산봉우리는 적막하여 쓸쓸하고, 서북촌을 바라보니 외기러기 울고 간다. 봄 춘春 자 좋을시고. 살구꽃이 눈처럼 내리고 봄바람이 산들산들 부니 꽃 화花 자 나비 접蝶 자 펄펄 날아 춤출 무舞 자 보기 좋고, 봄바람 부는 버드나무 그늘 속의 꾀꼬리 앵鶯 자 소리하니 노래 가歌 자 즐겁도다. 뛰는 것은 짐승 수獸 자 나는 것은 새 조鳥 자 강남의 제비 연燕 자 들보 위 처마 끝에 너울 섭적 앉을 좌坐 자 남남지성喃喃之聲, 재잘거리는 소리 우는 소리 오지주지[4] 노는 거동 어찌 아니 반가우리. 흥보 제비 보고 글 한 귀 지었더라. 부디 집이나 잘 지어 별탈 없이 잘 자라 해마다 와 다녀가라.

이때는 어느 때뇨. 사오유월 남풍이라 몹시 더운 날인데, 흥보집 나온 제비 알 다섯을 고이 낳았더니, 사랑할 제 꾀꼬리, 난새, 물총새 연리지連理枝[5]에 깃들이는 모양이요, 오리들이 푸른 물에 깃들이는 거동이라. 반갑고 즐겁도다. 저 제비 거동 보소. 첫배 새끼 고이 자라 날기 공부 넘놀 적에, 너울너울 제집으로 왕래하여 다니다가, 대로 만든 발에 발이 걸려 공중에서 뚝 떨어져 한 날개 못 쓰게 되고 한 다리 부러져 발발 떨고 피 흘리며 죽을 지경이 되었거늘, 흥보 깜짝 놀라 펄쩍 뛰어 달려들어 제비 새끼 주워 들고, 흥보 부부 이른 말이,

"불쌍하고 애달플사. 봄이 가는 것 네가 알고 새해가 오면 오는 거동 너무나 반갑도다. 오늘 너의 신수 불길턴가, 주인이 잘못한가. 애달프고 불쌍하다."

흥보 아내 이른 말이,

4) 오지주지: 제비가 지저귀는 소리를 흉내 낸 의성어. 오지주지(吾之主之), 곧 내 주인이라는 뜻으로 이해됨.

5) 연리지(連理枝): 두 나무의 가지가 맞닿아서 결이 서로 통한 것. 화목한 부부 또는 남녀 사이를 비유하여 이르는 말.

"만병회춘萬病回春하는 신기한 약이 아무리 쌓인들 짐승에게 쓸 수 있는가. 칠산七山바다[6]의 조기 껍질 얻어다가 감아두고 보옵세."

조기 껍질 벗겨 부러진 다리 싸고 오색 당사唐絲실예전에 중국에서 들여온 명주실로 제비 다리 동일 적에, 옥 같은 달빛 아래 길쌈하는 방에서 직물을 옥여 실꾸리를 감듯[7], 어여쁜 소녀들은 소나무 잣나무 수양 높은 가지에 오월 단오 그넷줄 감듯, 회양淮陽 금성金城[8] 오리나무 울울창창 칡 넌출 감듯, 아황 여영 뿌린 눈물 소상반죽瀟湘班竹[9] 물들인 겻으로 아로롱 아로롱 곱게 감아 제집에 얹었더니, 십여 일 지낸 후에 부러진 두 다리가 완전히 굳어져 이리저리 넘놀면서 남남지성 하는 소리, 흥보 어진 마음 고맙다는 말씀인 듯, 별로 즐겨 넘노는 모양이 날날이 새롭더니, 구월 구일 늦은 가을날 용산龍山[10]의 누른 국화는 산그림자 따라갔다 돌아오고[11] 온 산이 붉고 푸르러 단풍물 든 숲은 봄철에 비길쏘냐. 나뭇잎 떨어지는 쓸쓸한 하늘에 기러기 울고 갈 제, 흥보 이른 말이,

"오늘은 네 곧 가면 내 집은 더욱 처량한 물색이라, 들보 위에 앉아 놀 제, 너의 거동 비겨 보면 우리 집의 기특한 물건이라. 들짐승과 산짐승이 많되 너같이 유순柔順한 것 천지간에 또 있을까. 부디부디 잘 가

6) 칠산(七山)바다: 전남 영광 송이도, 안마도, 전북 부안군 위도 사이의 바다로서 조기의 명산지로 알려져 있다.

7) 옥 같은 달빛 아래 길쌈하는 방에서 직물을 옥여 실꾸리를 감듯: 그만큼 섬세하게 한다는 뜻의 비유.

8) 회양(淮陽) 금성(金城): 강원도의 지명. 금성은 현재의 김화군(金化郡)에 포함됨.

9) 소상반죽(瀟湘班竹): 소상강 부근에 나는 얼룩무늬 대나무. 순임금이 죽자 순임금의 두 부인인 아황과 여영이 슬피 울어 그 눈물이 대나무에 뿌려졌는데 그것이 모두 반죽이 되었다 함.

10) 용산(龍山): 중국 호북성 강릉현에 있는 산 이름. 이백의 시 「구일용산음九日龍山飮」에 연원을 둠.

11) 누른 국화는 산그림자 따라갔다 돌아오고: 누런 국화를 띄운 술잔 속에 산그림자가 비치는 것을 시적으로 표현한 말인 듯함. 구월 구일 중양절(重陽節)에 제비가 강남으로 간다고 하며, 이때쯤 되면 제비를 볼 수 없다. 중양절에 서울의 선비들은 교외로 나가서 황국(黃菊)을 술잔에 띄워 마시며 시를 읊거나 그림을 그리며 하루를 즐겼다 한다.

거라."

날아가던 저 제비 소리, '주인집에서 강남으로 돌아가니 가을바람에 쓸쓸한 제비라. 지지귀[12] 원망 마오. 내년 삼월 다시 옴세.' 흰 구름 간에 높이 떠서 아득히 멀어지면서 갑자기 보이지 않으니 간 곳이 전혀 없다. 저 제비 강남으로 들어가 흥보 은혜 갚으려고 강남 땅 제일 보배 박씨 하나 구할 제,

제비를 보낸 후에 흥보 이른 말이,

"어여쁘다 우리 제비 다리 다쳐 죽을 것을 천명天命으로 살아나고 고국으로 들어가니 어찌 아니 기묘奇妙하리."

이렇듯 탄식할 제 겨울이 다 지나고 삼월 삼일 맞이하여 흥보가 혼잣말로,

"남의 제비 나오는데 우리 제비 어찌하여 이때까지 아니 온고."

기다리고 앉았을 제 푸른 하늘 구름 사이 바라보니,

"우리 제비 들어온다."

흥보가 반가이 여겨 냅다 서며,

"저기 오는 저 제비야 어디 갔다 이제 오냐. 천황 지황 인황[13] 후의 유왈유소有曰有巢[14] 핀 나무에 보금자리 지으러 네 갔더냐. 소호금천少昊金天, 중국 전설상의 임금. 소호의 신하는 모두 각종 새였다고 한다이 관직의 순서를 정하여 기록할 때 집 짓는 일에 참여하러 네 갔더냐. 웅씨가 알을 떨어뜨릴 제 알 낳으러 네 갔더냐. 아름다운 노래 부르는 앵무새 봄바람 불 때 말 배우러 네 갔더냐. 고국故國에서 학이 춤을 추니 같이 춤추러 네 갔더

12) 지지귀: 제비 울음소리의 의성어. '之之歸'로서 '돌아감'의 뜻인 듯.

13) 천황 지황 인황: 중국 고대 전설상의 세 임금인 천황씨(天皇氏), 지황씨(地皇氏), 인황씨(人皇氏).

14) 유왈유소(有曰有巢): '유소라 하는 이가 있어'라는 뜻. 유소씨(有巢氏)는 중국 삼황오제 시절의 전설적인 성인으로, 새가 보금자리를 만들어 사는 것을 보고 사람들에게 나무를 얽어 집 만드는 법을 가르쳐주었다고 함.

냐. 한 쌍 청조靑鳥[15] 함께 날아 요지瑤池[16] 소식 알고 오느냐. 도연명陶淵明[17]이 스스로 일어나 새장을 여니 펄쩍 내친 백학白鶴 따라 오초팔경吳楚八景[18] 보고 오느냐. 동정호 소상강瀟湘江에서 두 기러기 벗이 되어 홍요백빈만강변紅蓼白蘋滿江邊의 낙평사落平沙[19]에서 노니다가 봄에 기러기 다시 나니 이별 서러워하며 돌아오느냐. 봄을 보내듯 제비도 보냈더니 너 보내고 청산에 가서 두견에게 제비 소식 묻고자 하나 소식조차 적막터니 이달 초 나무 심은 후에 네 날 찾아 돌아오니 어찌 아니 반가우리."

자세히 살펴보니 작년에 다리가 부러져 다리 동여주던 제비 오색 당사 동인 흔적 역력하구나. 그 무엇을 입에 물고 남남지성 넘놀 적에, 북쪽 바다에 산다고 하는 검은 용이 여의주 물고 아름다운 빛깔의 구름 사이로 넘노는 듯, 봄바람에 앵무새가 나비를 물고 버들 사이에 넘노는 듯, 단산의 봉황이 죽실竹實, 대나무 열매의 씨을 물고 오동 속에서 넘노는 듯,[20] 이리 갸웃 저리 갸웃 무수히 넘노더니, 입에 문 것 뚝 떨어져 홍보 앞에 구르거늘 홍보가 주워들고 자세히 보다 무엇인지 몰라

"애기어멈 이리 와보시오. 이것이 무엇인가?"

---

15) 청조(靑鳥): 사자(使者) 또는 편지. 동방삭(東方朔)이 푸른 새가 온 것을 보고 서왕모(西王母)의 사자라고 한 고사에서 온 말.

16) 요지(瑤池): 중국 곤륜산에 있다는 못. 신선이 살았다고 하며 주(周)나라 목왕(穆王)이 서왕모를 여기서 만났다고 한다.

17) 도연명(陶淵明): 중국 동진의 시인. 이름은 잠(潛). 호는 오류선생(五柳先生). 405년에 팽택현(彭澤縣)의 현령이 되었으나, 80여 일 뒤에 「귀거래사歸去來辭」를 남기고 관직에서 물러나 귀향하였다. 자연을 노래한 시가 많으며, 당나라 이후 육조(六朝) 최고의 시인이라 불린다.

18) 오초팔경(吳楚八景): 동정호 물줄기를 중심으로 하여 동쪽에 있던 오나라와 남쪽에 있던 초나라 주변의 여덟 가지 뛰어난 경치.

19) 홍요백빈만강변(紅蓼白蘋滿江邊)의 낙평사(落平沙): 소상팔경의 하나인 평사낙안(平沙落雁). 홍요안(紅蓼岸)은 단풍이 들어 붉은 대만 남은 여뀌가 가득한 언덕이며, 백빈주(白蘋洲)는 흰 꽃이 피는 부평초가 가득한 물가의 섬을 말한다.

20) 단산의 봉황이 죽실(竹實)을 물고 오동 속에서 넘노는 듯: 앞의 것과 함께 제비가 박씨를 물고 날아오는 형상을 비유한 구절. 봉새는 오동나무가 아니면 깃들이지 않고 죽실이 아니면 먹지 않는다고 한다.

홍보 아내 이른 말이,

"그게 금金이올세."

홍보 하는 말이,

"천자 진시황秦始皇이 천하의 금을 다 거두어 아방궁阿房宮[21] 넓은 뜰에 금인金人, 금으로 만든 사람의 상(像) 열둘을 세웠으니 금이 어디 남았을꼬.[22]"

"그러하면 옥玉이올세."

"홍문연 큰 잔치에 범증范增의 비친 옥결 백설이 되어 있고[23] 화변和卞[24] 곤산崑山 옥석玉石이 구분俱焚, 한꺼번에 불에 탐이라,[25] 곤산에 불이 붙어 옥과 돌이 다 탔으니 옥이 어찌 남았을꼬."

"여지[26]인가보옵소."

"당명황唐明皇, 당나라 6대 황제인 현종(玄宗) 심은 여지 양귀비楊貴妃[27] 다 따 먹고 오갈 데 없는 상황이 되었으니 여지 어찌 남았을까."

---

21) 아방궁(阿房宮): 중국 진시황(秦始皇)이 함양에 짓다가 만 크고 호화로운 궁전. '아방궁'이란 이름은 아방촌 일대에 세워진 궁궐이라는 뜻으로 뒷사람들이 붙인 것임.

22) 천자 진시황(秦始皇)이~어디 남았을꼬: 진시황이 천하의 금을 다 거두었기 때문에 금이 남아 있을 리 없으니 금은 아닐 것이라는 뜻임.

23) 홍문연 큰 잔치에 범증(范增)의 비친 옥결 백설이 되어 있고: 범증이 홍문연 잔치에서 옥결(玉玦)을 세 번 들어 유방을 죽일 것을 암시했으나 허사가 된 사건을 활용하고 있음. 범증은 초(楚)나라 항우(項羽)의 참모.

24) 화변(和卞): '변화(卞和)'의 잘못. 변화는 중국 전국시대 조(趙)나라 사람으로, '화씨벽(和氏璧)'으로 유명한 인물임. 여기서는 옥과 관련된 인물로 거론된 것일 뿐임.

25) 곤산(崑山) 옥석(玉石)이 구분(俱焚)이라: 곤산은 곤륜산(崑崙山)으로 중국 고대의 전설상의 성산(聖山). 중국 서쪽에 위치하며 보석이 많이 난다고 알려져 있다. 곤륜산에서 난 옥이 아니면 버린다는 말까지 전한다. 옥석이 구분이라는 말은 『서경』에 나오는 말로 수사적으로 쓰인 것을 실제의 일로 여기서 가져온 것일 뿐이다. 실제로 곤산이 불에 탄 것은 아니다.

26) 여지(荔枝): 남부에서 과일 중의 왕이라고 하는, 무환자나뭇과의 상록교목 열매. 요즘에는 '리치'로 알려져 있으며 양귀비가 후식으로 즐겨 먹었다고 한다.

27) 양귀비(楊貴妃): 중국 당(唐)나라 현종의 애첩. 현종이 그녀에게 빠져 국정을 돌보지 않자 잇달아 반란이 일어났고, 그로 인해 당조의 세력이 크게 약화되었다 한다. 처음에는 현종 아들의 비였으나 현종의 비로 맞아들여졌고, 그후 그녀의 두 자매도 현종의 비로 맞아들여졌으며 사촌오빠인 양국충(楊國忠)은 재상이 되었다. 후에 안녹산(安祿山)의 난을 만나 도망중 죽임을 당했다.

"연실인가보옵소."

"채련곡採蓮曲[28]에 이르기를 계수나무 상앗대와 난초 노를 저어 긴 포구로 내려가 오나라 월나라 강남 미색들이 달 밝고 깊은 밤에 몰래 땄으니 연실이 남았을까."

"천도天桃인가보옵소."

"옛글에 이르기를, '구중 깊은 궁궐 봄빛이 복숭아를 취하게 한다'고 했으니, 서왕모西王母[29] 요지연瑤池宴에 반도蟠桃, 삼천 년마다 한 번씩 열매가 열린다는, 선경에 있는 복숭아 드리려고 다 따고 남은 열매, 천도 중 그것이라, 아득히 멀리 있으니,[30] 제비 어찌 물어 올까."

"금도 옥도 아닐진대 인간 세상 박씨 같사오나, 어느 박씨 저리 클까."

홍보 괴이하게 여겨 자세히 살펴보니, 한편에는 당唐박씨당나라에서 난 박씨라는 뜻라 새겼고 또 한편은 새겼으되 홍보의 보은포報恩匏라 하였거늘,

"이것 적실히 박씨로다. 기이하다, 저 제비야. 수안隋岸의 한 뱀[31]도 구슬을 물어다가 살린 은혜 갚았으되 거룩하다 저 제비야, 은혜를 갚으려고 이 박씨를 물어 왔느냐. 아무튼 심어보자."

동편 처마 낮은 담 안에 날을 보아 좋은 흙에 거름 부어 처서處暑, 24절기의 하나. 입추와 백로 사이로 양력 8월 23일경날 심었더니, 사월 남풍 좋은 시절에 심

28) 채련곡(採蓮曲): 연밥을 따면서 부르는 노래. 여기서는 당나라 왕발(王勃)의 시 「채련곡採蓮曲」을 말함.

29) 서왕모(西王母): 중국 신화에 나오는 신녀(神女)의 이름. 『산해경山海經』에 따르면 서방 곤륜산에 사는, 사람 얼굴에 호랑이의 이빨, 표범의 털을 가진 신인(神人)이라고 한다. 그러나 일반적으로는 불사약을 가진 선녀라고 전해진다. 한대(漢代)에 서왕모의 이야기가 민간에 널리 퍼졌다 한다.

30) 아득히 멀리 있으니: 원문은 구만장천(九萬長天)임. 서왕모의 요지연 잔치에 천도를 거의 다 따 진상하고 남은 것이 있기는 하나 거리가 멀어 제비가 가져오기는 어렵다는 말. 제비가 떨어뜨린 것이 천도가 아니리라는 것을 둘러서 이르는 말임.

31) 수안(隋岸)의 한 뱀: 수안의 뱀이 구슬을 물어다 보은했다는 고사에 바탕을 둔 것. 『회남자淮南子』 「남명훈覽冥訓」에 나오는 말.

은 대로 싹이 나서 잎이 피고 꽃이 피어 길고 긴 넌출 순이 나 울창하게 벌여가며 뻗은 끝에 박 세 통이 열려, 고마수영古馬水營[32] 전선戰船같이, 한 병선兵船의 모양같이, 구신 금산 법고法鼓[33]같이, 큰 절 빈 누각 쇠북처럼 두렷이 열었으니, 세상에 못 본 바라. 큰 것은 북 같고 중간 것은 그릇 같고 작은 것은 바가지 같으니, 홍보 늘 이르기를,

"칠팔월이 어서 오면 박속은 끓여 먹고 박짝박을 둘로 쪼개고 난 후의 것들을 이르는 말은 팔아 씁세."

부부 의논 어지간하더니라.

32) 고마수영(古馬水營): '고마'는 전라남도 완도군(莞島郡)에 있는 섬인 고마도를 뜻하며, 수영(水營)은 조선시대 수군절도사(水軍節度使)가 주재하던 병영(兵營).

33) 구신 금산 법고(法鼓): '법고(法鼓)'는 절에서 예불할 때나 의식을 거행할 때 치는 큰북. 혹은 부처 앞에서 치는, 쇠가죽으로 만든 조그마한 북. '구신'과 '금산'은 미상.

어이여라 톱질이야, 실근실근 박을 타세

흥보 부부는 추석을 맞이하여 제사 음식으로 박속이나 삶아놓자며 박을 탄다. 부부가 앉아 박 세 개를 타는데, 첫째 박에서는 돈궤와 쌀궤가, 둘째 박에서는 비단과 온갖 보물들이, 셋째 박에서는 양귀비가 나온다. 흥보는 양귀비를 첩으로 삼고 명당을 잡아 크고 좋은 집을 지어 남들이 부러워할 만큼 풍족하게 살게 된다. 이 대목에서 흥보와 같은 처지에 있던 당대 빈민들의 꿈이 구현된다.

이때는 어느 땐고 중추가절仲秋佳節 추석이라, 남의 집 소년들은 부모에게 효행하고 조상에게 제사를 지낼 제, 소나 양 같은 좋은 제물 동부서부 차려놓고 분향으로 재배할 제, 북망산北邙山 어른들은[1] 효행으로 돌아올 제,

1) 북망산(北邙山) 어른들은: 조상들은. 북망산은 중국 하남성 낙양의 북쪽에 있는 작은 산인데, 옛날 이 산에 제왕, 귀인, 명사들의 무덤이 많았다고 해서 무덤이 많은 곳, 사람이 죽어서 묻히는 곳을 북망산, 또는 북망산천이라고 부른다.

"우리 부모 죽은 고혼孤魂, 의지할 곳 없이 떠돌아다니는 외로운 넋 오기는 오련마는 나무 없고 양식 없어 외로이 탄식할 정도면 넋인들 아니 올까. 애기어멈 내 말 듣소. 저 박 한 통 따내어서 박속이나 삶아놓세. 혼령인들 모를쏜가."

추팔월秋八月 찬 이슬에 박이 열매를 맺어 견고하기는 금석金石, 쇠붙이와 돌. 매우 굳고 단단한 것을 비유적으로 이르는 말이요 색은 봄색이라,[2] 드는 도끼 들어메고 박 한 통 따내어 마당에 내려놓고 흥보 부부 박을 탈 제, 흥보 아내 이른 말이,

"이 박을 어서 타서 박속일랑 지져내어 부모 고혼 위로하고, 남은 속은 나누어 먹고 박짝일랑 팔아다가 양식 팔고 반찬 사, 굶어 누운 자식들과 연일 굶은 우리 부부 주린 배 채워봅세."

부부 앉아 톱질할 제,

"어이여라 톱질이야, 강구康衢의 문동요聞童謠[3] 하니 여민동락與民同樂, 임금과 백성이 함께 즐김 아니신가. 남훈전南薰殿 탄오성歎娛聲[4]은 잘 다스려져 화평한 세상에서 나는 소리라. 김제 만경 너른 뜰에 강피가시랭이가 없고 빛이 붉은, 피의 한 종류 훑는 저 사람아, 하루 일 도와주소. 성 지을 때 어이화[5]도 부질없고, 수양산首陽山[6] 깊은 골에 고사리 뜯으며 부르는 소리처럼 서로 어울러 맞아주소."

---

2) 색은 봄색이라: 빛깔이 좋다는 뜻임.

3) 강구(康衢)의 문동요(聞童謠): '강구'는 큰 길거리를, '문동요'는 아이들의 노래를 들음을 뜻한다. 중국 요(堯)임금이 자신이 세상을 잘 다스리고 있는지 알고 싶어 백성의 옷을 입고 길거리에 나갔더니 아이들이 태평스러움을 찬양하는 노래를 부르는 것을 들었다는 데서 온 말로, 태평성대를 비유적으로 표현한 것.

4) 남훈전(南薰殿) 탄오성(歎娛聲): 남훈전에서의 찬탄하고 즐기는 소리. 남훈전은 순임금이 남풍가(南風歌)를 지어 오현금(五絃琴)에 얹어 부르던 궁궐. 이 역시 태평성대를 비유적으로 표현한 것임.

5) 어이화: 노동요를 부르거나 혼잣말할 때 내뱉던 상투적 어구인 듯함.

6) 수양산(首陽山): 백이(伯夷) 숙제(叔齊)가 고사리를 뜯어 먹으며 살다 굶어죽었다는 중국의 산 이름.

실근실근 타놓으니 뜻밖에 박통 안에서 난데없는 궤 둘이 나오거늘, 홍보 깜짝 놀라,

"복 없는 자는 계란에도 뼈가 있다고, 어떤 놈이 박속은 긁어 먹고 남의 세간 파한 귀신상자를 돌아다니는가. 이것 다 버리고 천리만리 도망합세."

홍보 아내 이른 말이,

"죄 없으면 관계없으니 자세히 살펴보오."

자세히 살펴보니 금색의 큰 글씨로 새겼으되 "홍보 개탁開坼, 봉한 편지나 서류 따위를 뜯어 보라는 뜻"이라 두렷이 새겼거늘, 한 궤를 열고 보니 한 궤에는 돈이 가득 또 한 궤에 쌀이 가득,

"애고 쌀 여기 들었다."

비어내고 되어보니 쌀이 서 말이요 돈이 삼십 냥, 그 돈으로 반찬 사고 그 쌀로 밥을 지어 배불리 질끈 먹고 궤를 다시 돌아보니, 도로 쌀이 가득하고 도로 돈이 가득하니,

"허허 그 궤 미치겄다."

돌아섰다 비어내고 돌아섰다 비어내고, 하루를 비어내니 쌀이 삼천칠백 석, 돈이 삼만칠천 냥, 하루 내에 얻은 세간 석숭石崇, 중국 서진(西晉)의 대단한 부자 중 한 사람이를 부러워하며, 도주공陶朱公[7]을 원할쏘냐. 홍보 부부 주리다가 양식 많이 얻은 김에 밥을 많이 하여 어찌들 먹었던지, 홍보 아내 배는 배꼽을 만지려면 선반의 것 만지듯 하고,[8] 홍보는 배꼽에 거울 놓고 망건 쓰기 좋게 불렀구나. 주린 근심 곤궁타가 기쁜 마음 측량없이 까치걸음두 발을 모아서 뛰는 종종걸음 조래춤[9]을 덩치에 어울리지 않게

7) 도주공(陶朱公): 중국 춘추시대의 대단한 부자 중 한 사람으로, 월(越)나라의 범려(范蠡)를 말함. 도(陶) 땅에서 큰 부를 이루었으므로 '도주공'이라 불렸다.

8) 선반의 것 만지듯 하고: '선반'은 물건을 얹어두기 위해 까치발을 받쳐서 벽에 달아놓은 긴 널빤지를 말함. 선반의 것을 만지듯 한다는 것은 손이 닿지 않아 잘 만져지지 않는다는 뜻임.

자주 추며, 또 한 통을 들여놓고 지름 방향으로 박을 탈 제,

"천하장사 항項도령도 역발산力拔山[10] 무슨 일인고 의수야행衣繡夜行[11] 뿐이로다. 천하 부자 도주공도 도금淘金[12]해서는 내게 와 미칠쏘냐. 강 위의 떠 있는 배는 일천 석 실었도다.[13]"

노래하고 타놓으니, 이 통에는 온 천하제일 입으로 섬기고 눈으로 보던 것이 차례로 다 나올 제, 비단 먼저 나오는데, 소간부상삼백척笑看扶桑三百尺에 번듯 돋아 일광단日光緞,[14] 고소대상姑蘇臺上 악양루岳陽樓에 적선謫仙 아미峨眉 월광단月光緞,[15] 온 천하 산천초목 그려내니 지도문地圖紋, 지도가 그려진 비단 이태백 고래 타고 하늘로 간 후에 강남풍월 한단漢緞[16]이요,

---

9) 조래춤: 미상. 양주별산대에서 추는 춤사위의 하나로 '자라춤'이라는 주석이 있음. 자라춤은 양손을 번갈아서 머리 앞까지 올려서 손바닥을 젖혔다 뒤집었다 하다가 내리는 춤이라고 함.

10) 역발산(力拔山): 힘이 산을 뽑을 만큼 매우 셈을 이르는 말. 자기보다 힘이 강하지 못한 유방에게 해하(垓下) 싸움에서 져 사면초가(四面楚歌)에 몰린 상황에서 애첩 우미인을 위해 항우가 마지막 연회를 베풀면서 읊은 시에 나오는 말.

11) 의수야행(衣繡夜行): 항우가 "부귀를 하고 고향에 돌아가지 않는다면 마치 비단옷을 입고 밤길을 가는 것과 같으니 누가 알아줄 사람이 있겠는가"라고 한 데서 온 말. 아무리 잘해도 남이 알아주지 않는다는 뜻으로 활용됨. 여기서는 천하장사 항우도 대수롭지 않게 여겨진다는 뜻.

12) 도금(淘金): 사금을 일어서 금을 골라냄. 여기서는 도주공이 부자가 되었음을 뜻하는 말.

13) 강 위의 떠 있는 배는 일천 석 실었도다: 도주공 범여는 서시와 함께 오호로 돌아가 물물교역을 통해 많은 재산을 갖게 되었는데 그때의 정황을 표현한 것인 듯함. 여기서는 흥보의 부에 대한 갈망이 간접적으로 표현된 셈임.

14) 소간부상삼백척(笑看扶桑三百尺)에 번듯 돋아 일광단(日光緞): 소간부상삼백척은 '해 뜨는 곳 삼백 척을 웃으며 바라보니'의 뜻으로 『전등신화剪燈新話』「수궁경회록水宮慶會錄」에 나오는 구절이다. '일광단'의 '해'와, 해 뜨는 곳으로 알려진 '부상'을 관련지어 흥취 있게 표현하기 위한 수식 어구. 이하에서도 비단 이름과 관련된 수식 어구를 덧붙여 흥취를 높인 것임. 일광단은 해나 햇살 무늬를 놓은 비단.

15) 고소대상(姑蘇臺上) 악양루(岳陽樓)에 적선(謫仙) 아미(峨眉) 월광단(月光緞): 고소대와 악양루에서 노닐던 이태백의 시 「아미산월가峨眉山月歌」의 아미산에 뜬 달과 관련된 월광단. '고소대'는 중국 춘추시대에 오(吳)나라 임금 부차(夫差)가 지은, 강소성 고소산에 있는 누대. '악양루(岳陽樓)'는 중국 호남성(湖南省) 악양현에 위치한 성루. '월광단'은 달무늬를 놓은 비단.

16) 이태백 고래 타고 하늘로 간 후에 강남풍월 한단(漢緞): 한단은 '대단(大緞)'이라고도 하는, 중국 비단의 하나. [교감] 심정순 창본에 "태빅이 긔경비상텬(太白이 騎鯨飛上天)ᄒᆞ니 강남풍월이 한다년(江南風月이 閑多年)ᄒᆞ던 슈문단"으로 되어 있어 위 형태가 와전된 것임을 알 수 있다. 따라서 이 구는 본래 이태백이 고래를 타고 천상으로 올라간 뒤에 강남에서 풍월을 읊

동정호 밝은 달 화창한데 장부절개丈夫節槪 송금단松錦緞,[17] 태산에 올라보니 천하가 작은 것을 알게 되었다는 공자의 대단大緞[18]이라, 남양南陽 초당草堂 경치 좋은데 천하 영웅 와룡장단臥龍長緞,[19] 하늘나라 벼슬아치가 입는 금선金線, 금으로 선을 넣은 비단이요, 하늘 높이 뜬 해와 달처럼 밝은 명주明紬, 명주실로 무늬 없이 곱게 짠 피륙로다. 온 세상이 요란하고 어지러울 때 북소리와 고함소리 들리는 영초단英綃緞,[20] 두 나라 합전하니 접응接應하는 서초단西楚緞,[21] 두 나라 큰 싸움에 각색 좌초의 운초단,[22] 승전고를 꿍꿍 치니 항복받는 왜단倭緞[23]이라, 세상 어지러운 일을 쓸어내니 태평건곤泰平乾坤의 대원단,[24] 염불타령[25] 긴 풍류에 춤추기 좋은 장단, 구슬발 드리운 누각 초당에 번듯 들어 장자문[26], 큰방 골방 가로다지가로지르게 열고 닫는 문 국화새김 완자문卍字紋, 국화 무늬를 새기고 '卍' 자 모양을 이어서 만든 무늬 푸른 숲 덧가지에 얼크러졌다 넌출문[27], 통영칠統營漆 대모반玳瑁盤[28]의 안

는 일이 여러 해 동안 한산해졌다는 뜻임.

17) 동정호 밝은 달 화창한데 장부절개(丈夫節槪) 송금단(松錦緞): 송금단은 소나무가 그려진 비단을 이르는 듯함. 밝은 달과 장부의 절개를 소나무와 관련지은 것임.

18) 대단(大緞): 한단(漢緞). 본래는 '공부자의 대관(大觀)'이었을 텐데, 비단 이름처럼 형식을 부여하기 위해 '관'을 '단'으로 바꾼 것임.

19) 남양(南陽) 초당(草堂) 경치 좋은데 천하 영웅 와룡장단(臥龍長緞): 남양 초당은 중국 하남성의 남양현에 있던, 제갈량이 벼슬길에 나가기 전에 살던 집. 제갈량의 호가 '와룡'이었으므로 그것을 누워 있는 용이 새겨진 비단 이름과 관련지은 것임.

20) 영초단(英綃緞): 영초(英綃). 중국산 비단의 하나. 올은 가늘지만 씨가 좀 굵어 바닥이 꺼칠꺼칠한 비단임. 하지만 여기서는 전쟁과 관련된 것이므로 '영초(營哨)'라는 중의적 표현이 담김.

21) 두 나라 합전하니 접응(接應)하는 서초단(西楚緞): 두 나라가 맞서서 싸울 때의 초나라 비단.

22) 각색 좌초의 운초단: 미상.

23) 왜단(倭緞): 일본 비단. '항복받는 왜단'은 일본에 대한 적개심과 관련하여 끼워 맞춘 말임.

24) 태평건곤(泰平乾坤)의 대원단: '태평건곤'과 관련해 볼 때, '대원단(大願緞)'이 아닐까 함. 곧 태평한 세상을 바란다는 것을 비단 이름으로 끼워 맞춘 것이라 생각됨.

25) 염불타령: '염불도드리'의 잘못. 현악 영산회상의 일곱째 곡으로 보통 피리, 대금, 해금, 단소 또는 생황과 단소들의 작은 편성으로 연주됨.

26) 장자문(障子紋): 장지문(障紙門) 혹은 장자문(障子門) 무늬. 장자문은 한옥에서 주로 안방이나 사랑방 같은 큰 방이나 연이어 있는 방을 다양하게 쓰기 위해 둘로 나눌 때, 혹은 방과 마루 사이에 많이 설치한다. 여기서 '번듯 들어'는 장자문의 이러한 기능을 염두에 둔 수식 어구.

성유기安城鍮器 대접문,[29] 진귀한 음식 유밀과油蜜菓[30]에 적구충장積丘充腸 함포단含飽緞,[31] 닭싸움하는 아이들은 화창한 봄날 장원주,[32] 살던 사랑 정든 임은 날 버리고 가계주,[33] 두 손길 덥벅 잡고 가지 마소 도리불수桃李佛手,[34] 임 보내고 홀로 앉아 일장엄신一場掩身 사단[35]이요, 인간이별 만사 중에 독수공방獨守空房 상사단相思緞,[36] 하운다기夏雲多奇 운문雲紋[37]이요, 삼복더위 육화문六花紋,[38] 엄동설한嚴冬雪寒에 설릉雪綾[39]이라, 밥 구걸하는 과객過客 궁초宮綃[40]요, 절개 높은 은조사銀造紗,[41] 홍정 매매 갑사甲紗[42]

---

27) 넌출문: 길게 뻗어 나가 늘어진 식물의 줄기가 새겨진 무늬. '넌출문(門)'은 문짝 넷이 죽 잇달아 달린 문이라는 뜻이기도 함.

28) 통영칠(統營漆) 대모반(玳瑁盤): 통영에서 나는 질 좋은 칠을 한, 바다거북 등껍데기로 만든 쟁반.

29) 대접문: 대접만큼 크고 둥글게 놓은 비단의 무늬. 통영칠을 한 대모쟁반과 안성유기 같은 고급 그릇으로 손님을 대접한다는 뜻을 '대접문'과 관련지은 것임.

30) 유밀과(油蜜菓): 밀가루나 쌀가루 반죽을 적당한 모양으로 빚어 바싹 말린 후에 기름에 튀겨 꿀이나 조청을 바르고 튀밥, 깨 따위를 입힌 과자.

31) 적구충장(積丘充腸) 함포단(含飽緞): '적구충장'은 훌륭한 음식이 아니라도 입에 맞으면 배를 채운다는 의미로, 배불리 먹는다는 뜻을 비단 이름과 관련지은 것임.

32) 장원주: '壯元紬'로 풀이할 수 있다면, 노는 아이들 중 후일 장원급제자가 나올 수 있다는 것을 비단 이름과 관련지은 것이 됨. 원주(元紬)는 예전에, 중국에서 들어온, 명주와 비슷하며 네모난 잔무늬가 있는 비단임.

33) 가계주: 아롱아롱한 무늬가 있는 중국 비단. '가계'를 '가다'의 활용인 '가게'로 보아 수식 어구를 덧붙인 것임.

34) 도리불수(桃李佛手): '도리불수'는 복숭아와 자두처럼 생긴 노리개를 말하나, 여기서는 그 앞 구절과 관련지어 볼 때 머리를 좌우로 흔드는 '도리질'의 '도리'와 '不' 자를 합성한 것으로 여겨짐. '가계주'는 이 '도리불수'와 상반되는 짝임.

35) 일장엄신(一場掩身) 사단: '사단'은 지어낸 비단 이름인 듯함. '사단'을 '死緞'으로 풀이한다면 몸을 가린 채 죽는다는 뜻이 되고, '思緞'으로 풀이한다면 몸을 가린 채 임을 생각한다는 뜻이 됨.

36) 독수공방(獨守空房) 상사단(相思緞): 혼자서 지내며 임을 그리워하는 비단이라는 뜻으로, '독수공방'에 짝을 맞추어 지어낸 비단 이름.

37) 하운다기(夏雲多奇) 운문(雲紋): '운문(雲紋)'은 구름 모양 무늬 혹은 그런 무늬가 있는 비단을 뜻하므로, '雲' 자가 들어 있는, 도연명(陶淵明)의 「사시四時」의 한 구절 "하운다기봉(夏雲多奇峰)"을 따와서 덧붙인 것임.

38) 삼복더위 육화문(六花紋): '육화'는 본래 눈[雪]을 뜻하기 때문에 삼복더위와는 어울리지 않으나, 오히려 그 때문에 시원해질 수 있다고 보아 이를 관련지은 것임.

39) 엄동설한(嚴冬雪寒)에 설릉(雪綾): 비단이름인 '설릉'에다 '설(雪)' 자가 들어 있는 '엄동설한'을 덧붙여 꾸민 것임.

로다. 서부렁섭적 세발랑릉細-浪綾,[43] 월하사주月下四柱 방사주紡紗紬[44]며 팔양주정[45] 광주 해주 자주紫紬 원주 자주紫紬[46] 함경도 육진포六鎭布[47] 해남포海南布[48] 회령 종성 망사포網紗布[49] 제출리선나이[50] 고양목高陽木[51] 야달리목[52] 봉산세목鳳山細木[53] 만경목萬頃木[54] 황저포黃苧布[55] 장성 모시 반누비[56]며 꾸역꾸역 다 나올 제,

온갖 보물 다 나올 제, 황금 석금石金[57] 은금銀金이며, 십상 천은天銀[58] 오동烏銅[59] 백통 짐퉁[60] 시우쇠[61]며, 밀화蜜花[62] 금패錦貝[63] 호박琥珀 진주

40) 밥 구걸하는 과객(過客) 궁초(宮綃): '궁초'는 엷고 무늬가 둥근 비단의 이름이지만, '궁(宮)'을 '궁(窮)'으로 보고 그와 관련되는 어구를 덧붙여 꾸민 것임.

41) 절개 높은 은조사(銀造紗): '은조사'는 여름 옷감으로 쓰는 사(紗)의 이름인데, 그 이미지를 절개로 보아 덧붙여 꾸민 것임.

42) 흥정 매매 갑사(甲紗): '갑사'는 품질이 좋은 얇은 비단 이름인데, 발음이 '값싸'와 통하므로 '값이 싸서 사고팔기에 좋다'는 뜻으로 꾸민 것임.

43) 서부렁섭적 세발랑릉(細-浪綾): '서부렁섭적'은 힘들이지 않고 가볍게 움직이는 몸짓을 나타내는 의태어이고, '세발랑릉'은 발이 가늘고 얇은 비단 이름임.

44) 월하사주(月下四柱) 방사주(紡紗紬): '월하노인'은 부부의 인연을 맺어준다는 전설상의 노인이므로, '월하사주'는 좋은 사주를 뜻함. '방사주'는 비단의 이름이지만 '사주(四柱)'와 같은 음이 있어 관련지은 것임.

45) 팔양주정: 미상.

46) 해주 자주(紫紬) 원주 자주(紫紬): '해주'와 '원주'는 '자주'가 생산되는 지명인 듯하며, '자주'는 자줏빛이 나는 명주임.

47) 육진포(六鎭布): 함경도 육진이 있던 곳에서 나는 삼베.

48) 해남포(海南布): 전남 해남에서 나던 올이 가는 삼베.

49) 망사포(網紗布): 그물과 같이 성기게 짠 베. 회령과 종성에서 생산되던 베인 듯함.

50) 제출리선나이: 미상.

51) 고양목(高陽木): 경기도 고양에서 나는 무명.

52) 야달리목: 야달리에서 나는 무명. '야달리'는 어디인지 미상.

53) 봉산세목(鳳山細木): 황해도 봉산에서 나는 올이 가늘고 고운 무명.

54) 만경목(萬頃木): 앞의 비단 이름과 관련지어 볼 때 전북 김제시 만경에서 나는 무명을 이르는 듯함.

55) 황저포(黃苧布): 경상북도에서 나는 삼베의 하나. 삼의 겉껍질을 긁어 버리고 만든 실로 짬.

56) 반누비: '누비'는 두 겹의 천 사이에 솜을 넣고 줄이 죽죽 지게 박는 바느질, 또는 그렇게 만든 물건을 말하므로, '반누비'는 반쯤 누빈 물건을 뜻한다고 볼 수 있음.

57) 석금(石金): 돌에 박혀 있는 금.

58) 십상 천은(天銀): '십상'은 일이나 물건 따위가 어디에 꼭 맞는 모양을 나타내는 말이므로, 아마 품질이 가장 뛰어난 은일 것이라는 뜻임.

대모玳瑁[64] 유리瑠璃[65] 산호珊瑚 옥석이며, 우황牛黃[66] 구황狗黃[67] 당황唐黃[68] 이며, 인삼 사삼沙蔘[69] 동삼童參이며, 해구신海狗腎[70] 녹용鹿茸 사향麝香[71] 인물향人物香[72] 석경향石鏡香[73] 용두비치개[74] 옥쾌상[75]과, 총담[76] 백담白毯[77] 홍담紅毯[78]이며, 당칠보唐七寶[79] 황대추 가진 죽절竹節[80] 금봉채金鳳釵[81] 북도월자[82] 이백 자루 산호반상 순금반상 안성유기 연엽반상蓮葉飯床 왜

59) 오동(烏銅): 검붉은 빛이 나는 구리. 오금(烏金)과 같은 광택이 있어 장식품으로 많이 쓴다.
60) 백통 짐퉁: 구리의 합금으로 이루어진 금속들을 일컫는 듯함.
61) 시우쇠: 무쇠를 불려서 만든 쇠붙이의 하나.
62) 밀화(蜜花): 밀랍 같은 누런빛이 나고 젖송이 같은 무늬가 있는 호박(琥珀).
63) 금패(錦貝): 호박(琥珀)의 하나. 빛깔이 누렇고 투명하며, 사치품으로 쓰인다.
64) 대모(玳瑁): 대모갑(玳瑁甲). 대모의 등과 배를 싸고 있는 껍데기. 주로 장식품이나 공예품을 만드는 데 쓴다.
65) 유리(瑠璃): 황금색의 작은 점이 군데군데 있고 거무스름한 푸른색을 띤 광물. 거무스름한 푸른빛이 나는 보석.
66) 우황(牛黃): 소의 쓸개 속에 병으로 생긴 덩어리. 열을 없애고 독을 푸는 작용을 하여, 중풍·열병·경간(驚癎) 따위에 쓴다.
67) 구황(狗黃): 개의 쓸개 속에 든 결석을 한방에서 이르는 말. 푸른빛을 띤 흰 돌 같은데 중풍이나 악창(惡瘡) 치료에 쓴다.
68) 당황(唐黃): 당나라에서 생산된 황(黃). '황'은 우황이나 구황 따위가 들어 있는 한약.
69) 사삼(沙蔘, 砂蔘): 더덕의 뿌리를 한방에서 이르는 말. 성질은 약간 차고 맛이 달며 기침을 멈추게 하고 담을 제거하는 데 쓴다.
70) 해구신(海狗腎): 물개의 음경과 고환을 한방에서 이르는 말. 보신 강정제로 쓴다.
71) 사향(麝香): 사향노루의 사향샘을 건조하여 얻는 향료. 어두운 갈색 가루로 향기가 매우 강하다. 강심제, 각성제 따위의 약재로 쓴다.
72) 인물향(人物香): 향을 넣어 향기를 풍기도록 만든 사람 모양의 패물.
73) 석경향(石鏡香): 향을 넣어 향기를 풍기도록 만든 거울.
74) 용두비치개: 용머리 장식을 한 거울을 뜻하는 듯하나 미상임.
75) 옥쾌상: 옥으로 만든 괘상. '괘상'은 문방구를 넣어두는 방 세간의 하나. 네모반듯한데 위 뚜껑을 좌우 두 짝으로 달았으며, 서랍이 하나 있고 밑이 비었다.
76) 총담: 미상.
77) 백담(白毯): 짐승의 털을 물에 빨아 짓이겨 편평하고 두툼하게 만든 흰 빛깔의 조각.
78) 홍담(紅毯): 붉은 빛깔의 담. '담'은 곧 '백담'으로, 짐승의 털을 물에 빨아 짓이겨 편평하고 두툼하게 만든 흰 빛깔의 조각.
79) 당칠보(唐七寶): 당나라에서 들어온 칠보. '칠보'는 금, 은, 구리 따위의 바탕에 갖가지 유리질의 유약을 녹여 붙여서 꽃, 새, 인물 따위의 무늬를 나타내는 공예 또는 그 공예품.
80) 죽절(竹節): 대로 만든 값싼 비녀.
81) 금봉채(金鳳釵): 머리 부분에 봉황의 모양을 새겨서 만든 금비녀.

화기倭畵器[83] 당화기唐畵器[84] 청유리병 황유리병 천은天銀숟[85] 구리저 안성 유기 통영칠판 일층 이층 오동화로烏銅火爐 놋재떨이 은타기銀唾器[86] 대필大筆 중필中筆 초필抄筆[87]이며, 백지白紙[88] 간지簡紙[89] 오색당지五色唐紙[90] 순창 갓모[91] 송도개성의 옛 이름 유삼油衫[92] 담양 삿갓 철편鐵鞭[93] 등채[94] 마상도馬上刀며, 말안장 자화초[95] 세살장지[96] 가로다지 대모 선반 은손[97] 받쳐 꾸역꾸역 다 나온다.

또 한편 바라보니, 등안장 금안장 은입사銀入絲[98] 후걸이[99] 능피 녹피鹿皮[100] 청서피靑鼠皮[101] 진신[102] 마른신[103] 소발막 대발막[104] 운혜雲鞋[105]

---

82) 북도월자: '북도'는 미상. '월자(月子)'는 다리라고도 하는데, 여자의 머리숱이 많아 보이게 하기 위하여 덧넣는 땋은 머리를 말함.
83) 왜화기(倭畵器): 그림을 그린, 일본식 사기그릇.
84) 당화기(唐畵器): 채화(彩畫)를 그려 넣어 구운 중국의 사기그릇. 또는 중국에서 만든 청화자기(靑華瓷器)를 본떠 만든 그릇.
85) 천은(天銀)숟: 좋은 품질의 은으로 만든 숟가락.
86) 은타기(銀唾器): 은으로 만든 '타구'. '타구'는 가래나 침을 뱉는 그릇.
87) 대필(大筆) 중필(中筆) 초필(抄筆): 대필은 큰 붓, 중필은 중간 크기의 붓, 초필은 잔글씨를 쓰는, 작고 가느다란 붓을 각각 말함.
88) 백지(白紙): 닥나무 껍질로 만든 흰빛의 우리나라 종이.
89) 간지(簡紙): 두껍고 품질이 좋은 편지지.
90) 오색당지(五色唐紙): 다섯 가지 색깔의 당지. '당지'는 예전에, 중국에서 만든 종이의 하나.
91) 순창 갓모: 전북 순창에서 나는 갓모. '갓모'는 사기그릇을 만드는 물레의 밑구멍에 끼우는, 사기로 된 고리.
92) 송도 유삼(油衫): 개성에서 나는 유삼. '유삼'은 기름에 결은 옷. 비, 눈 따위를 막기 위하여 옷 위에 껴입는 옷.
93) 철편(鐵鞭): 예전에 포교(捕校)가 가지고 다니던 채찍.
94) 등채(藤-): 무장(武裝)할 때 쓰던 채찍. 굵은 등(藤)의 도막 머리 쪽에, 물들인 사슴 가죽이나 비단 끈을 달았음.
95) 자화초: 약재 이름인 듯하나 미상.
96) 세살장지: 가는 살로 만든 장지. '장지'는 방과 방 사이, 또는 방과 마루 사이에 칸을 막아 끼우는 문.
97) 은손: 선반 따위를 받치는 기구인 듯하나 미상임.
98) 은입사(銀入絲): 은줄을 새겨 넣어 장식한 주석 그릇.
99) 후걸이: 말의 안장에 걸어서 말 궁둥이를 꾸미는 여러 가지 기구.
100) 녹피(鹿皮): '녹비'의 원말. 사슴 가죽.
101) 청서피(靑鼠皮): 날다람쥐나 하늘다람쥐의 가죽.

짚신 나무신 엄짚신[106]이며, 청치[107] 굴치 덥덜치[108] 적쇠 식칼 벙거짓골[109] 채칼[110] 목칼[111] 국수판[112]과 흑각黑角[113] 생각生角[114] 큰활 중활 망건당줄에 암풍채 만서두리[115] 색실 갓끈 은귀영자[116] 밀화장도蜜花粧刀[117] 옥장도玉粧刀,[118] 꾸역꾸역 다 나온다.

흥보 아내 비단 보고,

"저기 아로롱아로롱한 비단은 무슨 비단이오?"

흥보 알 수 없어 대답을 팍팍하게[119] 하여,

"그게 아로롱비단[120]이지. 그 비단으로 옷 하여 봅세. 아서라."

또 한 통을 들여놓고, 흥보 술잔이나 먹고 취하여 경충거리며 박을 탈 제,

---

102) 진신: 예전에, 진땅에서 신도록 만든 신. 물이 배지 않게 들기름에 결은 가죽으로 만들었음.
103) 마른신: 기름으로 결지 아니한 가죽신. 마른땅에서만 신는 신.
104) 소발막 대발막: 작은 발막과 큰 발막. '발막'은 예전에, 흔히 잘사는 집의 노인이 신었던 마른신.
105) 운혜(雲鞋): 여자들이 신는 마른신의 하나. 앞코에 구름무늬를 놓는다.
106) 엄짚신: 상제(喪制)가 초상 때부터 졸곡(卒哭) 때까지 신는 짚신.
107) 청치: 현미에 섞인, 덜 여물어 푸른 빛깔을 띤 쌀알. 또는 푸른 털이 얼룩얼룩한 소.
108) 굴치 덥덜치: 미상.
109) 벙거짓골: 전골을 지지는 그릇. 무쇠나 곱돌로 벙거지를 잦혀놓은 모양처럼 만든다.
110) 채칼: 야채나 과일 따위를 가늘고 길쭉하게 채 치는 데 쓰는 칼.
111) 목칼: '예새'의 잘못. 도자기를 만들 때 흙으로 그릇 모양을 만들어 매끈하게 다듬는 데 쓰는 나무칼.
112) 국수판: 칼국수를 만들 때 쓰는 판.
113) 흑각(黑角): 빛깔이 검은 물소의 뿔.
114) 생각(生角): 저절로 빠지기 전에 잘라낸 사슴의 뿔. 삶지 아니한 짐승의 뿔.
115) 암풍채 만서두리: 미상.
116) 은귀영자: 영자(纓子)의 일종인 듯함. '영자'는 조선시대에, 벼슬아치의 갓끈을 다는 데 쓰던 고리.
117) 밀화장도(蜜花粧刀): 밀화로 꾸민, 주머니 속에 넣거나 옷고름에 늘 차고 다니는 칼집이 있는 작은 칼.
118) 옥장도(玉粧刀): 자루와 칼집을 옥으로 만들거나 꾸민 작은 칼.
119) 팍팍하다: 음식이 물기나 끈기가 적어 목이 멜 정도로 메마르고 부드럽지 못하다. 여기서는 흥보가 그것이 무슨 비단인지 알 수 없어 자신 없이 말하는 모양을 형용한 말.
120) 아로롱비단: 가상의 비단 이름. 흥보가 무슨 비단인지 몰라 둘러댄 말.

"짧은 시간 동안 박통 둘에 천하의 중한 보물을 얻었으니 이 박은 타 놓거든 어여쁜 첩이나 들르소서."

실근실근 툭 타놓으니 만고의 절색 여인 하나 흥보 앞에 썩 나서니, 흥보 크게 놀라,

"어떠한 여인이오?"

저 여인 대답하되,

"내가 과연 '비'로소이다."

흥보 이른 말이,

"비라니 무슨 비요? 임진왜란 팔 년 동안 충무공의 승전비勝戰碑냐, 금산錦山 싸움 패전하니[121] 승려 장수 영규靈圭[122] 청총비靑塚碑[123]냐, 각도 방백 각읍 수령 백성 잘 다스렸다는 선정비善政碑냐, 맹자의 이른 말씀 제환공齊桓公[124]의 공열비[125], 청룡도[126] 적토마[127]의 유현덕劉玄德의 관우關羽 장비張飛, 봄바람에 고운 얼굴 화공이 잘못 그리니[128] 왕소군王昭君의 명비明妃냐, 서시북납주춘공[129]하니 제갈공명의 모정비慕情碑[130]냐, 마음

121) 금산(錦山) 싸움 패전하니: 1592년(선조 25) 임진왜란이 일어나자 영규(靈圭)가 500명의 승병을 모아 의병장 조헌(趙憲)과 함께 청주(淸州)를 수복하고 이어 금산(錦山)에 이르러 왜군과 격전 끝에 조헌 등 700의사(義士)와 함께 순국한 사건을 이름.

122) 영규(靈圭): 조선 중기의 승병장(僧兵將). 임진왜란이 일어나자 승병을 모아 의병장 조헌과 함께 청주를 수복하고 금산에 이르러 왜군과 격전 끝에 순국한 인물.

123) 청총비(靑塚碑): 푸른 이끼가 낀 무덤 앞의 비석. 여기서는 충남 금산군에 있는 의병승장비를 말한다.

124) 제환공(齊桓公): 중국 춘추시대 제(齊)나라의 군주. 관중(管仲)을 등용하여 개혁을 진행하고 여러 차례 제후들 간의 동맹을 체결하여 맹주로서의 위신을 세워 춘추시대의 첫번째 패왕이 된 인물.

125) 공열비: 미상.

126) 청룡도: 중국소설『삼국지연의三國志演義』에 나오는 관우(關羽)의 무기로, 청룡언월도(靑龍偃月刀)의 약칭.

127) 적토마: 중국의 삼국시대 촉(蜀)나라의 무장 관우가 타던 명마(名馬).

128) 봄바람에 고운 얼굴 화공이 잘못 그리니: 두보(杜甫)의「영회고적詠懷古跡」셋째 수의 한 구절인 '화도성식춘풍면(畫圖省識春風面)'. 두보의 이 시는 왕소군을 추도한 작품임.

129) 서시북납주춘공: 미상.

속으로 그를 위해 슬퍼해도 소용없다고[131] 하던 양숙자羊叔子[132]의 타루비墮淚碑[133]냐, 만세에 걸쳐 백성들을 살피니 대성전大成殿[134] 앞의 하마비下馬碑[135]냐, 해산양능해민[136]하□ 요순 시절의 구련비[137]냐, 백성들의 집에 예사롭게 날아든다던[138] 신표信標하는 저 제비냐?"

저 여인 대답하되,

"마외역馬嵬驛[139] 저문 날에 당현종께 하직하던 내 이름은 양귀비요. 내 자는 옥진玉眞이오. 수왕壽王[140]의 아내 되어 현종의 첩으로서 안녹산安祿山[141] 고역사高力士[142]를 샛서방으로 하여 살았더니, 후생 연분은 당신이므로 삼생三生의 연분을 맺자 하고, 강남 황제 명을 받아 그대 첩이

130) 모정비(慕情碑): 충정을 기리기 위해 세운 비석을 말하는 듯함.

131) 마음속으로 그를 위해 슬퍼해도 소용없다고: 이백(李白)의 「양양가襄陽歌」 중 한 구절인 '심역불능위지애(心亦不能爲之哀)'. 여기서 '그'는 양호(羊祜)를 말한다.

132) 양숙자(羊叔子): 중국 서진(西晉)시대 사마염(司馬炎)의 휘하에 있었던 명장 양호(羊祜).

133) 타루비(墮淚碑): 눈물을 흘리는 비. 사마염(司馬炎)이 서진을 세우고 황제로 있을 때, 명장인 양호가 그때까지 명맥을 이어온 삼국의 하나인 오(吳)나라를 치다가 뜻을 이루지 못하고 병들어 죽자, 사마염이 양호를 위해 호북성 양양현의 현산에 비를 세웠는데, 그 비문을 보는 사람마다 그를 생각하며 울어서 붙은 이름.

134) 대성전(大成殿): 문묘 안에 공자의 위패를 모신 전각.

135) 하마비(下馬碑): 조선시대에, 누구든지 그 앞을 지날 때는 말에서 내리라는 뜻을 새겨 궁가, 종묘, 문묘 따위의 앞에 세웠던 비석.

136) 해산양능해민: 미상.

137) 구련비: 미상.

138) 백성들의 집에 예사롭게 날아든다던: 중국 당나라 시인 유우석(劉禹錫)의 시 「오의항烏衣巷」의 마지막 구절 '비입심상백성가(飛入尋常百姓家)'. 귀족들의 집에서 살던 제비들이 지금은 평범한 백성들의 집에도 예사롭게 날아든다는 뜻. 제비 역시 '비' 자로 끝나는 말이기 때문에 끌어들인 것임.

139) 마외역(馬嵬驛): 현재 중국 섬서성 흥평현에 있는 곳으로, 양귀비가 안녹산의 난을 만나 이곳에서 죽임을 당했음.

140) 수왕(壽王): 당현종의 제18왕자. 이름은 이모(李瑁). 양귀비는 처음에 수왕의 왕비였음. 나중에 당현종이 수왕에게서 빼어와 자신의 귀비로 삼았음.

141) 안녹산(安祿山): 중국 당나라 때 반란을 일으킨 무장(武將).

142) 고역사(高力士): 당나라의 환관(宦官). 현종 즉위 때 태평공주(太平公主) 일당을 물리친 공으로 황제의 신임을 얻었으며 현종과 양귀비의 총애를 배경으로 하여 마음껏 권세를 휘둘렀음.

되자 하고 박통 속으로 나왔사오니 조금도 의심 마오."

홍보 정직한 마음에 이 말 듣고,

"양귀비 아씨시오. 내게는 당찮소. 개 발에 대갈[143]이오."

공손히 보이려고 양귀비 나오는데, 서왕모 요지연에 반도蟠桃를 진상進上한 듯,[144] 십오야 밝은 달이 떼구름을 헤치는 듯,[145] 홍보에게 보이니 홍보 눈이 부셔 정신이 망태에 내둘리는 듯[146]하더니라. 홍보 수만금 횡재하고 양귀비를 얻었으니 기쁜 기색이 얼굴에 가득하여,

"얼씨구 내 사랑아 좋은 첩을 얻었구나."

그중에 문자 쓰되 "고소원固所願이나 불감청不敢請"[147]이라.

양귀비를 첩을 삼고 사랑하며 지낼 적에, 좋은 명당 새로 잡아 사면四面 팔척八尺 와가瓦家성주[148] 크고 좋은 집 지어두고, 후원에 약초밭 갈아 인삼 사삼 갖추어 심어 당나라의 옛 고추며 상사목[149]에 봉鳳을 키워 오동梧桐 속에 깃들이게 하고, 앞뜰에 버들 심어 정자로 삼아두고, 푸른 솔 검은 대를 심어 사면으로 울타리 삼고, 삼산三山[150]은 앞에 있고 영주산瀛州山은 뒤에 있다, 거울 같은 연못가에 오류선생五柳先生[151] 수양버

143) 개 발에 대갈: 개 발에 (놋)대갈. '대갈'은 말굽에 편자를 박을 때 쓰는 징을 말함. 옷차림이나 지닌 물건 따위가 제격에 맞지 아니하여 어울리지 않음을 비유적으로 이르는 말.

144) 서왕모 요지연에 반도(蟠桃)를 진상(進上)한 듯: 양귀비의 모습이 마치 선녀가 천도복숭아를 바치는 것같이 공손하고 어여쁘다는 것을 비유하는 말.

145) 십오야 밝은 달이 떼구름을 헤치는 듯: 양귀비가 홍보 앞에 나타나는 모습을 음력 보름날 밤, 특히 음력 8월 보름에 구름 속에서 달이 나오는 모양에 비유하는 말.

146) 정신이 망태에 내둘리는 듯: 망태를 이리저리 흔들 때의 어지러운 모양을 따옴. 정신이 아찔하여 어지러워졌다는 뜻.

147) 고소원(固所願)이나 불감청(不敢請): 본디부터 바라던 바나 감히 청하지 못함.

148) 와가(瓦家)성주: 기와집을 새로 지음. '성주'는 집을 다스리는 신이나 여기서는 새로 집을 짓는 일로 쓰이고 있음.

149) 상사목: 두드러진 턱이 있고 그다음이 잘록하게 된 골짜기.

150) 삼산(三山): 중국 전설에 나오는 봉래산(蓬萊山), 방장산(方丈山), 영주산(瀛州山)을 통틀어 이르는 말.

151) 오류선생(五柳先生): 중국 진(晉)나라의 도연명이 그의 집에 버드나무 다섯 그루를 심어놓고 스스로 이르던 호(號).

들 문밖 물가에 흩날리고, 밤에는 독서당에서 자식 글 읽히고 어린 자식 젖 물리며, 인정 있는 부부 마주 앉아 세간 의논하니, 보고 듣는 세상사를 마음대로 하고 사니 홍보 팔자 뉘 아니 부러워하리.

부자가 된 흥보를 찾아가는 놀보

놀보는 흥보가 부자가 되었다는 말을 듣고 속으로 골병들어 죽을 것 같아 심술이나 부려볼까 하고 흥보집으로 간다. 처음에는 도적질을 했을 것이라고 의심하다가 흥보에게서 부자가 된 사연을 듣고는, 세간을 반으로 나누자며 집으로 돌아온다. 흥보집에서 놀보는 매를 맞기도 하고 장판 위 미끄러운 부분을 디뎌 넘어지기도 하며 미친 사람 취급을 받기도 하는데, 이런 장면들이 흥미롭게 그려진다.

이때 놀보놈이 흥보 부자 되었다는 말을 듣고 화를 내어,

"엊그제 내 집에 밥 빌러 왔다 질끈 맞고 갔건마는 어느새 천하 부자가 되었단 말이냐. 옳지. 이놈이 어려서 도적질에 싹수가 있더니 필경이 밤에 잠을 아니 자는 놈이로고. 이놈의 집에 무슨 심술을 부려볼꼬. 이놈의 집에 해를 못 부리면 속으로 골병들어 죽겠고, 이놈의 집에 불을 질러서는 내 차지가 없을 듯하니, 이삼 일 저녁을 재치 있게 다니면 모두 내 것 될 것이니, 적당한 날을 보아 오늘 저녁부터 마수걸이맨 처음으로 물건을 파는 일. 또는 거기서 얻은 소득로 도적질 가리라."

하고 독을 질근 지고 저녁밥 일찍 먹고 시커멓게 옷 차려입고, 홍보집 근처에 가 어칠어칠[1] 다니다가 속에서 수전증이 나 벌벌 떨며 몸을 숨기고 섰을 적에, 홍보집 개 청구 홍구 네눈이 반동갱이 호박이 중강아지 컹컹 짖고 냅다 서니, 놀보놈이 기가 막혀,

"아뿔싸 떠날 때 운수가 안 좋더니 첫 일이 잘 안 되는구나."

속으로 개만 꾸짖어서 이 개 워리워리 아무리 달래어도 갈수록 중강아지란 놈이 더 들이치니 놀보 질색하여,

"이 네미 씹할 중강아지 내가 네 어미 죽인 원수냐. 어찌 내게 그리 야속하게 짖느냐."

이리할 제 홍보 사랑에 앉아 듣다 하인 불러,

"밖에 인적이 있는 듯하니 내다보아라."

주창周倉 같은[2] 종 십여 명이 일시에 달려들어,

"도적놈 여기 있다. 이놈 뒤틀어 잦혀 매자."

무거운 철편으로 후려쳐 탕탕 치니 놀보 기가 막혀,

"애고 재 너머 놀보 나 죽는다."

홍보 사랑에 앉았다가,

"이것이 웬 말이냐."

버선발로 냅다 서서,

"형님 이게 웬일이오?"

놀보 눈을 얼음에 자빠진 쇠눈 뜨듯 하고 누워,

"이놈 홍보야 네 일을 내가 안다. 내 입을 건드리면 잘 나는 증症 건드린 것처럼 매우 어려우리라[3]. 나 온 줄 짐작하고 조래꾼[4] 빨리 꾸며

1) 어칠어칠: '어치렁어치렁'의 준말. 키가 조금 큰 사람이 힘없이 몸을 조금 흔들며 자꾸 천천히 걷는 모양.

2) 주창(周倉) 같은: 주창같이 재치 있고 재빠른. 주창은 『삼국지연의』에서 관우를 섬기면서 항상 관우와 함께 행동하던 장수.

나를 봉패逢敗, 낭패를 당함시키니 내가 네 집에 도적질하려고 다른 생각 먹고 왔단 말이냐. 내가 무슨 나쁜 마음을 먹은 사람이냐. 평생 원員 없어도 살 사람을 해치고자 한단 말이냐."

홍보 거동 보소. 형의 소매 부여잡고,

"옛 사람 장공예張公藝[5]는 구 대九代가 한집에서 살며 참을 인忍 자 일렀으니 남이 볼까 부끄럽소. 어서 방으로 들어가사이다."

놀보 홍보에게 붙들려 지벅지벅 들어가다 장판방壯版房 미끄러운 부분을 디뎌 뒤꼭지로 꿍 넘어지며,

"옳다 이놈 네 잘한다. 병자년 원수풀이[6]하는구나. 사람 들어오는데 얼음 깔아 은근히 골리기로 들었구나."

홍보 이른 말이,

"얼음이 아니라 장판이오."

"이놈 거짓말 마라. 내가 너보다 한 살이나 더 먹었으되 장판 말을 처음 듣는다."

이렇듯 말을 할 제 사방 벽을 살펴보니 그림치레 솜씨가 있다. 소간부상삼백척笑看扶桑三百尺[7]하니 금계제파일륜홍金鷄啼罷日輪紅[8]이 동쪽 벽에

3) 잘 나는 증(症) 건드린 것처럼 매우 어려우리라: 잘 나타나 좀처럼 낫지 않는 증세를 건드린 것처럼 회복하기 어려울 것이다. 홍보가 도적질해서 부자가 되었다는 말을 놀보가 꺼내면 만회하기 어려운 큰일이 날 것이라는 뜻.

4) 조래꾼: '조래'는 '도뢰(圖賴)', 곧 말썽이나 일을 저질러놓고 그 허물을 남에게 덮어씌우는 일을 뜻하는 듯함. '-꾼'은 그런 일을 전문적으로 하는 사람.

5) 장공예(張公藝): 중국 당나라 때 사람으로 구대(九代)가 동거했다고 함. 당시 당고종이 그에게 동족끼리 화목한 이유를 물으니, 참을 인(忍) 자 백여 개를 써서 바쳤다고 함. 고종이 이를 칭찬하고 비단 백 필을 하사했다고 함.

6) 병자년 원수풀이: 병자호란 때 당한 일에 대해 원수를 갚으려는 듯이 한다는 뜻.

7) 소간부상삼백척(笑看扶桑三百尺): '부상'은 해가 뜨는 동쪽 바닷속에 있다고 하는 상상의 나무, 또는 그 나무가 있다는 곳을 뜻함. 하지만 그곳을 그린 그림이라기보다는, 사방 벽의 그림을 구체화하기 위해 『전등신화剪燈新話』 「수궁경회록水宮慶會錄」의 시구를 활용한 것이라 보는 것이 옳음. 「수궁경회록」에서 여선문(余善文)이 광리왕(廣利王)의 초청을 받아 용궁으로 가서 상량문(上樑文)을 지어주는데, 이 부분의 시구들은 이때 여선문이 각각 동서남북 들보를

붙어 있고, 요식봉강관기허要識封壃寬幾許요 대붕大鵬이 비진수여람飛盡水如藍이 남쪽 벽에 붙어 있고, 후야요지왕모강後夜瑤池王母降하니 일쌍청조향인제一雙青鳥向人啼라 서쪽 벽에 붙어 있고, 요첨하처시중원遙瞻何處是中原고 일발청산부취색一髮青山浮翠色[9]이 북쪽 벽에 붙어 있고, 능화菱花 도벽塗壁[10] 명필 명화 곳곳에 붙였으니,

놀보 정신 놓고 앉아 있을 때, 흥보 이른 말이,

"작은아들 큰아들아 형님이 와 계시니 너희들도 다 와 뵈옵고 너희 모친께 들어가서 형님 오셨단 말씀 하고 강남사람[11] 급히 나와 형님 전에 뵈오래라."

집안 단속 단단히 한 뒤에 흥보 첩 나올 적에, 옥 같은 고운 얼굴 반분때[12]로 다스리고, 감태같은 채머리[13] 산호 비녀로 낭자여자의 예장(禮裝)에 쓰는 딴머리의 하나. 쪽 찐 머리 위에 덧대어 얹고 긴 비녀를 꽂는다하고, 밀화장도蜜花粧刀 옥장도玉粧刀며 주렁주렁 채웠는데, 두 갈래 산길 물 찬 제비 영성군댁靈城君宅[14]

읊은 시구들임.

8) 금계제파일륜홍(金鷄啼罷日輪紅): '금계 울음 그치면 둥근 해가 붉게 솟으리라'의 뜻으로 『전등신화』「수궁경회록」에 나오는 구절임. 해가 솟아 도도수(桃都樹)를 비추면 금계가 울고 이어서 온 세상의 닭들도 따라서 운다고 함.

9) 요식봉강관기허(要識封壃寬幾許), 대붕비진수여람(大鵬飛盡水如藍), 후야요지왕모강(後夜瑤池王母降), 일쌍청조향인제(一雙青鳥向人啼), 요첨하처시중원(遙瞻何處是中原), 일발청산부취색(一髮青山浮翠色): '뉘가 알리요, 이 강토 넓이가 어느 정도인지를' '대붕이 날아 닿은 곳 쪽빛 물결 다한 곳이로다' '한밤중 요지에 서왕모 내려오니' '한 쌍의 청조는 소식 알리려 우는구나' '아득히 바라뵈는 어느 곳이 중원이뇨' '아득히 먼 청산에는 푸른빛이 감도네'. 『전등신화』「수궁경회록」에 나오는 구절들임.

10) 능화(菱花) 도벽(塗壁): 마름꽃 무늬로 벽을 장식한 것.

11) 강남사람: 박에서 나와 흥보의 첩이 된 양귀비를 지칭함.

12) 반분때: '분(粉)'은 얼굴빛을 곱게 하기 위하여 얼굴에 바르는 화장품의 하나이며, '분때'는 팥가루나 밤가루 따위로 만든 재래식 분을 문질러 바를 때 때처럼 밀려나는 찌꺼기임. '반-'은 미상임.

13) 감태같은 채머리: 감태같이 까맣고 윤기가 있는, 길게 늘어뜨린 머리.

14) 영성군댁(靈城君宅): 조선시대에 암행어사로 유명했던 박문수(朴文秀)의 집. '물 찬 제비 영성군댁 빨랫줄에 깃 다듬는 모양으로'라는 말은, 분명치는 않으나, 그만큼 잘 보이려고 예쁘게 꾸민다는 뜻으로 생각됨.

빨랫줄에 깃 다듬는 모양으로 아름답게 바삐 나와 사랑문 열고 놀보 앞에 보이려 하니, 놀보 깜짝 놀라, 눈을 불낸 놈 눈 뜨듯 하고,[15] 먼저 펄썩 일어서서 홍보를 돌아보며,

"네 이것 웬일이냐?"

홍보 이른 말이,

"형님 일어나지 마오. 그게 내 작은 가속家屬이오."

놀보놈 이른 말이,

"에라 이 복 달아날 놈, 천벌 맞을 소리 마라. 너 낳은 네 애비도 그런 별실 못 얻었다."

홍보 크게 웃고 제 첩 돌아보며,

"형님이 미친 지가 수십 년이 되었으나 백약百藥이 무효하여 고칠 길이 없었느니."

놀보 이른 말이,

"날더러 미쳤다고 하느니 네 애비 등짐장수[16]더러 미쳤다고 하여라."

홍보 어이없어 저의 종 막덕이 불러 음식상 차려 들이라 하니, 얼른 음식 차렸으되,

통영에서 나는 질 좋은 칠을 한, 바다거북 등껍데기로 만든 쟁반에 문어 포육脯肉. 얇게 저며 양념을 하여 말린 고기 대하大蝦 까서 유리 접시 가득 담고, 인삼정과正果[17] 연근정과 생강정과 곁들여서 백옥 접시 가득 담고, 봉산 참배 임실 곶감 생율 유자 백잣 까 대모 접시 담아놓고, 냉면 화채花菜. 꿀이나 설탕을 탄 물이나 오이잣국에 과일을 썰어 넣거나 먹을 수 있는 꽃을 뜯어 넣고 잣을 띄운 음료 수란水卵[18]이며, 어만두魚饅頭. 생선의 살로 피(皮)를 하여 만든 만두 육만두肉饅頭 어전魚煎

15) 불낸 놈 눈 뜨듯 하고: 자신이 낸 불에 자신이 놀라 눈을 뜨듯 하고.

16) 등짐장수: 부상(負商). 물건을 등에 지고 다니며 파는 사람. 여기서는 놀보가 막연히 불러들인 말일 것으로 생각되나 실제로 놀보 형제의 아버지가 등짐장사 일을 했을 수도 있음.

17) 정과(正果): 온갖 과실, 생강, 연근, 인삼 따위를 꿀이나 설탕물에 졸여 만든 음식.

육전肉煎 누림[19] 산적 양회胖膾, 소의 양을 썰어서 회로 먹는 음식 간 족탕足湯, 소의 발과 사태를 넣어 푹 끓인 국이며, 양귀이 애탕艾湯[20]이며, 따뜻하게 차려놓고, 천은天銀 같은 놋쟁반에 청장青腸, 한방에서 쓸개를 이르는 말 수육 소복이 담아 초장을 갖추어놓고, 백옥병에 술을 넣어 드리거늘, 놀보 장가가서도 그런 음식 못 먹었다가 초장 그릇 알려 할꼬[21]. 앉아 술에 취하니, 상에 놓은 그릇을 모두 다 박살내고 열없어 말을 얼버무리며 하더니라.

"네 이 형세 얻었단 말을 들으니, 도적질을 몹시 하여, 올라가는 세금을 네 집으로 빼서 날라 부자 되었단 말이 사방에 낭자하여, 오영문五營門, 조선 후기 서울과 외곽 지역을 방어하기 위해 편제된 다섯 군영을 총칭하는 말에 포교를 보내어 여기저기 수사하니, 네 목숨 살았거든 네 가세와 논밭 모두 내게 맡기고 천리만리 도망하라. 또한 방죽 건너 아버님 산수가 지관地官, 풍수설에 따라 집터나 묏자리 따위의 좋고 나쁨을 가려내는 사람 곧 보이면 직계 자손 발복發福, 운이 틔어서 복이 닥침이 되리라 하더니, 네가 부자 되었으니, 내 인제 건너가면 즉각 묘를 파하겠다."

홍보 이 말 듣고 손뼉을 치며 크게 웃고 말을 하되, 제비한테 형세 얻은 말 낱낱이 하니, 놀보 이른 말이,

"너는 무슨 일로 일국의 부자 되고 양귀비를 첩으로 얻으니 놀랍고 거룩하다. 애 홍보야. 전일에 했던 일을 조금도 노여워 말라. 그때 너를 보낸 후로 이날까지 잊지 못하고 있다. 그후에 발길을 끊고 왕래하

---

18) 수란(水卵): 냄비에서 물을 끓이고, 수란기(水卵器) 또는 국자에 참기름을 고르게 바른 다음 달걀을 깨어 담고 끓는 물에 달걀 담은 국자를 넣고 중탕하듯 해서 반숙으로 익힌 음식.

19) 누림: 미상.

20) 양귀이 애탕(艾湯): '애탕'은 어린 쑥을 끓는 물에 데쳐 곱게 이긴 뒤에, 고기 이긴 것을 섞어서 은행(銀杏) 알만큼씩 빚어 달걀을 씌워, 펄펄 끓는 맑은 장국에 넣어 익힌 국. '양귀이'는 '양귀비'의 잘못인 듯하므로, 여기서는 '愛'와 '艾'의 음이 같은 것을 이용해 결합시킨 것임.

21) 초장 그릇 알려 할꼬: 초장이 담겨 있는 그릇이 어떤 것인지 알려 하겠느냐는 뜻. 결국 놀보는 그릇들을 박살내게 된다.

지 않으니, 아버지와 형은 공경해야 하니 우리 형제 중한 의리가 남과 다른지라. 양귀비 네가 차지하고, 네 세간은 나와 반으로 나누자."

홍보 이른 말이,

"부모 혈육 형제간에 네 것 내 것 하오리까."

제비 다리 부러뜨려 박씨를 받아내다

놀보는 집으로 돌아와 수많은 제비집을 몸소 만들어놓는다. 그때 애꿎은 제비 한 쌍이 놀보집으로 찾아든다. 놀보는 제비 알들을 지나치게 만져 알들이 다 곯아터지게 하고 다행히 살아남은 한 마리마저 발목을 질끈 분지르고 조기 껍질로 동인다. 그 이듬해 봄 제비는 놀보에게 박씨 하나를 가져다준다. 이 이본은, 놀보가 박씨를 빨리 얻고 싶어 역관 집에서 자라 지리적 지식이 있는 사람을 고용해 제비가 오는지 망을 보게 하는 부분이 있는 것이 특징이다.

놀보 입이 생감 먹은 놈 입 벌리듯[1] 하며 하직하고 제집에 돌아와 제비집을 무수히 만들어 사방에 마련해두고 제비 오기 기다릴 제,

"수많은 백성들의 집집마다 있는 허다한 저 제비야, 그 집은 다 천화일天火日, 화재가 난다고 하여 꺼리는 흉일에 이었으니 화기동량火氣棟樑, 불기운이 기둥과 들보

1) 생감 먹은 놈 입 벌리듯: 놀보가 기뻐서 입을 벌리는 모습을, 생감을 먹고 떫어서 입을 크게 벌리는 모습에 비유하여 표현한 것임.

에 옮아 붙음하면 제비, 참새는 모두 불에 타게 되니 어찌 아니 위태하리. 어서 와 새끼 쳐 내려라. 또한 떨어지면 내 솜씨로 고쳐주마. 수고 들이지 말고 내가 지어놓은 집에 새끼 쳐다오. 고집스런 저 제비야 어찌 그리 모르느냐."

애꿎은 제비 한 쌍 놀보집 찾아들어, 흙을 물어 집을 짓고 첫배 새끼 치려 하고 알 다섯을 나았더니, 놀보가 지나치게 만져보아 다 곯아터진 중에, 하나가 조독爪毒, 손톱에 긁힌 자리에 균이 들어가 생긴 염증이 오르지 않아 홀로 새끼 쳐 며칠 안에 날게 되니, 놀보 손수 제비 새끼 내어 두 발목을 질끈 분질러 손에 들고 이른 말이,

"불쌍하다 저 제비야, 나를 장자長者 되게 하라."

이렇듯 정답게 말하며 조기 껍질 내어놓고 물렛줄로 동일 적에, 소방상小方牀 대채 상부줄 감듯,[2] 사냥하는 포수 궁노루 동이듯, 해 질 무렵 초동 목동 풀 나무 동이듯, 북통처럼 질끈 동여 제 집에 얹었더니, 십여 일 지난 후에 제비 상한 다리 완전히 나아 날아다니며 넘놀면서, 놀보 깊은 원수 벼르면서 말하는 듯, 구월 구일 다다르니 고국 강남 제비 간다. 놀보놈 거동 보소. 제비에게 정답게 말하되,

"흰 구름 깊은 곳으로 네 부디 잘 날아가거라. 내년 삼월 오는 길에 보물 많이 물어다가 장자 되게 하고 별별 통 많거니와 일색一色 통을 잊지 마라.[3] 후년 상봉 때 반가이 보자."

신신부탁한 연후에 세월이 흘러 일 년이 지나가고 봄이 돌아오니, 놀보 제비 기다릴 제,

---

2) 소방상(小方牀) 대채 상부줄 감듯: 작은 상여의 큰 채 상엿줄 동이듯. '소방상'은 좁은 곳이나 험한 길에 쓰던 작은 상여. 높은 벼슬아치의 장사에 썼음. '채'는 가마, 들것, 목도 따위의 앞뒤로 양옆에 대서 메거나 들게 되어 있는 긴 나무 막대기. 그만큼 무심하게 감는다는 뜻인 듯함.

3) 별별 통 많거니와 일색(一色) 통을 잊지 마라: 박씨를 심어 여러 박통이 열릴 텐데 그중에서 뛰어난 미인이 들어 있는 박통이 나오게 하는 것을 잊지 말라는 뜻.

"묻노라 얼음 녹는 새해의 봄, 어느 날이 삼월인가. 오고 가는 강남길에 삼춘三春은 한가지라.[4] 푸른 하늘에 뜬 기러기 북쪽 하늘 향해 울고, 때 모르는 저 제비야 삼춘을 모르느냐. 우리 제비 나의 은혜 아주 잊고 못 오는가."

이렇듯 발광할 제,

"이런 때는 제비 망望이나 잘 보는 사람 있으면 수백 금을 아낄쏘냐."

이리할 제 동네 머슴들이 의논하고,

"우리 놀보 속이자."

한 놈 내달으며 놀보에게 하는 말이,

"제비 오는 데 보아드릴 것이니 어찌하려오?"

놀보 이른 말이,

"잘만 보게 되면 값으로 따질 수 없지야. 너도 멀리 보느냐?"

"그렇지요. 정신만 좋으면 서촉西蜀, 중국의 사천성 보개산[5] 울용애비 집 방 안의 숟가락질하는 것을 손등에 붙은 파리 보듯 하지요."

놀보놈 좌우를 돌아보며,

"얘 동네놈들아, 저놈 말이 옳으냐."

"그렇지요."

"그러하면 자세히 보아라. 우선 백 냥 내어놓았다."

이놈이 어려서부터 서울 역관驛館[6]의 집에 가 자라난 놈이라, 한글로 된 지도를 보아 지도 하나는 잘 보는 놈이라. 강남서 제비 나오는 노정

---

4) 삼춘(三春)은 한가지라: 매년 오는 봄은 같다는 뜻. 이번 봄은 특별하여 제비가 안 오는가 하는 놀보의 생각이 담긴 말.

5) 보개산: 분명치는 않으나 중국 복건성(福建省)에 있는 보개산(寶盖山)은 서촉과는 거리가 멀다. 하지만 판소리 작품에 보이는 중국 지명은 실제로 그곳을 보았거나 실제 지형상의 거리를 고려하여 거론되는 것은 아님을 유념할 필요가 있다.

6) 역관(驛館): 역참에서 인마(人馬)의 중계를 맡아보던 집. 지리적인 지식이 있으리라는 근거로 제시한 것임.

기路程記, 여행할 길의 경로와 거리를 적은 기록였다. 이놈이 어려서부터 안질을 앓아 동네 사람을 분간 못 하는 놈이 보는 체하고 보더니라.

"촉나라 사십 리 초산도焦山島[7] 이천 리 서촉을 다 지내고, 강동江東[8] 오백 리 금릉金陵[9] 땅 들렀다. 소상瀟湘 동정洞庭 고소대 악양루 지나 황학루黃鶴樓[10] 떴다. 등왕각滕王閣[11] 장사강長沙江[12]을 건너 수미산須彌山[13] 너머 태항산太行山[14] 돌아드니 남문관南門關[15]이 팔백 리며, 남병산南屏山[16] 산양수山陽水[17] 하구성夏口城[18] 요동 칠백 리를 순식간에 날아온다. 익주益州[19] 성주 예주豫州[20] 상림원上林苑[21] 오산변 초수관 고성산高城山[22]이 이천 리라, 남해관南海關 오백 리며 팽성관彭城關[23] 일천삼백오십 리라, 황하수黃河水 삼천 리 수양산首陽山[24] 들어온다. 곤륜산崑崙山 구백사십 리를 장백산長

---

7) 초산도(焦山島): 중국 강소성(江蘇省) 단도현(丹徒縣) 동쪽에 있는 큰 섬.

8) 강동(江東): 중국 춘추전국시대의 오나라와 월나라 지역을 달리 이르던 이름. 양자강 동쪽의 땅인 데서 유래하였다.

9) 금릉(金陵): 중국 남경(南京)의 옛 이름.

10) 황학루(黃鶴樓): 중국 호북성 무창 서남쪽 양자강 가에 있는 누각. 최호(崔灝)의 「황학루」라는 시로 알려진 누각.

11) 등왕각(滕王閣): 중국 당나라 태종의 아우 등왕(滕王) 이원영(李元嬰)이 강소성(江西省) 남창(南昌)시의 서남쪽에 세운 누각.

12) 장사강(長沙江): 중국 동정호 남쪽 상강(湘江)의 지류.

13) 수미산(須彌山): 불교의 우주관에서, 세계의 중앙에 있다는 산.

14) 태항산(太行山): 중국 산서성과 하북성의 경계를 이루는 산맥. 거의 남북으로 달리고, 만리장성 근방에서 대흥안령의 남단으로 연결된다.

15) 남문관(南門關): 중국 요령성(遼寧省) 청원(淸原)에 있는 관문.

16) 남병산(南屏山): 중국 강소성 상요현의 북쪽에 있는 산. 『삼국지연의』에 의하면 제갈공명이 동남풍을 빌어 조조의 군사를 깨뜨리기 위하여 칠성단(七星壇)을 쌓은 곳임.

17) 산양수(山陽水): '산양'은 중국 섬서성, 하남성, 강소성 안의 현 이름.

18) 하구성(夏口城): '하구'는 중국 호북성 무창현에 있음.

19) 익주(益州): 중국 한나라 때 십삼자사부(十三刺史部) 가운데 지금의 사천성(四川省)에 해당하는 곳. 뒤에 성도(成都)를 흔히 이렇게 불렀다.

20) 예주(豫州): 옛날 중국 구주(九州)의 하나로, 지금의 하남성(河南省) 지역.

21) 상림원(上林苑): 중국 진(秦)·한(漢)대 장안(長安) 서쪽에 있던 천자의 동산 이름.

22) 고성산(高城山): 중국 길림성 근처에 있는 산.

23) 남해관(南海關), 팽성관(彭城關): 중국 만리장성에 있는 관문들인 듯함.

24) 수양산(首陽山): 중국 산서성(山西省)에 있는 산.

白山 태백산太白山 만리산萬里山[25] 남해관이 삼백칠십 리라, 함곡관函谷關[26] 옥문관玉門關[27] 철산관[28]이 칠백 리라, 회음성淮陰城[29] 시주관[30]이 일천삼백육십 리라, 만리장성 담을 넘어 연무관[31]이 사천팔백오십 리요, 동관潼關[32]이 오천사백삼십 리요, 남경南京서 옥해관[33]이 사십 리라, 비룡포 바라보고 남해관으로 심양瀋陽[34]이 구백사십 리 내봉성 삼백 리 우리나라 산천 바라보니 경개景槪, 경치도 좋을시고. 의주를 바라보니 얼씨구 경개로다. 가을 달빛 비치는 압록강은 장성을 둘러 서쪽으로 돌아가고 의주를 왔소."

"제비 날랜 것이로다. 자세히 보아라. 따로 삼백 냥 더 내어왔다."

"흐린 안개길 구름 밖에 오는 제비 앞서거니 뒤서거니 일행이 더욱 좋다. 어따 박씨 물었구나."

놀보 깜짝 놀라,

"박씨란 말이 웬 말이냐. 반갑다. 또 돈 백 냥 내어왔다. 적다 말고 자세히 보아라."

벌써 놀보놈이 망하는구나.

"청천강을 얼픗 건너 순안順安 숙천肅川[35] 바라보고, 평양平壤 대동문大同

---

25) 만리산(萬里山): 중국 산동성(山東省)에 있는 산.
26) 함곡관(函谷關): 중국 하남성 북서부에 있는 관문. 동쪽의 중원(中原)으로부터 서쪽의 관중(關中)으로 통하는 관문.
27) 옥문관(玉門關): 고대 중국의 서쪽 요지였던 감숙성(甘肅省) 돈황현(敦惶縣) 부근에 배치되었던 관문.
28) 철산관: 중국 만리장성에 있는 관문인 듯함.
29) 회음성(淮陰城): 중국 강소성 회안현(淮安縣) 서북쪽에 있는 산성.
30) 시주관: 중국 만리장성에 있는 관문인 듯함.
31) 연무관: 중국 만리장성에 있는 관문인 듯함.
32) 동관(潼關): 중국 섬서성 동쪽 끝에 있는 현. 황하(黃河) 가까이 있으며 예로부터 낙양(洛陽)과 장안(長安)을 이어 주는 교통 요충지였음.
33) 옥해관: 관문인 듯하나 미상.
34) 심양(瀋陽): 중국 요령성에 있는 도시. 동북(東北)지방 최대의 도시로 이 지방의 정치·경제·문화·교통의 중심지이다. 요하(遼河) 유역에 있다.

門[36])에서 점심을 먹은 후 서울까지 오백구십오 리 정방산성正方山城[37]) 새남원[38]) 삼십 리 동선령洞仙嶺[39]) 삼십 리 봉산관鳳山關[40])이 삼십 리 검주역黔州驛[41]) 돌아드니, 평산平山 금천金川[42]) 청석靑石골[43]) 구십오 리 송도松都는 왕씨의 도읍이라, 만월대滿月臺[44]) 구경하고 장단長湍 파주坡州 고양高陽[45])을 돌아드니, 한양으로 들어와 연주문[46]) 구경하고, 얼씨구 떠나온다. 남대문 내달아 동작리 얼풋 건너 남태령 과천 삼십 리 군푸내[47]) 사근내[48]) 대황교大皇橋[49]) 중미中彌[50]) 오산 성환 직산 천안 광덕산廣德山[51]) 구룡목[52]) 곁가지에 앉았소."

"어찌 되었나 보아라. 돈 백 냥 더 주마."

"얼씨구 떠나온다. 김제金蹄[53]) 역마을 원터[54]) 광정廣程[55]) 활원[56]) 모로

35) 순안(順安), 숙천(肅川): 평안남도에 있는 지명.
36) 대동문(大同門): 평양 대동강 기슭에 있는 고구려 평양성의 동문(東門).
37) 정방산성(正方山城): 황해도 황주(黃州)에 있는 산성.
38) 새남원: 황해도에 있는 곳의 지명인 듯함.
39) 동선령(洞仙嶺): 황해도 황주 남쪽 이십 리쯤 되는 곳에 있는 고개 이름.
40) 봉산관(鳳山關): 황해도 봉산에 있는 관문.
41) 검주역(黔州驛): 황해도에 있는 역 이름.
42) 평산(平山), 금천(金川): 황해도에 있는 지명.
43) 청석골: 황해도 구월산(九月山)에 있는 골짜기. 임꺽정이 그의 조직을 이룬 곳으로 알려짐.
44) 만월대(滿月臺): 개성시 송악산(松嶽山) 남쪽 기슭에 있는 고려의 왕궁 터.
45) 장단(長湍), 파주(坡州), 고양(高陽): 경기도에 있는 지명.
46) 연주문: 중국 사신들을 영접하기 위해 세운 모화관(慕華館) 앞의 정문이던 영조문(迎詔門)을 지칭하는 것일 수도 있고, 경복궁 서편에 있던 연추문(延秋門)을 지칭하는 것일 수도 있음.
47) 군푸내: 경기도 군포 일대 혹은 군포천을 지칭하는 듯함.
48) 사근내: 군포천과 이어지는 사근천 혹은 경기도 의왕시 고천동 일대를 지칭하는 듯함.
49) 대황교(大皇橋): 경기도 수원시와 화성시 경계에 위치한 수원천의 다리.
50) 중미(中彌): 수원과 진위의 중간에 있는 지명.
51) 광덕산(廣德山): 충청남도 아산시 배방면, 송악면과 천안시 광덕면 광덕리에 걸쳐 있는 산.
52) 구룡목: 충남 서천에 있는 지명. 구룡막이라고도 함.
53) 김제(金蹄): 성환역(成歡驛)에 소속된 역. 충남 천안의 남쪽에 있음.
54) 원터: 원(院)이 있던 곳이라는 의미인지 아니면 실제 지명인지 미상.
55) 광정(廣程): 성환역에 소속된 역. 공주 북쪽에 있음.
56) 활원: 충남 공주에서 북쪽으로 16킬로미터쯤 떨어진 곳에 있는 지명.

원毛老院[57] 공주산성公州山城 금강수錦江水 둘렀는데, 청양靑陽[58] 증산甑山[59] 망월대望月臺 구경하고, 저 건너 김동지네 산소 등에 떴소."

놀보 바라보니 제비 한 쌍 떠들어온다. 대체 이놈 재주는 대단한 놈이더니라. 저 제비 거동 보소. 박씨를 입에 물고 놀보 보고 노는 거동, 성낸 백송고리매 가운데 몸이 크며 성질이 굳세고 날쌔어 사냥하는 데 쓴다 묵은 장끼를 주려는 듯, 독 오른 남산 표범 궁노루를 잡으려는 듯,[60] 무수히 조르다가 놀보 앞에 박씨를 뚝 떨어뜨리니, 급히 들고 보니 박씨에 새겼으되 보수포報讎匏라. 원수 수讎 자 분명하니, 놀보 스스로 뜻풀이하여,

"강남은 글 잘하는 사람이 없다. 저리 무식한 것들만 사는구나. 비단 수繡 자를 원수 수자로 하였구나. 아무튼 심어보자."

동편 처마 담 안에 날을 보아 깊이 파고 심었더니 박 싹이 나오는데, 큰 싸움배 닻줄만 하게 나오더니 동네 집 칠팔 가구가 무너졌구나. 온 동네를 뒤덮더니 열두 통이 열렸구나.

57) 모로원(毛老院): 충남 공주에서 북쪽으로 10킬로미터쯤 떨어진 곳에 있는 지명.
58) 청양(靑陽): 동쪽은 공주시, 서쪽은 보령시, 남쪽은 부여군, 북쪽은 홍성군과 예산군에 접해 있는 충남의 지명.
59) 증산(甑山): 충남 부여에 있는 지명.
60) 성낸 백송고리~잡으려는 듯: 홍보집에 제비가 박씨를 물고 올 때의 모습을 형상한 "북해흑룡이 여의주 물고 채운 간에 넘노는 듯 춘풍 황앵이 나비를 물고 세류 간에 넘노는 듯 단산 봉황이 죽실을 물고 오동 속에 넘노는 듯"과 대조된다.

놀보가 기가 막혀

박 열두 통이 열렸는데 놀보는 그중 여덟 통을 타는 것으로 설정된다. 제1박에서는 양반들이 나와 놀보의 상전이라며 호통하고, 제2박에서는 걸인, 제3박에서는 사당패와 거사, 제4박에서는 화주승이 나와서 각각 놀보에게서 돈을 뜯어간다. 제5박에서는 상여와 상여꾼들이 나와 놀보집이 명당이라며 묘를 쓰려 하다가 돈을 받고는 돌아간다. 제6박에서는 풍각쟁이, 제7박에서는 초라니가 나와 역시 돈을 뜯어간다. 제8박에서는 의외로 장비가 나와서 비역을 요구하다가 돈을 받고 돌아간다. 이로써 놀보는 완전히 패망한다. 당대 청중, 독자들은 놀보의 패망을 보며 쾌재를 불렀을 것이다. 이 이본은 놀보가 개과천선하거나 흥보가 놀보를 도와주는 부분이 없는 것이 특징이다.

이때 사오유월 지나가고 칠팔월이 되어, 오동잎은 울고 안방의 귀뚜라미는 제 이름대로 귀뚤귀뚤 소리를 낸다. 인간의 추석이요 만물은 황양黃壤[1]이라. 시절은 구월이라 단풍이 들어 온 산에 붉고 푸른색이

1) 황양(黃壤): 누런 빛깔의 흙. '만물은 황양'이라는 말은 가을이 되었다는 뜻.

가득하여 단풍물이 산천을 단장한다. 쓸쓸한 낙엽 소리 오고 가는 기러기요, 저문 날 위아래의 밭에서 들 거두는 농부들아, 우리도 며칠 안에 일가친척과 벗들을 모두 다 청하여 좋은 술 좋은 안주 취하도록 먹은 후에, 잘 드는 도끼 들어메고 박 꼭지를 모두 끊어 마당에 늘어놓고 긴 소리로 톱질할 제,

"삯은 세끼를 주되 점심과 돈 서 돈 오 푼 줄 것이니, 어서 바삐 박을 타소."

힘 있는 놈 삼십 명씩 돌아가며 톱질할 제, 놀보 내달으며,

"설소리앞소리의 방언(전남). 주고받는 노래에서 먼저 하는 소리는 내가 할 테니 진소리긴 소리. 또는 쓸데없이 지루하게 하는 말. 문맥상 뒷소리로도 볼 수 있음는 자네들 맡소. 해가 저물기 전에 천하대부天下大富 내 안 될까. 이봐 세상 사람들아, 성인 훈계 듣지 말고 높은 명예 관리 직책 부귀 등이 하늘에 달렸다는 말은 다 쓸데없는 말이라. 걸주桀紂. 중국 하나라의 걸왕(桀王)과 은나라의 주왕(紂王) 경궁요대瓊宮瑤臺[2] 포악暴惡으로 얻었으니, 선한 일은 하지 말고 악한 일을 힘써 하소. 부모 동생 일가친척 잘살아야 쓸데없고, 남이야 죽고 살고 나 잘살면 제일이라. 요임금은 무슨 일로 오래 살고 부자 되고 아들 많음을 마다했으리.[3] 초나라 단혈丹穴[4]에서 솟아나는 금은보화 이 박통에 다 나오시오. 어이여라 톱질이야."

---

2) 경궁요대(瓊宮瑤臺): 옥으로 장식한 궁전과 누대(樓臺)라는 뜻으로, 호화로운 궁전을 이르는 말. 중국 은나라의 주왕(紂王)이 이를 만들어 그 사치스러움을 자랑하다가 민력(民力)을 피폐시켜 결국 주(周)나라에게 멸망당함.

3) 요임금은 무슨 일로 오래 살고 부자 되고 아들 많음을 마다했으리: 요(堯)임금이 화(華)라는 변경에 이르렀을 때, 국경을 지키는 하급관리가 공손히 머리를 숙이며 "성인이시여, 만수무강하시옵소서" 하고 말하자, 요임금은 사양했으며 "그러면 부자가 되시옵소서" 하자, 역시 사양했다. "그러면 아들을 많이 두소서" 하자, 요임금은 그것도 사양하였다. 관리가 그 이유를 묻자 요임금은 "아들이 많으면 못난 아들도 있어 걱정의 씨앗이 되고, 부자가 되면 쓸데없는 일이 많아져 번거롭고, 오래 살면 욕된 일이 많기 때문"이라 했다(『장자』).

4) 단혈(丹穴): 단사(丹砂)가 나는 구멍. 고대 중국에서 남방(南方)의 태양(太陽) 바로 밑이라 여겨진 곳. '단사'는 '진사(辰砂)'라고도 하는데 수은의 원료로 쓰이는 황화광물을 말함.

실근실근 툭 타놓으니 박통 안이 적막하고 깜깜한 가운데 백발노인이 썩 나오며,

"추강秋江이 적막어룡냉寂寞魚龍冷하니 인재서풍중선루人在西風仲宣樓라[5]."

이렇듯 풍월 읊으며 일백오십 명이 떼를 지어 꾸역꾸역꾸역 나오며,

"이놈 놀보야, 네 안방이며 대청마루에서 일을 시작할 테니 기다려라."

일백오십 명이 한 번에 고함을 치니 놀보 귀가 캄캄하여 기막혀 이른 말이,

"여보시오, 내 집이 재궁齋宮. 무덤이나 사당 옆에 제사를 지내기 위해 지은 집이 아니요 제각祭閣. 무덤 근처에 제청(祭廳)으로 쓰려고 지은 집이 아니어든, 웬 양반이 떼를 지어 나오듯 한물지게[6] 나오니 그 다 뉘라 하시오?"[7]

이 말이 끝나자마자 저 양반들 거동 봐라. 일시에 두 눈을 부릅뜨고 팔을 뻗으며,

"네 박 속의 하인놈 게 있느냐."

뜻밖에 박통 속에서 주창 같은 날랜 종 십여 명이 펄쩍 뛰어 내달아, 놀보놈의 상투를 선전縇廛. 조선시대에 비단을 팔던 가게 시정市井 연줄 감듯[8] 돛대 사공 닻줄 감듯 휘휘 둘러,

"잡아들였소."

일백오십 명 양반들이 한꺼번에 큰 호령하며,

---

5) 추강적막어룡냉(秋江寂寞魚龍冷) 인재서풍중선루(人在西風仲宣樓)라: '가을 강은 적막하여 물고기조차 차고 사람은 서풍을 맞으며 중선루에 있노라'는 뜻. 박 속에서 노인이 시창을 부르며 등장하는 상황을 이 구절들로 형상화했다.

6) 한물지다: 채소, 과일, 어물 따위가 한창 나오는 때가 되다.

7) 내 집이~뉘라 하시오: 이곳은 재궁이나 제각이 아니어서 양반이 있을 곳이 아닌데도 양반들이 떼를 지어 나오니 어찌 된 영문이냐는 뜻임.

8) 선전(縇廛) 시정(市井) 연줄 감듯: 단단히 잡아맨다는 뜻. 시장의 봇짐장수나 등짐장수들이 물건의 짐을 꾸릴 때 끈이나 줄을 아주 단단히 잡아맸던 데에서 비롯된 말.

"우리는 전생과 이승 네 상전이라. 네 칠대 할아비가 집종으로서 기자箕子[9]가 평양 도읍 정할 때 알 수 없는 곳으로 도망하여 상전을 배반한 죄 만 번 죽어도 아까울 것이 없다."

또 한 노인이 나앉으며,

"놀보야 네 할아비 둥굴쇠, 당태종唐太宗 세민世民[10] 황제 나라를 세우고 천자로서 도읍 정하실 때, 황충지란蝗蟲之亂[11]을 만나 천하 사람들이 정처 없이 떠돌아다닐 때, 빌어먹어 나온 놈이 상전을 배반하고 고공雇工돈머슴이 주인에게 바쳐야 하는 돈을 안 바치니 살기를 바라느냐."

또 쑥대머리쑥대강이. 머리털이 마구 흐트러져 어지럽게 된 머리에다 융통성 없어 보이는 양반이 나앉으며,

"이놈 놀보야, 네 증조할미가 내 종첩妾, 종으로 부리다가 올려 앉혀서 된 첩이라 네 조상이 되기로 내가 저 샌님을 만류하자고 나온 길이로다. 내사 설마 네게 해코지하랴. 너는 내 손자라 안세[12]가 없을쏘냐. 각각 돈 바리'마소의 등에 잔뜩 실은 짐을 세는 단위씩이나 들이라."

돈 백 냥씩 들이고 나니, 이때 쑥대머리 영감은 그저 갈까 하다가 썩 나앉으며 이른 말이,

"네가 해자[13] 많이 하였으니 내사 관계하랴마는 섭섭하니 이 주머니만 채워라."

싸라기 한 되 들면 더 들 것 없을 성싶으니,

---

9) 기자(箕子): 고조선 시대 전설상의 기자조선 시조. 여기서는 가상적으로 꾸며내어 말한 것임.

10) 당태종(唐太宗) 세민(世民): 당(唐)나라의 제2대 황제. 당나라를 수립하고 군웅을 평정하여 국내 통일을 이루었음. 이름은 이세민(李世民).

11) 황충지란(蝗蟲之亂): 풀무치로 인한 피해. '황충'은 풀무치를 뜻한다. 당태종 치세에 풀무치가 농작물을 상하게 해 피해가 심각해지자 태종이 황충을 날로 먹었다는 이야기가 전한다.

12) 안세: 미상.

13) 해자: 특별히 한 일 없이 공짜로 한턱 잘 얻어먹는 일. 예전 서울 각 관아에 하인이나 구실아치가 새로 들어오면 전부터 있던 사람들에게 한턱내던 일.

"그리하옵시다."

처사處士 흘깃 쳐다보고 한 되 넣어보니 간데없고 두 되 넣어 간데없고 한 말 넣어 간데없고 한 섬 넣어도 간데없고 아무리 넣어도 간데없으니,

"여보, 이게 무슨 주머니요?"

"네 이 주머니에 얽힌 사연 들으라. 옥황상제 두통에 쓰는 팔풍낭八風囊, 팔방(八方)의 바람이 나오는 주머니이요, 마파람뱃사람들의 은어로, 남풍(南風)을 이르는 말 잡아 담는 능천주머니능천낭(凌天囊). 그 속에 넣은 것은 하늘로 올라간다는 주머니다. 네 집 세간 모두 넣어라."

"여보 내내 만류한다더니, 어르고 눈을 빼기로 드니 낸들 어찌하자는 말이오. 그만하고 돌아가오."

"그리하라."

강남 노인들은 갑자기 사라졌구나.

놀보놈 또 박을 탈 제,

"괴로운 일 다 지났다. 첫 박통에서 나온 양반 복을 점지하려 하고 마음 떠보자고 나왔던가."

실근실근실근 툭 타놓으니, 파선破船과 걸인 수백 명이 꾸역꾸역 나오면서,

"놀보놈아 말 듣거라. 우리도 다름이 아니라, 서울 있는 사람이더니 경상 전라 무곡貿穀, 장사하려고 많은 곡식을 사들이는 것 또는 그 곡식 실어 자원하고 다닐 적에, 일천 석 실은 중선中船 큰 바다 가운데 띄웠더니, 지난해 삼월 초이튿날 뜻밖에 광풍 만나 들어갔다 나왔다 하며 뒤뚱 출렁 떠나갈 제, 돛대 세 개 지끈 부러지고 용총줄돛대에 매어놓은 줄로 돛을 올리거나 내리는 데 씀 모로줄닻줄의 하나인 듯함 치배의 방향을 조종하는 '키'의 옛말도 폭폭 떨어져 어둥실 떠나갈 제, 천행天幸으로 죽음을 면하여 겨우 살아 나왔더니, 쌀 백 석만 밥을 짓고 국 천 동이만 끓여내라. 배고파 죽것다. 배꼭지에서 아저씨

하도록 실컷 먹고 놀다 가자. 네가 만일 우리 대접 잘못 하다가는 고도리뼈고두리뼈, 곧 넓적다리뼈의 머리 부분가 부러지고 개뼈다귀로 중방을 드리리라[14]."

걸인 대접하여 보낸 후에 또 한 통을 따려 할 제,

"설소리는 연방 내가 할 것이니 뒷소리는 맞아주소. 후정화後庭花[15] 유수곡流水曲[16]은 상여相如[17]의 노래라. 당唐나라 반야곡[18]은 나라를 망하게 할 음악이로다. 양반 대접 걸인 대접 정성으로 하였으니, 지성이면 감천이라. 변화를 그만하고 보물로 부어주소. 어이여라 톱질이야."

실근실근실근 타놓으니 거사居士, 사당패에서 각 종목의 으뜸가는 사람 사당[19]이 나오되 천여 명이 꾸역꾸역꾸역 나오더니, 소고小鼓 동동 소리하며,

"소사小士, 거사가 자신을 낮추어 이르는 말 등 문안이오."

여러 사당 놀보놈에게 수중다리 거머리 달라붙듯[20] 엉기어, 염불, 가사 등 온갖 노림 의사[21]를 갖고 차례로 하며,

"삼백 냥만 주옵시면 소사 등이 가려니와, 만일 그렇지 아니하면 놀보네 집을 다 불당佛堂으로 만들리라."

놀보놈이 못 견뎌 앞뒤 논밭 모두 팔아 삼백 냥 내어주니, 거사 사당

14) 개뼈다귀로 중방을 드리리라: '중방'은 건축에서 톱틀의 톱양과 탕갯줄의 사이에 양쪽 마구리를 버티어 지른 기둥 막대기를 뜻함. 여기서는 신체적 고문을 하겠다는 뜻으로 이해됨.
15) 후정화(後庭花): 북전(北殿). 원래는 중국의 곡명으로, 〈옥수후정화玉樹後庭花〉라 하여 진나라 후주(後主)가 빈객을 청하여 불렀다 한다. 고려 충혜왕(忠惠王)이 뒤뜰에서 여자들과 어울려 부르던 음란한 노래였는데 조선 세종 때 폐지되었다.
16) 유수곡(流水曲): 중국 전국시대 거문고의 명인 백아(伯牙)가 흐르는 물을 염두에 두고 연주하니 종자기(鐘子期)가 그의 마음을 짚어냈다는 데서 온 이름. 실제 곡명인지는 불명.
17) 상여(相如): 중국 전한(前漢)의 문인 사마상여(司馬相如)를 말함. 자는 장경(長卿). 부호 탁왕손(卓王孫)의 딸 탁문군(卓文君)에게 노래로 사랑을 호소한 바 있음.
18) 반야곡: 미상.
19) 사당: 조선시대에, 무리를 지어 떠돌아다니면서 노래와 춤을 파는 여자. 남사당패가 주로 남성으로 구성된 것에 비해 사당패는 그 주구성원이 여자임.
20) 수중다리 거머리 달라붙듯: 논일할 때 물속에 잠긴 다리에 거머리가 달라붙듯. 그 정도로 끈질기게 달라붙는다는 뜻.
21) 노림 의사: 놀보로부터 돈을 받아내는 것을 노린다는 뜻. '의사(意思)'는 무엇을 하고자 하는 의도를 뜻한다.

간 연후에 놀보놈 술김에 망신당할 줄 모르고,

"성즉성 패즉패成則成敗則敗[22]라. 보기 좋다."

이어서 탈 제, 또 한 통 타놓으니 화주승세상을 돌아다니며 사람들로 하여금 법연(法緣)을 맺게 하고, 시주를 받아 절의 양식을 대는 중이 나올 적에 저 중의 모습 보소. 몸에는 백운장삼白雲長衫, 구름무늬의 중의 웃옷 칠보가사七寶袈裟[23] 메고, 목에 염주 손에 단주短珠, 54개 이하의 구슬을 꿰어 만든 짧은 염주 소상반죽瀟湘班竹 열두 마디[24] 용머리 새긴 육환장六環杖, 승려가 짚는 지팡이을 고리 길게 달아 철철 둘러 짚고, 권선책勸善冊, 시주한 사람의 이름과 시주한 재물의 액수를 적은 책을 옆에 끼고 놀보 앞에 썩 나서며, 권선책을 펴놓고 두 손을 모으고,

"소승 문안드리오. 소승도 다름 아니라, 함경도 안변 석왕사釋王寺, 함경남도 안변군 설봉산에 있는 절에 있삽더니 큰 법당法堂 고치려고 권선책을 지니옵고 댁을 찾아왔사오니, 삼백 냥만 시주하오. 만일 삼백 냥에서 한 푼이라도 줄어서는 우리 부처님 도술로 세간 모두 없애고 일시에 함몰陷沒, 결딴을 내서 없앰할 것이니 어진 덕행으로 시주하옵소서."

놀보놈 그중에 오래 살기로 삼백 냥 달라는 대로 주니 화주승 간 연후에 또 한 통 따려 할 제,

"어이여라 톱질이야."

실근실근실근 툭 타놓으니, 상여가 나오되 상여꾼 거동 보소. 노래꾼 박태만이, 안단꾼[25] 최첨지, 길재비 가랑놈이, 설소리 양첨지, 북포

---

22) 성즉성 패즉패(成則成敗則敗): 일이 되려면 어떻게 해도 되고, 일이 안 되려면 아무리 해도 안 된다는 뜻.

23) 칠보가사(七寶袈裟): 일곱 가지 주요 보배로 만든 가사. '가사'는 중이 장삼 위에, 왼쪽 어깨에서 오른쪽 겨드랑이 밑으로 걸쳐 입는 법의(法衣)이며, '칠보'는 불교에서 말하는 일곱 가지 주요 보배.

24) 소상반죽(瀟湘班竹) 열두 마디: '소상반죽'은 순임금이 죽자 그의 두 부인인 아황과 여영이 슬피 울면서 눈물을 대나무에 뿌렸는데 그것이 모두 반죽이 되었다고 하는 데서 온 말. 여기서는 특별한 뜻 없이 대나무 열두 마디로 된 육환장을 꾸며주고 있음.

25) 안단꾼: 미상.

사北布絲, 함경북도에서 생산하던 올이 가늘고 고운 삼베실 승두건繩頭巾, 새끼줄로 만든 두건으로 상중에 씀 들을 반半 팔자八字 모양으로 바로 쓰고, 상여치레 볼작시면, 남대단藍大緞 휘장揮帳[26]에 백비단白緋緞 상장喪章[27], 천도天桃 무늬 비단으로 주름잡아, 바다거북 등껍데기로 장식한 비단 띠에 앞뒤 난간 순금 장식 천은 장식에 도금하고, 동서남북 오색봉에 나비매듭 벌매듭, 요랑□□□이 옥쟁玉箏[28]을 울리는 듯, 엄나무로 만든 대채[29]에 피나무 장강長杠틀둘 이상의 길고 굵은 멜대로 맞추거나 얽어맨 틀. 흔히 상여 따위를 운반할 때 쓴다을 상여꾼 열두 명이 상여 메고 나올 적에,

"어허 넘차 넘차 진국명산鎭國名山, 나라의 운수가 달렸다는, 서울 뒤쪽에 있는 산 새벽달에 대□은 쓸쓸하고 상여 소리 한 마디에 북망산北邙山이 어데메뇨. 송풍궁[30] 거문고는 바람결에 소리나고 고향나무 정자 위에 꾀꼬리 소리 더욱 좋다."

경기도식 상여꾼 소리조로,

"어허 넘차 남차, 놀보집 안방으로 상여를 모셔라. 집 뜯고 묘 쓰게."

놀보 어이없어,

"이것이 웬 행상行喪이오?"

"이번에 왔던 너의 상전이다. 세상 버려 혼이 강남으로 돌아가니 할 수 없이 네 집 청룡백호青龍白虎[31] 등에 산수를 모시려고 하니 이리 장사

---

26) 남대단(藍大緞) 휘장(揮帳): 쪽빛이 나는 대단을 여러 폭으로 이어 둘러친 장막. '대단'은 한단(漢緞)이라고도 하는, 중국에서 나는 비단의 하나.

27) 백비단(白緋緞) 상장(喪章): 흰색 비단으로 된 상장. '상장'은 거상(居喪)이나 조상(弔喪)의 뜻을 나타내기 위하여 옷깃이나 소매 따위에 다는 표. 보통 검은 헝겊이나 삼베 조각으로 만들어 붙임.

28) 옥쟁(玉箏): 옥 같은 소리가 나는, 혹은 옥으로 만들었거나 옥장식이 된 쟁(箏). '쟁'은 국악 현악기의 하나로서, 모양이 대쟁(大箏)과 같으며, 명주실로 된 열세 줄의 현이 걸려 있음.

29) 대채: 큰 채. '채'란 발구, 달구지, 수레 따위의 앞쪽 양옆에 댄 긴 나무, 또는 가마, 들것, 목도 따위의 앞뒤로 양옆에 대서 메거나 들게 되어 있는 긴 나무 막대기를 말함.

30) 송풍궁: 미상.

葬事 갖추어 차리라."

놀보 질색하야,

"생전 원수로서 사후까지 괴롭도다. 여보 우리 집 아니어도 명당이 많으니 나만 죽이려고 한단 말이오."

"하면 어디가 명당이냐?"

"강원도 치악산은 용이 누워 있는 모양의 명당이요, 평안도 묘향산은 일월봉 높았으니 보름달 모양의 명당이요, 황해도 구월산은 옥 같은 여인이 거문고를 타는 모양의 명당이요, 본도本道 계룡산은 용이 여의주를 다투는 모양의 명당이요, 경상도 태백산은 신선이 춤출 때 펄럭이는 소맷자락 모양의 명당이오니, 그리로 가시오."

"그러하면 멀고 먼 데로 많은 사람들이 먹고 가기 어려우니, 돈 백 냥만 들여라."

돈 백 냥 내어주니 받아가지고 축문祝文, 제사 때 읽는 신명(神明)께 고하는 글 지어 명복을 고하고, 떠날 즈음에 '영이기가靈輀旣駕 왕즉유택往卽幽宅 재진견례載陳遣禮 영결종천永訣終天'[32] 발행하여 떠나간 후에 또 한 통을 따려 할 제, 놀보 아내 이른 말이,

"제발 덕분 타지 마소."

놀보 화를 내어 꾸짖어 욕을 하되,

"제 어미 씹할 넌. 아무것도 모르는구만. 무엇이라도 명당을 얻으면 초년패初年敗, 처음에는 일이 잘못됨가 있느니라. 개아들 계집년은 미리 짐작하여 말하나니. 뒤를 자세히 보면 보물이 그 속에 묻힐 정도로 많이 나올

31) 청룡백호(靑龍白虎): 풍수지리상의 용어임. '청룡'은 주산(主山)에서 왼쪽으로 갈려 나간 산줄기를 말하고, '백호'는 주산에서 오른쪽으로 갈려 나간 산줄기를 말함.

32) 영이기가(靈輀旣駕) 왕즉유택(往卽幽宅) 재진견례(載陳遣禮) 영결종천(永訣終天): 영구(靈柩)가 떠날 때 음식을 진설하고 영결을 비는 축문. '혼백이 상여에 오른 후 곧 무덤으로 떠나가니 보내는 예를 모두 갖추어 베풀고 영원히 이별합니다'라는 뜻.

것이라, 잡말 말고 어서 타자."

실근실근실근 툭 타놓으니 뜻밖에 풍각쟁이시장이나 집을 돌아다니면서 노래를 부르거나 악기를 연주하며 돈을 얻으러 다니는 사람 꾸역꾸역꾸역 나오며 괴롭게 하니 돈 얻을 의사가 있어, 돈관이나 주어 보낸 후에 놀보가 어이없어,

"하루아침에 재물을 잡놈에게 좋은 일 하고 뒷일을 어이하리. 애기 어멈 내 말 듣소. 집 안이 요란하니 내 어디 가 구경이나 하고 옴세."

"원 그리합쇼."

하직하고 대문 밖에 냅다 서니 길가 넌출 안에 조롱박 한 통 열었거늘, '이 통에 돈냥이나 들었으면 노자路資나 하자' 하고 따 들고 은장도로 자르려 하며,

"형가荊軻의 용수검龍水劒은 역수상易水上의 용검龍劒이요[33], 오국吳國의 촉루검蜀鏤劒[34]은 대원수 하던 혈능제자현지모[35] 걸고 간 칼자루 보검이요, 평생에 한결같은 마음 나의 칼이 보검이라."

꾹 질러 타놓으니 뜻밖에 외초라니[36] 썩 나서며 목된[37] 장고를 불이 나게 두드리며 담돌구슬로 장식한 상모象毛, 벙거지 꼭대기에 길게 늘어뜨린 끈 끝에 단 술를 쾌쾌 돌리며,

"구름 같은 댁에 신선 같은 나그네 왔소. 남산 고라니 눈구멍 같고

33) 형가(荊軻)의 용수검(龍水劒)은 역수상(易水上)의 용검(龍劒)이요: 놀보가 박을 자르기 위해 칼을 사용하려 하는 것과 관련하여 덧붙인 말. '형가'는 전국시대 말기 위(衛)나라 사람으로 진시황이 통일제국을 건설하기 이전에 연(燕)나라 태자 단(丹)의 비밀 지령을 받고 진시황을 암살하려다 실패한 인물이다. 이때 형가가 사용한 칼이 '용수검'인지는 확실치 않다. '역수'는 중국 하북성(河北省) 역현(易縣)에 있는 강 이름으로, 태자 단이 형가를 전송한 곳.

34) 오국(吳國)의 촉루검(蜀鏤劒): 오나라 왕 부차(夫差)가 이 촉루검을 내려 오자서(伍子胥)로 하여금 자결하도록 했다고 전한다.

35) 혈능제자현지모: 미상.

36) 외초라니: 초라니. 음력 섣달그믐날 밤에 대궐에서 악귀와 사신(邪神)을 쫓아내기 위해 나례 의식을 베풀 때 그 의식을 거행하는 자였으나 후에 마을을 돌며 집집마다 들러 장구도 치고 '고사 소리'를 부르며 동냥을 하는 놀이패로 변했음.

37) 목된: 미상. '목이 된'으로 보아 소리가 단단하고 빽빽한 정도의 뜻으로 볼 수 있음.

수캐 똥구멍 같은 놈 돌아왔소.[38] 개야 콩콩 짖지 마라. 흘러가는 물길이라도 정화수 떠 받쳐놓고 액이나 막으시오. 절머 당동. 북관사 원당願堂, 소원을 빌기 위해 세운 집이나 고인의 명복을 빌던 법당으로 돈 백 냥만 내려주시오."

놀보놈 초라니 데리고 도로 들어가니 놀보 아내 이른 말이,

"내나 '일껏'의 방언(전남) 나간다더니 초라니는 왜 데리고 들어오오?"

초라니 바삐 무엇 주어 보낸 후에, '한 통이 남았으니 어이할꼬.' 박통들 중 제일 끝에 있더니 제 힘으로 둥글둥글 궁글며 훌떡 뛰더니 턱 벌어지며 호통 소리 진동하며 대포 소리 '쿵'. 한 장수 나온다. 시커먼 얼굴 고리눈동그랗고 커다란 눈에 흑총마黑驄馬, 몸은 청백색이고 갈기는 검은 빛이 나는, 중국 호북 지방에서 나던 좋은 말 칩떠 타고 사모장창蛇矛長槍, 창끝이 뱀의 머리처럼 세모로 된 긴 창 번뜻 들고 우레 같은 큰 소리를 천둥같이 마구 지르며,

"이놈 놀보야, 나도 다름 아니라 우리 형님 한수정후漢壽亭侯[39]도 여몽呂蒙 간계奸計[40] 죽었기로 형의 원수 갚으려고 백마 백기白旗 거느리고 황성皇城에 머물더니, 어후하의 환患[41]을 만나 청산을 떠돌아다니는 연고 없는 혼이 된 탁군涿郡, 중국 하북성에 있는 지명 땅 출신 장비張飛이니, 옥황상제 나를 불러 인간 놀보놈이 윤기를 저버리고 동생 흥보 박대하며 살해인생殺害人生, 제비 다리를 고의로 부러뜨린 일을 말하는 듯함 괘씸타고 나에게 잡아 오라기로, 상제의 명을 받아 너 잡으러 왔거니와, 네가 호색好色하는 사람인 줄 알거니와, 네 동생 양귀비를 첩 삼았거니와, 너는 마침 나를 만났으

38) 구름 같은~돌아왔소: 초라니패가 자신들을 높이기도 하고 낮추기도 하여 스스로 소개하는 상투적인 표현임.

39) 한수정후(漢壽亭侯): 중국 삼국시대 촉나라의 관우(關羽)가 위나라 조조(曹操)에게 의탁하고 있을 때 조조가 관우의 환심을 사기 위해 관우에게 내려준 작위.

40) 여몽(呂蒙) 간계(奸計): '여몽'은 중국 삼국시대의 오(吳)나라 장수. 형주의 통치와 방어를 맡고 있었던 관우가 독자적으로 위나라 정벌에 나섰다가 여몽이 이끄는 오나라에 패하여 형주를 빼앗기고 관우 자신도 포로로 잡혀 죽었다 한다. 이때 여몽은 관우로 하여금 마음을 놓도록 하기 위하여 병이 든 것처럼 속여 결국 관우가 물러간 바 있다.

41) 어후하의 환(患): 미상. 장비가 부하들에게 죽은 일을 이르는 듯함.

니 아나 엿다 내 비역남자끼리 성교하듯이 하는 짓이나 하여라."

놀보놈 겁을 내어,

"거 웬일이오?"

장비 눈을 부릅뜨며 놀보 앞에 곱살[42] 떨어뜨리고 엎치며,

"이놈 잘 먹어가며 한 보름만 하여라."

놀보 겁을 내어 도망하다 또 잡혀 애걸하여 비는 말이,

"장군 덕분에 살어지이다. 옛일로 볼작시면 남양南陽, 제갈량이 벼슬길에 나가기 전에 살았던 하남성의 현(縣) 땅 제갈공명 맹획孟獲[43]의 축융부인祝融夫人[44] 칠종칠금七縱七擒[45]하였으며, 어질고 후덕하신 관운장은 화용도華容道[46] 좁은 길에서 애써 잡은 조맹덕을 도로 놓아보냈으며, 조양자趙襄子, 춘추시대 진(晉)나라의 육경(六卿) 중 한 사람 임금 지백지신智伯之臣 예양豫讓[47]이를 도탄塗呑[48] 중 잡았다가 의사義士라고 놓아주었으니, 장군님 덕으로 소인을 도와주면 돈으로 드리오리다."

장비 이른 말이,

42) 곱살: 곱살이(꼽사리). 사람이 죽어 땅에 묻히면, 그 시체 사이사이에 구더기 같은 벌레들이 생겨 끼는데 이를 곱살이라 함.

43) 맹획(孟獲): 『삼국지연의』에 나오는, 중국 삼국시대 운남성(雲南省) 지방의 이민족인 남만(南蠻)의 대왕. 촉한에 대항해 반란을 일으켰다가 실패한 옹개의 잔당을 모아 제갈량에게 대항했으나, 제갈량에게 일곱 번 잡히고 일곱 번 풀려났으며 마지막에 생포되었을 때 귀순했다.

44) 축융부인(祝融夫人): 『삼국지연의』에 나오는, 맹획의 아내. 대대로 남만에 살던 집안의 딸로 불의 신인 축융씨(祝融氏)의 후예로 알려져 있다. 남편 맹획이 제갈공명과의 싸움에서 어려움을 겪자 남편을 돕기 위해 출전했으나, 제갈공명이 보낸 조운(趙雲) 등에게 사로잡혔다.

45) 칠종칠금(七縱七擒): 『삼국지연의』에서 제갈량이 맹획을 사로잡은 고사에서 비롯된 것으로, '마음대로 잡았다 놓아주었다 함'을 비유하여 이르는 말.

46) 화용도(華容道): 『삼국지연의』에서 조조가 적벽대전에서 패하고 도망하다 관우를 만나 겨우 죽음을 모면한 곳으로, 중국 호북성 감리현 서북쪽의 화용현으로 통하는 길 이름.

47) 지백지신(智伯之臣) 예양(豫讓): '지백'의 신하 '예양'. 조양자에게 죽임을 당한 지백의 신하인 예양이 조양자를 죽여 복수하려 했으나 실패하고 자결했다 함. 이때 조양자는 자신을 죽이려던 예양을 몇 번이나 놓아준 일이 있음.

48) 도탄(塗呑): 진나라 예양이 지백의 원수를 갚기 위해 비수를 품고 조양자의 궁 뒷간의 벽을 바르고, 숯을 삼켜 목을 쉬게 하는 변장을 한 일을 말함.

"돈으로 들이려거든 백 냥만 들이라."

놀보놈이 겁을 내어 집터, 논밭 문서를 이름 적어 백 냥 드린 후에 장비가 하직하며 다시 불러 이른 말이,

"해자를 많이 하였으니 섭섭한데, 이별 비역으로 한 번만 하여라."

놀보 이른 말이,

"아니 섭섭하오."

"이놈 썩 못할까?"

"과연 높아 못하것소."

"사다리 놓고 하라."

놀보놈이 원체 간 큰 놈이라 쳐다보더니,

"애고 여보 그 사타구니 살 사이에 끼이면 꼼짝달싹 못하것소. 쌀로 치면 열세 단이로다."

놀보 겁이 어찌 났던지, 눈시울이 발끈 뒤집어져 눈을 깜짝이지 못하고, 놀보 어린 자식들이 눈을 보더니 까무러치고, 개가 쳐다보더니 소리를 버럭 지르고 자빠져 똥을 버럭버럭버럭 싸는구나.

놀보 아내 이른 말이,

"많은 녹봉祿俸[49]도 싫사옵고 배고파 죽겠네. 박속이나 긇여 먹자." 하고 하고많은 박속 중에 초라니 나온 박을 삶을 적에 놀보 딸이 맛보더니,

"어머님 어머님, 이 국을 맛을 보니 나도 절마 당동."

"거 무슨 말이냐?"

놀보 아내 맛보더니,

"애기아버님 애기아버님, 이 국의 맛을 보니 나도 절마 당동."

놀보 역시 맛보더니,

49) 녹봉(祿俸): 벼슬아치에게 일 년 또는 계절 단위로 나누어 주던 금품을 통틀어 이르는 말.

"맛이사 좋다마는 나도 절마 당동."

뭇 당동이 덤벙일 제, 동네 골생원骨生員, 옹졸하고 고루한 사람을 속되게 이르는 말이 가난하게 지내더니, 계속해서 굶주리다 다 떨어진 말관[50] 쓰고 우연히 돌아오며 느긋한 목을 내어 호령하며 이른 말이,

"아무리 상것인들 양반의 이웃에서 그 무슨 소리냐?"

놀보 이른 말이,

"샌님 이 국 좀 맛을 보오. 당동 소리 나오."

"이놈. 양반도 당동 소리 날까."

한 박으로 떠 들고 훌쩍 마시더니 당동 소리 북받치니 풍월 노래를 펴,

"이 집 박국을 배불리 먹으니 당동 소리가 개자추介子推[51]요. 당동당동지당동하니 나도 접接당동.[52] "

이리할 제, 하늘의 도술로 놀보 세간 탕진하니, 이런 일로 볼지라도 의義를 부디 생각하소. 그 뒤야 뉘 알리 언성불출言聲不出, 말소리가 나오지 않음하니 그만저만.[53]

---

50) 말관: 정자관(程子冠)과 같이 말총으로 만든 것으로서 뿔이나 층도 없이 밋밋하게 올라가서 꼭대기를 네모나게 막은 관.

51) 개자추(介子推): 중국 춘추시대 사람. 진(晉)나라 문공(文公)이 공자(公子)일 때 19년 동안 함께 망명 생활을 하며 고생했으나, 문공이 귀국하여 왕이 된 후 자신을 멀리하자 면산(緜山)에 들어가 숨어 살았다. 문공이 잘못을 뉘우치고 자추가 나오도록 하기 위하여 그 산에 불을 질렀으나, 나오지 않고 타 죽었다고 한다. 문공이 공자 시절 배가 고파 걸음도 제대로 걷지 못했을 때 개자추는 자신의 허벅살을 떼어 국을 끓여 문공에게 바친 바 있다. 여기서는 국을 끓였다는 유사점으로 인해 언급되었을 뿐이다.

52) 이 집 박국을~접(接)당동: 이 집 박국을 배불리 먹으니 당동 소리가 어찌 내게도 옮았는가라는 뜻.

53) 그만저만: 이제 끝내겠다는 뜻. 판소리를 끝낼 때 하는 '더질더질'과 같은 역할을 하고 있음.

흥보가

심술궂은 놀보에게 쫓겨나는 흥보

놀보는 심술보 하나가 더 있는 것처럼 보이는 모진 사람이었다. 하지만 동생 흥보는 부모님께 효도하고 불쌍한 사람들을 도와주는 착한 사람이었다. 놀보는 그러한 동생을, 하는 일 없이 놀면서 지낸다고 쫓아낸다. 흥보는 쫓겨난 후 어디에도 정착하지 못하고 떠돌이 생활을 하다가 복덕이라는 마을의 빈집에 정착한다. 이제 흥보는 가족들의 생계를 책임져야 하는 상황을 맞이한 것이다. 이 이본은 동생을 쫓아내는 놀보의 행위에 어느 정도 정당성을 부여하고 있다.

아니리

우리나라는 군자의 나라요 예의 있는 곳이라, 열 채밖에 안 되는 작은 고을에도 충신이 있었고 칠 세의 아이도 효도와 우애를 지키니 무슨 불량한 사람이 있으리오마는, 요순堯舜 시절에도 사흉四凶[1]이 있었으

1) 사흉(四凶): 중국 요임금과 순임금 때 나라를 해치던 흉악한 죄인인 공공(共工), 환두(驩兜), 삼묘(三苗), 곤(鯀) 네 사람.

며 공자님 시절에도 도척盜跖[2]이 있었으니 아마도 일종의 나쁜 기운을 어찌할 수 없는 법이었다. 그때에 경상 전라 충청 삼도 어름에 사는 박가 두 사람이 있었는데, 놀보는 형이요 흥보는 아우인데, 같은 부모 소생이되 성정性情은 아주 달라 풍마우지불상급風馬牛之不相及[3]이라, 사람마다 오장육부五臟六腑[4]로되 놀보는 오장칠부인 것이었다. 어찌하여 칠부인고 하니, 심술보 하나가 왼편 갈비 밑에 장기將棋 궁宮짝만 하게 또두록하게 병부 주머니를 찬 듯이[5] 딱 달리어서 매사를 자기 마음대로 하는데, 심술이 이렇게 나오것다.

자진모리(평우성 · 계면이 섞임)

대장군방大將軍方에서 나무 베고[6] 오귀방五鬼方에 이사 권하기,[7] 잠사각蠶絲角, 풍수지리에서 집을 지으면 망한다는 곳에 집 짓게 하기, 호박에 말뚝 박기, 초상난 데 춤추기, 불난 데 부채질과 밤에 남몰래 지내는 장례에 가서 크게 마구 떠들기, 새 초빈草殯, 장례 기간이 길 경우 빈소와 시신 안치 장소를 분리하는데 이때 시신을 안치하는 곳에다 불 지르기, 동네 과부 모함하고 혼인 잘되어가는 데

2) 도척(盜跖): 중국 춘추시대의 큰 도적인 유척(柳跖). 현인(賢人) 유하혜(柳下惠)의 아우로, 수천 명을 거느리고 천하를 횡행하였다 한다. 대체로 악인을 대표하는 이로 거론된다.
3) 풍마우지불상급(風馬牛之不相及): '바람난 말과 소라 할지라도 서로 닿지 못한다'는 뜻으로, 서로 멀리 떨어져 있거나 관계가 없음을 가리키는 말. 여기서는 성정이 아주 다름을 강조하기 위해 쓰인 말임.
4) 오장육부(五臟六腑): '내장'을 통틀어 이르는 말. '오장'은 다섯 가지 내장, 곧 간장, 심장, 폐장, 신장, 비장을 가리키며, '육부'는 대장, 소장, 위, 쓸개, 방광, 삼초(三焦)를 가리킨다.
5) 병부 주머니를 찬 듯이: 심술보가 병부 주머니 모양일 것이라는 뜻. '병부'는 '발병부(發兵符)'의 준말로, 옛날 군대를 동원할 때 쓴 표지.
6) 대장군방(大將軍方)에서 나무 베고: '대장군방'은 음양론상 길하거나 흉한 방위를 맡은 여덟 장신 가운데 흉한 방위를 맡은 장신의 하나인 대장군신이 맡은 방위. 이 방위에서 나무를 베면 해를 입는다고 한다.
7) 오귀방(五鬼方)에 이사 권하기: '오귀방'은 열두 방위를 해와 달과 날짜와 시간에 따라 금, 목, 수, 화, 토의 오행으로 나눈 가운데서 자연의 순리가 상극하여 역행하는 가장 나쁜 방위. 이 방위로 가면 모든 일이 잘되지 않는다고 한다.

바람 넣고 시앗싸움에 부동符同하기,[8] 외상 술값 억지 쓰고 술 먹으면 욕설하고 잠든 놈에게 뜸질, 똥 누는 놈 주저앉히기, 우는 아이 쥐어뜯고 배앓이 난 놈 살구 주고[9] 곱사등이 뒤집어놓고 앉은뱅이 택견, 좋은 망건網巾편자 끊고[10] 새 갓 보면 갓 올을 뜯어놓고 먼 길 가는 하인 노잣돈 도적, 급히 심부름 가는 사람 잡고 실랑이질, 관의 명령문 도적, 외롭게 사는 사람 해로운 말 하기, 길 가는 사람 재울 듯이 붙들었다 해 곧 지면 내쫓고, 초라니 보면 딴낮 짓고[11] 거사 보면 소고 도적[12], 의원 보면 침 도적질, 형편이 어려운 양반 보면 관을 찢고 제사 지낼 술병에 개똥 넣고 소리할 때 잔소리하기, 풍류할 제 나팔 불기[13], 날이 새면 악행질, 이놈의 심술이 이러하니, 삼강을 아느냐 오륜을 아느냐, 삼강을 모르고 오륜을 모르니 굳기가 돌덩이요 욕심이 족제비라[14], 네모진 송곳으로 앞이마를 비비어도 진물 한 점 아니 나고 대장아치 불집게로 불알을 꽉 집어도 눈도 깜짝 아니할 놈, 천하의 놀보라 하겠다.

8) 시앗싸움에 부동(符同)하기: '시앗'은 '남편의 첩'을 본처가 일컫는 말. 시앗싸움에 줏대 없이 남의 의견을 좇아 덩달아 같이 행동하는 일.

9) 배앓이 난 놈 살구 주고: 살구는 약재로 쓰이기는 하나 과육 자체는 배탈이 나기 쉬움. 이 점을 고려한 심술행위임.

10) 좋은 망건(網巾)편자 끊고: '망건'은 상투 있는 사람이 머리털이 흩어지지 않도록 하기 위하여 말총, 곱소리 또는 머리카락 등으로 그물처럼 만들어 머리에 두르는 물건임. '편자'는 망건을 졸라매기 위하여 망건의 아랫당줄에 붙이는 띠이므로 이것을 끊으면 망건이 풀어져 머리털이 흩어짐.

11) 초라니 보면 딴낮 짓고: '초라니'는 붉은 저고리에 푸른 치마를 입고 긴 대의 깃발을 가지고 다니던 조선 후기 유랑 연예인. 이들을 보면서 추파를 던진다는 말임.

12) 거사 보면 소고 도적: '거사'는 본래는 집에 있으면서 불도를 닦는 자였으나 점차 유랑 생활을 하게 되었다. 조선 후기에는 주 구성원이 여자인 사당패에서 각 사당과 짝이 되어 함께 활동하였다. 소고는 사당패들이 치는 조그마한 북인데 이것을 훔친다는 것은 그들의 생업에 지장을 주는 일이라 할 수 있을 것이다.

13) 풍류할 제 나팔 불기: '풍류'는 전통 실내 관현악의 하나인데, 여기서 나팔을 불어 연주에 집중하지 못하게 하는 일.

14) 욕심이 족제비라: 탐욕이 매우 강하다는 뜻.

아니리

놀보는 이렇게 모진 놈이었으나 홍보의 마음씨는 저의 형 놀보와 아주 달라 모든 일에 선심으로만 행하는데,

평중머리(계면)

부모님께 효도하고, 어른에게 공경하고, 친구에게 신의 있고, 이웃들에게 화목하고, 이웃집 굶주린 사람 먹던 밥을 덜어 주고, 추운 겨울 병든 사람 입었던 의복 벗어 주기, 노인이 짊어진 짐 자청하여 지어다 주고, 장마 때 큰물가에 삯 안 받고 개울 건너게 해주기, 길에 보물 빠졌으면 지켜 섰다 임자 주고, 청산에 백골 보면 깊이깊이 파고 묻어주며, 수절과부 보褓쌈과부를 밤에 몰래 보에 싸서 데려와 부인으로 삼던 일하면 쫓아가서 빼어놓기, 어진 사람 모함 보면 대신 나서서 죄 없음을 밝히고, 애잔한 사람 뜻밖에 닥쳐온 불행을 보면 달려들어 구원하기, 길 잃은 어린아이 저의 부모를 찾아주기, 동면하던 벌레가 봄을 맞아 나온 것을 죽이지 않고 한창 자라는 초목을 꺾지 않기. 남의 일만 하느라고 한 푼도 못 버니 놀보놈 오죽 미워하리.

아니리

하루는 놀보놈이 아우 홍보를 불러,

"홍보야 네 듣거라. 사람이라 하는 것이 믿는 데가 있으면 아무 일도 안 되는 법이다. 너도 나이 들어 계집자식 있는 놈이 사람 생애 어려운 줄 조금도 모르고 나 하나만 믿고, 하는 일 없이 놀면서 먹고 입으면서 지내는 거동 보기 싫다. 부모의 세간살이 아무리 많아도 장손의 차지인데 하물며 이 세간은 나 혼자 장만했으니 네게는 부당이라. 네놈 줄 것은 없으니 오늘은 네 처자를 데리고 곧 떠나거라. 만일 지체하여서는 죽이는 수가 있으니 어서 급히 나가거라. 잔말하여서는 해골을 부

수리라."

뜻밖에 홍보가 이런 눈 빠질 말을 듣고 보니 정신이 캄캄하여,

중머리(단계성, 아니리로도 한다)

"비나이다 비나이다 형님 전前에 비나이다. 형제는 한 몸이라, 한편짝을 떼어 베면 둘 다 병신이 될 것이니, 그 욕됨을 어이하리. 동생 신세 고사하고 젊은 아내 어린 자식 무엇 먹여 살리리까. 장공예張公藝, 중국 당나라 때 사람는 어이하여 구대九代가 한집에서 살았겠습니까. 할미새는 짐승이나 벗의 도리를 알았으며, 산앵두나무는 꽃이로되 서로 어울리는 정을 품었으니 형님 어찌 모르시오. 오륜의 의를 생각하여 십분 통촉하옵소서."

아니리

놀보가 말을 듣고 분이 상투 끝까지 치밀어 야단이 났구나.

"아버지 계실 적에 나는 큰아들이라고 언제나 일만 시키고 너는 작은아들이라고 글공부만 시키더니 너 매우 유식하다."

진양(평우조·엄우성 섞임)

"당태종은 이름난 임금이로되 천하를 다투어 그 동생을 죽였으며,[15] 조비曹丕는 영웅이나 재주를 시기하여 그 아우를 죽이려 했으니,[16] 나 같은 시골구석에 사는 농부가 우애를 알겠느냐. 잔말 말고 떠나거라." (홍보가 할 수 없이 떠나는데)

15) 당태종은 이름난~동생을 죽였으며: 당태종이 황태자 건성(建成), 동생 원길(元吉)을 죽이고 아버지의 양위(讓位)를 받아 즉위한 일을 말함.

16) 조비(曹丕)는~죽이려 했으니: 조비는 조조의 장남으로 동생 조식(曹植)을 핍박한 일이 있음.

중머리(중간에는 진계면)

홍보가 기가 막혀 나가란 말을 듣더니마는,

"아이고 여보시오, 형님. 동생을 나가라 허니 어느 곳으로 가오리까, 갈 곳이나 일러주오. 이 추위와 찬바람에 어느 곳을 가면 살 듯하오. 지리산으로 가오리까, 백이숙제伯夷叔齊[17] 주려 죽던 수양산首陽山으로 가오리까."

"이놈 내가 너 갈 곳까지 일러주랴. 잔소리 말고 나가거라."

홍보가 기가 막혀 안으로 들어가며,

"아이고 여보 마누라. 형님이 나가라고 허니 어느 영令이라 거역하며 어느 말씀이라 안 가겠소. 자식들을 챙겨보오. 큰자식아 어디 갔냐 둘째놈아 이리 오너라."

이삿짐을 챙겨 지고 놀보 앞에 가 늘어서서,

"형님 갑니다. 부디 안녕히 계옵시오."

"오냐 잘 가거라."

울며불며 나가는데, 서산에 해는 떨어지고 월출동령月出東嶺 달 솟는다.

"아이고 아이고 내 신세야. 부모님이 살아생전에는 네 것 내 것이 다툼 없이 평생에 호의호식 먹고 입고 쓰고 남고 쓰고 먹고 입고 남아 세상물정을 내가 모르더니마는, 홍보놈의 신세가 하루아침에 이리될 줄을 귀신인들 알겠느냐. 여보 마누라 어느 곳으로 갈까? 아서라, 산중으로 가자. 전라도는 지리산, 경상도는 태백산, 산중에 가 살자러니 물

17) 백이숙제(伯夷叔齊): 백이와 숙제는 은(殷)나라 고죽군(孤竹君)의 아들 형제. 주무왕(周武王)이 은나라를 치려고 하자 아버지 장례도 치르지 않은 상태에서 전쟁을 하는 것은 효가 아니며, 신하로서 임금을 살해하는 것은 옳은 행동이 아니라고 간곡히 말렸으나 받아들여지지 않았다. 이에 백이와 숙제는 주나라 곡식 먹는 것을 부끄럽게 여겨 수양산에 은거하며 고사리를 먹고 살다가 결국 굶어 죽었다고 한다.

건들이 귀하여 살 수 없고, 아서라 도방사람들의 왕래가 많은 길가[道傍] 혹은 마을 사람들이 모이는 집[都房]으로 가자. 일一원산 이강경二江景 삼三포주 사법성리四法聖里[18]의 도방에 가 살자 허니 비린내에 속이 상할 터요.[19] 아서라 서울로 가자. 서울 가서 살자 허니 서울말을 모르니 따귀만 맞고 충청도 가 살자 허니 양반들이 억세어 살 수가 없으니 어느 곳으로 가면 살 듯하오?"

아니리

풀밭에서 잠을 자고 바람과 이슬 내리는 한데서 먹고 자며 이리저리 떠돌아다니면서 남에게서 빌어먹으며 지낼 제, 일이 년 넘어가니 빌어먹기 수가 났것다. 읍내로 들어가면 객사客舍, 고려와 조선 때 각 고을에서 궐패를 모셔 두고 왕명을 받들어 내려오는 벼슬아치를 묵게 하던 집나 사정射亭, 한량들이 모여 활을 쏘는 활터의 정자에서 잤다 일어나고, 바깥 마을로 갈 양이면 물방앗집이든지 당산정자堂山亭子[20] 밑 숙소가 제일인데, 홍보 내외분이 금실이 좋아서 얼른 하면 아기를 잉태하여 낳고 또 곧 낳으니 자식들을 청어 두름 엮듯이[21] 새끼로 매어 즐비하것다.

중중머리(계면·홍나게)

한 곳을 당도허니 마을 이름은 복덕福德인데 인심은 순후淳厚하다. 빈 집 한 칸 서 있거늘, 잠시 궁색하게 지낼 제, 문밖에 가랑비 오면 방 안

18) 일원산(一元山) 이강경(二江景) 삼포주(三抱州) 사법성리(四法聖里): 첫째는 원산(미상), 둘째는 강경(충남 논산 소재), 셋째는 포주(미상), 넷째는 법성리(전남 영광 법성포).
19) 비린내에 속이 상할 터요: 앞서 거론한 네 곳이 바닷가이거나 시장이 있는 곳이라 비린내가 심할 것이라는 말임.
20) 당산정자(堂山亭子): 곳에 따라 부락 가까이의 산이나 언덕, 나무, 바위 등이 그 대상이 되는, 토지나 부락의 수호신이 있다고 이르는 곳에 있는 정자.
21) 청어 두름 엮듯이: 어떤 것을 연이어 묶는다는 뜻으로, 여기서는 홍보 자식들이 그렇게 묶을 정도로 많다는 뜻임. 두름은 물고기를 짚으로 한 줄에 열 마리씩 두 줄로 엮은 것.

은 큰비 오고, 부엌에 불을 때면 천장은 굴뚝이요, 흙 떨어진 욋대궁기 흙을 바르기 위해 벽 속에 엮은 가는 나뭇가지인 욋대 사이의 구멍인 욋대 사이의 구멍 바람은 살 쏜 듯이 들이불고, 틀만 남은 헌 문짝 멍석으로 창과 문을 막고, 방에 반듯 드러누워 가만히 바라보면 천장은 하늘 별자리를 그려놓은 그림이요, 이십팔수二十八宿[22]를 세어본다.

아니리

이렇게 곤란이 더욱 심할 제, 철모르는 자식들은 음식 노래로 조르는데, 떡 달라는 놈 밥 달라는 놈 엿을 사달라는 놈, 각각 다른 청으로 조를 적에, 홍보 큰아들이 나앉으며,

"아이구 어머니."

"이 자식아, 너는 어찌 요새 고동뿌살이 목성음[23]이 나오느냐."

"어머니 나는 밤이나 낮이나 불면증으로 잠 안 오는 설움이 있어요."

"설움이 무엇이냐? 말이나 좀 해라 어서. 나는 배고픈 것이 제일 섧더라."

"어머니 아버지 의논하여 나 장가 좀 들여주오. 내가 장가가 바빠 그런 것이 아니라 가만히 누워서 생각허니 어머니 아버지 손자가 늦어갑니다."

홍보 마누라 이 말을 듣더니,

22) 이십팔수(二十八宿): 황도를 따라 천구를 스물여덟으로 구분한 별자리. 천장이 부실해서 별이 보일 정도라는 뜻.

23) 고동뿌살이 목성음: '고동뿌사리'는 '고동부사리'의 방언으로 코를 뚫어 코뚜레를 해야 할 만큼 자란 수소를 말하므로, 여기서 고동부사리 목성음은 홍보 큰아들이 청년기 목소리를 낸다는 뜻임.

진양(계면)

홍보 마누라 기가 막혀,

"엇다 이놈아, 야 이놈아 말 들어라. 내가 형세形勢, 살림살이의 경제적인 형편가 있고 보면 너 장가가 여태 있으며 중한 가장을 굶주리게 허고 어린 자식을 벗기겠느냐. 환도소연環堵蕭然 불폐풍일不蔽風日[24] 도정절陶靖節[25]의 가난하기 내 집보다는 대궐이요, 소중랑蘇中郎, 중국 전한(前漢)의 명신인 소무(蘇武)은 주려 죽게 될 제, 방석方席 털을 삼켰으니[26] 우리는 가난하기로 털방석 어디 있느냐. 못 먹이고 못 입히는 어미 간장이 다 녹는다."

---

24) 환도소연(環堵蕭然) 불폐풍일(不蔽風日): 둘러친 담은 쓸쓸한 분위기를 자아내어 바람과 해를 가리지 못하고. 도연명의 「오류선생전五柳先生傳」에 나오는 구절.

25) 도정절(陶靖節): 도연명(陶淵明). 중국 동진(東晉)·송(宋)나라의 시인. 41세에 벼슬을 버리고 귀향하여 「귀거래사歸去來辭」를 짓고, 이후 63세로 죽을 때까지 주로 심양 근처에서 지내며 은일생활(隱逸生活)을 하였다. '정절'은 그의 시호.

26) 방석(方席) 털을 삼켰으니: 소무가 흉노에게 잡혀 움막에 갇혔을 때 모직물의 털로 굶주림을 견뎌낸 일을 이름.

매품도 못 파는 흥보

흥보는 곡식을 꾸어보려고 관청으로 갔다가, 호방에게 매품을 팔아보겠느냐는 의외의 제안을 받는다. 흥보는 그러겠다고 하고 교통비 조로 닷 냥을 받아 온다. 매품을 팔기로 한 날 흥보는 아내의 만류를 물리치고 관청으로 갔지만, 옆집에 사는 꾀수 애비라는 사람에게 가로챔을 당한다. 교통비 조로 받은 닷 냥으로 아내 앞에서 위신을 세우며 돈 타령을 부르는 모습과, 결국 매품조차도 팔지 못하는 상황 뒤에는 흥보 같은 당대 빈민의 빈곤상이 담겨 있다.

아니리

이때 흥보가 들어오며,

"여보 마누라 우지 마오. 나 오늘 읍내 좀 갔다 올라요."

"읍내는 무엇하러 가실라요?"

"환자還子, 국가가 비축했던 곡식을 춘궁기에 백성에게 꾸어줬다가 추수 후 돌려받는 곡식 및 제도 맡은 호방戶房, 조선시대에 주로 호구 관리, 세금 부과 징수의 일을 맡아보던, 승정원과 각 지방관아의 구실아치에게 환자 섬이나 얻어와 굶은 자식을 살려야 하지 않겠소."

"아이고 나라도 안 줄테니 가지 마오."

"구사일생九死一生처럼 어려운 일이지만 가보아야 하지."

홍보가 읍내를 들어가는데 홍보 차림새가 이러하것다.

자진모리(평우조성)

홍보가 들어간다. 홍보 치레 볼작시면, 편자 떨어진 헌 망건網巾 밥풀 관자貫子[1] 노당줄노끈으로 된 당줄. '당줄'은 망건에 달아 상투에 동여매는 줄 뒤로 잔뜩 졸라 매고, 철대'갓철대'의 약자로, 갓양태의 가장자리에 둘러댄 테 부러진 헌 파립破笠 벌이줄물건을 버티어 이리저리 벌여 매는 줄로 여기서는 갓을 고정시켜주는 줄 총총 매어 조사갓끈조사로 만든 갓끈. '조사'는 은조사(여름 옷감으로 쓰는 비단)를 가리키는 듯함 달아 쓰고, 떨어진 헌 베 도포 열두 도막 이은 실띠실로 꼬아 만든 허리띠 고픈 배 눌러 띠고, 한 손에다가 떨어진 부채 들고, 또 한 손에다 곱돌조대[2]를 들고, 그래도 양반이라고 여덟팔자걸음으로 비스듬하게 들어간다.

아니리

홍보가 들어가며 별안간 걱정이 생겼지. '내가 아무리 궁핍을 걱정하는 남자가 되었을망정 반남潘南 박朴가 양반인데 호방을 보고 하대를 하나 존대를 하나? 아서라, 말은 허되 끝은 짓지 말고 웃음으로 얼버무릴 수밖에 없다.' 질청秩廳, 아전들이 일을 맡아보던 청사을 들어가니, 호방이 문을 열고 나오다,

"박생원 어찌 오셨소?"

---

1) 밥풀 관자(貫子): '관자'는 망건에 달아 당줄을 꿰어 거는 작은 고리. 관품이나 계급에 따라 금, 은, 옥, 대모, 호박, 쇠발톱 따위를 가려 썼음. '밥풀'은 관자를 따로 마련하지 못해 밥풀을 사용했다는 것인 듯함.

2) 곱돌조대: 곱돌로 만든 담뱃대. '곱돌'은 윤이 나고 매끌매끌하고 연하여 여러 가지 기구를 만드는 데 쓰는 돌의 한 가지.

"참 양도糧道가 절량絶糧[3] 되어서 환자 한 섬만 주시면 가을에 착실히 갚을 테니 호방 생각이 어떨는지. 하하하."

호장戶長이 하는 말이,

"박생원 들어오신 김에 품 하나 팔아보오. 우리골 좌수座首, 조선시대 지방 자치기구인 향청(鄕廳)의 우두머리가 병영 영문에 잡혔는데 좌수 대신 가서 곤장 열 대만 맞으면 한 대 석 냥씩 서른 냥은 꼽아놓은 돈이요, 마삯까지 닷 냥 지정해두었으니 그 품 하나 팔아보오."

"돈 생길 품이니 팔고말고. 매 맞으러 가는 놈이 말 타고 갈 것 없고 정강이말로[4] 다녀올 테니 그 돈 닷 냥을 날 내어주지. 하하하."

중머리(평 · 계면 섞임)

저 아전衙前, 각 관청에 딸려 벼슬아치 밑에서 일을 보던 중인 계급 사람으로 여기서는 호방 거동을 보아라. 궤櫃 문을 절컥 열고 돈 닷 냥을 내어주니 홍보가 받아들고,

"다녀오리다."

"평안히 다녀오오."

박홍보가 좋아라고 질청문 밖에 썩 나서서,

"돈 봐라 돈. 돈 봐라 돈 봐. 얼씨구나 돈돈. 돈 봐라 돈. 이 돈을 눈에 옳게 보면 삼강오륜이 다 보이고, 만일 돈을 못 보면 삼강오륜이 끊어지니 보이는 게 돈밖에 또 있느냐."

떡국집으로 들어가서 떡국 반 돈어치를 사서 먹고 막걸릿집으로 들어를 가서 막걸리 서 푼어치를 사서 마시고 어깨를 느리우고 입을 빼고,

"대장부 한 걸음에 엽전 서른닷 냥이 들어간다. 우리 집을 어서 가자."

3) 양도(糧道)가 절량(絶糧): 양식이 떨어짐. 유식한 문구를 애써 쓰고 있음을 유의해야 함.
4) 정강이말로: '아무것도 타지 않고 제 발로 걸어서'의 뜻.

제집으로 들어가며,

"여보게 마누라 집안 어른이 어디 갔다가 집으로 돌아오면 우루루 루루루 쫓아나와 영접허는 게 도리가 옳지. 계집이. 이 사람아 당돌히 앉아 있으면서 일어나지 않는 것은 웬일인가. 에라 이 사람 요망하다."

중중머리

홍보 마누라 나온다. 홍보 마누라 나온다.

"아이고 여보 영감. 영감 오신 줄 내 몰랐소. 어디 돈, 어디 돈 허고 돈 봅시다, 돈 봐."

"놓아두어라 이 사람아. 이 돈 근본根本을 자네 아나. 못난 사람도 잘난 돈, 잘난 사람은 더 잘난 돈, 맹상군孟嘗君[5]의 수레바퀴[6]처럼 둥글둥글이 생긴 돈, 생살지권生殺之權을 가진 돈, 부귀공명 붙은 돈. 이놈의 돈아, 아나 돈아, 어디 갔다가 이제 오느냐. 얼씨구나 돈 봐. 어 어 어 얼씨구얼씨구 돈 봐."

아니리

이 돈을 가지고 쌀팔고 고기 사고 고기죽을 누그름하게약간 누글누글하여 묽게 열한 통이 되게 쑤어가지고 각기 한 통씩 먹여놓으니, 모두 식곤증이 나서 앉은 자리에서 고자빠기잠나무를 베어낸 뒤에 남은 밑둥처럼 꼿꼿이 앉아서 자는 잠을 자는데, 죽 국물이 코끝에서 쇠죽 후주국 내리듯[7] 댕강댕강 떨어

5) 맹상군(孟嘗君): 중국 전국시대 제(齊)나라의 공족(公族). 문하에 식객 수천 명을 거느렸다고 한다. 그 식객들의 활약으로 위기를 모면하고 무사히 제나라로 되돌아간 이야기가 알려져 있다.
6) 맹상군의 수레바퀴: 맹상군의 이름인 '전문(田文)'이 돈을 가리키는 전문(錢文)과 이름이 같은 점에 착안하여 '돈'을 이처럼 비유한 것임.
7) 쇠죽 후주국 내리듯: 죽을 정신없이 먹는 모습을 쇠죽을 퍼서 소에게 줄 때 국물이 흘러내리는 모양에 비유한 것임. '쇠죽'은 쌀뜨물에 짚, 풀, 콩, 쌀겨 따위를 넣어 끓여서 쑨 소의 먹이를 말하며, '후주국'은 쇠죽에서 건더기를 건져낸 뒤에 남는 멀건 국물을 말함.

지것다. 홍보 마누라가 하는 말이,

"여보 영감 그런디 이 돈이 무슨 돈이오? 어떻게 해서 생겨난 돈인지 좀 압시다."

"이 돈이 다른 돈이 아닐세. 우리 고을 좌수가 병영 영문에 잡혔는데 대신 가서 곤장 열 대만 맞으면 한 대에 석 냥씩 서른 냥을 준다기에 대신 가기로 하고 삯으로 받아온 돈이제."

홍보 마누라 깜짝 놀라며,

"소중한 가장 매품 팔아 먹고산단 말은 고금천지에 어디서 보았소."

진양(계면)

"가지 마오 가지 마오, 불쌍한 영감, 가지를 마오. 천불생天不生 무록지인無祿之人이요 지부장地不長 무명지초無名之草라.[8] 하늘이 무너져도 솟아날 구멍이 있는 법이니, 설마한들 죽사리까. 병영 영문 곤장 한 대를 맞고 보면 죽도록 골병 된답디다. 여보 영감 불쌍한 우리 영감, 가지를 마오."

아니리

홍보 아들놈들이 저의 어머니 울음소리를 듣고 물소리 들은 거위 모양으로[9] 고개를 들고,

"아버지 병영 가시오?"

"오냐 병영 간다."

"갔다올 제 떡 한 보따리 사 가지고 오시요."

---

8) 천불생(天不生) 무록지인(無祿之人)이요 지부장(地不長) 무명지초(無名之草)라: 하늘은 먹고 살 녹이 없는 사람을 태어나게 하지 않고, 땅은 이름 없는 풀을 기르지 않음. 여기서는 이 세상에 태어난 사람들은 모두 제 먹을 것은 있다는 뜻으로 쓰임.

9) 물소리 들은 거위 모양으로: 제가 좋아하는 것을 보고(듣고) 가만히 있지 못하는 모양으로.

중머리(엄 · 평 · 애원성 섞임)

아침밥을 끓여 먹고 병영 길을 나려간다. 허유허유 나려를 가며 신세자탄身世自嘆 울음을 운다.

"어떤 사람 팔자 좋아 화려한 집 짓고 잘사는데 내 팔자는 왜 그런고."

병영골을 당도하여 치어다보니 대장기大將旗, 도성이나 영문에 세워 대장이 부하 장수들을 지휘하는 데 쓰던 깃발요, 나려 굽어보니 숙정패肅靜牌[10]로구나. 깊은 산속에 있는 사나운 범의 용맹 같은 용勇 자 붙인 군로사령軍奴使令[11]들이 이리 가고 저리 간다. 그때 박흥보는 숫한순박하고 어수룩한 사람이라 벌벌 떨며 들어간다.

아니리

방울이 떨렁, 사령

"예이."

야단났지. 흥보가 삼문三門[12] 간에 들어서 가만히 굽어보니 죄인이 볼기를 맞거늘, 흥보 마음에는 그 사람들도 돈 벌러 온 줄 알고, '저 사람들은 먼저 와서 돈 수백 냥 번다. 나도 볼기 좀 까고 엎저볼까.' 볼기를 까고 삼문 간에 가 엎드렸을 제 사령 한 쌍이 나오더니,

"병영 생긴 후 볼기전[13] 보는 놈이 생겼구나."

사령 중에 뜻밖에 흥보씨 아는 사령이 있던가,

---

10) 숙정패(肅靜牌): 조선시대에 군영(軍營)에 세워 두었던 푯말. 군령(軍令)에 따라 사형을 집행할 때 조용히 하라는 표시로 '숙정(肅靜)'이라는 두 글자를 나무 패(牌)에 써서 세워두었다.

11) 군로사령(軍奴使令): '군뢰사령(軍牢使令)'의 방언. 조선시대에, 지방관아에 속하여 죄인을 다루는 일이나 심부름 따위를 하던 나졸(羅卒)을 말한다.

12) 삼문(三門): 정문과 그 양쪽에 세운 두 개의 문을 아울러 이르는 말. 주로 대궐이나 관청 앞에 세운 세 문으로, 정문, 동협문, 서협문을 이른다.

13) 볼기전: '볼기를 파는 가게(廛)'라는 뜻으로, 흥보가 볼기를 내놓고 엎드려 있는 모양을 비꼬아 일컬은 말.

"아니 박생원 아니시오."

"알아맞혔구만그려."

"당신 곯았소."

"곯다니 계란이 곯지, 사람이 곯나. 그게 어떤 말인가?"

"박생원 대신이라 하고 어떤 사람이 와서 곤장 열 대 맞고 돈 서른 냥 받아가지고 벌써 떠나갔소."

흥보가 기가 막혀,

"그놈이 어떻게 생겼던가?"

"키가 구 척이요 방울눈방울처럼 둥글고 부리부리하게 큰 눈에 기운 좋습디다."

흥보가 말을 듣더니,

"허허 그전 밤에 우리 마누라가 밤새도록 울더니마는 옆집 꾀수 애비란 놈이 알고 발등걸이남이 하려는 일을 앞질러 하는 행위를 허였구나."

중머리(계면)

"번수番守, 대궐 또는 관아에서 번갈아 묵으면서 밤에 보초를 서던 사람네들 그러한가. 나는 가네. 지키기나 잘들 하소. 매품 팔러 왔는데도 손재損財, 손재수(損財數). 재물을 잃을 운수가 붙어 이 지경이 웬일이냐. 우리 집을 돌아가면 밥 달라고 우는 자식은 떡 사주마고 달래고, 떡 사달라 우는 자식 엿 사주마고 달랬는데, 돈이 있어야 말을 허지."

그렁저렁 울며불며 돌아온다. 그때에 흥보 마누라는 영감이 떠난 그날부터 후원에 단壇을 세우고 정화수를 바치고, 병영 가신 우리 영감 매 한 대도 맞지 말고 무사히 돌아오시라고 밤낮 기도하면서,

"병영 가신 우리 영감 하마 오실 제 되었는데 어찌하여 못 오신가. 병영 영문 곤장을 맞고 허약한 체질 주린 몸에 병이 나서 못 오신가. 길에 오다 누웠는가."

아니리

문밖에를 가만히 내다보니 자기 영감이 분명하것다. 눈물 씻고 바라보니 흥보가 들어오거늘,

"여보 영감 매 맞았소? 매 맞았거든 어디 곤장 맞은 자리 상처나 좀 봅시다."

"놔둬. 상처고 여편네 죽은 것이고,[14] 요망스럽게 여편네가 밤새도록 울더니 돈 한 푼 못 벌고 매 한 대를 맞았으면 인사불성人事不省 쇠아들[15]이다."

흥보 마누라 좋아라고,

중중머리(계면·흥나게)

"얼씨구나 절씨구 얼씨구 절씨구 지화자 좋네. 얼씨구나 좋을시구. 영감이 엊그저께 병영 길을 떠나신 후 부디 매를 맞지 말고 무사히 돌아오시라고 하느님 전에 빌었더니 매 아니 맞고 돌아오시니 어찌 아니 즐거운가. 얼씨구나 절씨고. 옷을 헐벗어도 나는 좋고 굶어 죽어도 나는 좋네. 얼씨구나 절씨구."

---

14) 상처고 여편네 죽은 것이고: '傷處'와 '喪妻'의 음이 둘 다 '상처'로 같은 점을 이용하여 장난스럽게 표현한 말. 다만 이 말 속에는 아내로 인해 매품을 팔지 못한 데 대한 간접적인 분풀이가 담겨 있다.

15) 인사불성(人事不省) 쇠아들: 예절을 차릴 줄 모르는 소의 새끼.

양식 구걸하는 흥보, 냉대하는 놀보

매품도 팔지 못한 흥보는 아내의 권유로 형 놀보에게 양식을 구걸하러 간다. 하지만 놀보는 양식을 주기는커녕 몽둥이질을 하고 놀보 처 역시 흥보의 뺨을 때린다. 흥보는 집에 돌아와 아내에게 거짓말을 하나, 흥보 아내가 모를 리 없었다. 흥보 부부는 서로 자신의 탓이라며 자결하려 한다. 흥보의 가난은 도승이나 제비와 같은 초월적인 존재의 도움이 없다면 결코 벗어날 수 없는 굴레였던 것이다.

아니리(아니리)

방으로 들어가니 자식들이 배가 고파 거의 죽게 되었구나. 흥보 마누라가 허는 말이

"좋은 일은 남이요 궂은일은 형제간[1]이라 하니, 길을 두고 메로 가겠소. 건넛마을 시숙님 댁에 가서 사정을 여쭈면 쌀이건 돈이건 간에

1) 좋은 일은 남이요 궂은일은 형제간: 좋은 일이 있으면 남을 찾아다니고, 좋지 않은 일을 당하면 형제간을 찾아다닌다는 말.

좀 줄 테니 건너가보시오."

"형님의 댁을 갔다가 보리로 시험하면 어쩔꼬."

홍보 마누라 보리말을 못 알아듣고,

"보리 같은 곡식을 마다하시오. 보리라 허는 게 눋혀약간 누른빛이 나게 태워 때껴방아확 등에 살짝 갈거나 문질러 씻어서 곡식 등의 흰 속이 드러나게 하여 밥을 해도 좋고 볶아서 죽을 쑤어도 좋고 흉년 지낼 곡식이오니 보리라도 많이만 얻어오시오."

"허참, 보리라 하니 먹는 보리가 아니라 두들겨 맞는 몽둥이 보리란 말일세."

"되든지 안 되든지, 안 되면 그뿐이라는 생각으로 가보시오."

홍보가 마누라 대접으로[2] 건너가는디,

평중머리(평우성)

헌 베 도포 띠 안 띠고 망건 벗고 갓만 얹고 맨발 벗고 헌 신 끌고 서리 아침 찬바람에 웅숭그려춥거나 두려워서 몸을 매우 웅그려 팔짱 끼고 가만 가만이 건너갈 제, '모진 목숨 아니 죽고 이 고생을 허는구나. 형님이 나를 보고 쌀이건 돈이건 간에 주시면 좋으되 화를 내시면 어찌할꺼나.'

아니리

형의 집 문전을 당도하니 형세가 전보다 더 늘어서 가사家事가 웅장하것다. '형님이 나를 보시고 쌀이건 돈이건 간에 좀 주시면 좋으되 야단만 맞으면 어찌할꼬.' 들어갈까 말까 주저하는데, 그때 놀보는 제 사랑에 앉아 골패 오관을 떼고[3] 노는데, 사랑 앞 영창映窓 밖에서 헌 기폭

2) 마누라 대접으로: 대접(待接)은 대함. 떠받듦의 뜻. 여기서는 '마누라 성화에 못 이겨' 정도의 뜻.

3) 골패 오관을 떼고: '골패(骨牌)'는 납작하고 네모진 작은 나뭇조각 32개에 각각 흰 뼈를 붙이

旗幅 같은 것이 왔다갔다하거늘, 가만히 밖에를 바라보니 흥보가 와서 있거든. '옳지, 저놈이 나한테 올 제는 무얼 좀 얻어가자고 온 놈이 분명허니, 내가 미리 앞장원을 부를[4] 수밖에 없다' 하고, 큰 기침을 버썩 허것다.

"어험, 오늘은 어찌 내 속이 이리 불안허냐. 이럴 제는 어느 놈이 와서 나보고 무얼 좀 달라구 하든지 이익이 되든 손해가 되든 간에 말을 하는 놈이 있으면 사정없이 후닥딱 때려치우리라. 흠 어험."

영창을 따르르 열어노니 흥보가 깜짝 놀라 사랑방 문 앞에 엎지며,

"아이고 형님, 관찰 사또님 전[5] 문안 올리오. 동생 흥보 살려주시오."

놀보가 이 말 듣고,

"흥보 동생 너 이놈, 내 집에 뭣하러 왔어. 보기 싫다. 어서 없어져라."

흥보가 놀라 비는데,

진양 (진계면, 이 대문 진양조는 춘미春眉 박녹주朴綠珠[6] 선생의 사설을 참구參究하였음)

두 손 합장 무릎을 꿇고,

"비나이다 비나이다 형님 앞에 비나이다. 살려주오 살려주오 이 동생을 살려주오. 그저께 하루를 굶은 처자가 어제 아침을 먹지 못했고 어저께 하루를 모두 굶은 처자가 오늘 아침을 그저 있사오니, 인명人命

고, 여러 가지 수효의 구멍을 판 노름 기구. 또는 그것을 가지고 하는 노름. '오관을 떼다'는 골패·화투·투전 따위의 같은 짝을 모으는 놀이를 한다는 뜻.

4) 앞장원을 부를: '앞장원'은 과거에서 먼저 장원한다는 '선장원(先壯元)'과 같은 말. 앞장원을 부른다는 것은 남보다 먼저 손을 쓴다는 뜻임.

5) 관찰 사또님 전: 관찰사 사또님께. 흥보가 겁을 먹고 형님을 부른다는 것이 관찰사를 부른 것이 되었음.

6) 박녹주(1906~1979): 경상북도 선산(善山) 출생의 판소리 명창. 1965년 중요무형문화재 제5호 판소리 예능보유자로 지정되었다. 「흥보가」를 잘하였다고 한다.

은 재천在天이라 설마한들 죽사리까마는 여러 끼니를 굶사오니 하릴없이 죽게 되야 형님 전에 왔나이다. 형님 덕택에 살려주오. 벼가 되면 닷 말만 주시고 쌀이 되면 두 말만 주고 돈이 되거든 한 냥만 주시고 그도 저도 못 되거든 먹다 남은 식은 밥이나 찌경이나 싸라기나 되는 대로 주옵시면 자식을 살리겠소. 천석궁千石宮 부자 형님을 두고 굶어 죽기는 원통합니다. 형님 통촉을 허옵소서.

〈말로〉 학철涸轍[7]의 마른 고기 한 말 물로 구급하니, 형님 적선하옵소서."

아니리

이렇게 동생이 와서 애걸을 하니 형 되는 사람 마음이 감동하는 게 아니라 놀보놈의 성미는 누가 와서 빌면 더 들고일어나는 놈의 성미 것다.

"오 이놈 홍보로구나. 잘 왔다. 부모님 생존 시에 작은아들이라고 글만 많이 가르쳤지. 너 '따' 문자[8] 알겄느냐. 모를 것이다. 음 새김을 가르쳐주마. 네가 오늘 내 손에 죽었'따' 이 말이다. 마당쇠야, 대문 뒤로 걸고 지리산에서 도끼 자루 하려고 가져온 박달나무 건목 친 놈[9] 두 개 동편 창고에 있느니라. 이리 가져오너라."

무지한 놀보놈이 홍보를 으르는데,

자진모리(계면 · 엄하게)

놀보놈 거동 봐. 수양산 물푸레 몽둥이 들어메고 홍보를 어루는디,

---

7) 학철(涸轍): '학철부어(涸轍鮒魚)'에서 나온 말. '수레바퀴 자국에 괸 물에 있는 붕어'라는 뜻으로 '몹시 곤궁하게 된 처지나 그 처지에 있는 사람'을 비유하는 말.
8) '따' 문자: '따'라는 글자. '죽었따'는 말을 하기 위해 운을 뗀 말.
9) 건목 친 놈: '건목'은 다듬지 않고 거칠게 대강 만드는 일, 또는 그렇게 만든 물건. '건목 치다'는 정하게 만들지 않고 대강 만든다는 뜻.

"네 이놈 홍보놈아, 아따 이놈 강도놈아, 잘살고 못살기를 뉘를 보고 원망하느냐? 잘살기도 내 복이요 못살기는 네 팔자, 굶고 먹고 뉘 아느냐. 벼 몇 말이나 주자 한들 천록방노적天綠方露積[10] 다물 다물 다물이 쌓였으니 네놈 주자고 노적 헐며, 쌀 몇 말이나 달라 한들 삼대청三大廳[11] 큰 뒤주에 가득 가득이 들었으니 너 주자고 뒤주 헐까. 돈 몇 냥이나 달라 한들 용봉장龍鳳欌, 용, 봉황, 또는 그 무늬를 새긴 장 큰 궤 안에 열 냥씩 뭉치를 만들어 넣어두었으니 네놈 주자고 헐며, 싸라기나 달라 한들 새끼 딸린 오골계烏骨鷄, 살, 가죽, 뼈가 모두 어두운 자색을 띤 닭 암탉 수십 마리가 우물우물 황계黃鷄 백계白鷄 꼬꼬 허니 네놈 주자고 닭 굶기며, 지게미나 달라 한들 뒷방 우리 안에 멧돼지가 들었으니 네놈 주자고 돼지 굶기랴. 곡식이 썩어나고 은돈이 녹이 나도 네놈은 못 주것다."

여름날 번개 치듯, 샘하는 놈 계집 치듯, 좁은 골에다 벼락 치듯, 후닥딱 딱 철퍽,

"아이고 박 터졌소."

후닥딱 홍보가 기가 막혀 몽둥이를 피하려고 올라갔다가 내려왔다가 대문을 걸어놓으니 날도 뛰도 못허고 그저 퍽퍽 맞는구나. 안으로 쫓겨 들어가며,

"아이고 형수씨 날 좀 살려주오. 형수씨 사람 좀 살려주오."

아니리

이러헐 제 그때 놀보 계집은 심술이 놀보보다도 훨씬 더 저울이 세던[12]

10) 천록방노적(天綠方露積): 하늘이 내린 복록이 들어찬 노적이라는 뜻으로 곳간에 붙인 이름. '천록방'은 이사할 때 방위를 보는 구궁(九宮)의 하나로서 길한 방위로 침.

11) 삼대청(三大廳): 대청은 한옥에서, 몸채의 방과 방 사이에 있는 큰 마루. 삼대청은 세 개의 대청. 남대청, 동대청, 서대청.

12) 저울이 세던: 손익을 따지는 것이 정확하다는 뜻인 듯함.

것이었다. 부엌에서 밥 푸던 주걱자루를 들고 중문中門, 사랑채에서 안채로 통하는 문에 가 딱 붙어섰다가 아재뱀인가 도마뱀인가 가난의 빚 받기는 나라에서도 못 헌다고 까딱하면 쌀 돈, 아나 쌀, 아나 돈, 허고 흥보 뺨을 딱 때려놓으니, 형님한테 맞던 것은 여반장如反掌[13]이요, 형수씨한테 뺨을 맞아노니 눈에서 불이 번쩍허여 하늘이 빙빙 돌고 땅이 툭 꺼지는 듯,

진양

"여보 형수씨, 여보 여보 아 아주머니, 형수씨가 시아재 뺨 치는 법은 고금천지에 어디 가 보았소. 나를 이리 치지 말고 죽여 능지처참陵遲處斬[14] 곤장 쳐서 아주 박살 죽여주오. 아이구 하느님 박흥보를 벼락을 때려주면 염라국을 들어가서 우리 부모를 뵈옵는 날은 갖가지 사정을 자세히 하소연할라요."

부러진 막대기 붙들어 짚고 매운 고추 먹은 사람처럼 후후 불며 저의 집으로 건너간다.

아니리

그때 흥보집 자식들은 멍석 쓴 채 여러 놈이 나서서,

"어매 밥, 어매 밥."

밥 달라고 개구리 우는 소리로 각각 저마다 다른 목소리로 울음 울제, 흥보 마누라 막내동이를 등에 업고 밖으로 나서보니, 건너편 경사진 길에서 흥보가 허리를 웅크리고 작대기 짚고 절뚝절뚝 들어오니 우르르 달려나와,

---

13) 여반장(如反掌): 손바닥을 뒤집는 것과 같이 매우 쉽다는 뜻. 놀보보다 놀보 처가 때린 것이 훨씬 더 아프다는 뜻임.

14) 능지처참(陵遲處斬): 대역죄를 범한 자에게 과하던 극형. 죄인을 죽인 뒤 시신의 머리, 몸, 팔, 다리를 토막 쳐서 각지에 돌려 보이는 형벌.

"여보 영감 쌀이건 돈이건 간에 아무것도 못 얻어 왔소?"

"날 건드리지 마오."

"또 맞었구려."

"여보 내 말을 들어보오. 형님의 댁을 갔더니 전보다 형님이 후해졌습디다. 형수씨가 점심 지어주기에 단단히 먹고 나니 쌀과 돈을 한 짐 주시기에 짊어지고 오다가 요 너머 강가 정자 모퉁이에서 도적떼가 나서, '네 이놈 돈이 크냐, 목숨이 크냐?' 엎드리게 하여, 뺨 한 주먹에 정신 차릴 길 없이 모조리 빼앗기고 매만 실컷 맞고 왔소."

홍보 마누라가 물끄러미 바라보더니,

평중머리(계면)

"그런대도 내가 알고 저런대도 내가 아요. 시숙님 속도 내가 알고 형님 속도 내가 알지요. 동생 하나 있는 것을 쌀과 돈은 못 줄망정 엄동설한 추운 날에 굶어 죽게 된 동생을 저리 몹시 치단 말인가. 가빈家貧에 사현처思賢妻요 국란國亂에 사양상思良相이라,[15] 내가 얼마나 의젓하지 못했으면 중한 가장 못 먹이고 어린 자식을 헐벗기겠소."

진양(원계면)

"가난이야 가난이야 원수년의 가난이야. 복이라 허는 것은 어찌허면 잘 타는고. 북두칠성님이 복 마련을 허시는가, 삼신제왕三神帝王님이 짚자리 떨어질 제 허시는가[16], 승금상수乘金相水 혈토인목穴土印木[17] 묘 쓰

---

15) 가빈(家貧)에 사현처(思賢妻)요 국란(國亂)에 사양상(思良相)이라: 『사기史記』「위세가魏世家」에 나오는 구절인 '가빈사양처 국란사양상(家貧思良妻 國亂思良相)'을 변용한 것으로, 집안이 가난하면 어진 아내를 생각하고, 나라가 어지러우면 어진 재상을 생각한다는 뜻. 여기서는 남편이 굶주리고 어려움을 당하는 것은 아내인 자기 때문임을 스스로 상기시키고 있음.

16) 삼신제왕(三神帝王)님이 짚자리 떨어질 제 허시는가: '삼신이 아기를 태어나게 할 때 (그 사

기에 매였는가, 선행하여 그 보답을 받는 마음씨에 매였는가, 이목구비 오악五嶽, 관상학에서 사람의 이마, 코, 턱, 좌우의 광대뼈를 이르는 말으로 생기기에 매였는가, 나는 세상에 태어나서 옳지 않은 일 아니하고 밤낮으로 벌어도 제대로 끼니를 이을 수 없고 내 몸은 고사하고 가장은 부황浮黃, 오래 굶어서 살가죽이 누렇게 부어오르는 병이 나고 자식들은 굶어 죽을 지경이 되니 사람 차마 못 보겠네. 차라리 내가 자결하여 이런 꼴 안 보고저."

치마끈으로 목을 매니, 흥보가 옆에 앉아 울다,

"여보소 마누라 아기어멈. 이것이 웬일인가. 부인의 백 년 신세 가장에게 매였는데 박복한 나를 얻어 이 고생을 허게 허니 내가 먼저 죽으려네."

허리띠로 목을 매어 죽기로 작정허니 흥보 마누라 겁을 내어,

"영감 다시는 아니 울라요."

흥보 마누라 가장의 손목 잡고 흥보는 마누라 목을 안고 둘이 서로 통곡을 헌다.

람의 복을 마련)하시는가'의 뜻. '삼신'은 민속에서 아기 낳는 일을 맡은 신이며, '짚자리'는 아기가 태어나는 장소를 말하는 듯함.

17) 승금상수(乘金相水) 혈토인목(穴土印木): 묏자리를 나타내는 용어. '승금'은 묘혈(墓穴)의 윗머리, '상수'는 앞, '혈토'는 중앙, '인목'은 양편의 보호를 말함.

도승이 흥보의 집터를 잡아주다

흥보 부부가 서로 가난타령을 할 때 마침 그곳을 지나가던 도승이 울음소리를 듣고 명당 터를 잡아준다. 흥보는 그 자리에 허름한 집을 짓고 간신히 살아간다. 그후부터 흥보 가족은 살 만해진다. 이러한 삽화(揷話)가 끼어듦으로써 흥보가 부자가 된 것은 제비 박씨뿐 아니라 집터가 좋았기 때문이라는 설명도 가능해졌다.

아니리

이렇게 울음 울 제, 저 마을 밖에서 노승 하나 들어오는디 이분은 도승道僧인 것이었다.

엇머리(엄 · 평 섞임)

중타령과 집터 잡는 데 김창환金昌煥[1] 선생님이 특수허다 하였었는데

1) 김창환(金昌煥, 1854~1939): 조선 후기 · 한말의 판소리 명창. 풍채가 좋고 너름새에 능하여 고종의 총애를 받고 의관(議官) 벼슬을 제수받았다. 「흥보가」를 잘 불렀으며 특히 '제비노정기' 대목에 뛰어났다. 제자 박녹주(朴綠珠)가 그 성음을 이었다고 한다.

정한靜閑하게 하는 곡을 일컬음이라.

대개 흉내를 내어보는데,

중 하나 들어온다 중 하나 들어온다. 행색行色[2]을 알 수 없네. 여러 해 묵은 중 헐어서 낡은 중 '두 귀는 어깨까지 늘어지고, 긴 눈썹은 얼굴을 덮었으며, 초의는 바느질하지도 않았고, 또 꿰매지도 않았네.'[3] 다 떨어진 청올치송낙[4] 이리로 총총 저리로 총총 기우고 헝겊으로 구멍 막어 수박 같은 대머리에 흠뻑 눌러쓰고, 누덕누덕 기운 장삼長衫, 검은 베로 만든 길이가 길고 소매가 넓은, 중의 옷 율무 염주 목에 걸고, 한 손에는 절로 굽은 칠죽장漆竹杖, 옻칠을 한 대나무 지팡이 또 한 손에다는 다 깨어진 목탁 들고, 동냥 얻으면 무엇에 받아갈지 목기나 바랑중이 등에 지고 다니는 자루 같은 큰 주머니 등을 하나도 안 가지고 개미 안 밟히게 가만가만 가려 디디어 마을로 들어올 제, 개 컹컹 짖고 나면 두 손 모으고, '나무아미타불', 사람이 말 물으면 허리를 굽히며, '나무아미타불', 이 집 저 집 다 지나고 흥보 문전에 당도, 울음소리 한참 듣고 이리 주저 저리 주저 한참 동안 주저하며 목탁을 뚜드리며, 목소리 내어 하는 말이,

"거룩하신 댁 문전에 걸승 하나 왔사오니 동냥 조금 주옵소서. 나무아미타불."

---

2) 행색(行色): 겉으로 드러나는 차림이나 태도. 행색을 알 수 없다는 것은 중인 것은 분명하나 제대로 된 중의 복색을 갖추었다고 볼 수 없다는 뜻.

3) 두 귀는 어깨까지 늘어지고, 긴 눈썹은 얼굴을 덮었으며, 초의는 바느질하지도 않았고, 또 꿰매지도 않았네: 원문은 '양이수견미복면(兩耳垂肩眉覆面) 초의불침부불선(草衣不針復不線)'. 중의 모습을 노래한 잠삼(岑參)의 시 「태백호승가太白胡僧歌」의 한 구절. '초의'는 속세를 떠나 숨어 사는 사람의 의복을 말함.

4) 청올치송낙: '청올치'는 칡덩굴의 속껍질로, 베를 짜거나 노를 만드는 재료로 쓰이는 것이며, '송낙'은 예전에 여승이 주로 쓰던, 송라(松蘿, 소나무겨우살이)를 우산 모양으로 엮어 만든 모자를 말함.

아니리

흥보가 눈물 씻고 불쌍하게 대답허되,

"말씀하기 미안하오나 굶은 지 여러 날이라 쌀, 돈 없사오니 다른 데나 가보시오."

"주시고 아니 주기는 주인의 처분이오니 그저는 가려니와 통곡은 웬일이오."

"자식들은 여럿인데 집이 몹시 가난하여 굶어 죽게 되었기로 가련한 부부 목숨 먼저 죽기 다투다 둘이 잡고 우나이다."

노승이 하는 말이,

"어허 신세 가련하오. 부귀가 임자 없어 적선하면 그 댁으로 가나이다. 무지한 중의 말을 만일 듣고 믿을 테면 집터 하나 가르칠게, 소승小僧 뒤를 따르시오."

흥보가 크게 기뻐하여 천만 번 감사드리고 대사 뒤를 따라가니, 세상에 드러나지 않은 곳으로 배산임수背山臨水. 산을 등지고 물을 바라보는 지세(地勢). 풍수지리설에서 주택이나 건물을 지을 때 이상적으로 여기는 배치 지세로, 무성한 숲과 길게 자란 대나무 있는 좋은 곳에 집터를 잡을 제, 명당 잡는 방법이 분명하것다.

진양(엄 · 평 · 계면 섞임)

감계룡坎癸龍 간좌곤향艮坐坤向 탐랑득거문파貪狼得巨門派 반월형半月形 일자안一字案[5]에 문필봉창고사文筆峰倉庫砂[6]가 좌우에 높았으니, 이 터에다

5) 감계룡(坎癸龍) 간좌곤향(艮坐坤向) 탐랑득거문파(貪狼得巨門派) 반월형(半月形) 일자안(一字案): 풍수지리설의 용어들. 감계룡은 맥의 하나이며, 간좌곤향은 동북 서남을 향한 방위를 말한다. 탐랑득거문파, 반월형, 일자안은 명당자리와 관련된 용어들이다.

6) 문필봉창고사(文筆峰倉庫砂): '문필봉'은 풍수지리에서 문필가가 난다고 하는 산의 형세이고, '창고사'는 풍수지리에서 부자가 난다고 하는 산의 형세를 말한다.

집을 짓고 가난하면서도 편안한 마음으로 지내오면 가세가 속히 흥하니 도주의돈陶朱猗頓[7]의 돈을 비길 테요. 자손이 영귀榮貴, 지체가 높고 귀함하야 만세까지 이어지리라. 전한입주廛閑立柱[8] 자리에 막대기 넷 꽂아놓고 한두 걸음 나가더니 갑자기 사라졌구나. 흥보가 그제야 도승인 줄 짐작하고, 있던 초막 헐어다가 그 자리에 의지하고 간신히 지낼 적에 흰 눈 찬바람 동지섣달 헐벗고 텅 빈 배로 아니 죽고 살아갈 제,

7) 도주의돈(陶朱猗頓): 큰 부자를 지칭하는 말. '도주'는 춘추시대 월(越)나라의 범려(范蠡)를 지칭하며 '의돈'은 노(魯)나라의 큰 부자다.

8) 전한입주(廛閑立柱): '전'은 주나라 때 시가의 2묘 반의 집터를 가리키고, '한'은 담장이라는 뜻. 따라서 '전한입주'란 담으로 두른 집터의 기둥이라는 뜻인 듯함.

다친 제비가 박씨를 물고 오다

그럭저럭 살아가는 흥보에게 제비가 찾아와 집을 짓고 새끼를 낳는다. 그런데 뜻밖에 구렁이가 나타나 제비 새끼들을 잡아먹고, 겨우 살아남은 한 마리는 날기 연습을 하다 대나무로 만든 발에 걸려 다리가 부러진다. 흥보는 부러진 다리를 정성스럽게 동여 치료해준다. 그 제비는 강남으로 돌아가 제비 장수에게 사연을 고한다. 이듬해 봄 그 제비가 돌아와 흥보에게 준 박씨는, 생명을 존중하는 흥보의 선행에 대한 초월계의 보상으로 해석할 수 있다.

중중머리(애련성 · 홍나게)

정월 이월 얼음 녹으니 산수 경개가 장히 좋다. 버드나무는 황금빛을 띠어 곱고[1] 꾀꼬리는 노래하고, 오얏꽃은 눈처럼 희고 향기로워[2]

1) 버드나무는 황금빛을 띠어 곱고: 원문은 '유색황금눈(柳色黃金嫩)'. 이백의 시 「궁중행락사宮中行樂詞」 8수 중 둘째 수 첫 구임.

2) 오얏꽃은 눈처럼 희고 향기로워: 원문은 '이화백설향(梨花白雪香)'. 이백의 시 「궁중행락사」 8수 중 둘째 수 둘째 구임.

나비 앉아 춤을 춘다. 까치 집 짓는 재주 내 집보다 단단하고 산비탈의 암꿩 우는 소리 너는 때를 얻었도다. 집은 허술하여 장차 새려 하는데 소리개 우는 소리 '비오 비오', 쌀 한 줌이 없는 것을 소쩍새는 '솥 적다', 배가 정녕 고프거든 이걸 먹소. '쑥국 쑥쑥국' 뻐꾸기 운다마는 논 있어야 농사 짓지. 오디새야 날지 마라 누에 쳐야 뽕을 따 먹을 것이 없었으니.[3] 닭과 개를 내가 기르겠나. 살생을 아니하니 고라니와 사슴이 모두 벗이라. 겨울 동冬 자 갈 거去 자 삼월 삼일에 올 래來 자 봄 춘春 자가 좋을시고. 향기로운 꽃이 어지러이 피어 있으니 도화요, 배꽃이 들에 쌓여도 문을 열지 않으니, 슬슬 부는 봄바람에 꽃 화花 자 나비 접蝶 자 훨훨 춤출 무舞 자가 장관壯觀이요, 꾀꼬리 수리루 날아 노래 가歌 자가 좋을시고. 기는 것은 짐승 수獸 나는 것은 새 조鳥라 쌍쌍이 왕래往來허니, 제비 연燕 자가 좋다.

자진모리(평반경제)

삼월 봄바람 바야흐로 봄이 화창한 때 날짐승 길짐승들이 즐길 제, 강남에서 오는 제비 '백성들의 집에 예사롭게 날아든다.'[4] 홍보 움막에 당도. 홍보가 좋아라고,

"반갑다 저 제비야 네가 이리 찾아와 소박한 인심이 부귀를 따라 적막한 이 산 속에 찾아올 리 없건마는 제비는 가난한 집을 저버리지 않아 좋은 집 다 버리고 말[斗]만 한 내 집에를 찾아오니 반갑다."

---

3) 오디새야 날지 마라 누에 쳐야 뽕을 따 먹을 것이 없었으니: '오디새'의 '오디'가 뽕나무 열매를 가리키기도 하므로 누에에 관한 언급이 연결되어 있음.

4) 백성들의 집에 예사롭게 날아든다: 원문은 '비입심상백성가(飛入尋常百姓家)'. 중국 당나라 시인 유우석(劉禹錫)의 시 「오의항烏衣巷」의 마지막 구절. 그 옛날 귀족들의 집에서 살던 제비들이 지금은 평범한 백성들의 집에도 예사롭게 날아든다는 뜻임. 여기서는 홍보 자신의 집에 날아든 제비들을 반기며 하는 말임.

저 제비 거동 보소. 그래도 성조成造[5])라고 남남지성喃喃之聲, 재잘거리는 소리 예를 갖추고 좋은 진흙 물어다가 처마 안에 집을 짓고 수컷이 암컷을 쫓아 날아다니며 힐지항지頡之頏之, 새가 올라갔다 내려갔다 하며 나는 모양 알을 낳아 새끼 까서 밥 물어다 먹이면서 자모구구慈母呴呴, 어미가 새끼가 사랑스러워 구구거리는 모양 즐긴다.

아니리

뜻밖에 하루는 대망大蟒, 아주 큰 구렁이 또는 이무기이가 제비집에 들어 제비 새끼를 하나씩 잡아먹거늘, 홍보가 깜짝 놀라 대망이를 정색하고 꾸짖어 쫓는데,

"버릇없다 저 대망아, 풀이 푸른 연못에는 곳곳에 개구리요, 봄잠을 깨지 못한 새들은 산마다 있다 하니 너 먹을 것 많겠구나. 어찌하여 내 집에 들어 제비 새끼 잡아먹노. 한고조漢高祖가 큰 연못을 지날 때 뱀을 죽였듯[6]) 칼로 네 허리를 베고지고. 남악사南嶽祠, 중국 남악 곧 형산(衡山)에 있던 사당에 하소연하여 신병神兵을 몰아다가 네 큰 목을 자르고저."

급히 쫓고 보니 제비 새끼 여섯인데 어느새에 다섯 먹고 한 마리 남았구나. 날기 공부 힘쓰다 뚝 떨어져 대나무로 만든 발 틈에 발이 빠져 제비다리 지끈 부러져서 거의 죽게 되었거늘, 홍보가 새끼를 주워 들고,

---

5) 성조(成造): '성조' '성주'는 집을 다스리는 신이나, 여기서는 새로 집을 짓는 일로 쓰이고 있음.

6) 한고조(漢高祖)가 큰 연못을 지날 때 뱀을 죽였듯: 한고조가 풍읍(豊邑) 서쪽에서 술을 마시고 밤중에 늪지대를 건다가 앞을 가로막은 큰 뱀을 칼로 토막낸 적이 있었는데, 뒤따라오던 사람이 그곳에 이르니 어떤 노파가 울면서, "내 아들은 백제(白帝)의 아들인데 방금 적제(赤帝)의 아들에게 죽었소" 하더니 문득 사라져 없어졌다고 한다. 은나라가 숭상하던 색은 백색이고 주나라가 숭상하던 색은 적색이었다. 유방은 주나라의 직계라고 자임했으므로 이 사건은 상징적 의미를 띠게 된다. 홍보는 대망이를 물리치고자 하는 생각을 이 고사에 빗대어 말한 것이다.

"불쌍한 네 목숨이 대망이에게 안 죽기에 모진 목숨인 줄 알았더니 절각지환折脚之患, 다리가 부러지는 재앙이 웬일이냐. 여러 새들 중 해 없는 게 제비로다. 곡식에 해가 없고 사람을 특별히 따라, 제비들 지저귀는 소리가 저녁 무렵 아름답게 조각한 들보 위에서 들려 사랑하는 이를 그리는 여인들의 근심을 불러일으킨다. 네 정상情狀, 딱하거나 가엾은 상태 가련하니 기어이 살리리라. 여보 마누라 우리가 혼인할 때 쓰던 오색실 좀 찾아내 오소."

오색당사로 찬찬히 감아 집어넣었더니 수일이 지난 후에 부러진 다리가 완전히 굳어져서 날아다니며 떠노는데,

진양(청 · 평 · 계면 엄우조 섞임)

구만 리 하늘 위에 높이높이 날아도 보고, 긴 시내 맑은 물로 씩 씻어보고, 평탄한 뜰 앞에서 아장아장 걸어보고, 길게 맨 빨랫줄에 한들한들 앉아도 보고, 칠월 팔월 지나 이슬이 서리 되고 가을바람 소리가 쌀쌀하게 느껴져 구월 되어오니 용산龍山, 중국 호북성 강릉현에 있는 산에서 술 마시고 망향대望鄕臺[7]에 손 보낼 제, 흥보가 보고 탄식한다.

"섭섭하다 저 제비야 날 버리고 가려느냐. 부러진 다리를 원망을 말어라. 옛적 손빈孫臏[8]이도 양다리가 없었으되 제나라 들어가 대장이 되고, 초한楚漢 때 한신韓信[9]이는 일지수一支手가 없다 하되[10] 대장단大將壇 높

7) 망향대(望鄕臺): 수나라 때 촉(蜀)의 왕수(王秀)가 지은 누대. 왕발의 시 「촉중구일蜀中九日」에 나오는 누대 이름임.

8) 손빈(孫臏): 중국 전국시대 제(齊)나라의 병법가. 위나라에 있을 때 방연의 계략으로 참소를 입어 발꿈치를 베는 형벌을 당했으나, 뒤에 위나라의 침략을 받은 한나라를 도와 계략을 세워, 방연이 이끄는 군대를 유인하여 크게 쳐부수었다고 한다.

9) 한신(韓信): 중국 한(漢)나라 초의 무장. 처음에는 초(楚)나라의 항량(項梁) · 항우(項羽)를 섬겼으나 중용되지 않아 유방(劉邦)의 군에 참가하였다. 승상 소하(蕭何)에게 인정을 받아 해하(垓下)의 싸움에 이르기까지 한군을 지휘하여 제국(諸國) 군세를 격파, 군사 면에서 크게 공을 세움으로써 제왕(齊王)과 초왕(楚王)이 되었다.

이 올라 군사들 모두 놀랐으니[11] 멀고 먼 길을 부디 평안히 잘 가거라. 내년 봄에 나오게 되면 부디 내 집 찾아와서 옛 주인을 보게 하여라."

제비도 듣고 섭섭하여라, 들어왔다 나갔다가 제집으로 다시 들어가더니, 방 안을 바라보며 아름다운 말소리로 주인과 이별을 허는구나.

아니리

홍보는 본래 설움이 많은 사람이라, 제비허고 이별헐 제 눈물 사발이나 흘렸던 것이었다. 각국으로 갔던 제비, 구월 그믐 시월 초에 들어가 장수에게 현신現身, 아랫사람이 윗사람에게 처음으로 자신을 보임하는 때인데 노魯나라에 갔던 제비 첫째로 들어가고[12] 조선으로 왔던 제비 둘째로 들어갈 제,

중중머리(계면 · 홍나게, 아니리로도 한다)

홍보 제비가 들어간다, 박홍보 제비가 들어간다. 부러진 다리가 도톰해져서 절뚝거리고 들어와,

"예."

제비 장수 호령허되,

"너는 왜 다리가 부었느뇨?"

홍보 제비 여짜오되,

"소조小鳥, 자신을 낮추어 이르는 말인 '소인(小人)'의 '인'을 '조'로 대체한 말가 아뢰리다. 예

---

10) 일지수(一支手)가 없다 하되: 한신이 높이 등용되지 못하자 도망을 했는데 그가 소하까지 달아났다는 말을 듣자, 유방이 "마치 양손을 잃은 듯이 낙담했다"는 말이 전한다. 한신의 한쪽 손이 없다는 말은 이의 와전이다.

11) 대장단(大將壇) 높이 올라 군사들 모두 놀랐으니: 한고조가 승상인 소하의 뜻을 좇아 날을 가려 단을 쌓고 장군을 맞이할 예의를 갖춘 뒤에 한신에게 대장을 제수하자, 모두 자신이 대장으로 뽑히리라고 생각하고 있던 여러 장수와, 모든 군사들이 깜짝 놀랐다고 한 데서 온 말.

12) 노(魯)나라에 갔던 제비 첫째로 들어가고: 노나라는 공자의 나라이므로 첫째로 들어간 것으로 설정했다.

아뢰리다. 만리 조선을 나가 태어났다, 소조 운수 불길하야 뚝 떨어져 대번에 다리가 재깍 부러져 거의 죽게 되었더니, 어진 홍보씨를 만나 죽을 목숨이 살었으니 어찌하면 은혜를 갚소리까. 제발 덕분에 통촉하오."

아니리

제비 장수 분부하되,

"명령을 어기면 번번이 탈이 있느니라. 금년 봄 이월 나갈 적에 그날이 을사일乙巳日 사불원행巳不遠行[13]이라 가지 말라 하였더니, 네 어미 고집으로 떠나가더니 뱀날 떠났기로 뱀 환患을 만났구나. 그러나 홍보씨 한 일 생각허니 금세今世의 군자로다. 내년 봄에 나갈 적에 내게 다시 고하여라."

삼동三冬을 다 지내고 날이 풀려 이월에 길 떠날 제, 홍보씨 살린 제비 장수 전에 하직하러 들어가니, 보은포報恩匏 박씨 하나를 내어주며,

"이것을 물어다가 홍보씨에게 전하라." 저 제비 받아 물고 나오는데, 수만 리 길에 인가人家를 볼 수 있나. 밤이면 나무에서 자고 날이 새면 다시 날아 조선국으로 나오는데 이리 나오것다.

늦은 자진모리(엄·중고·평 섞임, 자진중중이라 할 수도 있다)

(혹 중중머리로 하나, 원래 김창환제는 늦은 자진모리로 확실하게 한다)

흑운黑雲 박차고 백운白雲 무릅쓰고 공중에 둥실 높이 떠 두루 사면四面 살펴보니, 서촉西蜀[14]은 가깝고 동해는 넓고 멀어 아득하구나. 축융봉祝融峰[15]에 올라가니, 주작朱雀[16]이 넘놀고 황우토黃牛土 황우탄黃牛灘[17] 오작

13) 사불원행(巳不遠行): '사(巳)'는 십이지(十二支)의 여섯째로 뱀을 상징하므로, 뱀의 날에는 먼 길을 가지 않는다는 뜻.

14) 서촉(西蜀): 중국의 사천성(四川省). 유비가 이곳에서 나라를 세워 촉한(蜀漢)이라 하였다.

교烏鵲橋[18] 바라보니, 오초동남吳楚東南[19]의 가는 저 배 북을 두리둥 둥둥 울리면서 어기야자 어기여 저어가니 원포귀범遠浦歸帆[20]이 예 아니냐. 푸른 물 맑은 모래에 양 언덕에는 이끼가 끼었는데, 맑은 설움 못 이겨 문득 날아 돌아왔네,[21] 날아오는 저 기러기 갈대를 입에 물고 점점이 날아 평사낙안平沙落雁[22]이 여기요, 흰 갈매기, 백로 짝을 지어 맑은 물결 위에 왕래하니 해질 무렵이 거의 되었노라. 회안봉淮雁峰[23]을 넘어 황릉묘黃陵廟[24] 들어가니, 이십오현 비파를 달 아래에서 탈 때[25]에 반죽班竹[26] 가지에 쉬어 앉아 두견새 울음소리에 화답和答하고 봉황대鳳凰臺[27] 올라가니 봉황은 날아가고 누대는 비었는데 강물만 아래로 흐른다.[28]

---

15) 축융봉(祝融峰): 중국 호남성 형산현 서북쪽에 있는 형산(衡山)의 일흔두 봉우리 가운데 가장 높은 봉우리.

16) 주작(朱雀): 사신(四神)의 하나. 남쪽 방위를 지키는 신령을 상징하는 짐승을 이른다.

17) 황우토(黃牛土) 황우탄(黃牛灘): '황우토'는 중국 호북성 이창현의 서쪽에 있는 황우산을 말하는데, 그 산의 깎아지른 듯한 절벽 아래로 황우탄이 흐른다.

18) 오작교(烏鵲橋): 황우탄 위의 다리를 전설 속의 오작교로 가정하여 이른 듯함.

19) 오초동남(吳楚東南): 동정호 물줄기를 중심으로 동쪽에 있던 오나라와 남쪽에 있던 초나라를 함께 이르는 말.

20) 원포귀범(遠浦歸帆): 바다 멀리서 포구로 돌아오는 고깃배의 모습. 소상강 주변의 아름다운 경치를 이르는 말 중 하나.

21) 푸른 물 맑은 모래에 양 언덕에는 이끼가 끼었는데, 맑은 설움 못 이겨 문득 날아 돌아왔네: 원문은 "수벽사명양안태(水碧沙明兩岸苔) 불승청원각비래(不勝淸怨却飛來)". 당나라 시인 전기(錢起)가 지은 「귀안歸雁」 중 두 구를 뽑은 것. '귀안'은 봄이 되어 남쪽에서 북쪽으로 돌아가는 기러기를 말하는데, 봄이 되자 남쪽으로 오는 제비와 상반되므로 여기 해당 작품의 구절들을 끌어온 것으로 짐작됨.

22) 평사낙안(平沙落雁): 평평한 모래밭에 기러기가 내려앉는 모양. 소상강 주변의 아름다운 경치를 이르는 말 중 하나.

23) 회안봉(淮雁峰): 중국 형산의 일흔두 봉우리 중 하나로, 기러기가 이곳에서 겨울을 지내고 봄에 북쪽으로 간다고 해서 붙인 이름.

24) 황릉묘(黃陵廟): 요임금의 두 딸이자 순임금의 두 부인이었던 아황과 여영을 모신, 소상강 가에 있는 사당.

25) 이십오현 비파를 달 아래에서 탈 때: 원문은 "이십오현탄야월(二十五絃彈夜月)". 당나라 시인 전기가 지은 「귀안」 중 한 구.

26) 반죽(班竹): 순임금이 죽자 그의 두 부인인 아황과 여영이 슬피 울며 눈물을 상강의 대밭에 흘렸는데 그것이 반죽, 곧 점박이대가 되어 자랐다고 함.

황학루黃鶴樓[29]를 올라가니 황학은 한 번 가서 돌아오지 않고 흰 구름만 천년을 유유히 흐르는구나.[30] 금릉金陵. 중국 남경의 옛 이름을 지나 술집 있는 마을로 들어가니 술 파는 창기의 집에 복숭아꽃과 오얏꽃이 피어 있구나. 떨어지는 매화를 툭 차 춤추는 자리에 펄렁 떨어뜨리고 종남산終南山[31]을 넘어 이수二水[32]를 지나 계명산鷄鳴山[33] 올라가니, 장자방張子房[34]은 간 곳 없고 남병산南屛山[35] 올라가니 칠성단七星壇이 빈터요, 연燕과 조趙 사이를 순식간에 지나고 만리장성을 지나 갈석산碣石山[36]을 넘어 연경燕京을 들어가 황극전皇極殿[37]에 올라앉아 장안長安을 구경하고, 정양문正陽門[38] 내달아 상달문上達門[39] 지내 봉관[40]을 들어가니 살미륵薩彌勒이 백百이로다[41]. 요동遼東 칠백 리를 순식간에 다 지내어 압록강을 건너 의주를 다

27) 봉황대(鳳凰臺): 중국 강소성 남경 동남쪽에 있는 누대. 이백의 「등금릉봉황대登金陵鳳凰臺」라는 시로 알려진 누대임.
28) 봉황은 날아가고 누대는 비었는데 강물만 아래로 흐른다: 원문은 "봉거대공(鳳去臺空) 강자류(江自流)". 이백의 시 「등금릉봉황대」의 둘째 구.
29) 황학루(黃鶴樓): 중국 호북성 무창 서남쪽 양자강 가에 있는 누대. 최호(崔灝)의 「황학루」라는 시로 알려진 누대임.
30) 황학은 한 번 가서 돌아오지 않고 흰 구름만 천년을 유유히 흐르는구나: 원문은 "황학일거불부반(黃鶴一去不復返)에 백운천재공유유(白雲千載空悠悠)". 최호의 시 「황학루」의 둘째 연.
31) 종남산(終南山): 남산(南山). 중국 섬서성(陝西省) 남부 진령산맥(秦嶺山脈) 중부에 있는 산.
32) 이수(二水): 진수(秦水)와 회수(淮水).
33) 계명산(鷄鳴山): 중국 안휘성 합비현의 서북쪽에 있는 산.
34) 장자방(張子房): 장량(張良). 중국 한(漢)나라 고조(高祖) 유방(劉邦)의 공신. 진시황을 암살하고자 한 일과 홍문연에서 유방을 구해낸 일로 유명하다. 여기서는 계명산에 주둔하고 있던 항우의 군사들에게 초나라 민요를 부르게 하여 사기를 떨어뜨린 고사를 활용한 것이다.
35) 남병산(南屛山): 중국 강소성 상요현의 북쪽에 있는 산. 제갈공명이 조조의 군사들을 무찌르기 위해 동남풍을 빌려고 칠성단(七星壇)을 쌓은 곳이다.
36) 갈석산(碣石山): 중국 요동에 있는 산.
37) 황극전(皇極殿): 건륭제가 태상황 시절 업무를 보았다고 하는 곳. 자금성(紫禁城)에 있다.
38) 정양문(正陽門): 북경성의 정남쪽 문.
39) 상달문(上達門): 자금성의 문 중 하나인 듯하나 미상.
40) 봉관: 미상.
41) 살미륵(薩彌勒)이 백(百)이로다: 보살과 미륵이 많다는 뜻. 북경 주변의 민간신앙과 관계가 있을 듯함.

다라 영고탑寧古塔[42] 통군정統軍亭[43]을 올라보고, 안남산南山 밖남산[44] 석벽강石壁江 용천강龍川江[45] 좌호령左虎嶺[46] 넘어 부산을 향해 가는 파발擺撥[47]이 말을 갈아타던 고개 강동江東 다리[48]를 건너 칠성문七星門[49] 들어가니, 평양平壤의 연광정練光亭[50] 부벽루浮碧樓[51]를 구경하고 대동강 장림長林[52]을 지내어 송도를 들어가 만월대滿月臺[53] 관덕정觀德亭[54] 박연폭포朴淵瀑布[55]를 구경허고, 임진강 짧은 시각에 건너 삼각산三角山에 올라앉아 지세地勢를 가만히 살펴보니, 천룡天龍[56]의 대원맥大原脈[57]이 산 중간 마루로 흘러 금화金華[58] 금성[59]이 나뉘고 춘당春塘[60] 영춘迎春[61] 휘돌아 도봉 망월봉 솟아 있다. 문물이 찬란하고 사람들이 즐거이 화락하니 만만세지금탕萬萬

42) 영고탑(寧古塔): 중국 흑룡강성 남동부에 있는 도시.
43) 통군정(統軍亭): 의주의 서북쪽 압록강 가의 높은 대에 있는, 경치가 좋은 정자.
44) 안남산(南山) 밖남산: 앞의 남쪽 산과 그 뒤의 남쪽 산, 곧 여러 산을 가리키는 듯함. '밖남산'은 '안' 혹은 '앞' 남산에 어울리게 지어 붙인 말임.
45) 석벽강(石壁江) 용천강(龍川江): 평안북도 의주와 용천 지역의 강 이름인 듯함.
46) 좌호령(左虎嶺): 용천강 근처의 고개 이름인 듯함.
47) 파발(擺撥): 공문 따위를 급히 전하려고 일정한 거리마다 설치한, 역말을 갈아타던 곳, 또는 그 공문을 나르던 사람을 말함.
48) 강동(江東) 다리: 강동 지역의 다리 이름인 듯함. '강동'은 평안남도 강동군의 군청 소재지.
49) 칠성문(七星門): 평양성의 여섯 문 중 하나.
50) 연광정(練光亭): 평양의 대동강 가에 있는 누정(樓亭). 경치가 빼어나 예로부터 관서팔경의 하나로 알려졌다.
51) 부벽루(浮碧樓): 평양의 모란봉 밑 절벽 위에 있는 누각. 거울같이 맑고 푸른 물이 감돌아 흐르는 청류벽(淸流壁) 위에 떠 있는 듯한 누각이라는 뜻에서 부벽루라고 부르게 되었다 한다.
52) 장림(長林): 평안남도 성천군에 있는 지명. 긴 숲을 이르는 말일 수도 있음.
53) 만월대(滿月臺): 개성 송악산(松嶽山) 남쪽 기슭에 있는 고려의 왕궁 터.
54) 관덕정(觀德亭): 개성에 있는 고려 때의 정자.
55) 박연폭포(朴淵瀑布): 개성 박연리(朴淵里)에 있는 폭포. 송도삼절(松都三絶)의 하나이며 금강산의 구룡폭포, 설악산의 대승폭포와 함께 한국 3대 폭포로 꼽힌다.
56) 천룡(天龍): 풍수지리설에서 명당을 이루는 산세를 몰고 내려오는 가장 큰 산줄기.
57) 대원맥(大原脈): 대원맥(大元脈). 큰 줄기를 이루는 산맥.
58) 금화(金華): 인왕산 옆의 금화산.
59) 금성: 미상.
60) 춘당(春塘): 창경궁 안에 있는 춘당대(春塘臺)를 가리키는 듯하나 미상.
61) 영춘(迎春): 경복궁의 동쪽문인 영춘문(迎春門)을 가리키는 듯함.

歲之金湯[62]이라. 경상도 함양이요 전라도는 운봉이라 함양 운봉 두 지역 맞닿은 곳에 흥보가 게서 사는지라. 저 제비 거동 봐라. 박씨를 입에 가로 물고 남대문 박 썩 나서서 칠패七牌[63] 팔패八牌[64] 청파靑坡[65] 배다리[66] 애고개[67] 지나 동작강 넘고 승방僧房들을 지나서 남태령 고개 넘어 두 쭉지 옆에 끼고 수루 수루 수루 번뜻 솟아,

중중머리(평 · 계면 · 섞임 · 흥나게)

흥보 문전 당도. 흥보 움막을 당도하야 집 처마 위아래로 이리저리 날아다니며 노는 거동 무엇 같다고 이르랴. 북쪽 바다에 산다고 하는 검은 용이 여의주를 물고 아름다운 빛깔의 구름 사이로 넘노는 듯, 단산丹山에 머문다는 봉황이 대나무 열매의 씨를 물고 오동나무에서 넘노는 듯, 봄바람 속 노란 꾀꼬리가 나비를 물고 버들가지 사이를 넘노는 듯, 집으로 펄펄 날아들 제, 흥보집 처마 밑에 들어갔다 나왔다, '지지지지知之知之 주지주지主知主知 거지년지去之年至 래우지배來又之拜오 낙지각지落之脚之 절지연지折至燕之 은지덕지恩至德之 수지차酬之次로 함지포지含之匏之 래지우지배來之于之拜오'.[68] 빼드드드드……

62) 만만세지금탕(萬萬歲之金湯): 오랜 세월에 걸쳐 방비가 아주 견고한 성. '금탕'은 '금성탕지(金城湯池)'의 준말로, 성은 쇠와 같고 성을 둘러싼 연못은 끓는 물과 같다는 말임.

63) 칠패(七牌): 지금의 서울시 중구 중림동 부근을 일컫던 말.

64) 팔패(八牌): 실제로 있던 지명인지 알 수 없음. 아마 '칠패'와 짝을 맞추기 위해 붙인 가공의 지명인 듯함.

65) 청파(靑坡): 서울역 남쪽의 역촌.

66) 배다리: 서울시 용산구 동자동과 서계동에 걸쳐 있던 마을을 배다릿골이라고 했던 점으로 미루어, 오늘날의 서울역 가까이에 있던 어떤 다리나 지역을 지칭하는 듯함.

67) 애고개: 오늘날의 이태원 고개.

68) 지지지지(知之知之) 주지주지(主知主知) 거지년지(去之年至) 래우지배(來又之拜)오 낙지각지(落之脚之) 절지연지(折至燕之) 은지덕지(恩至德之) 수지차(酬之次)로 함지포지(含之匏之) 래지우지배(來之于之拜)오: 제비가 지저귀는 소리를 흉내낸 의성이나, 작자가 다음과 같은 뜻을 의도적으로 부여하였다. 그 뜻은 "아시는지요, 아시는지요. 주인님 주인님. 지난해 갔던 제비가 돌아와 다시 인사를 드립니다. 떨어져서 부러진 다리를 이어주신 은덕을 갚으려고 박씨를 물고 와서 인사드립니다"이다.

흥보가 보고 좋아라고 찬찬히 살펴보니 부러졌던 다리가 분명쿠나. 당사실로 감은 흔적이 아리롱 아롱허니 어찌 아니 내 제비랴. 천황天皇 지황地皇 인황人皇[69] 후 유소有巢[70]에게 나무를 얽어 집을 지으려고 네 갔더냐. 신혼부부가 첫날밤 지내듯 좋은 때인 강남시절江南時節을 갔다가 왔느냐. 얼씨구나 저 제비, 북녘 찬바람이 나그네의 창가에 몰아치는데 기러기 넋이 되어 평사낙안平沙落雁에 놀고 왔느냐. 강남에 너 보내고 청산으로 가서 두견새에게 네 소식 물으려 해도 소식 적적 막연터니, 네가 나를 찾아오니 어찌 아니 반가우냐. 저 제비 거동 봐라. 물었던 박씨를 흥보 부부 앉은 앞에 뚝 떨어뜨려, 때그르…… 두 날개 자르…… 펼쳐 이리저리 떠놀다가 흰 구름 사이로 날아간다.

아니리

흥보 마누라가 주워들고 보니 알 수 없는 괴상한 물건으로 생각하며,

"애겨, 무슨 글자 같은데. 여보 영감 여기 무슨 글자가 쓰여 있소."

"어디 보세."

흥보가 받아들고 보니, 갚을 보報 은혜 은恩 박 포匏 보은포報恩匏라.

"제비가 올 제 노정기路程記[71] 적어가지고 왔나부네. 서울로 여산으로 공주로 노성으로 이리 온 게 아니라 은진으로 보은으로 옥천으로 이리 왔구만. 보은 대추 좋다고 하는 말은 들었지만 박씨 좋다는 말은 못 들었는디. 이것을 보니 박씨로만 생각이 나네. 아무튼 심어보세."

69) 천황(天皇) 지황(地皇) 인황(人皇): 중국 고대 전설상의 세 임금인 천황씨·지황씨·인황씨.

70) 유소(有巢): 유소씨(有巢氏)는 중국 삼황오제 시절의 전설적인 성인으로, 새가 보금자리를 만들어 사는 것을 보고 사람들에게 나무를 얽어 집 만드는 법을 가르쳐주었다고 함.

71) 노정기(路程記): 여행할 길의 경로와 거리를 적은 기록. 흥보가 '보은포'라는 글자를 보고 지명인 보은을 떠올려 한 말임.

날을 가려 씨를 뿌리고 날을 보아 대장군大將軍 아닌 방方을 둥그렇게 깊이 파고, 오줌독에 담근 신짝을 많이 쟁이고,[72] 흙과 재를 버무려 단단히 심었더니, 싹이 나는 것을 보니 박은 정녕 박이었다. 박 세 통이 열었는데 처음에는 종자種子[73]만 보아기甫兒器. 김치 같은 것을 담는 작은 사발인 보시기만 화로火爐만 장단 북통만장단을 치는 북통 크기만 한 시간 알리는 북통만, 밤낮으로 차차 크니, 약한 집이 무너질까 흥보가 걱정하여 단단한 장목으로 천장을 괴어놓고, 그렁저렁 팔월이 되었으나 추석에 먹을 것이 없어 흥보 부부 의논을 허다 설움타령이 되는데,

중머리(계면, 혹 진양으로도 한다)

"가난이야 가난이야 웬수년의 가난이야. 우리 동네 사람들은 햅쌀 잡아 서리처럼 흰 쌀밥에 풋돔부그해 새로 나온 돔부. '돔부'는 '광저기'라고도 하는데, 콩과에 속하는 한해살이 덩굴풀 풋콩까서 밥을 짓네, 송편 찌네, 창 앞에서 대추 따고 동산에서 알밤 주워 선영 제사를 모신 후에 자식들을 곱게 입혀 선산 성묘를 보내는데, 가련한 우리 신세 먹을 것이 전혀 없네. 세상에 이리 죽는 목숨 밥 한 그릇 누가 주며, 찬 부엌에 굶은 아내 조강糟糠[74] 꼴을 볼 수 있나."

72) 오줌독에 담근 신짝을 많이 쟁이고: '쟁이다'는 물건을 차곡차곡 포개거나 쌓거나 밀어넣다는 뜻. 이렇게 하는 이유는 씨를 뿌리기에 앞서 거름 위에 짚신 따위를 놓아 거름기가 바로 씨앗에 닿지 않게 하기 위한 것임.

73) 종자(種子): 씨앗. 종자는 씨앗 그 자체이므로 박씨를 비유하는 말로는 적당하지 않음. '처음에는 종자였던 것이' 정도로 이해하는 것이 좋을 듯함.

74) 조강(糟糠): 지게미와 쌀겨라는 뜻으로, 가난한 사람이 먹는 변변치 못한 음식을 이르는 말. 여기서 '조강꼴'이란 제대로 먹지 못하는 아내의 고생하는 모습을 일컬음.

어이여라 톱질이야, 실근실근 박을 타세

흥보 부부는 박속은 끓여 먹고 바가지는 팔아서 먹을 것을 사려고, 박을 탄다. 박 세 개를 타는데, 첫째 박에서는 동자 한 쌍, 술과 약초, 쌀궤와 돈궤, 둘째 박에서는 비단과 세간 등이 나오고, 셋째 박에서는 목수들이 등장하여 큰 기와집을 지어준다. 이 중 쌀, 비단, 집이 핵심적인 내용물로서, 각각 식(食), 의(衣), 주(住)에 해당한다고 할 수 있다. 이 대목에서는 기본적인 의식주도 충족하지 못했던 흥보 또는 당대 빈민들의 소망이 가상적으로나마 실현되고 있다.

중중머리(평 · 계면 섞임)

흥보 울다 일어서며,

"사람이라 허는 것이 살 기운이 있어야지. 늘 이렇게 섧게 울며는 되는 일이 없는 법이라, 우리는 저 박을 타서 박속을 끓여 먹고 바가지는 팔아다가 굶은 자식을 구급하세."

동네에서 도끼 얻어 들어메고 지붕 위로 올라가서 박꼭지를 컥컥 찍어다 놓는다고 놓은 것이 개문방開門方에다 놓았다, 또 한 통 컥컥 찍어

놓는다고 놓은 것이 복덕방福德方에다 놓았다, 마지막 통 컥컥 찍어 놓는다고 놓은 것이 생문방生門方[1]에다 놓았구나.

"여보소 마누라 울지 말고 이리 오소."

아니리

간신히 통을 내려놓고 건넛마을 박목수 큰 톱 얻어다 박을 타려 하는데, 홍보가 가난 꼴은 이러하나 멋 낼 줄은 알아서,

"여보소 아이어멈, 평지에 지어도 절은 절이요 성복成服[2] 술에도 권주가勸酒歌 한다는 말이 있네. 우리가 일 년 농사 논을 버나[3] 밭을 가는가. 남들은 모 심을 때 상사소리농사꾼이 모를 심거나 김을 맬 때 부르는 노래, 밭을 갈 때 밭노래를 부르지마는 우리는 이 박 타며 박노래를 불러보세."

"아이고 부끄러워 어찌할꼬."

"내가 사설 지어 메기거든두 편이 노래를 주고받을 때 한편이 먼저 부름 자네는 뒷소리만 맡소."

박을 타는데,

진양(거성 · 반계 · 반우 · 섞임)

"시르르렁 실근 당겨주소. 에이여루 당겨주소. 이 박을 타거들랑은 아무것도 나오지를 말고 밥 한 통만 나오너라. 평생 품은 한이로구나. 여이여루 당그어여라. 금석사죽포토혁목金石絲竹匏土革木, 아악(雅樂)에서 쓰는 악기의 여덟 가지 재료들 이 박이 아니며는 팔음八音, 아악에서 쓰는 여덟 가지 재료로 만든 악기 또는 그 소리을 어찌 알리. 가난한 가운데 마음을 편안히 하고 도를 즐기던

1) 개문방(開門方), 복덕방(福德方), 생문방(生門方): 민속에서 이르는 좋은 방위들임.
2) 성복(成服): 초상이 나서 처음으로 상복을 입음. 보통 초상난 지 나흘 되는 날부터 입음. '성복술'은 성복할 때 제사를 드리며 올리는 술.
3) 버나: '벌다'는 소작 따위로 농사를 짓는다는 뜻임.

안자顔子[4]도 이 박이 아니었다면 한 표주박의 물을 어찌 마셨겠으며, 소부巢父[5]가 세상을 버리고 홀로 고고한 절개를 지키며 기산箕山에서 표주박을 걸어두던 일을 어찌 했으리."

한참 말을 혼자 하더니,

"여보게 마누라, 내가 하는 말의 뜻풀이를 하야줌세. 공자님 다음에 가는 성현 안자님은 위대한 성현이나 누추한 거리의 한사寒士, 가난하게 사는 선비 되어 가난을 참고 도의를 즐겨 옥천玉泉의 맑은 물 한 바가지로 넉넉한 생애를 하였다 하네. 에이여루 당그여라. 톱소리를 어서 맞소."

"톱소리를 내가 맞자고 한들 배가 고파서 못 맞것소."

"배가 정 고프거든 허리띠를 졸라매소. 에여루 당겨주소. 작은 자식은 저리 가고 큰자식은 나한테로 오너라. 우리가 박을 타서 박속일랑 끓여 먹고 바가질랑은 부잣집에 가 팔아다가 목숨이라도 살아나세. 당겨주소 강상에 뜬 배가 수천 석을 지가 싣고 간들 저희만 좋았지, 내 박 한 통을 당할 수 있느냐. 시르르……렁 실건 시르렁 실건 시르렁 실근 당그여라 톱질이야."

휘모리(평우성)

시르렁 시르렁 시르렁 식싹 실근식싹 실근식싹 톡탁

아니리

박을 탁 타놓으니 박속이 휑 비여 무복자無福者는 계란에도 유골有骨이

---

4) 안자(顔子): 공자의 제자인 안회(顔回)를 높여 이르는 말. 『논어論語』에 따르면 공자는 안회를 보고 "어질도다, 안회여. 한 소쿠리의 밥과 한 표주박의 물로 누추한 곳에 거처하며 산다면, 다른 사람은 그 근심을 견뎌내지 못하거늘 안회는 즐거움을 잃지 않는구나. 어질도다 안회여"라 한 바 있다.

5) 소부(巢父): 중국 고대의 선비로, 요임금이 그에게 나라를 맡기고자 했으나 거절한 고사로 유명한 인물. 다만 표주박 일화와 관련된 인물은 소부가 아닌 허유(許由)로 알려져 있음.

라더니[6] 박속이 어디로 다 갔구나. 뜻밖에 푸른 옷 입은 동자 한 쌍 썩 나서며,

"이것이 흥보씨 댁이요?"

흥보가 깜짝 놀라 뒤꼭지 탁 치며,

"이런 재변 보았나. 초楚나라 유자柚子 속에 노인이 바둑 둔다는 말[7]은 있으나 박통 속에 동자 들기는 천만고千萬古에 처음이라. 내 이름을 어찌 알고 무엇하자 와 찾는지. 허 참 도망해야 되었나. 죽자꾸나. 내가 흥본디 무엇하자고 찾아왔노?"

저 동자 여짜오되,

"삼신산三神山. 중국 전설에 나오는 봉래산, 방장산, 영주산을 통틀어 이르는 말 여러 신선들 모여 앉아 의논하되 흥보씨 지극한 덕이 금수禽獸까지 미쳤으니 그저 있지 못하리라 하여 여러 약을 보냈습니다."

단중머리(평우조 붙임)

"백옥병에 넣은 것은 죽게 된 사람 혼 불러 돌아오는 환혼주還魂酒요, 밀화병蜜花甁. 밀랍 같은 누런빛이 나고 젖송이 같은 무늬가 있는 호박(琥珀)인 밀화로 만든 병 넣은 것은 맹인이 먹으면 눈이 밝는 개안주開眼酒요, 호박琥珀 그릇에 넣은 것은 벙어리가 먹으면 말 잘하는 능언초能言草요, 산호珊瑚 그릇에 넣은 것은 귀먹은 이 먹으면 귀 열리는 천태산 벽이초闢耳草요, 설화지雪花紙. 흰 꽃무늬가 있는 백지로 묶은 것은 병病이 없는 만병초萬病草, 금화지金花紙. 황금빛 꽃을 그려 넣은 종이로 묶은 것은 아니 늙는 불로초不老草, 가지가지 있삽는데 약

6) 무복자(無福者)는 계란에도 유골(有骨)이라더니: 복이 없는 사람에게는 계란에도 뼈가 있다더니.

7) 초(楚)나라 유자(柚子) 속에 노인이 바둑 둔다는 말: 바둑을 두는 재미를 뜻하는 '귤중지락(橘中之樂)'과 관련한 고사에서 온 말. 옛날 중국 한 농가에서 기르던 귤나무가 유달리 큰 열매를 맺어 기쁜 마음으로 마을 사람들과 함께 귤을 갈라 보았는데 그 속에 귤은 없고 신선이 바둑을 두고 있었다고 함.

이름과 쓰는 법을 그 옆에 썼사오니 그리 알아서 쓰옵소서."

아니리

"가다가 동정洞庭 용궁 전할 편지 있삽기로 바삐 가옵니다."

홍보 굶은 중에 헛인사 한번 하여,

"저러한 선동仙童네가 나 같은 사람 보려 허고 그 먼 데서 오셨다가 아무리 가난하나 점심 요기해야 하지."

동자 웃고 대답하되,

"세상 사람 아니기로 목마르면 감로수甘露水, 신선 세계에 있다는 좋은 물 시장하면 구전단九轉丹, 구전금단(九轉金丹). 먹으면 3일 만에 신선이 된다는 약 연화식煙火食, 굽거나 익혀서 먹는 음식을 못 하오니 염려치 마옵소서."

하고 갑자기 사라지더라.

홍보가 동자를 보낸 후에 하도 괴이하야 박짝 속을 또 굽어보니 나무로 만든 물건 두 개가 놓였는데, 반닫이앞의 위쪽 반만 열리게 된 궤짝 농籠만 한데 궤 두 짝에다 황금 정자체로 쓰였는데, '박홍보 개탁開坼[8]'이라. 홍보가 보고 장담하여,

"내가 비록 산중에 사나 이름은 바로 멀리 났지."

두 궤를 열고 보니 하나는 쌀이 가득 하나는 돈이 가득, 홍보가 좋아라고 쌀을 비어 떨어내보는데,

휘모리(평우조 붙임)

홍보가 좋아라고 홍보가 좋아라고, 궤 두 짝을 떨어 붓고 나면 도로 수북, 톡톡 떨어 붓고 나면 도로 수북, 돌아섰다 도로 보면 도로 하나 가뜩, 돌아섰다 도로 보면 도로 하나 가뜩, 비워내고 비워내고…… 비

---

8) 개탁(開坼): '봉한 편지나 서류를 뜯어보라'는 뜻으로 아랫사람에게 보내는 편지 겉봉에 쓰는 말.

워내고 돌아섰다 돌아서서 도로 궤를 열고 보면 돈도 도로 하나 가뜩 쌀도 하나 가뜩 가뜩 가뜩.

"아이고 좋아라. 일 년 삼백육십 일을 그저 꾸역꾸역 나오너라."

아니리

돈이 일만구만 냥이라, 어쩐 말인지.[9] 별안간 많은 양의 밥을 동네 가마솥을 찾아서 짓고, 쇠고기를 몇 근을 덥벅 사서 소금 흩고 맹물 쳐서 질흙솥에 삶아내고, 헌 소죽통에 밥 두 통을 퍼다 놓고, 숟가락은 근본 없지마는 있더라도 찾을 수 없는 형편이라 밥통 가에 늘어앉아서 주워먹는디, 흥보 또한 밥 먹노라 윤기를 잊어버리고 밥을 먹는디, 먹다 먹다 나중에는 죽방울 놀리는 모양[10]으로 밥을 손으로 뭉쳐 던져 놓고, 밥 내려질 때 되면 입으로 맞으러 나가는디, 툭탁딱 꿀떡 툭탁딱 꿀떡 딱딱 어찌 먹었던지 배가 큰 북통이 되어 숨이 차서 죽을 지경이 되었을 제, 흥보 마누라 또한 눈물을 흘리며 밥 먹어도 죽고 밥 있어도 죽게 되니 이를 어찌허리. 그때 흥보 아들 중에 한 놈이 나서더니,

"어머니, 아부지가 배가 불러 죽게 되었소."

"오냐."

"그러면 좋은 수가 있소. 강아지 하나를 똥구멍에 몰아넣읍시다."

"이 자식 무슨 소리냐."

"그러고 강아지 못 나오면 호랑이 한 마리 몰아넣읍시다. 그것도 못 나오면 건넛마을 박포수 불러다 총을 쏘면, 누가 죽든지 살든지 할 것

9) 어쩐 말인지: 일만구만 냥이라는 표현이 잘못된 것이나 어차피 얼마인지 모르므로 관계없다는 뜻이 함축된 말.

10) 죽방울 놀리는 모양: '죽방울'은 장난감의 한 가지. 장구 비슷이 생긴 자그마한 나무토막을 노끈으로 걸어서 공중으로 치뜨렸다 받았다 하며 놀림.

아니요."

이것은 잠깐 이 대목에 재담이요.[11] 홍보가 기운을 내어, (홍보가 좋아라고)

아니리

어찌 떨어 부어놨던지 쌀이 일만구만 석이요. 돈 한 꿰미를 들고 홍보가 좋아라고 춤을 추고 노는디,

중중머리(평 · 계면 · 홍나게)

박홍보가 좋아라 돈 한 꿰미를 손에다 들고 춤을 추고 노닐 제,

"얼시구나 절시구 돈 봐라, 돈 돈 봐라. 잘난 사람도 잘생긴 돈, 못난 사람도 잘난 돈, 맹상군의 수레바퀴처럼 동글동글이 생긴 돈, 생살지권生殺之權, 살리고 죽일 수 있는 권리을 가진 돈, 부귀공명이 붙은 돈, 얼씨구나 돈 봐라. 어디를 갔다가 이제 오느냐. 얼씨구 돈 봐라. 여보아라 큰자식아, 건넛마을 건너가서 너의 백부님을 오시래라. 경사를 보아도 우리 형제 보자. 얼씨구나 절씨구. 어화 세상 여러분들 나의 한 말 들어보오. 부자라고 으스대지 말고 가난타고 한을 마소. 엊그저께까지 박홍보도 문전걸식門前乞食을 일삼더니 오늘날 부자가 되었으니 이런 경사가 어디 있으리. 얼씨구나 절씨구."

홍보 마누라가 좋아라고,

"우리 집이 가난키로 문전걸식을 다녔더니 오늘날 부자가 되었으니 석숭石崇, 중국 서진(西晉) 때 살았던 대표적인 부자이를 내가 부러워허리. 불쌍하고 가련한 사람들 우리 집을 찾아오소. 나도 오늘부터 굶주린 백성들에게

11) 이것은 잠깐 이 대목에 재담이요: 위 부분은 서사적 진행과는 직접적인 관련이 없는 부분으로 흥을 돋우기 위한 것이라는 창자-서술자의 말임.

곡식을 나누어주려네. 어…… 얼씨구 얼씨구 얼씨구."

아니리

이렇게 돈을 가지고 놀더니 뱃속 든든한 판에 또 한 통을 들여놓고 타는데,

중머리(계면, 힘차게 평우조 섞임)

"시르렁 실근 당겨주소. 에그여라 톱질이야 당겨주소 톱질이야. 오자서伍子胥[12] 도망할 제 여러 나라에서 빌어먹으며 지내고, 한신韓信[13]은 곤궁할 때 빨래하는 여인에게 얻어먹으며 지냈으며, 진문공晉文公 전간득식田間得食,[14] 한광무漢光武 호타맥반滹沱麥飯[15] 중한 것이 밥뿐이라, 만고의 영웅들도 밥 없으면 살 수 있나. 톱밥이 펄펄 흩날리게 한힘 써서 당기어라. 이 박을 타거들랑은 아무것도 나오지를 말고 은금보화만 나오너라. 은금보화가 나오게 되면 형님 갖다 드릴란다."

〈말로〉 흥보 마누라 기가 막혀

12) 오자서(伍子胥): 중국 춘추시대 말기의 인물. 초(楚)나라 평왕(平王)이 아버지와 형을 살해하자 초나라를 떠나 여러 나라를 떠돌아다닌 뒤 오(吳)나라에 정착하여 결국에는 부형의 원수를 갚았다고 한다.

13) 한신(韓信): 한고조(漢高祖) 유방(劉邦)의 핵심 참모였던 장수. 처음에는 항우(項羽)를 섬겼으나 중용되지 못하자 유방을 도와 항우를 패퇴시켜 개국공신이 된 인물이다. 한신은 궁핍한 가정에 태어나 어릴 적에 부모를 잃고 강가로 가서 고기를 잡아 팔기도 하고 고기를 잡지 못한 날에는 주린 배를 움켜쥐며 지냈다고 한다. 그 시절 빨래어멈에게 밥을 얻어먹은 적이 있었는데 후에 그 은혜를 크게 갚았다고 한다.

14) 진문공(晉文公) 전간득식(田間得食): 진문공이 밭에서 얻어먹음. 진문공은 중국 춘추시대 진(晉)나라의 제24대 공(公). 진문공은 아버지 헌공(獻公)에게 추방당하여 19년 동안 떠나 있다가 62세에 고국으로 돌아온 후 결국에는 제환공(齊桓公)과 아울러 제후의 패자(覇者)가 되었다.

15) 한광무(漢光武) 호타맥반(滹沱麥飯): 한광무는 후한의 시조인 유수(劉秀). 호타하에서 장군 풍이(馮異)가 다급한 상황에서도 유수에게 보리밥을 지어 배고픔을 잊게 해주었다고 한다.

진양(단계)

"나는 나는 안 탈라요, 당신은 잊었소. 형제간이라 잊었소그려. 엄동설한 추운 날에 구박을 당하여 나오던 일은 곽槨[16] 속에 들어도 못 잊겠소."

홍보가 화를 내며,

"갑갑허구나 이 사람아. 계집은 상하 의복이요 형제는 한 몸의 손발이라. 의복은 떨어지면 해 입기가 쉽거니와 형제는 아차 한 번 뚝 떨어지면 다시 잇지를 못하는 법이다. 타지 마라."

〈말로〉 홍보 마누라가 가만히 생각하더니마는,

"영감 말씀 듣고 보니 내가 잘못 생각했소, 다시는 안 할라요. 어서 탑시다."

홍보가 좋아라고,

휘모리(평우성)

시르렁 시르렁 싹싹싹싹 시르렁 시르렁 실근 실근 실근 실근 씩삭.

아니리

박을 탁 타놓으니 이 박 속에서는 온갖 비단이 나오는데 이렇게 나오것다.

중중머리(평·중고·섞임)

온갖 비단이 나온다. 각색 비단이 나온다. 소간부상삼백척笑看扶桑三百尺 번듯 떴다 일광단日光緞,[17] 고소대姑蘇臺 악양루岳陽樓 적선음미謫仙吟味 월광

---

16) 곽(槨): 시체를 넣는 겉널. '곽 속에 들어도'란 '죽어도'의 뜻.

17) 소간부상삼백척(笑看扶桑三百尺) 번듯 떴다 일광단(日光緞): 소간부상삼백척은 '해 뜨는 곳

단月光緞,[18] 서왕모西王母 요지연瑤池宴에 진상進上하던 천도문天桃紋,[19] 온 천하 산천초목 그려내던 지도문地圖紋,[20] 태산에 올라 보니 천하가 작은 것을 알게 되었다는 공자의 대단大緞,[21] 남양南陽 초당草堂 경치 좋은데 천하 영웅 와룡단臥龍緞,[22] 온 세상이 요란하고 어지러울 때 북소리 고함 소리 영초단英綃緞,[23] 세상의 어지러운 일을 쓸어내니 태평건곤泰平乾坤 대운단大運緞,[24] 큰방 골방 가로다지[25] 국화 새김 완자卍字 무늬, 초당 앞 화단 위에 열어 있는 머루 다래 포도 무늬, 봄꽃들이 피어 있고 온갖 생물이 한창일 때 벌과 나비가 꽃 사이를 날아다니는 화초 무늬 비단, 꽃수풀 곁가지에 얼크러진 넌출문紋,[26] 통영칠統營漆 대모반玳瑁盤에[27] 안

삼백 척을 웃으며 바라보니'의 뜻으로 『전등신화剪燈新話』「수궁경회록水宮慶會錄」에 나오는 구절이다. '일광단'의 '해'와, 해 뜨는 곳으로 알려진 '부상'을 관련지어 홍취 있게 표현하기 위한 수식 어구. 이하에서도 비단 이름과 관련된 수식 어구를 덧붙여 홍취를 높인 것임. 일광단은 해나 햇살 무늬를 놓은 비단.

18) 고소대(姑蘇臺) 악양루(岳陽樓) 적선음미(謫仙吟味) 월광단(月光緞): 고소대와 악양루에서 노닐던 이태백의 시 「아미산월가峨眉山月歌」의 아미산에 뜬 달과 관련된 월광단. '적선 음미'는 '적선(謫仙) 아미(峨眉)'의 와전이라 봐야 함. '고소대'는 중국 춘추시대에 오(吳)나라 임금 부차(夫差)가 지은, 강소성 고소산에 있는 누대. 악양루는 중국 호남성(湖南省) 악양현에 위치한 성루. '월광단'은 달무늬를 놓은 비단.

19) 서왕모(西王母) 요지연(瑤池宴)의 진상(進上)하던 천도문(天桃紋): 서왕모가 요지라는 연못에서 벌이던 잔치에 진상하던, 천상계에서 난다는 복숭아를 그린 비단. 서왕모는 중국 신화에 나오는 신녀(神女)의 이름.

20) 지도문(地圖紋): 지도가 그려진 비단.

21) 대단(大緞): 한단(漢緞). 본래는 '공부자의 대관(大觀)'이었을 텐데, 비단 이름 형식을 부여하기 위해 '관'을 '단'으로 바꾼 것임.

22) 남양(南陽) 초당(草堂) 경치 좋은데 천하 영웅 와룡단(臥龍緞): 남양 초당은 중국 하남성의 남양현에 있던, 제갈량이 벼슬길에 나가기 전에 살던 집. 제갈량의 호가 '와룡'이었으므로 그것을 누워 있는 용이 새겨진 비단 이름과 관련지은 것임.

23) 영초단(英綃緞): 영초(英綃). 중국산 비단의 하나. 올은 가늘지만 씨가 좀 굵어 바닥이 꺼칠꺼칠한 비단임. 하지만 여기서는 전쟁과 관련된 것이므로 '영초(營哨)'라는 중의적 표현이 담김.

24) 태평건곤(泰平乾坤) 대운단(大運緞): '태평건곤'과 관련해 볼 때, '대운단'은 '대원단(大願緞)'이 아닐까 함. 곧 태평한 세상을 바란다는 것을 비단 이름으로 끼워 맞춘 것이라 생각됨.

25) 가로다지: 가로지르게 열고 닫는 문.

26) 넌출문(紋): 길게 뻗어나가 늘어진 식물의 줄기가 새겨진 무늬. '넌출문(門)'은 문짝 넷이 죽

성유기安城鍮器 대접문,[28] 평화로운 시절 격양가擊壤歌[29] 배부르다 함포단含哺緞[30], 알뜰 사랑 정든 님이 나를 버리고 가계주,[31] 두 손목 덥벅 잡고 가지 말라 도리불수[32], 임 보내고 홀로 앉아 독수공방獨守空房 상사단相思緞,[33] 가을달 적막한 공단貢緞[34]이요 깊은 산 소나무 숲 사이에 무섭다 호피단虎皮緞,[35] 쓰기 좋은 양태문[36] 인정 있는 은조사銀造紗[37]요, 부귀다남 복수단福壽緞[38] 삼순구식三旬九食의 궁초단窮草緞,[39] 장부丈夫 절개節介 송죽단松竹緞[40] 서부렁섭적 세발랑릉細-浪綾,[41] 노방주[42] 청사靑絲 홍사紅紗 통

잇따라 달린 문이라는 뜻이기도 함.

27) 통영칠(統營漆) 대모반(玳瑁盤)에: 통영에서 나는 질 좋은 칠을 한, 바다거북 등껍데기로 만든 쟁반에.

28) 대접문: 대접만큼 크고 둥글게 놓은 비단의 무늬. 통영칠을 한 대모쟁반과 안성유기 같은 고급 그릇으로 손님을 대접한다는 뜻을 '대접문'과 관련지은 것임.

29) 격양가(擊壤歌): 농부가 풍년이 들어 태평한 세월을 즐겨서 부르는 노래를 일컫는 말.

30) 함포단(含哺緞): 배불리 먹는다는 뜻을 비단 이름과 관련지은 것임. 가상의 이름임.

31) 가계주: 아롱아롱한 무늬가 있는 중국 비단. '가계'를 '가게', 곧 '가다'의 활용으로 보아 수식어구를 덧붙인 것임.

32) 도리불수(桃李佛手): '도리불수'는 복숭아와 오얏처럼 생긴 노리개를 말하나, 여기서는 그 앞 구절과 관련지어 볼 때 머리를 좌우로 흔드는 '도리질'의 '도리'와 '不' 자를 합성한 것으로 여겨짐. 혹은 '돌아보다'와 음이 비슷하여 쓴 말로 볼 수도 있음. '가계주'는 이 '도리불수'와 상반되는 짝임.

33) 독수공방(獨守空房) 상사단(相思緞): 혼자서 지내며 임을 그리워하는 비단이라는 뜻으로, '독수공방'에 짝을 맞추어 지어낸 비단 이름.

34) 공단(貢緞): 두껍고 무늬가 없으며 윤기가 있는 고급 비단. '추월적막(秋月寂寞)'과 관련하여 비단 이름인 '공단'의 '공'을 '空'이라 보아 관련지은 것임.

35) 호피단(虎皮緞): 호랑이 가죽 무늬의 비단.

36) 양태문: 양태는 갓양태로, 갓 밑 둘레 밖으로 둥글넓적하게 된 부분을 말함. 쓰기 좋다는 것은 양태만을 꾸며주는 말임.

37) 인정 있는 은조사(銀造紗): '은조사'는 여름 옷감으로 주로 쓰이는, 중국산 얇은 비단. '은'에 '인정'이 덧붙은 것은 돈을 가진 사람은 베풀어야 한다는 뜻을 담으려 했기 때문인 듯하다.

38) 복수단(福壽緞): '福' 자와 '壽' 자 무늬를 새긴 비단.

39) 삼순구식(三旬九食)의 궁초단(窮草緞): '삼순구식'은 30일에 아홉 번 식사를 할 정도로 가난함을 말함. '궁초단'은 엷고 무늬가 둥근 비단의 하나인 '宮綃緞'을 말하나, 여기서는 곤궁하다는 뜻을 지닌 '궁(窮)' 자와 음이 같아 함께 관련지은 것임.

40) 송죽단(松竹緞): 소나무와 대나무가 그려진 비단을 이르는 것인 듯함.

41) 서부렁섭적 세발랑릉(細-浪綾): '서부렁섭적'은 힘들이지 않고 가볍게 움직이는 몸짓을 나타내는 의태어이고, '세발랑릉'은 발이 가늘고 얇은 비단 이름임.

견通絹[43])이며 백랑릉白浪綾 홍랑릉紅浪綾,[44]) 월하사주[45]) 당포唐布 윤포[46]) 백저포白苧布[47]) 수주水紬[48]) 통의주統衣紬[49]) 경상도 황저포黃苧布[50]) 매매 홍정에 갑사甲紗로다,[51]) 해주 원주 공주 옥구 자주紫紬[52]) 길주 명천 세마포細麻布[53]) 강진 나주 극상極上 세목細木[54]) 해남포海南布[55]) 도루마[56]) 장성 모시 한산 모시 생초[57]) 삼팔三八[58]) 값진 고사庫紗[59]) 관사官紗[60]) 청공단靑貢緞 홍공단 백공단 흑공단[61]) 송화색松花色[62])까지 꾸역꾸역 다 나온다.

아니리

위에 기록한 비단타령은 고 박녹주 선생 가사라고 할 수 있으며

42) 노방주: 중국산 명주의 하나. 촉감이 가슬가슬하여 주로 여자들의 여름 옷감으로 쓴다.

43) 통견(通絹): 얇고 여린 비단.

44) 백랑릉(白浪綾) 홍랑릉(紅浪綾): 흰색 낭릉과 붉은색 낭릉. '낭릉'은 얇은 비단.

45) 월하(月下)사주: '월하노인'이 부부의 인연을 맺어준다는 전설상의 노인이므로, '월하사주'는 좋은 사주를 뜻함. '사주'는 비단의 이름일 수도 있으나 '사주(四柱)'와 같은 음이어서 관련지은 것임.

46) 윤포: 무당들이 쓰는 발이 굵은 베.

47) 백저포(白苧布): 삶아서 빛이 바랜 흰 모시.

48) 수주(水紬): 수아주. 품질이 좋은 비단의 하나.

49) 통의주(統衣紬): 병사의 군복을 짓는 옷감.

50) 황저포(黃苧布): 경상북도에서 나는 삼베의 하나. 삼의 겉껍질을 긁어 버리고 만든 실로 짬.

51) 매매 홍정에 갑사(甲紗)로다: '갑사'는 품질이 좋은 얇은 비단 이름인데, 발음이 '값싸'와 통하므로 '값이 싸서 사고 팔기에 좋다'는 뜻으로 꾸민 것임.

52) 자주(紫紬): 자줏빛이 나는 명주.

53) 세마포(細麻布): 가는 삼실로 짠 고운 삼베.

54) 극상(極上) 세목(細木): 아주 발이 가는 무명베.

55) 해남포(海南布): 전남 해남에서 나던 올이 가는 모시.

56) 도루마: 여름 옷감으로 쓰이는 중국 베.

57) 생초: 명주실로 얇게 짠 비단의 하나.

58) 삼팔(三八): 삼팔주(三八紬). 중국에서 나는 명주의 하나.

59) 고사(庫紗): 고급 비단의 하나. 감이 약간 두껍고 깔깔하며 윤이 나는 여름 옷감.

60) 관사(官紗): 중국에서 나는 비단의 하나. 생사로 짠 여름 옷감.

61) 청공단(靑貢緞) 홍공단 백공단 흑공단: 푸른색 공단, 붉은색 공단, 흰색 공단, 검은색 공단. '공단'은 두껍고 무늬는 없지만 윤기가 도는 비단으로 고급 비단임.

62) 송화색(松花色): 송화색 공단. '송화색'은 소나무의 꽃가루 빛깔과 같이 엷은 노란색을 말함.

요즘 대개 이리하는데 고 김창환 의관선생議官先生[63]님이 전수하여주신 비단과 세간타령은 지금에 좀 귀하게 되었기로 다시 한번 불러볼까 하는 바이오며, 김창환 선생 생존 시에 말씀이 고창高敞 신재효申在孝[64] 선생님의 가사로 자기의 작곡을 병행하였다는 말씀을 들었음.

자진모리(엄 · 평 · 섞임)

하늘 문에서 햇빛이 금방을 비추는구나[65] 번뜻 떴다 일광단, 달이 중천에 이르러 온 세상이 밝으니 산 아래 그림자[66] 월광단, 황하 홍수를 다스린 하우씨의 공덕[67] 중국산 공단貢緞, 금성옥진金聲玉振[68] 높은 도덕 공부자孔夫子의 대단大緞, 진시황이 안 무섭네 입이 바른 모초단毛綃緞,[69] 남궁연南宮宴 대풍가大風歌[70] 금도천지[71] 한단漢緞,[72] 훈금에 상군무늬 도들십진[73] 영초단, 나는 짐승 우단羽緞[74]이며 기는 짐승 모단毛緞,[75]

---

63) 의관선생(議官先生): 의관 벼슬을 받은 명창 김창환을 높여 부르는 말임.

64) 고창(高敞) 신재효(申在孝): 고창에 살던 신재효. 신재효는 19세기 후반 판소리 사설을 정리, 개작하고 판소리 이론을 그 나름대로 정립한 인물.

65) 하늘 문에서 햇빛이 금방을 비추는구나: 원문은 "천문일사황금방(天門日射黃金牓)". 금방(金榜)은 과거에 급제한 사람의 이름을 써서 거리에 붙이던 글.

66) 달이 중천에 이르러 온 세상이 밝으니 산 아래 그림자: 원문은 "재도중천만국명(纔到中天萬國明) 산하영자(山下影子)". 그림자가 생긴 것이 달빛 때문이므로 월광단과 어울려 있음.

67) 황하 홍수를 다스린 하우씨의 공덕: 원문은 "평치수토하우공덕(平治水土夏禹功德) 구주토산(九州土産)". 하우씨는 중국 하나라 우임금을 이름.

68) 금성옥진(金聲玉振): '종을 쳐서 음악을 시작하고 경을 쳐서 음악을 거둔다'는 뜻으로 '사물을 집대성함'을 찬양하는 말, 혹은 '지와 덕을 완전히 갖춤'을 비유하는 말. 여기서는 공자의 덕을 비유하는 말로 쓰임.

69) 모초단(毛綃緞): 가는 날에 굵은 올로 짠 중국산 비단. 제나라 사람인 모초(茅焦)가 시황을 설득했던 일을 비단 이름과 관련지은 것임.

70) 남궁연(南宮宴) 대풍가(大風歌): '남궁연'은 낙양에 있던 남궁에서 한고조가 베풀었던 잔치를 가리키며, '대풍가'는 한고조가 지었다는 노래 이름임.

71) 금도천지: 미상.

72) 한단(漢緞): '대단(大緞)'이라고도 하는, 중국 비단의 하나.

73) 훈금에 상군무늬 도들십진: 미상.

74) 우단(羽緞): 거죽에 곱고 짧은 털이 촘촘히 돋게 짠 비단.

쥐털 모아 짜내니 불에 씻는 화한단火漢緞,[76] 하루아침에 낭군 이별 후에 독숙공방 상사단, 달 속 계수나무 꺾었으니 낙수청운洛水靑雲 장원주壯元紬,[77] 팽조彭祖[78]와 동방삭東方朔[79]이 오래 사는 수주壽紬,[80] 만동묘萬東廟[81] 대보단大報壇[82]에 만세불망萬歲不望 명주明紬,[83] 황국 단풍 구경 가세 쓸쓸한 가을바람 느껴지는 추라단秋羅緞[84], 천간天干 열[85]을 세어갈 제 그중 거수居首 갑사甲紗,[86] 남쪽 월나라 북쪽 오랑캐마다 마소 주먹 쥐고 뒤지사,[87] 만물지리 끝없으니 천지의 큰 덕 생초生綃,[88] 상풍구월霜風九月에 축장포築場圃[89] 백곡등풍百穀登豊 숙초熟綃,[90] 뭉게뭉게 구름문 두리두리 대접

75) 모단(毛緞): 중국산 우단의 하나.
76) 화한단(火漢緞): 불에도 잘 안 타는 대단(大緞).
77) 낙수청운(洛水靑雲) 장원주(壯元紬): '청운'은 벼슬길을 이르는 말이므로 중국에서 나는 비단 이름인 '원주'를 이와 관련하여 '장원주'라 부른 것임.
78) 팽조(彭祖): 중국 전설에 나오는 신선의 이름. 요임금의 신하로서 은나라 말년까지 800세를 살았다고 함.
79) 동방삭(東方朔): 중국 한(漢)나라 무제(武帝) 때의 사람. 서왕모의 복숭아를 훔쳐 먹어 장수했다는 속설이 전해지므로 '삼천갑자(三千甲子) 동방삭'이라고 일컬음.
80) 수주(壽紬): '수(壽)' 자를 무늬로 그려 놓은 비단. 여기서는 팽조와 동방삭의 수명과 비단 이름을 관련지은 것임.
81) 만동묘(萬東廟): 송시열이 죽은 뒤 그의 뜻에 따라 권상하(權尙夏)가 부근의 유생(儒生)들의 협력을 얻어 세운 사당. 임진왜란 때 조선을 도와준 명(明)나라 신종(神宗)을 제사지내기 위해 지었다.
82) 대보단(大報壇): 임진왜란 때 일본의 침략을 막고 조선을 지키기 위해 군대를 파견했던 명나라 신종의 뜻을 기리기 위해 쌓은 제단.
83) 만세불망(萬歲不望) 명주(明紬): 영원히 잊지 못할 명(明)이라 할 수 있을 '명(明)' 자가 새겨진 비단. 만동묘, 대보단과 비단 이름을 관련지은 것임.
84) 추라단(秋羅緞): 중국산 비단의 한 가지.
85) 천간(天干) 열: 갑(甲)·을(乙)·병(丙)·정(丁)·무(戊)·기(己)·경(庚)·신(辛)·임(壬)·계(癸)를 말함.
86) 거수(居首) 갑사(甲紗): '거수'는 으뜸 자리를 차지한다는 뜻으로 '거갑'이라고도 하기 때문에 '갑사'를 관련지은 것임. '갑사'는 품질이 좋은 얇은 비단.
87) 뒤지사: 월과 호를 뒤진다는 것과 관련지은 비단 이름인 듯함.
88) 생초(生綃): 생사로 얇게 짜 여름 옷감으로 쓰는 비단의 한 가지.
89) 상풍구월(霜風九月)에 축장포(築場圃): 서리 오는 단풍철인 9월에는 타작마당을 만듦. '축장포'의 끝음절이 베를 뜻하는 '포'로 되어 있기 때문에 덧붙인 것임.
90) 백곡등풍(百穀登豊) 숙초(熟綃): '백곡등풍'은 온갖 곡식이 여물어 풍년이 들었다는 뜻. '숙

문 이견대인利見大人 용문龍紋[91]이요, 낙서洛書 짓던 거북문紋[92] 투드럭 굽뻑 말굽문, 북포北布[93] 저포苧布[94] 황저포黃苧布 세목細木[95] 중목中木 상목上木[96] 이며,

안방 세간이 다 나온다. 삼층 이층의 층장層欌[97] 오합삼합五合三合[98] 자투리 상자 칠롱漆籠[99] 목롱 자개농 큰 궤 뒤주장 앞닫이[100] 혼합경대混合鏡臺[101] 큰 빗접[102] 바느질 상자 반닫이 선반 횃대[103] 큰 병풍 작은 병풍 온갖 그림 황홀허고, 핫이불[104] 누비이불 각색 비단 좋을시구. 꽃무늬 보료[105] 우단요와 녹전처네[106] 원앙 수놓은 베개를 한데 모두 괴어놓고,

사랑 세간이 다 나온다. 문갑文匣[107] 책상 개께수리[108] 사서삼경과 제

초'는 연사(鍊絲)로 짠 사(紗)의 하나임. '숙(熟)'은 곡식이 여문다는 뜻이 있어 '백곡등풍'과 관련지은 것임.

91) 이견대인(利見大人) 용문(龍紋): '이견대인'은 임금의 덕을 입는다는 뜻. '용'은 임금을 상징하기도 하므로 '용문'과 관련된 것임. '용문'은 용무늬를 새긴 비단.

92) 낙서(洛書) 짓던 거북문(紋): '낙서'는 중국 하나라의 우왕이 홍수를 다스렸을 때 나온 거북 등에 쓰여 있었다는 글. 이 고사를 거북 무늬와 관련지은 것임.

93) 북포(北布): 함경북도에서 나던 올이 가늘고 고운 삼베.

94) 저포(苧布): 모시.

95) 세목(細木): 올이 가늘고 고운 무명.

96) 중목(中木) 상목(上木): '중목'은 중간 품질의 무명이고 '상목'은 좋은 품질의 무명.

97) 층장(層欌): 층층이 얹어놓을 수 있도록 된 장.

98) 오합삼합(五合三合): 크기가 다른 다섯 개 또는 세 개씩 포개도록 된 상자.

99) 칠롱(漆籠): 옻칠을 한 농.

100) 앞닫이: 앞으로 여닫는 농.

101) 혼합경대(混合鏡臺): 거울을 담아 세우고 서랍이 달린, 화장대의 하나.

102) 빗접: 머리 빗는 기구를 담아두는 그릇.

103) 횃대: 두 끝에 끈을 매어 벽에 달아매어두고 옷을 걸도록 만든 막대.

104) 핫이불: 솜을 넣어 만든 이불.

105) 보료: 솜이나 짐승의 털로 두껍게 속을 넣고 헝겊으로 싸서 만든, 낮이나 밤에 앉는 자리에 늘 깔아두는 요.

106) 녹전처네: 솜털로 만든 모직물의 하나인 녹전으로 만든 처네. '처네'는 덧덮는 얇고 작은 이불.

107) 문갑(文匣): 서랍이 여러 개 있거나 문짝이 달려 있는, 문서나 문구를 넣어두는 긴 궤짝.

108) 개께수리: '가케스즈리'의 오기. 우리말로는 '왜궤(倭櫃)'. 패물과 주요 문서를 보관하는 궤로 대개 내부에 서랍이 있고 곁에 여닫이문을 단다.

자백가의 책을 가득가득 담은 책롱, 오음육률五音六律[109] 묘한 재미 갖가지 풍류를 연주하는 악기, 흑각장궁黑角長弓[110] 유엽전柳葉箭[111]을 활집과 화살통 각기 넣고, 조총 철편 등채[112] 환도環刀[113] 호반虎班 기계器械[114] 좋을시구. 금 화분에 매화 피고 옥 어항에 붕어 떴다. 요지연의 반도蟠桃 동정호의 귤을 큰 접시에 담아놓고 감로주甘露酒[115] 천일주千日酒를 유리병에다 넣었으며, 당판책唐板冊[116] 보아가다 안경 벗어 거기 놓고 귤 속 신선들이 두던 바둑판에 돌을 그저 벌였구나. 풍로風爐[117]에 얹은 차그릇 붉은 연기 일어나고, 필통 옆에 놓은 부채 흰 깃이 조촐하다. 질요강 침타구와 담배서랍 재떨이며,

온갖 그릇 볼작시면, 천은반상天銀飯床[118] 놋쇠반상 순은반상 화기반상畵器飯床 수저 주걱 국자며 소래기[119] 놋동이 양푼[120] 유합鍮盒[121] 탕기 쟁반 열구자悅口子[122] 전골판 노구[123] 냄비 대화로며 대야 요강 놋등잔걸이 등촉대 함께 모두 놓았으며, 이리 많은 세간 등물이 꾸역꾸역 산과 같이 쌓여 있으니 박물관 같구나.

109) 오음육률(五音六律): 옛날 중국 음악의 다섯 가지 소리와 여섯 가지 율.
110) 흑각장궁(黑角長弓): 물소의 검은 뿔로 만든 긴 활.
111) 유엽전(柳葉箭): 살촉이 버들잎처럼 생긴 화살.
112) 등채: 굵은 등나무 도막의 머리 쪽에 물들인 녹비나 비단의 끈을 단, 무장할 때 쓰던 채찍.
113) 환도(環刀): 예전에 군복에 갖추어 차던 군도.
114) 호반(虎班) 기계(器械): 예전에 무관들이 갖추어야 하던 여러 가지 기구.
115) 감로주(甘露酒): 소주에 용안육·대추·포도·살구씨·구기자·두충·숙지황 들을 넣어 우린 술.
116) 당판책(唐板冊): 중국 책판으로 만든 책.
117) 풍로(風爐): 아래쪽으로 바람이 통하도록 되어 있는 화로의 한 가지.
118) 천은반상(天銀飯床): 아주 품질이 좋은 은으로 만든 반상기. '반상기(飯床器)'는 격식을 갖추어 밥상 하나를 차리게 만든 한 벌의 그릇.
119) 소래기: 굽 없는 접시와 비슷한 넓은 질그릇. 독 뚜껑이나 그릇으로 쓰임.
120) 양푼: 음식을 담거나 데우는 데 쓰는 놋그릇.
121) 유합(鍮盒): 놋쇠로 만든 합. '합'은 둥글고 넓적하며 뚜껑이 있는 놋그릇.
122) 열구자(悅口子): 열구자탕. 신선로(神仙爐)에 여러 가지 어육과 채소를 넣고 석이버섯·호두·은행·황밤·실백·실고추 따위를 얹은 다음 장국을 붓고 끓이면서 먹는 음식.
123) 노구: 놋쇠나 구리쇠로 만든 솥. 자유로이 옮겨 따로 걸고 음식을 익히는 데 씀.

아니리

홍보 허는 말이,

"마누라, 수년 의복이 그리웠으니 비단 많은 중에 마음대로 한번 골라 입어보오. 무엇이 좋은가?"

"나는 평생 원이 송화색 삼회장三回裝 저고리[124]가 좋습디다. 영감은 무엇이 좋소."

"나는 흑공단이 좋데."

"그럼 영감 먼저 꾸며보시오."

한번 꾸미는디,

중중머리(평우성)

흑공단 망건 흑공단 갓끈 흑공단 저고리 흑공단 바지 흑공단 도포 흑공단 허리끈 흑공단 대님 흑공단 버선 흑공단으로 수건을 들고 어떤가 좀 보소. (영감 할일없는 흑제장군黑帝將軍[125]이 되었소그려.) 홍보 마누라도 꾸민다. 송화색 댕기 송화색 저고리 송화색 치마 송화색 속옷 송화색 고쟁이 송화색 속속옷 송화색 허리띠 송화색 주머니 송화색으로 수건을 들고,

"어떤가 날 보소."

아니리

"마누라는 영락없는 꾀꼬리 같네. 여보 마누라 박 세 통을 마저 타보세."

---

124) 삼회장(三回裝) 저고리: 세 가지 회장, 즉 삼회장을 댄 저고리. '회장'은 여자 저고리의 깃·소맷부리·겨드랑이에 대어 꾸미는 색깔 있는 헝겊이나 그런 꾸밈새를 일컫는 말이다.

125) 흑제장군(黑帝將軍): '검은 장군'이라는 지어 붙인 이름. 서로 비단옷들을 입으면서 홍겨워하고 있음.

중머리(단계·홍나게)

마지막 통을 들여다 놓고,

"시르렁 실근 톱질이야. 실근 실근 당겨주소. 좋을시구 좋을시구 밥 먹으니 좋을시구. 만고 영웅들도 밥 없으면 살 수 있나. 중한 것이 밥이로다. 이 박통 속에서 나오는 보화는 김제 만경 한 배미논의 한 구역을 세는 단위 들을 억십만금을 주고 사자. 충청도 소사素砂들충청도 북부에 있는 넓은 들을 수만금을 주고 사면 부익부富益富를 하겠구나. 시르렁 실근 톱질이야."

휘모리(평우성)

시르렁 시르렁 실근 실근 박통이 반만 벌어진다. 박통 속에서 사람 소리가 두런두런 두런두런 사람이 나오는디, 큰 자귀[126] 든 자 작은 자귀 든 자, 소톱 대톱 대패 든 자 끌 든 놈 먹통[127] 든 놈 방망이 든 놈 괭이 가래 살포[128] 도끼 든 자 꾸역 꾸역 꾸역 나오는디, 안개가 자욱,

아니리

여그서 퉁탕 저기서 퉁탕 와직끈 툭탁 야단이 나더니 순식간에 날이 훤허니 안개가 활짝 걷혀버렸는데, 몸채 행랑 좌우로 기와집이 가뜩 세워졌구나.

진양(엄·평·중고·석임)

동산 아래 너른 천지 좋은 방위[129]로 팔괘八卦[130]를 벌여 담을 치고

126) 자귀: 나무를 깎아 다듬는 연장의 하나.
127) 먹통: 곧은 금을 긋기 위해 먹줄을 치는 데 쓰는 나무 그릇.
128) 살포: 논에 물꼬를 트거나 막을 때 쓰는 네모진 삽.
129) 좋은 방위: 원문에는 '임좌병향오문(壬坐丙向午門)', 곧 임방(壬方)을 등지고 병방(丙方)을 향한 자리. 풍수지리상 좋은 방위 중 하나임.
130) 팔괘(八卦): 『주역周易』의 산목(算木)에 그려진 여덟 가지 점상(占象). 고대 중국인들이 인

아름다운 누각樓閣[131]을 좌우에 세웠는데, 안팎 중문中門 솟을대문[132] 풍경風磬[133] 소리가 더욱 좋다. 천석지기 밭문서와 만석지기 논문서와 백가구 종 문서가 가득 담뿍 들어 있고, 샛별 같은 순은대야 다물다물 가득 놓여 있고,

중머리(평 · 단계 · 홍나게)

사랑을 볼작시면, 넓고 두꺼운 장판 소란 반자[134] 완자 밀창[135] 자단나무로 만든 문갑과 대모 장식이 있는 책상까지 놓여 있고, 시경 서경 주역이며 이백李白의 시 두보杜甫의 시 통사략通史略[136]을 좌우로 좌르르 벌였는데, 홍보가 좋아라고 두 주먹을 불끈 쥐고 절굿대춤[137]으로 노닐 적에, "얼씨구나 좋을시구 지아자자 좋을시구. 여보아라 큰자식아 건넛마을 건너가서 너의 큰아버지를 오시래라. 경사를 보아도 우리 형제 볼란다. 어화 세상 여러분들 진심에서 우러나오는 마음으로 선행을 쌓으면 이런 경사가 찾아온다네. 이리렁성 저리렁성 세월아 가지 마라. 근심 걱정 흩어버리자. 얼씨구나 좋을시구."

간 운명 판단의 기본 원리를 점쳐보는 데서 사용하여 발전해온 것임.

131) 누각(樓閣): 사방을 바라볼 수 있도록 문과 벽이 없이 다락처럼 높이 지은 집.

132) 중문(中門), 솟을대문: 중문은 대문 안에 거듭 세운 문. 솟을대문은 행랑채의 지붕보다 높이 솟게 만든 대문.

133) 풍경(風磬): 처마 끝에 다는 경쇠. 작은 종처럼 만들고 그 속에 쇳조각으로 붕어 모양을 만들어 달아서 바람이 부는 대로 흔들려 소리가 나게 되어 있음.

134) 소란 반자: 반자틀을 여러 '井' 자를 모은 것처럼 소란을 맞추어 짜고 그 구멍마다 네모진 널조각의 판을 얹어 만든 반자. '반자'는 방이나 마루에 종이나 나무로 평평하게 만든 천장.

135) 완자 밀창: 완[卍] 자 무늬가 여럿 이어져서 이루어진 미닫이문.

136) 통사략(通史略): 『자치통감資治通鑑』과 『십팔사략十八史略』을 아울러 일컫는 말. 『자치통감』은 북송의 사마광이 편년체로 엮은 역사책이며, 『십팔사략』은 원나라 증선지가 중국 태고부터 송나라까지 열여덟 가지 정사(正史)를 줄여 엮은 역사책임.

137) 절굿대춤: 즉흥적으로 추는 허튼춤 중 입춤으로, 흥에 겨워 마치 절구공이처럼 뻣뻣이 서서 뛰어 오르내리며 추는 춤.

부자가 된 흥보를 찾아가는 놀보

놀보는 흥보가 부자가 되었다는 말을 듣고 배가 아파 불이라도 지를 작정으로 흥보집으로 간다. 도둑질이라도 했느냐고 넘겨짚다가 흥보에게서 제비 다리를 고쳐주어 부자가 되었다는 말을 듣는다. 놀보는 흥보 처에게 권주가를 시키려 하는 등 심술을 부리다가 화초장을 빼앗다시피 하여 등에 지고 자기 집으로 돌아온다. 돌아오는 도중 화초장이라는 이름을 잊어버려 어쩔 줄 몰라 하는 장면이 흥미롭게 그려져 있다.

아니리

그때 놀보가 흥보 부자 되었다는 소문을 듣고 배가 앓는데, '이놈을 어떻게 떨어 없애야 할꼬. 이놈 집을 찾아가야 하지.' 놀보가 걸어오며 이를 갈고 허는 말이,

자진모리(엄·평 섞임)

"흥보놈이 잘 산다 하니 이놈 집에다 불을 놓아 많은 돈을 없앤 후에야 다리 뻗고 잠을 자지."

홍보집을 당도하여 가만히 보더니,

"이게 어디서 어느 재상의 댁을 이곳에 지었는가."

높고 큰 집들이 즐비하니 문 안을 들어서며,

"야 홍보야."

홍보가 저의 형님 소리를 듣고 깜짝 놀라 뛰어나와 인사를 드리며,

"형님 제가 가서 형수님을 모시고 올려는 판인데 죄송합니다."

"뭐뭐 같잖은 놈 네가 이놈 근래에 밤이슬을 잘 맞고 다닌다면서,

아니리

내가 소문을 들으니 네가 도둑질을 잘한다고 포졸들이 너를 잡으러 곧 올 게다. 모든 문 열쇠 나에게 맡기고 멀리 떠나거라."

"아니 형님 그게 무슨 말씀이시오. 제비 다리가 부러져 소나무 껍질을 벗겨 감고 오색당사唐絲실로 친친 동여매어 살렸더니, 그 이듬해 박씨를 물고 와서 그 박씨를 심었더니, 박 세 통이 열려 그 박 속에서 은금보화 이렇게 나왔습니다."

"음. 야 부자 되기가 쉽구나."

놀보를 사랑으로 인도하고 안으로 들어가,

"여보 마누라, 건넛마을 형님이 오셨으니 나와 인사를 드리오."

홍보 마누라 속이 떨리나 가장의 영 거역 못 하고 나오는디,

평중머리(단계 · 붙임 · 평 · 섞임)

홍보 마누라가 나온다. 홍보 마누라가 나오는데 예전에 못 먹고 못 입고 굶주리던 일을 잊으리오. 지금이야 비단이 없나, 쌀이 없나, 돈이 없나, 은금보화가 없나, 인삼 녹용이 없나. 며느리들을 호사를 많이 시키고, 홍보 마누라도 한산 세모시에다 당청아물중국에서 들여온 청색 물감인 듯을 파리소롬허게 들여 주름은 잘게 잡고 말치마나 바지 따위의 맨 위. 허리에 둘

러 대는 부분은 넓게 달아 왼쪽으로 걷어 안고 나오는데, 아장거리고 나오더니,

아니리

시숙님께 인사를 드리니, 제수가 인사를 하거든 그대로 받는 것이 아니라 이놈 허는 말이 허 참 뺀지르……허니,

"되었구나. 미꾸라지가 용 되었어. 야 이놈 흥보야 제수를 보니까 미꾸라지가 용 되었구나."

흥보 마누라 들은 체 아니허고 안으로 들어가 음식을 차리는데, 바쁘게 차리것다.

반휘모리(잦인) **자진모리**(평 · 엄 · 흥나게)

음식을 차리는데, 안성유기安城鍮器, 경기도 안성에서 나는 질 좋은 놋그릇 통영칠판統營漆板, 경남 통영에서 나는 질 좋은 옻칠 소반 천은수저天銀手箸, 품질이 좋은 순은으로 만든 수저 구리저 진영陣營서리 수 벌이듯[1] 주루루루루 벌여 놓고, 꽃 그렸다 오죽烏竹판빛깔이 검어 죽세공의 재료로 쓰는 오죽에다 꽃을 그려 붙인 소반 대모양각 당화기唐花器[2] 얼기설기[3] 송편 네 귀 번듯 정절편[4] 주루루루루 엮어 산피떡[5]과 사과 쟁첩반찬을 담는 작고 오목한 접시 꿀 놓고, 달걀 풀어 씌워 구운 산적散炙 오이김치 양회䏝膾[6] 간 처녑[7] 콩팥 양편에다가 벌여 놓고, 인삼채 도라지채 청

1) 진영(陣營)서리 수 벌이듯: 관아의 서리들이 계산을 위해 산가지를 벌여 놓듯.
2) 대모양각 당화기(唐花器): 바다거북 등껍데기로 돋을새김을 한 채화가 그려진 중국 사기 그릇.
3) 설기: 켜를 지어 만든 시루떡. '얼기'는 '설기'의 운을 맞춰 덧붙인 말이지만 '설기'라는 말과 함께 이리저리 뒤얽혀 있다는 뜻이 되기도 함.
4) 정절편: 네모반듯하게 자른 흰 떡.
5) 산피떡: 팥을 껍질째로 삶아 찐 떡.
6) 양회(䏝膾): 소의 양으로 만든 회. '양'은 '소의 밥통'을 고기 이름으로 일컫는 말.
7) 처녑: 소 · 양 등과 같은 새김질 동물에서, 밥통에 들어갔던 먹은 물건을 새김질하여 넘긴 것을 다시 받아 삭이는 작용을 맡은, 잎 모양의 얇고 많은 조각으로 된 위.

단淸團[8] 수단水團[9] 잣박이[10]며 낙지 연포軟脯[11] 콩기름 시금치를 위에 덧붙여 갖은 양념 모아놓고, 청동화로 백탄숯 부채질 활활 고추같이 이루어놓고, 살진 소 방자고기[12] 반환도半還刀[13] 드는 칼로 조각조각 오려내어 깨소금 참기름 쳐 부두둑 주물러 가라앉혀 큰 양푼 작은 양푼에다 여기도 담고 저기도 담고, 끌끌 푸드득 산치山雉다리[14] 오두둑 포두둑 메추리탕[15] 꼭교우 영계찜 어전 육전[16] 지짐이며, 수란탕水卵湯[17] 청라 복채[18] 치자巵子[19] 고추 생강 마늘 문어 전복 봉오림[20]을 나는 듯이 받쳐 놓고, 산채 고사리 미나리 녹두채 맛난 장국 주루…… 들이붓고 계란을 툭툭 깨어 윗부분을 떼어버리고 길게 부어라. 손 뜨거운데 수저 버리고 나무젓가락을 들여라. 고기 한 점 덥벅 집어 맛있는 기름에 간장국에다 풍덩 흠뻑 적셔 덥벅 피시……

아니리

이렇게 다담상을 차려 하인들께 먼저 상을 들이게 하고 강화주강한 화주(火酒), 곧 불을 붙이면 탈 수 있을 만큼 독한 증류주를 일컫는 듯함 좋은 술을 꽃잔에 부어들고,

8) 청단(淸團): 꿀물에 경단을 담근 음식.
9) 수단(水團): 흰떡을 젓가락만 하게 비벼서 한 푼 반 길이로 썰어 마르기 전에 꿀물에 넣어 잣을 띄운 음식.
10) 잣박이: 잣박산. 잣을 꿀이나 엿에 버무려 반듯반듯하게 만든 음식.
11) 낙지 연포(軟脯): 낙지 연포탕. 낙지와 두부 등을 끓여 만든 탕 음식.
12) 방자고기: 씻지 않은 채 양념 없이 소금만 뿌려 구운 짐승의 고기.
13) 반환도(半還刀): 주로 고기를 썰 때 쓰는, 끝이 말려 올라간 큰 칼.
14) 끌끌 푸드득 산치(山雉)다리: '끌끌'은 꿩이 내는 소리를, '푸드득'은 꿩이 날갯짓할 때 나는 소리를 표현한 말인데, 산꿩을 재미있게 꾸며주는 말로 쓰이고 있음.
15) 오두둑 포두둑 메추리탕: '포두둑'은 여기서 메추리가 날갯짓할 때 나는 소리를 표현한 말로, 뒤의 메추리를 재미있게 꾸며주는 말로 쓰이고 있음. '오두둑'은 '포두둑'에 어울리게 지어 만든 말.
16) 육전: 고기를 얇게 썰어 밀가루를 묻혀 기름에 지진 음식.
17) 수란탕(水卵湯): 달걀을 깨뜨려 끓는 물에 반숙으로 익힌 음식.
18) 청라 복채: 미상.
19) 치자(巵子): 치자나무의 열매.
20) 봉오림: 말린 문어나 전복 따위를 봉황 모양으로 오려서 잔칫상에 올리는 음식.

"옛소 시숙님, 약주 한잔 잡수시오."

놀보놈 제수가 권하는 술이니 선뜻 점잖게 받아먹는 것이 아니라, 책상다리를 쏙 올리고,

"야 홍보야 너는 형제간이라 내 속을 잘 알지. 남의 집 소대상날[21]에 가서 술을 먹어도 권주가 없이 안 먹는다. 네 처 곱게 차린 김에 권주가 한마디 시켜라."

흥보 마누라가 이 말을 듣더니 기가 막혀 잡았던 술잔을 공중에 피르르…… 내던지고,

진양(원계)

"여보 시숙님 여보 여보 아주버님, 제수더러 권주가 하라는 말은 세상 어디 가 보았소. 지성이면 감천이라더니 나도 이제는 쌀과 돈이 많이 있소. 돈과 쌀 있다고 너무 빼기지 마오. 추운 겨울날 자식들을 앞세우고 구박당하여 나오던 일은 죽어서도 못 잊겠소. 보기 싫소. 어서 가시오. 마음을 바로잡았으면 무엇하러 내 집에 왔소. 안 갈라면 내가 먼저 들어갈라요."

치맛자락 돌려 떨치고 일어서며 안으로 들어간다.

아니리

놀보가 보더니,

"야 홍보야, 네 계집 못쓰겠다. 썩 당장 버려라. 내가 다시 장가들여 주마. 그리고 저 윗목에 벌건 궤가 무엇이냐?"

"화초장花草欌, 문짝에 유리를 붙이고 화초 무늬를 채색한 장롱이라고 하옵니다."

---

21) 소대상(小大祥)날: 소상과 대상날. 소상(小祥)은 사람이 죽은 지 1년 만에 지내는 제사이고, 대상(大祥)은 2년 만에 지내는 제사.

"화초장이여? 거 좋다. 그 속에 뭣 들었느냐?"

"금은보화가 가득 들었습니다."

"그럼 하나도 꺼내지 말고 저 장을 내게 다오."

"예 그렇게 하옵지요. 형님 먼저 건너가시면 하인에게 보내오리다."

"아서라 모든 일은 튼튼하게 하는 것이 제일이니 내가 아주 지고 갈란다. 내놓아라."

"형님, 내일 아침에 하인에게 보내오리다."

"뭐 이놈 밤새 좋은 보물은 다 빼내고 빈 궤만 보낼라고야? 아니다. 온 김에 지고 갈란다."

홍보가 명주 한 필 내다가 질빵짐을 걸어서 메는 데 쓰는 줄을 걸어놓으니, 놀보가 화초장을 지고 가며 잊어버릴까봐, 또는 본래 잊음이 많은 놈이라 외고 가는디,

중중머리(평 · 단계 · 홍나게)

"화초장 화초장 화초장 화초장 하나를 얻었다. 얻었네 얻었네 화초장 하나를 얻었네."

도랑을 건너뛰다가,

"아차 내가 잊었다. 초장 초장? 아니다. 방장房帳, 겨울에 외풍을 막고자 방 안에 치는 휘장 천장 고추장 된장 구들장 덧장[22]? 아니다. 아이구 이것이 무엇이냐?"

이놈이 거꾸로 붙이면서,

"모르겠다. 초장화 장화초? 아니다. 아이고 이것이 무엇이냐? 갑갑하여서 못 살것다. 아따, 이것이 무엇이냐?"

저의 집을 들어가며,

22) 덧장: 널빤지로 만든 울타리나 문 따위에 가로로 대는 띠 모양의 나무.

"여보게 마누라 집안어른이 어디 갔다가 집이라고 들어오면 우루루…… 쫓아나와서 영접허는 게 도리가 옳지, 앉아서 가만히 있어서 되겠느냐. 에라 이 사람 몹쓸 사람."

놀보 마누라가 나온다, 놀보 마누라가 나와.

"영감 오신 줄 내 몰랐소. 영감 오신 줄 내가 몰랐소. 이리 오시오 이리 와요."

아니리

놀보가 화초장을 지고 들어가며,

"여보게 마누라. 내 등에 진 것이 무엇인가?"

"우선 거 좀 내려나 놓으시오. 우리 친정아버지가 서울 가서 그런 장롱을 사왔었는디 화초장이라고 하던데요."

이 놀보 어찌 반갑던지, 말이 어데로 돌아가는 줄 모르고,

"그래 화초장이야. 아이고 내 딸이야."

"에이 여보시오. 세상에 그것이 무슨 소리요?"

"급할 제는 이리도 쓰고 저리도 하지. 어때."

"그런데 여보, 그 궤 어디서 났소?"

"홍보가 과연 부자가 됐어. 홍보집을 갔더니 하는 말이, '제비 다리를 분질러 살려 보냈더니 그 이듬해 박씨를 물고 와서 동편 처마 끝에 거름 넣고 심었더니 박 세 통이 열렸는데, 그 박 속에서 금은보화 한정없이 나왔다'네. 우리는 제비 다리 열 개만 분질러 살려 보내면 억십만금 부자가 될 것 아닌가. 천하에 갑부가 될 것이란 말이여."

그날부터 신 잘 삼는 사람들을 골라다가 제비집을 수백 개 만들어서 앞뒤 처마 동서남북 변소까지 달아놓고 제 망건 당[23] 우에다 풍잠風簪[24]

23) 당: '망건당'의 준말. 말총을 촘촘히 세워 곱쳐 구멍을 내어 윗당줄을 꿰게 되어 있는, 망건의 윗부분.

달 듯 달고, 또 뒤꼭지에다가 달아 쓰고, 아무리 기다려도 제비가 아니 오니 환장이 되어, 하루는 그물을 만들어 둘러메고 제비를 후리러 나가것다.

24) 풍잠(風簪): 갓모자가 걸려 바람에 넘어가지 못하게 망건의 당 앞쪽에 쇠뿔·대모·금패·호박 따위로 꾸미는 물건.

제비 다리 부러뜨려 박씨를 받아내다

놀보는 날만 새면 제비를 몰아오는 것으로 일을 삼는다. 그러던 중 어쩌다 운 나쁜 제비 한 쌍이 놀보집에다 집을 지어 새끼를 낳았으나 놀보가 수시로 만져보아 다 곯고 한 마리만 살아남는다. 놀보는 그 제비새끼 다리를 직접 부러뜨리고 민어 껍질과 당팔사 끈으로 동여준다. 그후 그 제비는 제비 장수에게 사연을 고하고 이듬해 봄 원수 갚을 박씨를 놀보에게 준다. 놀보의 행위는 불순한 의도에 따른 모방 행위이므로 부정적인 평가를 받을 수밖에 없다. 그것은 또한 놀보의 탐욕이 초래한 일이기도 하다.

중중머리(중고 · 혹 권제)

제비와 나비는 펄펄 수양버들에 앉은 꾀꼬리 제 이름 부르는 봄철, 놀보가 제비 몰러 나간다. 복희씨伏羲氏[1] 내신 그물 맺어 들어메고 망당산[2]으로 나간다. 이쪽은 우도봉 저쪽은 좌도봉, 건너봉 맞은봉[3] 좌우

1) 복희씨(伏羲氏): 삼황(三皇)의 첫머리에 꼽는 중국의 전설상의 제왕 또는 신. 어렵(漁獵)을 가르치고 팔괘(八卦)를 만들었다 함.

로 층층이 둘렀는데, 덤불을 툭 쳐 후여 허허어 허허차, 저 제비야 네가 어디로 행하느냐. 떴다 저 제비. 야이이 아아이고 이리와. 솔개만 보아도 제비인가 의심, 까치만 보아도 제빈가 의심, 꾀꼬리만 보아도 제빈가 의심,

"저기 가는 저 제비야, 그 집으로 들어가지 마라. 천화일天火日, 화재가 난다고 하여 꺼리는 나쁜 날에 지은 집이로다. 화급火及이 동량棟梁이라,[4] 내 집으로 들어오너라 이이이리와."

아니리

놀보놈이 날만 새면 제비 몰기로 일삼을 제, 하루는 운 나쁜 제비 한 쌍이 놀보집을 들어오니, 놀보가 어찌나 반갑던지 두 손 합장 절을 하며,

"제비님 어찌 이리 행차가 더디시오."

제가 손수 흙을 이겨 메주 덩어리만큼씩 뭉쳐 처마 안에 집을 짓고, 소 외양간 짚 깔듯이 짚을 담북 넣어주었더니, 미친 제비 아니라면 거기다 알을 낳겠느냐마는, 잘못하여 어쩌다 알 여섯을 낳았더니, 마음 바쁜 놀보놈이 수시로 만져보아, 다섯은 곯고 하나 까서 날기 공부할 적에, 제 집가에 날개를 발발 떨며 발붙이고 있는데, 구렁이가 오지 않고 떨어지들 아니하고 그렁저렁 점점 커서 날아가게 되었구나. 놀보가 망령되게 결단하여 제가 구렁이 노릇을 하며, 제비집에 손을 넣어 제비 새끼 집어내어 약한 제비 다리 두 개 무릎에 대고 작끈 꺾어 마룻바닥에 선뜻 놓고 저 계집을 급히 불러,

"여보소 마누라 큰일 났어. 내가 잠깐 거닐다 미처 보들 못했더니, 구렁이가 물어 제비 새끼 떨어져 다리가 부러졌으니 불쌍하여 볼 수

---

2) 망당산: 미상. '방장산(方丈山)' 곧 지리산을 지칭하는 듯함.
3) 건너봉 맞은봉: 건너편 산봉우리와 맞은편 산봉우리라는 뜻으로 지어 붙인 이름임.
4) 화급(火及)이 동량(棟梁)이라: 기둥과 들보에 불기운이 끼었다는 말임.

없네. 어서 동여 살려주세."

홍보보다 더 하려고 민어 껍질을 벗겨 세 겹으로 거듭 싸고 튼튼한 당팔사 끈으로 단단히 동인 후에, 제비집에 도로 넣고 기다릴 제, 놀보 망칠 제비인데 죽을 리가 있겠느냐. 십여 일이 지난 후 부러진 다리가 완전히 붙어 날아다니며 집을 출입하더니, 때가 되어 강남으로 들어가서 놀보가 한 일을 장수 앞에다 고하니, 제비 왕이 화를 내어 갚을 보報 자字 원수 구仇 자 바람 풍風 자 쓴 박씨 하나를 내어주며,

"이것 가져다 놀보 주어 원수를 갚게 하라."

저 제비 겨울을 다 보내고 이듬해 춘분을 지내고 점점 해동하여 원수 갚을 박씨를 물고, 제비 장수 앞에 하직하고 나오는데,

중중머리(평 · 계면 · 홍나게)

놀보 제비 노정기는 고 장판개 선생이 장기인 것을 일찍이 알았는데, 이 책에 기록한 가사는 무용가 김숙자 여사가 가지고 있어서 베껴 기입하였으며, 오자와 이상한 곳을 수정하였다.

여러 산을 지나 촉나라중국 사천성의 옛 이름를 지나고 촉 동쪽 이천 리 낙양산[5] 오백 리 소상강瀟湘江, 중국 호남성 동정호의 남쪽에 흐르는 소수와 상강을 아울러 이르는 말 칠백 리 동정호洞庭湖, 호남성 북부에 있으며 양자강의 중류에 있는 호수 팔백 리라, 금릉金陵, 중국 남경의 옛 이름 육백 리라, 악양루 고소대 오악五嶽 형산衡山[6] 구경허고, 구정마창 육십 리 사마성이 삼십 리라, 월택성[7] 돌아들고 고소산姑蘇山[8] 바라보니, 한산사寒山寺[9] 비껴가고 아방궁阿房宮 육십 리에 만리장성

---

5) 낙양산: 미상.

6) 오악(五嶽) 형산(衡山): '오악'은 중국의 다섯 개 명산. '형산'은 그중 남악(南嶽)으로 일컬어지는 산으로 중국 호남성에 있음.

7) 구정마창, 사마성, 월택성: 미상.

8) 고소산(姑蘇山): 중국 강소성에 있는 산. 중국 춘추시대에 오나라 임금 부차(夫差)가 도망가 자결한 곳으로 알려져 있음.

내려가니 일만 오천 리, 연광정練光亭[10] 날아들 제, 천하 제비가 좋아라 고 각국으로 흩어질 제, 충청 전라 경상도로 오는 제비 포기포기 떼를 지어 서로 짖어 언약한다. '금년 구월 보름날 이곳에 와서 다시 만나자.' 약속을 정한 후에 중천에 가 높이 떠 강릉江陵, 중국 호북성 남부에 있는 현을 구경하고 적벽강赤壁江[11]을 돌아드니 소동파蘇東坡[12] 조맹덕曹孟德, 중국 삼국시대 위(魏)나라의 초대 왕인 조조(曹操)은 지금은 어디에 있느냐. 청석령青石嶺, 만주 요령성에 있는, 우리나라 사신들이 연경을 갈 때 지나던 곳 오백 리를 순식간에 당도하니 옥하관玉河館, 북경 서쪽으로 흐르는 사하(沙河)의 옥하교 위에 있던, 우리나라 사신들이 묵던 곳이 저기로다. 심양강瀋陽江, 중국 요령성 심양 지역의 강인 심수(瀋水) 팔백 리에 정주定州, 평안북도 남서 해안에 있는 읍를 지나 순안 순천 칠십 리를 바라보니, 평양이라 동설령동선령(洞仙嶺). 황해도 황주의 남쪽으로 이십 리쯤 되는 곳에 있는 고개 이름 높이 날아 그곳을 구경하니, 말을 탐은 명망이 높음이요, 효자 열녀들이 집집마다 있구나. 송객정送客亭, 평양의 서쪽에 있던 정자 순식간에 지나 살같이 빨리 날아 개성 부중府中, '부(府)'의 이름이 붙은 행정 단위의 구역 안에 들어서니, 왕건 고사적古史蹟은 만월대滿月臺[13]뿐이요, 무악재서울 서대문구의 고개 이름 영주봉[14]은 위엄 있는 모습을 띠고 있고, 제일 삼각산三角山 올라앉아 장안을 가만히 굽어보니, 남산

---

9) 한산사(寒山寺): 중국 강소성에 있는 절. 당나라 시인인 장계(張繼)가 지은 시 「풍교야박楓橋夜泊」의 한 구절인 "고소성외한산사(姑蘇城外寒山寺)"로 알려짐.

10) 연광정(練光亭): 평양의 대동강 가에 있는 누정(樓亭). 제비가 아직 중국을 벗어나지 못한 것으로 되어 있으므로 연광정이 이곳에 놓인 것은 잘못이다. 혹 중국 누정 중에 연광정이라는 것이 있을 수도 있다.

11) 적벽강(赤壁江): 첫째, 중국 삼국시대의 적벽대전이 있었던 호북성 가어현에 있는 강. 둘째, 소식이 「적벽부赤壁賦」를 지어 부른 곳인, 호북성 황강현에 있는 강.

12) 소동파(蘇東坡): 중국 북송(北宋) 때의 정치가·문학자. 이름은 식(軾). 자는 자첨(子瞻). 우리에게 「적벽부」의 작자로 널리 알려졌음.

13) 만월대(滿月臺): 황해북도 개성시 송악산 기슭에 있는 고려의 궁궐터. 919년(태조 2) 태조가 송악산 남록에 도읍을 정하고 궁궐을 창건한 이래 1361년 홍건적의 침입으로 소진될 때까지 고려 왕의 주된 거처였음.

14) 영주봉: 미상.

은 천년산千年山 한강은 만년수萬年水라. 문물이 찬란하고 사람들이 즐거이 화락하니 만만세지금탕이라. 경상도 함양 전라도 운봉, 함양 운봉 두 지역 맞닿은 곳에 홍보가 거기 사는지라. 저 제비 거동 보소. 놀보 망할 박씨 입에다 물고 공중에 둥실 높이 떠, 남대문 밖 썩 내달아 칠패 팔패 청패 배다리 애고개 얼핏 넘어, 동작강을 건너 승방을 지나고, 남태령 고개 넘어 두 날개 쩍 벌려 번뜻 수루루루 펄펄 놀보집을 당도허니, 놀보가 보고서 반긴다.

"얼씨구나 좋다. 내 제비야 어디를 갔다가 인제 오는가. 얼씨구나 저 제비야. 얼씨구 절씨구 지아자 좋네. 얼씨구 절씨구 좋을시구."

아니리

놀보가 앉은 앞에 박씨를 떨어뜨리니 놀보가 주워들고,

중중머리(평 · 홍나게)

"얼씨구나 좋을시구 얼씨구 절씨구 지아자 좋아. 반갑구나 저 제비야 어디를 갔다가 이제 오느냐. 얼씨구나 저 제비. 소호금천少昊金天, 중국 전설상의 임금. 소호의 신하는 모두 각종 새였다고 한다 다스리던 때 새로 벼슬을 삼는다 하여 벼슬하러 네 갔더냐. 얼씨구나 절씨구 지아자 좋을시구."

아니리

놀보가 좋아 미치다가,

"여보소 마누라 이것 좀 보소. 제비가 박씨를 물어왔으니 살림 밑천 억만금을 가지고 왔네. 박씨를 심어야지."

놀보 마누라,

"어디 좀 보여주시오. 애고 이것 내버리소. 갚을 보報 원수 구仇 바람 풍風 자字 쓰였으니 원수 갚을 바람이니 어디 그것 쓰겠는가."

놀보가 대답하되,

단중머리(엄·평·단계·홍나게)

"자네 내 말을 들어보소. 자네가 그 뜻을 어찌 알어. 원수 구라 하는 글자 군자호구君子好逑, 군자의 좋은 배필. 『시경詩經』「관저關雎」에 나오는 구절란 짝 구逑 자와 함께 쓰기도 하니, 양귀비楊貴妃 같은 미인 하나 나에게 보내어 짝지어준다는 말이로세."

놀보 아내 이 말 듣고,

"저런, 사람 죽을 말이 있나. 만일 그러하면 바람 풍 자 웬일인가?"

"바람 풍 자 더욱 좋지. 태호太昊 복희씨伏羲氏[15]는 풍성風姓으로 왕이 되시고, 순舜임금은 오현금五絃琴으로 남풍시南風詩[16]를 노래하고, 문왕文王, 주나라를 세운 무왕의 아버지. 덕으로써 만민을 다스렸다고 알려짐 무왕武王, 은(殷) 주왕(紂王)을 멸망시키고 주나라를 세운 임금 훌륭한 덕은 병 일으키는 바람 불지 않게 하였으며, 주공周公[17]은 성인이라 빈풍시豳風詩, 『시경』의 편명를 지으시고, 한태조 수수풍濉水風[18] 광무 황제光武皇帝 곤양풍昆陽風[19], 와룡선생 적벽풍赤壁風[20] 백이伯夷 숙제叔齊 고절청풍高節淸風,[21] 엄자릉嚴子陵의 선생지풍[22] 도정절陶靖節의

15) 태호(太昊) 복희씨(伏羲氏): 삼황(三皇)의 첫머리에 꼽는 중국의 전설상의 제왕 또는 신. 몸은 범이요 머리는 사람이었다 함. 성은 풍(風)임.

16) 남풍시(南風詩): 순임금이 남훈전(南薰殿)에서 오현금(五絃琴)에 얹어 불렀다는 노래. '풍' 자가 들어 있어서 함께 나열한 것임. 이하 마찬가지임.

17) 주공(周公): 문왕의 아들이며 무왕의 아우. 무왕을 도와 은(殷)나라를 멸망시켰고 무왕이 죽은 뒤에는 어린 나이로 즉위한 성왕(成王)을 섭정(攝政)하였다 함.

18) 수수풍(濉水風): 수수의 바람. '수수'는 중국 하남성 기현(杞縣)에서 동쪽으로 흐르는 강. 항우가 여기서 유방의 군대를 물리쳤는데, 이때 큰 바람이 불어 유방이 도망하여 살 수 있었다고 함.

19) 광무 황제(光武皇帝) 곤양풍(昆陽風): 중국 후한(後漢) 초대 황제의 곤양에서의 위풍. 곤양은 중국 지명으로 지금의 하남성 엽현(葉縣). 이곳에서 광무제가 왕망(王莽)을 물리치고 후한을 세웠음.

20) 적벽풍(赤壁風): 적벽의 바람. 제갈공명이 적벽강에서 바람을 이용하여 화공을 가함으로써 조조의 대군을 물리친 일을 관련지은 것임.

북창청풍北窓淸風,[23] 만고에 맑았으니 그 아니 좋을쏜가. 우리도 이 박 심어 솔솔 부는 봄바람에 싹을 틔워 이 박이 점점 자라, 비가 순조롭게 내리고 바람도 조화로운 좋은 시절에 꽃이 피고 박이 열어, 팔월에 따서 켜면 보물이 풍풍 나와, 재물 풍덩풍덩, 그 아니 좋을쏜가. 풍류랑 모여 앉아 풍악으로 지낼 적에, 방 안에 병풍 치고 화로에 차 끓이는 그릇 얹고, 돛 없는 배를 탔으나 바람이 불지 않아도 물결이 절로 이니, 그만하면 풍족하지 잔말 말고 심어보세."

아니리

놀보가 사랑 앞을 급히 파고 벼에 쓸 거름을 모두 거기다 퍼 쌓아 단단히 심었더니, 아침에 심은 것이 오후가 겨우 되어 솟아나, 큰 박순이 병으로 부은 다리만 해지니, 놀보 아내가 깜짝 놀라,

"여보시오 아이 아버지. 이것 급히 빼버리오. 은나라 상상곡祥桑穀, 상곡(桑穀). 아침에 나면 좋지 못하다는 들풀의 이름처럼 아침에 났던 것이 저녁에 커서 열매가 된 것은 요물妖物이라 하였으니, 이것 정녕 재변災變이오."

놀보가 화를 내어,

"여편네가 그저 방정맞은 소리 하는구만. 나물이 되려 하는 것은 떡잎부터 안다지 않어."

---

21) 백이(伯夷) 숙제(叔齊) 고절청풍(高節淸風): 백이와 숙제의 고고한 절개와 청렴한 기풍. 백이 숙제는 중국 은나라 고죽군(孤竹君)의 아들 형제임. 무왕이 은나라를 치려고 하자 이들 형제들이 말렸으나 결국 무왕이 실행에 옮겼음. 이에 백이 숙제는 무왕의 주나라 곡식 먹는 것을 부끄럽게 여겨 수양산에 은거하며 고사리를 먹고 살다가 결국 굶어 죽었다고 함.

22) 엄자릉(嚴子陵)의 선생지풍: 후한의 은자(隱者)인 엄광(嚴光)의 선생다운 풍모. 엄광은 어려서 광무제와 함께 수학하였음. 광무제가 그에게 간의대부(諫議大夫)의 벼슬을 내리자 엄광은 벼슬을 받지 않고 부춘산(富春山)으로 들어가 몸을 숨겼다 함.

23) 도정절(陶靖節)의 북창청풍(北窓淸風): 도정절의 북쪽 창에서 불어오는 맑은 바람. 도정절은 중국 동진(東晉)·송(宋)나라의 시인인 도연명(陶淵明)을 말함. 정절은 그의 시호임. 도연명이 지은 「여자엄등소與子儼等疏」에 "북창하와(北窓下臥) 우양풍잠지(遇涼風暫至)"라는 구절이 있음.

이 박넝쿨이 날마다 갑절씩 더럭더럭 뻗어가는데, 박순이 커지기를 한 아름씩이 넘는구나. 어디 가 턱 걸치면 모두 다 무너질 제, 사당祠堂, 조상의 신주(神主)를 모셔놓은 집에 걸치더니 조상의 위패가 깨어지고 창고에 걸치더니 창고가 무너지고, 동네 이웃으로 쭉쭉 뻗어 누구집이고 턱 걸치면 무너지고 무너지면 값을 물고, 놀보가 벌써부터 박의 해害를 보것다. 꽃이 피어 박 맺을 제, 처음에 바로 북만 한 크기로 십여 일이 지나더니, 객사客舍에서 문 닫음을 알리기 위해 치던 북만 한 크기로 박이 여러 통이 열었거든. 한 달이 지난 후에 박을 타려 할 제, 달력에서 재물을 들이기 좋은 날을 가려 삯군 삼십여 명을 사가지고 박을 타는데, 놀보가 선소리를 부르되, 똑 금이 나올 줄로 '금'이라는 말이 들어 있는 가사를 지어가지고 부르던 것이었다.

놀보가 기가 막혀

이 이본에서는 놀보가 다섯 개의 박을 타는 것으로 설정되어 있다. 제1박에서는 놀보 조부의 옛 상전이 나와 속전을 바치라 하고 제2박에서는 사당패가, 제3박에서는 각설이패, 풍각쟁이, 초라니패가 나와 판을 벌이고 대가를 요구한다. 제4박에서는 상여꾼들이 상여를 지고 나와 명당터 값을 받아간다. 그리고 제5박에서는 장비가 등장해 형제의 우애가 소중함을 말하며 놀보를 죽이려 하나, 흥보가 와서 형 놀보를 살려줄 것을 간청한다. 장비가 돌아간 후 놀보는 개과천선하고 형제간 우애도 회복했다는 것으로 끝맺어진다. 형제간 우애를 회복하는 이러한 결말은 후대 『흥보전』에서 나타나 오늘날까지 이어지고 있는 것이 아닌가 한다.

진양(엄 · 평 · 계면 · 홍나게)

"시르렁 실근 톱질이야. 어유와 톱질이로구나. 여보게 이 사람들 금의 내력을 들어보소. 초나라와 한나라가 싸울 때 진평陳平[1]이는 범아부

1) 진평(陳平): 중국 한(漢)나라 초기의 공신. 빈농 출신으로 항우(項羽)의 군에서 도위(都尉)를 지냈고 그 뒤 유방(劉邦)의 호군중위(護軍中尉)가 되어 한나라 통일에 큰 역할을 했다.

范亞父[2)]를 잡으랴고 황금 사만 냥을 초나라에 흩었으며, 소진蘇秦[3)]이 말 재주로 많이 얻어 실어갔고, 곽거郭巨[4)]는 효성으로 묻힌 금을 파내었네. 시르렁 시르렁 당기여라 톱질이야. 나도 이 박을 어서 타서 금이 많이 나오면 석숭이를 부러워할까. 이 동네 이름을 금곡동金谷洞이라 하여볼까. 어여루 당기여 주소."

〈휘모리조로〉 슬근슬근 슬근슬근 박을 거의 타니,

아니리

박통 속에서 글 읽는 소리가 나는디,

"맹자견양혜왕孟子見梁惠王하신대 왕왈수불원천리이래王曰叟不遠千里而來하시니 역장유이이오국호亦將有以利吾國乎이까[5)]."

놀보가 듣고 어디 이게 박속이냐 서당이지 한참 의심하노라니,

자진모리(엄·평·홍나게)

박통 문을 반만 열고 노인 한 분이 나오는데, 차린 복색 볼작시면, 헐고 헌 쳇불관冠, 선비들이 머리에 쓰던, 말총으로 만든 관에 빈대알이 따닥따닥, 생

2) 범아부(范亞父): 범증(范增). 초(楚)나라 항우(項羽)의 참모. 항우가 군사를 일으키자 그를 잘 보필하여 제후에게 승리를 거두었기 때문에 아부(亞父, 아버지 다음으로 존경하는 인물이라는 뜻)로 존경을 받았다. 그러나 진평(陳平)의 이간책으로 말미암아 항우로부터 유방(劉邦)과 내통한다고 의심을 받게 되자, 물러나 팽성으로 돌아가던 도중에 등창이 터져 75세의 나이로 죽었다고 한다.

3) 소진(蘇秦): 중국 전국시대의 정치가. 구변이 뛰어나 진(秦)나라에 대항하는 6국의 연합을 성공시켜 6국의 재상을 겸임하였다.

4) 곽거(郭巨): 중국 후한시대의 24효(孝) 가운데 한 사람. 극진한 효자로 노모(老母)의 굶주림을 면하게 하기 위하여, 자식을 묻으려고 땅을 파다가 황금 솥을 얻었다고 한다.

5) 맹자견양혜왕(孟子見梁惠王)하신대 왕왈수불원천리이래(王曰叟不遠千里而來)하시니 역장유이이오국호(亦將有以利吾國乎)이까: 맹자께서 양혜왕을 뵈시니 왕이 말씀하시기를 "노인께서 천리를 멀리 여기지 않고 오셨으니 또한 장차 우리나라를 이롭게 해주시려는 것입니까?" 『맹자孟子』「양혜왕장梁惠王章」의 첫 구절.

마포生麻布 적삼윗도리에 입는 홑옷으로 모양은 저고리와 똑같음 위에 개가죽 묵은 배자褙子, 저고리 위에 덧입는, 단추가 없는 짧은 조끼 모양의 옷 무릎 밑에 털렁털렁, 구멍 뚫린 중치막[6] 아랫단에 황토 묻고, 여러 대 내려오는 물건인 묵은 바지 오줌 싸서 얼룩지고, 또닥또닥 기운 버선 네 날 짚신을 동여매어 신고, 곱돌조대[7] 가운데를 쥐고 개털 모선毛扇[8]으로 얼굴을 가리고 놀보의 안방으로 점잖게 들어가는구나.

"이놈 놀보야 옛 상전을 모르느냐.

아니리

네 할아비 덜렁쇠 네 할미 허천덕이 네 아비 껄덕쇠 네 어미 허천네다 모두 종이라. 병자년 팔월에 과거 보러 서울 가고 우리 집 사랑이 비었을 때, 흉악한 네 아비놈이 가산을 모두 도둑하여 어디로 갔는지 종적으로 몰랐더니, 조선에 왔던 제비 편에 자세히 들어보니 네놈이 이곳에서 부자로 산다기로 멀다고 여기지 않고 나왔는데, 네 계집 네 자식 문안을 아니하니, 이런 변이 있단 말이냐. 이리 오너라."

"예."

범강范彊 장달張達[9] 허저許褚, 조조 수하의 용장 같은 장수들이 몽둥이 들고 꾸역꾸역 나오니, 놀보가 엎드려 애걸한다.

"여보시오 상전님, 이 동네가 양반 동네요, 아비 가세 부유하기로 양

---

6) 중치막: 벼슬하지 않은 선비가 입은 웃옷의 하나. 넓은 소매에 길이가 길고, 앞은 두 자락 뒤는 한 자락이며, 옆이 터짐.

7) 곱돌조대: 곱돌을 깎아 만든 담뱃대. '곱돌'은 광택이 있고 매끈매끈하여 절연재·도자기·내화재의 원료로 쓰는 돌.

8) 모선(毛扇): 벼슬아치가 추운 겨울날에 얼굴을 가리던 방한구. 네모 반듯하게 겹친 비단 양편에 털가죽으로 싼 긴 자루가 달렸음.

9) 범강(范彊) 장달(張達): 장비 수하의 장수들. 장비에게 매를 맞은 후 장비의 목을 베어 오나라에 항복한 인물들. 몸집이 크고 우락부락하게 생긴 사람을 이르는 말로도 쓰임.

반 행세하고 지내오니 손꼽을 만한 양반댁이 다 모두 사돈이니, 앞길을 생각하여 아무 말씀 마시옵고 속전贖錢으로 바치옵게 속량贖良, 몸값을 받고 노비의 신분을 풀어주어 양민이 되게 하던 일하여 주옵소서."

"네 말이 그러하고, 사람이라면 잘 대해주는 것이 옳으니,"

조그마한 주머니를 허리에서 끌러주며,

"아무것을 넣든지 여기만 채워오라."

놀보가

"예, 그리하오리다."

주머니를 가지고 방으로 들어가서 돈 스무 냥을 풀어놓고,

단중머리(단계)

한 줌 넣고 또 한 줌 넣고 두 줌 석 줌 넣어도 간 곳 없고, 열 줌을 넣어도 간 곳 없고, 아무 변화가 없었구나. 푼돈이라 그러한가.

자진모리(평 · 계면 · 섞임)

닷 냥을 넣어도 간데없고 스무 냥을 넣어도 간데없고, 또 열 냥을 넣어도 간데없고 아무리 넣어도 간데없다. 묶음으로 넣어보자. 스무 냥씩 묶은 묶음, 한 묶음 두 묶음 백 묶음을 한 번에 넣어도 간데없다. 놀보 기가 막혀, 이대로 허다가는 다시 몸을 팔아 종이 되어 새 상전 또 생기겠구나.

"아이고 여보시오 상전님, 이게 무슨 주머니요? 비옵니다 상전님 전 비옵니다. 상전님 덕택에 살려주오. 속전 또 바치지 이 주머니는 채울 수 없소."

아니리

"네 소원이 그러하다면 칠천 냥을 바치라."

놀보가 칠천 냥을 또 바치니, 저 양반 그 돈 받아 주머니에 들여넣으니 순식간에 간데없다. 놀보가 속량하고 생원으로 부르것다.

"여보시오 생원님 이왕 벌어진 일이니, 주머니 이름이나 가르쳐주옵소서."

"음, 이 주머니가 능천낭凌天囊, 그 속에 넣은 것은 모두 하늘로 올라간다는 주머니이라."

마루 아래로 내려가더니 갑자기 사라져 보이지 않더라.

아니리

놀보가 하는 말이,

"크게 잘되기 위해서는, 처음에는 잘못되는 일이 꼭 있으니, 여보소 역군들, 무안히 알지 말고 어서 톱질하세."

놀보가 선소리를 또 메기되 부자만 원하는데,

중머리(단계 · 홍나게)

"어기여라 톱질이야. 슬근슬근 당겨주소 어여루 톱질이야. 인간에게 좋은 것은 부자밖에 또 있는가. 요임금은 어찌하여 일 많음을 싫어하고[10] 맹자는 어찌하여 인仁하지 않으면 안 된다신고. 일 많아도 내사 좋고 인하지 않아도 내사 좋으네. 어여루 당기어라. 범려范蠡[11]의 부자되기 계연計然[12]의 남은 꾀요, 공자孔子 같은 대성현도 자공子貢[13]이 아니며는 철환천하轍環天下[14] 어찌 하며, 한태조가 영웅이나 소하蕭何[15] 곧 아

10) 요임금은 어찌하여 일 많음을 싫어하고: 고대 중국 요임금 시절은 백성들이 왕의 힘을 느끼지 않을 정도의 태평성대였음을 활용한 말임.

11) 범려(范蠡): 중국 춘추시대 말기의 정치가. 후에 은퇴하여 해변(海邊)을 일구어 거부가 되었다 함. 도(陶) 땅에서 큰 부를 이루었으므로 '도주공'이라 불렸음.

12) 계연(計然): 범려의 스승. 범려는 계연의 계책 일곱 가지 중 다섯 가지는 월나라를 위해 사용하고 나머지 두 가지는 자기 자신을 위해 사용하여 억만금의 부를 이루었다 함.

13) 자공(子貢): 중국 춘추시대 위나라의 유학자. 공자의 제자 중 제일가는 부자였으므로 경제면에서 공자를 도왔다고 함.

니며는 천하 통일할 수 있었나. 어여루 당겨주소."

아니리

역군 중에서 입바른 척하는 사람이 있는데, 이는 언청이선천적으로 윗입술이 세로로 찢어진 사람고 또 하나는 쌍언청이윗입술이 두 줄로 째진 사람가 있어 서로 하나씩 선소리를 메기는디,

중머리(단계 · 홍나게 · 재담 · 섞임)

"어여루 홈질이야. 근래 풍속 소박하여 사람마다 모두 경박이네.[16)]어여루 홈질이야."

쌍언청이가 나서는듸,

"어여루 홍길이야.[17)] 홍보의 심은 박 제비 은혜 받는 박, 놀보의 심은 박이 정녕 재물 부서질 쪽박. 어여루 홍길이야 어여루 톱질이야. 이렇게 하여보소. 어여루 홈질이야."

슬근슬근 슬근슬근 박이 딱 벌어지니,

아니리(흩은 목청 장단 없이 덩실거린다)

사당패조선 후기에 생긴 유랑 연예인 집단가 나오는데, 목청을 내서 사거리남도 선소리의 하나인 화초사거리 가락으로 (창조로 경기 민요제로)

"산천초목이 속잎이 나니 구경 가기 즐겁도다."

---

14) 철환천하(轍環天下): 수레를 타고 온 천하를 돌아다님. 공자가 13년간 철환천하할 때 자금을 댄 사람은 자공이었음.

15) 소하(蕭何): 중국 전한시대(前漢時代)의 정치가. 한고조 유방의 참모로서 전한 건국의 일등 공신이었다.

16) 근래 풍속 소박하여 사람마다 모두 경박이네: '소박(素朴)'과 '경박(輕薄)'이 '박'으로 끝나 끼워 맞춘 구절임.

17) 홍길이야: 언청이이기 때문에 '톱질이야'를 이렇게 발음한 것으로 보임.

하나가 뒤따라 나오며,

"녹양방초綠楊芳草 밝은 날[18]에 해는 어찌 더디 가며, 오동추야梧桐秋夜 성긴 비[19]에 밤은 어찌 깊었는고. 얼사절사 만들어라, 이리 흔들 저리 흔들 흔들거리고 놀아보자. 갈까보다 갈까보다 잦힌밥이 끓은 뒤에 불을 잠깐 물렸다가 다시 불을 조금 때어 물이 잦아지게 한 밥을 못다 먹고 임을 따라 갈까보다. 경방산성傾方山城, 산성의 경사진 방향 빗긴 길로 알배기 처자處子[20] 앙금살살 게게코나 침을 보기 흉하게 흘리는 모양 돌아간다."

아니리

여사당女寺黨 모양을 바라보니, 고머리머리 땋은 것으로 머리통을 한 번 두르고, 남은 머리와 댕기를 이마 위쪽에 얹은 머리 모양 곱게 빼고 명주 수건 자줏빛 수건 머리에 질끈 동이고, 연두색 저고리에 담뱃대 입에 물고, 짐꾼들은 곱게 엮은 오쟁이짚으로 엮어 만든 가마니처럼 생긴 물건에 이불보 요강 망태 기름병 달아가지고 꾸역꾸역 나와,

"소사小士 문안이오. 근래 흉년에 살 수 없어 강남으로 갔삽더니, 강남 황제 분부하기를, 너의 나라 박놀보가 삼국에 유명한 부자라니, 박통 타고 그리 가서 수천 냥을 뜯어내되, 만일 적게 주거들랑 다시 와서 아뢰어라, 분부 모시고 나왔으니 후히 주시옵소서."

놀보가 할 수 없어 한 명에 일백 냥씩 후히 주어 보낸 후에, 옆에 놓여 있던 박 한 통이 저절로 딱 벌어지더니, 각설이패장타령을 부르면서 구걸을 다니던 사람들 풍각쟁이[21] 초라니패[22]가 나오는데,

---

18) 녹양방초(綠楊芳草) 밝은 날: 버들은 푸르고 풀은 향기로운 밝은 날.
19) 오동추야(梧桐秋夜) 성긴 비: 오동잎 지는 가을밤에 드문드문 내리는 비.
20) 알배기 처자(處子): 성숙한 처녀.
21) 풍각쟁이: 시장이나 집을 돌아다니면서 노래를 부르거나 악기를 연주하며 구걸하는 사람들을 일컫는 말.

두짝거리(장타령으로)

"뜨르르르 들어왔소. 각설이라 멱서리짚으로 날을 촘촘히 만들어 쌀이나 벼 등을 담는 기구라 동서리[23]를 짊어지고 죽지도 않고 찾아왔소. 옥동도화만수춘玉洞桃花萬樹春[24] 가지가지가 봄바람. 어품바 잘한다. 오르고 내리고 나리매장[25] 다리 아파 못 보고, 흰오얏꽃 옥과장玉果場 눈이 희어서 못 보고, 노란 버들 김제장金堤場 부창부수夫唱婦隨 화순장和順場[26], 시화연풍時和年豊 낙안장樂安場[27] 쑥 솟았다 고산장高山場, 철철 흘러 장수장長水場 삼도도회三道都會 금산장錦山場[28], 일색춘향一色春香 남원장南原場 십리오리十里五里 장성장長城場[29], 애고애고 곡성장谷城場[30] 코 풀었다 홍덕장興德場, 불은 타도 원주장原州場[31] 탁주濁酒를 먹어도 청주장淸州場, 돈을 냈어도 공주장公州場[32]."

살만 남은 헌 부채로 뒤꼭지를 탁탁 치며,

"잘한다 잘한다 이러니 저러니 하여도 초당草堂 삼간 지어놓고 말관 쓰고 한 공부[33] 미끈미끈 잘한다. 네가 저리 잘할 적에 네 선생이 오죽

22) 초라니패: 음력 섣달그믐날 밤에 대궐에서 악귀와 사신(邪神)을 쫓아내기 위해 나례의식을 베풀 때 그 의식을 거행하는 자였으나 후에 마을을 돌며 집집마다 들러 장구도 치고 '고사 소리'를 부르며 동냥을 하던 유랑 연예인패.

23) 동서리: "각설이라 멱서리라"에 이어 지어 붙인 말. '동'은 겨울을 뜻하는 듯함.

24) 옥동도화만수춘(玉洞桃花萬樹春): 옥동의 복사꽃과 온갖 나무에는 봄이 가득하네.

25) 나리매장: '나리매'에 서는 장. '나리매'는 지명인 듯하나 어디인지는 불명. 오르고 내린다는 수식어는 '나리매'라는 지명을 흥취 있게 꾸며주는 말임.

26) 부창부수(夫唱婦隨) 화순장(和順場): 남편이 노래를 하면 부인이 따라한다는 뜻의 '부창부수'라는 말을, 따른다는 뜻이 있는 '화순(和順)'이라는 말과 관련지은 것임.

27) 시화연풍(時和年豊) 낙안장(樂安場): '낙안'은 전남 순천에 있음. 나라가 태평하고 해마다 풍년이 든다는 '시화연풍'이라는 말을 '낙안'이라는 말과 관련지은 것임.

28) 삼도도회(三道都會) 금산장(錦山場): 전라, 충청, 경상 세 도의 사람들이 모두 모이는 금산장.

29) 십리오리(十里五里) 장성장(長城場): 십리, 오리 등은 '장성'의 장(長)과 관련지어 덧붙인 것임.

30) 애고애고 곡성장(谷城場): '애고애고'는 '곡성'을 곡성(哭聲)으로 풀이하여 덧붙인 것임.

31) 불은 타도 원주장(原州場): 미상.

32) 돈을 냈어도 공주장(公州場): '돈을 냈어도'는 '공주'의 '공'을 '공(空)'으로 보아 덧붙인 것임.

33) 말관 쓰고 한 공부: '말공부'를 뜻하는 것이 아닌가 함. '말공부'는 '어떤 문제의 해결이나 실천에 도움을 주지 못하고 부질없이 빈말을 일삼음. 또는 그 말'을 뜻함.

하라. 네 선생이 나로구나. 잘한다 잘한다 품바 잘한다."

아니리

한참 이리 노닐 적에, 한편에서는 고사告祀[34] 초라니가 덤벙이는데 구슬상모象毛[35] 담벙거지[36] 되게 맨 통장고장고의 통을 두 짝으로 만들어 붙인 것이 아니라 한 조각의 나무로 깎아 만든 장고를 턱 밑에 되게 메고,

반중중(각설이타령 섞임)

"꽁그락꽁 꽁꽁 꽁꽁 꽁꽁 꽁꽁 꽁그락꽁 꽁꽁, 소상에 반죽 꽁그락 꽁꽁꽁꽁, 열두 마디 꽁그락공 꽁꽁. 구름 같은 댁에 꽁그락꽁 꽁꽁, 신선神仙 같은 나그네 왔소. 에헤라 액厄이야 액이야 중천액中天厄, 하늘 한가운데에서 오는 액을 막자. 정월 이월에 드는 액은 삼월 삼일에 막아내고, 사월 오월에 드는 액은 구월 구일에 막아내고, 시월 동지 드는 액은 납월臘月 납일臘日[37]에 막아내고, 매월每月 매일每日 드는 액厄은 초라니 장구로 막아내세."

〈말로〉 놀보가 보다가 하는 말이,

"야 이 초라니들아, 액막이고 무엇이고 모두 다 귀찮다. 다들 물러가거라."

초라니패들이,

"그러면 사당패 솔패 풍각쟁이 각설이패 각각 일천 냥씩을 내놓으

---

34) 고사(告祀): 액운(厄運)은 없어지고 풍요와 행운이 오도록 집안에서 섬기는 신(神)에게 음식을 차려 놓고 비는 제사. 여기서는 이러한 고사를 하는 초라니패를 꾸미는 말로 쓰임.

35) 상모(象毛): 벙거지의 꼭지에다 참대와 구슬로 장식하고 그 끝에 해오라기의 털이나 긴 백지 오리를 붙인 것.

36) 담벙거지: 털벙거지. 짐승의 털을 다져서 담(毯)을 만들고 그것을 골에 넣어 만든 모자. '담'은 짐승의 털을 물에 빨아서 짓이겨, 편평하고 두툼하게 만든 조각.

37) 납월(臘月) 납일(臘日): '납월'은 섣달, '납일'은 동지 뒤의 셋째 술일(戌日).

시오."

놀보가 할 수 없이 집문서까지 다 잡히어 오천 냥을 갖다주었구나. 갖다주니 문밖에 나서면서 갑자기 사라져 보이지 않는구나. 유랑패들 보낸 후에 놀보댁이 옆에 앉아,

"아이고 아이고."

통곡하고,

"남은 박은 내버리시오."

역군들도 무색하여 만류한다.

"그만 타오 그만 타오. 이 박을 그만 타오. 삼도에 유명한 자네 재산 하루아침에 다 없앴으니 만일 이 통 또 타다가 무슨 재변災變 또 나오면 무엇으로 막을까. 제발 덕분 그만 타오."

아니리

고집 많은 놀보가 가세는 망하여도 성정은 안 풀리어,

"너의 말이 보잘것없다. 천금의 돈을 쓰면 다시 돌아오기 마련[38]이라는 말이 옛 문장가의 말씀이거든, 빼던 칼 도로 꽂기 장부 할 일인가. 기어이 타볼 테네."

중머리

"슬근슬근 당겨주소 에여루 톱질이야. 초패왕楚霸王, 항우(項羽) 장감章邯[39] 칠 제, 삼일 먹을 양식만 가졌으며, 한신韓信이 진여陣餘[40] 칠 제, 배수진

---

38) 천금의 돈을 쓰면 다시 돌아오기 마련: 원문은 "천금산진환부래(千金散盡還復來)". 이백의 「장진주將進酒」의 한 구절.

39) 장감(章邯): 진(秦)나라 장수. 처음에는 항우의 숙부 항량을 죽이는 등 승전했으나, 나중에는 항우에게 패함.

40) 진여(陣餘): 진(秦)나라 사람. 진승(陳勝)에 응해 장이(張耳)와 함께 조왕(趙王)을 세웠으나 한신에게 패하여 죽었음.

이 영웅이라. 어여루 톱질이야. 정녕코 좋은 보물 이 박통 속에 있을 테니, 해 덜 저물었을 때 한힘 써서 당기어라. 어여루 톱질이야."

아니리

박이 반만 벌어지니 불시에 상여 소리가 나오는데,

중머리(계면)

땡그랑 땡그랑

"어넘차 너하너 어너 어너 어허너 어이 가리 넘차 너화너, 강남에서 수천 리 오는 길에 고생도 하였더니, 박통 문이 열렸으니, 안장처安葬處, 편안하게 장례 지낼 곳가 어디신고. 어허너 어허너 해는 지고 구름 낀 가운데 비 올 기미 있구나, 앙장仰帳, 천장이나 상여 위에 치는 휘장 떼고 우비 껴라."

땡그랑 땡그랑,

아니리

요란하게 나오더니,

"여봐라."

상여꾼들 벽력같이 외치는 소리,

"주인 놀보 어디 갔나? 큰 병풍 치고 제사상 놓고 촛대에 밀초 켜고, 향로에 향 피워라. 방 더울라 불 때지 말고, 고양이 들어갈라 구들을 막아라."

이런 야단이 없구나. 놀보 넋을 잃어 처자를 데리고 상제喪制, 부모나 조부모가 세상을 떠나서 거상 중에 있는 사람에게 문안하고 공손히 묻자오되,

"어떠한 상례 행차인지 내력이나 아사이다."

상제가 대답하되,

"오 네가 박놀본가?"

"예."

"우리 댁 노생원님이 너를 찾아보시려고 첫 박통 속에 행차하셔서, 너를 속량하여주고 돌아오신 후에, 노인이 병환으로 하루 내에 별세를 하시는데, 놀보의 안방 터가 매우 좋은 명당이라, 내 말 하고 찾아가면 반겨 허락할 것이니, 그리고 신적信迹, 믿을 만한 표적을 가지고 가라고 유언하시기로 천 리를 멀다 않고 찾아왔다."

소매에서 능청주머니능천낭를 슬그머니 내놓으니 놀보가 이것 보니 송장보다 더 밉고 징한지라, 꿇어 엎드려 쉽게 비는데,

중머리(계면 · 재담 · 섞임)

"아이고 상제님 상제님 소인 살려주옵소서. 노생원님 하신 유언 임종 시에 하셨으니, 정신이 혼미하야 잊어버리고 한 말씀이니, 상제님 살려주옵소서. 산이치山理致, 묏자리의 위치에 따라 재앙과 복이 생긴다는 이치로 할지라도 이 집터가 명당이면 하루아침에 집이 망하오리까. 운이 다한 땅이오니, 내 집보다 더 좋은 명당 가르쳐드릴 터이니 그리로 가시기를 바라나이다."

"이놈 그곳이 어디란 말인고?"

"여기서 멀지 않은 곳으로 마을 이름은 복덕촌에 박흥보 집이온데, 그 터 명당 덕으로 억십만금 하루아침에 부자가 된 천하제일가는 명당이오니, 그리 가옵소서."

"이놈 놀보야. 그것은 내가 생각할 일이요. 네 원이 그러하면 묏자리 쓸 땅값을 돈으로 대신 바친다고 하였지."

아니리

"예 예. 바치오리다."

"그럼 삼만 냥을 곧 바치어라. 너 이놈 이 능청주머니에다 넣어 갈

것이다."

놀보 질겁하야

"예 예. 바치오리다."

놀보가 밖으로 뛰어나가서 삼만 냥을 빚을 얻어,

"상제님 받으시오."

돈을 받고 두어 걸음 나가더니, 갑자기 사라져 보이지 않더라. 상여 행차 보낸 연후에 남아 있는 박통 또 타려고 달려드니 놀보 마누라 만류한다.

중머리(단계성)

"타지 맙소, 타지를 마소. 그 박씨에 쓰인 글자 갚을 보報 자 원수 구仇 자 원수 갚자 한 말이라, 탈수록 망할 테니 제발 그만 타지 마소. 부모님이 모은 세간 잡것들에게 다 뜯기니, 이럴 줄 알았더면 시아재 굶을 적에 도와주지 아니하였을까. 만일 잡것 또 나오면 아무것도 가진 것 없는 우리 신세 무엇으로 감당할까. 가련한 우리 부부 목숨까지 없앨 테니 내 허리를 함께 켜소."

그 자리 엎드려 슬피 운다.

아니리

놀보가 그제는,

"여보소 톱질꾼들, 줄 풀어 톱 치우고 저 박통을 어디다 멀리 가서 내버리소."

한참 이리할 제,

자진모리(엄우조)

뜻밖에 야단난다. 박통이 떡 벌어지며, 대포수大砲手, 군중(軍中)에서 대포를 쏘던 군사 (예) 포문을 열고 세 발을 쏘라. 대포 소리 쿵캉캉 수많은 병사와 말을 거느리고 한 대장이 나오는데, 신장은 팔 척이요 얼굴은 먹빛 같고 표범머리 제비턱밑이 두툼하고 널찍하게 생긴 턱 고리눈[41] 다박수염다박나룻. 다보록하게 난 짧은 수염 황금투구 쇄자갑鎖子甲옷갑옷의 하나. 사방 두 치 정도 되는 돼지가죽으로 된 미늘을 작은 고리로 꿰어 만들었음 장팔사모장창丈八蛇矛長槍[42]을 번듯 들고, 우레 같은 큰 소리를 벽력같이 크게 소리 지르며,

"이놈 놀보놈아, 네 나를 모르리라. 한나라 말세에 천하가 시끄러울 때, 유관장劉關張 세 영웅이 도원桃園에서 결의하고 한나라 왕실을 부흥시키자, 천하를 돌아다니던 삼형제 중 막내 오호대장五虎大將[43] 둘째 되는 탁군涿郡 땅 장익덕張益德 장비장군[44] 용맹을 아느냐 모르느냐. 천하에 중한 의가 형제밖에 또 있느냐. 네놈은 웬 놈으로 형제를 박대하고 구박하여 쫓아냈으니, 엎드려 칼 받아라. 그도 그리하지마는, 곡식에 해가 없고 사람을 유달리 따라 죄 없는 제비 다리 생다리를 꺾어놓고 그저 받고자 하였으니, 그 죄 어찌 용납하랴.

엇머리

내가 본래 생긴 모양, 제비턱을 가졌기로 제비를 사랑터니, 제비 말을 들어본즉, 생다리를 꺾었다니, 불꽃 같은 내 성미에 제비 왕께 자원하고 너 죽이러 여기 왔다. 어서 목을 바치거라."

---

41) 고리눈: 동그랗고 커다란 눈. 놀라거나 화가 나서 휘둥그레진 눈. 주로 동물들의 눈 중 눈동자의 둘레에 흰 테가 둘린 눈을 말함.

42) 장팔사모장창(丈八蛇矛長槍): 길이가 일 장 여덟 자가 되는 사모장창. '사모장창'은 창끝이 뱀의 머리처럼 세모로 된 긴 창을 말함.

43) 오호대장(五虎大將): 『삼국지연의』에 나오는 용맹스런 다섯 장군. 관우, 장비, 조운, 마초, 황충.

44) 장익덕(張益德) 장비장군: 장비(張飛). 중국 삼국시대 촉한(蜀漢)의 장수. 자는 익덕(益德).

아니리

놀보가 겁이 나 그 자리에서 졸도하여 넋을 잃었는데, 그때 마당쇠가 진작 흥보씨 댁에 달려가서 이 말을 전했것다. 흥보 소식을 듣고 급히 달려와서 장군 앞에 엎드려 비는데,

중머리

"아이고 장군님 살려주오. 비나이다 비나이다 장군님 전에 비나이다. 소인의 형의 죄는 벌을 받아 마땅하오나, 태어난 날은 다르지만 죽는 날은 같이함은 장군님의 의리이오니, 소인인들 모르리까. 또한 형제는 한 몸이오니 형의 죄를 대신하여 제 한 몸을 죽여주사이다."

소리 놓아 통곡하며 슬피 운다.

아니리

장군, 이에 감탄하시고 말씀하시되,

"우리 둘째형 관공께서 여몽呂蒙 간계奸計[45]에 별세하심이 하늘에 사무치는 한이더니, 오늘날 흥보씨 마음, 불측무도不測無道, 지켜야 할 도리를 지키지 않음이 헤아릴 수 없을 정도임한 놀보 형에게 죽기로 결단하고 공경하니, 나도 우리 둘째형님 생각 간절하여 눈물이 나는구려. 흥보씨 말씀 듣고 놀보를 용서하고 지금 곧 떠나겠소."

장군 떠나간 후로 놀보가 맥이 돌아들어 정신을 차리더니, 흥보의 손길 잡고,

"아이고 동생. 내 눈에 이제야 동생으로 확실하게 눈에 보이네. 이전

45) 여몽(呂蒙) 간계(奸計): '여몽'은 중국 삼국시대 오(吳)나라의 장수. 형주의 통치와 방어를 맡고 있었던 관우가 독자적으로 위나라 정벌에 나섰다가 여몽이 이끄는 오나라에 패하여 형주를 빼앗기고 관우 자신도 포로로 잡혀 죽었다. 이때 여몽은 관우가 마음을 놓도록 하기 위하여 병이 든 것처럼 속여 물러간 바 있다.

에 지은 죄를 반성하겠으니, 동생, 형을 용서하소."

엇중머리

놀보가 그날부터 개과천선하였으며, 흥보씨 어진 마음, 극진히 형을 위로하고 세간을 반으로 나누어 우애롭게 지내는 모양, 누가 아니 칭찬하리. 도원桃園의 빛난 의기義氣 천고千古에 유전遺傳하여, 놀보의 흉측한 마음 감동하게 하시오니, 천세만세 빛이 나리. 흥보씨 어진 행실 노래로 세상에 전해오니, 이 아니 빛날쏜가. 더질더질.[46)]

46) 더질더질: 판소리를 끝맺을 때 쓰는 말인데, 그 뜻이나 정확한 어원은 알 수 없다.

옹고집전

옹고집이 된 사연

옹고집은 영남 땅 맹랑촌에 사는 사람으로 부자이기는 하나 성격이 고약하기 짝이 없는 인물이다. 부친이 병들어 누워 있을 때도 병구완 한 번 하지 않는 아들이며, 동냥 한 줌 주지 않고 걸인들을 쫓아내고 특히 중들은 결박해서 볼기까지 친 뒤 내쫓는 인색한 이다. 『옹고집전』의 작자는 이러한 인물에 대해 부정적인 시각을 지니고 있다. 이 작품은 옹고집이라는 반인륜적이고 반사회적인 인물을 풍자의 대상으로 삼고 있다.

중국 청나라 옹정雍正[1] 말년에 조선 영남 땅 장동 맹랑촌孟浪村[2]에 한 양반이 살았다. 성은 옹씨雍氏요, 자字는 '담창南昌은 고군故郡[3]'이라 할

---

1) 옹정(雍正): 중국 청(清)나라 제5대 황제(1722~1735) 옹정제(雍正帝)가 다스리던 때의 연호. 옹정의 '옹(雍)' 자가 옹고집의 성으로 설정된 '옹(壅)' 자와 음이 같아 작자가 이 연호를 일부러 선택한 것임.

2) 맹랑촌(孟浪村): 허망하고 실상이 없다는 뜻의 '맹랑하다'의 어근을 가져와 가상적으로 만든 마을 이름.

3) 담창(南昌)은 고군(故郡): '남창(南昌) 고군(故郡)'의 잘못. 남창은 옛 고을이라는 뜻. 왕발(王勃)이 지은 「등왕각서滕王閣序」의 첫 구절임.

때의 '담' 자[4]와 '강남풍월江南風月'이라는 말의 '풍' 자를 써 한꺼번에 부르면 옹담풍이라 하였다. 그 양반이 도대체 성격이 고약하여 남의 말은 제게 이익이 되든 손해가 되든 듣는 일이 없는 고로, 별명을 옹고집壅固執이라 하더라.

이 사람 딴은 고약하되 타고난 복은 대단하여 사는 집치레집을 보기 좋게 꾸미는 일 볼작시면, 팔작八作 고래집[5]에 가는 살로 만든 창을 덩그렇게 달아두고, 앞뒤로 여러 색깔을 띤 화초는 바람결에 춤을 추고, 초당草堂 앞에 연못이 있어, 동방동방 오리 등과 질룩질룩 거위는 때를 찾아 울음 운다. 방안치레 볼작시면, 푸른 비단 벽에 흰 비단 띠를 두르고 흰 비단 벽에 푸른 비단 띠를 둘렀는데, 왜경倭鏡 대경大鏡 각게수리[6] 자개함롱函籠[7] 반닫이[8]며 이층장 서랍이며 삼층장 반닫이를 좌우로 벌여놓았다. 놋그릇 등 물건 볼작시면, 칠첩[9] 오첩 놋 반상기飯床器, 격식을 갖추어 밥상 하나를 차리게 만든 한 벌의 그릇를 층층이 괴어두고, 집 가까이 있는 기름진 논 천여 석지기는 한 물꼬논에 물이 넘나들도록 만든 어귀로 연결했다. 남녀 노비, 소, 말 등은 수없이 많다. 형세形勢는 그러하나 간사하고 모지던가, 일가친척 사방 사람이 하나도 방문하는 이 없는지라.

그렇게 지내던 중 그의 부친 병이 들어 밤낮으로 고생하되, 간병하는 예절 전혀 없다. 병석에 누워서 하는 말이,

"보고지고 보고지고 우리 옹고집을 보고지고. 나는 뉘며 너는 뉘냐.

---

4) '담' 자: 지은이가 '남창'을 '담창'으로 잘못 안 데서 온 것임.

5) 팔작(八作) 고래집: 규모가 큰 집. 지붕의 네 귀에 추녀를 달아 지은 집을 팔작집이라 함.

6) 각게수리: 가케스즈리. 우리말로는 '왜궤(倭櫃)'. 패물과 주요 문서를 보관하는 궤로 대개 내부에 서랍이 있고 겉에 여닫이문을 단다.

7) 자개 함롱(函籠): 자개를 박은 함롱. '함롱'은 옷을 담는 큰 함처럼 생긴 농.

8) 반닫이: 앞의 위쪽 반만 열리게 된 궤짝. 의류·두루마리문서·서책·유기류(鍮器類)·제기류(祭器類) 등을 보관, 저장하는 기구로 사용하였다.

9) 칠첩: 칠첩반상. 밥·국·김치·장류·조치(찌개와 찜) 외에 숙채·생채·구이·조림·전유어·마른반찬·회를 담은 접시의 수효가 일곱인 밥상. 또는 그 그릇 한 벌.

네 아비가 아닌가. 천지개벽한 이후로 부자 정이 좋다 하건마는, 너를 두고 볼작시면 모두 다 헛말이라. 처음에 일등 논밭 다 네게 넘겨 맡길 때, 말년 아들 덕 보려 했으나 호강은 고사하고 병든 애비 간병조차 못 할쏘냐. 봉사 불러 독경讀經, 불경 등을 읽음으로써 악귀를 쫓는 무속 의례의 하나하기와 무녀巫女 시켜 굿하기도 얼마나 대단하냐. 백미 서 말 들이면 넉넉히 하련마는 하지 않으니 어쩔 수 없다. 패독산敗毒散, 감기와 몸살을 다스리는 한약 한 첩에는 한 돈 오 푼 하지 않고 개 한 마리에는 한 냥 안짝, 그도 설마 못 할쏘냐. 죽을밖에 어쩔 수가 없다. 배고프다 죽 쑤어라. 목마르다 물 더 달라. 애고애고 설운지고. 형세 있다 좋다는 놈과 자식 있다 좋다는 놈은 역적 쇠아들놈이로다."

이처럼 강하게 꾸짖을 때, 옹고집 지나다가 이 말 귀에 얼핏 듣고 화가 나서 하는 말이,

"죽을 쑤면 몇 동이나 먹을 것이며 물을 떠 오면 몇 동이나 먹을는고. 어디서 뉘 아들놈이 병든 사람 귀에 대고 패독산 한 첩에 한 돈 반씩[10]과 개 한 마리에 돈 한 냥 안짝 주고 산단 말을 하였는고. 아무 놈이라도 그 말 이른 놈이 우리 어른과 같은 때에 손님한마마한, 곧 천연두를 앓은 놈이라."

하고, 악을 쓰고 지나갈 제, 효성스런 일 전혀 없다. 집 앞에 걸인 오면 동냥 줄 듯이 세워두고 끝판에는 동냥 한 줌 아니 주고 별매로뜻밖의 매로, 특별한 매로 쫓아내고, 사랑에 과객過客 오면 황혼이 되었으니 '불쌍하다 저 과객아 어디로 가단 말가', 심술궂게 쫓아내고, 가장 특별한 일은 중놈의 경우라. 중만 보면 왈칵 뛰어 내달아 염주 목탁을 광광 부수고 실컷 차고, 힘 있는 여러 종놈에게 분부하여, 이 중놈 빈틈없이 묶고 나무송곳 끝으로 두 귀에 구멍을 뚫어 꿰고 모과나무 심사[11]로 고두쇠작두나 협

10) 한 돈 반씩: 앞서 "한 돈 오 푼 하지 않는다"는 말을 다시 거론한 것임.

도의 머리에 가로 끼우는 쇠 박아 뜰 아래 꿇어앉혀 정강이를 때리고 볼기 쳐 저 대테[12] 멘 채로 쫓아낼 제, 중만 보면 이리하니 팔도강산 중놈들이 여기저기 걸식해도 그 동네에는 가는 일이 없는지라.

11) 모과나무 심사: 모과나무처럼 뒤틀려서 심술궂고 순순하지 못한 마음씨를 이르는 말.
12) 대테: 주머니에 콩을 넣은 후 그것을 머리에 묶고 거기에 물을 뿌려 콩을 불려서 머리를 조임으로써 고문하는 기구 혹은 그 일.

도승을 학대하는 옹고집

이때 한 도승이 옹고집의 악명을 듣고 정말 그런가 알아보기 위해 옹고집을 찾아간다. 도승이 옹고집의 관상을 보고 그리 좋지 않다고 하자, 화가 난 옹고집은 매를 쳐서 도승을 내쫓는다. 도승은 어처구니없어하며 절로 돌아간다. 여기서 도승은 결국 옹고집의 잘못을 뉘우치게 하는 초월적 존재로 설정되어 있다.

각설却說[1]이라. 이때에 강원도 개골산皆骨山, 겨울의 금강산을 이르는 말 극락암자에 영불화상이란 중이 있었는데, 술법術法이 기묘한 도승이라, 육경갑육정육갑(六丁六甲). 둔갑술을 할 때 부르는 신장(神將)의 이름과 오방신장五方神將[2]을 임의로 부르는지라. 그 도승의 거동 보소. 팔도 명산대천名山大川을 뜬구름같이 다닐 적에, (동편에는) 개골산이요, 남편에는 지리산이요, 구월산九月山과 묘향산妙香山은 팔도 중의 명산이라. 사방으로 구경할 제, 백팔염

1) 각설(却說): 말이나 글 따위에서, 이제까지 다루던 내용을 그만두고 화제를 다른 쪽으로 돌림.
2) 오방신장(五方神將): 다섯 방위를 지키는 다섯 신. 동쪽의 청제(青帝), 서쪽의 백제(白帝), 남쪽의 적제(赤帝), 북쪽의 흑제(黑帝), 중앙의 황제(黃帝)다.

주百八念珠 목에 걸고 구절죽장九節竹杖, 마디가 아홉인 대나무로 만든, 중이 짚는 지팡이 손에 들고 성긴 노실, 삼, 종이 따위를 가늘게 비비거나 꼬아 만든 줄로 총총[3] 맺은 송낙예전에 여승이 주로 쓰던, 송라를 우산 모양으로 엮어 만든 모자을 두지질근 눌러쓰고 자주바랑[4] 들어메고 죽백竹帛 장삼長衫[5] 떨쳐 메고, 목탁을 뚜드리며 영남 땅으로 내려갈 제 바람결에 들리는 말이,

'장동 맹랑촌 옹고집 옹생원이 평생에 중만 보면 동냥은 고사하고 형벌이 매우 심하다.'

하거늘, 그 진위를 알아보자 하고, 그 마을 찾아갈 제, 맹랑촌을 내려가서 옹생원집 앞에 당도하여 목탁을 뚜드리며,

"나무아미타불. 이런 댁에서 동냥 한 줌 하옵소서."

하니, 종할미 썩 나서며,

"여봐라, 저 중이 소문도 못 들은 중이로다."

하거늘, 그 도승의 거동 보소. 그 말을 짐작하고도 짐짓 모르는 체하고 가지 아니하며 얼굴빛도 바꾸지 않고 하는 말이,

"소승은 다름이 아니라 강원도 개골산 극락암자에 사는데, 법당法堂이 뒤집어지고 암자가 낡아서 거의 폐사廢寺, 못쓰게 되어 중이 거의 없다시피 한 절가 되었기에 다시 고치려 하되, 재정이 부족하와 권선勸善, 불교에서 절을 짓거나 불사를 하기 위해 선심 있는 사람에게 보시를 청하는 일을 행하여 이리저리 다니다가 댁집이 팔도에 유명한 부자라 하기에 천 리를 멀다 하지 않고 왔사오니, 시주 많이 하셔서 권선에 치부置簿, 돈이나 물건의 드나드는 것을 적음하시면 백배사례百拜謝禮하겠습니다."

수륙재水陸齋, 불교에서 물과 육지의 홀로 떠도는 귀신들과 아귀(餓鬼)에게 공양하는 재 할 때처

3) 총총: 촘촘하고 많은 별빛이 또렷또렷한 모양. 군데군데 헝겊으로 기운 모양을 표현한 것.
4) 자주바랑: 자줏빛 바랑. '바랑' 은 중이 등에 지고 다니는 자루 같은 큰 주머니.
5) 죽백(竹帛) 장삼(長衫): 대쪽이나 헝겊으로 만든 장삼. '장삼'은 검은 베로 길이가 길고 품과 소매를 넓게 만든, 중의 웃옷.

럼 팔만대장경을 휠썩 펼쳐놓고 소리 좋은 강철 솥을 뚜드리며 좋은 말로 축원하되,

“조선국 영남 땅에 옹씨 가문이 수부귀다남자壽富貴多男子, 오래 살고 부유하고 귀하며 아들이 많음하와 만세무량萬歲無量, 헤아릴 수 없이 오래 삶 후에 극락세계極樂世界로 평안히 행차하옵소서. 나무아미타불.”

이렇듯이 애걸할 제, 옹생원이 별당別堂에 누웠다가 소리에 깜짝 놀라 두 주먹을 불끈 쥐고 두 눈을 부릅뜨며 창을 밀치면서,

“네 어인 중놈이냐.”

호령이 요란하니, 도승이 옹생원을 보고 두 손바닥을 마주 대고 절하며,

“소승 문안이요.”

하니, 옹생원이 중놈을 찬찬히 보고,

“거 있지.”

다른 생각을 품고 물은 말이,

“네가 법승法僧이 아니냐. 무슨 재주 있느냐?”

도승이 대답하되,

“소승이 재주 없사오나 약간 상相, 관상에서 얼굴이나 체격의 됨됨이을 보옵니다. 생원님의 상을 보오니 대단하오이다.”

하니, 옹생원 하는 말이,

“네 만약 그러하면 내 상을 자세히 말하라. 만일 추호秋毫라도 그릇하면 엄형嚴刑을 당하리라.”

하니, 도승 생각하되, ‘이놈의 성품을 기대와 어긋나게 말하리라’ 하고, 상을 보는 체하다가,

“하늘에 해와 달이 있듯 사람에게는 두 눈이 있고, 땅에 풀과 나무가 있듯 사람에게는 모발毛髮이 있소. 천지만물 중 평범하지 않은 제일지상第一之相이오마는, 아주 파탄破綻할 흠이 있으니 허물 말고 들으소서.

코끝이 뾰족하니 간사한 일 많을 것이요, 시부인 조조하니[6] 남의 말은 아니 들을 것이요, 건공이 공처하니[7] 아버지가 먼저 죽을 것이요, 눈 아래가 두툼하지 않으니 자손 두지 못할 것이요, 양 눈썹 사이가 내릉[8] 하니 형제가 화합하지 못할 것이요, 낯빛이 어둡고 검으니 부모에게 불효할 것이요, 눈 속이 흐릿하니 중만 보면 원수같이 할 것이요, 등이 굽고 배가 고프니 늙은 뒤의 팔자가 순탄치 못하여 칠십 전에 죽을 터이니 그만 살고 죽으시오."

하니, 옹생원 이 말을 듣고 성을 내어 노복 등을 보고,

"고노야 대갈쇠[9]야, 말할 수 없이 흉측한 저 중놈을 아주 결박結縛하라."

하니, 저 종놈 거동 보소. 벌떼같이 달려들어 도승의 양편 귀를 이놈 잡고 저놈 잡고 뻥 내두르며,

"중놈 잡아들였나이다."

하니, 옹생원이 큰 소리로 꾸짖어 하는 말이,

"네 이 중놈 들어보라. 머리를 깎고 중이 되어 이른바 수자지사점을 치고 상을 보아주는 사람이라는 뜻인 듯함라 하고, 무엇을 아는 체하고 자주바랑 들어메고 구절죽장 손에 들고 백팔염주 목에 걸고, 알지도 못하는 상을 본다 하고 임의로 절 밖에 다니면서, 숫놈순박하고 어수룩한 사람 하나 보면 상을 보아 돈과 쌀을 탐내어 주막을 돌아다니며 개장국에 술을 먹기와 계집

---

6) 시부인 조조하니: 미상.
7) 건공이 공처하니: 미상.
8) 내릉: 미상. 관상학에서 인당(양쪽 눈썹 사이)에, 만약 눈썹이 산란하고 지저분하여 보기 흉함이 있으면 형제간 우애가 없으며, 눈썹의 첫머리가 닭이 싸울 때 털이 선 것처럼 역립된 사람은 자신만 알고 형제간의 우애를 찾아볼 수 없는 비정한 사람이라 함(류래웅, 『관상학개론』, 창원출판사, 1992).
9) 대갈쇠: '대갈'은 말굽에 편자를 신기는 데 박는 징. '대갈쇠'는 '대갈마치'가 아닌가 생각되는데, 대갈마치는 '온갖 어려운 일을 많이 겪어서 아주 여무진 사람'의 비유임.

질 임의로 하는 놈이 무슨 재주 있는고. 별매를 골라 들고 각별히 매우 쳐라."

하고,

"네 나이 몇 살인고."

하니, 도승이 대답하되,

"소승 나이 삼십이로소이다."

옹생원 하는 말이,

"나이 삼십이니 태장笞杖, 태형(笞刑)과 장형(杖刑)을 아울러 이름 삼십도 가히 마땅한 일이라."

별장別杖으로 삼십 대를 친 연후에 꼭지 질러 내쫓으니, 도승이 어처구니없어 분한 마음을 겨우 참고 본사本寺로 돌아오니,

옹고집을 어떻게 징계할 것인가

도승이 돌아와 상좌 등에게 자신이 당한 일을 얘기하니 상좌 등이 옹고집에게 복수할 방법을 의논한다. 도승은 그들의 의견을 물리치고 짚으로 가짜 옹고집을 만들어 그를 징계하는 방법을 택한다. 이 방법은 옹고집으로 하여금 스스로 자신의 잘못을 깨닫고 새로운 인물이 되게 하는 것이었지, 불교적 깨우침을 얻게 하는 데 있는 것은 아니었다. 징계 방법의 의논이 허황된 모습을 띠는 것도 이와 관계가 있다.

상좌上佐. 스승의 대를 이을 여러 중 가운데에서 가장 높은 사람 등이 내달으며,

"스님, 평안히 다녀오셨습니까? 오시는 길에 영남 땅 맹랑촌 옹고집이라 하는 사람 집에 다녀오셨습니까? 그놈의 소문이 앉아 듣기 괴괴하니 알고 싶어 묻습니다."

도승이 대답하되,

"아따, 그러한 봉패逢敗가 없다. 그놈의 집을 갔더니 들리는 말과 같더라. 내가 그놈에게 무수한 치욕을 당하고 거기서 분한 마음을 이기지 못하여 풀고 싶되 대인大人. 말과 행실이 바르고 점잖으며 덕이 높은 사람의 도리가

아니기로 달게 받고 왔거니와, 그놈을 살려두면 불도佛道가 허사虛事요 도승이 짐승이라, 너희들도 각기 생각하여 계교를 아뢰라."
하니, 상좌 등이 내달으며 하는 말이,
"그렇잖은 일 있소. 넓은 천지간에 그런 놈이 있으면, 우선 염라대왕께 전갈하여 옹가놈을 잡아다가 무슨 죄목罪目을 물론하고 오륙 년을 가두다가 죽임이 옳소이다."
도승이 말하되,
"아서라 그는 너무 볼강스럽다[1]."
또 한 상좌 내달으며,
"그렇잖은 수가 있소. 내 몸이 변하여 가벼운 보라매가 되어 푸른 하늘에 높이 떴다가 맹랑촌을 여러 번 내려가서, 옹가놈 집 위에 동동 떠다니다가 옹가놈이 얼른거리면 잠깐 내려가서 사정없이 두 발톱으로 옹가놈의 대갈빡머리통을 속되게 이르는 말을 쫄 적에, 한 발로는 상투 쥐고 한 발로는 코를 쥐고 날개로는 뺨을 치고, 스님 몰라본 죄로 두 눈을 꽉꽉 쪼아 먹물이 푹푹 솟아나게 하오리다."
"아서라. 그도 안 될 말이라. 그놈의 집을 살펴보니 누렁이 거멍이 삽살개 목포리 백사이[2] 일등개가 많이 있더라. 왈칵 달려 물어 죽이면 내 상좌만 잃게야."
또 한 상좌 내달으며,
"이 말 저 말 다 버리고 내가 금강산 범이 되어 맹랑촌을 살금살금 찾아가서, 삼경三更, 밤 열한 시에서 새벽 한 시 사이 깊은 밤에 은근이 숨었다가, 놈이 얼른거리면 왈칵 달려들어 소리치며 산 채로 잡아다가 삼킨 후에, 우리 절로 돌아와서 도로 게워놓고 무수히 조이다가 죽여 없앰이 옳소이다."

1) 볼강스럽다: 어른 앞에서 버릇없고 공손하지 못한 태도가 있다.
2) 목포리 백사이: 개를 일컫는 말인 듯하나, 미상.

도승이 말하되,

"그 말도 안 될 말이다. 그놈의 이종사촌놈이 그 고을 군감관軍監官, 군사(軍事)를 감독하는 직책이라, 밀대같이 좋은 총을 많이 곧추세웠더라. 범이 되어 갔다가는 날랜 총에 화약을 장전하여 양동洋銅, 녹은 구리. 여기서는 '구리를 녹여 만든'의 뜻인 듯 철환鐵丸, 엽총 따위에 쓰는, 잘게 만든 총알 듬뿍 재어 화문火門, 총이나 대포 같은 화기의 아가리에 번듯하면, 네 허리에 서새밑[3] 박히듯 하고, 한번 얼른 붙여놓으면 관가에 바치고 그 대가로 땅을 빌려 씨 뿌리고 농사짓게야."

또 한 상좌 썩 나서며,

"그렇잖은 수가 있소. 내 몸이 둔갑하여 여우가 되어 예쁜 계집의 태도를 하고 옹가놈의 집을 찾아가서 한 번 두 번 수청守廳, 아녀자나 기생이 높은 벼슬아치에게 몸을 바쳐 시중을 들던 일하다가 은근히 그럴듯하게 말하여 속여서 본사로 돌아와 죽여 없앰이 옳소이다."

"아서라. 이 말 저 말 다 버리고 내 소견대로 속여가리라."

부드러운 찰벼 짚으로 허수아비를 만들어, 이목구비耳目口鼻 옹가와 일반이요, 부른 배 굽은 등과 곰배팔이팔이 꼬부라져 붙어 펴지 못하거나 팔뚝이 없는 사람을 낮잡아 이르는 말 갈퀴손의 마당발볼이 넓고 바닥이 평평하게 생긴 발과 수중다리병 때문에 퉁퉁 부은 다리 생긴 거동이 참옹가와 같도다. 이름하여 짚옹가라. 도승의 깊은 의사로 묘한 주문을 외워 허수아비 배 속에 넣어놓으니 말하는 거동과 행동거지 참옹생원과 털끝도 다름이 없더라. 도승의 깊은 의사로 가르치되,

'영남 땅을 네가 내려가서 이리이리 하라.'

하니, 짚옹가가 명령을 듣고 영남 땅 맹랑촌을 찾아가서 이리저리 다니는 거동이 과연 참옹생원이라. 뉘라서 능히 알리오.

---

3) 서새밑: 미상.

진짜보다 더 진짜 같은 존재

진짜 옹고집이 자리를 비운 사이 가짜 옹고집이 들어와 진짜 행세를 한다. 가짜 옹고집은 진짜보다도 더 진짜 같은 존재여서 가족들도 진가(眞假)를 판단하지 못한다. 할 수 없이 두 옹고집은 관청에 송사하기로 한다. 진짜같이 행동하는 가짜 옹고집과, 그것을 보고 어이없어하며 분해하는 진짜 옹고집, 그리고 누가 진짜인지 몰라 당황해하는 가족들의 모습이 흥미롭게 그려져 있다.

이때 참옹생원이 동네 저잣거리에 갔는지라. 짚옹생원이 그사이에 별당別堂에 얼른 올라앉아 집안사람들을 부르되,

"도령소아[1] 글 읽어라."

종을 불러 분부하되,

"오늘은 밭을 갈고 내일은 밭을 매고 모레는 보리를 붓고[2] 섬짚으로 엮

1) 도령소아: 도령손아. '도령손'은 아들을 지칭하는 듯함.
2) 붓고: 모종을 내기 위하여 씨앗을 많이 뿌리고.

어서 가마니보다 크게 만든, 주로 곡식을 담는 데 쓰이는 물건도 얽어라. 좋은 날은 선일서서 하는 일하고 궂은 날은 신도 삼고, 새벽달에 거름 내고 새끼 꼬아 짚도 이어라. 하지 않으면 일이 많아서 걱정거리가 될 것이라."

이렇듯이 명령할 제, 참옹생원이 이제 거리에서 술잔이나 먹었던가, 께욱께욱하고 대문에 들어가니 뜻밖에 저와 같은 놈이 별당에서 호령하되,

"네 이 종놈들아. 어디 갔느냐. 난데없는 놈이 중문中門으로 들어오니, 죄 마땅히 죽일지라. 남문 내정內庭으로 엄연히 들어오니 행실 처사 괘씸하다. 종놈들아, 어디 갔느냐. 저놈 바삐 잡아내라."

참옹생원이 어이없어 짚옹생원을 찬찬히 보니, 생긴 모양과 하는 거동이 꼭 자신과 같은지라, 속으로 생각하되, '용모전신容貌全身이 털끝도 다름없는지라. 필연 괴이한 일이로다.' 기가 막혀서 아무 말도 못 하고, '종을 부르자' 하나, 종놈들이 벌써 저놈의 영을 거행할 듯싶으니 도무지 어찌할 수 없더라. 분하고 원통하여 하는 말이,

"이놈아 네가 어인 놈이관데, 이 집 주인은 내가 기거늘[3] 너는 어떤 놈의 자식으로서 도리어 주인을 쫓아내느냐. 행랑이 몸채가 될 수 있느냐.[4] 이놈아 어서 바삐 나가거라. 이놈아 기가 막혀 나 죽겠다."

짚옹생원이 허허 웃으며,

"내가 평일에 악한 일로 유명하여 구걸패들 동냥도 주지 아니하였더니, 제기랄 놈이 내게다 억지를 쓸 테냐. 무슨 떼를 쓰려느냐. 저놈 바로 잡아내라."

호령이 추상秋霜 같다. 이 종놈들이 이놈 보고 저놈 보니 또 아주 둘 다 제 상전이라 두렷두렷눈을 굴리며 여기저기 살피는 모양하고 섰는지라. 참옹생

3) 기거늘: 맞거늘. 그것이거늘.

4) 행랑이 몸채가 될 수 있느냐: 하인 혹은 손님이 주인이 될 수 없다는 말. 행랑은 옛날 대문 안에 죽 벌여 있어 하인들이 거처하던 방이며 몸채는 몇 채로 된 살림집에서 주가 되는 집채.

원이 생각하되,

'이 일을 어이할꼬?'

억울한 마음을 겨우 참고,

'제가 내라 하니 참으로 생일이 나와 같은가 묻자.'

하고, 짚옹생원에게 묻되,

"네 생일이 언제냐?"

짚옹생원이 호령하되,

"이놈, 요망하고 괘씸한 놈. 감히 양반의 생신生辰을 알아 무엇할꼬. 하여튼 내 생일은 병신년丙申年 오월 오일 오시午時, 오전 열한 시부터 오후 한 시까지다. 그래서 무엇할꼬."

참옹생원이 혼란스러워하며 생각하되,

'연월일시年月日時가 나와 같으니 이런 재변災變이 또 있느냐. 아마도 우리 어른이 쌍둥이를 낳았다가 하나를 잃었던가.'

의심할 제, 옹생원이 호령하되,

"네 이 녀석아. 그런 말을 다시 말고 생똥[5] 싸게 아니 맞으려거든 바로 나가거라."

참옹생원 호령하되,

"너 이놈아, 걸객乞客으로 왔으면 곡식이나 주는 대로 먹고 갈 것이지, 내가 영남 거부巨富란 말을 듣고 제라서[6] 내 세간을 빼앗을 테냐. 그놈 도적놈이로고."

종놈에게 이른 말이,

"이놈 잡아내라."

짚옹생원 거동 보소. 두 팔뚝을 쭈뼛대면서뾰족하게 솟아나게 하면서 두 주먹

---

5) 생똥: '산똥'의 방언(경상). 배탈로 먹은 것이 제대로 소화되지 못하고 나오는 똥. '생똥 싸게'라는 말은 '산똥을 쌀 정도로 몹시'의 뜻.

6) 제라서: 제가 무엇이기에.

을 불끈 쥐고 두 눈을 부릅뜨며 창을 뚜드리면서 큰 소리로 호령하되, 이름을 들어 종을 부르되,

"늙은 종 놋쇠야. 젊은 종 백쇠야. 일소생아. 일봉아. 이소생아. 봉아. 삼봉아. 칠봉이. 팔봉아. 팔도야. 대갈쇠야. 막동아."

일시에 내닫거늘,

"내 집에 이상한 생김새를 한 놈이 들어와서 제가 내라 하고 억지로 빼앗으려 한다. 질근 잡아들여라. 포도捕盜 출사出使 도적놈 묶듯[7], 살인 죄인 묶듯, 타란[8]에 이송 죄인 묶듯, 죽지팔과 어깨가 이어진 관절의 부분를 질근 묶어 빈틈없이 결박하고 낱낱이 살펴, 별장으로 창해역사滄海力士, 장량과 함께 박랑사에서 진시황을 습격한 인물 철퇴鐵槌 치듯, 형가荊軻[9] 비수匕首[10] 치듯, 유월 더운 날 번개 치듯, 발꿈치를 땅땅 쳐서 멀리멀리 쫓아내어라."

참옹생원이 분을 겨우 참고, 또 한 종에게 분부하되,

"네 이놈들아. 아무리 미련하고 쓸 것 없고 소견 없는 놈인들, 네 상전인 나를 몰라보니. 내 분부를 거역한다. 저놈 바로 끌어내라."

짚옹생원 거동 보소. 종을 보고 호령하되,

"네 이 몹쓸 놈들아. 저러한 흉악한 후레자식배운 데 없이 제풀로 막되게 자라 교양이나 버릇이 없는 사람을 낮잡아 이르는 말의 말만 듣고 내 분부를 거역하니, 너희는 눈이 없느냐. 날걸인[11]을 분간치 못하니, 이 결단 후에는 너희는 내 손에 죽을 것이니, 저놈이나 바로 끌어내라."

두 옹생원이 싸우나, 이 종놈들이 정신이 어질하고 눈이 침침하여

7) 포도(捕盜) 출사(出使) 도적놈 묶듯: 포도청에서 명령을 받고 나가 도적을 묶듯.
8) 타란: 미상. 문맥상 죄인을 이송할 때 묶는 도구인 듯함.
9) 형가(荊軻): 중국 전국시대의 자객. 위나라 사람으로, 연나라 태자인 단(丹)의 부탁을 받고 진시황제를 암살하려 했으나 실패하고 죽임을 당했음.
10) 비수(匕首): 날이 썩 날카롭고 짧은 칼. 형가가 진시황을 비수로 살해하려 했으나 처음에는 옷소매만 잘랐을 뿐이며 이어 비수를 진시황을 향해 던졌으나 적중시키지 못하고 기둥에 꽂혔음.
11) 날걸인: '날'과 '걸인(乞人)'의 합성어인 듯.

아무리 찬찬히 보아도 온몸과 언어 수작이 똑같으니 어느 놈을 잡아내어 분부 시행할 줄 몰라 주저주저하더니, 참옹생원 마누라 이 말을 듣고,

"이것이 웬 말인고. 이런 법이 어디 또 있으리오. 청지기 게 있느냐. 정월아. 이월아. 번덕아. 구월아. 청춘아. 너희들 들어가 찬찬히 살펴보아 우리 집 샌님은 한편에 채어갑자기 세게 잡아당겨놓아라."

수청하인 종년들이 일시에 내달아, 이리 보고 저리 보고 앞으로 보고 뒤로 보고 앉아서 보고 서서 보아도 두 옹가분일네라. 정녕 같은지라. 안으로 들어와서 마누라께 여짜오되,

"아무리 보아도 어느 것이 샌님인 줄 모르겠나이다."

이제는 할 수가 없어 마누라가 화를 내어,

"에라 이년들아. 아무리 상년 눈인들 우리 댁 샌님을 모를쏘냐. 며느리 너희들도 나아가 보아라."

도령손 며느리 일시에 내달아 자세히 보더니, 며느리 들어오며 하는 말이,

"애고. 시어머님, 전에는 아버님이 하나더니 오늘은 가보오니 아버님이 둘이 되었으니, 이런 변이 또 있으리까."

도령손 들어오며,

"애고. 어머님 눈으로 찬찬히 보아서 참아버지는 집에 두고 거짓 애비는 멀리 쫓아버리소서."

막내아들 들어오며,

"어머님아. 아부지는 둘인데 어머니는 하나밖에 또 있는가."

마누라 이 말을 듣고,

"애고. 이게 웬 말인고. 너의 부친 옹생원과 귀밑머리 마주 풀어[12] 복희씨伏義氏[13] 맺은 절개節概 우리 금실 중하기로 아들 낳아 장가보내고

12) 귀밑머리 마주 풀어: 예식을 갖추어 결혼했다는 뜻임.

딸을 낳아 출가시키고 수복壽福을 함께 갖추어 아쉬운 것이 없었더니. 사내종을 부를진대 주창周倉 같은[14] 모진 종놈 대답하고 썩 나서며, 계집종을 부를진대 앵무 같은 좋은 태도 대답하고 썩 나서며, 듣고 보는 것이 부족한 것 없어, 옹생원 부부 팔자 좋다 이르더니, 늙은 후 운수 무상無常하다일정치 아니하다, 변하다. 집안에 변變을 본다 한들 이다지 망측罔測하랴. 애고애고 설운지고. 그러하나 원앙금침 한 베개에 일생 놀던 나의 가장, 아무리 한들 모를쏘냐. 거두어라. 내가 보리라."

사랑에 들어가서 문을 반만 열고 좌우로 살펴보더니, 물러 나오면서,

"나도 또한 그 일 결단 못 하겠다. 정월아. 이월아. 바깥에 전갈하되 둘이 서로 싸워 죽거든, 사는 놈이 내 가장이라 하여라."

할 제, 짚옹생원 눈치 보소. 아낙부녀자가 거처하는 곳을 점잖게 이르는 말 전갈 짐작하고 밀창 열면서,

"정월아. 이월아. 마누라님 전에 여쭈어라. 이런 큰 우세남에게 비웃음을 당함가 있기로 이러하나, 조금도 염려치 마시라 해라. 거기도 아직 내 생전에는 당신이 내 마누라요 내가 당신 가장이라. 어떤 놈이 내 마누라와 내 세간을 빼앗으랴. 조금도 염려 마라."

하니, 참옹생원 거동 보소. 가득히 분한 중에 마누라란 말을 듣고 골이 나서, 죽을 둥 살 둥 왈칵 달려들어 짚옹생원의 양다리를 들어메고 두 상투를 마주 잡고 물거니 치거니 볶아, 이리저리 뛰어넘으며 서로 '애

---

13) 복희씨(伏羲氏): 중국 고대의 제왕. 삼황오제(三皇五帝)의 수위를 차지하며, 팔괘(八卦)를 처음으로 만들고 그물을 발명하여 고기잡이 방법을 가르쳤다 함. 그런데 실은, 중매인의 규범과 결혼의 규범을 세우는 데 이바지했고, 남녀 사이의 올바른 행실을 규정했다고 알려진, 복희의 아내(또는 누이)였던 '여와(女媧)'가 문맥상 적합함.

14) 주창(周倉) 같은: '주창'은 『삼국지연의』에서 관우를 섬기면서 항상 관우와 함께 행동하던 장수. 형주 반환을 요구하던 노숙(魯肅)과 관우가 회견할 때 재치를 발휘해 회견을 중지시키기도 했다. '주창 같다'는 말은 관우의 심복으로서 활동하던 주창에 빗대어 재치 있고 재빠른 하인의 행동을 비유하는 말이다.

고 대가리야' 하는 소리 사방에 진동하고, 이렇듯이 다툴 제, 바람벽방이나 칸살의 옆을 둘러막은 둘레의 벽이 무너지고 창살이 부러진다. 와당탕탕 다툴 제, 노비들과 사방 사람이 모여 구경하되 두 옹생원을 누가 분별하리오.

한참 이렇듯이 싸우더니, 두 옹생원이 기운이 쇠진하여 함께 보듬고 넘어지니 둘 다 기운이 똑같은지라. 짚옹생원이 먼저 일어나면서 허허 웃으며,

"그 녀석 잡자식이로고. 양하 고투苦鬪에 불등생不等生[15]이라, 하마터면 둘 다 죽을 뻔하였다. 내가 네 아비 원수관데, 이리 쥐어뜯고 솔개 까치집 빼앗듯 내 세간을 뺏으려고 이렇듯이 남 해칠 기운을 낼쏘냐. 허허 그 녀석 누렁개 잡자식이로고."

참옹생원 거동 보소. 겨우 일어나며 정신 차려 녹사녹사[16] 분한 마음, 배 속 비장脾臟이 떨꺽[17], 병랑박[18]이며 기둥이며, 대가리로 꿩꿩 뚜드리며, 주먹 같은 손길로 그 머리털도 쥐어뜯고 대성통곡하며 하는 말이,

"애고. 이게 웬일이냐. 생시냐. 꿈이거든 깨고 생시거든 죽여주소."

두 주먹을 불끈 쥐고 울면서 하는 말이,

"천지 귀신은 알련만 인간들은 분간 못 하니 웬일인고. 절통하고 분한 마음을 아뢰나이다. 천지일월은 통촉하옵소서. 당대當代의 거부로서 노비, 논밭, 수부귀다남자壽富貴多男子 팔자 좋다 이르더니, 늙은 후 팔자 기구하여 이같이 괴괴한 변을 본다."

---

15) 양하 고투(苦鬪)에 불등생(不等生): 미상. 힘들게 싸워서는 같이 살아남지 못한다는 정도의 뜻인 듯함.

16) 녹사녹사: 분한 마음을 형상한 의태어인 듯함.

17) 배 속 비장(脾臟)이 떨꺽: 한의학에서 화가 나서 열이 나면 식욕을 다스리는 비장을 자극한다고 한다.

18) 병랑박: 미상. 박의 일종인 듯함.

하고, 서러운 마음을 이기지 못하여, '깝깝하고 답답하다' 훌쩍 울거늘, 짚옹생원이 반듯 웃고 한 손 치며 일어나 앉아 하는 말이,

"허허 얄궂은 자식이로고. 적반하장賊反荷杖으로 내가 울어야 마땅한데 네가 우니 할 말이 없다."

참옹생원 하는 말이,

"네 이놈아, 이 말 저 말 다 버리고 나를 아주 죽여다오."

애고애고 서럽게 울다가 생각하되,

"네 여바라. 그렇잖은 수가 있다. 너도 옹가고 나도 옹가라 하니, 송사訟事, 백성끼리 분쟁이 있을 때, 관부에 호소하여 판결을 구하던 일하여보자. 여기서 이러다간 백 년이라도 그 짝이라. 둘이 다 죽기는 쉽거니와 결단하기는 어려우니 모든 것을 관청에서 판별함이 어떠하뇨?"

짚옹생원이 대답하되,

"오냐 그 말 좋다. 네가 지나 내가 지나 송사를 하여 결단함이 옳도다."

하고,

"송사 아니하는 놈은 후에 개아들놈이라 하리."

그때 두 옹생원이 송사하러 갈 제, 읍내를 들어가니, 짚옹생원 거동보소. 주저 없이 제가 앞에 가며, 읍 사람 하나와 만나 보면 깜작 반겨 두 손을 잡고,

"나는 가변家變을 송사하러 가는지라. 자네와 나와 아무 연분緣分에 서로 알아 죽마고우竹馬故友로 지냈으니, 나를 몰라볼쏘냐."

또 하나를 보면,

"자네 내게서 아무 연분에 돈 오십 냥을 취하여 갔으니 이참에 못 주겠느냐? 노잣돈 보태 쓰게 하라."

또 하나 보면,

"자네 쥐골평 논 두 섬지기 이때까지 소작小作할 제, 지난해 선자先資,

일을 시작하기에 앞서 드는 돈 스물댓 말을 어찌 아니 보내는가."

이처럼 하니, 참옹생원이 그 사람을 본즉 낱낱이 내 소견所見대로 내가 할 말을 제가 먼저 하니 기가 질려 뒤에 오며, 실성한 사람같이, 아는 사람도 오히려 짚옹생원같이도 모르는지라.[19] 짚옹생원이 길가에서 지나가는 사람 데리고 하는 말이,

"가운이 불길하여 어떠한 놈이 왔으되, 용모 나와 비슷하여 제가 내라 하고 자칭 옹생원이라 하기로, 억울한 분을 견디지 못하여 일체 구별로 송사하러 가는지라. 뒤에 오는 사람이 기네. 자네들도 대소간 눈이 있거든 흑백黑白을 못 가릴쏘냐?"

참옹생원이 뒤에 오면서 기가 막히고 어이도 없어 말도 못 하고 울음 울 제, 행인들이 이어서 보고 하는 말이,

"뉘가 알아보리오. 뉘 아들인지 알 수가 없다. 아마도 쌍둥이란 말밖에 또 하리오."

참옹생원이 역력하여[20] 섰으되, 짚옹생원 하는 말이,

"보소 이 사람들아, 자네와 나와 몇 해째 아는 친구라고 그런들 나를 몰라보는가. 애달프다."

참옹생원이 끙끙 앓으면서 하는 말이,

"기막혀 나 죽겠다."

19) 아는 사람도 오히려 짚옹생원같이도 모르는지라: 참옹생원이 평소에 알던 사람일 텐데 가짜 옹생원이 더 잘 알고 있다는 뜻임.

20) 역력하여: 자취나 기미, 기억 따위를 환히 알 수 있게.

누가 진짜 옹고집이냐

사건을 맡은 고을 원은 대질심문을 하면서 두 옹고집으로 하여금 자신이 보유한 가산의 규모와 족보에 대해 말하게 한다. 진짜라면 그러한 정보를 제대로 알고 있으리라 생각했기 때문이다. 그러나 의외로 가짜 옹고집이 진짜 옹고집보다 더 세세히 알고 있어 진짜 옹고집이 가짜로 판정받게 된다. 결국 옹고집은 가짜 옹고집의 배려로 인해 겨우 풀려난다. 진짜 옹고집이 자신의 족보에 대해 잘 모르고 있다는 점과, 가짜 옹고집이 진술한 가산이 적잖은 규모라는 점으로 미뤄볼 때 옹고집은 조선 후기에 등장한 부민(富民)의 일원임을 알 수 있다.

둘이 관청으로 들어가 참옹생원이 소지所志, 예전에 청원이 있을 때 관아에 내던 서면를 먼저 올리거늘, 형방刑房, 조선시대에 지방 관아에서 형벌에 관한 일을 맡아보던 구실아치이 받아 올리고 아뢰되,

'장동 맹랑촌에 사는 옹고집 삼가 아뢰옵니다. 옹한림甕翰林의 자손으로 대대로 깨끗하고 선량하게 지내옵더니, 금월 십칠일에 민民이 마침 출입하였다가 들어오니, 알지 못하는 이 당돌히 내정內庭 출입하옵거늘, 사리를 따져 잘못을 꾸짖어 나가라 하옵고, 대단히 야단쳐 내보내

올 제, 그놈이 용모는 과연 민과 같은지라, 가족들과 하인들도 오히려 분간치 못하니, 놈이 감히 생심生心하와 제가 참으로 옹가라 하고 억지를 쓰나이다. 다름이 아니라, 부형의 세간이 매우 넉넉하기로 이놈이 민의 세간을 탈취코자 하는 뜻이오니, 통촉하신 후에 천지신명 아래 저놈을 신문하여 엄히 다스려 법에 의거해 정배定配[1]를 보내시고, 조사를 명료히 하여 후환의 폐단이 없도록 하시기를 바라오니 깊이 생각하옵소서.'

짚옹생원이 또 소지를 올리거늘, 관가에서 묻는 말이,

"이것도 옹가요 저것도 옹가라."

말마다

"그러하오이다."

허허 웃고,

"맹랑한 일이로다. 송사 결단을 많이 하였으되, 이러한 일은 내 평생에 처음이로다."

하고, 오랜 생각 끝에 분부 왈,

"네 소지만 보고 송사 결단 못 하겠다. 각기 너의 세간을 낱낱이 아뢰라. 만일 거기서 잘못이 발견되면 그는 헛옹가라, 아주 결단하리라."

하니, 짚옹생원이 먼저 나서며,

"그 분부 지당하여이다."

하고, 가산家産을 낱낱이 말할 제, 꼭 들어맞는구나.

"논밭으로 이를진대, 처자담[2]이 일등 논이 일백여든 섬지기[3]에 소

1) 정배(定配): 죄인을 지방이나 섬으로 보내 정해진 기간 동안 그 지역 내에서 감시를 받으며 생활하게 하던 형벌.

2) 처자담: 미상.

3) 섬지기: 논밭 넓이의 단위. 한 섬지기는 볍씨 한 섬의 모 또는 씨앗을 심을 만한 넓이로 한 마지기의 열 배이며 논은 약 2천 평, 밭은 약 1천 평 정도에 해당한다.

경疏耕[4])은 여든두 뭇세금을 계산할 때 쓰던 논밭 넓이의 단위 한 줌[5])이요, 천군전 일등 밭이 닷 섬 열세 마지기[6])에 소경은 서 뭇 마흔두 줌이요, 모두 타작하면 일천일백닷 섬 추수秋收나 하여 사간 곳간방 하나의 크기를 네 칸으로 하여 만든 창고에 담뿍 차고,

노복奴僕 등을 이를진대, 남자종은 일흔둘 내외. 몇 해 전에 한 놈 나가고 금년 정월에 또 한 놈이 달아나니, 남은 놈이 예순아홉 명에 삼십 놈은 드난[7])하옵난데, 언청이[8])가 둘이요, 수중다리가 하나옵고, 계집종을 이를진대, 일백스물여섯에 벙어리가 둘이요 청맹과니[9])가 둘이요 곱사가 하나요, 봉덕이라 하는 년 임신하여 아직 아이를 낳지 아니하옵고, 일소생 이소생 모두 합하면 이백삼십육 명이요, 도주한 년과 합하면 일백쉰일곱이요, 지금 있는 년이 일백쉰세 명이옵고,

바깥행랑은 칠 간이옵고 별당은 육 간이옵고 남쪽 곳간은 열 간이옵고, 곁에 행랑채 있으되 꼬두말집[10])으로 지어 마름[11])놈들 시켜 곳간 지키라 하고, 상당上堂은 두 간인데 임좌병향壬坐丙向[12])이옵고, 사대봉사四代奉祀[13])의 가묘家廟[14])는 합독合櫝[15])하였으니 모두 넷이 될 터이요, 민의

4) 소경(疏耕): 땅을 갈지 아니하고 괭이로 땅의 겉을 헤쳐 씨를 뿌린 다음 거두어들일 때까지 전혀 손질을 하지 아니한 것.
5) 줌: 세금을 계산할 때 쓰던 논밭 넓이의 단위. 한 줌은 1뭇의 10분의 1로, 그 넓이는 시대에 따라 달랐다.
6) 마지기: 논밭 넓이의 단위. 한 마지기는 볍씨 한 말의 모 또는 씨앗을 심을 만한 넓이로, 지방마다 다르나 논은 약 150~300평, 밭은 약 100평 정도다.
7) 드난: 임시로 남의 집 행랑에 붙어 지내며 그 집의 일을 도와줌. 또는 그런 사람.
8) 언청이: 선천적으로 윗입술이 세로로 찢어진 사람. 또는 그렇게 찢어진 입술.
9) 청맹과니: 겉으로 보기에는 눈이 멀쩡하나 앞을 보지 못하는 눈. 또는 그런 사람.
10) 꼬두말집: '꼬두'는 '곡두', 곧 환영(幻影). '말집'은 추녀를 사방으로 뻥 둘러 지은 모말 모양의 집. '꼬두말집'은 집 형상을 제대로 갖추지 못한 집을 말하는 듯함.
11) 마름: 지주를 대신하여 소작권을 관리하는 사람.
12) 임좌병향(壬坐丙向): 묏자리나 집터 따위가 임방(壬方)을 등지고 병방(丙方)을 향한 방향. 북서 방향을 등지고 남동 방향을 바라보는 방향을 말한다.
13) 사대봉사(四代奉祀): 고조, 증조, 조부, 아버지의 사대 신주(神主)를 집안 사당에 모시는 일.

조부祖父가 전후취前後娶하였기로 수가 다섯 위位옵고,[16)]

수많은 앞닫이[17)]며 뒷닫이며 아끼는 물건을 보관하는 서랍이며, 어찌 다 수를 세오리까마는 그중에 옹모뛰[18)]가 아홉이옵고 화류문갑樺榴文匣[19)]이 일곱이옵고, 수많은 서랍 중에 하나 있는데 값이 오만칠천 양자糧資[20)]되옵고, 또한 방위方位에 맞게[21)] 놓아두고, 공단貢緞 이불[22)]이 두 채요, 무늬 있는 비단으로 만든 이불은 처가에서 가져온 것이요, 길요강[23)]이 일곱이요 큰 요강이 다섯이요, 모두 다 유리대에 받쳐두고, 그릇 놋그릇 열일곱 반상기와 동래 화기花器[24)] 아홉 반상기 왜물倭物[25)] 반상기 네 벌이요, 또 대양푼[26)] 소양푼 통영칠판統營漆板[27)] 놋동이며 모짐이[28)] 동고리[29)] 작결자[30)] 구리거울 상용常用 빗접[31)]에 크기가 각기 다른

14) 가묘(家廟): 한집안에서 조상의 신주(神主)를 모셔놓은 곳.
15) 합독(合櫝): 신주를 한 독안에 넣음. 또는 그 독.
16) 전후취(前後娶)하였기로 수가 다섯 위(位)옵고: 두 번 결혼하였으므로 위패의 수가 다섯이옵고. 그런데 실은 아홉이어야 옳음.
17) 앞닫이: '반닫이'의 방언. 반닫이는 앞의 위쪽 절반이 문짝으로 되어 아래로 젖혀 여닫게 된, 궤 모양의 가구. '뒷닫이'는 '앞닫이'와 어울리게 지어낸 말임.
18) 옹모뛰: 미상.
19) 화류문갑(樺榴文匣): 화류(樺榴)를 재료로 하여 만든 질 좋은 문갑. '화류'는 붉은빛을 띠며, 결이 곱고 몹시 단단하여 건축, 가구, 미술품 따위를 만드는 데 쓰는 고급 재료인 자단(紫壇)의 목재. '문갑'은 문서나 문구 따위를 넣어두는 방세간.
20) 양자(糧資): 양식과 비용을 아울러 이르는 말.
21) 방위(方位)에 맞게: 음양(陰陽), 오행(五行), 간지(干支), 팔괘(八卦) 따위를 배치하여 사람의 길흉화복과 결부시킨 방향에 맞게.
22) 공단(貢緞) 이불: 두껍고 무늬가 없으며 윤기가 있는 고급 비단인 공단으로 만든 이불.
23) 길요강: 말이나 가마를 타고 여행할 때 가지고 다니는 놋요강.
24) 화기(花器): 꽃을 꽂는 데 쓰는 그릇. 꽃병, 수반, 꽃바구니 따위가 있음.
25) 왜물(倭物): 일본에서 수입한 물건을 낮잡아 이르는 말.
26) 대양푼: 큰 양푼. 양푼은 음식을 담거나 데우는 데 쓰는, 아가리가 넓은 그릇.
27) 통영칠판(統營漆板): 경남 통영에서 나는 질 좋은 옻칠 소반.
28) 모짐이: 미상.
29) 동고리: 고리버들로 동글납작하게 만든 작은 고리.
30) 작결자: 미상.
31) 상용(常用) 빗접: 일상적으로 쓰는 빗접. '빗접'은 머리 빗는 기구를 담아두는 그릇.

쇠, 큰 체경體鏡[32] 작은 체경 사방으로 걸어두고, 수제手製 열 단 내에 한 단은 닦은 채로 지소紙所[33]에 넣어두고, 백통대[34] 간지簡紙[35]는 어제야 사서 고비[36]에 질러두고,

밭곡식이 두 말이요, 콩은 일백서른 섬에 묵은 콩이 석 섬이요, 팥은 쉰닷 섬이요, 녹두는 마흔 섬이요, 깨는 쉰 섬 중에 묵은 깨가 넉 섬이요, 돈은 사만오천 냥은 동편 곳간 섬[37]에 담아두고 일만팔천 냥은 살림비용으로 쓰라 하고 벽장 안에 넣어두고, 금일 백 냥이 소인삼 열 섬이요, 우황牛黃[38]이 서 말이요, 청심환淸心丸[39]이 오백쉰 개요, 단주丹朱[40]가 한 말이요, 당신황[41]이 한 말 서 되에, 각각 문서 경대鏡臺[42]에 넣어두고, 홉구릉[43] 길이 열쇠를 채워두고, 항아리 일백쉰 개에 저절로 갈라진 놋이 아홉이요, 크고 작은 독 여럿을 땅에 묻어두고, 동이가 여든인데 깨지지 않게 줄로 둘러맨 놈이 다섯이요, 기름병이 마흔인데 허연 놈이 셋이요, 식정食鼎이 이은 채에 때맞은 놈[44]이 일곱이요, 함지박

---

32) 체경(體鏡): 몸 전체를 비추어 볼 수 있는 큰 거울.

33) 지소(紙所): 종이를 넣어두는 곳.

34) 백통대: 백통죽. 대통과 물부리를 백통으로 만든 담뱃대.

35) 간지(簡紙): 두껍고 품질이 좋은 편지지.

36) 고비: 편지 따위를 꽂아두는 물건. 종이 따위로 주머니나 상자처럼 만들거나 종이를 '+' 자나 '×' 자 모양으로 오려서 벽에 붙임.

37) 섬: 곡식 따위를 담기 위하여 짚으로 엮어 만든 그릇.

38) 우황(牛黃): 소의 쓸개 속에 병으로 생긴 덩어리. 열을 없애고 독을 푸는 작용을 하여 중풍, 열병, 경간(驚癎) 따위에 씀.

39) 청심환(淸心丸): 심경(心經)의 열을 푸는 환약. '우황청심환'을 줄여서 청심환이라 이르기도 한다.

40) 단주(丹朱): '주사(朱沙)' 혹은 '진사(辰沙)'를 일컫는 듯함. '진사'는 수은으로 이루어진 황화 광물로, 흔히 덩어리 모양으로 점판암, 혈암, 석회암 속에서 나며 수은의 원료, 붉은색 안료(顔料), 약재로 씀.

41) 당신황: 미상.

42) 경대(鏡臺): 거울을 버티어 세우고 그 아래에 화장품 따위를 넣는 서랍을 갖추어 만든 가구.

43) 홉구릉: 미상.

44) 식정(食鼎)이 이은 채에 때맞은 놈: 미상.

쪽박작은 바가지 박쪼가리 그 수를 알 수 없고, 능운난삼凌雲欄衫[45] 백세 필내에 흰 소가 셋이요, 치러이[46]가 넷이기로 그저께 장에 팔러 보내고, 쟁기는 쉰네 채요, 보습[47]은 일백다섯 거리요, 주마走馬 백 필 중에 중풍 후유증 앓는 놈이 셋이요, 고양이가 스물둘이요, 개가 여든 마리 중에 새끼 밴 놈이 열 마리요, 도야지가 팔십여 수요, 황계黃鷄는 암수 함께 수를 세기 어렵거니와 일곱 장태닭장을 지칭하는 듯함에 담뿍 차고, 오리는 서른 쌍 비둘기는 쉰 쌍 거위는 열세 쌍 때를 찾아 울음 울고 양피羊皮 배자褙子[48] 서른 벌을 방 벽 위쪽에 걸어두고,

나의 자식 갑술생甲戌生은 정월 보름이 생일인데, 재작년에 장가들어 운봉 최승지가 친사돈이오. 둘째아들 병자생丙子生은 이월 스무이틀날이 생일인데, 십 세 전에 입학하였으나 도리에 어그러질 때가 말할 수 없이 많고, 막내아들 기묘생己卯生은 사월 초십일인데 생긴 것이 산망스럽고말이나 행동이 경망하고 좀스러운 데가 있다는 뜻 억지로 약속을 파하는 재주 비상非常하여 엊그제 입학하고, 아들 글 가르치는 선생은 충청도 연일[49] 김진사가 과문육체科文六體[50] 잘하기로 오백 냥으로 예의를 갖추어 들이고, 민의 처가는 충청도 송씨 가문인데, 민의 처妻는 양다리에 검은 점 둘이 있삽고, 오른 젖통 밑에 주먹만 한 혹이 있기로, 매양 잠자리에 괴롭삽나이다.

성주城主 민의 말이 혹 의심이 나면 민의 심부름꾼 강노란 놈을 불러

45) 능운난삼(凌雲欄衫): 구름을 헤치고 나아가는 무늬가 있는, 혹은 구름을 헤치고 나아가는 의미가 있는 난삼. '난삼'은 조선시대에, 생원이나 진사에 합격했을 때 입던 예복.
46) 치러이: 미상.
47) 보습: 땅을 갈아 흙덩이를 일으키는 데 쓰는 농기구로 삽 모양의 쇳조각임.
48) 배자(褙子): 추울 때 부녀자들이 저고리 위에 덧입는 옷.
49) 연일: 연일(延日)은 경북 포항의 지명이므로 '충청도 연일'이라는 표현은 잘못임.
50) 과문육체(科文六體): 문과(文科) 과거에서 시험을 보이던 시(詩), 부(賦), 표(表), 책(策), 의(義), 의(疑)의 여섯 가지 문체(文體).

자세히 물어 추호秋毫라도 잘못이 있는가 낱낱이 통촉洞燭하옵소서."

원님 말하되,

"네 형세 매우 부자로다."

하면서,

"저 옹가도 아뢰라."

참옹생원이 묵묵부답하고 앉았다가 어이없어 하는 말이,

"황송하오나 성주 짐작하옵소서. 저놈이 민의 할 말을 제가 먼저 하니 민은 과연 할 말씀 없나이다. 성주 깊이 통촉하옵소서."

하니 원님이 이르되,

"네 이놈 들어라. 그런들 자신의 세간도 모르는 놈, 네가 옹고집이라 한단 말인가."

참옹생원이 아뢰되,

"민이 과연 무식하여 수많은 논밭 소경도 다 기록하지 못하고, 또한 대소 간에 안다 하여도 민이 할 말을 저놈이 먼저 하였으니 말하지 않는 것이 답이로소이다. 원님에게 자세히 진위眞僞를 아뢰리다."

하니, 원님이 호적장戶籍帳[51]을 내어 분부하되,

"너희 사조四祖, 아버지, 할아버지, 증조할아버지, 외할아버지를 각기 말하라. 거기서 속임수가 발견되면 그때는 허실虛實을 알리라."

하니, 참옹생원 속으로 생각하되,

'다시는 무슨 말을 물으면 내가 먼저 아뢰리라.'

마음속에 유념해두었다가 그 분부를 듣고,

"예, 과연 성주 분부 지당하여이다. 민의 부명父名은 무숙이옵고 조부의 명은 '거' 자와 무슨 자건마는 허 참 모르겠고 증조의 명은 허 잊어

51) 호적장(戶籍帳): '호적'은 호주(戶主)를 중심으로 그 집에 속하는 사람의 본적지, 성명, 생년월일 따위의 신분에 관한 사항을 기록한 공문서.

버렸고 내 참 갑갑하여 죽겠구나."

혀를 차며 탄식할 제 원님이 이른 말이,

"네 이놈 그것밖에 모르난다?"

"예. 또 아뢰리다. 민의 처가는 회덕懷德 송씨宋氏 가문인데 처부妻父의 자字는 여첩이옵고 하나이다."

원님이 화를 펄쩍 내어,

"너보고 자를 아뢰라 했느냐. 이름을 아뢰라."

하니,

"예. 이름은 과연 모르겠나이다."

원님이 말하되,

"네 그것밖에 모르겠냐?"

참옹생원이,

"무식하여 그것밖에 모르나이다."

이러할 제 짚옹생원 왈칵 달려들어 아뢰되,

"저놈이 가짜이니 남의 이름을 어찌 아뢰리까. 그것으로 통촉하옵건대 진위를 어찌 마땅히 가리지 못하리까. 호적장을 성주 앞에 놓고 민이 아뢰겠나이다."

하며,

"민의 부친의 명은 과연 저놈의 말과 같이 무숙이더이다. 그놈이 남의 이름을 귀동냥으로남들이 하는 말을 얻어들어서으로 듣고 알았거니와, 민의 조부의 명은 건이옵고 증조의 명은 빛날 혁赫 자 한 이름이옵나이다. 선조先祖에 이부시랑吏部侍郎, 고려시대 때 이부의 차관으로 뇌성군을 봉封하였삽기로임금이 작위(爵位)나 작품(爵品)을 내려주셨기로 여러 관리들의 행실을 천둥소리로 다스렸나이다. 민의 처가는 과연 회덕 송씨요, 내 처의 명은 상욕이옵고 처 고조高祖의 명은 뒤화이온데 생원生員 진사進士[52]하였삽고, 제 외조外祖의 성명은 진해라 하나이다."

아뢴 후에,

"네 이 개 같은 녀석아. 네 아무리 경우 없는 도적놈이라도, 남의 세간을 빼앗고자 하거니와 밝은 하늘이 있거든 네 어찌 감히 그런 마음을 내어 그러할꼬. 성주 자세히 통촉하옵소서. 네 아무리 행실이 말할 수 없이 흉측한들 이런 변이 또 있을까. 만일 내가 배우지 못했고 성주께옵서 명백히 밝히지 아니하옵시면, 천여 석 좋은 가산을 저 자식에게 잃을 뻔하였나이다."

하니, 원님이 이르되,

"분간하였으니, 잡놈은 네 집으로 데려가서, 처자를 안전하게 하고 가산을 보존하라."

하며,

"성명姓名을 변하여 관가에까지 난을 꾀하니 저놈의 죄는 각별히 매우 쳐라."

하고,

"법에 의거하여 정배할지라. 저놈을 형틀 위에 올려매라."

분부 추상 같아 참옹생원 꼭뒤상투뒤통수 한가운데에 튼 상투를 동댕이질쳐 잡아들여 형틀 위에 앉혀 질끈 묶어 형장刑杖, 죄인을 신문할 때 쓰던 몽둥이 곤장棍杖, 죄인의 볼기를 치던 형구을 좌우에 골라놓고 대상臺上에서 분부 내리기를 기다릴 제, 원님이 분부하되,

"네 분명 훔치려는 마음이 있어 남의 것을 빼앗고자 하면 삼경 어두운 밤에 칼과 창을 든 많은 사람들과 작당作黨하고 돈이든 쌀이든 간에 도적하여 그냥 도망하면 될 것을, 이렇듯이 관청까지 소란스럽게 하니 각별히 매우 쳐라."

---

52) 생원(生員) 진사(進士): 조선시대 소과(小科)인 생원시나 진사시에 합격한 사람을 이름. 조선 초기에는 소과로 생원시만 시행되어오다가 1438년(세종 20) 처음으로 진사시를 설치하였음.

분부하니 저 사령놈 거동 보소. 오른팔을 얽어매고선 앞으로 갔다 뒤로 갔다 하며 달려들어 무수히 두드려 급창及唱, 군아에서 원의 명령을 큰 소리로 전달하던 사내종 소리 높이 나면 형장으로 딱 붙일 제, 유혈流血이 낭자狼藉하니 참옹생원 거동 보소. 울면서 하는 말이,

"원수로다 원수로다 부자득병富者得病 원수로다. 몸 하나만 남기고 모든 세간을 다 앗으니 내 홀로 분하구나. 벽사창碧紗窓, 짙푸른 빛깔의 비단을 바른 창 좋은 방에 요조숙녀窈窕淑女 우리 아내 말할 수 없이 흉측한 저 잡놈 함께 산단 말인가. 절통하다 나의 자식과 며느리들 함께 문안 다니면서 공연한 놈에게 애비라고 부를 적에, 이런저런 생각하면 뼈에 사무치도록 분하고 원통하니 내 억울하고 기가 막혀 못 살겠다."

큰 소리로 통곡하니, 짚옹생원 거동 보오. 땅에 엎드려 아뢰되,

"저놈의 죄는 만 번 죽어도 아까울 것이 없으니, 정배는 고사하고 죽여도 민의 분한 마음을 다 풀지 못하오나, 돌이켜 생각하오면 모두 민의 가화家禍 우세수남에게서 비웃음을 당할 운수로 생긴 일이오니 그놈의 죄는 민의 운運에 따른 것이요, 또한 민의 재물도 한 푼 제가 먹은 바 없이 엄하게 장형으로 다스렸으니 사정을 헤아리셔서 놓아주시면, 저도 또한 사람이라 잘못을 뉘우치고 올바르게 살아 후일 징계의 모범이 될 듯싶으오니, 그대로 놓아주시오면 성주께옵서는 애민선정愛民善政이 되옵고 민에게는 활인적선活人積善, 활인적덕(活人積德). 사람의 목숨을 살려 음덕을 쌓음이 될 듯싶으오이다."

하니, 원님이 분부하되,

"너는 참으로 대인군자大人君子로다. 후록厚祿[53]이 있으리라."

---

53) 후록(厚祿): 많은 녹봉. 여기서는 대인군자에 걸맞은 보답을 받으리라는 정도의 뜻으로 쓰임.

옹고집의 개과천선

> 진짜 옹고집은 가짜 옹고집이 종으로 거두어주겠다는 조롱을 뒤로하고 관청을 나선다. 가짜 옹고집은 집으로 돌아가 재물과 곡식을 나누어주며 가난한 사람들을 구제한다. 이 소식을 듣고 분해하던 중 진짜 옹고집은, 가짜 옹고집의 명을 받고 온 사환들에게 이끌려 자기 집으로 간다. 가짜 옹고집은 부자로서 부모 박대한 점과 승려들 욕을 보인 점들을 비판·훈계한 후 짚으로 변한다. 그 비판은 당대 부민(富民)이 갖춰야 할 윤리 문제를 언급한 것이라고 할 수 있다. 작품은 옹고집이 개과천선했다는 것으로 마무리된다.

하고, 죄를 받으니 둘 다 물러나와 짚옹가는 맹랑촌으로 향하고.

가련코 불쌍하다. 참옹가는 부지소행不知所行 정처 없다. 어디로 갈 줄 몰라 주저주저할 때, 짚옹생원 거동 보소. 참옹가에게 하는 말이,

"아서라 허물 말고 너 갈 데 없으면, 불행한 일은 곧은 마음으로 뉘우치고 내 집으로 가서 소, 말이나 거두고 심부름꾼으로 있으면 네 한 몸 의탁依託이 될 것이니 가자. 내 종년 춘단이란 년이 몇 해 전에 남편을 잃고 아직 짝을 얻지 못하였으니, 네가 데리고 살면 어떠하뇨? 네

소행을 생각하면 그도 안 될 일이나, 불쌍함을 생각한 일이니 아무쪼록 개과改過하여 있으라."

하니, 참옹생원 분기등등憤氣騰騰, 분한 마음이 몹시 치밀어 오름한 중에 더욱 이렇듯이 조롱까지 하니 분하고 원통하여 아무 말 없이 돌아서서 가거늘, 짚옹가 반만 웃고 집으로 돌아와서 바로 안뜰로 들어가니 처자권속妻子眷屬이 내달아 손을 잡고 들어가니,

"하늘도 무심치 아니하기로 나의 좋은 형세와 처자를 빼앗기지 아니하였다."

송사에서 이긴 내력을 말하니 처자권속이며 상하노복 등이 참옹가로 알고, 마누라는,

"우리 서방님이 그런 고생이 또 있을까."

맏 아들 나서며,

"그런 개 같은 잡자식에게 아버지가 큰 변을 보았다."

종이며 마을 사람들이 다 칭찬하거늘, 짚옹생원이,

"내가 혈혈단신孑孑單身으로 적수성가赤手成家[1]하였기로 돈과 곡식을 과연 아낄 줄만 알았더니, 손님 접대상과 여러 집 동냥하는 거지 무리들을 매우 독하게 박대하였더니, 인심을 얻지 못해 이런 재변이 난 듯싶으니, 사람 되고 개과천선改過遷善 못 할쏘냐. 오늘부터 재물과 곡식을 흩어 활인구제活人救濟하리라."

돈과 곡식을 흩어 사방에 몹시 가난한 사람을 구제한단 말이 낭자하니, 팔도 거지패와 각 절의 유걸승流乞僧이 구름 모이듯 모여들더라. 백 냥 돈 천 냥 돈을 흩어 주니, 옹생원은 인심 좋단 말이 낭자하더라.

하루는 술과 안주를 낭자케 장만하고, 원근에 모모某某한[2] 친구며 사

1) 혈혈단신(孑孑單身)으로 적수성가(赤手成家): 제 스스로의 힘으로 노력하여 가산(家産)을 이룸.
2) 모모(某某)한: 아무아무라고 손꼽을 만한. 또는 그만큼 저명한.

방 사람을 불러들여 큰 잔치를 열 제,

이때 참옹가 전전걸식轉轉乞食하다가 맹랑촌 옹생원 활인구제한단 말 듣고 분이 나 하는 말이,

'남의 재물 갖고 제 마음대로 쓰는 놈은 어떤 놈의 팔자런고. 차츰 찾아가서 내 집 마지막으로 보고 목을 매어 죽자.'

하고, 죽장망혜竹杖芒鞋, 대지팡이와 짚신. 먼 길을 떠날 때의 아주 간편한 차림새를 이름로 찾아갈 제, 짚옹가가 도술을 부려 근처에 참옹가 온 줄 알고 사환을 시켜 분부하되,

"오늘 큰 잔치에 음식도 낭자하고 걸인도 많을 제, 전날 천하게 다투던 거짓 옹가놈이 배고픔과 추위를 견디지 못하여 전전걸식 다닐 제, 잔치 소문을 듣고 마을 근처에 왔으나 차마 못 들어오는가 싶으니, 너희 등은 가서 데려오라. 한편 생각하면 되도 못할 일 하다가 매만 맞았으니 불쌍하다."

사환 등이 영을 듣고 사방으로 나가보니 과연 마을 뒷산등성이에 앉아 잔치하는 데를 보고 눈물을 흘리고 앉았거늘, 사환들이 바로 가서 엉겁결에 배례拜禮하고 무안해하니, 슬프다. 옹생원이 대성통곡 절로 난다. 사환들이 가자 하니,

"갈 마음 전혀 없다."

여러 놈이 부축하여 들어가서 자리에 앉히니, 짚옹가 일어서며 인사 후에,

"네 들어라. 형세 있어 좋다 하나, 활인구제하여 세상 사람들에게 선善을 쌓는 것이 으뜸이거늘, 천여 석 거부로서 첫째로는 부모 박대하니 세상에 용납지 못할 놈이요, 둘째는 유걸산승 욕보이니 불도佛道가 어찌 허사리오. 우리 절 도승이 나를 보내어 묘하신 불법으로 가르쳐서 너의 죄목을 잡아 아주 죽여 세상에 영영 너의 자취 없게 하여 세상 사람에게 모범이 되게 하라 하시거늘, 너를 다시 세상에 내어 보내기는

나의 어진 용심用心, 정성스레 마음을 씀으로 살린 것이니, 이만해도 후생後生에게 너 같은 행실을 징계한 사례가 될 듯싶으니 이후는 아무쪼록 개과하라."

하고, 좌상에 나앉으며 문득 자빠지니 허수아비 찰벼 짚 뭇짚, 장작, 채소 따위의 작은 묶음을 세는 단위. 한 뭇이라는 뜻임이라.

이로 좌상이 다 놀라 세상에 널리 알리고, 옹생원이 이날부터 개과천선하여 세상에 전하여 일가친척이며 멀고 가까운 친구와 사람들에게 인심을 주장하니, 옹생원의 인심을 만만세에 전하더라.

| 원본 |

흥보전

심술궂은 놀보에게 쫓겨나는 흥보

시절(時節)을 발라본니 희호연월(熙皞煙月)[1]이요 성ᄃᆡᄐᆡ평(聖代太平)이라. 경상(慶尙) 절나(全羅) 월경(越境)[2] 복덕ᄎᆞᆫ(福德村)의 묘한 ᄉᆞᄅᆞᆷ 홍보 놀보가 잇씨되, 놀보난 형이뇨 홍보난 아우엿다. 홍보난 마음니 어진 고로 선인(聖人)의 ᄡᅥᆫ(本)을 바더 청산(靑山)의 ᄌᆞᆼ유슈(長流水)[3]뇨 골륜(崑崙)[4]의 옥결[5]이라 ᄋᆡᆨ인(惡人)을 멀이하고 성인(聖人)을 친근(親近)한니 비지여군ᄌᆞ(比之如君子)[6]로다. 물욕(物慾)의 탐(貪)이 읍서 안빈낙도(安貧樂道) 질거한니 셰상의 무썅(無雙)이라. 졔 형 놀보난 심사(心思)[7]가 고약하야 ᄉᆞᄅᆞᆷ마도 오ᄌᆞᆼ육보(五臟六腑)로되 놀보난 오ᄌᆞᆼ칠보(五臟七

1) 희호연월(熙皞煙月): 백성이 화락하고 세상이 태평함.
2) 월경(越境): 국경이나 경계선을 넘는 일. 신재효본에는 '얼품'으로 나옴. '어름' 정도의 뜻임.
3) 장류수(長流水): 쉬지 않고 늘 흐르는 물로 맑은 성품을 비유함.
4) 곤륜(崑崙): 중국 고대 전설상의 성산(聖山). 중국 서쪽에 위치하며, 보석이 산출되는 곳으로 알려져 있다. 서왕모(西王母)가 이 산에 집을 지었고, 그 물을 마시면 불사신이 된다는 강이 그곳 주변을 둘러싸고 있어 지상낙원으로 보았다.
5) 옥결: 옥돌의 결이 깨끗하다는 데서 나온 말로 흔히 깨끗한 마음씨를 이르는 말.
6) 비지여군자(比之如君子): '비유컨대 군자와 같다'는 뜻.
7) 심사(心思): 남이 하는 일을 방해하려는 고약한 마음보. 또는 '마음'을 이르는 말.

腑)엿다. 남보더 한 보 더 잇난 것션 심사보(心思腑)엿다. 놀보가 심사보 가지고 평상(平生) 힝셰(行世)을 하되 쏙 일리하것다.

ᄃᆡᄌᆞᆼ군방(大將軍方)[8]의 벌목(伐木)하기, 오귀방(五鬼方)[9]의 이ᄉᆞ(移徙) 므〈권〉키, 삼살방(三煞方)[10]의 집 짓키와 히산(解産)한 ᄃᆡ ᄀᆡ 잡기와 쵸〈이〉웃 쳐ᄌᆞ(處子) 무암[11] 넛키, 시앗[12] 쌈의 츙동(衝動)하기, ᄉᆡ 메토리[13] 압총[14] 베기, ᄑᆡ난[15] 곡식(穀食) 웅지[16] 법키, 들짐지놈 다리 ᄎᆞ고[17] 막셕(舃)[18] 당혜(唐鞋)[19] 운두[20] 볘고 혼ᄃᆡᄉᆞ(婚大事)의 희방하기,[21] ᄌᆞᆷᄌᆞ넌 놈 눈셥 ᄲᅢᆸ기, 초상(初喪)난 ᄃᆡ ᄎᆞᆷ추기와 불붓난 집 부ᄎᆡ질과 셰쵸(莎草) ᄯᅴ 슈슐 ᄲᅢᆸ기,[22] 곱ᄉᆞ등이 뒤집어녹키, 상부 멘 놈 헛투 치귀,[23] 옹긔(甕器)찜의 족ᄯᅢᆨ기 ᄎᆞ기,[24] 오좀 누넌 놈 멱살 ᄌᆞᆸ기, 합푸암하넌 놈 ᄌᆡ 지버녹키, 글씨넌 놈 역구레 쓔시기, 돈 셰넌 ᄃᆡ 말

---

8) 대장군방(大將軍方): 음양론상 길하거나 흉한 방위를 맡은 여덟 장신 가운데 흉한 방위를 맡은 장신의 하나인 대장군신이 맡은 방위. 이 방위에서 나무를 베면 해를 입는다고 한다.

9) 오귀방(五鬼方): 열두 방위를 해, 달, 날짜, 시간에 따라 금·목·수·화·토의 오행으로 나눈 가운데서 자연의 순리가 상극하여 역행하는 가장 나쁜 방위. 이 방위로 가면 모든 일이 잘되지 않는다고 한다.

10) 삼살방(三煞方): 점술에서 겁살(劫煞)·세살(歲煞)·재살(災煞) 등 불길한 살기가 낀다는 방위.

11) 무암: '모함'의 와전.

12) 시앗: 첩을 이르는 말.

13) 메토리: '미투리'의 방언. 신 바닥은 삼으로 삼고 신코와 뒤축은 왕골의 속으로 짚신처럼 삼은 신. 흔히 날을 여섯 개로 한다.

14) 앞총: '엄지총'의 방언. 짚신이나 미투리의 맨 앞 양쪽에 굵게 박은 올.

15) 패는: (곡식의) 이삭이 나오는.

16) 웅지: '모개'의 잘못. 모개는 곡식의 이삭이 달린 부분.

17) [교감] 들짐지놈 다리 ᄎᆞ고: 신재효본에는 '옹기짐의 작대기 차고'로 되어 있음. 하지만 여기서는 등짐을 진 사람의 다리를 찬다고 보아야 할 듯함.

18) 만석(萬舃): 중국에서 예를 지낼 때 젖은 땅에 오랫동안 서 있어도 물기가 스며들지 않도록 신 바닥을 여러 겹으로 하거나 나무판자를 깎아대어 만든 신발.

19) 당혜(唐鞋): 중국식의 울이 깊고 앞코가 작은 가죽신. 오늘날 여자들이 신는 고무신은 이것을 본떠 만들었다 한다.

20) 운두: 그릇이나 신 따위의 둘레. 신 양쪽 테의 발등까지 올라오는 부분.

21) [교감] 희방하기: '훼방(毁謗)하기'의 잘못. 병서된 내용이 두 줄 있으나 "쌈 붓처긔 보난 일 ᄌᆞ바데며 들은 일 (…) ᄒᆞ며" 외에는 불명.

22) 사초(莎草) 떼 수술 뽑기: 무덤의 떼를 수시로 뽑기. 사초는 무덤에 떼를 입히고 다듬는 일.

23) [교감] 상부 멘 놈 헛투 치기: 상여 멘 놈 정강이 치기. 신재효본에는 '상여 멘 놈 형문(刑問) 치기'로 되어 있음. 형문은 죄인의 정강이를 때리던 형벌.

24) 옹기(甕器)찜의 작떽기 차기: 옹기를 진 짐을 받치고 있는 작대기 차기.

뭇기와 근ᄂᆡ 쒸난 ᄃᆡ 목쥴25) 비기, 널쒸난 ᄃᆡ 돌을 너코 ᄉᆡ 갓 보면 ᄯᆞᆷᄃᆡ26) ᄯᅥ고 죠흔 망건(網巾) 편ᄌᆞ27) 쓴키, 영쳔도문(靈泉道門)28) 악담(惡談)하기, 혼인ᄃᆡᄉᆞ(婚姻大事) 큰상(床) ᄎᆞ기, 부형쇼(父兄所)의 곤셜(困說)ᄒᆞ기,29) 불상한 놈 ᄲᅣᆷ을 치고 고단한 놈 슝당(胸膛)30)을 ᄎᆞ고 일연(一年) 고로(雇奴) ᄃᆡ려다가 츄슈(秋收) 모셩(墓省)하여는듸 옷셜 벅겨 ᄂᆡ여ᄶᅩ기,31) 사사(私事) 빗셰32) 졔집 ᄲᅢᆺ기, 동ᄂᆡ 쥬산(主山)33) ᄯᅡᆼ 파러 먹기, ᄌᆞᆼ(場)의 가면 억ᄆᆡ(抑買, 抑賣) 흥정,34) 집의 드러 도젹질을 쥬야(晝夜)로 일ᄉᆞᆷ문니 형졔 윤긔(倫紀)35) 아올숀야.

이놈의 심ᄉᆞᄀᆞ 모ᄀᆡ남무 심ᄉᆞ〈졋가지〉36)요, 성정(性情)이 불양(不良)하여 부모 싱젼(生前) 분ᄌᆡ젼답(分財田畓)37) 져 혼ᄌᆞ ᄎᆞ지ᄒᆞᆫ이, 놀부가 부ᄌᆞ(富者)엿ᄃᆞ. 서울 부ᄌᆞ 갓트면 봉졔ᄉᆞ(奉祭祀)38) 졉빈ᄀᆡᆨ(接賓客)39)과 베실 밋쳔 의복(衣服) 호ᄉᆞ(豪奢)ᄒᆞ련만는 시골 부ᄌᆞ라 하넌 것시 집뭇셰 ᄊᆞ인 셰간이라,40) 근간(勤幹)이 버으러라 부ᄌᆞ라 하것ᄃᆞ. 이놈 심사

25) 목줄: 벌이줄. 물건이 버틸 수 있도록 이리저리 얽어매는 줄.
26) 땀대: 땀을 받기 위해 갓 안쪽에 붙인 띠.
27) 편자: 망건을 졸라매기 위해 아랫시울에 붙여 말총으로 좁고 두껍게 짠 띠.
28) 영천도문(靈泉道門): 영력(靈力)을 강화하고 장생술을 연마하는 도가(道家)의 수련장소. 수련장소에서 악담을 할 만큼 심술궂다는 의미.
29) 부형소(父兄所)의 곤설(困說)하기: 아버지, 형 앞에서 버릇없는 말을 함부로 하기. 신재효본 「박타령」의 '부형 연갑(年甲)에 벗질하기'에 대응됨.
30) 흉당(胸膛): 가슴 한복판.
31) 일연(一年) 고로(雇奴) 데려다가 추수(秋收) 묘성(墓省)하여는듸 옷을 벗겨 내어쪼기: 1년 동안 머슴을 데리고 고생만 시키다가 추수한 후 성묘가 끝나면 옷까지 벗겨 내쫓기.
32) 사사(私事) 빗셰: 사사로운 빚에.
33) 주산(主山): 도읍, 집터, 무덤, 마을 따위의 뒤쪽에 있는 산. 풍수지리에서 묏자리나 집터 따위의 운수 기운이 매였다는 산.
34) 억매(抑買, 抑賣) 흥정: 부당한 값으로 억지로 팔거나 사려는 흥정.
35) 윤기(倫紀): 윤리와 기강을 아울러 이르는 말.
36) 모과나무 심사: 모과나무처럼 뒤틀려, 심술궂고 순수하지 못한 마음씨를 이름.
37) 분재전답(分財田畓): 가족에게 나누어준 논과 밭.
38) 봉제사(奉祭祀): 조상의 제사를 받들어 모심.
39) 접빈객(接賓客): 손님을 접대함.
40) 집뭇에 싸인 세간이라: 짚묶음에 쌓여 있는 세간이라. 곧 농사를 한 후의 수확물이 전 재산이라는 뜻.

난 십이제국(十二諸國) 심ᄉᆞ[41]을 져 혼ᄌᆞ ᄎᆞ지하야씨되 농ᄉᆞ(農事)난 화(化)하야[42] 칠연ᄃᆡᄒᆞᆫ(七年大旱)[43]이 너머 마흔네 ᄒᆡ가 지ᄂᆡ가도 실농(失農)[44] 안니하게 버을던니라.

웃물 죠흔 듸 모을 뭇고, 집푼 논의 물가리,[45] 놉푼 논의 말은가리,[46] 구렁논[47]의 풍곡(豊穀)하고, 진논[48]의 출베 심우고, 평젼(平田)논의 만베 ᄒᆞ고,[49] 사릐 진 밧[50] 콩을 갈고, 살찐 밧테 면화(棉花)ᄒᆞ고, 건[51] 밧테 팟철 갈되, 울콩[52] 불콩[53] 청ᄃᆡ콩[54] 눈 거문 광정이[55] ᄉᆡᆼ동찰[56] 적도(赤豆)팟[57] 홰 느러저 목슈슈 찰쫘 들쫘 들들쫘 동부[58] 녹도 머드레[59] 등을 간(間) 골르게 심어두고, 팔구월(八九月)의 츄수(秋收)하야 압뒤뜰의 노젹(露積)을 둥덩굴러킈 ᄊᆞ아두고, 호가ᄉᆞ(好家舍)[60]로 지ᄂᆡ오며, 홍부갓치 어진 동ᄉᆡᆼ 움막 지여 ᄂᆡ뜰리고 일 푼 일 니(釐) 안니 주며 지ᄂᆡ가며 죠롱(操弄)한니, 엇지 안니 무거(無據)[61]하리.

---

41) 십이제국(十二諸國) 심사: 욕심이 많다는 뜻. 십이제국이란 중국 춘추시대 노(魯)·제(齊)·진(晉)·진(秦)·초(楚)·송(宋)·위(衛)·진(陳)·채(蔡)·조(曹)·정(鄭)·연(燕)나라를 말함.
42) 화(化)하야: ~에 익숙해져서. 뒷구절이 오랜 가뭄에도 불구하고 농사시기를 놓치지 않았음에 유의해야 함. 즉, 욕심이 많아 가뭄 피해도 입지 않을 만큼 농사일을 열심히 했음을 뜻함.
43) 칠년대한(七年大旱): 은나라 시조 탕왕(湯王) 때 7년간 가뭄이 들어 왕이 직접 비를 빌었다는 고사에서 온 것으로, 매우 오랜 가뭄을 이르는 말.
44) 실농(失農): 농사를 실패하는 것. 농사시기를 놓치는 것.
45) 물가리: 물갈이. 논에 물을 넣고 논을 가는 일.
46) 말은가리: 마른갈이. 마른논에 물을 넣지 않고 논을 가는 일.
47) 구렁논: 땅이 움푹 패어 들어간 논.
48) 진논: 무논. 물이 있는 수답(水畓). 쉽게 물을 댈 수 있는 논.
49) 평전(平田)논의 만베 하고: 높은 밭에 늦벼를 심어 수확하고.
50) 사래 진 밧: 이랑이 긴 밭.
51) 건: (흙이나 거름이) 기름지고 양분이 많은.
52) 울콩: '강낭콩'의 방언.
53) 불콩: 콩의 하나로, 꼬투리는 희고 열매는 붉으며 껍질이 얇다. 화태(火太).
54) 청대콩: 덜 익어 아직 물기가 있는 콩. 청태(青太).
55) 광정이: '광저기'의 잘못. 콩과의 한해살이 덩굴식물.
56) 생동찰: 차조의 한 가지. 이삭에 털이 있고, 알이 잘며 빛이 푸름.
57) 적두(赤豆)팥: 붉은팥. 껍질 색깔이 검붉은 팥.
58) 동부: 콩과의 한해살이 덩굴식물. 광저기.
59) 머드레: '그루콩'의 방언. 그루갈이로 심은 콩.
60) 호가사(好家舍): 화려하게 잘 지은 집.
61) 무거(無據): 무거불측(無據不測)함. 곧 성질이 말할 수 없이 흉측함.

놀부난 일러하되 홍부ᄂᆞᆫ ᄌᆞ연(自然) 어질던니라. 청산의 장유슈(長流水)뇨 골윤산(崑崙山) 옥결이라 천정(天情)[62]이 일러키로 ᄉᆞᆫ〈션〉심(善心)을 본을 밧고 악인(惡人)을 저어할 졔, 물녹〈록〉(物慾)의 탐이 읍고〈셔〉, 긔산(箕山)의 쇼부(巢父) 허유(許由)[63] 뇨슌(堯舜) ᄯᆡ[64]의 다시 난 듯 옥누정신(玉樓形神)[65]니요 츄월긔상(秋月氣像)[66]이라, 가셰(家勢)가 철빈(鐵貧)[67]하야 안빈낙도ᄒᆞ난 거동(擧動) 엇지 안니 불상할이.

홍보 의복 보량이면, 오유월(五六月)의 핫옷 입고[68] 셜한풍(雪寒風)의 베옷 입고, 굼ᄃᆞ 굼ᄃᆞ 못 견듸여 부부(夫婦) 탄식(歎息) 우난 말이,

"실푸다 우리 부부, 청염(淸廉)만 본을 밧고 빈곤(貧困)의 ᄊᆞ여신니 엇지 안니 원통(冤痛)할리."

관ᄌᆞᆼ곡[69] 우름쇼ᄅᆡ ᄂᆡᆼᄂᆡᆼ(冷冷)이 말게 ᄂᆡ여 쳐량(凄凉) 복통(腹痛)[70] 우난 쇼ᄅᆡ, 홍문연(鴻門宴)[71] ᄃᆡ연시(大宴時)예 옥결을 ᄶᅢ치난 듯, 쇼상강(瀟湘江)[72] 목우(沐雨)[73] 즁의 쥭상지누(竹上之淚) ᄲᅮᆯ인 혼ᄇᆡᆨ(魂魄)[74]

62) 천정(天情): 타고난 성품.

63) 기산(箕山)의 소부(巢父) 허유(許由): 기산(箕山)에 들어가 살던 소부(巢父)와 허유(許由). 소부는 속세를 떠나 나무 위에서 살았다고 하여 붙여진 이름인데 요임금이 그에게 나라를 넘겨주려 했으나 거절했다고 하며, 허유 역시 요임금이 왕위를 물려주려 했으나 거절하고 자신의 귀가 더러워졌다 하여 영수(潁水)에 가서 귀를 씻고 기산으로 들어가 살았다 한다.

64) 요순(堯舜) 때: 요임금과 순임금이 다스리던 때. 곧 덕으로 다스려지던 태평한 시대를 말한다. 그러나 여기서는 '요순 때의 소부 허유'라고 해야 맞다.

65) 옥루형신(玉樓形神): 천상 백옥루에 사는 신선 같은 모습.

66) 추월기상(秋月氣像): 가을 달같이 맑고 깨끗한 기상.

67) 철빈(鐵貧): 아주 심하게 가난함.

68) 오뉴월(五六月)의 핫옷 입고: '핫옷'은 솜옷. 입을 옷이 없어 더울 때도 솜옷을 입을 수밖에 없다는 뜻.

69) 관장곡: 미상.

70) 처량(凄凉) 복통(腹痛): 몹시 원통하고 답답하여 구슬프게.

71) 홍문연(鴻門宴): 초한(楚漢) 때 항우(項羽)와 유방(劉邦)이 참석했던 연회. 여기서 항우는 유방을 죽이려고 했으나, 연회장 밖에서 대기중이던 번쾌(樊噲)가 주군의 위험을 알아차려 검과 방패로 무장하고 위병을 밀어젖히고 뛰어들어가 항우와 맞섰다. 번쾌가 유방에게 두 마음이 없음을 설득하는 동안, 유방은 뒷간에 가는 척하고 탈출할 수 있었다고 한다.

72) 소상강(瀟湘江): 중국 호남성의 소수(瀟水)와 상수(湘水)를 함께 이르는 말.

73) 목우(沐雨): 비를 흠뻑 맞는 것.

74) 죽상지루(竹上之淚) 뿌린 혼백(魂魄): 중국 고대 순임금의 두 부인인 아황(娥皇)과 여영(女英)이, 순임금이 죽자 슬피 울면서 그 눈물을 대나무에 뿌렸는데, 그것이 모두 반죽(班竹)이 되었다

임 글리워 우난 정(情)과, 망부(望夫) 악산(惡山) 놉피 올나 쳔리(千里) 관산(關山) 바라볼 졔[75], 이예셔 더ᄒᆞᆯ숀가.

"창쳔(蒼天)게 비난이다. 일월성신(日月星辰) 명명(明明)하와 ᄂᆡ의 원졍(原情)[76] 통쵹(洞燭)하야 쳔ᄉᆡᆼ만물(天生萬物) 유록(有祿)하야 빈부(貧富) 미련하옵실 졔, 우리 무삼 죄악(罪惡)으로 젹슈공건(赤手空拳)[77] 되계 ᄒᆞ와, 죠식연명(朝夕延命)[78] 간ᄃᆡ읍셔 긔ᄉᆞ지경(幾死之境) 되야신니, 형졔만한 윤긔을 시쵹(豕豖)[79]인들 몰을숀가. 큰ᄃᆡᆨ의 근너가 젼곡간(錢穀間)의 으더다 굴문 ᄌᆞ식(子息) 살여ᄂᆡ오."

고 하는 고사에 전고를 둔 표현임.

75) 망부(望夫) 악산(惡山) 높이 올라 천리 관산(關山) 바라볼 제: 남편을 그리워하며 험한 산에 올라 변경의 산을 멀리 바라볼 제.

76) 원정(原情): 사정을 하소연함.

77) 적수공권(赤手空拳): 맨손과 맨주먹이라는 뜻으로, 아무것도 가진 것이 없음을 이르는 말.

78) 조석연명(朝夕延命): 아침과 저녁 두 끼니만으로 목숨을 이어감.

79) 시축(豕豖): 돼지.

양식 구걸하는 흥보, 냉대하는 놀보

흥보 일은 말리,

"형ᄂᆡᄃᆡᆨ ᄊᆞ인 곡씩(穀食) 전곡(錢穀) 간의 쥬옵시면, 우리 권쇽(眷屬)[1] 살연만은 형임 마음 싱각한니 갈 ᄯᅳᆺ지 젼여 읍ᄂᆡ."

흥보 아ᄂᆡ 일른 말리,

"죠흔 닐은〈의ᄂᆞᆫ〉 남남, 구진일의난 동긔간(同氣間). 져 성싱(形勢)을 보와씨면 언늬 몹실 도쳑(盜跖)[2]이가 아무것도 안니 쥴가. 쥴 거신니 근너가쇼."

흥보 형의 집 근너갈 졔, 의복 졀ᄎᆞ(節次) 찰이난듸, ᄃᆡ우[3] 읍난 흔〈헌〉 쥭갓[4] 버리쥴[5] 총총 다라 죠ᄉᆡᆨ〈식〉(皁色)[6] 갓ᄭᅳᆫ 다라 씨고, 편

1) 권속(眷屬): 한집에 거느리고 사는 식구.

2) 도척(盜跖): 중국 춘추시대의 큰 도적인 유척(柳跖). 현인(賢人) 유하혜(柳下惠)의 아우로, 수천 명을 거느리고 천하를 횡행했다 한다. 대체로 악인을 대표하는 이로 거론된다.

3) 대우: '갓모자'의 잘못.

4) 죽갓: 날림으로 만들어 여러 죽씩 헐값으로 파는 갓.

5) 벌이줄: 물건이 버틸 수 있도록 이리저리 얽어매는 줄.

6) 조색(皁色): 곱지 않은 검은 빛깔.

ᄌᆞ 터진 헌 망건[7] 물네쥴[8]노 당쥴[9] 다라 두통(頭痛)이 나게 졸나ᄆᆡ고, ᄌᆞ락 읍난 ᄒᆞᆫ 즁치막[10] 열두 도막 이은 ᄡᅴ을 흉복(胸腹)통을 질ᄭᅳᆫ 눌너 시ᄌᆞᆼ찬케 잘나ᄆᆡ고[11], 황구(黃狗) 잘양[12] 팔비ᄌᆞ(褙子)[13]을 무릅지게[14] 모박어[15] 입고, 한 ᄌᆞ 되난 무명 쥽치 일가ᄉᆞᆫ(一家産)을 모도 ᄉᆞᆱ여 즁동 휘니게[16] 눌너 ᄎᆞ고, 다 ᄯᅥᆯ러진 ᄒᆞᆫ 졉바지[17] 오좀 ᄊᆞ셔 얼룽진 ᄎᆡ 웃베 즁의 ᄶᅧ셔〈찌여〉 입고, 셔리 아침 치운 날의 팔짱 찌고 헛거름쳐 선숀빅결(懸鶉百結)[18] 가난 거동, 증〈정〉갑셜 밧거드면 삼빅 양이 헐가(歇價)로다[19].

벌넝벌넝 ᄯᅳᆯ면셔 형의 문 압 당도하야〈니〉, 홍보 안마음의,

'ᄂᆡ가 들러가거든 형임이 선심(善心)을 ᄡᅧ 무엇셜 쥬시면 죠컨니와 만일 몽동이 영(令)이 나거드면 남도 북글업고 엇지할고.'

무슈(無數)이 쥬져ᄒᆞ다 남의 죵놈 모양으로 ᄯᅳᆯ아릐 가 ᄒᆞ정ᄇᆡ(下庭拜)[20]하며,

"형임 나 왓쇼."

인ᄉᆞ한니, 화목(和睦)하난 형 갓하〈트〉면 'ᄂᆡ 동ᄉᆡᆼ 날이 치운이 어셔

---

7) 망건: 상투 있는 사람이 머리카락이 흩어지지 않도록 머리에 두르는 물건.

8) 물렛줄: 물레의 몸과 가락에 걸쳐 감은 줄. 손잡이를 돌리는 대로 가락을 돌게 함.

9) 당줄: '망건당줄'의 준말. 망건에 달아 상투에 동여매는 줄.

10) 중치막: 선비가 입던 웃옷의 하나. 넓은 소매에 길이가 길고, 앞은 두 자락 뒤는 한 자락이며, 옆이 터진 옷.

11) 흉복(胸腹)통을 질끈 눌러 시장찮게 잘라매고: 가슴과 배 사이를 질끈 눌러 배고프지 않게 졸라매고.

12) 황구(黃狗) 잘량: 황구로 만든 잘량. '잘량'은 털이 붙어 있는 채로 무두질한 개가죽.

13) 팔배자: '팔배'는 '마고자'의 방언. '배자'는 마고자 모양의, 소매 없는 덧저고리.

14) 무릅지게: '무릎치기'의 와전인 듯함. '무릎치기'는 무릎까지 내려오는 짧은 바지.

15) 모박어: 모를 심은 듯이 촘촘히 박아.

16) 중동 휘니게: 가운데 부분이 휘게.

17) 겹바지: 솜을 두지 않고 거죽과 안을 맞추어 겹으로 지은 바지.

18) 현순백결(懸鶉百結): 메추라기(鶉)의 꽁지가 잘 문드러지고 털빛도 얼룩덜룩하므로, 해진 의복의 형용으로 쓰임.

19) 정값을 받게 되면 삼백 양이 헐가(歇價)로다: 제대로 된 값으로 치면 300냥이 오히려 싸다. 협수룩한 홍보의 복색에 대한 반어적인 표현임.

20) 하정배(下庭拜): 신분이 낮은 사람이 윗사람을 뵐 때 뜰아래에서 절하던 일, 또는 그 절.

오르라' 하련마는 박셕의 ᄃᆡ답쬬(對答調)[21]가 쥴이을 할[22] 놈니엿다. 느진 쳥(噌)을 ᄂᆡ여,

"어이 왓노?"

홍보 업쳐 빌 마듸의 두 숀 합쟝(合掌) 무릅 ᄭᅮᆯ고, 지셩(至誠)으로 비난 말리,

"형임 통쵹(洞燭)하옵시뇨. 형임은 ᄂᆔ시오며 홍보난 ᄂᆔ온닛가. 골육형졔(骨肉兄弟) ᄂᆡ 안니뇨. 쳘륜지졍(天倫之情) ᄉᆡᆼ각하와 동ᄉᆡᆼ 홍보 살여쥬오. 질을 두고 뫼로 갈ᄀᆞ[23], 의탁(依託)할 길 읍난 동ᄉᆡᆼ이 안니 불샹하오. 어졔 져역 그져 잇고 오날 아침 식젼(食前)니요. 자식들도 ᄇᆡ가 곱파 반ᄉᆡᆼ반ᄉᆞ(半生半死) 되야삽고 동ᄉᆡᆼ도 ᄇᆡ가 곱파 쥭을 지경 되야기로, 형임 처분 바ᄅᆡ옵고 졔우 사러 왓ᄉᆞ온니, 돈이 되나 ᄊᆞᆯ니 되나 젼곡(錢穀) 간의 쥬옵쇼셔. 그것져것 못 쥴진ᄃᆡ ᄎᆞᆫ밥니나 몽근져[24]나 ᄊᆞᆯᄋᆡ기〈락니〉[25]나 찌겅이[26]나 양단(兩端) 간의 쥬옵시면, 연일불ᄉᆡᆨ(連日不食) 굴문 ᄌᆡ식(子息) 한 ᄭᆡ 먹여 살여ᄂᆡᄉᆡ."

ᄇᆡᆨ(百) 가지로 빌 젹의, 놀보놈니 안져〈ᄌᆞ〉 듯던니 두 쥬먹을 불ᄭᅳᆫ쥬어, 쟝챵(長窓) 바라지[27] 좀문 문〈군 문〉을 에훌리쳐[28] 탁 펼치며 눈을 ᄧᅡᆨ 부릅ᄯᅳ고,

"이놈 홍보야 말 듯거라, 돈 한 돈이나 쥬ᄌᆞ 한들 옥쟝(玉帳) 방피목궤(皮木櫃)[29]예 관(貫)[30]을 지여 너흔 돈을 너 쥬랴고 양돈[31] 흘

21) 박석의 대답조(對答調): '박석'은 미상. 박하게 대하며 답하는 말투 정도의 뜻인 듯함.
22) 주리를 할: 주리의 형벌을 가해야 할 정도로 매우 나쁜. '주리'는 죄인의 두 다리를 한데 묶고 다리 사이에 두 개의 주릿대를 끼워 비트는 형벌.
23) 길을 두고 뫼로 갈까: 편하고 유리한 방법을 가르쳐주었는데도 굳이 자기 고집대로 한다는 '길로 가라니까 뫼로 간다'는 속담의 활용. 피를 나눈 형제가 있는데 굳이 다른 데 의탁할 필요가 있느냐는 뜻임.
24) 몽근겨: '속겨'의 방언. 곡식의 겉겨가 벗겨진 다음에 나온 고운 겨.
25) 싸라기: 쌀의 부스러기.
26) 찌겅이: 지게미. 술찌꺼기.
27) 바라지: 방에 햇빛이 들게 하려고 벽의 위쪽에 낸 작은 창.
28) 에후리쳐: 둥글게 휘어 당겨.
29) 피목궤(皮木櫃): 가죽이나 나무로 만든 궤.

〈헐〉며, ᄊᆞᆯ 되나 쥬ᄌᆞ 한날〈들〉 남ᄃᆡ청(南大廳)[32] 큰 두지[33]의 가득가득 담아신니 너을 쥬ᄌᆞ고 고문(庫門) 렬며, 베 말이나 쥬ᄌᆞ 한니〈들〉 쳘녹방(天祿方)[34] 가진 노젹(露積) 담물담물 ᄊᆞ여신니 너 쥬랴고 노젹 흘며, ᄎᆞᆫ밥이나 쥬ᄌᆞ 한들 ᄉᆡᆨ기 난 거먹 암ᄏᆡ 열두 간 고문(庫門)마당 구셕구셕 누워신니 너을 쥬고 ᄀᆡ 굼기며, ᄊᆞᆯᄅᆡ기나 쥬ᄌᆞ 한니 잉긴[35] 달기 오십 슈(首)[36]라 너을 이졔 쥬거드면 병알이을 어이하며, 찌경이나 쥬ᄌᆞ 한니 구진 방 울리 안의 ᄯᅦ되야지 들러신니 너을 쥬고 돗[37] 궁길이. 렬업신 놈 어셔 가라. ᄭᅮᆷᄌᆞ리가 ᄉᆞ납던니 험한 놈을 다 보리러〈로〉고. 네놈 살 ᄃᆡ 지시하마. 산동(山東) ᄯᅡ 궤알ᄎᆞᆫ[38]의 심산궁곡(深山窮谷) 어데 두며, 무인지경(無人之境) 옷ᄯᆞᆫ[39] 쥬막(酒幕) 헛튼거리[40] ᄑᆡ약ᄎᆞᆫ(悖惡村),[41] 각 동ᄂᆡ 외입즁이 난봉[42] 셜ᄎᆞᆨ[43] 실업신 놈 쥬ᄌᆞᆼ무인(主張無人)[44] ᄊᆞᆷ 잘하고 ᄯᅦ군역 헛튼거리, 귀셜(口舌) 젼갈(傳喝) 십이군[45]을 밧비 ᄎᆞ져 네 ᄉᆞ러라. 마당쇠야, 고문(庫門) 렬나."

30) 관(貫): 무게를 재는 단위의 하나. 한 관은 한 근의 열 배로 3.75킬로그램에 해당함.

31) 양돈: 한 냥가량의 돈.

32) 남대청(南大廳): 한옥에서 남쪽을 향해서 난, 집 몸채의 방과 방 사이에 있는 큰 마루.

33) 두지: '뒤주'의 잘못. 뒤주는 곡식을 담아두는, 나무로 만든 궤.

34) 천록방(天祿方): 이사할 때 방위를 보던 구궁(九宮)의 하나. 길한 방위로 친다.

35) 잉긴: 앵긴. 엉긴. 한데 얽혀 있는.

36) 수(首): 마리.

37) 돗: 돝. '돼지'의 옛말.

38) 산동 땅 궤알ᄎᆞᆫ: 미상. 심산궁곡인 어떤 곳의 이름으로 지어낸 듯함.

39) 옷ᄯᆞᆫ: 외딴.

40) 허튼거리: '허튼'은 '헤프게 하는' '함부로 하는' '쓸데없는' '되지 못한'의 뜻이나, 여기서는 실재하지 않는 가상의 장소를 이르는 말. 농악(農樂)과 같은 놀이의 허튼거리에서 온 말로, '거리'를 동음이의어로 활용한 것임.

41) 패악ᄎᆞᆫ(悖惡村): 사리에 어긋나고 흉악한 마을이라는 뜻이나, 여기서는 나쁜 의미의 명칭을 붙여 가상적으로 만든 마을 이름.

42) 난봉: 허랑방탕한 짓. 또는 그런 사람.

43) 설ᄎᆞᆨ: 설근 찬 놈. 곧 매우 강한 놈.

44) 주장무인(主張無人): '주장하여 맡는 사람이 없음'이라는 뜻이나 여기서는 '자신의 주장만을 내세워 다른 사람이 없는 것처럼 한다'는 뜻인 듯함.

45) 구설(口舌) 전갈(傳喝) 십이군: 십리(十里)를 가서 입과 혀로 전갈하는 심부름꾼의 뜻인 듯함. '군'을 동음이의어로 활용하여 실재하지 않는 가상의 장소를 이름. 험악한 곳 아무 데나 가서 살라는 놀부의 악의가 담겨 있음.

홍보 고문 렬나난 말 듯든〈더〉니, ᄊᆞᆯ 되나 쥴 쥴노 업처씰 졔,

"고문 안의 무푸레[46] 몽동니 한 다발 ᄂᆡ오라."

놀보놈 거동 보쇼. 몽동니 드러메여, 홍보의 존허리 목금〈검〉슈 병문(屛門) 치듯,[47] 야단일슈[48] 셰간 치듯, 강ᄉᆡᆷ[49]하난 놈 졔집 치듯, ᄃᆡ우(大雨)방[50] 슈쳘 리(數千里)의 뇌공션(雷公仙)[51]의 별악 치덧, 홍보의 존허리을 짤칵 미여붓친니, 홍보 긔졀하야 연일불식(連日不食) 굴문 홍보 밥 한술은 안니 쥬고 보리ᄭᅳᆷ[52]을 ᄂᆡ노은니, 하눌니 쌩 돌고 쌍니 툭 써지난 듯하되, 게셔 우러셔는 형우〈의〉졔공(兄友弟恭)니 못 된다고, 믜운 것 먹은 놈 모양으로 후후 불며 나오면셔,

"야쇽하다 우리 형임. 천지의 즁(重)한 것시 오륜(五倫)박긔 읍건만는, 뭇쌍(無雙)한 우리 형임 물뇩(物慾)만 탐(貪)을 하고 륜긔(倫紀)을 져발인니, 엇지 안니 원통하리. 숨강오륜(三綱五倫) 읍난 곳듸 쇽졀읍신 ᄋᆡ걸(哀乞)일다. 금고함셩(金鼓喊聲)[53] 우난 쇼ᄅᆡ 일촌간ᄌᆞᆼ(一村肝腸)[54] 다 녹넌〈는〉다. 엿ᄎᆞ(如此) 원통(寃痛) 셜운 말을 쥭거 황천(黃泉)의 드러가셔 부모 젼(前)의 고하리라."

셜니 울고 오난 거동, 회음(淮陰)[55] ᄯᆞ 한신(韓信)이가 표묘(漂母)의 긔식(寄食)ᄒᆞ고[56] 한즁(漢中)[57]으로 향하난 듯.

---

46) 물푸레: 물푸레나무. 물푸레나뭇과의 낙엽 활엽 교목. 이 나무는 가장 단단하고 질긴 나무 중 하나다. 예전에는 도리깨를 이 나무로 만들었다고 함.

47) 목검수 병문(屛門) 치듯: '병문'은 골목 어귀의 길가. 임금이 거둥할 때 길 어귀를 지키던 군사를 병문파수(屛門把守)라 하는 것으로 미루어볼 때, 목검수는 그러한 일을 하는 자로 추측됨.

48) 야단일수: 야단법석을 잘 떠는 자.

49) 강샘: 지나친 질투. 투기.

50) 대우방(大雨-): 큰비가 내리는 방죽.

51) 뇌공선(雷公仙): 뇌공(雷公). 우레를 맡고 있다는 신.

52) 보릿금: 보리 몽둥이로 맞은 흔적을 말하는 듯함.

53) 금고함성(金鼓喊聲): 징소리와 북소리와 여러 사람이 함께 지르는 고함 소리. 여기서는 큰 소리를 내어 운다는 뜻.

54) 일촌간장(一村肝腸): 한 토막의 간과 창자라는 뜻으로, 주로 애달프거나 애가 탈 때의 마음을 형용하여 이르는 말.

55) 회음(淮陰): 진(秦)나라가 둔 현으로 지금의 강소성 청하현(淸河縣) 남쪽에 성지(城址)가 있음.

56) 한신(韓信)이가 표묘(漂母)의 기식(寄食)하고: 한신은 한고조(漢高祖) 유방(劉邦)의 핵심 참모였던

잇ᄯᅢ 홍보 자식을 나아씨되, 갑ᄌᆞ(甲子) 을축(乙丑) 병인(丙寅) 정묘(丁卯) 무진(戊辰) 긔사(己巳) 싱(生)까지 나 노은 것시, 민 아들만 셔른셰 명을 나 노와ᄊᆞ나. 홍보 자식덜〈들〉니 좌우(左右)로 늘려 안ᄌᆞ, 져의 어만니을 졸나 하난 말리〈ᄒᆞᆫ 놈 나안지며〉

"ᄋᆡ〈아〉고 엄만임, 날 ᄀᆡ중국의 흰밥 쥬쇼."

ᄯᅩ 한 놈은 가입(加入)하야,

"나넌〈는〉 그 국의 고쵸갈우〈리〉나 만니 너어쥬오."

ᄯᅩ 한 놈 안ᄌᆞ짜ᄀᆞ,

"어만임 나난 싱낙지 사ᄃᆞ 련포[58]하여 ᄒᆞᆫ 옴박지[59] 먹어보싀."

ᄯᅩ 한 놈 나안지며,

"나난 열고지탕(悅口子湯)[60] 한 그릇 하야 쥬쇼."

홍보 큰아들 나안지며,

"어만임 올부텀〈봇틈〉은 이상하오. 지지ᄀᆡ〈게〉[61]가 불근불근 쎠〈세〉니며 중동이 섬섬(閃閃) 갈엽기예 엇지 일러 하고하고〈ᄒᆞ기예 무엇시니려 ᄒᆞᆫ는냐고〉 열 일 졔지ᄒᆞ고 ᄌᆞ쳐노코 본니, 살이마가 번뜻하고 멀이털 갓탄 것시 한 뼘씩이나 도더〈돗아〉 나오ᄂᆡ. 나을 곱쏙곱쏙 히야 본니 을시연(乙巳年)이요 날 ᄌᆞᆼᄀᆡ(丈家)들려쥬오."

홍보 안ᄂᆡ 이 말 듯고,

"ᄂᆡ 아들라 우지 마라. 천황(天皇) 지황(地皇)[62] 싱긴 후의 일월셩신

장수. 처음에는 항우(項羽)를 섬겼으나 중용되지 못하자 유방을 도와 항우를 패퇴시켜 천하를 얻는 개국공신이 된다. 한신은 궁핍한 가정에 태어나 어릴 적에 부모를 잃고 강가로 가서 고기를 잡아 팔기도 하고, 고기를 잡지 못한 날에는 주린 배를 움켜쥐며 지냈다고 한다. 그 시절 빨래어멈에게 밥을 얻어먹은 적이 있었는데 후에 그 은혜를 크게 갚았다고 한다.

57) 한중(漢中): 섬서성 남정현(南鄭縣)의 지명.

58) 연포: 낙지연포탕. 낙지와 두부 등을 끓여 만든 탕 음식.

59) 옴박지: '옹자배기'의 방언. 둥글넓적하고 아가리가 쩍 벌어진 아주 작은 질그릇.

60) 열구자탕(悅口子湯): 신선로에 여러 가지 어육과 채소를 색을 맞추어 넣고 그 위에 각종 과실을 넣어 끓인 음식.

61) 기지개: 음경(陰莖)의 발기를 비유적으로 이른 말.

62) 천황(天皇) 지황(地皇): 천지인(天地人) 삼재(三才) 사상에 바탕을 둔 중국 고대의 전설상의 제왕들.

(日月星辰) 발가 잇고, 부모 ᄌᆞ식 싱겨나셔 못 먹이고 못 입피난 어무 간ᄌᆞᆼ(肝腸) 불니 난다.”

일니 울 졔, 홍보 말ᄊᆞ자식이 울름을〈니〉 두 마듸엿ᄯᆞ. 벅벅 응 ᄶᆞ(字) 나 아 ᄶᆞ(字). 어버도 “응아” 보듬〈안고〉아도 “응아” 달ᄂᆡ도 “응아”. 홍보 안ᄂᆡ 귀ᄎᆞᆫ하야,

“쥭거라 쥭거라.”

넙덕지[63]을 ᄶᅡᆨ ᄶᅡ려논니 우난 아희 긔졀한니 홍보 안ᄂᆡ 마음의 ᄎᆞᆷ혹(慘酷)하야, 우난 아희 숀의 들고 달ᄂᆡ여 어룰 젹의,

“둥둥 ᄂᆡ 아들. 강남의 렬쇠,[64] 츄쳔(鞦韆)의 옷고름,[65] 불은 ᄉᆡ방울,[66] 옥등경(玉燈檠) 가마ᄭᅩᆨ지[67]로ᄃᆞ〈등도여〉. 둥둥둥 ᄂᆡ ᄉᆞᆯ랑 ᄂᆡ 아들이졔.”

이쳐로〈러치〉 어류다가 ᄶᅡ독ᄶᅡ독 졈드려노코, 문 박긔 멀이 나와 담 모롱 빗겨셔셔 낭군 오기 지달일 졔, 칠연ᄃᆡ한(七年大旱) 가문 날의 단비 오기 지달이듯, 남병산(南屛山) 칠셩단(七星壇)의 동남풍(東南風)을 지달니듯,[68] 부모 후일(後日) 졔ᄉᆞ시(祭祀時)예 계명셩(鷄鳴聲)을 지달니듯,[69] 쳘이타향(千里他鄕) 미구ᄀᆡᆨ(未歸客)이 고향쇼식 지달니듯, 원ᄒᆡᆼ(園幸)[70] 와 셔리치고 담 못통〈모롱〉 비겨셔셔 홍보 오기 지달일 졔, 망

63) 넙덕지: ‘넓적다리’ ‘엉덩이’의 방언.

64) 강남의 열쇠: 미상.

65) 추천(鞦韆)의 옷고름: 그네 뛸 때 보이는 옷고름. 그만큼 날렵하고 가볍다는 뜻인 듯함.

66) 불은 새방울: 바람이 불어 소리 나는 쇠방울.

67) 옥등경(玉燈檠) 가마꼭지: 옥으로 만든 등잔걸이의 특정 부분을 지칭하는 듯함. 그만큼 소중하다는 비유.

68) 남병산(南屛山) 칠성단(七星壇)의 동남풍(東南風)을 기다리듯: 제갈공명이 남병산에 칠성단을 쌓고 조조의 군사를 물리치기 위해 동남풍을 기다리듯. 남병산은 중국 강소성 상요현 북쪽에 있는 산.

69) 부모 후일(後日) 제사시(祭祀時)예 계명성(鷄鳴聲)을 기다리듯: 제사는 보통 해시말(亥時末)에서 자시초(子時初)에 지내는 것이 관습이므로 새벽에는 제사가 끝남. 따라서 제사가 끝나기를 기다리는 듯하다는 뜻임.

70) 원행(園幸): 왕의 궁밖 나들이를 ‘거둥’ 혹은 ‘행행(幸行)’이라 하는데, 능(陵, 왕과 왕비의 무덤)에 가는 행행을 능행(陵幸), 원(園, 왕의 후궁이나 세자의 무덤)에 가는 행행을 원행(園幸)이라고 한다. ‘원행 와 셔리치고’에 이어지는 구절이 있는 듯하나 탈락된 듯함.

부(望夫) 산간(山間) 발라본니[71] 홍보 ᄆᆡ만 질ᄭᅳᆫ 맛고 헛거러 들어와 안난 ᄶᅩ(調)[72]을 본니, 허리가 졉〈살〉쵸롱 졉치〈피〉듯 하고[73], 말쇼리가 바람 부난 날 빈 항(缸) 쇽의셔 나난 솔리쳐로 휭휭 빈 쇼리 난니, 홍보 안ᄂᆡ 일른 말리,

"젼곡(錢穀) 간의 쥬옵던〈든〉가?"

홍보 저의 형님 하는 ᄃᆡ로 하여셔는 형의 흉구〈부〉덕[74]이 날 ᄯᅳᆺ하야,

"형임이 이시니 인후(仁厚)한 품니 명윤당(明倫堂)[75] 졋틔 ᄉᆞ라 공ᄌᆞ(孔子)임의 져젹〈작〉(著作)을 바다난지[76] ᄌᆞᆼ이 인후(仁厚)하엿ᄶᅥ〈아데〉. ᄂᆡ 건너가 인ᄉᆞ을 한직 보산〈선〉발노 넙다〈ᄶᅥ〉 셔셔 팔을 ᄌᆞᆸ고 드러가 ᄀᆡ ᄌᆞᆸ고 닥 ᄌᆞᆸ고 만이 만이 권하기로 함포고복(含哺鼓腹)[77] 질ᄭᅳᆫ 먹고, 인졍 잇난 우리 형슈 고왕문[78] 렬들니고, ᄡᆞᆯ 서 말 돈 한 양 베 열 말 의복 한 벌 귀(貴)이 밧비 쥬시기로 엄둥〈동〉거려[79] ᄶᅵᆲ어지고, 함출쳠비(汗出沾背)[80] 갓분 ᄉᆞᆷ의 밧비 허위〈유〉 오로란〈ᄂᆞ〉니, 한 모롱 도라션니 엇ᄶᅥ한 도젹놈니 한 숀의 칼을 들고 ᄯᅩ 한 숀의 몽동이 들고 이놈 나을 우리난ᄃᆡ[81] 놀납ᄶᅥ〈데〉. '이놈 목씸이 큰야〈크냐〉 지물니 큰야? 업퍼 ᄲᅢᆷ의 피가 나고 한번 호통 정신읍〈업〉셔 가만니 버셔쥬고 졔우〈오〉 사라 돌아왓ᄂᆡ. ᄂᆡ 복(福) 업난 일인니 부ᄃᆡ 형임 원망 마

71) 망부(望夫) 산간(山間) 바라보니: 남편을 기다리며 산 사이를 바라보니.

72) ᄶᅩ(調): '말투'나 '태도' 등의 뜻을 나타내는 말.

73) 허리가 졉초롱 접히듯 하고: 허리가 접힌 초롱같이 쑥 들어가 있음을 형용함.

74) 흉구덕: 남의 허물을 험상궂게 말하는 것. 또는 그 말. 험담.

75) 명륜당(明倫堂): 조선시대에 성균관 안에서 유학을 가르치던 곳.

76) 저작(著作)을 받았는지: 책을 익혀 그 정신을 이어받았는지.

77) 함포고복(含哺鼓腹): 잔뜩 먹고 배를 두드린다는 뜻으로, 먹을 것이 풍족하여 즐겁게 지냄을 이르는 말. 이어지는 '질ᄭᅳᆫ 먹고'와는 뜻이 중첩됨.

78) 고왕문: 고왕은 고(庫)와 방(房)이 합해진 말. 광문. 광에 달린 문.

79) 엄둥거려: '뭉뚱거려'의 잘못.

80) 한출첨배(汗出沾背): 흐르는 땀이 등을 적심.

81) 우리다: 달래거나 위협하거나 속여 물건 따위를 얻어내다.

쇼.”

홍보 안ᄂᆡ 질례[82] 알기가 즁방(中枋) 순역 ᄯᅮᆯ코 나오난 귀ᄯᅩᆯ〈뜰〉이미[83]엿다.

“ᄂᆡ지 마쇼 ᄂᆡ지 마쇼, 글런ᄃᆡ도 ᄂᆡ가 암ᄂᆡ. 무상(無狀)할ᄊᆞ[84] 시아지범, 동양은 안니 쥰들 쇼박좃쳐〈ᄎᆞ〉 ᄶᅵ친든 말가. 전곡은 안니 쥰들 픠 보ᄂᆡ기난 웬일인고. 학쳘(涸轍)의 마른〈말은〉 괴기[85] 일두〈ᄯᅩ〉슈(一斗水)[86] 뉘라 쥬며, 례〈여〉상(呂尙)[87]의 쥬린 ᄉᆞ롬 살여ᄂᆡᆯ 니 뉘 잇실가. 반쥭(班竹)[88]의 ᄲᅮᆯ인 눈물 ᄋᆡ황(娥皇) 여영(女英)[89] 서름니뇨, 홍곡가(鴻鵠歌)을 지여ᄂᆡᆫ니 왕쇼군(王昭君)의 서름니요,[90] 쟝신궁(長信宮) ᄭᅩᆺ시 진니 반쳡여(班倢伃)의 서름이요,[91] 옥쟝(玉帳)[92] 즁 혼(魂)니 난니

82) 질례: 지레. 어떤 시기가 되기 전에 미리.

83) 중방(中枋) 구멍 뚫고 나오는 귀뚜라미: ‘중방’은 벽의 한가운데에 가로지르는 막대기. ‘중방 밑 귀뚜라미’는 무엇이고 잘 아는 체하는 사람을 비유적으로 이르는 말.

84) 무상(無狀)할사: 아무렇게나 함부로 행동하여 버릇이 없구나.

85) 학철(涸轍)의 마른 고기: ‘학철부어(涸轍鮒魚)’에서 나온 말. ‘수레바퀴 자국에 괸 물에 있는 붕어’라는 뜻으로, 매우 위급한 경우에 처하거나 몹시 고단하고 옹색한 사람을 이르는 말.

86) 일두수(一斗水): 한 말의 물.

87) 여상(呂尙): 중국 주나라 때 사람인 강태공(姜太公)을 말하는 듯함. 그는 본래 백이(伯夷)의 후손으로 산동성 해안지방 출신인데 영락(零落)하여 위수(渭水) 근처에서 낚시로 세월을 보내고 있다가 주 문왕이 그가 바로 선왕(先王)이 흠모했던 현자라는 것을 알고 그를 군사(軍師)로 맞아들였다고 함.

88) 반죽(班竹): 얼룩무늬가 있는 대. 소상강 부근에서 나는 얼룩무늬가 있는 대를 ‘소상반죽’이라 함.

89) 아황(娥皇) 여영(女英): 중국 고대 요임금의 두 딸이자, 순임금의 두 부인. 순임금이 즉위 39년 남쪽 나라들을 순행(巡幸)하다 창오(蒼梧)까지 가서 병이 들어 갑자기 세상을 떠나자, 순의 남행(南行)을 따라 상수(湘水)까지 가 있던 아황과 여영은 돌연한 비보를 듣고 비탄에 잠겨 눈물을 흘렸는데, 그 눈물이 근처에 있던 대나무에 스며들어 점점이 얼룩이 지게 했다고 함. 둘은 상강(湘江)에 투신하여 아황은 상군(湘君)이 되고 여영은 상부인(湘夫人)이 되었다고 전함.

90) 홍곡가(鴻鵠歌)를 지어내니 왕소군(王昭君)의 설움이요: 왕소군은 중국 서한시대의 미녀. 궁녀로 있을 때 화가 모연수(毛延壽)에게 뇌물을 주지 않아 그녀의 일그러진 초상화가 왕에게 보내졌는데, 이로 인해 한원제(漢元帝)의 눈에 들지 못했다. 얼마 후 한나라와 흉노 간 우호관계의 희생양으로 흉노의 호한야선우(呼韓邪單于)와 정략결혼을 하게 됨. 왕소군은 고국을 떠나는 슬픈 마음을 달랠 길 없어 말 위에 앉은 채 비파로 이별곡을 연주했는데, 마침 남쪽으로 날아가던 기러기가 아름다운 비파 소리를 듣고, 말 위에 앉은 왕소군의 미모를 보느라 날갯짓하는 것도 잊어 그만 땅에 떨어져버렸다는 이야기가 전한다. 그후 원제는 그녀의 미모를 보고 일찍이 그녀를 알아보지 못한 것을 후회했으며 이후에도 연모의 정을 품으며 안타까워했다고 한다.

91) 장신궁(長信宮) 꽃이 지니 반첩여(班倢伃)의 설움이요: 반첩여는 한성제(漢成帝)의 궁녀. 한때 한성제로부터 총애를 받아 첩여가 되었다가 후에 조비연(趙飛燕)이 총애를 받게 되자 참소를

우미인(虞美人)[93]의 서름니뇨, 목을 줄나 절ᄉᆞ(節死)한니 하씨[94] 열여(烈女) 서름인들 우리 서름의 당할숀가."

홍보 말유(挽留)하며 우난 말리,

"그 우름 그만 우쇼. 쇽니 ᄂᆡ워[95] 못 듯건ᄂᆡ. 쳐ᄌᆞ(妻子)의 가난키난 낭군의 허물니라 북글럽기 칭양(測量)읍ᄂᆡ."

홍보 안ᄂᆡ 하난 말리,

"엿글의 하야씨되 국난(國難)의 ᄉᆞ양신(思良臣)이요 가빈(家貧)의 ᄉᆞ현쳐(思賢妻)라.[96] ᄂᆡ 얼마 암〈음〉젼하면[97] 이 셰간이 일러할가. 아ᄂᆡ 도례 씰 ᄃᆡ 읍ᄂᆡ."

당해 장신궁으로 유폐됨. 사랑을 잃은 그녀는 임금과의 과거를 회상하며 현재 자신의 처지를 한탄했는데 문득 가을이 되면 쓸모없게 되는 부채와 자신의 처지가 비슷하다는 생각이 들어 「원가행怨歌行」이라는 시를 지었다고 함.

92) 옥장(玉帳): 장수(將帥)가 거처하는 막영(幕營)의 미칭(美稱).

93) 우미인(虞美人): 중국 초(楚)나라 항우(項羽)의 총희(寵姬). 우희(虞姬)라고도 함. BC 202년 항우가 안휘성 해하(垓下)에서 한(漢)나라 유방(劉邦)의 군사에게 포위되었는데, 한나라 군사의 진영에서 초나라 노래가 들려오자 이미 유방이 초나라를 점령했다고 생각한 항우는 잔치를 베풀고 우미인과 애마(愛馬) 추에 대한 시를 지음. 우미인이 이에 대한 답시를 짓고 자결했다 함.

94) 하씨: 누구인지 미상.

95) 냅다: 연기가 눈이나 목구멍을 쓰라리게 하는 기운이 있다.

96) 국난(國難)의 사양신(思良臣)이요 가빈(家貧)의 사현처(思賢妻)라: 『사기史記』「위세가魏世家」에 나오는 구절인 '가빈사양처 국란사양상(家貧思良妻 國亂思良相)'을 변용한 것으로, 집안이 가난하면 어진 아내를 생각하고, 나라가 어지러우면 어진 재상을 생각한다는 뜻. 여기서는 남편이 굶주리고 어려움을 당하는 것은 아내인 자기 때문임을 스스로 상기시키고 있음.

97) 음전하면: (사람이 또는 그의 언행이) 함부로 행동함이 없이 정숙하고 단정하면.

매품도 못 파는 흥보

흥보 일른 마리,

"우리가 청풍(淸風) ᄆᆡ암이〈얌이〉 ᄉᆡᆨ기쳐로 우름만 우러셔난 ᄇᆡ만 무진 더 곱풀 터니, ᄂᆡ 읍ᄂᆡ(邑內) 들러가 환ᄌᆞ(還子)[1] 셤이나 타다 먹고 가을품 드러 밧치ᄉᆡ."

"아몰이나 그리합쇼."

흥보 셩즁(城中) 들러갈 졔, 흥보가 못 먹어 엇지 말너〈나〉던지 함박ᄊᆞᆯ이 된 볏〈베〉틔[2] 갓거리[3] 밧쳐논 득기 말으고, ᄉᆡᆨ기 ᄯᅩᆼ군역니 원슝이〈싱니〉 ᄯᅩᆼ군역쳐로 반하게 마러고, 불알 하나 밧ᄉᆡᆨ 말나 불알의셔 ᄆᆡ방울 쇼ᄅᆡ쳐로 ᄯᅥᆯ넝ᄯᅥᆯ넝 나던이라. ᄉᆞ창(社倉)[4]의 드러가 환ᄌᆞ 호방

---

1) 환자(還子): 조선시대에 국가가 비축했던 곡식을 춘궁기에 백성에게 꾸어주었다가 추수 후 돌려받는 곡식 및 그 제도.
2) 함박살이 된 볕에: 매우 강하게 내리쬐는 햇볕에.
3) 갓거리: 갖등거리. 토끼·너구리·양 따위의 털로 만든, 소매가 없는 겉옷. 조끼처럼 저고리 위에 덧입음.
4) 사창(社倉): 조선시대에 각 고을의 환곡(還穀)을 저장해두던 곳집.

(戶房)[5] 보고 인ᄉᆞ한니,

"아ᄌᆡᄂᆡ가가 홍보지?"

"예."

"엇지 왓나?"

홍보가 말을 사로되, 업시 말을 할 량이면[6] '얼인 ᄌᆞ식들은 만하옵고 굼다 못 견듸여 호방임긔 그 말씀 사로고 환ᄌᆞ 셤니나 타다 먹고 가을의 갑풀가 하야 왓삽〈심〉ᄂᆡ다.' 이만하야도 죠흘 말을 모도 ᄉᆞ로되,

"오날 온 일니 춤으로 어졔 져역의 온 질니온데 인제〈ᄌᆞ〉 온 질이온 질ᄂᆡ온듸 춤으로 글엉긴 두루〈로〉넌하고 슈물낭한쩐 두루〈로〉넌[7] 그ᄅᆡ셔 왓쇼."

호방이 홍보 말을 듯던니 우슘을 권마상〈성〉(勸馬聲)[8] ᄶᅩ(調)로 씌여 우셔,

"ᄌᆞᄂᆡ 환ᄌᆞ 먹을나 말고 권〈곤〉ᄌᆞᆼ(棍杖) 여남문 마져볼ᄭᅡ 분가〈북ᄭᅡ〉?"

홍보 이 말 듯고 ᄭᅡᆷᄶᅩᆨ 놀ᄂᆡ여,

"셰의(世誼)[9]라 ᄎᆞ져〈ᄌᆞ〉왓던〈온〉니 환ᄌᆞ난 안니 쥰들 권ᄌᆞᆼ 마지란 말니 웬 말니요. ᄂᆡ 도라가오."

"안니, 일이 오쇼. 에 아시시요."

홍보 ᄆᆡ 안니 마지랴고 거진말을 두어 ᄌᆞ루씸 하여,

---

5) 호방(戶房): 조선시대에 호전(戶典)에 관한 일을 맡아보던, 승정원과 각 지방 관아의 육방(六房)의 하나.

6) 없이 말을 할 량이면: 가난하게 보임으로써 사정을 알아듣게 하려면.

7) 글엉갠 두로넌하고 슈물냥한쩐 두로넌: 미상. 홍보가 얼버무리며 하는 말임.

8) 권마성(勸馬聲): 임금이 말이나 가교(駕轎)를 타고 거둥할 때 또는 봉명고관(奉命高官)이나 수령 및 그 부인이 말이나 쌍교(雙轎)를 타고 행차할 때 위세를 더하기 위해 앞에서 하졸들이 목청을 길게 빼어 부르던 소리. 여기서는 호방이 홍보의 말에 그 의도를 짐작하고 소리를 길게 빼어 웃었다는 의미임.

9) 세의(世誼): 대대로 사귀어온 정의(情誼).

"어졔 젼역의 우리 가쇽(家屬)[10]니 ᄒᆡ산(解産)하고, 오놀 아침 우리 얼인 놈 숀임[11] 바더〈다〉쑈. 권즁하고난 ᄉᆡᆼ피(相避)라[12] 못 볼 터니요."

"ᄆᆡ도 유죠(有助)한 ᄆᆡ가 잇난니."

"ᄆᆡ 마지면 압푸졔 별슈가 무슌 슈요."

"안니, 달은 일니 안니라 본읍(本邑) 좌슈(座首)[13]가 병영(兵營)[14]으로 츌운〈인〉(出院)을 당하야 ᄉᆡᆨᄆᆡ[15]을 사라〈세라〉 하되 갈 ᄉᆞ름니 읍ᄂᆡ. ᄌᆞᄂᆡ가 권즁 여남문 맛고 삼십 양 바더가고 마숙 돈 닷양은 ᄂᆡ게셔 바더가쇼."

홍보 니 말 듯고,

"ᄎᆞᆷ말심니요?"

"점즌한 것시 헛말 할 슈 잇나."

"그러하면 ᄂᆡ 갈 터니온니 마삭 돈 닷양 지금 쥬오."

"그리하쇼."

홍보 마삭 돈 닷양 바다 ᄎᆞ고, '얼시고 질겁ᄯᅩᄃᆞ' 졔 집으로 도라〈들려〉가며,

"ᄋᆡ긔어멈, 게 잇난가. 문을 렬고 이것 봅쇼. ᄃᆡ즁부 한 거름의 삼십 양이 드러가ᄂᆡ."

홍보 안ᄂᆡ 일른 말니,

"그 돈은 웬 돈니며 삼십 양은 웬 돈니요?"

홍보 일은 말이,

"쳔긔누셜(天機漏泄)이ᄆᆡ 말붓터〈틈〉 압셰우면 ᄇᆡᆨᄉᆞ(百事)가 불셩(不

---

10) 가속(家屬): 한 집안에 딸린 식구. '아내'의 낮춤말.
11) 손님: '천연두'를 에둘러 이르는 말.
12) 곤장하고난 상피(相避)라: 곤장과는 서로 피하는 것이라. 곤장을 맞을 수 없다는 뜻임.
13) 좌수(座首): 조선시대 지방자치 기구인 향청(鄕廳)의 우두머리.
14) 병영(兵營): 조선시대에 병마절도사가 있던 곳.
15) 삯매: 남이 맞을 것을 삯을 받고 대신 맞던 매.

成)이라. 그 돈으로 양식 파라 함포고복(含哺鼓腹) 질ᄭᅳᆫ 먹고.”

홍보 안ᄂᆡ 일른 말리,

“먹근이 죠쇼만는 그 돈을 어ᄃᆡ셔 낫심나?”

홍보 일른 말리,

“본읍 좌슈 ᄃᆡ(代)로[16] 병영 가 권즁(棍杖) 맛기로 삼십 양의 절ᄯᆞᆫ(決斷)하고 마삭 돈 닷양 바더 왓ᄂᆡ.”

홍보 안ᄂᆡ 이 말 듯고 긔가 ᄆᆡᆨ혀 일른 말리,

“그놈의 죄상(罪狀)도 모르고 영문(營門)[17]의 올나ᄶᅡᆺᄶᅡ가 저 경〈정〉상(情狀)[18]의 저 몰골의 권즁 열을 맛거드면 즁하(杖下) 혼빅(魂魄) 될 것신니 졔발 덕분 가지 마오.”

홍보 일은 말리,

“볼기[19]의 구실니 잇난니.”

“볼기가 구실니 잇단 말이뇨?”

“글러치. 볼기 구실 드러보쇼. 니ᄂᆡ 몸니 뎡승(政丞) 되야 평교ᄌᆞ(平轎子)[20]의 안ᄌᆞ볼가, 육판셔(六判書) 하야씨면 쵸헌〈원〉(軺軒)[21] 우의 안져〈ᄌᆞ〉볼가, ᄉᆞ복(司僕)[22] ᄂᆡ승(內乘)[23] 하여씨면 ᄋᆞ승〈어슝〉마(御乘馬)[24]의 안ᄌᆞ볼가, 팔도감ᄉᆞ(八道監司)하여 션화당(宣化堂)[25]의 안ᄌᆞ볼가, 각읍슈령(各邑守令) 하여씨면 벌련독교(別輦獨轎)[26]의 안ᄌᆞ볼가, 좌

16) 대(代)로: 대신으로.
17) 영문(營門): 병영(兵營)이나 감영(監營)의 문. 여기서는 병영을 뜻함.
18) 정상(情狀): 사실의 상태. 여기서는 좋지 않은 모습을 뜻함.
19) 볼기: 엉덩이 가운데 좌우로 갈라져 볼록하게 내민 살덩이.
20) 평교자(平轎子): 종1품 이상의 벼슬아치 또는 기로소(耆老所)의 당상관이 타는 가마. 앞뒤로 두 사람씩 네 사람이 낮게 어깨에 메고 천천히 다녔다 함.
21) 초헌(軺軒): 종2품 이상의 벼슬아치가 타던 수레.
22) 사복(司僕): 사복시(司僕寺). 고려·조선시대 궁중의 말과 가마에 관한 일을 맡아보던 관청.
23) 내승(內乘): 조선시대에 내사복시(內司僕寺)에서 말과 수레를 맡아보던 말단직.
24) 어승마(御乘馬): 임금이 타는 말을 이르던 말.
25) 선화당(宣化堂): 각 도의 관찰사가 사무를 보던 정당(正堂).
26) 별련독교(別輦獨轎): 임금이 거둥할 때 타고 다니던 가마.

슈(座首) 별감(別監)[27] 하여씨면 향ᄉᆞ당(鄕社堂)[28]의 안져볼가, 이방(吏房)[29] 호ᄌᆞᆼ(戶長)[30] 하야씨면 ᄌᆞᆨ쳥(作廳)[31] 슈셕(繡席)의 안져볼가, 쇼리 명ᄎᆞᆼ(名唱) 되야씨면 고ᄃᆡ광실(高臺廣室) 죠흔 집의 양반 압희 안져볼가, 풍유긔남(風流奇男) 호걸(豪傑) 되여 쳥누화방(靑樓花房)[32]의 안져볼가, ᄌᆞᆼ안(長安) 명기(名妓) 일ᄉᆡᆨ(一色) 되야 신교(乘轎) 안의 안ᄌᆞ볼가, 만금거ᄑᆡ(萬金巨貝)[33] 하야씨면 부담마(負擔馬)[34]의 안져볼가, 씰ᄃᆡ 읍난 이ᄂᆡ 볼기 놀여 무엇한단 말인가. ᄆᆡ품니나 파라먹ᄉᆡ.”

홍보 ᄌᆞ식더리 벌ᄯᅦ갓치 나안지며,

“아버〈부〉지 말씸을 들른니 호ᄉᆞ(豪奢)가 금직하오.[35] 글ᄋᆡ 아버지 병영 가신다 한니, 날 오동쳘병(烏銅鐵甁)[36] 하나 사다쥬오.”

홍보 일른 말리,

“괴[37] 버신 놈니 엇다 ᄎᆞ게야?”

“귀역머리[38]의 ᄎᆞ도 출 터이옵고 ᄉᆡᆼ갈비을 ᄯᅩᆯ코 ᄎᆞ도 찰 터이온니 사오기만 사오.”

ᄯᅩ 한 놈 나안지며,

“나는 남슈쥬(藍水紬)[39] 큰 ᄎᆞᆼ옷[40] 한 벌 사다쥬오.”

---

27) 별감(別監): 조선시대에 궁중의 액정서(掖庭署)에 딸려 있던 관직. 또는 유향소(留鄕所)에 속한 직책으로 고을의 좌수에 버금가던 자리.

28) 향사당(鄕社堂): 유향소(留鄕所). 고려·조선시대에 지방의 수령을 보좌하던 자문 기관. 풍속을 바로잡고 향리를 감찰하며 민의를 대변했음.

29) 이방(吏房): 조선시대에 인사(人事)·비서(秘書) 등의 사무를 맡아보던, 승정원과 각 지방 관아의 육방(六房)의 하나.

30) 호장(戶長): 고을 아전의 맨 윗자리. 또는 그 직에 있는 사람.

31) 작청(作廳): 길청. 군아(郡衙)에서 아전이 일을 보던 곳.

32) 청루화방(靑樓花房): 기생이나 창녀들이 있는 집.

33) 만금거패(萬金巨貝): 많은 돈과 패물.

34) 부담마(負擔馬): 부담롱(말에 실어 운반하는 작은 농)을 싣고, 사람도 함께 타는 말.

35) 호사(豪奢)가 큼직하오: 매품을 팔러 간다는 아버지의 말을 듣고 돈을 많이 벌어 오리라는 기대가 담긴 말이나, 실은 흥보의 가난상을 해학적으로 드러내려는 말.

36) 오동철병(烏銅鐵甁): 검붉은 빛이 나는 구리로 만든 병.

37) 괴: 고의(袴衣). 남자의 여름 홑바지. 단고(單袴). 고의를 벗고 있을 정도로 아주 어린아이라는 뜻임.

38) 귀역머리: ‘귀밑머리’의 잘못.

"괴 버신 놈니 엇다 입게야?"

홍보 큰아들 나안지며 졔 동싱들을 ᄭᅮ지져도 올케 ᄭᅮ짓난 게 안니라 궁쳔질욕(窮天叱辱)[41]을 하야,

"에라 그심한ᄶᅥ[42] 후레아들놈덜. 아버지 그러찬쇼. 나는 셔피(黍皮)[43] 탄평ᄎᆡ(坦平菜)[44]의 모쵸의(毛綃衣)[45] 한 것〈놈〉과, 한포단[46] 허리ᄯᅴ 통화단[47] 말즙치 당팔ᄉᆞ(唐八絲)[48] ᄉᆞᆫ ᄭᅰ여 어루〈로〉쇠[49] 셕경(石鏡) 너다쥬오."

홍보 일른 말리,

"네 아모것도 안 ᄎᆞ질ᄯᅳ기 하던니 슈(數) 더 만케[50] 하넌고나. 네의 놈덜니 ᄂᆡ 말은 볼기을 ᄃᆡ송방(大松房)[51]으로 아난 놈덜이로구나."

홍보 일른 말리,

"ᄋᆡ기어멈 그리하쇼. 쉬 단여옴ᄉᆡ."

홍보 병영 날여갈 졔 탄식하고 내려간다.

"도로(道路)난 만만(漫漫)한듸 병영 셩즁(城中) 어ᄃᆡ미요. 죠지용〈잘용〉(趙子龍)의 월강(越江)하던〈든〉 쳥총마(靑驄馬)나 잇시면[52] 이졔 즘

---

39) 남수주(藍水紬): 쪽빛 나는 비단의 하나.

40) 창옷(氅-): 조선시대에 사대부들이 집에서 입거나 외출 시 겉옷 바로 밑에 입거나 서민들이 겉옷으로 입던 웃옷의 하나. 소매가 좁고 무가 없으며 길이가 대창의에 비하여 약간 짧음. 앞뒤가 세 자락으로 갈라짐.

41) 궁천질욕(窮天叱辱): 매우 심하게 꾸짖고 욕함.

42) 그심한ᄶᅥ: '극심(極甚)한저'인 듯하나, 미상.

43) 서피(黍皮): 돈피(獤皮). 담비 종류 동물의 모피를 통틀어 이르는 말. 일반적으로 고급 모피로 인정받음.

44) 탄평채(坦平菜): 탕평채(蕩平菜). 조선 영조 때 탕평책을 논하는 자리의 음식상에 처음 올랐다는 데서 온 말로, '묵청포'를 달리 이르는 말. '묵청포'는 초나물에 녹말묵을 썰어 넣고 만든 음식. 여기서는 옷과 비단을 거론하고 있으므로 음식이 잘못 끼어든 것임.

45) 모초의(毛綃衣): '모초'로 만든 옷. '모초'는 중국에서 나는, 가는 날에 굵은 올로 짠 비단의 하나.

46) 한포단: 한포로 된 베. '한포'는 파초(芭蕉)의 섬유로 짠, 날이 굵은 베.

47) 통화단: 비단의 하나인 듯하나 미상.

48) 당팔사(唐八絲): 예전에 중국에서 들어온, 여덟 가닥으로 꼬여 있는 노끈.

49) 어루쇠: 쇠붙이를 갈아 닦아서 만든 거울.

50) 수(數) 더 많게: 단계를 높여.

51) 대송방(大松房): 예전에, 주로 서울에서 개성 사람이 주단, 포목 따위를 팔던 큰 가게.

관 가련만는, 쳑신(隻身)이 곤고(困苦)하여〈니〉53) 죠고맛한 ᄂᆡ 다리로 오날 가다 어ᄃᆡ ᄌᆞ며 ᄂᆡ일 가다 어ᄃᆡ 잘고. 졔갈공명(諸葛孔明) 푸려ᄂᆡ〈시〉던 축지법(縮地法)을 ᄇᆡ와씨면 이졔로 갈련만은 멧 밤 ᄌᆞ고 가죤 말고〈가〉."

열러 날 만의 병영을 당도한니 영문(營門)도 엄슉허다. 치야ᄃᆞ 본니 ᄃᆡ중이(大將旗)54)요 ᄂᆡ려〈리〉다본니 슌시(巡視) 영긔(令旗)55)로다. 도굴뇌(都軍牢)56)의 치례 보쇼. 산슈털57) 벙거지58) 남일광단(藍日光緞)59) 안을 올여, 은귀영ᄌᆞ(纓子)60) 밀화(蜜花)61) 귀 ᄯᅩᆫ 궁쵸(宮綃)62) 갓ᄭᅳᆫ63) ᄌᆞ바ᄆᆡ고, 관ᄃᆡ64) 셥슈(夾袖)65) 전ᄃᆡ(戰帶)66) ᄯᅥ로〈ᄯᅴ을〉 흉복통(胸腹-)의 눌너 ᄆᆡ고, 날ᄂᆡᆯ 용(勇) ᄌᆞ(字) ᄯᅥᆨ 붓치고, 홍부 압희 쎡 나셔며,

"에라 이놈 게 안거라."

홍보 안마음의, 'ᄂᆡ가 분명 저승의 들러왓나부다.'

문ᄯᅡᆫ의 드러간니, 엇ᄶᅥ한 ᄉᆞ롬덜이 ᄉᆞ오인니 안ᄌᆞ거늘, 홍보 들러가

---

52) 조자룡(趙子龍)의 월강(越江)하던 청총마(靑驄馬)나 있으면: 중국 삼국시대 조자룡이 타고 강을 건너던 청총마가 있었으면 금방 갈 수 있으리라는 말. 조자룡은 중국 삼국시대 촉한(蜀漢) 유비(劉備) 수하에 있던 무장. 청총마는 조자룡이 타고 다니던 명마였음.

53) 척신(隻身)이 곤고(困苦)하여: 홀몸이 고생스러우니.

54) 대장기(大將旗): 도성이나 영문에 세워, 대장이 부하를 지휘하는 데 쓰던 기.

55) 순시(巡視) 영기(令旗): 돌아다니면서 군령을 전하는 데 쓰던 기. [교감] 박봉술·오정숙 창본에는 '내려 굽어보니 숙정패로구나'로 되어 있음. 숙정패는 군령으로 집행할 때 다른 사람들이 떠들지 못하도록 '肅' 자와 '靜' 자를 적어 세워놓던 나무패.

56) 도군뢰(都軍牢): 조선시대에 군대에서 죄인을 다루던 병졸의 우두머리.

57) 산수털: 산수(山獸), 곧 산짐승의 털.

58) 벙거지: 주로 병졸이나 하인이 쓰는, 털로 두껍게 만든 검은 모자.

59) 남일광단(藍日光緞): 남빛 바탕에 해나 햇살 무늬가 있는 옛 비단.

60) 은귀영자(纓子): '영자'의 일종인 듯함. '영자'는 조선시대에 벼슬아치의 갓끈을 다는 데 쓰던 고리.

61) 밀화(蜜花): 호박(琥珀)의 한 가지. 밀랍 같은 누른빛이 나고 젖송이 같은 무늬가 있음.

62) 궁초(宮綃): 엷고 무늬가 둥근 비단의 하나. 흔히 댕기의 감으로 쓴다.

63) 은귀영자 밀화 귀 딸은 궁초 갓끈: 은귀영자와 밀화 귀를 딸은, 궁초로 만든 갓끈.

64) 관디: 옛날 벼슬아치의 공복(公服). 지금은 전통 혼례 때에 신랑이 입음.

65) 협수(夾袖): 검은 두루마기에 붉은 안을 받치고 붉은 소매를 달며 뒷솔기를 길게 터서 지은 군복.

66) 전대(戰帶): 조선시대 구군복(具軍服) 차림에서 전복(戰服) 또는 광대(廣帶) 위에 매던 띠.

며,

"인ᄉᆞ하오."

"에 마오."

"게셔 뉘라 하오?"

"ᄂᆡ 말쌈이요? 죠산〈선〉 졔일 가난 홍보을 모르시요."

한 놈 나셔며,

"중ᄌᆞ(長者)가 무엇하러 와 계시요?"

홍보 가심니 슴젹하야,

"게셔난 무엇하러 왓쇼?"

"나난 평안도(平安道) ᄉᆞ방동 동팔풍촌셔 ᄉᆞ난 솔봉ᄋᆡ비 몰으〈로〉시뇨. 이십오ᄃᆡ 가난으로 ᄆᆡ품 팔너 왓쇼."

ᄯᅩ 져〈ᄒᆞᆫ〉 놈 나안지며,

"나난 경상도(慶尙道) 문경(聞慶) ᄯᅡ의 졔일 가난으로 ᄉᆞ십육ᄃᆡ 호젹(戶籍) 읍시 남무 졋방술리로 ᄂᆡ려오난 김ᄶᅡᆨ직이란 말 듯도 못하야쇼."

한 놈 나안지며,

"이춤 ᄆᆡ품은 거름 ᄎᆞ례로[67] 드러갈난니 글리하옵시."

"져분 언졔 왓쇼?"

"나 온졔난 져 지난 중날 아침의 식젼(食前) 평명(平明)[68]의 왓쇼."

한 놈 나안지며,

"나난 온졔가 십여 일이라도 청ᄐᆡ중(靑笞杖)[69] 한 ᄀᆡ 마져본 ᄂᆡ 아들 놈 읍쇼."

홍보 일른 마리,

"그리 말고 셔로 가난 ᄌᆞ랑하야 아모라도 졔일 가난한 ᄉᆞ롬이 파라 갑셰〈시〉."

67) 걸음 차례로: 먼저 온 순서대로.

68) 평명(平明): 동이 트는 시각. 사방이 밝아질 때.

69) 청태장(靑笞杖): 생나무로 만든 곤장.

그 말이 올타 하고,

"져분 가난 엇더ᄒᆞ오?"

"ᄂᆡ 가난 드러보오. 집이라 드러가면 사면무입츈(四面無入寸)[70]이라 단난[71] 베록 쪽구려 안질 데 읍고 삼슌구식(三旬九食)[72] 먹어본 ᄂᆡ 아들 업쇼."

한 놈 나안지며,

"쪽키 식쏙(食粟)이나 하것쇼.[73] 져분 가난 엇쩌하오?"

"ᄂᆡ 가난 들러보오. ᄂᆡ 가난 남과 달나 이ᄃᆡ(二代)치 내려오난 광쥬(廣州) ᄉᆞ발(沙鉢)[74] 하나 살강[75]의 언친 졔가 팔연(八年)이로되, 무ᄌᆞ일[76]을 ᄂᆡ려오지〈못 만나□〉 못하고 죠셕(朝夕)으로 눈물만 뚝뚝 지이고, 죠왕(竈王)[77]의 노랑쥐가 밥틔을 쥬실랴〈라〉고[78] 단니다가 달이의 가릐톳〈덧〉 셔 파죵(破腫)[79]하고 드러눈 졔가 셕달 되야쑈. 좌우 들르신 빈 ᄂᆡ 신셰 엇더하오?"

김짝쑥기〈니〉 썩 나안지며,

"게넌〈그는〉 가위(可謂) 쟝ᄌᆞ(長者)뇨.[80] ᄂᆡ 가난 드러보오. 죠고맛한 일간(一間) 쵸막(草幕) 발쌔들 찔 젼여〈니〉 읍셔, 우리 안ᄂᆡ와 나와 두리 안ᄭᅩ 누워시면 ᄂᆡ 상토난 울 박그로 웃둑 나고, 우리 안ᄂᆡ 궁둥

70) 사면무입촌(四面無入寸): 사방 어디로도 들어갈 작은 곳이 없음.
71) 닫는: 다리를 빨리 움직여 이동하는.
72) 삼순구식(三旬九食): '삼순'은 상순, 중순, 하순의 총칭. 30일에 아홉 끼니밖에 못 먹는다는 뜻으로, 가난하여 끼니를 많이 거름을 일컫는 말.
73) 족히 식속(食粟)이나 하겠소: 먹고살 수는 있다는 뜻임.
74) 광주(廣州) 사발(沙鉢): 경기도 광주에서 나는 사발.
75) 살강: 전통 가옥의 재래식 부엌에서, 그릇이나 조리 기구 따위를 올려놓기 위해 벽면에 두어 층으로 설치한 선반.
76) 무자일: 미상. '여러 날' 정도의 뜻인 듯함.
77) 조왕(竈王): 늘 부엌에 있으면서 길흉화복을 맡아보는 신. 여기서는 '부엌'의 뜻.
78) 밥틔을 쥬실랴고: 밥알을 주우려고.
79) 파종(破腫): 종기를 터뜨리는 일.
80) 가위(可謂) 장자(長者)요: 그야말로 장자라 할 수 있을 것이오. 전후 문맥상 다음에 말할 사람의 가난에 비하면 오히려 부유한 축에 속한다는 뜻.

〈동〉이니난 담 박그로 알궁치[81] 비여진니, 동ᄂᆡ 슐ᄂᆡ군[82] 아희덜이 우리 아ᄂᆡ 구둥이 치난 쇼ᄅᆡ 사월 팔일 관등(觀燈)[83] 다난 쇼ᄅᆡ 갓고, 집의 불연긔한 졔[84]가 ᄉᆞᆷ연치 되야쑈. 좌우 드르신 ᄇᆡ ᄂᆡ 신셰 엇더하오? 아무〈우〉 목득〈덕〉의 아들놈도 못 파러〈ᄅᆡ〉 갈난니.[85]”

이놈 아죠 계셔 게정〈중〉[86]을 먹던이라. 홍보 ᄉᆞᆸᄉᆞᆸ〈슙슙〉 ᄉᆡᆼ각한니, 졔계난 어ᄂᆡ 시절의 도라올 쥴 몰나,

“동무임 ᄂᆡ ᄆᆡ품이나 줄 파라 가지고 가오. 나난 도라가오.”

하직(下直)고 도라오며, 탄식(歎息)고 집의 드러간니, 홍보 안ᄂᆡ 거동 보쇼. 왈칵 쒸여 달여드러 홍보 쇼ᄆᆡ 검쳐 줍고 악셩통곡(惡聲慟哭)[87] 셜니 울며,

“쳔ᄉᆡᆼ만민(天生萬民)이〈은〉 필슈직역이〈지적긔〉(必受職役)[88]라, ᄉᆡᆼ기난 ᄃᆡ로 먹고 살지〈제〉 남의 ᄃᆡ로 ᄆᆡ질가. ᄋᆡ고ᄋᆡ고 셜름니야.”

이럿텃 셜이 운니 홍보 일른 말ᄅᆡ,

“ᄋᆡ기어멈 우지 마쇼. 영문(營門)의 드러간니 셰상의 가난한 놈은 게가 모도 되비(造備)[89]하야 ᄂᆡ 가난은 게다 빈죤[90]한니 가위(可謂) ᄌᆞᆼᄌᆞ(長者) 되야, ᄆᆡ도 못 맛고 도라완ᄂᆡ.”

홍보 안ᄂᆡ 이 말 듯고,

---

81) 알궁치: ‘알궁둥이’의 잘못. 벌거벗은 궁둥이.

82) 술래군: 순라군(巡邏軍)에서 온 말로, 술래잡기놀이에서 숨은 아이들을 찾아내야 하는 아이.

83) 관등(觀燈): 불교에서 음력 4월 8일 밤에 등불을 달고 석가모니의 탄생을 기리는 일. 또는 그 등. 관등놀이할 때는 온갖 등을 달고 밤에 불을 켜고, 음식을 해먹으며 물장구를 치고 놀기도 하며, 패를 지어 산에 올라 구경하기도 했다 함.

84) 불연기한 지: 연기 나지 않은 지가. 밥을 해먹지 못한 지가.

85) 아무 목득의 아들놈도 못 팔아 갈난니: 자신 외에 어떤 사람도 매품을 팔지는 못할 것이라는 뜻. ‘목득’은 ‘목두기’ 곧 이름이 무엇인지 모르는 귀신의 이름임.

86) 게정: 불평을 품고 떠드는 말과 행동. ‘게정(을) 먹다’는 ‘말과 행동에 불평을 나타내다’의 뜻임.

87) 악성통곡(惡聲慟哭): 듣기 싫을 정도로 크게 욺.

88) 천생만민(天生萬民) 필수직역(必受職役): 하늘이 낸 모든 백성들은 반드시 자기 할 일이 있다는 뜻. 남의 매를 대신 맞을 필요는 없다는 뜻으로 해석됨.

89) 조비(造備): 만들어 갖춤. 여기서는 모였다는 뜻.

90) 빈죤: ‘비교’의 잘못인 듯.

"얼시고나 질겁ᄯᅩᄃᆞ. 우리 낭군 병영(兵營) 영문 ᄂᆡ려갓다 ᄆᆡ 안니 맛고 도라온니, 일런 영화 ᄯᅩ 잇씰가."

"시중의 골몰하여[91] 음식노릐 불너보ᄌᆞ. 무슌〈신〉 밥이 죠턴〈ㅅ튼〉게요? 보리밥이 죠커던. 무슌 국이 죠턴게요? 비지쑥이 죠커던. 음식을 맛잇게 ᄒᆞ여 먹을랴면, ᄀᆡ장쑥의 늘근 호박을 ᄊᆞ너고 슝임[92]의난 고치 가루을 만이 치고 들질음을 만이 쳐 ᄉᆞ곰은 괴곰니 먹을 만하고,[93] 이 만치 시중할 ᄯᅢ난 들ᄶᆡ ᄶᆡ묵[94] 두워〈어〉 둘레씸 먹고 춘물 ᄯᅥᆨ〈덧〉 사발씸 먹어씨면 든든커던."

일러킈〈케〉 말을 할 졔 홍보 안ᄂᆡ 우난 말릐,

"우졍 가즁(家長) ᄋᆡ즁(愛重) ᄌᆞ식 비골이고 못 입피난 ᄂᆡ 셔름 ᄋᆡ논 컨〈건〉ᄃᆡ 피눈물이 반쥭(班竹) 되면 ᄋᆡ황(娥皇) 여영(女英) 셔름이요, 홍 국〈곡〉가(鴻鵠歌)을 지여ᄂᆡ던 왕쇼군(王昭君)의 셔름이요, 중신궁즁(長信宮中) ᄭᅩᆺ치 ᄑᆡᆫ이 반쳡여(班倢伃)의 셔름이요, 옥중(玉帳) 즁 혼(魂)이 난 이 우미인(虞美人)의 셔름이요, 목을 줄나 절ᄉᆞ(節死)한니 하씨 열여(烈女) 셔름이요,[95] 만경청〈창〉파(萬頃蒼波) 너른 물을 말말이 다 되인들 무궁무진(無窮無盡) 이 ᄂᆡ 셔름 어ᄃᆡ다 원정(原情)할고."

홍보 역시 비감(悲感)하여〈야〉, ᄉᆡᆼ슈갓치 솟난 눈물[96] 셰우(細雨) 갓치 헛〈흣〉ᄲᅮᆯ니며 목이 ᄆᆡ쳐 긔절턴이 다시 복ᄉᆡᆼ(復生) 사러〈르〉나셔,[97]

91) 시장에 골몰하여: 배가 고픈 것을 생각하여.

92) 숭임: '숭늉'인 듯하나 미상.

93) 사곰은 괴곰이 먹을 만하고: '곰'은 고기나 생선을 푹 삶은 국을 말하며, 여기서는 '곰'의 하나인 '사곰' 중에서 '괴곰'이 먹을 만하다는 뜻. '사곰'은 미상이나 '괴곰'은 고양이 곰인 듯함.

94) 깻묵: 기름을 짜고 남은 깨의 찌꺼기.

95) 이상의 설움사설은 앞서 홍보가 놀보 집에 양식 구걸하러 갔다가 빈손으로 돌아왔을 때 홍보 처가 한 사설과 같은 내용이다. 같은 사설이 이처럼 다른 대목에서 발견되는 것은 이 작품이 구비 연행 및 전승되었음을 알려주는 표지이다. 창자의 입장에서는 유사한 대목에서 새롭게 사설을 짜기보다는 이미 알고 있던 단위사설(單位辭說)을 끌어오는 것이 수월할뿐더러 청중으로부터 호응을 얻기도 쉬웠기 때문이다.

96) 생수같이 솟는 눈물: 샘물같이 솟아나오는 눈물.

97) 다시 복생(復生) 사라나서: '복생'만으로도 다시 살아나다는 뜻이 되나 율격에 맞추기 위해 '다시 살아나서'를 덧붙인 것.

쇽안말[98]노 졔오 ᄂᆡ여 ᄀᆡ운 읍시 셰목셩(細-聲)[99]을 쳐량(凄凉)이 실피 울며 말유(挽留)하야 이른 말리,

"마음만 올케 먹고 불의지ᄉᆞ(不義之事) 안니하면 ᄌᆞᆼᄂᆡ 한ᄯᅢ 볼 것신니[100] 시러 말고 사라나셰〈식〉."

부부 안ᄌᆞ 탄식할 졔, 쳥산(靑山)은 암암(巖巖)ᄒᆞ고 ᄇᆡᆨ화(百花)난 ᄌᆞᆨᄌᆞᆨ(灼灼)할 졔[101] 졉ᄯᅩᆼ 두견(杜鵑) ᄶᅬᄭᅩ리난 ᄯᅢ을 ᄎᆞ져〈ᄌᆞ〉 실피 운니 뉘 안니 실퍼하리.

---

98) 속안말: 본심에서 우러나오는 말. 여기서는 들릴 듯 말 듯 힘없이 내는 말 정도의 뜻임.

99) 세목성(細-聲): 가는 목소리.

100) 장래 한때 볼 것이니: 장래에 좋은 때를 만날 것이니. 장래에 좋은 일이 생길 것이니.

101) 청산(靑山)은 암암(巖巖)하고 백화(百花)난 작작(灼灼)할 제: 청산은 높이 솟아 있고 온갖 꽃들은 화려하고 찬란하게 피어 있는 때.

다친 제비가 박씨를 물고 오다

잇ᄯᅢ난 어늬 ᄯᅢᆫ고. 져의 동(冬) ᄶᆞ 갈 거(去) ᄶᆞ.[1] 일월(一月) 청명(淸明)[2] 다 지ᄂᆡ고 삼월(三月) 한식(寒食)[3] 올 ᄂᆡ(來) ᄶᆞ, 동풍(東風)은 십십(習習)하야 화류(花柳)을 당하고[4] 경ᄀᆡ(景槪)난 난만(爛漫)하야 만화방챵(萬化方暢)[5] 시절일ᄃᆡ. 청명시절우분분(淸明時節雨紛紛)한니 노상ᄒᆡᆼ인욕단혼(路上行人欲斷魂)[6]을 강포(江浦)의 어질업고, 츈상(春霜) 져문 날의 원ᄀᆡᆨ(遠客)의 슈심(愁心)이라.[7] 동방(東方) 일편(一便) 바라본니 만즁

1) 져의 동(冬) 자 갈 거(去) 자: 겨울이 지나갔다는 뜻임.
2) 청명(淸明): 24절기의 하나. 4월 5일경으로, 춘분(春分)과 곡우(穀雨) 사이에 있음.
3) 한식(寒食): 동지로부터 105일째 되는 날. 이날은 자손들이 조상의 산소를 찾아 제사를 지내고 사초(莎草)를 하는 등 묘를 돌아본다. 4월 5일이나 6일쯤 된다. 청명과 한식은 하루 정도 차이가 난다.
4) 동풍(東風)은 습습(習習)하야 화류(花柳)를 당하고: 봄바람은 산들산들 불어 꽃과 버들을 감당하고.
5) 만화방창(萬化方暢): 따뜻한 봄이 되어 온갖 생물이 나서 자람.
6) 청명시절우분분(淸明時節雨紛紛) 노상행인욕단혼(路上行人欲斷魂): 청명절에 비가 부슬부슬 내리니 길 가는 나그네의 마음이 들뜬다. 두목(杜牧)의 시 「청명시淸明詩」의 제1, 2구절.
7) 춘상(春霜) 저문 날의 원객(遠客)의 수심(愁心)이라: 봄서리 내린 저문 날에 멀리 떠난 나그네의 시름이라. 봄이 오려 할 즈음 홍보(가족)의 심정을 비유한 말, 혹은 쓸쓸한 정조를 불러일으키기 위해 수사적으로 동원된 표현.

봉(萬丈峰)은 쇼실(蕭瑟)하고,[8] 셔부〈북촌〉을 바라본니 외기럭기 울고 간ᄃᆞ. 봄 춘(春) ᄌᆞ 죠흘씨고. ᄒᆡᆼ화비셜(杏花飛雪) 도움의 습습동풍(習習東風)[9] ᄭᅩᆺ 화(花) ᄯᅳᆺ 나부 졉(蝶) ᄯᅳᆺ 펄펄 나라 츔츌 무(舞) ᄯᅳᆺ 보기 죠코, 양유츈풍(楊柳春風)[10] 그늘 쏙의 ᄭᅬᄭᅩ리 ᄋᆡᆼ(鶯) ᄯᅳᆺ 쇼리한니 노릐 가(歌) ᄯᅳᆺ 질겁ᄯᅩ다. ᄯᅱ난 거션 김ᄉᆡᆼ 슈(獸) ᄯᅳᆺ 나난 것션 ᄉᆡ 죠(鳥) ᄯᅳᆺ 강남의 졔비 연(燕) ᄯᅳᆺ 들보 우의 쳠하〈ᄆᆡ〉 ᄭᅳᆺ히 너울 셥젹 안질 좌(坐) ᄌᆞ 남남지셩(喃喃之聲)[11] 우난 쇼릐 오지둑〈듀〉지[12] 노난 거동 엇지 안니 반가오리. 흥보 졔비 보고 글 한 귀 지여씨되, '약ᄉᆞ공으로 징ᄎᆞ불한니 션됴부도야령가라.'[13] 부ᄃᆡ 집이나 잘 지여 죠안ᄉᆡᆼᄌᆞᆼ(粗安生長)[14] 고이 하야 렬연(年年)이 와 단여가라.

잇ᄯᆞ난 어ᄂᆡ ᄯᆡ오. 사오유월(四五六月) 남풍(南風)이라 훈훈한 렴쳔(炎天)인ᄃᆡ, 흥보집 나온 졔비알 다셧셜 고이 나아던니, 사랑할 졔 ᄋᆡᆼ난(鶯鸞)[15] 비취(翡翠)[16] 련니지지(連理之枝)[17]의 길ᄃᆡ리난[18] 경ᄉᆡᆼ(景狀)이요, 쌍단오리[19] 녹슈상(綠水上)의 질ᄃᆡ리난 거동이라. 반갑고 질겁ᄯᅩᄃᆞ. 져 졔비 거동 보쇼. 쳣 ᄇᆡ ᄉᆡᆨ기 고이 ᄌᆞ라 날기공부 넘놀 젹의, 넌치 붓치[20] 졔 집으로 왕ᄂᆡ(往來)하야 단이다가, ᄃᆡ발[21]의 발이 걸여 공즁의

8) 만장봉(萬丈峰)은 소슬(蕭瑟)하고: 높은 산봉우리는 적막하며 쓸쓸하고.

9) 행화비설(杏花飛雪) 도움의 습습동풍(習習東風): 살구꽃이 눈처럼 내리고 봄바람이 산들산들 붊.

10) 양류춘풍(楊柳春風): 버드나무에 부는 봄바람.

11) 남남지성(喃喃之聲): 재잘거리는 소리.

12) 오지주지: 제비가 지저귀는 소리를 흉내낸 의성어. 오지주지(吾之主之), 곧 내 주인이라는 뜻으로 이해됨.

13) 약ᄉᆞ공으로 징ᄎᆞ불한니 션됴부도야령가라: 불교와 관련된 내용인 듯하나 미상.

14) 조안생장(粗安生長): 별 탈 없이 잘 자람.

15) 앵난(鶯鸞): 꾀꼬리와 난새.

16) 비취(翡翠): 물총새.

17) 연리지지(連理之枝): 연리지(連理枝). 두 나무의 가지가 맞닿아서 결이 서로 통한 것. 화목한 부부 또는 남녀의 사이를 비유하여 이르는 말.

18) 깃들이다: (짐승이) 보금자리를 만들어 그 속에 들어 살다.

19) 쌍단오리: 쌍을 지어 다니는 오리와 한 마리의 오리.

20) 넌치 붓치: 미상. 제비가 날아다니는 모습을 형용한 말인 듯함.

21) 대발: 대를 엮어서 만든 발.

ᄯᅮᆨ ᄯᅥ러져 한 날ᄀᆡ 폐(廢)바 되고[22] 한 다리 부러져 발발 ᄯᅥᆯ고 피 흘이며 죽글 지경 되여거늘, 홍부 ᄭᅡᆷᄶᅡᆨ 놀ᄂᆡ야 펄젹 ᄯᅱ여 달여드러 졔비 ᄉᆡ기 쥬어 들고, 저의 부쳐(夫妻) 일른 말리,

"불ᄊᆞᆼ하고 ᄋᆡ달을ᄊᆞ. 츈간환젼(春間還轉) 네가 알고 숑구영신(送舊迎新) 오난 거동[23] ᄌᆡ미럽〈롭〉고 반갑ᄯᅩ다. 오날 너의 신슈(身數) 불길(不吉)턴가, 쥬인이 잘못한가. ᄋᆡ달고 불ᄊᆞᆼ하다."

홍보 안ᄂᆡ 이른 말리,

"만병회츈(萬病回春) 신긔한 졔〈약〉 아모리 ᄊᆞ여신들 짐싱의게 씨올 ᄉᆞᆫ가.[24] 칠산(七山)바ᄃᆡ[25] 죠긔 ᄭᅥᆸ질 으〈어〉더다 감아두고 보옵셰."

죠긔 ᄭᅥᆸ질 벅겨 부러진 다리 ᄊᆞ고 오ᄉᆡᆨ(五色) 당사(唐絲)실[26]노 졔비 다리 동일 젹의, 월긔옥ᄉᆡᆨ(月氣玉色) 질ᄊᆞᆷ방의 직금(織金) 옥여 ᄭᅮ리 감ᄯᅳᆺ[27], 녹의홍상(綠衣紅裳)[28] 쇼여(少女)들언 숑ᄇᆡᆨ(松柏) 슈냥(垂楊) 놉픈 가지 오월 단오(端午) 츄천(鞦韆) 감ᄯᅳᆺ, 회양(淮陽) 김셩(金城)[29] 오리나무 울울ᄎᆞᆼᄎᆞᆼ〈천〉 칙 넌츌 감ᄯᅳᆺ, ᄋᆡ황(娥皇) 여영(女英) ᄲᅮ린 눈물 쇼상반쥭(瀟湘班竹)[30] 물드린 격〈적〉으로 아로롱아로롱 곱게 감마 졔 집의 언져던니, 십여 일 지넌 후의 절골양각(折骨兩脚) 완고(完固)하여[31] 비거비ᄅᆡ(飛去飛來) 넘놀면셔 남남지셩(喃喃之聲) ᄒᆞ난 쇼ᄅᆡ, 홍보 어진

22) 폐(廢)가 되고: 상하여 못 쓰게 되고.

23) 춘간환전(春間還轉) 네가 알고 송구영신(送舊迎新) 오는 거동: 봄이 오고 가듯, 묵은해가 가고 새해가 오듯 제비가 오고 가는 일.

24) 짐승에게 쓸쏜가: 인간에게 효험이 있는 약이므로 짐승에게는 효험이 없으리라는 말.

25) 칠산(七山)바다: 전남 영광 송이도, 안마도, 전북 부안군 위도 사이의 바다로서 조기의 명산지로 알려져 있다.

26) 당사(唐絲)실: 예전에, 중국에서 들여온 명주실.

27) 월기옥색(月氣玉色) 길쌈방에 직금(織金) 옥여 꾸리 감듯: 옥 같은 달빛 아래 길쌈하는 방에서 직금(남빛 바탕에 은실이나 금실로 봉황과 꽃의 무늬를 섞어 짠 직물)을 옥여서 실꾸리를 감듯. 섬세하게 한다는 것의 비유.

28) 녹의홍상(綠衣紅裳): '연두저고리에 다홍치마'라는 뜻으로, 젊은 여자의 고운 옷치장을 이르는 말.

29) 회양(淮陽) 금성(金城): 강원도의 지명. 금성은 현재의 김화군(金化郡)에 포함됨.

30) 소상반죽(瀟湘班竹): 소상강 부근에 나는 얼룩무늬 대나무. 순임금이 죽자 순임금의 두 부인인 아황과 여영이 슬피 울면서 그 눈물을 대나무에 뿌렸는데 그것이 모두 반죽이 되었다 함.

31) 절골양각(折骨兩脚) 완고(完固)하여: 부러진 두 다리가 완전히 굳어져.

마음 치ᄉᆞ(致謝)[32]하난 말씀인 듯, 별노 질겨 넘논난 양 낫낫지 ᄉᆡ롭던니, 구월구일(九月九日)[33] 모츄절(暮秋節)의 용산(龍山)[34]의 황국화(黃菊花)난 산영(山影)을 회보(回步)하고,[35] 만산홍녹(滿山紅綠) 풍임(楓林)물[36]은 츈졀(春節)의 비길너라〈쇼냐〉. 쇼쇼(蕭蕭)한 낙목쳔(落木天)[37]은 기럭기 울고 갈 졔, 흥보 일은 말리,

"오날은 네 곳 가면 ᄂᆡ 집은 더욱 쳐량한 물ᄉᆡᆨ이라, 들보 우의 안져〈ᄌᆞ〉 놀 졔, 네의 거동 비겨보면 오가(吾家)의 긔물(奇物)[38]이라. 야슈산금(野獸山禽)[39] 다만〈슈다(數多)〉하되 너의갓치 유슌(柔順)한 것 쳔지간(天地間)의 ᄯᅩ 잇실가. 부ᄃᆡ부ᄃᆡ ᄌᆞᆯ 가거라."

나라가넌 져 졔비 쇼ᄅᆡ, '듀인(主人)집 귀강남(歸江南)한니 금풍쇼쇼련ᄌᆞ(金風蕭蕭燕子)이라.[40] 지지귀[41] 원(怨)치 마오. 명연(明年) 삼월(三月) 다시 옴ᄉᆡ.' ᄇᆡᆨ운(白雲) 간의 놉피 덧셔 요요망망홀불견(遙遙茫茫忽不見)[42]한니 간 곳지 젼여 읍다. 져 졔비 강남을 드러가 흥보 은혜 갑ᄑᆞ랴고 강남 ᄶᅡ 졔일 보ᄇᆡ 박씨 한나 구할 졔,

졔비을 보ᄂᆡᆫ 후의 흥보 일른 말리,

---

32) 치사(致謝): 고맙고 감사하다는 뜻을 나타내는 것. 제비가 내는 소리가 홍보의 어진 마음에 대해 고마워하는 말로 여겨진다는 뜻임.

33) 구월구일(九月九日): 중양절(重陽節). 9는 원래 양수(陽數)이기 때문에 양수가 겹쳤다는 뜻으로 중양이라 한다. 중양절은 제비가 강남(江南)으로 간다고 전하며, 이때쯤 되면 제비를 볼 수 없다. 이날은 유자(柚子)를 잘게 썰어 석류알, 잣과 함께 꿀물에 타서 마시는데 이것을 '화채(花菜)'라 하며 시식(時食)으로 조상에게 차례를 지내기도 한다. 또 이날 서울의 선비들은 교외로 나가서 풍국(楓菊) 놀이를 하는데, 시인·묵객들은 주식을 마련하여 황국(黃菊)을 술잔에 띄워 마시며 시를 읊거나 그림을 그리며 하루를 즐겼다.

34) 용산(龍山): 중국 호북성 강릉현에 있는 산 이름. 이백의 시 「구일용산음九日龍山飮」에 연원을 둠.

35) 황국화(黃菊花)난 산영(山影)을 회보(回步)하고: 누른 국화는 산그림자 따라 갔다 돌아오고. 황국을 띄운 술잔 속에 산그림자가 비치는 것을 시적으로 표현한 말인 듯함.

36) 만산홍록(滿山紅綠) 풍림(楓林)물: 온 산의 나뭇잎이 붉게 물들어 있어 숲이 단풍나무 색을 띰.

37) 소소(蕭蕭)한 낙목천(落木天): 나뭇잎 떨어지는 쓸쓸한 하늘.

38) 오가(吾家)의 기물(奇物): 우리 집의 기특한 존재.

39) 야수산금(野獸山禽): 들짐승과 산짐승.

40) 주인(主人)집 귀강남(歸江南)한니 금풍소소연자(金風蕭蕭燕子)이라: '주인집으로부터 강남으로 돌아가니 가을바람에 제비는 쓸쓸하구나'의 뜻인 듯.

41) 지지귀: 제비 울음소리의 의성어. '之之歸'로서 '돌아감'의 뜻인 듯.

42) 요요망망홀불견(遙遙茫茫忽不見): 아득히 멀어지면서 갑자기 보이지 않음.

"어여ᄲᅮ다 져〈우리〉 졔비 졀각(折脚)하여 쥭글 거셜 쳔명(天命)으로 사러〈ᄅᆞ〉나고 고국(故國)으로 드러간니 엇지 안니 긔묘(奇妙)하리."

이렁텻 탄식할 졔 삼동(三冬)이 다 지ᄂᆡ고 삼월 삼쪌 당도한니〈커구나〉 흥보가 혼ᄌᆞ말노,

"나무 졔비 나오난듸 우리 졔비 엇지하여 잇ᄯᅥ갓지 안니 온고."

지달이고 안져씰 졔 벽쳔운간(碧天雲間)[43] 바라본니,

"우리 졔비 드러온다."

흥보가 반기 여계 넙쪄 셔며,

"져긔 오난 져 졔비냐 어ᄃᆡ 갓다 인졔〈ᄌᆞ〉 온야. 쳔황(天皇) 지황(地皇) 인황(人皇)[44] 후의 유왈유쇼(有曰有巢)[45] 퓌인 남긔 위쇼(爲巢)하러 네 갓던야. 쇼호금쳔(少昊金天) 긔관(紀官)할 졔[46] 이쇼(爲巢) 참예(參詣)[47] 네 갓던냐. 웅시간 타란(墮卵)할 졔[48] 알 나으러 네 갓던야. 옥ᄎᆞᆼ(玉唱) ᄋᆡᆼ무(鸚鵡)[49] 츈풍시(春風時)예 말 ᄇᆡ우러 네 갓던야. 고국(故國)의 학무(鶴舞)한니 ᄃᆡ무(對舞)하러 네 갓던야. 일ᄉᆡᆼ(一雙) 쳥죠(靑鳥)[50] 함구〈긔〉 나라 요지(瑤池)[51] 쇼식 알고 온냐. 도련명(陶淵明)[52]

43) 벽천운간(碧天雲間): 푸른 하늘의 구름 사이.

44) 천황(天皇) 지황(地皇) 인황(人皇): 중국 고대 전설상의 세 임금인 천황씨·지황씨·인황씨.

45) 유왈유소(有曰有巢): 유소라 하는 이가 있어. 유소씨(有巢氏)는 중국 삼황오제 시절의 전설적인 성인으로, 새가 보금자리를 만들어 사는 것을 보고 사람들에게 나무를 얽어 집 만드는 법을 가르쳐주었다고 함.

46) 소호금천(少昊金天) 기관(紀官)할 제: 중국 전설상의 임금인 소호금천이 관직의 순서를 정하여 기록할 때. 황아(皇娥)와 백제(白帝)의 아들로 후에 장성하여 동방의 바다 밖으로 가 나라를 만들고 소호국이라는 이름을 붙였다. 소호의 신하는 모두 각종 새였다고 한다. 그의 신하인 제비와 까치, 종달새, 금계(錦鷄)가 각각 춘하추동을 다스렸으며 이들은 다시 봉황에 의해 다스려졌다고 한다(원가袁珂, 『중국의 고대신화』, 문예출판사, 1997 참조).

47) 위소(爲巢) 참예(參詣): 집을 짓는 일에 참여함.

48) 웅시간 타란(墮卵)할 제: 웅씨가 알을 떨어뜨릴 제. '웅씨'는 미상.

49) 옥창(玉唱) 앵무(鸚鵡): 아름다운 노래를 부르는 앵무새.

50) 청조(靑鳥): 사자(使者) 또는 편지. 동방삭(東方朔)이 푸른 새가 온 것을 보고 서왕모(西王母)의 사자라고 한 고사에서 온 말.

51) 요지(瑤池): 중국 곤륜산에 있다는 못. 신선이 살았다고 하며 주(周)나라 목왕(穆王)이 서왕모를 여기서 만났다고 한다.

52) 도연명(陶淵明): 중국 동진의 시인. 이름은 잠(潛). 호는 오류선생(五柳先生). 405년에 팽택현(彭澤縣)의 현령이 되었으나, 80여 일 뒤에 「귀거래사歸去來辭」를 남기고 관직에서 물러나 귀향

ᄌᆞ긔롱(自起開籠)[53]의 펄젹 ᄂᆡ친 ᄇᆡᆨ학(白鶴) ᄯᅡ러 오쵸팔경(吳楚八景)[54] 보고 온ᄃᆞ. 동정호(洞庭湖) 쇼상강(瀟湘江)[55]의 두 기러기 벗시 되야 홍요ᄇᆡᆨ빈만강변(紅蓼白蘋滿江邊)의 낙평ᄉᆞ(落平沙)[56]의 논니다가 삼츈(三春)의 안복비(雁復飛)라[57] 쳥원이별(淸怨離別)[58] 도라온다. 숑츈겸숑(送春兼送)[59] 너 보ᄂᆡ고 욕망〈양〉쳥산무휘견(欲向靑山問杜鵑)[60]한니〈의〉 쇼식죠ᄎᆞ 젹막턴니 월쵸함목[61] 심문〈근〉 후의 네 날 ᄎᆞ져〈ᄌᆞ〉 도라온니 엇지 안니 반가올리."

ᄌᆞ시의 살펴본니 연젼(年前)의 졀각(折脚)하야 달이 동혜〈여〉쥬던〈든〉 제비 오ᄉᆡᆨ 당ᄉᆞ(唐絲) 동인 흔젹 역역키 그져 잇셔, 그 무엇셜 입의 물고 남남지셩(喃喃之聲) 넘놀 젹의, 북ᄒᆡ(北海) 흑용(黑龍)이 여의쥬〈우지〉(如意珠) 물고 ᄎᆡ운간(彩雲間)의 넘노난 듯,[62] 츈풍(春風) 황잉(黃鶯)이 나부을 물고 셰류간(細柳間)의 넘노난 듯, 단산봉황(丹山鳳凰)이 쥭실(竹實)을 물고 오동(梧桐) 쇽의 넘노난 듯,[63] 일니 ᄶᅩ옷 져리 ᄶᅩ옷 무슈이 넘

했다. 자연을 노래한 시를 많이 지었으며, 당나라 이후 육조(六朝) 최고의 시인이라 불린다.

53) 자기개롱(自起開籠): 스스로 일어나 새장을 엶.

54) 오초팔경(吳楚八景): 동정호 물줄기를 중심으로 하여 동쪽에 있던 오나라와 남쪽에 있던 초나라 주변의 여덟 가지 뛰어난 경치.

55) 소상강(瀟湘江): 중국 동정호 남쪽에 있는 소수(瀟水)와 상강(湘江)을 함께 부르는 말로 소상팔경이 유명하다.

56) 홍요백빈만강변(紅蓼白蘋滿江邊)의 낙평사(落平沙): 소상팔경의 하나인 평사낙안(平沙落雁). 홍요안(紅蓼岸)은 단풍이 들어 붉은 대만 남은 여뀌가 가득한 언덕이며, 백빈주(白蘋洲)는 흰 꽃이 피는 부평초가 가득한 물가 섬을 말한다.

57) 삼춘(三春)의 안복비(雁復飛)라: 봄에 기러기가 돌아감.

58) 청원이별(淸怨離別): 전기(錢起)의 「귀안歸雁」 중 '이십오현탄야월(二十五弦彈夜月) 불승청원각비래(不勝淸怨却飛來)'(이십오현 비파를 달밤에 탈 때 〔기러기가〕 맑은 설움 못 이기어 문득 날아 돌아왔구나)에서 온 말.

59) 송춘겸송(送春兼送): 봄을 보내듯 제비도 보낸 적이 있다는 뜻임.

60) 욕향청산문두견(欲向靑山問杜鵑): 청산에 가서 두견새에게 제비 소식을 물으려 했다는 뜻.

61) 월초함목: 미상.

62) 북해(北海) 흑룡(黑龍)이 여의주(如意珠) 물고 채운간(彩雲間)의 넘노는 듯: 북쪽 바다에 산다고 하는 검은 용이 여의주를 물고 아름다운 빛깔의 구름 사이로 넘노는 듯하다는 뜻으로, 제비가 박씨를 물고 날아오는 형상을 비유한 구절.

63) 단산봉황(丹山鳳凰)이 죽실(竹實)을 물고 오동(梧桐) 속에 넘노는 듯: 단혈지산(丹穴之山)에 머문다는 봉황이 대나무 열매의 씨를 물고 오동나무에서 넘노는 듯하다는 뜻으로, 이 역시 제비가 박씨를 물고 날아오는 형상을 비유한 구절임. 『산해경山海經』에 따르면 봉황은 단혈지산

노던니, 입의 문 것 쑥 써러져 홍보 압페 궁굴거널 홍보가 쥬어들고 ᄌᆞ셰니 보ᄃᆞ 유예〈거〉미결(猶豫未決)[64]하여,

"ᄋᆡ기어멈 이리 옵쇼. 이것시 무엇신가?"

홍보 안니 일른 말리,

"그게 금(金)이올세〈쇠〉."

홍보 하난 말리,

"만승쳔ᄌᆞ(萬乘天子)[65] 진시황(秦始皇)[66]이 쳔하 금을 다 거두워 아방궁(阿房宮)[67] 널은 쎨〈들〉의 금인(金人)[68] 열둘을 셰워씬이 금이 어이 남어실고.[69]"

"그러하면 옥(玉)이올셰."

"홍문연(鴻門宴) 큰 존치의 범증(范增)[70]의 빗친 옥결 빅셜이 되야 잇고[71] 화변(和卞)[72] 곤산(崑山)[73] 오셕(玉石)이 구분(俱焚)이라, 곤산의

근처에 있는 새로 생김새가 닭 같은데 오색으로 무늬가 있다고 한다. 먹고 마시는 것이 자연의 절도에 맞으며, 절로 노래하고 절로 춤추는데 이 새가 나타나면 천하가 평안해진다고 한다. 봉황은 오동나무가 아니면 깃들이지 않고 죽실이 아니면 먹지 않는다고 한다.

64) 유예미결(猶豫未決): 망설여 결정을 하지 못함. 제비가 떨어뜨린 물건의 정체가 무엇인지 파악하지 못했다는 뜻임.

65) 만승천자(萬乘天子): '만승'은 중국 주대(周代) 천자(天子)가 병거(兵車) 1만 채를 출동시키던 제도에서 온 것으로, 천자 또는 천자의 자리를 이르던 말임.

66) 진시황(秦始皇): 중국 진(秦)나라의 황제. 중국을 최초로 통일했으나, 통일 제국 진은 그가 죽은 지 4년 만에 멸망했음.

67) 아방궁(阿房宮): 중국 진시황(秦始皇)이 함양에 짓다가 만 크고 호화로운 궁전. '아방궁'이란 이름은 아방촌 일대에 세워진 궁궐이라는 뜻으로 뒷사람들이 붙인 것임.

68) 금인(金人): 금으로 만든 사람의 상(像).

69) 중국 진시황이 천하 금을 다 거두었기 때문에 금이 남아 있을 리 없으니 금은 아닐 것이라는 뜻으로, 재담(才談)에 가까운 말.

70) 범증(范增): 초나라 항우의 참모. 항우가 군사를 일으키자 그를 잘 보필하여 제후에게 승리를 거두었기 때문에 아부(亞父, 아버지 다음으로 존경하는 인물이라는 뜻)로 존경을 받았다. 그러나 진평(陳平)의 이간책으로 인해 항우로부터 유방과 내통한다는 의심을 받게 되자, 물러나 팽성으로 돌아가던 도중에 등창이 터져 75세의 나이로 죽었다고 한다.

71) 홍문연(鴻門宴) 큰 잔치의 범증(范增)의 비친 옥결 백설이 되어 있고: 범증이 홍문연 잔치에서 옥결(玉玦)을 세 번 들어 유방을 죽일 것을 암시한 바 있는 사건을 끌어 와서 활용하고 있음. 옥결을 들었음에도 불구하고 허사가 되었다는 뜻임.

72) 화변(和卞): '변화(卞和)'의 잘못. 변화는 중국 전국시대 조(趙)나라 사람으로, '화씨벽(和氏璧)'으로 유명한 인물임.

73) 곤산(崑山): 곤륜산(崑崙山). 중국 고대의 전설상의 성산(聖山). 중국 서쪽에 위치하며 보석이

불이 붓터 옥과 돌이 옥과 돌이[74] 다 타신니 옥이 어이 남어씰고."

"려쥬〈진〉[75]가 보옵쇼."

"당명황(唐明皇)[76] 심은 려쥬 양구〈고〉비(楊貴妃)[77] 다 짜 먹고 영로진퇴(嶺路進退) 되야씬니[78] 려쥬 엇지 남어실가."

"연실(蓮實)[79]인가 보옵쇼."

"치련곡(採蓮曲)[80]의 일르기을 게도난혀〈요〉(桂棹蘭橈)로 하중포(下長浦)[81]한니 오희월여황봉영(吳姬越女何半茸)[82]을 강남의 미쇡(美色)덜이 달 발고 집픈 밤의 투취(偸取)[83] 짜신니 연실이 남아씰가."

"천도(天桃)[84]가 보옵쇼."

"옛글의 일르기을, 구공츈식(九重春色)이 취션도(醉仙桃)[85]라, 셔황모(西王母)[86] 요지연(瑤池宴)의 반도(蟠桃)[87] 진상(進上)하랴 ᄒᆞ고 다 짜고

많이 난다고 알려져 있다. 곤륜산에서 난 옥이 아니면 버린다는 말까지 전한다. 『서경書經』에 나오는 '곤산에 불이 일어나면 구슬과 돌이 함께 탈 것이나 천자의 관리가 덕을 잃은 것은 사나운 불길보다 더 심할 것'이라는 데서 '옥석구분'만 따왔음.

74) 옥과 돌이 옥과 돌이: '옥과 돌이'의 중복으로 여겨진다.

75) 여주: 여지(荔枝). 무환자나뭇과의 상록 교목. 열매는 둥글며 지름 3센티미터 정도로서 겉에 돌기와 더불어 거북의 등처럼 생겼다. 과육은 시고 달며 독특한 향기가 있어 날로 먹는다. 중국 남부에서는 과일 중의 왕이라고 한다. 요즘은 리치로 알려져 있으며 양귀비가 후식으로 즐겨 먹었다고 한다.

76) 당명황(唐明皇): 당(唐)나라 6대 황제인 현종(玄宗).

77) 양귀비(楊貴妃): 당나라 현종의 애첩. 현종이 그녀에게 빠져 국정을 돌보지 않자 잇달아 반란이 일어났고, 그로 인해 당조의 세력이 크게 약화되었다 한다. 처음에는 현종 아들의 비였으나 현종의 비로 맞아들여졌고, 그후 그녀의 두 자매도 현종의 비로 맞아들여졌으며 사촌오빠인 양국충(楊國忠)은 재상이 되었다. 후에 안녹산(安祿山)의 난을 만나 도망중 죽임을 당했다.

78) 영로진퇴(嶺路進退) 되었으니: 오갈 데 없는 상황에 놓였다는 뜻.

79) 연실(蓮實): 연밥. 연꽃의 열매.

80) 채련곡(採蓮曲): 연밥을 따면서 부르는 노래. 여기서는 당나라 왕발(王勃)의 시 「채련곡」을 말함.

81) 계도난요하장포(桂棹蘭橈下長浦): '계수나무 상앗대와 난초 노를 저어 긴 포구로 내려간다'는 뜻. 「채련곡」의 한 구절.

82) 오희월여황봉영: '오희월녀하반용(吳姬越女何半茸)'의 잘못. '오나라와 월나라의 여인이 어찌 절반씩 가득한고'라는 뜻. 「채련곡」의 한 구절.

83) 투취(偸取): 절취(竊取). 훔쳐서 제 것으로 하는 것.

84) 천도(天桃): 선가(仙家)에서, 하늘나라에 있다고 하는 복숭아.

85) 구중춘색취선도(九重春色醉仙桃): '구중궁궐의 봄빛은 복숭아를 취하게 한다'는 뜻. 두보(杜甫)의 「봉화가지사인조조대명궁奉和賈至舍人早朝大明宮」의 한 구절.

86) 서왕모(西王母): 중국 신화에 나오는 신녀(神女)의 이름. 『산해경山海經』에 따르면 서방 곤륜산에 사는, 사람 얼굴에 호랑이의 이빨, 표범의 털을 가진 신인(神人)이라고 한다. 그러나 일반

나문 열미 쳔갑도[88] 즁 궐즈(厥子)라 약간 남아 잇난 열미 구만즁쳔(九萬長天)[89] 머러신니, 졔비 엇지 물러 올가.”

“금(金)도 옥(玉)도 안일진딕 인간 박씨 갓쓰온나, 언의 박씨 져리 클가.”

홍보 고이 예겨 즈셰이 술펴보니, 한 편의난 당(唐)박씨[90]라 식기고 쏘 한 편은 식여씨되 홍보의 보은표(報恩瓠)라 하야거날,

“이것 젹실(的實) 박씨로다. 긔이(奇異)하다, 져 졔비야. 슈한(隋岸)의 한 빅암[91]도 구실을 무러다 살인 은혜 갑하신니〈되〉 거록하다 져 졔비야, 은혜을 갑푸랴고 이 박씨을 무러온야. 아모커나 심어보즈.”

동편 쳠하 단즁(短牆)[92] 안의 일불직죵(乙不栽種)[93] 날을 보와 근근〈건건〉흑[94]의 걸음 쥬〈부〉어 처셔(處暑)[95]날 심어던니, 4월(四月) 남풍(南風) 호시졀(好時節)의 심은 딕로 임모(立苗)[96]하야 입픠 픠고 쏫시 픠여 진고 진 넌츌 순을 쥬어 울울충충(鬱鬱蒼蒼) 버러가며 버든 쏫틔 박셰 통이 열러, 고마슈영(古馬水營)[97] 전션(戰船)갓치, 한 병션(兵船)의 목양[98]갓치, 구신 금산 벅고(法鼓)[99]갓치, 큰 절 공누[100] 쇠북[101]쳐로 두

적으로는 불사약을 가진 선녀라고 전해진다. 한나라 때 서왕모의 이야기가 민간에 널리 퍼졌다 한다.

87) 반도(蟠桃): 3천 년마다 한 번씩 열매가 열린다는, 선경에 있는 복숭아.

88) 천갑도: 미상. 아마 천도(天桃)를 말하는 듯함.

89) 구만장천(九萬長天): 아득히 높고 먼 하늘. 서왕모의 요지연 잔치에 천도를 거의 다 따 진상하고 남은 것이 있기는 하나 거리가 멀어 제비가 가져오기는 어렵다는 말. 제비가 떨어뜨린 것이 천도가 아니리라는 것을 둘러서 이르는 말임.

90) 당(唐)박씨: 당나라에서 난 박씨라는 뜻.

91) 수안(隋岸)의 한 뱀: 수안의 뱀이 구슬을 물어다 은혜를 갚았다는 고사에 바탕을 둔 것. 『회남자淮南子』「남명훈覽冥訓」에 나오는 말.

92) 단장(短牆): 낮은 담.

93) 을불재종(乙不栽種): 을자(乙字)가 드는 날에는 씨를 뿌리지 않음.

94) 건건흙: '건흙'의 잘못. 걸고 기름진 흙.

95) 처서(處暑): 24절기의 하나. 입추와 백로 사이로 양력 8월 23일경이다.

96) 입묘(立苗): 싹이 남.

97) 고마수영(古馬水營): '고마'는 전라남도 완도군(莞島郡)에 있는 섬인 고마도를 뜻하며, 수영(水營)은 조선시대 수군절도사(水軍節度使)가 주재하던 병영(兵營).

98) [교감] 목양: '모양'의 잘못인 듯함.

99) 구신 금산 법고(法鼓): '법고(法鼓)'는 절에서 예불할 때나 의식을 거행할 때에 치는 큰북. 혹

렷시 여러씬니, 셰상의 못 본 ᄇᆡ라. ᄃᆡᄌᆞ(大者)난 여고(如鼓)하고 즁ᄌᆞ(中者)난 여긔(如器)허고 쇼ᄌᆞ(小者)난 여박한니,[102] 홍보 ᄆᆡ양 일르기을,

"칠팔월이 어셔 오면 박쇽은 ᄭᅳᆯ려 먹고 박 ᄶᆞᆨ[103]은 파라 ᄊᆞᆸ시."

부부 의논(議論) ᄌᆞᆨᄌᆞ[104]하던니라.

은 부처 앞에서 치는, 쇠가죽으로 만든 조그마한 북. '구신'과 '금산'은 지명 혹은 절 이름인 듯하나 미상.

100) 공누: '공루(空樓)'. 비어 있는 누각을 뜻하는 듯하나 미상.

101) 쇠북: '종(鐘)'의 옛말. 전선, 병선, 법고, 쇠북 등은 박이 열린 모양을 비유한 말.

102) 대자(大者)난 여고(如鼓)하고 중자(中者)난 여기(如器)허고 소자(小者)난 여박한니: 큰 것은 북과 같고 중간 것은 그릇과 같으며 작은 것은 바가지와 같으니. 박의 크기를 비유해서 이르는 말임.

103) 짝: 둘 또는 그 이상의 것이 서로 어울려 한 쌍이나 한 벌, 한 조(組)를 이루는 것. 또는 그 중의 하나. 여기서는 박을 둘로 쪼개고 난 후의 것들을 이르는 말.

104) 작작: 어지간하게 적당히. 또는 화려하고 찬란하게(灼灼).

어이여라 톱질이야, 실근실근 박을 타세

잇ᄯᆡ난 언의 ᄲᅧᆫ고 즁〈청〉츄가절(仲秋佳節) 츄셕(秋夕)이라, 나무 집 쇼연(少年)덜은 부모의 효ᄒᆡᆼ〈양〉(孝行)ᄒᆞ고 션영향화(先塋香火) 봉졔ᄉᆞ(奉祭祀)[1]할 졔, 우양(牛羊)의 갓촌 졔물(祭物)[2] 동부셔부 차려 녹코 분향(焚香)으로 ᄌᆡ비(再拜)할 졔, 북망산(北邙山)[3] 너른ᄶᅧᆯ의〈들은〉 효ᄒᆡᆼ(孝行)의로 돌아올 졔,

"우리 부모 쥭은 고혼(孤魂) 오기난 오련만는 나무 읍고 양식 읍셔 혈혈(孑孑)[4] 탄식(歎息)할 양이면 넉신들 안니 올가.[5] ᄋᆡ기어멈 ᄂᆡ 말 듯쇼. 져 박 한 통 ᄧᅡᄂᆡ여셔 박쇽이나 살마 놋셔〈시〉. 홀영(魂靈)인들 모를숀가."

1) 선영향화(先塋香火) 봉제사(奉祭祀): 조상에게 제사를 지냄.
2) 우양(牛羊)의 갖춘 제물(祭物): 소나 양처럼 제단에 올려진 좋은 제물.
3) 북망산(北邙山) 어른들은: 조상들은. 북망산은 중국 하남성 낙양의 북쪽에 있는 작은 산인데, 옛날 이 산에 제왕, 귀인, 명사들의 무덤이 많았다고 해서 무덤이 많은 곳, 사람이 죽어서 묻히는 곳을 북망산, 또는 북망산천이라고 부른다.
4) 혈혈(孑孑): 의지할 데 없이 외로움.
5) 자식이 처한 사정을 보아 차린 것 없어도 부모의 넋이 와줄 것이라는 말.

츄팔월(秋八月) ᄎᆞᆫ 이실의 박이 휠씬 셩실(成實)ᄒᆞ여 견구(堅固)키난 금셕(金石)이요 셩ᄉᆡᆨ(成色)은 츈ᄉᆡᆨ(春色)이라,[6] 드난 독긔 드러메고 박 한 통 ᄊᆞᄂᆡ여 마당의 ᄂᆡ려노코 양쥬(兩主) 붓쳐(夫妻)[7] 박을 탈 졔 흥보 안ᄂᆡ 일른 말리,

"이 박을 어셔 타셔 박쇽을낭 지져먹고〈ᄂᆡ여〉 부모 고혼(孤魂) 위로하고, 나문 쇽은 나나 먹고 박 작을낭 파라다가 양식 팔고 반ᄎᆞᆫ 사, 굴머 누은 ᄌᆞ식덜과 연일 굴문 우리 양쥬 긔ᄌᆞᆼ긔복(饑腸飢腹)[8]을 ᄎᆡ워〈와〉봅ᄊᆞ."

부부 안져 톱질할 졔,

"어이여라 톱질이야, 강구(康衢)의 문동요(聞童謠)[9] 한〈난〉니 여민동낙(與民同樂) 안니신가. 남훈젼(南薰殿) 탄오셩(歎娛聲)[10]은 치셔지셩음(治世之聲音)[11]이라. 짐게(金堤) 만경(萬頃) 너른 ᄯᅳᆯ[12]의 강피[13] 훌난져 ᄉᆞ롬아, 일일(日日) 보역(保役)[14] 하여쥬쇼. 츅ᄌᆞᆼ셩(築牆城) 하올 ᄯᆡ의 어이화[15]도 부질업고, 슈양산(首陽山)[16] 집푼 골의 ᄎᆡ미〈ᄎᆞ례〉곡(採薇曲)[17] 쇼릐쳐로 ᄊᆞᆼ 어울너 마져〈ᄌᆞ〉쥬쇼."

6) 성색(成色)은 춘색(春色)이라: 빛깔이 좋다는 뜻임.
7) 양주(兩主) 부처(夫妻): 둘 다 '부부(夫婦)'를 달리 이르는 말.
8) 기장기복(饑腸飢腹): 굶주린 창자와 배. 몹시 배가 고픈 상황을 이르는 말.
9) 강구(康衢)의 문동요(聞童謠): 중국 요(堯)임금이 자신이 세상을 잘 다스리고 있는가 알고 싶어 백성들의 옷을 입고 길거리에 나갔더니 아이들이 태평스러움을 찬양하는 노래를 부르는 것을 들었다는 데서 온 말로, 태평성대를 비유적으로 표현한 것.
10) 남훈전(南薰殿) 탄오성(歎娛聲): 남훈전에서의 찬탄하고 즐기는 소리. 남훈전은 순임금이 「남풍가南風歌」를 지어 오현금(五絃琴)에 얹어 부르던 궁궐. 이 역시 태평성대를 비유적으로 표현한 것임.
11) 치세지성음(治世之聲音): 잘 다스려져 화평한 세상에서 나는 소리
12) 김제(金堤) 만경(萬頃) 너른 뜰: 전북 김제의 넓은 평야를 뜻하는 말로, 넓은 평야의 관용적 표현임.
13) 강피: 가시랭이가 없고 빛이 붉은, 피의 한 종류.
14) 보역(保役): 조선시대에 각 고을마다 역(役)을 치른다는 명분으로 백성들로부터 그 대가를 받아들이던 행위. 여기서는 하루 동안 일을 도와달라는 뜻임.
15) 어이화: 노동요를 부르거나 혼잣말할 때 내뱉던 상투적 어구인 듯함.
16) 수양산(首陽山): 백이(伯夷) 숙제(叔齊)가 굶어죽었다는 중국의 산 이름.
17) 채미곡(採薇曲): 고사리를 뜯으며 부르는 노래.

실근실근 타 노은니 ᄯᅳᆺ박긔 박통 안의셔 난ᄃᆡ읍난 궤 둘리 나오거늘, 홍보 깜짝 놀ᄂᆡ야,

"무복ᄌᆞ(無福者)는 겨란의 유골(有骨)이라고,[18] 엇던 놈이 박쇽은 글거 먹고 남의 셰간ᄉᆞ리 파한 귓것 상지[19]을 돌나다는가. 이것 다 발니고 쳘니(千里) 말니(萬里) 도망합시."

홍보 안ᄂᆡ 일른 말이,

"죄 업시면 관계촌한니 ᄌᆞ세 살펴보오."

ᄌᆞ시예 살펴본니 황금 ᄃᆡᄌᆞ(大字)로[20] ᄉᆡᆨ여씨되 홍보 ᄀᆡ탁(開坼)이라 두려시 ᄉᆡᆨ여써늘, 한 궤을 렬고 본니 한 궤의난 돈이 갓ᄯᅳᆨ ᄯᅩ 한 궤의 ᄡᆞᆯ이 갓ᄯᅳᆨ,

"ᄋᆡ고 ᄡᆞᆯ 여긔 들러다."

비여ᄂᆡ고 되여본니 ᄡᆞᆯ이 서 말이요 돈니 삼십 양, 그 돈으로 반촌 사고 그 ᄡᆞᆯ노 밥을 지여 함포고복(含哺鼓腹) 질ᄭᅳᆫ 먹고 궤을 다시 도라본니, 도로 ᄡᆞᆯ이 갓ᄯᅳᆨ하고 도로 돈이 갓ᄯᅳᆨ한니,

"허허 그 궤 밋치것ᄃᆞ."

도라셧ᄃᆞ 비여ᄂᆡ고 도라셧ᄃᆞ 비여ᄂᆡ고, 하로을 비여ᄂᆡᆫ이 ᄡᆞᆯ이 삼쳔 칠ᄇᆡᆨ 셕, 돈이 삼쳔〈만〉칠ᄇᆡᆨ〈쳔〉 양, 하로 ᄂᆡ의 으〈어〉든 셰간 셕슝(石崇)[21]이을 불러하며, 두듀공(陶朱公)[22]을 원할숀냐. 홍보 부부 쥬리ᄃᆞᄀᆞ

---

18) 무복자(無福者)는 계란의 유골(有骨)이라고: 복이 없는 사람은 계란에도 뼈가 있다는 말로 일이 공교롭게 틀어짐을 뜻하는 말.

19) 귓것 상지: '귀신 상자'를 말하는 듯함.

20) 황금 대자(大字)로: 금색의 큰 글씨로.

21) 석숭(石崇): 대단한 부자 중 한 사람. 중국 서진(西晉)의 부호(富豪). 발해(渤海) 남피(南皮) 사람으로 형주자사(荊州刺史)가 되었다. 진나라 남조(南朝)의 고급 관리 중에는 부호가 많았는데 그 대표적인 인물이다. 팔왕(八王)의 난(亂)을 만나 조왕(趙王) 윤(倫)에게 살해되었다.

22) 도주공(陶朱公): 대단한 부자 중 한 사람. 춘추시대 월(越)나라의 범려(范蠡)를 말한다. BC 494년 월나라 왕 구천(句踐)이 오(吳)나라 왕 부차(夫差)에게 패하고 20여 년 뒤 오나라를 멸망시킬 때, 대부(大夫) 종(種)과 함께 부차를 자살하게 했다. 그러나 구천을 더이상 섬길 수 없는 군주라고 생각하여, 월나라를 버리고 제(齊)나라로 갔다. 이름을 치이자피(鴟夷子皮)라 고치고, 해변(海邊)을 일구어 거부가 되었다 한다. 도(陶) 땅에서 큰 부를 이루었으므로 '도주공'이라 불렸다.

양식(糧食) 만니 으든 짐의 밥을 만이 하여 엇지덜 먹어던〈든〉지, 홍보 안ᄂᆡ ᄇᆡ난 ᄇᆡ곱을 만질나면 션반의 것 만지듯〈덧〉 하고,23) 홍보난 ᄇᆡ곱의 거울 노코 망근 씨기 죠케 불너구나.24) 쥬린 근심 궁곤(窮困)타ᄀᆞ 깃분 마음 칭양읍시 가치거름25) 죠ᄅᆡ츔26)을 쳬수읍시27) ᄌᆞ로 츄며, ᄯᅩ 한 통을 듸려노코 질검으로28) 박을 탈 제,

"쳔하장ᄉᆞ(天下壯士) 항(項)도령도 역발산(力拔山)29) 무삼 일고 의슈야ᄒᆡ(衣繡夜行)30)ᄲᅮᆫ이로ᄃᆞ. 쳔하부ᄌᆞ(天下富者) 도쥬공(陶朱公)도 도금(淘金)31)하야셔난 ᄂᆡ게와 밋칠숀야, 강상(江上)의 ᄯᅥ난 ᄇᆡ난 일쳔 셕 시러ᄯᅩ다.32)"

노ᄅᆡ하고 타 노은니, 이 통의난 왼쳔하 졔일 입으로 셩기고 눈의로 보난 것시33) ᄎᆞ례로 다 나올 제, 비단발이〈만저〉 나오난ᄃᆡ, 쇼관부상삼ᄇᆡᆨ쳑(笑看扶桑三百尺)34)의 번듯 ᄯᅥᆺ〈도〉ᄃᆞ 일광단(日光緞),35) 고슈〈쇼〉ᄃᆡ

---

23) 선반의 것 만지듯 하고: '선반'은 물건을 얹어 두기 위해 까치발을 받쳐서 벽에 달아 놓은 긴 널빤지를 말함. 선반의 것을 만지듯 하다는 것은 손이 닿지 않아 잘 만져지지 않는다는 뜻임.

24) 망건 쓰기 좋게 불렀구나: '망건'은 상투를 튼 사람이 머리카락을 걷어 올려 흘러내리지 않도록 머리에 두르는 그물처럼 생긴 물건을 말함. 그 정도로 배가 나왔다는 뜻임.

25) 까치걸음: 두 발을 모아서 뛰는 종종걸음.

26) 조래춤: 미상. 양주별산대에서 추는 춤사위의 하나로 '자라춤'이라는 주석이 있음. 자라춤은 양손을 번갈아서 머리 앞까지 올려서 손바닥을 젖혔다 뒤집었다 하다가 내리는 춤이라고 함.

27) 체수없이: '체수'는 어떤 사람의 몸의 크기, 곧 덩치를 말하므로 '체수없이'라는 말은 '덩치에 어울리지 않게'라는 뜻임.

28) 질검으로: '지름으로'의 뜻인 듯하나, 미상.

29) 역발산(力拔山): 힘이 산을 뽑을 만큼 매우 셈을 이르는 말. 자기보다 힘이 강하지 못한 유방에게 해하(垓下) 싸움에서 져 사면초가(四面楚歌)에 몰린 상태에서 애첩 우미인을 위해 항우가 마지막 연회를 베풀면서 읊은 시에 나오는 말.

30) 의수야행(衣繡夜行): 항우가 "부귀를 하고 고향에 돌아가지 않는다면 마치 비단옷을 입고 밤길을 가는 것과 같으니 누가 알아줄 사람이 있겠는가"라고 한 데서 온 말. 본래는 고향에 돌아가고 싶다는 의도의 근거로 쓰였으나 뒤에 '금의야행(錦衣夜行)'으로 더 많이 쓰이면서 아무리 잘해도 남이 알아주지 않는다는 뜻으로 활용됨.

31) 도금(淘金): 사금을 일어서 금을 골라냄. 여기서는 도주공이 부자가 되었음을 뜻하는 말.

32) 강상(江上)의 떠 있는 배는 일천 석 실었도다: 도주공 범여는 서시와 함께 오호로 돌아가 물물교역을 통해 많은 재산을 갖게 되었는데 그때의 한 정황을 표현한 것인 듯함. 여기서는 홍보의 부에 대한 갈망이 간접적으로 표현된 셈임.

33) 입으로 섬기고 눈으로 보는 것이: '말로만 하고 직접 보지는 못하던 진귀한 것이'라고 이해해야 전후 문맥에 어울림.

상(姑蘇臺上)[36] 악양누(岳陽樓)[37]의 젹셔 ᄂᆡ이〈ᄋᆡ미〉[38] 월광단(月光緞)[39], 쳔하구쥬〈됴〉(天下九州)[40] 산쳔쵸목(山川草木) 그려ᄂᆡ이 지도문(地圖紋)[41], ᄐᆡᄇᆡᆨ(太白) 긔경상쳔(騎鯨上天)[42] 후의 강남풍월(江南風月) 한단(漢緞)[43]이뇨, 동정명월(洞庭明月)[44] 화ᄎᆞᆼ난(和暢暖)의 ᄌᆞᆼ부절긔(丈夫節槪) 송금단(松錦緞)[45], 등ᄐᆡ산쇼쳔하(登泰山小天下)[46]의 공부ᄌᆞ(孔夫子)의 ᄃᆡ단(大緞)[47]이라, 남양(南陽) 쵸당(草堂)[48] 경(景) 죠흔ᄃᆡ 쳔하영웅(天下英雄) 와룡ᄌᆞᆼ단(臥龍長緞),[49] 옥경션관(玉京仙官) 금션(金線)[50]이뇨 쳔고일

---

34) 소간부상삼백척(笑看扶桑三百尺): '해 뜨는 곳 삼백 척을 웃으며 바라보니'의 뜻으로 『전등신화剪燈新話』 「수궁경회록水宮慶會錄」에 나오는 구절이다. '일광단'의 '해'와, 해 뜨는 곳으로 알려진 '부상'을 관련지어 흥취 있게 표현하기 위한 수식 어구. 이하에서도 비단의 이름과 관련된 수식 어구를 덧붙여 흥취를 높인 것임.

35) 일광단(日光緞): 해나 햇살 무늬를 놓은 비단.

36) 고소대상(姑蘇臺上): 고소대 위. '고소대'는 중국 춘추시대에 오(吳)나라 임금 부차(夫差)가 지은, 강소성 고소산에 있는 누대.

37) 악양루(岳陽樓): 중국 호남성 악양현에 위치한 성루(城樓). 당나라 때 세워졌으며 아름다운 동정호의 조망으로 유명한 곳임.

38) [교감] 젹셔 ᄂᆡ이〈ᄋᆡ미〉: 본래는 적선(謫仙) 아미(峨眉)임. '적선'은 이태백을 말하며 '아미'는 그의 시 「아미산월가峨眉山月歌」의 '아미'임. '적선'의 뜻이 와전되어 '적셔내니'가 되기도 함. 누에나방의 눈썹을 뜻하는 '아미(蛾眉)'가 '미인의 눈썹' '초승달' 등을 가리키기도 하여 이를 달과 관련지었음.

39) 월광단(月光緞): 달무늬를 놓은 비단.

40) 천하구주(天下九州): 중국 고대에 전국을 통치하려고 나누었던 아홉 개의 주. 요순시대와 하(夏)나라 때에는 기(冀)·연(兗)·청(靑)·서(徐)·형(荊)·양(揚)·예(豫)·양(梁)·옹(雍)이며, 은(殷)나라 때에는 기·예·옹·양·형·연·서·유(幽)·영(營)이고, 주(周)나라 때에는 양·형·예·청·연·옹·유·기·병(幷)이다. 여기서는 '온 천하'를 뜻한다.

41) 지도문(地圖紋): 지도가 그려진 비단. [교감] 대체로 '천하구주 산천초목 그려내니 지도문'은 '서왕모 요지연의 진상하던 천도문'과 한 짝을 이루나 여기서는 '천도문'을 운운하는 구절이 탈락되어 있다.

42) 기경상천(騎鯨上天): 이태백이 강물 속의 달을 잡으려고 뛰어들어갔다 빠져 죽은 뒤 고래를 타고 하늘로 올라갔다는 전설에서 나온 말.

43) 한단(漢緞): '대단(大緞)'이라고도 하는, 중국 비단의 하나. [교감] 심정순 창본에 "태ᄇᆡᆨ이 긔경비상텬(太白이 騎鯨飛上天)ᄒᆞ니 강남풍월이 한다년(江南風月이 閑多年)ᄒᆞ던 슈문단"으로 되어 있어 위 형태가 와전된 형태임을 알 수 있음. 따라서 이 구절은 본래 이태백이 고래를 타고 천상으로 올라간 뒤에 강남에서 풍월을 읊는 일이 여러 해 동안 한산해졌다는 뜻임.

44) 동정명월(洞庭明月): 동정호에 밝게 비친 달.

45) 송금단(松錦緞): 소나무가 그려진 비단. '장부절개'는 '송(松)'과 짝을 맞춘 것임.

46) 등태산소천하(登泰山小天下): 태산에 올라보니 비로소 천하가 작은 것을 알게 되었다는 뜻.

47) 대단(大緞): 한단(漢緞). 본래는 '공부자의 대관(大觀)'이었을 텐데, 비단 이름 형식을 부여하기 위해 '관'을 '단'으로 바꾼 것임.

48) 남양(南陽) 초당(草堂): 중국 하남성 남양현에 있던, 제갈량이 벼슬길에 나가기 전에 살던 집.

월(天高日月) 명주(明紬)[51]로다. 사ᄒᆡ(四海) 뇨란(搖亂) 분분(紛紛)할 졔[52] 뇌고함셩(雷鼓喊聲)[53] 영쵸단(英綃緞),[54] 양국(兩國)이 합셰〈쇼〉(合勢)한니 졉응(接應)하난 셔쵸단(西楚緞),[55] 양국 ᄃᆡ젼(大戰) 큰 ᄊᆞ옴의 각ᄉᆡᆨ 좌쵸의 운쵸단[56], 득신고(得勝鼓)[57]을 ᄭᅮᆼᄭᅮᆼ 친니 항복(降服)반난 왜단(倭緞)[58]이라, 풍진(風塵)을 씨러 친니[59] ᄐᆡ평건곤(泰平乾坤)의 ᄃᆡ운단[60], 렴불(念佛)타령[61] 진 즁단〈풍유〉의 츔츄기 죠은 즁단, 츄렴취각〈객〉(珠簾翠閣)[62] 별쵸당(別草堂)[63]의 벗듯 드러 즁ᄌᆞ문[64], 큰방 골방 가로다지[65] 국화ᄉᆡᆨ김 완ᄌᆞ문(卍字紋)[66], 녹임간(綠林間) ᄃᆞᆺ〈덧〉가지의 얼크러졋다 널

49) 와룡장단(臥龍長緞): 누워 있는 용이 새겨진 비단. 제갈량의 호가 '와룡'이었으므로 그것을 비단 이름과 관련지은 것임.

50) 옥경선관(玉京仙官) 금선(金線): 하늘나라 벼슬아치가 입는, 금으로 선을 넣은 비단.

51) 천고일월(天高日月) 명주(明紬): 하늘 높이 뜬 해와 달처럼 밝은 피륙. '명주'는 명주실로 무늬 없이 곱게 짠 피륙.

52) 사해(四海) 요란(搖亂) 분분(紛紛)할 제: 온 세상이 요란하고 어지러울 때.

53) 뇌고함성(雷鼓喊聲): 천둥 치듯 북을 치는 소리와 여러 사람의 고함 소리.

54) 영초단(英綃緞): 영초(英綃). 중국산 비단의 하나. 올은 가늘지만 씨가 좀 굵어 바닥이 꺼칠꺼칠한 비단임. 하지만 여기서는 전쟁과 관련된 것이므로 '영초(營哨)'를 뜻함.

55) 양국(兩國)이 합세(合勢)하니 접응(接應)하는 서초단(西楚緞): 두 나라가 맞아 싸우는 일을 초나라와 관련시킴. 서초는 초나라를 말하므로 실은 합세보다는 합전(合戰)이 더 적절할 듯함. 서초단은 지어낸 이름임.

56) 각색 좌초의 운초단: 미상.

57) 득승고(得勝鼓): 싸움에 이겼을 때 치는 북. 승전고(勝戰鼓).

58) 왜단(倭緞): 일본 비단. '항복받는 왜단'은 일본에 대한 적개심과 관련하여 끼워 맞춘 말임.

59) 풍진(風塵)을 씨러 친니: '풍진'은 세상에서 일어나는 어지러운 일이므로, '세상의 어지러운 일을 쓸어들이다' 또는 '세상의 어지러운 일이 그치다' 정도의 뜻이 아닌가 함.

60) 태평건곤(泰平乾坤)의 대운단: '태평건곤'과 관련해볼 때, '대운단'은 '대원단(大願緞)'이 아닐까 함. 곧 태평한 세상을 바란다는 것을 비단 이름으로 끼워 맞춘 것이라 생각됨. 혹은 '대원단(大元緞)'일 수도 있음.

61) 염불(念佛)타령: '염불도드리'의 잘못. 현악 영산회상의 일곱째 곡으로 보통 피리, 대금, 해금, 단소 또는 생황과 단소들의 작은 편성으로 연주됨.

62) 주렴취각(珠簾翠閣): 구슬을 실에 꿰어 만든 발을 드리운 푸른 누각. 또는 '취객(醉客)'일 수도 있음.

63) 별초당(別草堂): 몸채에서 따로 떨어진 곳에 지은 초당.

64) 장자문(障子紋): 장지문(障紙門) 혹은 장자문(障子門) 무늬. 장자문은 한옥에서 주로 안방이나 사랑방 같은 큰 방이나 연이어 있는 방을 다양하게 쓰기 위해 둘로 나눌 때, 혹은 방과 마루 사이에 많이 설치한다. 그래서 집안에 큰 행사가 있거나 하여 필요할 때 두 공간을 터서 넓게 사용할 수 있다. 여기서 '번듯 들어'는 장자문의 이러한 기능을 염두에 둔 수식 어구.

65) 가로다지: 가로지르게 열고 닫는 문.

66) 완자문(卍字紋): '卍' 자 모양을 이어서 만든 무늬.

츈문[67], 통영칠(統營漆) 졔모판(玳瑁盤)[68]의 안셩유긔(安城鍮器) ᄃᆡ접문[69], 팔진미(八珍味)[70] 유밀ᄀᆡ(油蜜菓)[71]의 젹구츙ᄌᆞᆼ(積丘充腸)[72] 함포단(含飽緞)[73], 투계쇼연(鬪鷄少年) 아희덜은 ᄒᆡᆼ화춘풍(杏花春風)[74] ᄌᆞᆼ원쥬[75], 살든 사랑 정든 임은 날 발이고 가계쥬[76], 두 숀질 덥벅 ᄌᆞᆸ고 가지 마쇼 도리불슈(桃李佛手),[77] 임 보ᄂᆡ고 홀노 안ᄌᆞ 일ᄌᆞᆼ엄신(一場掩身) ᄉᆞ단[78]이뇨, 인간이별(人間離別) 만ᄉᆞ(萬事) 듕의 독슈공방(獨守空房) 상ᄉᆞ단(相思緞)[79], 하운다긔(夏雲多奇) 운문(雲紋)[80]이뇨, 삼복염쳔(三伏炎天) 육화문(六花紋)[81], 엄동셜한(嚴冬雪寒)의 셜능(雪綾)[82]이라, 걸식과ᄀᆡᆨ

67) 넌출문: 길게 뻗어 나가 늘어진 식물의 줄기가 새겨진 무늬. '넌출문(門)'은 문짝 넷이 죽 잇달아 달린 문이라는 뜻이기도 함.

68) 통영칠(統營漆) 대모반(玳瑁盤): 통영에서 나는 질 좋은 칠을 한, 바다거북 등껍데기로 만든 쟁반.

69) 대접문: 대접만큼 크고 둥글게 놓은 비단의 무늬. 통영칠을 한 대모쟁반과 안성유기 같은 고급 그릇으로 손님을 대접한다는 뜻을 '대접문'과 관련지은 것임.

70) 팔진미(八珍味): 중국에서 성대한 음식상에 갖춘다고 하는 진귀한 여덟 가지 음식의 아주 좋은 맛. 아주 맛있는 음식을 비유적으로 이르는 말.

71) 유밀과(油蜜菓): 밀가루나 쌀가루 반죽을 적당한 모양으로 빚어 바싹 말린 후에 기름에 튀겨 꿀이나 조청을 바르고 튀밥, 깨 따위를 입힌 과자.

72) 적구충장(積丘充腸): 언덕을 쌓듯 배를 채운다는 뜻.

73) 함포단(含飽緞): 배불리 먹는다는 뜻을 비단 이름과 관련지은 것임.

74) 행화춘풍(杏花春風): 살구꽃과 봄바람이라는 뜻으로, 봄날의 화창한 풍경을 이르는 말.

75) 장원주: '壯元紬'로 풀이할 수 있다면, 노는 아이들 중 후일 장원 급제자가 나올 수 있다는 것을 비단 이름과 관련지은 것이 됨. 원주(元紬)는 예전에, 중국에서 들어온, 명주와 비슷하며 네모난 잔무늬가 있는 비단임.

76) 가계주: 아롱아롱한 무늬가 있는 중국 비단.

77) 도리불수(桃李佛手): '도리불수'는 복숭아와 오얏처럼 생긴 노리개를 말하나, 여기서는 그 앞 구절과 관련지어 볼 때 머리를 좌우로 흔드는 '도리질'의 '도리'와 '不' 자를 합성한 것으로 여겨짐. '가계주'는 이 '도리불수'와 상반되는 짝임.

78) 일장엄신(一場掩身) 사단: '사단'은 지어낸 비단 이름인 듯함. '사단'을 '死緞'으로 풀이한다면 몸을 가린 채 죽는다는 뜻이 되고, '思緞'으로 풀이한다면 몸을 가린 채 임을 생각한다는 뜻이 됨.

79) 독수공방(獨守空房) 상사단(相思緞): 혼자서 지내며 임을 그리워하는 비단이라는 뜻으로, '독수공방'에 짝을 맞추어 지어낸 비단 이름.

80) 하운다기(夏雲多奇) 운문(雲紋): '운문(雲紋)'은 구름무늬 혹은 그런 무늬가 있는 비단의 뜻이므로, '雲' 자가 들어 있는, 도연명(陶淵明)의 「사시四時」의 한 구절 '하운다기봉(夏雲多奇峰)'을 따 와서 덧붙인 것임.

81) 삼복염천(三伏炎天) 육화문(六花紋): 삼복더위와 관련되는 육화문. '육화'는 본래 눈(雪)을 뜻하기 때문에 삼복더위와는 어울리지 않으나, 오히려 그 때문에 시원해질 수 있다고 보아 이를 관련지은 것임.

82) 엄동설한(嚴冬雪寒)의 설릉(雪綾): 비단 이름인 '설릉'에다 '설(雪)' 자가 들어 있는 '엄동설한'

(乞食過客) 궁쵸(宮綃)[83]요, 절ᄀᆡ(節槪) 놉흔 은죠ᄉᆞ(銀造紗)[84], 홍정 ᄆᆡᄆᆡ(賣買) 갑ᄉᆞ(甲紗)[85]로다. 셔불령셥젹 ᄉᆡ발낭능(細－浪綾)[86], 월ᄒᆡᄉᆞ쥬(月下四柱) 방ᄉᆞ쥬(紡紗紬)[87]며 팔양쥬정[88] 광쥬 ᄒᆡ쥬 ᄌᆞ쥬〈지〉(紫紬) 원쥬 ᄌᆞ듀〈지〉(紫紬)[89] 함경도(咸鏡道) 육진포(六鎭布)[90] ᄒᆡ남포(海南布)[91] 회령(會寧) 죵셩(鐘城) 망사포〈북〉(網紗布)[92] 졔츌리션나이[93] 고양목(高陽木)[94] 냐달리목[95] 봉산셰목(鳳山細木)[96] 만경목(萬頃木)[97] 합졔포[98] 쟝셩(長城)모시 반누이[99]며 숴역숴역 다 나올 졔,

왼갓 보물 다 나올 졔, 황금(黃金) 셕금(石金)[100] 은〈옥〉금(銀金)이며,

을 덧붙여 꾸민 것임.

83) 걸식과객(乞食過客) 궁초(宮綃): '궁초'는 엷고 무늬가 둥근 비단의 이름이지만, '궁(宮)'을 '궁(窮)'으로 보고 그와 관련되는 '걸식과객'을 덧붙여 꾸민 것임.

84) 절개(節槪) 높은 은조사(銀造紗): '은조사'는 여름 옷감으로 쓰는 사(紗)의 이름인데, 그 이미지를 절개로 보아 덧붙여 꾸민 것임.

85) 홍정 매매(賣買) 갑사(甲紗): '갑사'는 품질이 좋은 얇은 비단 이름인데, 발음이 '값 싸'와 통하므로 '값이 싸서 사고팔기에 좋다'는 뜻으로 꾸민 것임.

86) 서부렁섭적 세발랑릉(細－浪綾): '서부렁섭적'은 힘들이지 않고 가볍게 움직이는 몸짓을 나타내는 의태어이고, '세발랑릉'은 발이 가늘고 얇은 비단 이름임.

87) 월하사주(月下四柱) 방사주(紡紗紬): '월하노인'은 부부의 인연을 맺어준다는 전설상의 노인이므로, '월하사주'는 좋은 사주를 뜻함. '방사주'는 비단의 이름이지만 '사주(四柱)'와 같은 음이 있어 관련지은 것임.

88) 팔양주정: 미상.

89) 해주 자주(紫紬) 원주 자주(紫紬): '해주'와 '원주'는 '자주'가 생산되는 지명인 듯하며, '자주'는 자줏빛이 나는 명주임.

90) 육진포(六鎭布): 함경도 육진이 있던 곳에서 나는 삼베.

91) 해남포(海南布): 전남 해남에서 나던 올이 가는 삼베.

92) 망사포(網紗布): 그물과 같이 성기게 짠 베. 회령과 종성에서 생산되던 베인 듯함.

93) 제출리선나이: 미상.

94) 고양목(高陽木): 경기도 고양에서 나는 무명.

95) 야달리목: 야달리에서 나는 무명. '야달리'는 어디인지 미상.

96) 봉산세목(鳳山細木): 황해도 봉산에서 나는 올이 가늘고 고운 무명.

97) 만경목(萬頃木): 앞의 비단 이름과 관련지어 볼 때 전북 김제시 만경에서 나는 무명을 이르는 듯함.

98) 합제포: 분명치는 않으나 '황저포(黃苧布)'의 잘못이라 볼 수 있음. '황저포'는 경상북도에서 나는 삼베의 하나. 삼의 겉껍질을 긁어 버리고 만든 실로 짬.

99) 반누이: '누이'는 '누비'일 수 있음. '누비'는 두 겹의 천 사이에 솜을 넣고 줄이 죽죽 지게 박는 바느질, 또는 그렇게 만든 물건을 말하므로, '반누비'는 반쯤 누빈 물건을 뜻한다고 볼 수 있음.

100) 석금(石金): 돌에 박혀 있는 금.

십상 쳔은(天銀)101) 오동(烏銅)102) ᄇᆡᆨ통103) 짐퉁104) 시위쇠105)며, 밀화(蜜花)106) 금ᄑᆡ(錦貝)107) 호박(琥珀) 진쥬 ᄃᆡ모(玳瑁)108) 유리(瑠璃)109) 산호(珊瑚) 옥셕(玉石)이며, 우황(牛黃)110) 구황(狗黃)111) 당황(唐黃)112)이며, 인ᄉᆞᆷ ᄉᆞᄉᆞᆷ(沙蔘)113) 동ᄉᆞᆷ(童參)이며, ᄒᆡ귀신(海狗腎)114) 녹용(鹿茸) 사향(麝香)115) 인물향(人物香)116) 석경향(石鏡香)117) 용두빗치ᄀᆡ118) 옥쾌ᄉᆞᆼ119)과, ᄎᆞᆼ담120) ᄇᆡᆨ담(白毯)121) 홍담(紅毯)122)이며, 당칠보(唐七寶)123) 황ᄃᆡᄎᆞ124) 가진 쥭졀(竹節)125) 금봉치(金鳳釵)126) 북도월

101) 십상 천은(天銀): '십상'은 일이나 물건 따위가 어디에 꼭 맞는 모양을 나타내는 말이므로, 아마 품질이 가장 뛰어난 은일 것이라는 뜻임.

102) 오동(烏銅): 검붉은 빛이 나는 구리. 오금(烏金)과 같은 광택이 있어 장식품으로 많이 쓴다.

103) 백통: 구리, 아연, 니켈의 합금. 은백색으로 화폐나 장식품 따위에 쓴다.

104) 짐퉁: 미상. 품질이 아주 낮은 백통을 뜻하는 '비통'의 잘못일 수 있음.

105) 시우쇠: 무쇠를 불려서 만든 쇠붙이의 하나.

106) 밀화(蜜花): 밀랍 같은 누런빛이 나고 젖송이 같은 무늬가 있는 호박(琥珀).

107) 금패(錦貝): 호박(琥珀)의 하나. 빛깔이 누렇고 투명하며, 사치품으로 쓰인다.

108) 대모(玳瑁): 대모갑(玳瑁甲). 대모의 등과 배를 싸고 있는 껍데기. 주로 장식품이나 공예품을 만드는 데 쓴다.

109) 유리(瑠璃): 황금색의 작은 점이 군데군데 있고 거무스름한 푸른색을 띤 광물. 거무스름한 푸른빛이 나는 보석.

110) 우황(牛黃): 소의 쓸개 속에 병으로 생긴 덩어리. 열을 없애고 독을 푸는 작용을 하여, 중풍·열병·경간(驚癎) 따위에 쓴다.

111) 구황(狗黃): 개의 쓸개 속에 든 결석을 한방에서 이르는 말. 푸른빛을 띤 흰 돌 같은데 중풍이나 악창(惡瘡) 치료에 쓴다.

112) 당황(唐黃): 당나라에서 생산된 황(黃). '황'은 우황이나 구황 따위가 들어 있는 한약.

113) 사삼(沙蔘, 砂蔘): 더덕의 뿌리를 한방에서 이르는 말. 성질은 약간 차고 맛이 달며 기침을 멈추게 하고 담을 제거하는 데 쓴다.

114) 해구신(海狗腎): 물개의 음경과 고환을 한방에서 이르는 말. 보신 강정제로 쓴다.

115) 사향(麝香): 사향노루의 사향샘을 건조하여 얻는 향료. 어두운 갈색 가루로 향기가 매우 강하다. 강심제, 각성제 따위에 약재로 쓴다.

116) 인물향(人物香): 향을 넣어 향기를 풍기도록 만든 사람 모양의 패물.

117) 석경향(石鏡香): 향을 넣어 향기를 풍기도록 만든 거울.

118) 용두비치개: 용머리 장식을 한 거울을 뜻하는 듯하나 미상임.

119) 옥쾌상: 옥으로 만든 쾌상. '쾌상'은 문방구를 넣어 두는 방 세간의 하나. 네모반듯한데 위 뚜껑을 좌우 두 짝으로 달았으며, 서랍이 하나 있고 밑이 비었다.

120) 총담: 미상.

121) 백담(白毯): 짐승의 털을 물에 빨아 짓이겨 편평하고 두툼하게 만든 흰 빛깔의 조각.

122) 홍담(紅毯): 붉은 빛깔의 담. '담'은 곧 '백담'으로, 짐승의 털을 물에 빨아 짓이겨 편평하고 두툼하게 만든 흰 빛깔의 조각.

123) 당칠보(唐七寶): 당나라에서 들어온 칠보. '칠보'는 금, 은, 구리 따위의 바탕에 갖가지 유리질의 유약을 녹여 붙여서 꽃, 새, 인물 따위의 무늬를 나타내는 공예 또는 그 공예품.

ᄶᅵ127) 이ᄇᆡᆨ ᄌᆞ루〈잘니〉 산호반상(珊瑚飯床)128) 슌금반상(純金飯床) 안셩유긔 연엽〈닙〉반상(蓮葉飯床) 왜화긔(倭畫器)129) 당화긔(唐畫器)130) 쳥유리병(靑琉璃甁) 황유리병(黃琉璃甁) 쳔은(天銀)슐131) 구리져 안셩유긔 통용판132) 일칭 이칭 오동화루〈리〉(烏銅火爐) 놋ᄌᆡ쎨리 은타긔(銀唾器)133) ᄃᆡ필(大筆) 즁필(中筆) 쵸필(抄筆)134)이며, ᄇᆡᆨ지(白紙)135) 간지(簡紙)136) 오ᄉᆡᆨ당지(五色唐紙)137) 슌챵(淳昌) 갓모138) 숑도(松都) 유삼(油衫)139) 담양(潭陽) 삭갓 쳘편(鐵鞭)140) 등(藤)치141) 마상도(馬上刀)며, 말안쟝 ᄌᆞ화쵸142) 셰살ᄌᆞᆼᄌᆞ143) 가로다지 ᄃᆡ모(玳瑁)션반 은숀144) 밧쳐 수역수역 다

---

124) 황대추: 누른 대추.

125) 죽절(竹節): 대의 마디를 뜻하기도 하나 여기서는 대로 만든 값싼 비녀임.

126) 금봉채(金鳳釵): 머리 부분에 봉황의 모양을 새겨서 만든 금비녀.

127) 북도월자: '북도'는 미상이나, '월자(月子)'는 다리라고도 하는데, 여자의 머리숱이 많아 보이게 하기 위해 덧넣는 땋은머리를 말함.

128) 산호반상(珊瑚飯床): 산호로 만든 반상. '반상'은 격식을 갖추어 밥상 하나를 차리도록 만든 한 벌의 그릇.

129) 왜화기(倭畫器): 그림을 그린, 일본식 사기그릇.

130) 당화기(唐畫器): 채화(彩畫)를 그려넣어 구운 중국의 사기그릇. 또는 중국에서 만든 청화자기(靑華瓷器)를 본떠 만든 그릇.

131) 천은(天銀)술: 좋은 품질의 은으로 만든 숟가락.

132) 통용판: '통영칠판(統營漆板)'인 듯함. 경남 통영에서 나는 질 좋은 옻칠 소반.

133) 은타기(銀唾器): 은으로 만든 '타구'. '타구'는 가래나 침을 뱉는 그릇.

134) 대필(大筆) 중필(中筆) 초필(抄筆): 대필은 큰 붓. 중필은 중간 크기의 붓, 초필은 잔글씨를 쓰는, 작고 가느다란 붓을 각각 말함.

135) 백지(白紙): 닥나무 껍질로 만든 흰빛의 우리나라 종이.

136) 간지(簡紙): 두껍고 품질이 좋은 편지지. 흔히 장지(壯紙)로 만드는데 정중한 편지에 썼으며 같은 장지로 된 편지 봉투에 넣었다.

137) 오색당지(五色唐紙): 다섯 가지 색깔의 당지. '당지'는 예전에, 중국에서 만든 종이의 하나. 닥나무 껍질과 어린 대나무의 섬유에 가성 소다를 섞어서 뜬 것으로 색이 누렇다. 찢어지기 쉬우나 먹물이 잘 흡수되어 묵객(墨客)들이 애용했다.

138) 순창(淳昌) 갓모: 전북 순창에서 나는 갓모. '갓모'는 사기그릇을 만드는 물레의 밑구멍에 끼우는, 사기로 된 고리.

139) 송도(松都) 유삼(油衫): 개성에서 나는 유삼. '유삼'은 기름에 결은 옷. 비, 눈 따위를 막기 위해 옷 위에 껴입는다.

140) 철편(鐵鞭): 고들개 철편. 포교(捕校)가 가지고 다니던 채찍. 자루와 고들개가 모두 쇠로 되어 있다. '고들개'는 방울을 말한다.

141) 등채(藤-): 무장(武裝)할 때 쓰던 채찍. 굵은 등(藤)의 도막 머리 쪽에, 물들인 사슴 가죽이나 비단 끈을 달았다.

142) 자화초: 약재 이름인 듯하나 미상.

143) 세살장지: 가는 살로 만든 장지. '장지'는 방과 방 사이, 또는 방과 마루 사이에 칸을 막아

나온다.

ᄯᅩ 한편 바라본니, 등안ᄌᆞᆼ(藤鞍裝) 금안ᄌᆞᆼ(金鞍裝)145) 은입ᄉᆞ〈식〉(銀入絲)146) 후거리147) 능피 녹피(鹿皮)148) 청서피(靑鼠皮)149) 진신150) 마른신151) 쇼발막 ᄃᆡ발막152) 운혜(雲鞋)153) 쵸혜(草鞋)154) 나무신 음〈엄〉신155)이며, 청치156) 굴치 덥언〈덜〉치157) 젹쇠 식칼 벙거지골158) ᄎᆡ칼159) 목칼160) 국슈판161)과 흑각(黑角)162) ᄉᆡᆼ각(生角)163) 큰활 즁활 망근 당ᄭᅳᆫ164)의 암풍ᄎᆡ 만셔두리165) ᄉᆡᆨ실 갓ᄭᅳᆫ 은귀영ᄌᆞ166) 밀화ᄌᆞᆼ도(蜜花粧刀)167) 옥ᄌᆞᆼ도(玉粧刀),168) ᄉᆞ역ᄉᆞ역 다 나온다.

끼우는 문.

144) 은손: 선반 따위를 받치는 기구인 듯하나 미상임.
145) 등안장(藤鞍裝) 금안장(金鞍裝): 각각 등나무, 금으로 만든 말안장.
146) 은입사(銀入絲): 은줄을 새겨 넣어 장식한 주석 그릇.
147) 후걸이: 말의 안장에 걸어서 말 궁둥이를 꾸미는 여러 가지 기구.
148) 녹피(鹿皮): '녹비'의 원말. 사슴 가죽.
149) 청서피(靑鼠皮): 날다람쥐나 하늘다람쥐의 가죽.
150) 진신: 진땅에서 신도록 만든 신. 물이 배지 않게 들기름에 결은 가죽으로 만들었다.
151) 마른신: 기름으로 겯지 아니한 가죽신. 마른땅에서만 신는 신.
152) 소발막 대발막: 작은 발막과 큰 발막. '발막'은 예전에, 흔히 잘사는 집의 노인이 신었던 마른신. 뒤축과 코에 꿰맨 솔기가 없으며, 코끝을 넓적하게 하여 거기에 가죽 조각을 대고 흰 분칠을 했다.
153) 운혜(雲鞋): 여자들이 신는 마른신의 하나. 앞코에 구름무늬를 놓는다.
154) 초혜(草鞋): 짚신.
155) 엄신: 엄짚신. 상제(喪制)가 초상 때부터 졸곡(卒哭) 때까지 신는 짚신. 총을 드문드문 따고 흰 종이로 총 돌기를 감았다.
156) 청치: 현미에 섞인, 덜 여물어 푸른 빛깔을 띤 쌀알. 또는 푸른 털이 얼룩얼룩한 소.
157) 굴치 덥덜치: 미상.
158) 벙거짓골: 전골을 지지는 그릇. 무쇠나 곱돌로 벙거지를 잦혀놓은 모양처럼 만든다.
159) 채칼: 야채나 과일 따위를 가늘고 길쭉하게 채 치는 데 쓰는 칼.
160) 목칼: '예새'의 잘못. 도자기를 만들 때, 흙으로 그릇 모양을 만들어 매끈하게 다듬을 때 쓰는 나무칼.
161) 국수판: 칼국수를 만들 때 쓰는 판. 직사각형의 나무 판으로, 여기에 밀가루 반죽을 올려놓고 방망이로 민다.
162) 흑각(黑角): 빛깔이 검은 물소의 뿔.
163) 생각(生角): 저절로 빠지기 전에 잘라낸 사슴의 뿔. 삶지 아니한 짐승의 뿔. 각세공에 많이 쓴다.
164) 당끈: 당줄. 망건에 달아 상투에 동여매는 줄.
165) 암풍채 만서두리: 미상.
166) 은귀영자: 조선시대에 벼슬아치의 갓끈을 다는 데 쓰던 고리인 영자(纓子)의 일종인 듯함.
167) 밀화장도(蜜花粧刀): 밀화로 꾸민, 주머니 속에 넣거나 옷고름에 늘 차고 다니는 칼집이 있는

홍보 아ᄂᆡ 비단 보고,

"져긔 아로롱아로롱한 비단은 무슌 비단이요?"

홍보 알 슈 읍셔 ᄃᆡ답을 팍팍하게[169] 하여,

"그게 아로롱비단[170]이지〈시〉. 그 비단으로 옷하야봅싀. 아셔라."

ᄯᅩ 한 통 ᄯᅡ〈을〉 ᄃᆡ려 노코, 홍보 슐존이나 먹고 취흥(醉興)이 도도(滔滔)하여 경츙걸려[171] 박을 탈 제,

"시ᄀᆡᆨ(時刻)으로 박통 둘의 천ᄒᆞ즁보(天下重寶) 으더신니 이 박은 타노커던 어엽쁜 쳡(妾)이나 들르쇼서."

실근실근 툭 타 노은니 만고절ᄉᆡᆨ(萬古絶色) 여인 하나 홍보 압페 썩 나션니, 홍보 ᄃᆡ경(大驚)하야,

"읏더한 마노ᄅᆡ요?"

져 여인 ᄃᆡ답하되,

"ᄂᆡ가 과연 비로쇼이다."

홍보 일른 말리,

"비란이 무슌 비요?[172] 임진난시(壬辰亂時) 팔연(八年)[173] 간의 츙무궁〈공〉(忠武公)의 승젼비(勝戰碑)야, 금산(錦山)ᄊᆞ옴 ᄑᆡ젼(敗戰)한니[174] 승쟝(僧將) 영쥬(靈圭)[175] 청츙비(靑塚碑)[176]야, 각도(各道) 방ᄇᆡᆨ(方伯)

작은 칼.

168) 옥장도(玉粧刀): 자루와 칼집을 옥으로 만들거나 꾸민 작은 칼.

169) 팍팍하다: 음식이 물기나 끈기가 적어 목이 멜 정도로 메마르고 부드럽지 못하다. 여기서는 홍보가 그것이 무슨 비단인지 알 수 없어 자신 없이 말하는 모양을 형용한 말.

170) 아로롱비단: 가상의 비단 이름. 홍보가 무슨 비단인지 알지 못해 둘러댄 말.

171) 경충거리다: 긴 다리를 모으고 힘 있게 자꾸 높이 솟구쳐 뛰다.

172) 비라니 무슨 비요: '비'라고만 하니 정확하게 누군지(무엇인지) 알 수 없다는 뜻임. 뒤에 '비' 자로 끝나는 단어들이 그 사연과 함께 나열되는데, 이러한 서술방식은, 분명한 대상을 앞에 둔 채 유사한 것들을 통해 둘러말함으로써 흥미를 북돋우고 장면을 확장하려는 판소리적 서사문법에서 연유한다.

173) 임진란시(壬辰亂時) 팔년(八年): 임진왜란이 1592년(선조 25) 4월에 시작되어 1597년 정유재란을 거쳐 1598년(선조 31) 11월에 끝난 것을 이름.

174) 금산(錦山)싸움 패전(敗戰)하니: 1592년(선조 25) 임진왜란이 일어나자 영규(靈圭)가 500명의 승병을 모아 의병장 조헌(趙憲)과 함께 청주(淸州)를 수복하고 이어 금산(錦山)에 이르러 왜군과 격전 끝에 조헌 등 700의사(義士)와 함께 순국한 사건을 이름.

각읍(各邑) 슈령(守令) 치민ᄋᆡ휼(治民愛恤)[177] ᄉᆞᆫ〈선〉정비(善政碑)야, ᄆᆡᆼ ᄌᆞ(孟子)의 일른 말ᄉᆞᆷ 계한공(齊桓公)[178]의 공열비,[179] 청용도(靑龍刀)[180] 젹토마(赤兎馬)[181]의 유현쥬〈덕〉(劉玄德)의 관오(關羽) ᄌᆞᆼ비(張飛),[182] 화도셩식츈풍면(畫圖省識春風面)[183]한니 왕쇼군(王昭君)의 ᄌᆡ명비(明妃)[184]야, 서시북납쥬츈공[185]한니 졔갈공명(諸葛孔明)의 모정비(慕情碑)[186]야, 뉘역불능위지ᄂᆡ(心亦不能爲之哀)[187]하던 양쇼ᄌᆞ[188]의 타루비(墮淚碑)[189]야, 만셰인민(萬歲人民) 죠냥(照諒)[190]한니 ᄃᆡ승젼(大成殿)[191] 압희 하마

175) 영규(靈圭): 조선 중기의 승병장(僧兵將). 임진왜란이 일어나자 승병을 모아 의병장 조헌과 함께 청주를 수복하고 금산에 이르러 일본군과 격전 끝에 순국한 인물.

176) 청총비(靑塚碑): 푸른 이끼가 낀 무덤 앞의 비석. 여기서는 충남 금산군에 있는 의병승장비를 말한다.

177) 치민애휼(治民愛恤): 백성을 다스리되 불쌍히 여기어 은혜를 베풂.

178) 제환공(齊桓公): 중국 춘추시대 제(齊)나라의 군주. 관중(管仲)을 등용하여 개혁을 진행하고 여러 차례 제후들 간의 동맹을 체결하여 맹주로서의 위신을 세워 춘추시대의 첫번째 패왕이 된 인물.

179) 공열비: 미상.

180) 청룡도(靑龍刀): 중국소설 『삼국지연의三國志演義』에 나오는 관우(關羽)의 무기로, 청룡언월도(靑龍偃月刀)의 약칭. 청룡은 푸른 용으로서 동방의 신(神)이며, 언월은 반현(半弦)의 달을 말하는데 양쪽 모두 칼날의 모양을 형용하고 있다.

181) 적토마(赤兎馬): 중국소설 『삼국지연의』에 나오는 촉(蜀)나라의 무장 관우가 타던 명마(名馬)로, 하루에 천리를 간다고 한다. 『삼국지연의』에서는 온몸이 숯불처럼 붉고, 잡털이 하나도 없으며, 머리에서 꼬리까지의 길이가 1장(丈)이고 키가 8척(尺)이라고 묘사하고 있다.

182) 유비와 의형제를 맺은 관우, 장비 중 청룡도와 적토마는 관우와 관련된 사물들이나, 여기서는 장비의 ‘비’ 자가 문맥상의 관련성을 지니고 있음.

183) 화도성식춘풍면(畫圖省識春風面): 두보(杜甫)의 「영회고적詠懷古跡」 제3수의 한 구절로 ‘봄바람에 고운 얼굴 화공이 잘못 그려’의 뜻. 두보의 이 시는 왕소군을 추도한 작품임.

184) 명비(明妃): 왕소군의 다른 이름. 진(晉)나라 때부터 진문제(晉文帝) 사마소(司馬昭)의 이름과 글자가 같은 것을 피하기 위해 명비(明妃)라 불렀다 함.

185) 서시북납주춘공: 미상.

186) 모정비(慕情碑): 충정을 기리기 위해 세운 비석을 말하는 듯함.

187) 심역불능위지애(心亦不能爲之哀): 이백(李白)의 「양양가襄陽歌」 중 한 구절로, ‘마음속으로 그를 위해 슬퍼해도 소용없구나’의 뜻. 여기서 ‘그’는 양호(羊祜)를 말한다.

188) 양소자: ‘양숙자(羊叔子)’의 잘못. 중국 서진(西晉)시대 사마염(司馬炎)의 휘하에 있었던 명장 양호(羊祜)임.

189) 타루비(墮淚碑): 눈물을 흘리는 비. 중국 서진(西晉)의 사마염(司馬炎)이 서진을 세우고 황제로 있을 때, 명장인 양호(羊祜)가 그때까지 명맥을 이어온 삼국의 하나인 오(吳)나라를 치다가 뜻을 이루지 못하고 병들어 죽자, 사마염이 양호를 위해 호북성 양양현의 현산에 비를 세웠는데, 그 비문을 보는 사람마다 그를 생각하며 울어서 붙은 이름.

190) 조량(照諒): 형편이나 사정을 살펴서 앎.

191) 대성전(大成殿): 문묘 안에 공자의 위패를 모신 전각.

비(下馬碑)192)야, 히산양능히민193)ᄒᆞ□ 요슌(堯舜) 시졀(時節)의 구련비194)야, 비입심상빅셩가(飛入尋常百姓家)195) 하던 심표(信標)하던〈는〉 저 졔비야.”

져 여인 디답하되,

“마구역(馬嵬驛)196) 져문 날의 당명황(唐明皇)197)긔 하직(下直)하던 니 일홈은 양고비(楊貴妃)요. 니 ᄌᆞ(字)넌〈는〉 옥진(玉眞)198)이요. 슈왕(壽王)199)의 안니 되야 명황(明皇)의 쳡(妾)으로셔 알녹산(安祿山)200) 고력ᄉᆞ(高力士)201)을 간부(間夫)202)로 살아쩐니, 후싱연분(後生緣分) 낭군이믹 숨싱연분(三生緣分) 믹ᄌᆞ 하고,203) 강남 황졔 명을 바다 그듸 쳡니 되ᄌᆞ 하고 박통 쇽으로 나와쓰온니 죠금도 의심 마오.”

---

192) 하마비(下馬碑): 조선시대에 누구든지 그 앞을 지날 때는 말에서 내리라는 뜻을 새겨 궁가, 종묘, 문묘 따위의 앞에 세웠던 비석.

193) 해산양능해민: 미상.

194) 구련비: 미상.

195) 비입심상백성가(飛入尋常百姓家): 중국 당나라 시인 유우석(劉禹錫)의 시 「오의항烏衣巷」의 마지막 구절로, '백성들의 집에 예사롭게 날아든다'는 뜻. '오의항'은 4세기 동진(東晉)의 수도였던 금릉(지금의 난징)에 귀족들이 살던 동네의 이름인데, 그 옛날 귀족들의 집에서 살던 제비들이 지금은 평범한 백성들의 집에도 예사롭게 날아든다는 뜻임. 여기서는 홍보 자신의 집에 날아든 제비들을 반기며 하는 말로서 제비 역시 '비' 자로 끝나는 말이기 때문에 끌어들인 것임.

196) 마외역(馬嵬驛): 현재 중국 섬서성 흥평현에 있는 곳으로, 양귀비가 안녹산의 난을 만나 이곳에서 죽임을 당했음.

197) 당명황(唐明皇): 당나라 현종(玄宗).

198) 옥진(玉眞): 양귀비의 도호(道號). '도호'는 불교에 귀의한 뒤의 이름. 백거이(白居易)의 「장한가長恨歌」에 '옥진'이라는 이름이 등장함.

199) 수왕(壽王): 당현종의 제18왕자. 이름은 이모(李瑁). 양귀비는 처음에 수왕의 왕비였으나 나중에 당현종이 수왕으로부터 빼어와 자신의 귀비로 삼았음.

200) 안녹산(安祿山): 중국 당(唐)나라 때 반란을 일으킨 무장(武將). 변경의 방비에 번장이 중용되는 시류를 타고 현종의 신임을 얻어 당의 국경방비군 전체의 3분의 1 정도의 병력을 장악했다. 황태자와 양국충(楊國忠)이 현종과의 이간을 꾀하자 양국충을 제거한다는 명목으로 안사(安史)의 난을 일으켰으나 실패했다.

201) 고역사(高力士): 중국 당나라의 환관(宦官). 현종 즉위 때 태평공주(太平公主) 일당을 물리친 공으로 황제의 신임을 얻었으며 현종과 양귀비의 총애를 배경으로 하여 마음껏 권세를 휘둘렀음. 안사(安史)의 난 이후 환관 이보국(李輔國)의 모함으로 무주(巫州)에 유배되었다가, 사면되어 돌아오던 중 낭주(朗州)에서 죽었음.

202) 간부(間夫): 샛서방. 남편이 있는 여자가 남편 몰래 관계하는 남자.

203) 후생연분(後生緣分) 낭군이매 삼생연분(三生緣分) 맺자 하고: 후생의 연분을 맺을 대상은 홍보이므로 그와 연분을 맺고자 왔다는 말임.

홍보 정직한 마음의 이 말 듯고,

"양고비 아씨시요. ᄂᆡ게난 당촌하오, ᄀᆡ 발의 ᄃᆡ갈[204)]이요."

공슌이 뵈일나고 양고비 나오난듸, 셔황모(西王母) 뇨지연(瑤池宴)의 반도(蟠桃)을 진상(進上)한 듯, 십오야(十五夜) 발근 달이 ᄯᅦ구름을 헤리난 듯[205)], 홍보게 뵈인니 홍보 눈이 보시여 정신이 망ᄐᆡ의 너둘운 듯[206)] 하던니라. 홍보 슈만금 횡ᄌᆡ〈홍ᄉᆞ〉(橫財)하고 양고비을 으더신니 희ᄉᆡᆨ(喜色)이 만안(滿顔)하야,

"얼시고 ᄂᆡ ᄉᆞ랑아 됴은 별실(別室)을 읏〈엇〉것구나."

그즁의 문ᄌᆞ 씨되 고슈□□〈진니〉면 불감쳥(不敢請)[207)]이라.

양구비을 쳡을 삼고 사랑으로 지ᄂᆡᆯ 젹의, 죠흔 명당(明堂) ᄉᆡ로 ᄌᆞ버〈바〉 사면(四面) 팔쳑(八尺) 와가(瓦家)셩쥬[208)] 고ᄃᆡ광실(高臺廣室) 지여 두고, 후원(後園)의 약밧[209)] 가라 인ᄉᆞᆷ ᄉᆞᄉᆞᆷ 갓쵸 사라〈심어〉 당나라의 옛 곳쵸며 상ᄉᆞ목[210)]의 봉(鳳)을 올〈킈〉여 오동(梧桐) ᄊᆞᆨ의 질드리고, 압뜰의 버들 심어 오류정ᄌᆞ(五柳亭子)[211)] 삼아두고, 쳥숑(靑松) 오쥭(烏竹) ᄃᆡ을 심어[212)] ᄉᆞ면으로 울을 ᄉᆞᆷ고, 삼산(三山)[213)]은 압페 잇고 령

204) 개 발의 대갈: 개 발에 (놋)대갈. '대갈'은 말굽에 편자를 박을 때 쓰는 징을 말함. 옷차림이나 지닌 물건 따위가 제격에 맞지 아니하여 어울리지 않음을 비유적으로 이르는 말. '개 발에 (주석) 편자'도 같은 뜻임.

205) 십오야(十五夜) 밝은 달이 떼구름을 헤치는 듯: 양귀비가 홍보 앞에 나타나는 모습을 음력 보름날 밤, 특히 음력 8월 보름에 구름 속에서 달이 나오는 모양에 비유하는 말.

206) 정신이 망태에 내둘리는 듯: 망태를 이리저리 흔들 때 어지러운 모양을 따옴. 정신이 아찔하여 어지러워졌다는 뜻.

207) 고소원(固所願)이나 불감청(不敢請): 본디부터 바라던 바이나 감히 청하지 못함.

208) 와가(瓦家)성주: 기와집을 새로 지음. '성주'는 집을 다스리는 신이나 여기서는 새로 집을 짓는 일로 쓰이고 있음.

209) 약밭: 약초밭.

210) 상사목: 두드러진 턱이 있고 그다음이 잘록하게 된 골짜기.

211) 오류정자(五柳亭子): 다섯 그루의 버드나무로 정자를 삼음.

212) 오죽(烏竹) 대를 심어: '오죽'은 대의 일종. 약 60년 주기로 꽃이 피고, 열매를 맺은 후 말라 죽음. 성숙한 것은 죽세공(竹細工)의 재료로 쓰고 관상용으로 재배함. '오죽' 뒤의 '대'는 '죽'을 반복한 것.

213) 삼산(三山): 중국 전설에 나오는 봉래산(蓬萊山)·방장산(方丈山)·영주산(瀛州山)을 통틀어 이르는 말.

쥬산(瀛州山)은 뒤에 셧ᄃᆞ, 거울 갓탄 연못가의 오류션ᄉᆡᆼ(五柳先生)[214] 슈양버들 문슈변(門水邊)[215]의 흔날리고, 월야(月夜)의 독셔당의 실건[216] ᄌᆞ식 글 일키고 얼인 ᄌᆞ식 졋 물이고, 유정부쳐(有情夫妻)[217] 마죠 안져〈ᄌᆞ〉 셰간사리 의논한니, 보고 듯난 셰상ᄉᆞ을 마음ᄃᆡ로 허고 산니 흥보 팔ᄌᆞ 뉘 안니 부려하리.

214) 오류선생(五柳先生): 중국 진나라의 도연명이 그의 집에 버드나무 다섯 그루를 심고 스스로 이를 이르던 호(號).

215) 문수변(門水邊): 문밖에 있는 물가.

216) 실건: 실(實)하고 건강한.

217) 유정부처(有情夫妻): 인정 있는 부부.

부자가 된 흥보를 찾아가는 놀보

잇ᄯᆡ 놀보놈이 흥보 부ᄌᆞ(富者) 되야싼 말을 듯고 홰(火)을 ᄂᆡ여,

"엇그졔 ᄂᆡ 집의〈니〉 밥 빌너 왓다 질ᄭᅳᆫ 맛고 각건만은 언으시 쳔하 부ᄌᆞ가 되야싼 말인야〈니〉. 올컷다〈커던〉. 이놈이 어려셔 도젹질이 ᄯᅡᆨ슈가 잇던니[1] 필경 이 밤좀을 안이 ᄌᆞ난 놈이로고. 이놈의 집의 무슌 심슐을 부려볼고. 이놈의 집의 ᄌᆞᆨ히(作害)을 못 부리면 쇽으로 골병 드졔〈려〉 쥭기고[2], 이놈의 집의 불을 질너셔난 ᄂᆡ 낭탁(囊橐)이 읍씰 ᄯᅳᆺ 한니[3], 이ᄉᆞᆷ 일 젼역을 ᄌᆡ치 잇게 단여시면 모도 ᄂᆡ 것 될 거신니, 츌ᄒᆡᆼ(出行)을 보고[4] 오날 져역보텀 마슈거리[5]로 도젹질 가리라."

하고 외독[6]을 질근 씨고 젼역밥 일직 먹고 시컴하게 ᄀᆡ복(改服)[7]ᄒᆞ고,

1) 싹수가 있더니: 어떤 일을 할 것 같은 낌새나 징조가 있더니.
2) 죽기고: '죽을 것이고'의 뜻인 듯함.
3) 내 낭탁(囊橐)이 없을 듯하니: 내 차지가 없을 듯하니라는 뜻. '낭탁'은 자기의 차지로 만듦, 또는 그런 물건을 뜻함.
4) 출행(出行)을 보고: 나다니거나 먼 길을 떠나는 데 적당한 날인지 보고.
5) 마수걸이: 맨 처음으로 물건을 파는 일. 또는 거기서 얻은 소득.
6) 외독: 미상이나, 나무로 짠 궤를 뜻하는 '독(櫝)'의 하나일 수 있음.

홍보집 근쳐의 가 엇칠엇칠[8] 단니다가 쇽의셔 슈전뜽〈징〉(手顫症)이나 벌벌 뜰고〈떨며〉 은신(隱身)하고 셧실 젹의, 홍보집 ᄀᆡ 등물(等物) 청구(靑狗) 홍구(紅狗) 네눈이 반동경이〈깅니〉 호박이 즁강아지[9] 퀑퀑 짓고 넙다 션니, 놀보놈이 긔가 ᄆᆡᆨ혀,

"업쌀ᄉᆞ 츌힝이 그르던이 쳣 마슈가 불셩(不成)[10]이로고."

쇽으로 ᄀᆡ만 ᄭᅮ짓져셔 이 ᄀᆡ 워리워리 아무리 달ᄂᆡ여도 무ᄌᆞᆼ[11] 즁강아지란 놈니 더 들친니 놀부 질ᄉᆡᆨ하야,

"이 네미 씹할 즁강아지 ᄂᆡ가 네 어미 쥭인 원슈야. 엇지 ᄂᆡ게 그리 야쇽키 짓난야."

이리할 졔 홍보 ᄉᆞ랑의 안져〈즈〉 듯ᄃᆞ ᄉᆞ환(使喚) 불너,

"박긔 인젹이 잇난 듯한니 ᄂᆡ다보아라."

쥬ᄎᆞᆼ(周倉)[12] 갓탄〈튼〉 죵 십여 명이 일시에 다려들러,

"도젹놈 여긔 잇다. 이놈 뒤를려〈어〉 ᄌᆞᆺ쳐 ᄆᆡᄌᆞ."

근쓔(斤數) 잇난 철편(鐵鞭)[13]으로 에후리쳐 탕탕 친니 놀보 긔가 ᄆᆡᆨ혀,

"ᄋᆡ고 ᄌᆡ 너머 놀보 나 쥭난다."

홍보 사랑의 안졋다가,

"이것시 원 말이야."

버산〈선〉발노 넙더 셔셔,

7) 개복(改服): 변복(變服). 남이 알아보지 못하도록 평소와 다르게 옷을 차려입음. 또는 그런 옷차림.

8) 어칠어칠: '어치렁어치렁'의 준말. 키가 조금 큰 사람이 힘없이 몸을 조금 흔들며 자꾸 천천히 걷는 모양.

9) 중강아지: 크기가 중간쯤 되는 강아지. 크기가 거의 어미만큼 자란 큰 강아지.

10) 첫 마수가 불성(不成): 처음 맞이하는 일이 잘되지 않는다는 뜻임.

11) 무장: 갈수록 더.

12) 주창(周倉): 『삼국지연의』에서 관우를 섬기면서 항상 관우와 함께 행동하던 장수. 형주 반환을 요구하던 노숙(魯肅)과 관우가 회견할 때 재치를 발휘해 회견을 중지시키기도 했다. '주창 같다'는 말은 관우의 심복으로서 활동하던 주창에 빗대어 재치 있고 재빠른 하인의 행동을 비유하는 말이다.

13) 근수(斤數) 있는 철편(鐵鞭): 무거운 철편. '철편'은 포교가 가지고 다니던 채찍.

"형임 이게 원 일니요?"

놀보 눈을 어름의 ᄌᆞᆺ빠〈너머〉진 쇠눈 쓰듯14) 하고 누어,

"이놈 홍보야 네 일을 ᄂᆡ가 안다. ᄂᆡ 입을 근들〈건듸〉리면 쥴 나난 증(症) 근〈건〉들인 것쳐로 ᄆᆡ우 어려올이라15). 나 온 쥴 짐작하고 됴ᄅᆡᄭᅮᆫ16) ᄊᆞ기17) ᄭᅮᆷ여 날을 봉ᄑᆡ(逢敗)을 식인이 ᄂᆡ가 네 집의 도적질할나고 군ᄯᅳᆺ 먹고 왓단 말인야. ᄂᆡ가 무순 심ᄀᆡ(心機)을 먹은 ᄉᆞ롬인야18). 평ᄉᆡᆼ 원 읍셔도 살 ᄉᆞ롬을 ᄒᆡ코ᄌᆞ 한단 말인야."

홍보 거동 보쇼. 형의 쇼ᄆᆡ 부여ᄌᆞᆸ고,

"옛ᄉᆞ롬 ᄌᆞᆼ구영(張公藝)19)이난 구ᄃᆡ동거(九代同居)20) 한 집안의 ᄎᆞᆷ물 인ᄍᆞ(忍字) 일너씬니 남이 ᄎᆞᆷ아 부ᄭᅳᆯ럽쇼. 어셔 방으로 드러가ᄉᆞ이다."

놀보 홍보게 붓들이여 지벅지벅 드러가다 장판방(壯版房) 더테21)예 〈듸틔여〉 뒤ᄭᅩᆨ지로 ᄭᅮᆼ 뒤쳐지며,

"올타 이놈 네 줄한다. 병ᄌᆞ연(丙子年) 원슈푸리22)하넌구나. ᄉᆞ롬 드러오난듸 어름 ᄶᅡ러〈른〉 은근이 골이기로 들러고나."

홍보 일은 말리,

"어름니 안니라 ᄌᆞᆼ판이요."

"이놈 거진말 말라. ᄂᆡ가 너부더〈단〉 한 살니나 더 먹어시되 장판

---

14) 얼음에 자빠진 쇠눈 뜨듯: 얼음에 미끄러져 넘어진 소가 눈을 뜨듯.

15) 잘 나는 증(症) 건드린 것처럼 매우 어려우리라: 잘 나타나 좀처럼 낫지 않는 증세를 건드린 것처럼 회복하기 어려울 것이다. 홍보가 도적질해서 부자가 되었다는 말을 놀보가 꺼내면 만회하기 어려운 큰일이 날 것이라는 뜻.

16) 조래꾼: '조래'는 아마 '도뢰(圖賴)', 곧 말썽이나 일을 저질러놓고 그 허물을 남에게 덮어씌우는 일을 뜻하는 듯함. '-꾼'은 그런 일을 전문적으로 하는 사람.

17) 싸게: '빨리'의 방언(강원, 경상, 전남, 충청).

18) 무슨 심기(心機)를 먹은 사람이냐: 나쁜 마음을 먹은 사람이냐는 뜻.

19) 장구영: '장공예(張公藝)'의 잘못. 장공예는 중국 당나라 때 사람으로 구대(九代)가 동거했다고 함. 당시 당고종이 그에게 동족끼리 화목한 이유를 물으니, 참을 인자(忍字) 100여 개를 써서 바쳤다고 함. 고종이 이를 칭찬하고 비단 100필을 하사했다고 함.

20) 구대동거(九代同居): 구대(九代)가 한 집에서 산다는 뜻으로, 집안이 화목함을 이르는 말.

21) 더테: '너테'의 잘못. 물이나 눈이 얼어붙은 위에 다시 물이 흘러서 여러 겹으로 얼어붙은 얼음. 여기서는 장판방의 미끄러운 부분을 뜻함.

22) 병자년(丙子年) 원수풀이: 병자호란 때 당한 일에 대해 그 원수를 갚으려 하듯이 한다는 뜻.

말을 첨 듯난다."

이러텃 말을 할 졔 사방 벽을 살펴본니 그림치례 능난(能爛)하다. 쇼관부ᄉᆞ삼ᄇᆡᆨ쳑(笑看扶桑三百尺)[23]한니 금계졔〈제〉파일윤홍(金鷄啼罷日輪紅)[24]을 동벽(東壁)에 붓쳐 잇고, 쇼식봉강관기해(要識封壃寬幾許)요 ᄃᆡ봉〈붕〉(大鵬)이 비진슈여남(飛盡水如藍)을 남벽(南壁)의 붓쳐 잇고, 후야요지왕모강(後夜瑤池王母降)한니 일싱쳥죠상인제(一雙青鳥向人啼)라 셔벽(西壁)의 붓쳐 잇고, 뇨쳠하쳐지즁원(遙瞻何處是中原)고 일발쳥산부취식(一髮青山浮翠色)[25]을 북벽(北壁)의 붓쳐 잇고, 능화(菱花) 되벽(塗壁)[26] 명필(名筆) 명화(名畵) 귀귀이 붓쳐신니,

놀보 정신 노코 안져실 졔, 흥보 일른 말리,

"ᄌᆞ근아들 큰아들아 형임니 와 겨신니 너의덜〈들〉도 다 와 뵈옵고 너의 모친게 들러가셔 형임 오셧싼 말씀하고 강남ᄉᆞ름[27] 급피 나와 형임 젼의 뵈오리라."

시죵(始終)이 여일(如一)하게 집안 단쇽한 연후의 흥보 별실(別室) 나올 젹긔, 옥갓탄 고은 얼골 반분ᄯᅵ[28]로 다솔이고, 감틔갓탄 치머리[29]

---

23) 소간부상삼백척(笑看扶桑三百尺): '빙그레 바라보는 부상 땅도 삼백 척이거니'의 뜻으로 『전등신화剪燈新話』「수궁경회록水宮慶會錄」에 나오는 구절임. '부상'은 해가 뜨는 동쪽 바다 속에 있다고 하는 상상의 나무, 또는 그 나무가 있다는 곳을 뜻함. 하지만 그곳을 그린 그림이라 보기보다는, 사방 벽의 그림을 구체화하기 위해 「수궁경회록」의 시구를 활용한 것이라 보는 것이 옳음. 「수궁경회록」에서 여선문(余善文)이 광리왕(廣利王)의 초청을 받아 용궁으로 가서 상량문(上樑文)을 지어주게 되는데, 이 부분의 시구들은 이때 여선문이 각각 동서남북 들보를 읊은 시구들임.

24) 금계제파일륜홍(金鷄啼罷日輪紅): '금계 울음 그치면 둥근 해가 붉게 솟으리라'의 뜻으로 『전등신화』「수궁경회록」에 나오는 구절임. 해가 솟아 도도수(桃都樹)를 비추면 금계가 울고 이어서 온 세상의 닭들도 따라서 운다고 함.

25) 요식봉강관기허(要識封壃寬幾許), 대붕비진수여람(大鵬飛盡水如藍), 후야요지왕모강(後夜瑤池王母降), 일쌍청조향인제(一雙青鳥向人啼), 요첨하처시중원(遙瞻何處是中原), 일발청산부취색(一髮青山浮翠色): '뉘가 알리요, 이 강토 넓이가 어느 정도인지를' '대붕이 날아 닿은 곳 쪽빛 물결 다한 곳이로다' '한밤중 요지에 서왕모 내려오니' '한 쌍의 청조는 소식 알리려 우는구나' '아득히 바라뵈는 어느 곳이 중원이뇨' '아득히 먼 청산에는 푸른빛이 감도네'. 『전등신화』「수궁경회록」에 나오는 구절들임.

26) 능화(菱花) 도벽(塗壁): 마름꽃 무늬로 벽을 장식한 것.

27) 강남사람: 박에서 나와 흥보의 첩이 된 양귀비를 지칭함.

28) 반분때: '분(粉)'은 얼굴빛을 곱게 하기 위해 얼굴에 바르는 화장품의 하나이며, '분때'는 팥가

산호ᄌᆞᆷ(珊瑚簪)을 낭ᄌᆞ[30]하고, 밀화ᄌᆞᆼ도(蜜花粧刀) 옥ᄌᆞᆼ도(玉粧刀)며 쥬렁 쥬렁 치워난듸, 양ᄒᆡᆼ산노(兩行山路) 물찬 졔비 령셩군ᄃᆡᆨ(靈城君宅)[31] 빨ᄂᆡ쥴의 깃 다듬난 모양으로,[32] 아름답게 밧비 나와 ᄉᆞ랑문 렬다〈더〉리고 놀부 젼(前)의 뵈일나 한니, 놀보 깜짝 놀ᄂᆡ냐 눈을 불ᄂᆡᆫ 놈 눈 쓰덧 ᄒᆞ고,[33] 먼져 펄셕 일러셔셔 홍보을 도라보며,

"네 이것 원 일인야?"

홍보 일른 말리,

"형임 이러나지 마오. 그게 ᄂᆡ ᄌᆞ근 가쇽(家屬)이요."

놀부놈 일른 말리,

"에라 이 복 다라날 놈, 쳔별 마질 쇼리 마라. 너 나흔 네 ᄋᆡ비도 그런 별실 못 엇것ᄃᆞ."

홍보 ᄃᆡ쇼(大笑)하고 져의 가쇽 도라보며,

"형임이 밋친 졔가 슈십 연이 되야씨나 ᄇᆡᆨ약(百藥)이 무효(無效)하여 곳칠 질리 읍셧난니."

놀보 일은 말리,

"날더러 밋쳐ᄯᅳ고 하난니 네 ᄋᆡ비 등김ᄌᆞᆼᄉᆞ〈사〉[34]더러 밋쳐ᄶᅡ고 하여라."

루나 밤 가루 따위로 만든 재래식 분을 문질러 바를 때에 때처럼 밀려 나는 찌꺼기임. '반-'은 미상임.

29) 감태같은 채머리: 감태같이 까맣고 윤기가 있는, 길게 늘어뜨린 머리. '감태'는 갈조류(褐藻類)의 해초(海草)를 말함.

30) 낭자: 여자의 예장(禮裝)에 쓰는 딴머리의 하나. 쪽 찐 머리 위에 덧대어 얹고 긴 비녀를 꽂는다.

31) 영성군댁(靈城君宅): 조선시대에 암행어사로 유명했던 박문수(朴文秀)의 집. 박문수는 1596년 종사관(從事官)으로서 이몽학(李夢鶴)의 난을 평정하는 데 공을 세우고 1604년 청난공신(淸亂功臣)에 책록되고 영성군(靈城君)에 봉해진 바 있음.

32) 물찬 제비 영성군댁 빨랫줄에 깃 다듬는 모양으로라는 말은, 분명치는 않으나 그만큼 잘 보이려고 예쁘게 꾸민다는 뜻으로 생각됨.

33) 불낸 놈 눈 뜨듯 하고: 자신이 낸 불에 자신이 놀라 눈을 뜨듯 하고.

34) 등김장사: 등짐장수. 부상(負商). 물건을 등에 지고 다니며 파는 사람. 여기서는 놀보가 막연히 불러들인 말일 것으로 생각되나 실제로 놀보 형제의 아버지가 등짐장사일을 했을 수도 있음.

흥보 어이읍셔 져의 죵 막덕이 불너 쥬물35) ᄎᆞ려 드리라 한니 얼풋 쥬물 ᄎᆞ려시되,

통영칠(統營漆) 졔모판(玳瑁盤)의 문어 포육(脯肉)36) ᄃᆡ화(大蝦) 싸셔 유리접시 가득 담고, 인삼증〈정〉과(正果)37) 연근정과 ᄉᆡ양38)증과 졋드려셔 ᄇᆡᆨ옥(白玉)접시 가득 담고, 봉산(鳳山)춤비 임실(任實)쏘〈곡〉감 ᄉᆡᆼ율(生栗) 유ᄌᆞ ᄇᆡᆨᄌᆞᆺ 싸 ᄃᆡ모접시 담아노코, ᄂᆡᆼ면(冷麪) 화ᄎᆡ(花菜)39) 슈란(水卵)40)이며, 어만두(魚饅頭)41) 육만두(肉饅頭) 어젼(魚煎) 육젼(肉煎) 누림42) 산젹(散炙)43) 양회(䑋膾)44) 간 족탕(足湯)45)이며, 양귀이 ᄋᆡ탕(艾湯)46)이며, 온긔(溫氣) 잇게 ᄎᆞ려노코, 텬은(天銀) 갓흔 놋징반의 쳥즁(靑腸)47) 슈육 쇼복이 담아 초코령〈쵸질응〉48)을 가ᄎᆔ워노코, ᄇᆡᆨ옥병(白玉甁)의 슐을 너어 드리거늘, 놀보 즁가가셔도 그런 음식 못 먹엇다가 쵸질령 글읏 알나 할고49). 안ᄌᆞ 슐이 진ᄎᆔ(盡醉)한니, 상(床)의 노은 화긔(火器)을 모도 다 박살하고 렬업신 말을 웅웅 하던니라50).

---

35) 주물: 주물상(晝物床). 귀한 손님을 대접할 때, 간단하게 차려서 먼저 내오는 음식상.
36) 포육(脯肉): 얇게 저며서 양념을 하여 말린 고기.
37) 정과(正果): 온갖 과실, 생강, 연근, 인삼 따위를 꿀이나 설탕물에 졸여 만든 음식.
38) 새양: '생강'의 방언(충남).
39) 화채(花菜): 꿀이나 설탕을 탄 물이나 오미잣국에 과일을 썰어넣거나 먹을 수 있는 꽃을 뜯어 넣고 잣을 띄운 음료.
40) 수란(水卵): 냄비에서 물을 끓이고, 수란기(水卵器) 또는 국자에 참기름을 고르게 바른 다음 달걀을 깨어 담고 끓는 물에 달걀 담은 국자를 넣고 중탕하듯 반숙으로 익힌 음식.
41) 어만두(魚饅頭): 피(皮)를 생선의 살로 하여 만든 만두. 민어나 숭어 따위의 살을 얇고 넓게 저며 피를 만들고 보통 만두의 속을 넣어 반달 모양으로 접은 다음, 갈분이나 녹말을 묻혀 끓는 물에 익힘.
42) 누림: 미상.
43) 산적(散炙): 쇠고기 등을 길쭉하고 얇게 썰어 양념하여 꼬챙이에 꿰어서 구운 음식.
44) 양회(䑋膾): 소의 위(胃)인 양을 썰어서 회로 먹는 음식.
45) 족탕(足湯): 소의 발과 사태를 넣어 푹 끓인 국.
46) 양귀이 애탕(艾湯): '애탕'은 어린 쑥을 끓는 물에 데쳐 곱게 이긴 뒤에, 고기 이긴 것을 섞어서 은행(銀杏) 알만큼씩 빚어 달걀을 씌워, 펄펄 끓는 맑은 장국에 넣어 익힌 국. '양귀이'는 '양귀비'의 잘못인 듯하므로, 여기서는 '愛'와 '艾'의 음이 같은 것을 이용하여 결합시킨 것임.
47) 청장(靑腸): '쓸개'를 한방에서 이르는 말.
48) 초질응: '초장(醋醬)'의 잘못.
49) 초장이 담겨 있는 그릇이 어떤 것인지 알려 하겠느냐는 뜻. 결국 놀보는 그릇들을 박살내게 된다.
50) 열없는 말을 웅웅 하더니라: 그릇들을 깨고 열없어 말을 얼버무리며 하더니라.

"네 니 셩셰[51] ᄋᆞ더ᄡᅡᆫ 말을 들은니, 밤즁ᄉᆞ을 셰우 하야[52], 올나가난 젼셰ᄃᆡ동(田稅大同)[53] 네 집의로 ᄢᅦ셔 날너〈나〉 부ᄌᆞ(富者) 되여ᄯᅡᆫ 말리 ᄉᆞ방의 낭ᄌᆞ하야, 오영문〈군로〉(五營門)[54] 발포(發捕)[55]하여 여긔 져긔 슈탐(搜探)한니, 네 목씸 살야거던 네 가셰(家勢)와 젼답(田畓) 다〈과 모도〉 날 ᄆᆡᆨ기고 쳘니(千里) 말니(萬里) 도망하라. ᄯᅩ한 방쥭 건너 아반임 ᄉᆞᆫ슈가 지관(地官)[56] 곳 뵈이면 직ᄉᆞᆫ(直孫) 발복(發福)이 되리라 하던니, 네가 부ᄌᆞ 되야신니, ᄂᆡ 인졔 근너가면 직각ᄂᆡ(卽刻內)로 묘(墓) 파(破)ᄒᆞ것다."

홍보 이 말 듯고 박중ᄃᆡ쇼(拍掌大笑) 말을 하되, 졔비한틔 셩셰 어든 말 낫낫치 한니, 놀보 일른 말리,

"너난 무숨 일노 일시〈국〉의 부ᄌᆞ 되고 양고비로 ᄌᆞᆨ쳡(作妾)한니 놀납고 거록하다. 이ᄋᆡ 홍보야, 젼일(前日)의 하던 일을 ᄌᆞᆨ금도 노여와 말라. 급ᄯᅴ 너을 보ᄂᆡᆫ 후로 이날갓지 오ᄆᆡ불망(寤寐不忘)이라. 긔후의 졀ᄌᆞᆨ(絶足)[57]한니, 졔부졔형(悌父悌兄)[58]이라 우리 형졔 즁(重)한 의(義)가 남보다 달른지라. 양고비 네가 ᄎᆞ지하고, 네 셰간는 날과 반분(半分)하ᄌᆞ."

홍보 일은 말리,

"부모 혈륙(血肉) 형졔간의 네 것 ᄂᆡ 것 하올닛가."

51) 성세: 형세(形勢). 살림살이의 형편.

52) 밤장사를 세우 하여: 도적질을 세게(몹시) 하여.

53) 전세대동(田稅大同): 세금. '전세'는 논밭에 부과되는 조세이며, '대동'은 대동법, 곧 조선 중기·후기에, 방납(防納)의 폐해를 시정하기 위해 여러 가지 공물(貢物)을 쌀로 통일하여 바치게 한 납세 제도임. 지역에 따라 쌀 대신에 베를 거두기도 했는데, 고종 31년(1894)에는 쌀 대신 돈으로 바치게 했다 함.

54) 오영문(五營門): 조선 후기 서울과 외곽지역을 방어하기 위해 편제된 5개의 군영을 총칭하는 말. 훈련도감(訓鍊都監)·어영청(御營廳)·총융청(摠戎廳)·금위영(禁衛營)·수어청(守禦廳)이 그 5개 군영으로, 이 중 훈련도감·어영청·금위영을 중앙군영이라 하여 삼군문(三軍門)이라 했음.

55) 발포(發捕): 죄인을 잡으려고 포교를 보내던 일.

56) 지관(地官): 풍수설에 따라 집터나 묏자리 따위의 좋고 나쁨을 가려내는 사람.

57) 절족(絶足): 발길을 끊고 왕래하지 아니함.

58) 제부제형(悌父悌兄): 아버지와 형을 공경함. 놀보가 홍보를 달래기 위해 든 근거임.

제비 다리 부러뜨려 박씨를 받아내다

놀보 입이 ᄉᆡᆼ감 먹근 놈 입 벌이듯[1] 하며 하직고 졔 집의 도라와 〈가〉[2] 졔비집〈즁ᄀᆡ〉을 무슈이 만들러 사방의 질너두고 졔비 오기 지ᄃᆞᆯ일 졔,

"쳔문만호(天門萬戶)[3] 집집마도〈다〉 허다(許多)한 져 졔비야, 그 집은 ᄃᆞ 쳔화일(天火日)[4]의 이여신니 화ᄀᆞᆸ〈긔〉동영(火氣棟樑)[5]하면 연ᄌᆞᆨ(燕雀)이 화분(化焚)이라[6] 엇지 안니 우ᄐᆡ(危殆)할리. 어셔 와 ᄉᆡᆨ기 쳐 ᄂᆡ리츄라. ᄯᅩ한 ᄂᆡ려지면 ᄂᆡ 솜씨로 곳쳐쥬마. 슈고 ᄃᆞᆯ이지 말고 ᄂᆡ 지논

1) 생감 먹은 놈 입 벌리듯: 놀보가 기뻐서 입을 벌리는 모습을, 생감을 먹고 떫어서 입을 크게 벌리는 모습에 비유하여 표현한 것임.

2) [교감] 여타 이본과 현재 전승되는 「흥보가」에는 놀보가 흥보집에서 화초장을 가져오는 대목이 있으나 이 이본에는 이 대목이 없음을 유의할 필요가 있다.

3) 천문만호(天門萬戶): 수많은 백성들의 집.

4) 천화일(天火日): 화재가 난다고 하여 꺼리는 흉일. 1, 5, 9월은 자일(子日), 2, 6, 10월은 묘일(卯日), 3, 7, 11월은 오일(午日), 4, 8, 12월은 유일(酉日)로, 이날 상량(上樑)을 하거나 지붕을 이면 불이 난다고 한다.

5) 화기동량(火氣棟樑): 불기운이 기둥과 들보에 옮아 붙음.

6) 연작(燕雀)이 화분(化焚)이라: 제비, 참새는 모두 불에 타게 되니.

집7)의 ᄉᆡᆨ기 쳐다고. 고집한 져 졔비야 엇지 글리 모로난야."

ᄋᆡᆨ구진 졔비 한 ᄊᆞᆼ 놀부집 ᄎᆞ져〈ᄌᆞ〉드려, 흑을 무러 집을 짓고 쳣ᄇᆡ ᄉᆡᆨ기 치랴 ᄒᆞ고 알 다셧셜 나아던니, 놀보가 하 만져보와 다 골라터진 즁의, 하나가 죠독(爪毒)8)이 안니 올나 외동으로 ᄉᆡᆨ기 쳐 불슈일ᄂᆡ(不數日內) 날게 된니, 놀보 숀죠 졔비 ᄉᆡᆨ기 ᄂᆡ여 두 발목을 직근 분질너 숀의 들고 일른 말리,

"불ᄊᆞᆼ하다 져 졔비야, 날을 ᄌᆞᆼᄌᆞ(長者) 되게 하라."

일럿텃 정셜(情說)9)하며 죠긔 썹질 ᄂᆡ여노코 물네쥴노 동일 젹의, 쇼방상(小方牀) ᄃᆡ치 상부쥴 동이듯10), ᄉᆞᆫ영11) 표슈 궁노루〈로〉 동이덧, 셔양산간(夕陽山間) 빗긴 ᄒᆡ의 쵸동(樵童) 목동(牧童) 풀 나무 동이덧,12) 북통처로 질근 동혀 졔집의 언져던니, 십여 일 지ᄂᆞᆫ 후의 졔비 상한 다리 졀골양각(折骨兩脚) 완고(完固)하야 비거비ᄅᆡ(飛去飛來) 넘놀면셔, 놀보의 집푼 원슈 별르면셔 말하난 듯, 구월 구일 다달른니 고국(故國) 강남 졔비 간ᄃᆞ. 놀보놈 거동 보쇼. 졔비 다려 정셜(情說)하되,

"비거ᄇᆡᆨ운운심(飛去白雲雲深)13)한듸 네 부ᄃᆡ ᄌᆞᆯ 가거라. 명연(明年) ᄉᆞᆷ월 오난 질의 보물 만니 물러다가 ᄌᆞᆼᄌᆞ(長者) 되게 하련이와 별별 통 만컨이와 일ᄉᆡᆨ(一色) 농〈통〉을 잇지 마라14). 후연(後年) 상봉(相逢) 반기 보ᄌᆞ."

신신부ᄐᆡᆨ(申申付託)한 연후의 광음(光陰)이 훌훌하야 ᄉᆞ시경(四時境)이

7) 내 지논 집: 내가 지어놓은 집.

8) 조독(爪毒): 손톱에 긁힌 자리에 균이 들어가 생긴 염증.

9) 정설(情說): 정답게 말함.

10) 소방상(小方牀) 대채 상부줄 동이듯: 작은 상여의 큰 채 상엿줄 동이듯. '소방상'은 좁은 곳이나 험한 길에 쓰던 작은 상여로 높은 벼슬아치의 장사에 썼음. '채'는 가마, 들것, 목도 따위의 앞뒤로 양옆에 대서 메거나 들게 되어 있는 긴 나무 막대기.

11) 산영: '사냥'의 옛말.

12) 놀보가 제비 다리를 동이는 모양과 비슷한 상황을 함께 나열함으로써 해당 대목을 확장하는 한편 독자로 하여금 비교하는 즐거움을 맛보게 하려는 의도가 담겨 있음.

13) 비거백운운심(飛去白雲雲深): 흰구름이 깊은 곳으로 날아감.

14) 별별 통 많거니와 일색(一色) 통을 잊지 마라: 박씨를 심어 여러 박통이 열릴 텐데 그중에서 뛰어난 미인이 들어 있는 박통이 나오게 하는 것을 잊지 말라는 뜻.

도라가고[15] 숑구영신(送舊迎新) 삼츈(三春)[16]이라. 놀보 졔비 지달일 졔,

"문노라 삼츈 화동(解凍) 어ᄂᆡ 날이 삼월인가. 오고 가난 강남길의 삼츈은 한가지라[17]. 청쳔(靑天)의 ᄯᅳᆫ 기러기 북두쳔(北斗天)의 울고[18], ᄯᆡ 모로난 져 졔비야 삼츈을 모로난냐. 울리 졔비 ᄂᆡ의 은혜 아죠 잇고 못 오난가."

일러텃 발광(發狂)할 졔,

"일런 ᄯᆡ난 졔비 망(望)이나 졸 보난 ᄉᆞ롬 잇시면 슈ᄇᆡᆨ 금(數百金)을 ᄋᆡᆨ길숀냐."

일리할 졔 동ᄂᆡ 머음더리 의논하고,

"우리 놀보 속이ᄌᆞ."

한 놈 ᄂᆡ다러〈르〉며 놀보다려 하난 말리,

"졔비 오난 ᄃᆡ 보와 들일 거신니 엇지하랴오?"

놀보 일른 말리,

"졸만 보거드면 무갑되지야[19]. 너도 멀니 보난냐?"

"글러치요. 정신만 죠으면 셔촉(西蜀)[20] 보ᄀᆡ산[21] 울용ᄋᆡ비집 방 안의 슉갈락질 하난 거셜 숀ᄯᅳᆼ의 붓튼 팔이 보덧〈듯〉 하지뇨[22]."

놀보놈 좌우을 도라보며,

"이ᄋᆡ 동ᄂᆡ놈더라, 져놈 말리 올흔야."

"그러치뇨."

---

15) 사시경(四時境)이 돌아가고: 1년이 지나가고.

16) 삼춘(三春): 봄의 석 달. 맹춘(孟春), 중춘(仲春), 계춘(季春)을 이름.

17) 삼춘은 한가지라: 매년 오는 봄은 같다는 뜻. 이번 봄은 특별하여 제비가 안 오는가 하는 놀보의 생각이 담긴 말.

18) 청천(靑天)에 뜬 기러기 북두천(北斗天)의 울고: '푸른 하늘에 뜬 기러기 북쪽 하늘 향해 울고'. 곧 '기러기는 가을에 와서 봄에 잘 가는데'의 뜻.

19) 무갑되지야: 값으로 따질 수 없다는 뜻.

20) 서촉(西蜀): 중국 사천성. 유비가 이곳에서 나라를 세워 촉한이라 했다.

21) 보개산: 분명치는 않으나 보개산(寶蓋山)은 중국 복건성에 있는 산이므로 서촉과는 거리가 멀다. 하지만 판소리 작품에 보이는 중국 지명은 실제로 그곳을 보았거나 실제 지형상의 거리를 고려하여 거론되는 것은 아님을 유념할 필요가 있다.

22) 그 정도로 멀리까지 자세히 볼 수 있다는 뜻임.

“글러하면 ᄌᆞ셰이 보와라. 위션 ᄇᆡᆨ 양 ᄂᆡ여 노왓ᄶᅡ.”

이놈이 얼여셔붓텀 서울 역관(驛館)[23]의 집븨 가 ᄌᆞ라난 놈이라, 지도셔(地圖書)을 은〈언〉문쎠(諺文書)〈으로〉 보와[24] 지도셔난 일슈(一手)라, 강남셔 졔비 나오난 노정긔(路程記)[25]엿ᄃᆞ. 이놈이 어려셔부터〈봇틈〉 안질(眼疾)노 골몰하야 동ᄂᆡᄉᆞ롬을 못보〈분간 못ᄒᆞ〉난 놈니 보난 체ᄒᆞ고 보던니라.

“쵹(蜀)나라 ᄉᆞ십 이(里) 쵸산도(焦山島)[26] 이쳘 니(里) 셔쵹(西蜀)을 다 지ᄂᆡ고, 강동(江東)[27] 오ᄇᆡᆨ 이 금능(金陵)[28] ᄶᅡ 드르〈려〉ᄶᅡ. 쇼상(瀟湘) 동졍(洞庭) 고쇼ᄃᆡ(姑蘇臺)[29] ᄋᆡᆨ양누(岳陽樓)[30] 지ᄂᆡ야 황학누(黃鶴樓)[31] ᄶᅧ〈덧〉다. 등왕각(滕王閣)[32] ᄌᆞᆼ〈양〉ᄉᆞ강(長沙江)[33]을 근〈건〉너 슈미산(須彌山)[34] 너머 ᄐᆡ항산(太行山)[35] 도리든니 남문관(南門關)[36]니 팔ᄇᆡᆨ 이며, 남병산(南屛山)[37] 산양슈(山陽水)[38] 하구셩(夏口城)[39] 요동(遼

23) 역관(驛館): 역참에서 인마(人馬)의 중계를 맡아보던 집.

24) 지도서(地圖書)를 언문서(諺文書)로 보아: 한글로 된 지도를 보아.

25) 노정기(路程記): 여행할 길의 경로와 거리를 적은 기록.

26) 초산도(焦山島): 중국 강소성 단도현(丹徒縣) 동쪽에 있는 큰 섬. 이 역시 촉의 지명은 아니다.

27) 강동(江東): 중국 춘추 전국시대의 오나라와 월나라 지역을 달리 이르던 이름. 양자강 동쪽의 땅인 데서 유래했다.

28) 금릉(金陵): 중국 남경(南京)의 옛 이름.

29) 고소대(姑蘇臺): 중국 강소성 오현의 고소산에 있는 대의 이름. 오나라가 망하는 날 범려가 이 고소대 아래에서 옛날의 애인 서시를 찾아 황급히 태호(太湖)로 도망갔다고 해서 알려진 이름.

30) 악양루(岳陽樓): 중국 호남성 악양에 있는 누각.

31) 황학루(黃鶴樓): 중국 호북성 무창 서남쪽 양자강 가에 있는 누각. 최호(崔灝)의 「황학루」라는 시로 알려진 누각.

32) 등왕각(滕王閣): 중국 당나라 태종의 아우 등왕(滕王) 이원영(李元嬰)이 강소성 남창시(南昌市)의 서남쪽에 세운 누각.

33) 장사강(長沙江): 중국 동정호 남쪽 상강의 지류.

34) 수미산(須彌山): 불교의 우주관에서, 세계의 중앙에 있다는 산. 꼭대기에는 제석천이, 중턱에는 사천왕이 살고 있으며, 그 높이는 물 위로 팔만 유순이고 물속으로 팔만 유순이며, 가로의 길이도 이와 같다고 한다.

35) 태항산(太行山): 중국 산서성과 하북성의 경계를 이루는 산맥. 거의 남북으로 달리고, 만리장성 근방에서 대흥안령의 남단으로 연결된다.

36) 남문관(南門關): 중국 요령성 청원(淸原)에 있는 관문.

37) 남병산(南屛山): 중국 강소성 상요현의 북쪽에 있는 산. 『삼국지연의』에 의하면 제갈공명이 동남풍을 빌어 조조의 군사를 깨뜨리기 위해 칠성단(七星壇)을 쌓은 곳이다.

38) 산양수(山陽水): ‘산양’은 중국 섬서성, 하남성, 강소성 안의 현 이름. 『삼국지』를 기초로 하여

東)[40] 칠ᄇᆡᆨ 이을 슌식간의 슌식간의[41] 나라온ᄃᆞ. 익쥬(益州)[42] 셩쥬[43] 예쥬(豫州)[44] 상임원(上林苑)[45] 오산변[46] 쵸수관[47] 고셩산(高城山)[48]니 이쳘 이라, 남ᄒᆡ관(南海關) 오ᄇᆡᆨ 이며 ᄑᆡᆼ셩관(彭城關)[49] 일쳔ᄉᆞᆷᄇᆡᆨ오십 이라, 황ᄒᆡ슈(黃河水)[50] 삼쳘 이 슈양산(首陽山) 드러온다. 골윤산(崑崙山) 구ᄇᆡᆨᄉᆞ십 이을 장ᄇᆡᆨ산(長白山)[51] ᄐᆡᄇᆡᆨ산(太白山) 말니산(萬里山)[52] 남ᄒᆡ관이 삼ᄇᆡᆨ칠십 이라, 함곡관(函谷關)[53] 옥문관(玉門關)[54] 쳘산관[55]니 칠ᄇᆡᆨ 이라, 회음셩(淮陰城)[56] 시쥬관[57]이 일쳔삼ᄇᆡᆨ육십 이라, 말이셩(萬里城)[58] 담을 넘어 연무관[59]니 ᄉᆞ쳔팔ᄇᆡᆨ오십 이요, 동관(潼關)[60]니

창작한 고전소설 『산양대전』에 따르면 산양은, 관우와 마초가 조조 군사에게 포위되어 벗어나지 못하고 있을 때 조자룡이 사천으로부터 달려와 이들을 구한 곳이다.

39) 하구성(夏口城): '하구'는 중국 호북성 무창현에 있음.

40) 요동(遼東): 요하의 동쪽이란 뜻으로, 요령성 남동부 일대에 걸친 땅.

41) 슌식간의 슌식간의: '슌식간의'의 중복으로 보임.

42) 익주(益州): 중국 한나라 때 십삼자사부(十三刺史部) 가운데 지금의 사천성에 해당하는 곳. 뒤에 성도(成都)를 흔히 이렇게 불렀다.

43) 성주: 서위(西魏) 때 둔 주명(州名) 성주(成州)인지, 산성국(山城國)을 뜻하는 성주(城州)인지 불명.

44) 예주(豫州): 옛날 중국 구주(九州)의 하나로, 지금의 하남성 지역.

45) 상림원(上林苑): 중국 진(秦)·한(漢)대 장안(長安) 서쪽에 있던 천자의 동산 이름. 이미 진대에도 있었으나 황폐해졌기 때문에 한나라 무제(武帝)가 이를 수복하여 확장시켰다 한다.

46) 오산변: 미상.

47) 초수관: 미상.

48) 고성산(高城山): 중국 길림성 근처에 있는 산.

49) 남해관(南海關), 팽성관(彭城關): 중국 만리장성에 있는 관문인 듯함.

50) 황하수(黃河水): 황하. 서장(西藏) 자치구의 동쪽 고지에서 발원해 5464킬로미터를 흘러 황해로 유입되는 강.

51) 장백산(長白山): 백두산(白頭山).

52) 만리산(萬里山): 중국 산동성에 있는 산.

53) 함곡관(函谷關): 중국 하남성 북서부에 있는 관문. 동쪽의 중원(中原)으로부터 서쪽의 관중(關中)으로 통하는 관문.

54) 옥문관(玉門關): 고대 중국의 서쪽 요지였던 감숙성 돈황현(敦煌縣) 부근에 배치되었던 관문. 한나라 때 서관(西關)을 지나 서역으로 가던 통로였음. 만리장성 서쪽 끝에 있음.

55) 철산관: 중국 만리장성에 있는 관문인 듯함.

56) 회음성(淮陰城): 중국 강소성 회안현(淮安縣) 서북쪽에 있는 산성.

57) 시주관: 중국 만리장성에 있는 관문인 듯함.

58) 만리성(萬里城): 중국의 만리장성을 말함.

59) 연무관: 중국 만리장성에 있는 관문인 듯함.

60) 동관(潼關): 중국 섬서성 동쪽 끝에 있는 현. 황하강 가까이 있으며 예로부터 낙양(洛陽)과 장안(長安)을 이어주는 교통 요충지였음.

오쳔사ᄇᆡᆨ삼십 이요, 남경(南京)[61]셔 옥ᄒᆡ관[62]니 사십 이라, 비룡포 발라보고 남ᄒᆡ관으로 심양(瀋陽)[63]이 구ᄇᆡᆨ사십 이 ᄂᆡ봉셩[64] ᄉᆞᆷᄇᆡᆨ 이 동국산쳔(東國山川)[65] 발라본니 경ᄀᆡ(景槪)도 죠을시고. 의쥬(義州)을 바라본니 얼시고 경ᄀᆡ로ᄃᆞ. 츄월지압녹강(秋月之鴨綠江)[66]은 ᄌᆞᆼ셩(長城)을 둘너 셔(西)흐로 도라가고 의쥬을 왓다〈쇼〉."

"졔비 날ᄂᆞᆫ 것시로다. ᄌᆞ세이 보와라. 별급(別給) 삼ᄇᆡᆨ 양 ᄂᆡ여왓다."

"운ᄋᆡ(運靉)찔[67] 안ᄀᆡ찔 구름 박긔 오난 졔비 압셔건니 뒤셔건이 일ᄒᆡᆼ(一行)이 더옥 좃타. 업다 박씨 물너고나."

놀보 깜쪽 놀ᄂᆡ야,

"박씨란 말리 웬 말이야. 반갑다. ᄯᅩ 돈 ᄇᆡᆨ 양 ᄂᆡ왓다. ᄌᆞᆨ〈적〉다 말고 ᄌᆞ세이 보와라."

발셔 놀보놈이 ᄑᆡ가(敗家)하난고나.

"청천강(淸川江)을 얼픗 근너 슌안(順安) 슉천(肅川)[68] 바라보고, 평양(平壤) ᄃᆡ동문(大同門)[69] 중화(中火)[70]로 셔울ᄭᆞ지 오ᄇᆡᆨ구십오 리 정방산셩(正方山城)[71] ᄉᆡ남원[72] 삼십 이 동셔령(洞仙嶺)[73] 삼십 이 봉산관(鳳山關)[74]니 삼십 이 검쥬역(黔州驛)[75] 도라든니, 평산(平山) 금쳔(金

61) 남경(南京): 중국 강소성 남서쪽에 있는 도시. 양자강 하류 연안에 있는 수륙 교통의 요충지이며, 역대 왕조의 도읍지로 명승고적이 많다.

62) 옥해관: 관문인 듯하나 미상.

63) 심양(瀋陽): 중국 요령성에 있는 도시. 동북지방 최대의 도시로 이 지방의 정치·경제·문화·교통의 중심지이다. 요하(遼河) 유역에 있다.

64) 내봉성: 미상.

65) 동국산천(東國山川): 우리나라 산천.

66) 추월지압록강(秋月之鴨綠江): 가을 달빛이 비치는 압록강.

67) 운애(運靉)길: 구름이나 안개가 끼어 흐릿한 길.

68) 순안(順安), 숙천(肅川): 평안남도에 있는 지명.

69) 대동문(大同門): 평양 대동강 기슭에 있는 고구려 평양성의 동문(東門).

70) 중화(中火): 길을 가다가 점심을 먹음. 또는 그 점심.

71) 정방산성(正方山城): 황해도 황주(黃州)에 있는 산성.

72) 새남원: 황해도에 있는 곳의 지명인 듯함.

73) 동선령(洞仙嶺): 황해도 황주 남쪽 20리쯤 되는 곳에 있는 고개 이름.

74) 봉산관(鳳山關): 황해도 봉산에 있는 관문.

75) 검주역(黔州驛): 황해도에 있는 역 이름.

川)[76] 청셕(靑石)골〈정〉[77] 구십오 리 숑도(松都)난 왕셩(王城)이라, 만월ᄃᆡ(滿月臺)[78] 귀경하고 ᄌᆞᆼ단(長湍) ᄑᆡ쥬(坡州) 고양(高陽)[79]을 도라든니, 한양(漢陽)으로 드러와 연쥬문[80] 귀경하고, 얼시고 ᄯᅥ나온다. 남ᄃᆡ문(南大門) ᄂᆡ달나 동젹이(銅雀里) 얼픗 근너 남ᄐᆡ령(南泰嶺)[81] 과쳔(果川) 삼십 이 군푸ᄂᆡ[82] ᄉᆞ근ᄂᆡ(沙近川)[83] ᄃᆡ황교(大皇橋)[84] ᄌᆞᆼ밋[85] 오미[86] 셩환〈섬안〉(成歡) 즉산(稷山) 쳔안(天安) 광덕산(廣德山)[87] 굴용목[88] 졋〈ᄉᆞ근〉가지의 안져쏘."

"엇지 되야나 보와라. 돈 ᄇᆡᆨ 양 더 쥬마."

"얼시고 ᄯᅥ나온다. 김계(金蹄)역말[89] 원터[90] 광졍(廣程)[91] 화란[92] 모란[93] 공쥬산셩(公州山城) 금강슈(錦江水) 둘너난듸, 쳥양(靑陽)[94] 증산(甑山)[95] 망월ᄯᆡ(望月臺) 구경하고, 져 근너 김동지ᄂᆡ 산슈(山所)[96] ᄯᅳᆼ의 ᄯᅥ쏘."

76) 평산(平山), 금천(金川): 황해도에 있는 지명.
77) 청석(靑石)골: 황해도 구월산(九月山)에 있는 골짜기. 임꺽정이 그의 조직을 이룬 곳으로 알려짐.
78) 만월대(滿月臺): 개성시 송악산(松嶽山) 남쪽 기슭에 있는 고려의 왕궁 터. 궁전은 고려 말기에 불타서 없어졌음.
79) 장단(長湍), 파주(坡州), 고양(高陽): 경기도에 있는 지명.
80) 연주문: 중국 사신들을 영접하기 위해 세운 모화관(慕華館) 앞의 정문이던 영조문(迎詔門)을 지칭하는 것일 수도 있고, 경복궁 서편에 있던 연추문(延秋門)을 지칭하는 것일 수도 있음.
81) 남태령(南泰嶺): 서울 동작동과 과천 사이에 있는 고개.
82) 군푸내: 경기도 군포 일대 혹은 군포천을 지칭하는 듯함.
83) 사근내(沙近川): 군포천과 이어지는 사근천 혹은 경기도 의왕시 고천동 일대를 지칭하는 듯함.
84) 대황교(大皇橋): 경기도 수원시와 화성시 경계에 위치한 수원천의 다리.
85) 중밋: '중미(中彌)'의 잘못. 수원과 진위의 중간에 있는 지명.
86) 오미: '오뫼'의 잘못. 경기도 오산(烏山)을 말함.
87) 광덕산(廣德山): 충청남도 아산시 배방면, 송악면과 천안시 광덕면 광덕리에 걸쳐 있는 산.
88) 구룡목: 충남 서천에 있는 지명. 구룡막이라고도 함.
89) 김제(金蹄)역말: '김제'는 성환역(成歡驛)에 소속된 역. 충남 천안의 남쪽에 있음. '역말'은 '역마을'의 준말. 과천을 지나 성황, 천안, 김제, 광정, 모로원, 공주를 통해 가는 길은 『증보문헌비고』에 따르면 서울에서 남쪽으로 통영과 제주에 이르는 제6로와 제7로의 공통된 노정이다.
90) 원터: 원(院)이 있던 곳이라는 의미인지 아니면 실제 지명인지 미상.
91) 광정(廣程): 성환역(成歡驛)에 소속된 역. 공주 북쪽에 있음.
92) 화란: '활원(弓院)'의 잘못. 충남 공주에서 북쪽으로 16킬로미터쯤 떨어진 곳에 있는 지명.
93) 모란: '모로원(毛老院)'의 잘못. 충남 공주에서 북쪽으로 10킬로미터쯤 떨어진 곳에 있는 지명.
94) 청양(靑陽): 동쪽은 공주시, 서쪽은 보령시, 남쪽은 부여군, 북쪽은 홍성군과 예산군에 접해 있는 충남의 지명.
95) 증산(甑山): 충남 부여에 있는 지명.

놀보 바라본이 졔비 한 쌍 ᄯᅥ드러온다. ᄃᆡ체 이놈 ᄌᆡ쥬난 ᄃᆡ단한 놈이던이라. 저 졔비 거동 보쇼. 박씨을 입의 물고 놀보 보고 노난 거동, 승〈성〉닌 ᄇᆡᆨ숑골(白松鶻)리[97] 무근 ᄌᆞᆼ씨을 쥬라난 듯, 부독[98] 닌 남산 표범 국노루[99]을 잡부란 듯,[100] 무슈이 죠러〈로〉던이 놀보 압희 박씨을 ᄯᅮᆨ ᄯᅥᆯ우친니, 급히 들고 본니 박씨의 ᄉᆡᆨ여씨되 보슈표(報讎瓟)라. 원슈 슈ᄍᆞ(讎字) 완연(宛然)한니, 놀보 제라 ᄉᆡᆨ여[101],

"강남은 글 졸하난 사ᄅᆞᆷ이 읍다. 져리 무식한 것덜만 ᄉᆞ난고나. 비단 슈ᄍᆞ(繡字)을 원슈 슈ᄍᆞ(讎字)로 하여고나. 아무커나 심어보ᄌᆞ."

동편 쳠하 단ᄌᆞᆼ(短牆) 안의 일불ᄌᆡ죵(乙不栽種) 날을 보와 집피 파고 심어던니 박 쏙기 나오난ᄃᆡ, 큰 젼션(戰船) 닷쥴만 하게 나오던니 동ᄂᆡ 집 칠팔 가구나 문어져군나. 원 동ᄂᆡ을 뒤덥던니 열두 통이 열러고나.

---

96) 산소(山所): '뫼(사람의 무덤)'가 있는 곳.

97) 백송골(白松鶻): 백송고리. 맷과의 하나. 매 가운데 몸이 크며 성질이 굳세고 날쌔어 사냥하는 데 쓴다.

98) 부독: 미상.

99) 궁노루: 사향노루.

100) 홍보집에 제비가 박씨를 물고 올 때의 모습을 형용한 '북해흑룡이 여의주 물고 채운 간에 넘노는 듯 춘풍 황앵이 나비를 물고 세류 간에 넘노는 듯 단산 봉황이 죽실을 물고 오동 속에 넘노는 듯'과 대조된다.

101) 새겨: 뜻풀이하여.

놀보가 기가 막혀

잇ᄯᅢ 사오유월 도라가고, 칠팔월이 당하야 오동(梧桐)의 입피 울고, 동방(洞房)[1]의 귀ᄯᅩᆯ이난 졔 일홈을 실솔(蟋蟀)리라. 인간(人間)의 츄셕(秋夕)이요, 만물(萬物)은 황양(黃壤)이라[2]. 시화구월(時和九月)[3] 단풍이요, 만산홍녹(滿山紅綠)[4] 풍임(楓林) 물식(物色) 산천을 단즁(丹粧)한다. 쇼쇼(蕭蕭)한 낙엽 쇼ᄅᆡ 오고 가난 기러기요, 상하(上下) 평젼(平田) 져문 날의, 들 거두난 농부더라, 우리도 슈일 간의 일가 친척 겨례〈절의〉 권당(眷黨)[5]과 셰셰한 벗임네덜〈들을〉 몰슈(沒數)이[6] 다 쳥하여 됴은 슐 죠흔 안쥬 취토록 먹근 후의, 드난 독긔 드러메고 박쪽지을 모도 쓷어 마당의 느러노코 진 쇼ᄅᆡ 톱질할 졔,

1) 동방(洞房): 침실. 깊숙한 안쪽 방.
2) 인간(人間)의 추석(秋夕)이요 만물(萬物)은 황양(黃壤)이라: '황양'은 누런 빛깔의 흙. 가을이 되었다는 뜻임.
3) 시화구월(時和九月): 시절이 태평한 구월. 보통 '시화연풍(時和年豊)'이 많이 쓰임.
4) 만산홍록(滿山紅綠): 붉고 푸른 색이 산에 가득함. 보통 봄을 가리키는 말로 많이 쓰임.
5) 권당(眷黨): 친척.
6) 몰수(沒數)이: 모두 다.

"ᄉᆞᆨ션 ᄉᆞᆷ시(三時) ᄃᆡ되 졈심 돈 셔돈 오푼 쥴 거신니[7], 어셔 밧비 박을 타쇼."

유력한 놈 ᄉᆞᆷ십 명씩 일슌(一巡)의 톱질할 졔, 놀보 ᄂᆡ달르며,

"셜쇼ᄅᆡ[8]난 ᄂᆡ 마질게 진쇼ᄅᆡ[9]난 ᄌᆞᄂᆡ덜 맛쇼. 일모황혼(日暮黃昏) 못 되야셔 천하ᄃᆡ부(天下大富) ᄂᆡ 안 될가. 입바 셰상 ᄉᆞ롬더라, 승〈셩〉인(聖人) 훈계(訓戒) 듯지 말고 고명(高名) 관슈(官守) 부귀(富貴) ᄌᆡ쳔(在天) 다 씰러헌 말이라.[10] 걸쥬(桀紂)[11] 경국〈정궁〉요ᄃᆡ(瓊宮瑤臺)[12] 포악(暴惡)으로 으더신니, ᄉᆞᆫ〈선〉(善)한 일은 하지 말고 악(惡)한 일을 심써 ᄒᆞ쇼. 부모 동싱 일가친쳑 잘ᄉᆞ러〈라〉랴 씰ᄃᆡ업고, 남이야 쥭고 살고 나 잘살면 졔일이라. 뇨(堯)임군은 무숨 일노 슈부〈복〉다남(壽富多男) 마다하고.[13] 쵹(楚)날라 단월(丹穴)[14] 듕의 쇼사나난 금은보화(金銀寶貨) 이 박통의 다 나오쇼. 어이여라 톱질이야."

실근실근 툭 타 논니 박통 안니 젹막하고 ᄊᆞᆷᄊᆞᆷ한 즁의 ᄇᆡᆨ발노인니 쎡 나셔〈오〉며,

"츄강(秋江)이 젹막엄룡〈동〉닝(寂寞魚龍冷)한니 인ᄌᆡ셔등즁션누(人在西

---

7) 삯은 삼시(三時) 대되 점심 돈 서돈 오푼 줄 것이니: 삯으로 세 끼니 모두 간단한 음식과 돈 서른다섯 푼을 줄 것이니.

8) 설소리: '앞소리'의 방언(전남). 주고받는 노래에서 먼저 하는 소리.

9) 진소리: 긴 소리, 또는 쓸데없이 지루하게 하는 말. 문맥상 뒷소리로도 볼 수 있음.

10) 고명(高名) 관수(官守) 부귀(富貴) 재천(在天) 다 씰러헌 말이라: 높은 명예, 관리로서의 직책, 부귀 등이 하늘에 달렸다는 말은 다 쓸데없는 말이라는 뜻.

11) 걸주(桀紂): 중국 하(夏)나라의 걸왕(桀王)과 은나라의 주왕(紂王)을 아울러 이르는 말.

12) 경궁요대(瓊宮瑤臺): 옥으로 장식한 궁전과 누대(樓臺)라는 뜻으로, 호화로운 궁전을 이르는 말. 원래는 옥황상제가 거처하는 화려한 천상궁궐을 가리키는 말. 중국 은나라의 주왕(紂王)이 이를 만들어 그 사치스러움을 자랑하다가 민력(民力)을 피폐시켜 결국 주(周)나라에게 멸망당함.

13) 요(堯)임금은 무슨 일로 수부다남(壽富多男) 마다하고: 요임금이 오래 살고 부자가 되고 아들 많음을 마다했다는 뜻. 요임금이 화(華)라는 변경에 이르렀을 때, 국경을 지키는 하급관리가 공손히 머리를 숙이며 "성인이시여, 만수무강하시옵소서" 하고 말하자, 요임금은 사양했으며 또한 "그러면 부자가 되시옵소서" 하자, 역시 사양했다. "그러면 아들을 많이 두소서" 하자, 요임금은 그것도 사양했다. 관리가 그 이유를 묻자 요임금은 "아들이 많으면 못난 아들도 있어 걱정의 씨앗이 되고, 부자가 되면 쓸데없는 일이 많아져 번거롭고, 오래 살면 욕된 일이 많기 때문"이라 했다(『장자』).

14) 단혈(丹穴): 단사(丹砂)가 나는 구멍. 고대 중국에서 남방(南方)의 태양(太陽) 바로 밑이라 여겨진 곳. '단사'는 '진사(辰砂)'라고도 하는데 수은의 원료로 쓰이는 황화광물을 말함.

風仲宣樓)라[15]."

일럿텃 풍월(風月)하며 일ᄇᆡᆨ오십 명이 쎄을 지여 ᄉᆞ역ᄉᆞ역ᄉᆞ역 나오며,

"이놈 놀보야, 네 안방이며 ᄃᆡ청마루 좌기(坐起)[16]하라."

일ᄇᆡᆨ오십 명이 한 번의 고함한니 놀보 귀가 캄캄하야 기 ᄆᆡᆨ키여 일은 말ᄅᆡ,

"여보, ᄂᆡ 집이 ᄌᆡ궁(齋宮)[17]이 안니요, 졔각(祭閣)[18]이 안니여던, 웬 양반니 쎄〈제〉을 무워 나오덧〈듯〉 한물지게[19] 나온니 게셔 다 뉘라 하시뇨?[20]."

이 말리 지덧마덧〈듯〉 져 양반덜 거동 바라. 일시의 두 눈을 부릅쓰고 팔을 쎕ᄂᆡ며,

"네 박 쇽의 하인놈 게 잇난야."

뜻박긔 박통 쇽의셔 쥬충(周倉) 갓튼 날닌 죵 십여 명 십여 명[21]이 펄젹 쒸여 ᄂᆡ달나, 놀부놈의 상ᄐᆡ기을 션젼(縇廛)[22] 시졍(市井) 연쓸 감뜻[23] 토ᄐᆡ사공[24] 닷쥴 감듯 휘휘 둘너,

---

15) 추강적막어룡냉(秋江寂寞魚龍冷) 인재서풍중선루(人在西風仲宣樓)라: 가을 강은 적막하여 물고기조차 차고 사람은 서풍을 맞으며 중선루에 있노라는 뜻. 서도지방의 영시(詠詩) 또는 율창(律唱)이라고도 하는 시창(詩唱)의 하나로, 조선 영조 때 문인인 석북(石北) 신광수(申光洙)가 지었다고 하는 「등악양루탄관산융마登岳陽樓嘆關山戎馬」의 두 구절이다. 박 속에서 노인이 시창을 부르며 등장하는 상황을 이 구절들로 형상화했다.

16) 좌기(坐起): 관아의 으뜸 벼슬에 있던 이가 출근하여 일을 시작함. 여기서는 놀보에게, 일을 시작할 테니 기다리라는 뜻으로 쓰인 듯함.

17) 재궁(齋宮): 무덤이나 사당 옆에 제사를 지내기 위해 지은 집.

18) 제각(祭閣): 무덤 근처에 제청(祭廳)으로 쓰려고 지은 집.

19) 한물지다: 채소, 과일, 어물 따위가 한창 나오는 때가 되다.

20) 이곳은 재궁이나 제각이 아니어서 양반이 있을 곳이 아닌데도 양반들이 떼를 지어 나오니 어떻게 된 영문이냐는 뜻임.

21) 십여 명 십여 명: '십여 명'의 중복으로 보임.

22) 선전(縇廛): 조선시대에 비단을 팔던 가게. 한양이 도읍이 된 뒤 제일 먼저 생긴 전으로, 육주비전 가운데서도 규모와 자본력이 가장 우세했다 함.

23) 선전 시정 연줄 감듯: 단단히 잡아맨다는 뜻. 시장의 봇짐장수나 등짐장수들이 물건의 짐을 꾸릴 때 끈이나 줄을 아주 단단히 잡아맸던 데에서 비롯된 말.

24) 토태사공: '돛대사공'의 잘못. 돛대를 다루던 사공.

"좀아드려쇼."

일ᄇᆡᆨ오십 명 양반덜이 한썹의 된호령ᄒᆞ며[25],

"우리난 젼ᄉᆡᆼ(前生) ᄎᆞᄉᆡᆼ(此生) 네 상젼(上典)이라. 네 칠ᄃᆡ(七代) 하ᄂᆡ비가 ᄃᆡᆨ죵(宅-)으로셔 긔ᄌᆞ(箕子)[26] 평양(平壤) 도읍시예 부지거쳐(不知去處) 도망하야 상젼을 ᄇᆡ반하난 죄 만ᄉᆞ무셕(萬死無惜)[27]이라."

ᄯᅩ 한 노인이 나안지며,

"놀보야 네 하나비 둥굴쇠, 당ᄐᆡ죵(唐太宗) 셰민(世民)[28] 황졔(皇帝) ᄎᆞᆼ업(創業) 텬ᄌᆞ(天子) 도읍하실 ᄯᆡ, 황츙지난(蝗蟲之亂)[29]을 만나 쳔하 인민이 유리ᄀᆡ결(流離丐乞)[30]하야 나온 놈이 상젼을 ᄇᆡ반하고 고옹〈공〉(雇工)돈[31]을 안 밧친니 살기을 발렬다."

ᄯᅩ 쑥ᄯᆡ머리[32]의다 방슈(方手) 업난[33] 양반니 나안지며,

"이놈 놀보야, 네 증죠 할미가 ᄂᆡ 죵쳡(-妾)[34]이라 네 죠상이 되기로 ᄂᆡ가 져 ᄉᆡᆫ임을 말유(挽留)하ᄌᆞ고 나온 질이로다. ᄂᆡ야〈ᄉᆞ〉 셜머〈마〉 네게 ᄒᆡ코ᄌᆞ 하랴. 너난 ᄂᆡ 숀ᄌᆞ〈지〉라 안셰[35]가 읍실숀야. 각각 돈 발리[36] 식이나 들이라."

돈 ᄇᆡᆨ 양식 듸리고 난니, 잇ᄯᆡ 슉쿠머리[37] 영감은 그져 갈가 하야던

---

25) 된호령하며: 큰 호령 소리를 내며.

26) 기자(箕子): 고조선시대 전설상의 기자조선 시조. 은나라의 현인으로 주나라의 무왕이 은나라를 빼앗자, 동쪽으로 도망하여 조선에 들어와 기자조선을 건국하고, 8조금법을 가르쳤다 함. 여기서는 가상적으로 꾸며내어 말한 것임.

27) 만사무석(萬死無惜): 만 번 죽어도 아까울 것이 없음.

28) 당태종(唐太宗) 세민(世民): 당(唐)나라 제2대 황제. 당나라를 수립하고 군웅을 평정하여 국내 통일을 이루었음. 이름은 이세민(李世民).

29) 황충지란(蝗蟲之亂): 당태종 치세에 황충, 곧 풀무치의 피해가 심하자 태종이 풀무치를 직접 먹었다는 이야기가 전함.

30) 유리개걸(流離丐乞): 유리걸식(流離乞食). 정처 없이 떠돌아다니며 빌어먹음.

31) 고공(雇工)돈: 머슴이 주인에게 바쳐야 하는 돈.

32) 쑥대머리: 쑥대강이. 머리털이 마구 흐트러져 어지럽게 된 머리.

33) 방수(方手) 없는: 방법과 수단이 없는. 곧 융통성이 없다는 뜻.

34) 종첩(-妾): 종으로 부리다가 올려 앉혀서 된 첩.

35) 안세: 미상.

36) 바리: 마소의 등에 잔뜩 실은 짐을 세는 단위.

37) 숙쿠머리: 앞에 나온 '쑥대머리'의 잘못인 듯함.

니 썩 나안지며 일은 말리,

"네가 ᄒᆡᄌᆞ[38] 만니 하야신니 ᄂᆡ셔〈ᄉᆞ〉 그져만들 관계하랴만은 셥셥한니 이 죠만이만 ᄎᆡ워라."

죽ᄊᆞᆯ[39] 한 되 들면 더 들 것 업실셩 불너〈르니〉,

"글이하옵시다."

처ᄉᆞ(處士) 흘ᄭᅳᆺ하고 한 되 느〈너〉 본니 간ᄃᆡ읍고 두되 느〈너〉어 간ᄃᆡ읍고 한 말 너어 간ᄃᆡ읍고 한 셤 너어도 간ᄃᆡ읍고 암만 너도 간ᄃᆡ읍신니,

"여보 이게 무슌 쥬먼이요?"

"네 이 쥬먼〈죠만〉이 근본(根本)[40] 들러〈으〉라. 옥황상졔 두통(頭痛)의 씨난 팔풍낭(八風囊)[41]이요, 마파람 ᄌᆞ바 담는 능쳥죠만일다[42]. 네 집 셰간 모도 너라."

"여보 ᄂᆡᄂᆡ 말유(挽留)한다던니, 어류고 눈을 ᄲᅢ기로 든니 ᄂᆡᆫ들 엇지 하죤 말리요. 그만 하고 도라가오."

"그리하라."

강남 노인덜〈들〉른 인홀불견(因忽不見)하야구나.

놀보놈 ᄯᅩ 박을 탈 졔,

"괴로온 일 다 지ᄂᆡ다. 쳣 박통의 나온 양반 복을 졈지하랴 하고 지긔〈직니〉(志氣) 보ᄌᆞ고 나왓던가[43]."

실근실근실근 툭 타 논니, 파션(破船) 거린(乞人) 슈ᄇᆡᆨ 명이 ᄉᆞ역ᄉᆞ역

38) 해자: 특별히 한 일 없이 공짜로 한턱 잘 얻어먹는 일. 예전 서울 각 관아에 하인이나 구실아치가 새로 들어오면 전부터 있던 사람들에게 한턱내던 일.

39) 죽쌀: 싸라기 쌀.

40) 주머니 근본(根本): 주머니에 얽힌 내력, 사연.

41) 팔풍낭(八風囊): 팔방(八方)의 바람이 나오는 주머니. 팔방의 바람은 동북 염풍(炎風)·동방 조풍(條風)·동남 혜풍(惠風)·남방 거풍(巨風)·서남 양풍(凉風)·서방 요풍(飂風)·서북 여풍(麗風)·북방 한풍(寒風)이다.

42) 능청주머니: '능천주머니'의 잘못. 능천낭(凌天囊). 그 속에 넣은 것이 하늘로 올라간다는 주머니.

43) 복을 주기 위해 마음을 떠보자고 나왔는가 하는 뜻임.

나오면셔,

"놀보놈아 말 듯거라. 우리도 기 안니라, 셔울 잇난 아희던니 경상(慶尙) 졀나(全羅) 무곡(貿穀)[44] 실너〈긔〉 ᄌᆞ원하고 단일 젹의, 일쳔 셕 실른 즁션(中船) ᄃᆡᄒᆡ(大海) 즁의 ᄡᅳ여던니, 상연(上年)[45] 삼월 쵸잇튼날 ᄯᅳᆺ박긔 광풍(狂風) 만나 혹츌혹몰(或出或沒)하며 뒤ᄯᅩᆼ 츌넝 ᄯᅥ나갈 졔, 돗ᄯᆡ 삼동[46]의 직근 부러지고 용춍쥴[47] 모로〈리〉쥴[48] 치[49]도 폭폭 ᄯᅥ러져 어둥실 ᄯᅥ나갈 졔, 텬ᄒᆡᆼ(天幸)으로 면ᄉᆞ(免死)하야 졔우 ᄉᆞ라 나왓던〈신〉니, ᄡᆞᆯ ᄇᆡᆨ 셕만 밥을 짓고 국 쳔 동의만 ᄡᅳ려 ᄂᆡ라. ᄇᆡ고파 죽것다. ᄇᆡᄭᅩᆸ지의셔 아ᄌᆡ씨〈즛시〉 하도록 실컷 먹고 놀다 가ᄌᆞ. 네가 만일 우리 ᄃᆡ졉 잘 못하다거〈가〉난 고도리ᄲᅧ[50]가 부셔〈러〉지고 ᄀᆡᄲᅧ닥구로 즁방을 드리리〈니 〉라[51]."

걸인 ᄃᆡ졉하야 보ᄂᆡ나 후의 ᄯᅩ 한 통을 ᄯᅡ랴 할 졔,

"셜쇼ᄅᆡ난 연방 ᄂᆡ 할 것신니 뒤쇼ᄅᆡ난 마져〈ᄌᆞ〉 쥬쇼. 후졍화(後庭花)[52] 유슈곡(流水曲)[53]은 상여(相如)[54]의 가곡(歌曲)이라. 당(唐)나라 반야곡[55]은 망국지음(亡國之音)[56]이로다. 양반 ᄃᆡ졉 걸인 ᄃᆡ졉 정셩으로

44) 무곡(貿穀): 장사하려고 많은 곡식을 사들이는 것. 또는 그 곡식. 조선 후기에는 부상(富商)들이 추수기에는 싼값으로 사재기했다가 종자(種子) 등을 구입해야 하는 춘궁기에 비싼 값에 팔아 이중으로 수탈을 하는 경향이 있었다.

45) 상년(上年): 지난해.

46) 삼동: 세 개를 뜻하는 듯함.

47) 용총줄: 돛대에 매어놓은 줄. 돛을 올리거나 내리는 데 쓴다.

48) 모로줄: 돛줄의 하나인 듯함.

49) 치: '키'의 옛말. 배의 방향을 조종하는 장치.

50) 고도리뼈: 고두리뼈, 곧 넓적다리뼈의 머리 부분. 복사뼈(함북).

51) 개뼈다귀로 중방을 드리리라: '중방'은 건축에서 톱틀의 톱양과 탕갯줄의 사이에 양쪽 마구리를 버티어 지른 기둥 막대기를 뜻하므로, 여기서는 신체적 고문을 하겠다는 뜻으로 이해됨.

52) 후정화(後庭花): 북전(北殿). 원래는 중국의 곡명으로, 〈옥수후정화玉樹後庭花〉라 하여 진나라 후주(後主)가 빈객을 청하여 불렀다 한다. 고려시대 때 충혜왕(忠惠王)이 뒤뜰에서 여자들과 어울려 부르던 음란한 노래였는데 조선시대 세종 때 폐지되었다. 이어 성종 때 성현(成俔)이 왕명으로 악가(樂歌)를 개산(改刪)할 때, 조선 창업을 송축한 가사로 개작했다.

53) 유수곡(流水曲): 중국 전국시대 거문고의 명인 백아(伯牙)가 흐르는 물을 염두에 두고 연주하니 종자기(鍾子期)가 그의 마음을 짚어냈다는 데서 온 이름. 실제 곡명인지는 불명.

54) 상여(相如): 중국 전한(前漢)의 문인 사마상여(司馬相如)를 말함. 자는 장경(長卿). 부호 탁왕손(卓王孫)의 딸 탁문군(卓文君)과 사랑의 도피행을 하여 술집을 열었던 이야기로 알려진 인물임.

하야씐니, 지셩(至誠)이면 감쳔(感天)이라. 변화을 그만 하고 포물[57]노 부허 쥬쇼. 어이여라 톱질니야."

실근실근실근 타 노흔니 거ᄉ(居士)[58] ᄉ당[59]이 나오되 쳔여 명의 ᄶ역ᄶ역ᄶ역 나오던니, 쇼고〈구〉(小鼓) 동동 쇼릐하며,

"쇼ᄉ(小士)[60] 등 문안이요."

뭇ᄉ당 놀보놈의게 슈즁다리 거말리 드러붓덧〈듯〉[61] 뭇뗠〈드〉략기[62] 엉긔여 렴불 가ᄉ[63] 온갓 노림 의ᄉ(意思)[64]라 ᄎ례로 하며,

"삼뵉 양만 쥬옵시면 쇼사 등이 갈련이와, 만일 그러치 안니하면 놀보네 집의 다 불쌍(佛堂)을 만들이〈보니리〉라."

놀보놈이 못 견듸여 젼후(前後) 젼답(田畓) 모도 파라 삼뵉 양 닉야쥰니, 거ᄉ ᄉ당 간 연후의 놀보놈 슐짐의 망신할 쥴 모로고,

"성직성픠직픠(成則成敗則敗)[65]라. 보기 죠타."

연닉 탈 졔, 쏘 한 통 타 노은이 화쥬즁(化主－)[66]이 나올 젹의 져즁의 걸유[67] 보쇼. 몸의난 뵉운즁삼(白雲長衫)[68] 칠보가ᄉ(七寶袈裟)[69]

55) 반야곡: 미상.
56) 망국지음(亡國之音): '나라를 망하게 할 음악'이란 뜻으로, 저속하고 잡스러운 음악을 이르는 말.
57) 포물: '보물'의 잘못인 듯함.
58) 거사(居士): 사당패에서, 각 종목의 으뜸가는 사람.
59) 사당: 조선시대에 무리를 지어 떠돌아다니면서 노래와 춤을 파는 여자. 남사당패가 주로 남성으로 구성된 것에 비해 사당패는 그 주구성원이 여자이다. 일명 여사당으로 통하는 이 패거리는 가무희(歌舞戱)를 앞세우고 매음을 하기도 했다. 맨 위에 모갑(某甲)이란 서방격의 남자가 있고 그 밑으로 거사(居士)라는 사내들이 제각기 사당 하나씩과 짝을 맞춘다.
60) 소사(小士): 여기서는 거사가 자신을 낮추어 이르는 말.
61) 수중다리 거머리 달라붙듯: 논일할 때 물속에 잠긴 다리에 거머리가 달라붙듯. 그 정도로 끈질기게 달라붙는다는 뜻.
62) 뭇뗠략기: 미상.
63) 염불, 가사: 당시 사당패의 주요 공연 종목은 염불과 선소리 산타령이었다.
64) 의사(意思): 무엇을 하고자 하는 생각으로. 여기서는 놀보로부터 돈을 뜯어내고자 한다는 뜻.
65) 성즉성패즉패(成則成敗則敗): 일이 되면 되고 안 되면 안 됨.
66) 화주중(化主－): 화주승(化主僧). 인가에 다니면서 사람들로 하여금 법연(法緣)을 맺게 하고, 시주를 받아 절의 양식을 대는 중.
67) 걸유: 미상이나, 구걸하는 모습 정도의 뜻인 듯함.
68) 백운장삼(白雲長衫): 구름무늬 모양의 중의 웃옷.
69) 칠보가사(七寶袈裟): 일곱 가지 주요 보배로 만든 가사. '가사'는 중이 장삼 위에, 왼쪽 어깨에

드러메고, 목의 렴쥬(念珠) 숀의 단쥬(短珠)[70] 쇼상반쥭(瀟湘班竹) 열두 마듸[71] 용두(龍頭) ᄉᆡᆨ인 육한ᄌᆞᆼ(六環杖)[72]을 ᄎᆡ골리[73] 질게 달라 철철 둘너 집고, 권션ᄎᆡᆨ(勸善冊)[74]을 엿페 ᄶᅵ고 놀보 압페 썩 나셔며, 권션ᄎᆡᆨ 펴여〈을 듸려〉노코 두 숀을 합ᄌᆞᆼ(合掌)하고,

"쇼승(小僧) 문안 드리오. 쇼승도 기 안니라, 함경도 안변(安邊) 셕왕ᄉᆞ(釋王寺)[75] 잇ᄉᆞᆸ던니 큰 법ᄯᆞᆼ(法堂) ᄀᆡ즁ᄎᆞᆼ(改重創)하랴 하고 권션(勸善)을 진니옵고 ᄃᆡᆨ을 ᄎᆞᄌᆞ왓ᄊᆞ온니, 삼ᄇᆡᆨ 양만 시쥬(施主)하오. 만일 삼ᄇᆡᆨ 양의셔 한 푼이나 ᄭᆡ여셔난[76] 우리 부쳐임 도슐(道術)노 셰간 말ᄶᆞᆼ ᄑᆡ(破)하고 일시예 함몰(陷沒)할 거신니 현덕(賢德)[77]을 시쥬하옵쇼셔."

놀보놈 그즁의 올ᄅᆡ 살기로 삼ᄇᆡᆨ 양 허급(許給)[78]한니 화쥬(化主) 간 연후의 ᄯᅩ ᄒᆞᆫ 통 싸랴 할 졔,

"어이여라 톱질이랴."

실근실근실근 툭 타 논니, 상부[79]가 나오되 ᄉᆞᆼ부군 거동 보쇼. 놀ᄅᆡ군 박ᄐᆡ만[80]니, 안단군[81]의 ᄭᅬ첨지, 질지비의 가랑놈니[82], 셜쇼ᄅᆡ 양쳠

서 오른쪽 겨드랑이 밑으로 걸쳐 입는 법의(法衣)이며, '칠보'는 불교에서 말하는 일곱 가지 주요 보배로, 『무량수경無量壽經』에서는 금·은·유리·파리(玻璃)·마노(瑪瑙)·거거(車渠)·산호를 이르며, 『법화경法華經』에서는 금·은·마노·유리·거거·진주·매괴(玫瑰)를 이름.

70) 단주(短珠): 54개 이하의 구슬을 꿰어 만든 짧은 염주.

71) 소상반죽(瀟湘班竹) 열두 마디: '소상반죽'은 순임금이 죽자 그의 두 부인인 아황과 여영이 슬피 울면서 눈물을 대나무에 뿌렸는데 그것이 모두 반죽이 되었다고 하는 데서 온 말. 여기서는 특별한 뜻 없이 대 열두 마디로 된 육환장을 꾸며주고 있음.

72) 육환장(六環杖): 석장(錫杖). 승려가 짚는 지팡이. 보살이 두타행(頭陀行)을 닦을 때, 또는 길을 갈 때 독사·독충 따위를 쫓거나, 민가를 돌며 탁발(托鉢)을 할 때 소리를 내어 그 뜻을 전하거나, 산길을 가다가 노인을 만났을 때 부축하는 데 사용했다. 윗부분은 주석(朱錫), 밑부분은 짐승의 엄니나 뿔로 만들고 가운뎃부분은 나무로 만드는데, 윗부분에는 작은 고리를 달아 소리가 나도록 했다.

73) 체고리: 어떤 물건의 몸체에 달린 고리.

74) 권선책(勸善冊): 시주한 사람의 이름과 시주한 재물의 액수를 적은 책.

75) 석왕사(釋王寺): 함경남도 안변군 설봉산에 있는 절. 조선시대 태조 때 무학대사가 창건한 것으로, 태조 이성계와 깊은 인연이 있어 조선 왕실로부터 상당한 보호를 받았다. 지금은 선교양종의 본사(本寺)가 되었다.

76) 한 푼이나 깨여서는: 한 푼이라도 줄어서는. '까다'는 몸의 살이나 재물 따위가 줄다는 뜻임.

77) 현덕(賢德): 어진 덕행. 여기서는 그 뒤의 시주하라는 말과 함께 어진 덕행을 행하라는 뜻임.

78) 허급(許給): 달라는 대로 허락해 베풀어줌.

79) 상부: '상여(喪輿)'의 잘못.

지[83], 북포사(北布絲)[84] 승두건(繩頭巾)[85] 덜을 반팔ᄌᆞ(半八字)로 정이 쓰〈쓰〉고, 상부치레 볼쑉시면, 남ᄃᆡ단(藍大緞) 휘ᄌᆞᆼ(揮帳)[86]의 ᄇᆡᆨ비단(白緋緞) 상ᄌᆞᆼ(喪章)[87]의 쳔도문(天桃紋) 쥬름 ᄌᆞ버 ᄃᆡ모단(玳瑁緞) ᄯᅱ경[88]의 압뒤 난간 슌금(純金) ᄌᆞᆼ식 쳔은(天銀) ᄌᆞᆼ식의 도금(鍍金)하고, 동셔남북 오ᄉᆡᆨ봉[89]의 나부ᄆᆡ듭〈답〉 벌ᄆᆡ듭 요랑□□□이〈ᄋᆞ〉 옥ᄌᆡᆼ(玉箏)[90]을 울리난 듯, 엄나무 ᄃᆡ치[91]의 피남무 ᄌᆞᆼ강(長杠)틀[92]의 ᄉᆞᆼ□□ 열두 명이 상부 메고 나올 젹의,

“어허 넘ᄎᆞ 넘ᄎᆞ 안국명ᄉᆞᆫ[93] ᄉᆡ벽달의 ᄃᆡ□은 쇼쇼(蕭蕭)하고 ᄒᆡ로일곡셩(薤露一哭聲)[94]의 붕망산(北邙山)이 어ᄃᆡᄆᆡᆫ요. 숑풍궁[95] 거문고난 발람질의 쇼리 나고 고양나무[96] 정ᄌᆞ 우의 ᄭᅬᄭᅩᆯ리 쇼리 더옥 죠타.”

---

80) 놀래꾼 박태만: 선소리꾼은 뒤에 등장하므로, 아마 행사를 전반적으로 이끄는 역할을 박태만이 맡았다는 뜻인 듯함.

81) 안단꾼: 미상.

82) 길재비의 가랑놈이: 길을 안내하며 패를 이끄는 역할은 가랑놈이라는 별명을 지닌 이가 맡았다는 뜻.

83) 설소리 양첨지: 앞소리는 양첨지가 맡았다는 뜻.

84) 북포사(北布絲): 조선시대에 함경북도에서 생산하던 올이 가늘고 고운 삼베실.

85) 승두건(繩頭巾): 새끼줄로 만든 두건. ‘두건’은 남자 상제(喪制)나 어른이 된 복인(服人)이 상중에 쓰는 건(巾).

86) 남대단(藍大緞) 휘장(揮帳): 쪽빛이 나는 대단을 여러 폭으로 이어 둘러친 장막. ‘대단’은 한단(漢緞)이라고도 하는, 중국에서 나는 비단의 하나.

87) 백비단(白緋緞) 상장(喪章): 흰색 비단으로 된 상장. ‘상장’은 거상(居喪)이나 조상(弔喪)의 뜻을 나타내기 위해 옷깃이나 소매 따위에 다는 표. 보통 검은 헝겊이나 삼베 조각으로 만들어 붙임.

88) 대모단(玳瑁緞) 뛰경: 대모를 박은 비단으로 위를 덮었다는 뜻인 듯함.

89) 오색봉: 다섯 가지 색깔의 봉. ‘봉’은 그릇 따위의 뚫린 구멍을 메우는 다른 조각. 또는 치레로 물건 바닥 한복판에 박아넣는 다른 물건.

90) 옥쟁(玉箏): 옥 같은 소리가 나는, 혹은 옥으로 만들었거나 옥장식이 된 쟁(箏). ‘쟁’은 국악 현악기의 하나로서, 모양이 대쟁(大箏)과 같으며, 명주실로 된 열세 줄의 현이 걸려 있음.

91) 엄나무 대채: 음나무로 만든 대채. ‘대채’는 ‘큰 채’를 말하는데, ‘채’란 발구, 달구지, 수레 따위의 앞쪽 양옆에 댄 긴 나무, 또는 가마, 들것, 목도 따위의 앞뒤로 양옆에 대서 메거나 들게 되어 있는 긴 나무 막대기를 말함.

92) 장강(長杠)틀: 둘 이상의 길고 굵은 멜대로 맞추거나 얽어맨 틀. 흔히 상여 따위를 운반할 때 쓴다.

93) 안국명산: 보통 ‘진국명산(鎭國名山)’임. 진국명산은 나라의 운수가 달렸다는, 서울 뒤쪽에 있는 산.

94) 해로일곡성(薤露一哭聲): ‘해로’ 곡소리. ‘해로’는 상여가 나갈 때 부르는 노래. 사람의 목숨이 염교 잎 위의 이슬과 같아서 쉽사리 없어진다는 뜻이 담김.

95) 송풍궁: 미상.

경긔 더늠〈넘〉[97] 유ᄃᆡ군ᄶᅩ[98]로,

"어허 남〈넘〉ᄎᆞ 남ᄎᆞ, 놀보집 안ᄡᅡᆼ으로 상부을 모셔라. 집 ᄯᅧᆨ〈듯〉고 뫼 씨게."

놀보 어이읍〈업〉셔,

"이긔〈여〉 웬 힝상(行喪)이요?"

"이변의 왓던 너의 상젼(上典)임니다. 셰상 발려 반혼강남(返魂江南)[99] 하고 할 슈 읍셔 네 집 쳥용빅호(靑龍白虎)[100] ᄯᅡᆼ의 산슈을 모실려 일니 ᄌᆞᆼᄉᆞ(葬事) 것츄 ᄎᆞ리라."

놀보 질ᄉᆡᆨ(窒塞)하야,

"싱젼(生前) 원슈로셔 사후(死後)ᄭᅡ지 괴롭ᄯᅩ다. 여보 우리집 안이라도 명당(明堂)이 ᄊᆞ여난듸 날만 쥭일나고 한단 말이요."

"하면 어ᄃᆡ가 명당인야?"

"강원도 치학산(雉岳山)은 북용혈(伏龍穴)[101]이 명당이요, 평안도 뫼향산(妙香山)은 일월봉(日月峰) 노퍼신니 망월지형〈성〉(望月之形)[102]도 명당이요, 황희도 구월산(九月山)은 옥여탄금형(玉女彈琴形)[103]인니 명당이요, 본도(本道) 졔융산[104]은 굴용징쥬(屈龍爭珠)[105]도 명당이요, 경상도 티빅산(太白山)은 성인문슈(仙人舞袖)[106]도 명당이욘니, 그리로 가시요."

---

96) 고양나무: '고향나무'의 잘못. 고향나무는 회양목을 말함.

97) 경기 더늠: 경기 지역 명창이 부르던 더늠인 듯함. '더늠'은 판소리에서 특정 명창이 자신의 독특한 방식으로 악조와 사설을 다듬은 대목을 이르는 말.

98) 유대꾼조: 유대꾼이 소리하는 ᄶᅩ(調). '유대(留待)꾼'은 포도청에 속한, 상여를 메던 인부.

99) 반혼강남(返魂江南): 죽어서 혼이 강남으로 돌아왔다는 뜻. '반혼'은 죽은 사람을 화장하고 그 혼을 집으로 도로 불러들임. 또는 그런 일을 말함.

100) 청룡백호(靑龍白虎): 풍수지리상의 용어임. '청룡'은 주산(主山)에서 왼쪽으로 갈려 나간 산줄기를 말하고, '백호'는 주산에서 오른쪽으로 갈려 나간 산줄기를 말함.

101) 복룡혈(伏龍穴): 풍수지리에서, 용이 누워 있는 형태의 혈. '혈'은 지표면 중에서 생기가 특별히 많이 모인 지점으로서, 집터와 묏자리로 가장 이상적인 땅임.

102) 망월지형(望月之形): 풍수지리에서, 보름달 모양의 지형.

103) 옥녀탄금형(玉女彈琴形): 풍수지리에서, 옥같이 깨끗한 여자가 거문고를 타는 형국이라는 뜻으로, 산의 모양을 몇 가지로 나누어 부르는 이름의 하나.

104) 제융산: '계룡산(鷄龍山)'의 잘못인 듯함.

105) 굴룡쟁주(屈龍爭珠): 풍수지리에서, 구불구불한 용이 여의주를 다투는 형상의 혈(穴).

“글러하면 멀고 먼 ᄃᆡ 슈다인(數多人)니 먹고 가기 어려온니, 돈 ᄇᆡᆨ 양만 듸려라.”

돈 ᄇᆡᆨ 양 ᄂᆡ야쥰니 바다 가지고 축문(祝文) 지여 감고(敢告)[107]하고, ᄯᅥ날 마ᄃᆡ의 영이긔가〈ᄉᆞ〉(靈輀旣駕) 왕지유〈듀위〉ᄐᆡᆨ(往卽幽宅) ᄌᆡ진견예(載陳遣禮) 령결죵쳔(永訣終天)[108] 발힝하여 ᄯᅥ나간 후의 ᄯᅩ 한 통을 ᄲᅡ려할 졔, 놀보 아ᄂᆡ 일른 말리,

“졔발 덕분 타지 마쇼.”

놀보 홰(火)을 ᄂᆡ야 ᄭᅮ지져 욕을 하되,

“졔 어미 씹할 연. 죵도 모로고[109]. 모이라도 명당을 으〈어〉드면 쵸연픠(初年敗)[110]가 잇난니라. ᄀᆡ아들 졔집연니〈은〉 밀이 넙ᄶᅥ 말ᄒᆞ난니. 뒤을 ᄌᆞ시의 보면 포물의 뭇치리라[111] 잡말 말고 어셔 타ᄌᆞ.”

실근실근 툭 타 논니 ᄯᅳᆺ박긔 풍각(風角)ᄌᆡᆼ이[112] ᄭᅮ역ᄭᅮ역ᄭᅮ역 나오며 괴롭게 한니 의ᄉᆞ(意思)라, 전관(錢貫)[113]니나 쥬어 보ᄂᆡᆫ 후의 놀보가 어이읍셔,

“일죠(一朝)의 ᄌᆡ물을 잡놈의게 죤일 하고 후ᄉᆞ(後事)을 어이할이. ᄋᆡ기어멈 ᄂᆡ 말 듯쇼. 가ᄂᆡ(家內)가 요란한니 ᄂᆡ 어ᄃᆡ 가 귀경이나 하고 옴시.”

---

106) 성인문수: ‘선인무수(仙人舞袖)’의 잘못. 신선이 춤출 때 펄럭이는 소맷자락 같은 형상의 혈(穴).

107) 감고(敢告): ‘감소고우(敢昭告于)’의 준말. 축문에 쓰이는 용어로서, 죽은 사람의 밝은 명복을 고한다는 뜻.

108) 영이기가(靈輀旣駕) 왕즉유택(往卽幽宅) 재진견례(載陳遣禮) 영결종천(永訣終天): 영구(靈柩)가 떠날 때 음식을 진설하고 영결을 비는 축문. ‘혼백이 상여에 오른 후 곧 무덤으로 떠나가니 보내는 예를 모두 갖추어 베풀고 영원히 이별합니다’라는 뜻.

109) 종도 모로고: 자초지종(自初至終)도 모르고.

110) 초년패(初年敗): 처음에는 일이 잘못됨.

111) 포물의 뭇치리라: 보물이 그 속에 묻힐 정도로 많이 나올 것이라는 뜻.

112) 풍각(風角)쟁이: 시장이나 집을 돌아다니면서 노래를 부르거나 악기를 연주하며 돈을 얻으러 다니는 사람.

113) 전관(錢貫): 돈관. 엽전으로 한 관 안팎의 액수를 이르던 말. 혹은 몇 관으로 헤아릴 만한 얼마간의 돈.

"원 글리합쇼."

하직하고 ᄃᆡ문 박긔 넙써션니 보도 넌〈엿〉츌 안의 죠롱박 한 통 여러거늘, '이 통의 돈 양이나 드러시면 노ᄌᆞ(路資)나 하ᄌᆞ' 하고 싸 들고 반은ᄌᆞᆼ도(半銀粧刀)[114]로 질르랴 하며,

"형ᄀᆡ(荊軻)의 용슈검(龍水劒)은 역슈상(易水上)의 용검(龍劒)이요[115], 오국(吳國)의 촉노검(蜀鏤劒)[116]은 ᄃᆡ원슈(大元帥)하던 혈능제ᄌᆞ현지모[117] 걸고 간 칼ᄌᆞ루 보검(寶劍)이요, 평ᄉᆡᆼ의 일편심(一片心)은 ᄂᆡ의 칼이 보검이라."

숙 질너 타 논니 뜻박긔 외쵸란이[118] 썩 나셔며 목된[119] ᄌᆞᆼ고을 불이 나게 두달리며 담돌귀실 상모(象毛)[120]을 홰홰 둘이며,

"구름 갓튼 ᄃᆡᆨ의 신션(神仙) 갓턴 나그ᄂᆡ 왓쇼. 남산 고란[121] 눈순역 쌋고 슉키 쏭순역 갓턴 놈 도라왓쇼[122]. ᄀᆡ야 쾅쾅 짓지 마라. 흘너가는 물질라도 정화슈(井華水) 써밧쳐 녹코 ᄋᆡᆨ(厄)이나 막으시요. 절머 당동. 북관ᄉᆞ원당[123]으로 돈 ᄇᆡᆨ 양만 하렴(下斂)[124]하오."

---

114) 반은장도(半銀粧刀): 은을 전체 쇠붙이 양의 반쯤 되게 넣어 만든 장도.

115) 형가(荊軻)의 용수검(龍水劒)은 역수상(易水上)의 용검(龍劒)이요: '형가'는 전국시대 말기 위(衛)나라 사람으로 진시황이 통일제국을 건설하기 이전에 연(燕)나라 태자 단(丹)의 비밀 지령을 받고 진시황을 암살하려다 실패한 인물이다. 이때 형가가 사용한 칼이 '용수검'인지 확실치 않다. '역수'는 중국 하북성 역현(易縣)에 있는 강으로, 태자 단이 형가를 전송한 곳이다. 여기서는 놀보가 박을 자르기 위해 칼을 사용하려 하는 것과 관련하여 덧붙인 말이다.

116) 오국(吳國)의 촉루검(蜀鏤劒): 오나라 왕 부차(夫差)가 이 촉루검을 내려 오자서(伍子胥)로 하여금 자결하도록 했다고 전한다.

117) 혈능제자현지모: 미상.

118) 외초라니: 초라니. 음력 섣달그믐날 밤에 대궐에서 악귀와 사신(邪神)을 쫓아내기 위해 나례 의식을 거행하는 자였으나 후에 마을을 돌며 집집마다 들러 장구도 치고 '고사소리'를 부르며 동냥을 하는 놀이패로 변했다. 나중에는 '고사소리' 외에도 여러 가지 잡희를 벌이는 놀이패로 바뀌었다가 일제강점기로 접어들면서 없어졌다.

119) 목된: 미상이나, '목이 된'으로 보아 소리가 단단하고 빡빡한 정도의 뜻으로 볼 수 있음.

120) 담돌귀실 상모(象毛): 담돌구슬로 장식한 상모. '담돌'은 미상. '상모'는 벙거지 꼭대기에 길게 늘어뜨린 끈 끝에 단 술. 농악에서 상쇠·중쇠·종쇠라 하여 꽹과리를 치는 사람은 벙거지 꼭대기에 참대와 구슬을 장식하고 끝에 백로의 털로 상모를 달지만, 징·장구·북·소고 잡이들은 백로 털 대신 백지오리를 달았다.

121) 고란: '고라니'의 잘못.

122) 초라니패가 자신들을 높이기도 하고 낮추기도 하여 스스로 소개하는 상투적인 표현임.

123) 북관사원당: 미상. '원당(願堂)'은 소원을 빌기 위해 세운 집. 혹은 죽은 사람의 명복을 빌던

놀보놈 쵸란니 달리고 도로 들러간니 놀보 안ᄂᆡ 일른 말리,

"ᄂᆡ나 나간다던니 쵸란이난 어이 달이고 들러오오."

쵸란니 밧비 무엇 쥬어 보ᄂᆡᆫ 후의, '한 통이 남엇신니 어이할고.' 경긔 말(末)의 잇던니[125] 졔 ᄆᆡᆨ(脈)으로[126] 둥글둥글 궁글며 훌쩍 쒸던니 턱 벌러지며 호통쇼릐 진동하며 방포일셩(放砲一聲)이 '컹' 한 ᄌᆞᆼ슈(將帥) 나온다. 먹ᄌᆞᆼ[127] 얼골 골이눈[128]의 흑ᄎᆞᆼ마(黑驄馬)[129] 칩더 타고 ᄉᆞ모ᄌᆞᆼ창(蛇矛長槍)[130] 변뜻 들고 울릐 갓턴 큰 쇼릐을 쳔동갓치 뒤질르며[131],

"이놈 놀보야, 나도 기〈그〉 안니라 우리 형임 한슈정(漢壽亭)[132]도 여몽(呂蒙) 간계(奸計)[133] 죽엇기로 형의 원슈 갑푸랴고 ᄇᆡᆨ마(白馬) ᄇᆡᆨ긔(白旗) 거날이고 황셩(皇城)의 머무던니, 어후하의 환(患)[134]을 맛나 육이쳥산무고혼[135] 탁군(涿郡)[136] ᄯᅡ의 ᄌᆞᆼ비(張飛)[137]넌니, 옥황상제(玉

법당을 말함.

124) 하렴(下斂): 돈을 거두어 내려줌.

125) 경기 말(末)에 있더니: 박통들 중에서 제일 끝에 있더니의 뜻인 듯.

126) 제 맥(脈)으로: 제 힘으로.

127) 먹장: 먹의 조각. 또는 검은 장막의 비유. 시커멓다는 뜻임.

128) 고리눈: 동그랗고 커다란 눈. 주로 동물들의 눈 중에 눈동자 둘레에 흰 테가 둘린 눈을 말함.

129) 흑ᄎᆞᆼ마(黑驄馬): 몸은 청백색이고 갈기는 검은 빛이 나는, 중국 호북 지방에서 나던 좋은 말.

130) 사모장창(蛇矛長槍): 창끝이 뱀의 머리처럼 세모로 된 긴 창.

131) 뒤지르다: 마구 소리를 지르다.

132) 한수정(漢壽亭): '한수정후(漢壽亭侯)'의 잘못. '한수정후'는 중국 삼국시대 촉나라의 관우(關羽)가 위나라 조조(曹操)에게 의탁하고 있을 때 조조가 관우의 환심을 사기 위해 관우에게 내려준 작위.

133) 여몽(呂蒙) 간계(奸計): '여몽'은 중국 삼국시대 오(吳)나라 장수. 형주의 통치와 방어를 맡고 있었던 관우가 독자적으로 위나라 정벌에 나섰다가 여몽이 이끄는 오나라에 패하여 형주를 빼앗기고 관우 자신도 포로로 잡혀 죽었다 한다. 이때 여몽은 관우가 마음을 놓도록 하기 위해 병이 든 것처럼 속여 물러갔고, 무명의 육손(陸遜)이 그를 대신하게 했는데, 육손은 육구에 부임하여 관우의 무용(武勇)을 칭송하는 겸손한 내용의 편지를 보냈으며, 관우는 노련한 여몽은 경계했지만 젊고 무명인 육손에 대해서는 애송이라 여기고, 형주 병력의 태반을 거두어 번성을 공격하는 데 투입했다. 여몽은 형주의 병력이 취약한 틈을 타서 형주를 공격해 함락시켰다.

134) 어후하의 환(患): 미상. 장비가 부하들에게 죽은 일을 이르는 듯함.

135) 육이청산무고혼: 이를 유리청산무고혼(遊離靑山無故魂)이라 한다면 '청산을 떠돌아다니는 연고 없는 영혼'이라는 뜻임.

136) 탁군(涿郡): 중국 하북성에 있는 지명. 장비가 태어난 곳.

皇上帝) 날을 불너 인간의 놀보놈니 윤긔(倫紀)을 져발리고 동ᄉᆡᆼ 홍보 박ᄃᆡ(薄待)하며 살ᄒᆡ인ᄉᆡᆼ(殺害人生)[138] 괘심타고 날다려 ᄌᆞ버〈바〉오라기로, 상졔(上帝)의 명(命)을 밧어〈다〉 너 ᄌᆞ부러 왓건니와, 네가 호ᄉᆡᆨ(好色)하난 손[139]인 쥴 알건이와, 네 동ᄉᆡᆼ 양고비(楊貴妃)을 쳡(妾) ᄉᆞᆷ아썬니와, 너난 맛참 날을 맛나신니 아나 엿다 ᄂᆡ 비역[140]이나 하여라."

놀보놈 겁을 ᄂᆡ야,

"거 원 일니요?"

ᄌᆞᆼ비 눈을 불릅쓰고〈며〉 놀보 압페 곱살[141] 문우고 업치며,

"이놈 줄 먹어가며 한 보름만 하여라."

놀보 겁을 ᄂᆡ야 도망하다 ᄯᅩ ᄌᆞᆸ피여 ᄋᆡ걸하야 비난 말리,

"ᄌᆞᆼ군 덕분 ᄉᆞ러지다. 옛 일노 볼죽시면 남양(南陽)[142] ᄶᅡ 제갈공명(諸葛孔明) ᄆᆡᆼ학(孟獲)[143]의 축용부인(祝融夫人)[144] 칠ᄌᆞᆼ칠검(七縱七擒)[145]하야시며, 인후(仁厚)하신 관운ᄌᆞᆼ(關雲長)은 활룡도(華容道)[146] ᄌᆞᆸ

137) 장비(張飛): 중국 삼국시대 촉한(蜀漢)의 무장(武將). 자는 익덕(益德). 후한(後漢) 말엽에 유비(劉備)를 좇아 군사를 일으켰다. 조조(曹操)가 형주(荊州)를 차지하고, 유비가 장판(長坂)에서 패했을 때, 그가 기병을 이끌고 저항하자 조조의 군사들이 감히 접근하지 못했다고 한다. 나중에 유비를 따라 익주(益州)를 차지하고, 거기장군(車騎將軍)이 되었다. 당시 관우(關羽)와 더불어 '만인적(萬人敵)'으로 불렸다. 221년(장무章武 1)에 유비를 좇아 오(吳)나라를 공격하려 했는데, 출발할 즈음 부하장수의 칼에 찔려 살해되었다.

138) 살해인생(殺害人生): 제비 다리를 고의로 부러뜨린 일을 말하는 듯함.

139) 손: '사람'의 뜻.

140) 비역: 남자끼리 성교하듯이 하는 짓을 말함.

141) 곱살: 곱살이(꼽사리). 사람이 죽어 땅에 묻히게 되면, 그 시체 사이사이에는 구더기 같은 미세한 벌레들이 끼게 되는데 이를 칭하여 '곱살이'라 부른다.

142) 남양(南陽): 중국 하남성에 있는 현(縣). 제갈량이 벼슬길에 나가기 전에 이곳에서 살았음.

143) 맹획(孟獲): 맹획은 『삼국지연의』에서 중국 삼국시대 운남성 지방의 이민족인 남만(南蠻)의 대왕으로 나옴. 촉한에 대항해 반란을 일으켰다가 실패한 옹개의 잔당을 모아 제갈량(諸葛亮)에게 대항했으나, 제갈량에게 일곱 번 잡혔다가 일곱 번 풀려났으며 마지막에 생포되었을 때 귀순했다.

144) 축융부인(祝融夫人): 『삼국지연의』에서 맹획의 아내로 나옴. 대대로 남만에 살던 집안의 딸로 불의 신인 축융씨(祝融氏)의 후예로 알려져 있다. 남편 맹획이 제갈공명과의 싸움에서 어려움을 겪자 남편을 돕기 위해 출전했으나, 제갈공명이 보낸 조운(趙雲) 등에게 사로잡혔다.

145) 칠종칠금(七縱七擒): 『삼국지연의』에서 제갈량이 맹획을 사로잡은 고사에서 비롯된 것으로, '마음대로 잡았다 놓아주었다 함'을 비유하여 이르는 말.

146) 화용도(華容道): 『삼국지연의』에서 조조가 적벽대전에서 패하고 도망하다 관우를 만나 겨우

분 질의 귀 ᄌᆞ분 죠ᄆᆡᆼ덕(曹孟德)을 도로 노와 보ᄂᆡ씨며, 쵸나라 양ᄌᆞ(襄子)[147] 임군 지ᄇᆡᆨ지신(智伯之臣) 예양(豫讓)[148]이을 도ᄐᆡᆨ[149] 즁 잡엇ᄶᅡ가 의ᄉᆞ(義士)라고 노왓신니, ᄌᆞᆼ군임 덕의 쇼인(小人)을 도와쥬면 쇽전(贖錢)[150]으로 드리올리다."

ᄌᆞᆼ비 일른 말리,

"쇽전을 들일나거던 ᄇᆡᆨ 양만 드리라."

놀보놈니 겁을 ᄂᆡ야 가ᄃᆡ(家垈)[151] 기명(記名)으로 ᄇᆡᆨ 양 쇽전 드린 후의 ᄌᆞᆼ비가 하직하며 다시 불너 일른 말리,

"ᄒᆡᄌᆞ[152]을 만니 하야씬니 셥셥한ᄃᆡ, ᄌᆞᆫ〈전〉ᄉᆞᆼ(餞送)[153] 비역으로 한 변만 하여라."

죽음을 모면한 곳으로, 중국 호북성 감리현 서북쪽의 화용현으로 통하는 길 이름.

147) 초나라 양자(襄子): '진나라 양자'의 잘못. 조양자(趙襄子)를 말함. 중국 춘추시대 진(晉)나라의 육경(六卿) 중 한 사람. 따라서 초나라가 아닌 진나라여야 함.

148) 지백지신(智伯之臣) 예양(豫讓): '지백'의 신하 '예양'. 중국 춘추시대 말기, 진(晉)나라의 왕권이 흔들리면서 공경(公卿)들의 세력다툼이 벌어졌다. 그중 실권자였던 지백(智伯)이 패권 다툼에서 한(韓), 위(魏) 양가가 모반하는 바람에 조양자(趙襄子)에게 죽임을 당했다. 예양은 진나라의 또다른 육경 집안인 범씨(范氏)와 중항씨(中行氏)에게는 대우를 받지 못했으나, 나중에 지백으로부터 국사(國士)로서의 대접을 받은 바 있다. 예양은 조양자가 지백을 죽인 후 그의 머리뼈에 옻칠을 하여 술 따르는 그릇으로 썼다는 소식을 듣고 분개해 기어코 그의 원수를 갚기로 결심했다. 예양은 미장이로 변장하고 궁중공사에 끼어들어갔다. 어느 날 조양자가 변소에 들어가는 것을 보고 몰래 찔러 죽이려다가 실패하여 붙잡혔다. 이에 조양자가 그 이유를 묻자, "지백은 나를 국사로 대접했으니, 나도 국사로서 보답하기 위함이다"라고 대답했다. 조양자는 그를 충신이라 하여 훈방했다. 그러나 예양은 포기하지 않고, 이번에는 몸에 옻칠을 하여(漆身) 문둥이처럼 하고, 숯을 삼켜(呑炭) 벙어리처럼 하고는 걸식하면서 기회를 엿보았다. 어느 날 다리 밑에 숨어서 마침 그곳을 지나는 조양자를 죽이려고 했다. 그런데 조양자가 탄 말이 다리 앞에 못 미쳐서부터 움직이지 않고 버티자, 이를 이상히 여겨 주변을 조사하는 바람에 발각되고 말았다. 조양자는 이제 더이상 용서할 수 없다며 예양을 죽이라 명했다. 그러자 예양은 마지막 소원이라며 조양자의 옷을 빌려달라고 했다. 옷을 건네받은 예양은 가슴 속에서 비수를 꺼내어 그 옷에 세 번 칼질을 하고, "지백 어른, 이제야 원수를 갚았습니다"라고 하늘을 우러러 외친 다음 그 비수로 자결했다.

149) 도택: '도탄(塗呑)'의 잘못. '도탄'은 진나라 예양이 지백의 원수를 갚기 위해 비수를 품고 조양자의 궁 뒷간의 벽을 바르고, 숯을 삼켜 목을 쉬게 하는 변장을 한 일을 말함.

150) 속전(贖錢): 죄를 면하기 위해 바치는 돈.

151) 가대(家垈): 집터와 그에 딸린 논밭, 산림 따위를 통틀어 이르는 말.

152) 해자: 특별히 한 일 없이 공짜로 한턱 잘 얻어먹는 일. 서울 각 관아에 하인이나 구실아치가 새로 들어오면 전부터 있던 사람들에게 한턱내던 일.

153) 전송(餞送): 서운하여 잔치를 베풀고 작별하여 보냄.

놀보 일른 말ᄅᆡ,

"안니 셥셥하오."

"이놈 쎡 못할다?"

"과연 놉파 못하것 못하것쇼[154]."

"ᄉᆡ달리 노코 하라[155]."

놀보놈니 원 간 큰 놈이라 치여다보던니,

"ᄋᆡ고 여보 그 비역[156] ᄉᆡ이 ᄶᅵ이면 곰ᄶᆞᆨ달ᄉᆞᆨ 못하것쇼. ᄊᆞᆯᄌᆞᆼ서단[157]니로다."

놀보 겁이 엇지 낫던지, 눈시울리 발ᄭᅳᆫ 뒤집어져 눈을 ᄭᆞᆷᄶᆞᆨ이덜〈들〉 못하고, 놀보 얼인 ᄌᆞ식덜〈들〉이 눈을 보던니 ᄌᆞ물씨고[158], ᄀᆡ가 치야다보던니 쇼ᄅᆡ을 버럭 질르고 잡바져 ᄯᆞᆼ을 벌억벌억벌억 ᄊᆞ난고나.

놀보 제집 일른 말ᄅᆡ,

"만ᄌᆞᆼ녹(萬鍾祿)[159]도 실ᄊᆞ옵고 ᄇᆡ고파 쥭거엿ᄂᆡ 박쇽이나 ᄭᅳᆯ려 먹ᄌᆞ."

하고 하고만한 박쇽 즁의 쵸란니 ᄂᆞ온 박을 ᄭᅳᆯ물 젹의 놀보 ᄯᆞᆯ리 맛보던니,

"어만임 어만임, 이 국을 맛셜 본니 나도 절마 당동."

"거 문슌 말인야?"

놀보 아ᄂᆡ 맛보던니,

"ᄋᆡ기아번임 ᄋᆡ기아버임, 이 국의 맛셜 본니 나도 절마 당동."

놀보 역시 맛보던니,

---

154) 못하것 못하것쇼: '못하것'의 중복으로 보임.

155) [교감] 놀보가 사다리 타고 장비의 등에 올라가는 장면이 경판본 『홍부전』에서 발견됨. 다만 경판본에서는 비역에 대한 언급은 없음.

156) 비역: '비역살'을 말함. '비역살'은 궁둥이 쪽의 사타구니살.

157) 쌀장서단: 쌀로 치면 열세 단이라는 뜻인 듯함. 그만큼 무겁다는 뜻.

158) 자물씨다: '까무러치다'의 방언.

159) 만종록(萬鍾祿): 아주 많은 녹봉(祿俸).

"맛시사 죠타만는 나도 졀마 당동."

뭇당동이 덤벙일 졔, 동ᄂᆡ 골ᄉᆡᆼ원(骨生員)[160]이 쳘빈(鐵貧)[161]니 지ᄂᆡ던니, 연일불식(連日不食) 쥬리다가 다 ᄯᅥ러진 말관[162] 씨고 우연니 도라오며 느짓한 목을 ᄂᆡ여 호령하며 일른 말리,

"아모리 상것덜인들 양반의 이웃의셔 그 무슌 쇼리인야?"

놀보 일른 말리,

"ᄉᆡᆫ임 니 국 좀 맛셜 보오. 당동 쇼리 나오."

"이놈 양반도 당동 쇼리 날가."

한 박으로 ᄯᅥ 들고 홀쪽 마시던니 당동 쇼리 북밧친니 풍월(風月) 노ᄅᆡ을 펴,

"ᄎᆞ가(此家) 박국을 일포식(一飽食)한니 당동지셩이 구ᄌᆞ츄(介子推)[163]오. 당동당동지당동한니 우의 나도 접(接)당동[164]."

일리할 졔, 쳔도(天道)의 도슐(道術)노 놀보 셰간 탕진(蕩盡)하니, 일런 일노 볼지라도 의(義)을 부ᄃᆡ ᄉᆡᆼ각하쇼. 그 뒤야 ᄂᆔ 알니. 언셩불츌(言聲不出)ᄒᆞᆫ니 그만 져만[165].

---

160) 골생원(骨生員): 옹졸하고 고루한 사람을 속되게 이르는 말.

161) 철빈(鐵貧): 더할 수 없이 가난함. 또는 그런 가난.

162) 말관: 정자관(程子冠)과 같이 말총으로 만든 것으로서 뿔이나 층도 없이 밋밋하게 올라가서 꼭대기를 네모나게 막은 관.

163) 개자추(介子推): 중국 춘추시대의 은인(隱人). 진(晉)나라 문공(文公)이 공자(公子)일 때 19년 동안 함께 망명 생활을 하며 고생했다. 문공이 공자 시절 배고파 걸음도 제대로 걷지 못했을 때 개자추는 자신의 허벅살을 떼어 국을 끓여 문공에게 바친 바 있다. 여기서는 국을 끓였다는 유사점으로 인해 언급되었을 뿐이다.

164) 차가(此家) 박국을~나도 접(接)당동: 이 집 박국을 배불리 먹으니 당동 소리가 어찌 내게도 옮았는가라는 뜻.

165) 그만 저만: 이제 끝내겠다는 뜻. 판소리를 끝낼 때 하는 '더질더질'과 같은 역할을 하고 있음.

| 원본 |

흥보가

심술궂은 놀보에게 쫓겨나는 흥보

안의리[1)]

아동방(我東邦)[2)]이 군자지국(君子之國)[3)]이요 예의지방(禮儀之邦)이라, 십실지읍(十室之邑)[4)]에도 충신(忠臣)이 있었고 칠세지아(七歲之兒)도 효제(孝悌)[5)]를 일삼으니 무슨 불량(不良)한 사람이 있으리요마는, 요순세상(堯舜世上)에도 사흉(四凶)[6)]이 있었으며 공자님(孔子任) 당년(當年)에도

1) 안의리: 보통 '아니리'이며 순우리말임. 판소리에서 창을 하는 중간 중간에 가락을 붙이지 않고 이야기하듯 엮어나가는 사설. [교감] 본래 원문에는 '안의리(案意裏)'의 형태로 한자가 병기되어 있으나 본 주석본에서는 한자어를 뺐다. 이하 마찬가지이다.

2) 아동방(我東邦): 동쪽의 우리나라. 중국을 중심으로 하여 발해의 동쪽에 있다고 하여, 우리나라를 가리켜 부른 이름.

3) 군자지국(君子之國): 군자의 나라. 중국은 문화가 발달하여 예로부터 스스로 세계의 중심인 중화(中華)로 자처하고 다른 민족을 야만(野蠻)으로 보았으나, 그중 한국만은 문화가 발달하고 도덕과 예의가 있는 나라라 하여 동방예의지국이니, 군자지국(君子之國)이니 하고 불렀다.

4) 십실지읍(十室之邑): 집이 열 채밖에 안 될 듯한 작은 고을.

5) 효제(孝悌): 부모에게 효도하고 형제와 서로 우애 있게 지냄.

6) 사흉(四凶): 중국 요임금과 순임금 때 나라를 해치던 흉악한 죄인인 공공(共工)·환두(驩兜)·삼묘(三苗)·곤(鯀) 네 사람. 『서경』「순전舜傳」에 따르면, 공공은 북쪽의 유주로 귀양을 보내고, 환두는 남쪽의 숭산으로 내쫓아서 가두고, 삼묘의 무리들은 서쪽의 삼위로 쫓아내고, 우임금의 아버지인 곤은 동쪽의 우산에 가두어 죽게 했다고 함.

도척(盜跖)[7]이 있었으니 아마도 일종(一種) 여기(癘氣)[8]를 어찌할 수 없는 법(法)이었다. 그때에 경상(慶尙) 전라(全羅) 충청(忠淸) 삼도(三道) 월품[9]에 사는 박가(朴哥) 두 사람이 있었는디, 놀보는 형(兄)이요 흥보(興甫)는 아우인데 동부동모(同父同母)의 소생(所生)이되 성정(性情)은 아주 달라 풍마우지불상급(風馬牛之不相及)[10]이라, 사람마다 오장(五臟)이 육부(六腑)[11]로되 놀보는 오장(五臟)이 칠부(七腑)든 것이었다. 어찌하여 칠부인고 하니, 심술보[12] 하나가 왼편 갈비 밑에가 장기궁(將棋宮)짝만 하게 또두록하게 병부(兵符)[13] 주머니를 찬 듯이 딱 달리어서 백사(百事)를 일망무제(一望無際)[14]로 나오는데, 심술이 이렇게 나오것다.

자진모리(평우성・계면이 섞임)

대장군방(大將軍方) 벌목(伐木)허고[15] 오귀방(五鬼方)에 이사(移徙) 권(勸)키[16], 잠사각(蠶絲角)[17]에 집 짓게 허기, 호박에 말뚝박기, 초상(初

7) 도척(盜跖): 중국 춘추시대의 큰 도적인 유척(柳跖). 현인(賢人) 유하혜(柳下惠)의 아우로, 수천 명을 거느리고 천하를 횡행했다 한다. 대체로 악인을 대표하는 이로 거론된다.

8) 여기(癘氣): 못된 돌림병을 일으키는 기운.

9) 월품: '얼품'의 오기. '얼품'은 '어름'의 방언. 구역과 구역의 경계점.

10) 풍마우지불상급(風馬牛之不相及): 서로 멀리 떨어져 있거나 관계가 없음을 가리키는 말. 여기서는 성정이 아주 다름을 강조하기 위해 쓰인 말임.

11) 오장육부(五臟六腑): '내장'을 통틀어 이르는 말. '오장'은 다섯 가지 내장, 곧 간장・심장・폐장・신장・비장을 가리키며, '육부'는 대장・소장・위・쓸개・방광・삼초(三焦)를 가리킨다.

12) 심술보: 심술이 잔뜩 쌓인 마음. 또는 그런 사람을 이르는 말.

13) 병부(兵符): '발병부(發兵符)'의 준말. 옛날 군대를 동원할 때 쓴 표지. 지름 7센티미터, 두께 1센티미터가량의 동글납작하고 곱게 다듬은 나무쪽의 한 면(面) 복판에 '발병(發兵)'이라는 두 글자를 새기고, 다른 한 면에 해당 관찰사(觀察使)・절제사(節制使) 등의 칭호를 새겨 한가운데를 쪼개어, 반쪽의 오른쪽은 현지(現地) 병권(兵權)을 쥔 자가, 왼쪽은 왕이 보관했다. 왕이 군대를 동원할 필요가 있을 때 반쪽과 교서(敎書)를 내려보내면, 현지 책임자는 반쪽을 맞춰보고 군대를 동원했다. 그러나 국가적으로 위험한 사태, 난리, 도적을 잡을 때 등의 경우에는 먼저 발병한 뒤 왕에게 알렸다

14) 일망무제(一望無際): 한눈에 다 볼 수 없도록 아득하게 멀고 넓어서 끝이 없음. 여기서는 놀보가 매사를 자기 마음대로 한다는 것을 표현하기 위한 말임.

15) 대장군방(大將軍方) 벌목(伐木)허고: '대장군방'은 음양론상 길하거나 흉한 방위를 맡은 여덟 장신 가운데 흉한 방위를 맡은 장신의 하나인 대장군신이 맡은 방위. 이 방위에서 나무를 베면 해를 입는다고 한다.

16) 오귀방(五鬼方)에 이사(移徙) 권(勸)키: '오귀방'은 열두 방위를 해, 달, 날짜, 시간에 따라 금,

喪) 난 데 춤추기, 불난 디 부채질과 야장(夜葬)하는 디 외장치기[18], 새 초빈(草殯)[19]에다 불 지르기, 동리 과수(寡守) 모함(謀陷)허고 혼인(婚姻) 발[20] 바람 넣고 시앗싸움에 부동(符同)하기[21], 외상 술값 억지 쓰고 술 먹으면 후욕(詬辱)[22]하고 잠든 놈께 뜸질[23], 똥누는 놈 주잖치기, 우는 아희 집어뜯고 배앓이 난 놈 살구 주고[24] 꼽사동이 뒤집어 놓고 앉은 뱅이 택견[25], 좋은 망건(網巾)편자 끊고[26] 새 갓 보면 땀대 떼고[27] 원로하인(遠路下人) 노비(路費) 도적, 급주군(急走軍) 잡고 실갱이질[28], 관차사(官差使)[29] 전령(傳令) 도적 고단(孤單)한 놈 해담(害談)하기[30], 질 가는 과객(過客) 양반 재울 듯이 붙들었다 해 곧 지면 내어쫓고, 초라니 보면 딴낮 짓고[31] 거사 보면 소고(小鼓) 도적[32], 의원(醫員) 보면

목, 수, 화, 토의 오행으로 나눈 가운데서 자연의 순리가 상극하여 역행하는 가장 나쁜 방위. 이 방위로 가면 모든 일이 잘되지 않는다고 한다.

17) 잠사각(蠶絲角): 풍수지리에서 집을 지으면 망한다는 곳.

18) 야장(夜葬)하는 디 외장치기: 밤을 이용하여 남몰래 지내는 장례에 가서 큰 소리로 마구 떠드는 일.

19) 초빈(草殯): 장례 기간이 길 경우 빈소와 시신 안치 장소를 분리하는데 이때 시신이 안치되는 곳.

20) 혼인(婚姻)발: 혼인이 잘될 듯한 분위기.

21) 시앗싸움에 부동(符同)하기: '시앗'은 '남편의 첩'을 본처가 일컫는 말. 시앗싸움에 줏대 없이 남의 의견을 좇아 덩달아 같이 행동하는 일.

22) 후욕(詬辱): 꾸짖어서 욕설을 퍼부음.

23) 잠든 놈께 뜸질: 잠든 사람에게 '뜸질', 곧 약쑥을 비벼서 살의 혈(穴)에 놓고 불을 붙여 태워 그 뜨거운 기운이 살 속에 스며들게 하는 일.

24) 배앓이 난 놈 살구 주고: 살구는 약재로 쓰이기는 하나 과육 자체는 배탈이 나기 쉬움. 이 점을 고려한 심술궂은 행위임.

25) 택견: 우리나라 고유의 맨손 무예. 주로 발로 차거나 걸어서 상대방을 쓰러뜨리는 것으로 승부를 내지만 상대방 얼굴을 차는 것으로도 이기게 된다.

26) 좋은 망건(網巾) 편자 끊고: '망건'은 상투 있는 사람이 머리털이 흘어지지 않도록 하기 위해 말총, 곱소리 또는 머리카락 등으로 그물처럼 만들어 머리에 두르는 물건임. '편자'는 망건을 졸라매기 위해 망건의 아랫당줄에 붙이는 띠이므로 이것을 끊으면 망건이 풀어져 머리털이 흩어짐.

27) 땀대 떼고: 땀때 떼고. 한 땀 한 땀 곱게 얽어놓은 갓의 올을 뜯어놓고.

28) 급주군(急走軍) 잡고 실갱이질: '급주군'은 각 역에 배치되어, 걸어서 급한 심부름을 하던 사령. 이러한 사람을 잡고 이런저런 수작을 부리는 일은 지나친 장난임.

29) 관차사(官差使): 관아에서 중요한 일로 보내던 아전, 사령 따위.

30) 고단(孤單)한 놈 해담(害談)하기: 외롭게 사는 사람의 흠을 내어 그를 해롭게 하는 말을 하는 일.

31) 초라니 보면 딴낮 짓고: '초라니'는 붉은 저고리에 푸른 치마를 입고 긴 대의 깃발을 가지고 다니던 조선 후기 유랑 연예인. 이들을 보면서 추파를 던진다는 말임.

침(鍼) 도적질, 궁반(窮班) 보면 관(冠)을 찢고 제주병(祭酒甁[33])에 개똥 넣고 소리헐 제 (잔말)잔소리하기, 풍류(風流)헐 제 나팔 불기[34], 날이 새면 행악(行惡)질, 이놈의 심술이 이러허니, 삼강(三綱)을 아느냐 오륜(五倫)을 아느냐, 삼강을 모르고 오륜을 모르니 굳기가 돌덩이요 욕심(慾心)이 족제비라[35], 네모진 송곳(소로小櫨)으로 앞이마를 비비어도 진물 한 점 아니 나고 대장아치 불집게로 불알을 꽉 집어도 눈도 깜짝 아니한 놈, 일천하(一天下)에 놀보라 하겠다.

안의리

놀보는 이렇게 모진 놈이었으나 흥보(興甫)의 마음씨는 저의 형 놀보와 아주 달라 모든 일에 선심(善心)으로만 행하는듸,

평중머리(계면)

부모님전(父母任前)의 효도(孝道)하고, 어른에게 공경(恭敬)하고, 친구(親舊)에게 신의(信義) 있고, 인리(隣里)에 화목(和睦)허고, 이웃집의 굶주린 사람 먹던 밥을 덜어 주고, 엄동(嚴冬)에 병(病)든 사람 입었던 의복(衣服) 벗어주기, 노인(老人)이 짊어진 짐 자청(自請)허여 져다 주고, 장마 때 큰물가에 삯 안 받고 월천(越川)하기, 질에 보물(寶物) 빠졌으면 지켜 섰다 임자 주고, 청산(青山)에 백골(白骨) 보면 깊이깊이 파고 묻어주며, 수절과부(守節寡婦) 보(褓)쌈[36]허면 쫓아가서 빼아놓기, 어진

---

32) 거사 보면 소고(小鼓) 도적: '거사'는 본래는 집에 있으면서 불도를 닦는 자였으나 점차 유랑생활을 하게 되었다. 조선 후기에는 주 구성원이 여자인 사당패의 각 사당과 짝이 되어 함께 활동했다. 소고는 사당패들이 치는 조그마한 북인데, 이것을 훔친다는 것은 그들의 생업에 지장을 주는 일이라 할 수 있다.

33) 제주병(祭酒甁): 제사 지낼 술을 담아놓은 술병.

34) 풍류(風流)헐 제 나팔 불기: '풍류'는 전통 실내 관현악의 하나인데, 여기서 나팔을 불어 연주에 집중하지 못하게 하는 일.

35) 욕심(慾心)이 족제비라: 족제비는 욕심이 많아 여기저기 많은 곳을 돌아다니며 먹을 것을 다 잡아먹음은 물론, 특히 밤에 나타나 닥치는 대로 병아리 등의 목을 물어 죽이고 사라진다고 한다. 족제비 욕심이라는 말은 탐욕이 매우 강한 것을 이르는 말이다.

사람 모함(謀陷) 보면 대(代)로 나서 발명(發明)[37]하고, 애잔한 사람 횡액(橫厄) 보면 달려들어 구원(救援)허기, 길 잃은 어린아이 저의 부모(父母)를 찾아주기, 계칩불살(啓蟄不殺)[38] 방장부절(方長不折)[39] 남의 일만 하느라고 한 푼도 못 버니 놀보놈 오죽 미워하리.

안의리

하루는 놀보놈이 아우 흥보를 불러, "흥보야 네 듣거라. 사람이라 하는 것이 믿는 데가 있으면 아무 일도 안 되는 법이다. 너도 나이 장성(長成)하야 계집 자식(子息) 있는 놈이 사람 생애(生涯) 어려운 줄 조금도 모르고 나 하나만 믿고 유의유식(遊衣遊食)하는 거동(擧動) 보기 싫어 못 보것다. 부모의 세간살이 아무리 많아도 장손(長孫)의 차지인데 하물며 이 세간은 나 혼자 작만(作滿)했으니 네게는 부당(不當)이라. 네놈 줄 것은 없고 오늘은 네 처자(妻子)를 데리고 곧 떠나거라. 만일(萬一) 지체(遲滯)하여서는 살육지환(殺戮之患)이 날 것이니[40] 어서 급(急)히 나가거라. 잔말하여서는 해골을 부스리라." 뜻밖에 흥보가 이런 눈 빠질 말을 듣고 보니 정신이 캄캄하여,

중머리(단계성, 안의리로도 한다)

"비나이다 비나이다 형님전(兄任前)에 비나이다. 형제(兄弟)는 일신(一身)이라, 한편(片) 짝을 떼어 베면 둘 다 병신(病身)이 될 것이니, 외어기모(外禦其侮)를 어이하리[41]. 동생신세(同生身勢) 고사(姑捨)하고 젊은

---

36) 보(褓)쌈: 조선시대 일부 상류층에 있었던 약탈혼(掠奪婚)의 성격을 띤 풍습. 과부재가금지와, 재가에 대한 죄를 자손까지 미치도록 국법으로 정한 데서 생긴 풍습이다.

37) 발명(發明): 죄가 없음을 변명함.

38) 계칩불살(啓蟄不殺): 동면하던 벌레가 봄철을 맞아 나와 움직이는 것을 죽이지 않음.

39) 방장부절(方長不折): 한창 자라는 초목을 꺾지 않음. 앞길이 유망한 사람이나 사업에 대해 헤살을 놓지 않음을 이르는 말.

40) 살육지환(殺戮之患)이 날 것이니: 지체하거나 나가지 않으면 죽이는 수가 있으니.

41) 외어기모(外禦其侮)를 어이하리: 외부로부터 그 모욕됨을 어떻게 막을 수 있겠는가.

아내 어린 자식 무엇 먹여 살리리까. 장공예(張公藝)[42]는 어이하야 구세동거(九世同居)[43]하였더이까. 척령(鶺鴒)[44]은 짐승이나 금란지의(金蘭之誼)[45]를 알았으며, 상체(常棣)[46]는 꽃이로되 담락지정(湛樂之情)[47] 품었으니 형님(兄任) 어찌 모르시오. 오륜지의(五倫之義)를 생각하여 십분통촉(十分洞燭)하옵소서."

안의리

놀보가 말을 듣고 분(憤)이 상투 끝까지 치밀어 야단(惹端)이 났구나. "아버지 계실 적에 나는 큰아들이라고 언제나 일만 시키고 너는 작은 아들이라고 글공부만 시키더니 너 매우 유식(有識)하다."

진양(평우조·엄우성 섞임)

"당태종(唐太宗)은 성주(聖主)로되 천하(天下)를 다투어 그 동생(同生)을 죽였으며[48], 조비(曹丕)[49]는 영웅(英雄)이나 재조(才操)를 시기(猜忌)하야 그 아우를 죽이려 했으니, 나 같은 초야농부(草野農夫)[50]가 우애

42) 장공예(張公藝): 장공예는 중국 당나라 때 사람으로 구대(九代)가 동거했다고 함. 당시 당고종이 그에게 동족끼리 화목한 이유를 물으니, 참을 인자(忍字) 100여 개를 써서 바쳤다고 함. 고종이 이를 칭찬하고 비단 100필을 하사했다고 함.

43) 구세동거(九世同居): 구대(九代)가 한집에서 산다는 뜻으로, 집안이 화목함을 이르는 말.

44) 척령(鶺鴒): 할미새. 형제간의 의가 좋다고 함.

45) 금란지의(金蘭之誼): 금란지교(金蘭之交). 두 사람이 마음을 같이하면 그 예리함이 쇠도 끊을 수 있고, 마음을 같이해서 하는 말은 그 향기가 난초와 같다는 뜻(『주역周易』).

46) 상체(常棣): 산앵두나무. 여러 개의 꽃이 서로 모여 아름다우므로 형제가 서로 화합하고 정을 나누는 아름다움을 이에 비유함.

47) 담락지정(湛樂之情): 오랫동안 즐거워한 정.

48) 당태종(唐太宗)은 성주(聖主)로되 천하(天下)를 다투어 그 동생(同生)을 죽였으며: 당태종은 중국 당(唐)나라 제2대 황제로 당나라를 수립하고 군웅을 평정하여 통일을 이루었다. 그러나 그를 시기한 황태자 건성(建成), 동생 원길(元吉)과 다투었으며, 마침내 두 사람을 죽이고 626년 아버지의 양위(讓位)를 받아 즉위했다고 한다. 놀보는 이 사건을 떠올리게 하여 홍보를 쫓아내는 일이 당연한 것이라는 근거로 삼고 있다. 하지만 문맥과 직접적인 관련을 지니는 것은 아니다.

49) 조비(曹丕): 중국 삼국시대 위(魏)나라의 초대 황제. 조조(曹操)의 장남으로, 220년 후한의 헌무제를 폐하고 낙양에 도읍, 오(吳)를 쳤으나 실패했다. 그가 동생 조식(曹植)으로 하여금 일곱 걸음을 걷는 동안 시를 짓지 못하면 죽음을 당할 것이라고 한 「칠보시七步詩」 사건은 유명하다.

지정(友愛之情)을 알겠느냐. 잔말 말고 떠나거라." (흥보가 할일없이 떠나는듸)

중머리(중간에는 진계면)

흥보가 기가 막혀 나가란 말을 듣더니마는, "아이고 여보시오, 형님. 동생을 나가라 허니 어느 곳으로 가오리까, 갈 곳이나 일러주오. 이 엄동설한풍(嚴冬雪寒風)에 어느 곳을 가면 살 뜻허오. 지리산으로 가오리까, 백이숙제(伯夷叔齊)[51] 주려 죽던 수양산(首陽山)[52]으로 가오리까", "이놈 내가 너를 갈 곳까지 일러주랴. 잔소리 말고 나가거라." 흥보가 기가 막혀 안으로 들어가며, "아이고 여보 마누라. 형님이 나가라고 허니 어느 영(令)이라 거역하며 어느 말씀이라 안 가겠소. 자식들을 챙겨보오. 큰자식아 어데 갔냐 둘째놈아 이리 오너라." 이삿짐을 챙겨지고 놀보 앞에 가 늘어서서, "형님 갑니다. 부디 안녕히 계옵시오", "오냐 잘 가거라." 울며불며 나가는듸, 서산(西山)에 해는 떨어지고 월출동령(月出東嶺) 달 솟는다. "아이고 아이고 내 신세야. 부모님이 살아생전에는 늬 것 내 것이 다툼 업시 평생에 호의호식(好衣好食) 먹고 입고 쓰고 남고 쓰고 먹고 입고 남아 세상분별(世上分別)[53]을 내가 모르더니마는, 흥보놈의 신세가 일조(一朝)에 이리 될 줄을 귀신인들 알겠느냐. 여보소 마누라 어느 곳으로 갈까? 아서라, 산중(山中)으로 가자. 전라도

50) 초야농부(草野農夫): 시골구석에 사는 농부. 앞서 거론한 영웅들이 그럴 정도이니 시골에 사는 놀보 자신이 동생을 쫓아내는 것은 문제가 되지 않음을 말하고자 함.

51) 백이숙제(伯夷叔齊): 백이와 숙제는 은(殷)나라 고죽군(孤竹君)의 아들 형제. 주무왕(周武王)이 은나라를 치려고 하자 아버지 장례도 치르지 않은 상태에서 전쟁을 하는 것은 효가 아니며, 신하로서 임금을 살해하는 것은 옳은 행동이 아니라고 간곡히 말렸다. 그러나 무왕은 실행했다. 이에 백이와 숙제는 주나라 곡식 먹는 것을 부끄럽게 여겨 수양산에 은거하며 고사리를 먹고 살다가 결국 굶어 죽었다고 한다.

52) 수양산(首陽山): 중국 산서성에 있는 산으로 백이·숙제가 굶어 죽었다고 알려진 곳. "백이·숙제 주려 죽던 수양산으로 가오리까"라는 말은, 흥보가 엄동설한에 자신을 내치는 형에게 이것이 너무 심한 행위가 아니냐고 둘러 한 말임.

53) 세상분별(世上分別): 경험이나 식견 따위로 세상일을 따지는 능력. 흥보가 평소에 호의호식하여 세상 물정을 잘 알지 못했다는 말임.

는 지리산, 경상도는 태백산, 산중에 가 살자러니 백물(百物)이 귀(貴)하여 살 수 없고, 아서라 도방[54]으로 가자. 일원산(一元山) 이강경(二江景)이 삼포주(三抱州) 사법성리(四法聖里)[55] 도방에 가 살자 허니 비린내 속이 상(傷)할 터요[56]. 아서라 서울로 가자. 서울 가서 살자 허니 경어(京語)를 모르니 따귀만 맞고 충청도 가 살자 허니 양반들이 억시어 살 수가 없으니 어느 곳으로 가면 살 듯허오?"

안의리

풀밭에서 잠을 자고 풍찬노숙(風餐路宿) 유리걸식(遊離乞食)[57] 지낼 제, 일이년(一二年) 넘어가니 빌어먹기 수가 났것다. 읍내(邑內)로 들어가면 객사(客舍)[58]나 사정(射亭)[59]에나 좌기(坐起)[60]허고 외촌(外村)에를 갈 양이면 물방아집이든지 당산정자(堂山亭子)[61] 밑에 숙소가 제일인데 흥보 내외분이 금슬이 좋아서 얼른 하면 아기를 잉태(孕胎)하여 낳고 또 곧 입태(入胎)하여 낳으니 자식들을 청어두름 엮듯이[62] 새끼로 매어 즐비(櫛比)하것다.

54) 도방: 길가(道傍), 곧 사람들의 왕래가 많은 곳. 혹은 도방(都房) 곧 마을 사람들이 모이는 집.

55) 일원산(一元山) 이강경(二江景)이 삼포주(三抱州) 사법성리(四法聖里): 첫째는 원산(미상), 둘째는 강경(충남 논산 소재), 셋째는 포주(미상), 넷째는 법성리(전남 영광 법성포).

56) 비린내 속이 상(傷)할 터요: 앞서 거론한 네 곳이 바닷가이거나 시장이 있는 곳이라 비린내가 심할 것이라는 말임.

57) 풍찬노숙(風餐路宿) 유리걸식(遊離乞食): 바람과 이슬을 무릅쓰고 한데서 먹고 자며, 이리저리 떠돌아다니며 남에게서 빌어먹음.

58) 객사(客舍): 고려와 조선 때, 각 고을에서 궐패를 모셔두고 왕명을 받들어 내려오는 벼슬아치를 묵게 하던 집.

59) 사정(射亭): 한량들이 모여 활을 쏘는 활터의 정자.

60) 좌기(坐起): 관아의 으뜸 벼슬에 있던 이가 출근하여 일을 시작함. 여기서는 흥보 가족이 하룻밤 자고 아침에 일어난다는 정도의 뜻으로 쓰인 듯함.

61) 당산정자(堂山亭子): 곳에 따라 부락 가까이의 산이나 언덕, 나무, 바위 등이 그 대상이 되는, 토지나 부락의 수호신이 있다고 이르는 곳에 있는 정자.

62) 청어두름 엮듯이: 어떤 것을 연이어 묶는다는 뜻으로, 여기서는 흥보 자식들이 그렇게 묶을 정도로 많다는 뜻임. 두름은 물고기를 짚으로 한 줄에 열 마리씩 두 줄로 엮은 것.

중중머리(계면·홍나게)

한 곳을 당도허니 촌명(村名)은 복덕(福德)[63]인데 인심(人心)은 순후(淳厚)하다. 빈 집 한 칸 서 있거늘, 잠시(暫時) 주접[64]허여 살 제, 문 밖에 세우(細雨) 오면 방 안은 큰 비 오고, 부엌에 불을 때면 천정은 굴뚝이요, 흙 떨어진 욋대궁기[65] 바람은 살(矢) 쏜 듯이 들이불고, 틀만 남은 헌 문(門)짝 멍석으로 창호(窓戶)하고[66], 방(房)에 반듯 드러누워 가만히 망견(望見)[67]하면 천정(天井)은 개천도(開天圖)요[68], 이십팔수(二十八宿)[69]를 세어본다.

안의리

이렇게 곤란(困難)이 자심(滋甚)헐 제, 철모르는 자식들은 음식(飮食) 노래로 조르난데, 떡 달라는 놈 밥 달라는 놈 엿을 사달라는 놈 각심각청(各心各請)[70]으로 조를 적에, 홍보 큰아들이 나앉으며, "아이구 어머니", "이 자식아, 너는 어찌 요새 고동뿌살이 목성음[71]이 나오느냐", "어머니 나는 밤이나 낮이나 불면증(不眠症)으로 잠 안 오는 서름이 있어요", "서름이 무엇이냐? 말이나 좀 해라 어서. 나는 배고픈 것이 제일 설더라", "어머니 아버지 공론(公論)허고 나 장가 좀 들여주오. 내

63) 복덕(福德): 실재하는 마을 이름이라기보다는, 점술에서의 '복덕궁(福德宮)'으로부터 그 이름을 가져왔거나 '복'과 '덕'이라는 글자를 활용하여, 덕행으로 만복이 깃드는 마을이라는 뜻으로 지어낸 이름임.

64) 주접: (사람이) 초라해지거나 궁색하게 되다. 여기서는 잠시 초라하고 궁색하게 지낸다는 뜻인 듯함.

65) 욋대궁기: 욋대 사이의 구멍. '욋대'는 흙을 바르기 위해 벽 속에 엮은 가는 나뭇가지.

66) 멍석으로 창호(窓戶)하고: 멍석으로 창과 지게문을 막고.

67) 망견(望見): 멀리 바라봄.

68) 천정(天井)은 개천도(開天圖)요: '개천도'가 하늘 별자리를 그려놓은 그림이라 할 때 '천장은 개천도'라는 것은 지붕이 제 역할을 하지 못하는 상황을 과장되게 표현한 것임.

69) 이십팔수(二十八宿): 황도를 따라 천구를 스물여덟으로 구분한 별자리.

70) 각심각청(各心各請): 각각 달리 먹은 마음으로, 각각 다른 요구를 함.

71) 고동뿌살이 목성음: '고동뿌사리'는 '고동부사리'의 방언으로 코를 뚫어 코뚜레를 해야 할 만큼 자란 수소를 말하므로, 여기서 고동부사리 목성음은 홍보 큰아들이 청년의 목소리를 낸다는 뜻임.

가 장가가 바빠 그런 것이 아니라 가만히 누워서 생각허니 어머니 아버지 손자가 늦어갑니다." 홍보 마누라 이 말을 듣더니,

진양(계면)

홍보 마누라 기가 막혀, "엇다 이놈아, 야 이놈아 말 들어라. 내가 형세(形勢)[72]가 있고 보면 늬 장가가 여태 있으며 중한 가장을 굶주리게 허고 어린 자식을 벗기겠느냐. 환도소연(環堵蕭然) 불폐풍일(不蔽風日)[73] 도정절(陶靖節)[74]의 가난하기 내 집보단 대궐(大闕)이요 소중랑(蘇中郎)[75]은 주려죽게 될 제 방석(方席) 털을 삼켰으니[76] 우리는 가난하기로 털 방석(方席) 어디 있느냐. 못 먹이고 못 입히는 어미 간장이 다 녹는다."

---

72) 형세(形勢): 살림살이의 경제적인 형편.

73) 환도소연(環堵蕭然) 불폐풍일(不蔽風日): 둘러친 담은 쓸쓸한 분위기를 자아내어 바람과 해를 가리지 못하고. 도연명의 「오류선생전五柳先生傳」에 나오는 구절.

74) 도정절(陶靖節): 도연명(陶淵明). 중국 동진(東晉)·송(宋)나라의 시인. 41세에 벼슬을 버리고 귀향하여 「귀거래사歸去來辭」를 짓고, 이후 63세로 죽을 때까지 주로 심양 근처에서 지내며 은일생활(隱逸生活)을 했다. '정절'은 그의 시호.

75) 소중랑(蘇中郎): 소무(蘇武). 중국 전한(前漢)의 명신. 무제(武帝) 때인 BC 100년 중랑장(中郎將)으로서, 한나라에 구류(拘留)된 흉노의 사자(使者) 반환 문제로 흉노에게 갔다. 흉노는 그를 굴복시키려 했으나 이를 거부했고, 이 때문에 움막에 갇혀 먹지도 못하여 눈과 전모(모직물의 털)로 굶주림을 견뎠고, 다시 북해 땅에 숫양의 방목을 위해 옮겨지자 들쥐나 풀 열매를 먹으며 어려움을 견뎌냈다. 훗날 흉노에게 항복한 이릉(李陵)이 항복을 권했으나 듣지 않고, 소제(昭帝) 때 양국의 화친으로 19년 만에 겨우 귀국했다.

76) 방석(方席) 털을 삼켰으니: 소무가 흉노에게 잡혀 움막에 갇혔을 때 모직물의 털로 굶주림을 견뎌낸 일을 이름.

매품도 못 파는 흥보

안의리

이때 흥보가 들어오며, "여보 마누라 우지 마오. 나 오늘 읍내 좀 갔다 올라요", "읍내는 무엇하러 가실라요?" "환자(還子)[1] 맡은 호방(戶房)[2]에게 환자섬이나 얻어와 굶은 자식을 살리지 않겠오", "아이고 내라도 안 줄테니 가지 마오", "구사일생(九死一生) 폭 잡고[3] 가보아야 하지." 흥보가 읍내를 들어가는디 흥보 채림이 이러하것다.

잦은모리(평우조성)

흥보가 들어간다. 흥보 치레 볼작시면, 편자 떨어진 헌 망건(網巾) 밥풀 관자(貫子)[4] 노당줄[5] 뒤로 잔득 졸라매고, 철대[6] 부러진 헌 파립(破

1) 환자(還子): 조선시대에 국가가 비축했던 곡식을 춘궁기에 백성에게 꾸어주었다 추수 후 돌려받는 곡식 및 그 제도.

2) 호방(戶房): 조선시대에 호전(戶典)에 관한 일을 맡아보던, 승정원과 각 지방 관아의 육방(六房)의 하나. 주로 지방의 호구 관리, 전결(田結)의 조사, 부세(賦稅)의 부과와 징수에 관한 실무를 맡았다.

3) 구사일생(九死一生) 폭 잡고: '구사일생처럼 어려운 일이지만'의 뜻.

笠) 버레줄[7] 총총 매여 조사갓끈[8] 달아 쓰고, 떨어진 헌 베 도포 열두 도막 이은 실띠[9] 고픈 배 눌러띠고, 한 손에다가 떨어진 부채 들고 또 한 손에다 곱돌조대[10]를 들고 그래도 양반(兩班)이라고 여덟 팔자 걸음으로 엇비식이 들어간다.

안의리

흥보가 들어가며 별안간 걱정이 생겼지. '내가 아무리 궁수남아(窮愁男兒)[11]가 되었을망정 반남(潘南) 박(朴)가 양반인데 호방(戶房)을 보고 허게를 허나 존경을 허나? 아서라, 말은 허되 끝은 짓지 말고 웃음으로 닦을 수밖에 없다[12].' 질청(秩廳)[13]을 들어가니, 호방이 문(門)을 열고 나오다, "박생원 어찌 오셨소?" "참 양도(糧道)가 절량(絶糧)[14] 되여서 환자(還子) 한 섬만 주시면 가을에 착실히 갚을 테니 호방 생각이 어떨는지. 하하하." 호장(戶長)이 하는 말이, "박생원 들어오신 김에 품하나 팔아보오. 우리골 좌수(座首)[15]가 병영(兵營) 영문(營門)[16]에 잡혔는데 좌수 대신 가서 곤장(棍杖) 열 개만 맞으면 한 개 석 냥씩 서른

4) 밥풀 관자(貫子): '관자'는 망건에 달아 당줄을 꿰어 거는 작은 고리. 관품이나 계급에 따라 금, 은, 옥, 대모, 호박, 쇠발톱 따위를 가려 썼음. '밥풀'은 관자를 따로 마련하지 못해 밥풀을 사용했다는 것인 듯함.

5) 노당줄: 노끈으로 된 당줄. '당줄'은 망건에 달아 상투에 동여매는 줄.

6) 철대: '갓철대'의 약자. 갓양태의 가장자리에 둘러댄 테.

7) 버레줄: 벌이줄. 물건을 버티어 이리저리 벌여 매는 줄. 여기서는 갓을 고정시켜주는 줄.

8) 조사갓끈: 조사로 만든 갓끈. '조사'는 은조사(여름 옷감으로 쓰는 비단의 하나)를 가리키는 듯함.

9) 실띠: 실로 꼬아 만든 허리띠.

10) 곱돌조대: 곱돌로 만든 담뱃대. '곱돌'은 윤이 나고 매끌매끌하고 연하여 여러 가지 기구를 만드는 데 쓰는 돌의 한 가지.

11) 궁수남아(窮愁男兒): 궁핍함을 근심하는 남자.

12) 말은 허되 끝은 짓지 말고 웃음으로 닦을 수밖에 없다: 문장을 완전히 끝맺지 않고 웃음으로 얼버무릴 수밖에 없다. 양반 신분으로 호방에게 말을 높일 수도 없고 말을 낮추자니 호방을 자극해 환자를 빌리지 못할 수도 있다는, 홍보의 내적 갈등을 표현한 것이다.

13) 질청(秩廳): 아전들이 일을 맡아보던 청사.

14) 양도(糧道)가 절량(絶糧): 양식이 떨어졌음을 유식하게 표현한 말.

15) 좌수(座首): 조선시대 지방자치기구인 향청(鄕廳)의 우두머리.

16) 병영(兵營) 영문(營門): 병마절도사가 있던 곳. '영문'은 '병영의 문'을 뜻하는데, 나중에 '병영 안'이나 '감영 안'의 뜻으로 쓰였다.

냥은 꼽아논 돈이요, 마삯까지 닷 냥 제지했으니[17] 그 품 하나 팔아보오", "돈 생길 품이니 팔고말고. 매 맞으러 가는 놈이 말 타고 갈 것 없고 정강이말로[18] 다녀올 테니 그 돈 닷 냥을 날 내어주자. 하하하."

중머리(평 · 계면 섞임)

저 아전(衙前)[19] 거동을 보아라. 궤문(櫃門)을 절컥 열고 돈 닷 냥을 내어주니 홍보가 받아들고, "다녀오리다", "평안히 다녀오오." 박홍보가 좋아라고 질청문 밖에 썩 나서서, "돈 봐라 돈. 돈 봐라 돈 봐. 얼씨구나 돈돈. 돈 봐라 돈. 이 돈을 눈에 옳게 보면 삼강오륜(三綱五倫)이 다 보이고, 만일 돈을 못 보면 삼강오륜이 끊어지니 보이는 게 돈밖에 또 있느냐." 떡국집으로 들어가서 떡국 반돈어치[20]를 사서 먹고 막걸리집으로 들어를 가서 막걸리 서 푼어치를 사서 마시고 어깨를 느리우고 죽통을 빽트리고[21], "대장부 한 걸음에 엽전 서른닷 냥이 들어간다. 우리집을 어서 가자." 저의 집으로 들어가며, "여보게 마누라 집안 어른이 어디 갔다가 집으로 도라오면 우루루루루루 쫓아나와 영접허는 게 도리 옳지. 계집이. 이 사람아 당돌히 앉어 좌이부동(坐而不動)이 웬일인가. 에라 이 사람 요망(妖妄)하다."

중중머리

홍보 마누라 나온다. 홍보 마누라 나온다. "아이고 여보 영감. 영감 오신 줄 내 몰랐소. 어디 돈, 어디 돈 허고 돈 봅시다, 돈 봐", "놓아두어라 이 사람아. 이 돈 근본(根本)을 자네 아나. 못난 사람도 잘난

17) 제지했으니: '제하여 두었으니'. 다시 말해 '지정해두었으니'의 뜻.
18) 정강이말로: '아무것도 타지 않고 제 발로 걸어서'의 뜻.
19) 아전(衙前): 각 관청에 딸려 벼슬아치 밑에서 일을 보던 중인 계급 사람. 여기서는 호방을 말함.
20) 반돈어치: 닷푼어치. 돈을 세는 최하 단위인 푼이 열 개 모여 한 돈을 이루므로 반 돈은 다섯 푼임.
21) 죽통을 빽트리고: '입을 빼고'의 뜻.

돈, 잘난 사람은 더 잘난 돈, 맹상군(孟嘗君)[22]에 수레바퀴[23]처럼 둥글둥글이 생긴 돈, 생살지권(生殺之權)을 가진 돈, 부귀공명(富貴功名) 붙은 돈. 이놈의 돈아, 아나 돈아, 어디 갔다가 이제 오느냐. 얼씨구나 돈 봐. 어 어 어 얼씨구 얼씨구 돈 봐."

안의리

이 돈을 가지고 쌀팔고 고기 사고 육죽(肉粥)[24]을 누구룸하게[25] 열 한 통이 되게 쑤어가지고 각기 한 통씩 먹여노니, 모두 식곤증(食困症)이 나서 앉은 자리에서 고자백이 잠[26]을 자는데, 죽 말국[27]이 코끝에서 소주 후주 내리듯[28] 댕강 댕강 떨어지것다. 흥보 마누라가 허는 말이, "여보 영감 그런디 이 돈이 무슨 돈이요? 돈속[29]이나 좀 압시다", "이 돈이 다른 돈이 아닐세. 우리 골 좌수가 병영 영문에 잡혔는데 대신(代身) 가서 곤장 열 개만 맞으면 한 개에 석 냥씩 서른 냥을 준다기에 대신 가기로 삯전[30]으로 받아온 돈이제." 흥보 마누라 깜짝 놀라며, "중(重)한 가장 매품 팔아 먹고산단 말은 고금천지(古今天地)에 어

22) 맹상군(孟嘗君): 중국 전국시대 제(齊)나라의 공족(公族). 성은 전(田), 이름은 문(文). 정곽군(靖郭君) 전영의 아들로서, 부친의 영지를 이어받고 문하(門下)에 식객 수천 명을 거느렸으며, 위(魏)나라의 신릉군(信陵君), 조(趙)나라의 평원군(平原君), 초(楚)나라의 춘신군(春申君)과 함께 전국사군(戰國四君)의 한 사람으로 꼽힌다. 진(秦)나라의 소왕(昭王)이 그가 현명한 사람이라는 소식을 듣고, BC 299년 그를 재상(宰相)으로 삼기 위해 진나라로 불러들인 후 그를 죽이려고 했으나, 식객의 활약으로 위기를 모면하고 무사히 제나라로 되돌아간 이야기가 유명하다.

23) 맹상군의 수레바퀴: 맹상군의 이름인 전문(田文)이 돈을 가리키는 전문(錢文)과 이름이 같은 점에 착안하여 '돈'을 이처럼 비유한 것임.

24) 육죽(肉粥): 고기를 넣어 쑨 죽.

25) 누구룸하게: 누그름하게. 약간 누글누글하여 묽게.

26) 고자백이 잠: '고자백이'는 '고자빠기'의 방언. '고자빠기 잠'은 나무를 베어낸 뒤에 남은 밑동처럼 꼿꼿이 앉아서 자는 잠.

27) 말국: '국물'의 잘못.

28) [교감] 소주 후주 내리듯: 박봉술 창본에는 '쇠죽 후주국 내리듯'으로 되어 있음. '쇠죽'은 짚, 풀, 콩, 쌀겨 따위를 넣어 끓여서 쑨 소의 먹이를 말하며, '후주국'은 쇠죽에서 건더기를 건져낸 뒤에 남는 멀건 국물을 말함. 여기서는 쇠죽을 퍼서 소에게 줄 때 국물이 흘러내리는 모양에 비유하고 있음.

29) 돈속: 어떻게 해서 생겨난 돈인가 하는 것.

30) 삯전: 삯으로 받아온 돈.

디가 보았소."

진양(계면)

"가지 마오 가지 마오, 불쌍헌 영감, 가지를 마오. 천불생(天不生) 무록지인(無祿之人)이요 지부장(地不長) 무명지초(無名之草)라[31]. 하늘이 무너져도 솟아날 궁기가 있는 법이니, 설마한들 죽사리까. 병영(兵營) 영문(營門) 곤장(棍杖) 한 개를 맞고 보면 종신골병(終身骨病) 된답디다. 여보 영감 불쌍한 우리 영감, 가지를 마오."

안의리

홍보 아들놈들이 저의 어머니 우름소리를 듣고 물소리 들은 거우 모양으로[32] 고개를 들고, "아버지 병영 가시요?", "오냐 병영 간다", "갔다올 제 떡 한 보따리 사 가지고 오시요."

중머리(엄·평·애원성 섞임)

아침밥을 곯여 먹고 병영(兵營)길을 나려간다. 허유허유 나려를 가며 신세자탄(身世自嘆) 울음을 운다. "어떤 사람 팔자 좋아 호가사(好家舍)[33]로 잘사는디 내 팔자는 왜 그런고." 병영골을 당도하여 치어다보니 대장기(大將旗)[34]요 나려 굽어보니 숙정패(肅靜牌)[35]로구나. 심산맹호위엄(深山猛虎威嚴) 같은 용자(龍子) 붙인[36] 군로사령(軍奴使令)[37]들이

31) 천불생(天不生) 무록지인(無祿之人)이요 지부장(地不長) 무명지초(無名之草)라: 하늘은 먹고 살 녹이 없는 사람을 태어나게 하지 않고, 땅은 이름 없는 풀을 기르지 않음. 여기서는 이 세상에 태어난 사람들은 모두 제 먹을 것은 있다는 뜻으로 쓰임.

32) 물소리 들은 거위 모양으로: 제가 좋아하는 것을 보고(듣고) 가만히 있지 못하는 모양으로.

33) 호가사(好家舍): 화려하게 잘 지은 집.

34) 대장기(大將旗): 도성이나 영문에 세워 대장이 부하 장수들을 지휘하는 데 쓰던 깃발.

35) 숙정패(肅靜牌): 조선시대에 군영(軍營)에 세워두었던 푯말. 군령(軍令)에 따라 사형을 집행할 때 조용히 하라는 표시로 '숙정(肅靜)'이라는 두 글자를 나무 패(牌)에 써서 세워두었다.

36) 심산맹호위엄(深山猛虎威嚴) 같은 용자(龍子) 붙인: '심산맹호위용(深山猛虎威勇, 깊은 산속에 있는 사나운 범의 용맹) 같은 용자(勇字) 붙인'의 잘못. '용(勇)'은 군뢰들이 쓰던 전립 앞에 놓

이리 가고 저리 간다. 그때에 박흥보는 숫한[38] 사람이라 벌벌 떨며 들어간다.

안의리

방울이 떨렁, 사령 "예이", 야단났지. 흥보가 삼문(三門) 간[39]에 들어서 가만히 굽어보니 죄인이 볼기를 맞거늘, 흥보 마음에는 그 사람들도 돈 벌러 온 줄 알고, '저 사람들은 먼저 와서 돈 수백 냥 번다. 나도 볼기 좀 까고 엎저볼까.' 볼기를 까고 삼문 간에 가 엎졌을 제 사령 한 쌍이 나오더니, "병영설입지후(兵營設立之後)에 볼기전[40] 보는 놈이 생겼구나." 사령 중에 뜻밖에 흥보씨 아는 사령이 있던가, "아니 박생원 아니시오", "알아맞혔구만그려", "당신 곯았소[41]." "곯다니 계란이 곯지 사람이 곯나. 그게 어쩐 말인가?", "박생원 대신이라 하고 어떤 사람이 와서 곤장 열 개 맞고 돈 서른 냥 받어가지고 벌써 떠나갔오", 흥보가 기가 맥혀, "그놈이 어떻게 생겼던가?", "키가 구 척이요 방울눈[42]에 기운 좋습디다." 흥보가 말을 듣더니, "허허 그전 밤에 우리 마누라가 밤새도록 울더니마는 옆집 꾀수애비란 놈이 알고 발등걸이[43]를 허였구나."

쇠 조각으로 만들어 붙이던 글자이다.

37) 군로사령(軍奴使令): '군뢰사령(軍牢使令)'의 방언. 조선시대에 지방관아에 속하여 죄인을 다루는 일이나 심부름 따위를 하던 나졸(羅卒)을 말한다.

38) 숫한: 순박하고 어수룩한.

39) 삼문(三門) 간: 삼문이 있는 근처. '삼문'은 정문과 그 양쪽에 세운 두 문을 아울러 이르는 말. 주로 대궐이나 관청 앞에 세운 세 개의 문으로, 정문·동협문·서협문을 이른다.

40) 볼기전: '볼기를 파는 가게(廛)'라는 뜻으로, 흥보가 볼기를 내놓고 엎드려 있는 모양을 비꼬아 일컬은 말.

41) 곯았소: '곯다'는 본래는 '속이 물크러져 상하다'의 뜻이나, 여기서는 '일이 잘못되었다'는 뜻으로 쓰였음.

42) 방울눈: 방울처럼 둥글고 부리부리하게 큰 눈.

43) 발등걸이: 남이 하려는 일을 앞질러서 하는 행위.

중머리(계면)

“번수(番守)[44]네들 그러헌가. 나는 나는 가네 수번(守番)이나 잘들 허소. 매품 팔러 왔는데도 손재(損財)가 붙어 이 지경이 웬일이냐. 우리 집을 돌아가면 밥 달라고 우는 자식은 떡 사주마고 달래이고, 떡 사달라 우는 자식 엿 사주마고 달랬는디, 돈이 있어야 말을 허지.” 그렁저렁 울며불며 돌아온다. 그때에 홍보 마누라는 영감이 떠난 그날부터 후원에 단(壇)을 뭇고[45] 정화수(井華水)를 바치고, 병영 가신 우리 영감 매 한 개도 맞지 말고 무사히 돌아오시라고 밤낮 축수(祝手)허오면서, “병영 가신 우리 영감 하마 오실 제 되었는디 어찌하여 못 오신가. 병영 영문 곤장을 맞고 섬섬(纖纖) 약질(弱質)[46] 주린 몸에 병이 나서 못 오신가. 질에 오다 누었는가.”

안의리

문밖에를 가만히 내다보니 자기 영감이 분명하것다. 눈물 씻고 바라보니 홍보가 들어오거늘, “여보 영감 매 맞었오? 매 맞었거든 어디 장처(杖處)에 상처[47]나 좀 봅시다”, “놔둬 상처고 여편네 죽은 것이고[48], 요망스럽게 여편네가 밤새도록 울더니 돈 한 푼 못 벌고 매 한 개를 맞었으면 인사불성(人事不省) 쇠아들[49]이다”, 홍보 마누라 좋아라고,

중중머리(계면・홍나게)

“얼씨구나 절씨구 얼시구 절시구 지아자 좋네. 얼씨구나 좋을시구.

44) 번수(番守): 대궐 또는 관아에서 번갈아 묵으면서 밤에 보초를 서던 사람.
45) 단(壇)을 뭇고: 흙이나 돌로 제터를 쌓아올리고.
46) 섬섬(纖纖) 약질(弱質): 연약하고 허약한 체질.
47) 장처(杖處)에 상처: 곤장을 맞은 자리에 난 상처.
48) 상처고 여편네 죽은 것이고: ‘傷處’와 ‘喪妻’의 음이 둘 다 ‘상처’로 같은 점을 이용하여 장난스럽게 표현한 말. 다만 이 말 속에는 아내로 인해 매품을 팔지 못한 것에 대한 간접적인 분풀이가 담겨 있음.
49) 인사불성(人事不省) 쇠아들: 예절을 차릴 줄 모르는 소의 새끼.

영감이 엇그저께 병영길을 떠나신 후 부디 매를 맞지 말고 무사히 돌아오시라고 하느님 전에 빌었더니 매 아니 맞고 돌아오시니 어찌 아니 즐거운가. 얼시구나 절시고. 옷을 헐벗어도 나는 좋고 굶어 죽어도 나는 좋네. 얼시구나 절시구."

양식 구걸하는 흥보, 냉대하는 놀보

안의리

방으로 들어가니 자식들이 배가 고파 거의 죽게 되었구나. 흥보 마누라가 허는 말이 "좋은 일은 남이요 궂은일은 형제간[1]이라 하니, 길을 두고 메로 가겠오. 건넌마을 시숙(媤叔)님 댁에 가서 사정을 여쭈면 전곡(錢穀) 간에 좀 줄 테니 건너가보시요", "형님의 댁을 갔다가 보리로 시험하면[2] 어쩔고." 흥보 마누라 보리말을 못 알아듣고, "보리 같은 곡식을 마다고 하시요. 보리라 허는 게 늠처때껴[3] 밥을 해도 좋고 볶아서 죽을 쑤어도 좋고 흉년 살을 곡식이오니 보리라도 많이만 얻어오시오", "허 참 보리라 하니 먹는 보리가 아니라 두둘겨 맞는 몽둥이 보리란 말일세", "되든지 안 되든지 허사(虛事) 삼아[4] 가보시오." 흥보

1) 좋은 일은 남이요 궂은일은 형제간: 좋은 일이 있으면 남을 찾아다니고, 좋지 않은 일을 당하면 형제간을 찾아다닌다는 말.
2) 보리로 시험하면: 보리를 타면, 곧 매를 맞으면.
3) 늠처때껴: 미상이나, '눋혀 때껴'인 듯. '눋히다'는 약간 누른빛이 나게 태운다는 뜻이고, '때끼다'는 방아확 등에 살짝 갈거나 문질러 씻어서 곡식 등의 흰 속이 드러나게 하는 것을 뜻함.
4) 허사(虛事) 삼아: 안 되면 그뿐이라는 생각으로.

가 마누라 대접으로 건너가는디,

평중머리(평우성)

헌 베 도포(道袍)[5] 띠 안 띠고 탈망(脫網)허고[6] 갓만 얹고 맨발 벗고 헌신 끌고 서리 아침 찬 바람에 웅숭그려[7] 팔짱 끼고 가만 가만이 건너갈 제, '모진 목숨 아니 죽고 이 고생을 허는구나. 형님이 나를 보고 전곡 간에 주시면 좋으되 화를 내시면 어찌할꺼나.'

안의리

형(兄)의 집 문전(門前)을 당도(當到)하니 형세(形勢)가 전(前)보다 더 늘어서 가사(家事)가 웅장(雄壯)하것다. '형님이 나를 보시고 전곡 간에 좀 주시면 좋으되 야단만 맞으면 어찌할꼬.' 들어갈까 말까 주저하는데, 그때 놀보는 제 사랑(舍廊)에 앉아 골패오관을 떼고[8] 노는데, 사랑 앞 영창(映窓) 밖에서 헌 기폭(旗幅) 같은 것이 왔다갔다허거늘, 가만이 밖에를 바라보니 홍보가 와서 있거든. '옳지, 저놈이 나한테 올 제는 무얼 좀 전곡 간에 얻어가자고 온 놈이 분명허니, 내가 미리서 앞장원을 부를[9]밖에 없다' 하고, 큰 기침을 벗썩허것다. "어험, 오늘은 어찌 내 속이 이리 불안(不安)허냐. 이럴 제는 어느 놈이 와서 나보고 무얼 좀 달라구 하든지 이해(利害) 간에[10] 말을 하는 놈이 있으면 사정없이 후닥딱 때려치우리라. 흠 어험." 영창을 따르르 열어노니 홍보가 깜짝

5) 도포(道袍): 예전에 남자가 통상 예복으로 입던 겉옷. 소매가 넓고 길며 뒤에는 딴 폭을 댄다.

6) 탈망(脫網)허고: 망건을 벗고.

7) 웅숭그려: 춥거나 두려워서 몸을 매우 웅그려.

8) 골패오관을 떼고: '골패(骨牌)'는 납작하고 네모난 작은 나뭇조각 서른두 개에 각각 흰 뼈를 붙이고, 여러 가지 수효의 구멍을 판 노름 기구. 또는 그것을 가지고 하는 노름. '오관을 떼다'는 골패·화투·투전 따위의 같은 짝을 모으는 놀이를 한다는 뜻.

9) 앞장원을 부를: '앞장원'은 과거에서 먼저 장원한다는 '선장원(先壯元)'과 같은 말. 앞장원을 부른다는 것은 남보다 먼저 손을 쓴다는 뜻임.

10) 이해(利害) 간에: 이익이 되든 손해가 되든 간에.

놀라 사랑 방문 앞에 엎지며, "아이고 형님, 관찰 사도님전[11] 문안 올리오. 동생 홍보 살려주시오." 놀보가 이 말 듣고, "홍보 동생 너 이놈, 내 집이 뭣하러 왔어. 보기 싫다. 어서 없어져라." 홍보가 놀라 비는디,

진양(진계면, 이 대문 진양조는 춘미春眉 박록주朴綠珠[12] 선생의 사설을 참구參究하였음)

두 손 합장 무릎을 꿇고, "비나이다 비나이다 형님 주전(主前) 비나이다. 살려주오 살려주오 이 동생을 살려주오. 그저께 하루를 굶은 처자(妻子)가 어제 아침을 그저 있고[13] 어저께 하루를 문드러니[14] 굶은 처자가 오늘 아침을 그저 있사오니, 인명(人命)은 재천(在天)이라 설마 한들 죽사리까마는 여러 끼니를 굶사오니 할일없이[15] 죽게가 되야 형님 전(前)에 왔나이다. 형님 덕택에 살려주오. 벼가 되면 닷 말만 주시고 쌀이 되면 두 말만 주고 돈이 되거든 한 냥만 주시고 그도저도 못되거든 먹다 남은 식은 밥이나 찌경이나 싸래기[16]나 되는대로 주옵시면 자식을 살리겠소. 천석궁(千石宮) 부자형님(富者兄任)을 두고 굶어 죽기가 과연(果然) 원통(怨痛)합니다. 형님 통촉(洞燭)을 허옵소서.

11) 관찰 사도님전: 관찰사 사또님께. 홍보가 겁을 먹고 형님을 부른다는 것이 관찰사를 부르는 것이 됨. 그만큼 홍보에게 있어 형 놀보는 굶주림을 해결할 수 있는 권력을 지닌 존재라는 이면적 의미가 담겨 있음.

12) 박녹주(朴綠珠, 1906~1979): 판소리 명창. 경상북도 선산(善山) 출생. 12세 때 박기홍(朴基洪)의 문하에 들어가 5년간 판소리를 배웠고, 서울에 올라와 송만갑(宋萬甲)으로부터 「적벽가」를, 정정렬(丁貞裂)로부터 「춘향가」를 배웠다. 명창으로 알려진 뒤에도 더욱 정진하여 김창환(金昌煥)에게서 「홍보가」 중 '제비노정기'를 배웠으며 김정문(金正文)·유성준(劉成俊)에게도 사사했다. 1928년과 1930년에 많은 판소리를 음반으로 녹음하고, 1933년 조선성악연구회(朝鮮聲樂硏究會) 결성에 참가했다. 1960년대에는 판소리에 전념해 1960년 「홍보가」 전마당을 녹음했고, 1965년 중요무형문화재 제5호 판소리 예능 보유자로 지정되었다. 「홍보가」를 잘했고, 그중에서도 '제비노정기'에 뛰어났다.

13) 어제 아침을 그저 있고: 어제 아침을 먹지 못했다는 뜻임.

14) 문드러니: '멀쩡하게' '말끔히'의 뜻으로 쓰이는 방언.

15) 할일없이: '하릴없이'의 잘못. 어찌할 도리 없이.

16) 싸래기: 싸라기. 잘게 부스러진 쌀알.

〈말로〉 학철(涸轍)[17]의 말은 고기 한 말 물로 구급(救急)허니 형님 적선(積善)하옵소서."

안의리

이렇게 동생이 와서 애걸을 하니 형(兄) 되는 사람 마음이 감심(感心)이 되는 게 아니라 놀보놈의 성미(性味)는 누가 와서 빌면 더 들고일어나는 놈의 성미것다. "오 이놈 흥보로구나. 잘 왔다. 부모님 생존시에 작은아들이라고 글만 많이 가르쳤지. 너 '따' 문자[18] 알겄느냐. 모를 것이다. 음색음[19]을 가르켜주마. 늬가 오늘 내 손에 죽었따 이 말이다. 마당쇠야, 대문 뒤로 걸고 지리산에서 도끼자루 할랴고 가져온 박달나무 건목 친 놈[20] 두 개 동편고간(東便庫間)에 있느니라. 이리 가져오너라." 무지한 놀보놈이 흥보를 어루는디[21],

자진모리(계면・엄하게)

놀보놈 거동 봐. 수양산 물푸레 몽둥이 들어메고 흥보를 어루는디, "네 이놈 흥보놈아, 아따 이놈 강도놈아, 잘살고 못살기를 뉘를 보고 원망한다? 잘살기도 내 복이요 못살기는 네 팔자, 굶고 먹고 뉘 아느냐. 볏말[22]이나 주자 한들 천록방노적(天綠方露積)[23] 다물 다물 다물이

---

17) 학철(涸轍): '학철부어(涸轍鮒魚)'에서 나온 말. '수레바퀴 자국에 괸 물에 있는 붕어'라는 뜻으로 '몹시 곤궁하게 된 처지나 그 처지에 있는 사람'을 비유하는 말.

18) '따' 문자: '따'라는 글자. '죽었따'는 말을 하기 위해 운을 뗀 말.

19) 음색음: 음새김. 소리에 담긴 뜻. '새김'은 한자의 훈(訓)을 말하나 여기서는 '따'라는 글자의 뜻이기 때문에 음새김이라 했음.

20) 건목 친 놈: '건목'은 다듬지 않고 거칠게 대강 만드는 일, 또는 그렇게 만든 물건. '건목 치다'는 정하게 만들지 않고 대강 만든다는 뜻.

21) 어루는디: '으르는데'의 잘못. '으르다'는 상대편이 겁을 먹도록 무서운 말이나 행동으로 위협한다는 뜻.

22) 볏말: 벼 몇 말 정도. '말'은 곡식, 액체, 가루 따위의 부피를 재는 단위. 한 말은 한 되의 열 배로 약 18리터에 해당함.

23) 천록방노적(天綠方露積): 하늘이 내린 복록이 들어찬 노적이라는 뜻으로 곳간에 붙인 이름. '천록방'은 이사할 때 방위를 보는 구궁(九宮)의 하나로서 길한 방위로 침.

쌓였으니 네놈 주자고 노적 헐며 쌀말이나 달라 한들 삼대청(三大廳)[24] 큰 두지[25]에 가득 가득이 들었으니 너 주자고 두지 헐랴. 돈냥이나 달라 한들 용봉장(龍鳳欌)[26] 큰 궤(櫃) 안에 쾌를 지어[27] 넣었으니 네놈 주자고 쾌돈 헐며, 싸래기나 달라 한들 새끼 딸린 오계(烏鷄)[28] 암닭 수십 마리가 우물우물 황계(黃鷄) 백계(白鷄) 꼬꼬 허니 네놈 주자고 닭 굶기며, 찌갱이나 달라 한들 구진방(鉤陳房)[29] 우리 안에 떼돼야지[30]가 들었으니 네놈 주자고 돌 굶기랴. 곡식이 썩어나고 은전(銀錢)처 녹이 나도[31] 네놈은 못 주것다." 여름날 번개 치듯 강짜[32]하는 놈 계집 치듯, 좁은 골에다 벼락 치듯, 후닥딱 딱 철퍽, "아이고 박 터졌소." 후닥딱 홍보가 기가 막혀 몽둥이를 피하려고 올라갔다가 내려왔다가 대문을 걸어노니 날도 뛰도 못허고 그저 퍽퍽 맞는구나. 안으로 쫓겨 들어가며, "아이고 형수씨 날 좀 살려주오. 형수씨 사람 좀 살려주오."

안의리

이러헐 제 그때 놀보 계집은 심술이 놀보보듬도 훨씬 더 저울이 세든 것이었다. 부엌에서 밥 푸던 주걱자루를 들고 중문(中門)[33]에 가 딱

24) 삼대청(三大廳): 세 개의 대청. 대청은 한옥에서 집 몸채의 방과 방 사이에 있는 큰 마루이며, 남대청·동대청·서대청이 있음.
25) 두지: '뒤주'의 잘못. '뒤주'는 쌀 따위의 곡식을 담아두는 세간의 하나로, 나무로 궤짝같이 만드는데, 네 기둥과 짧은 발이 있으며 뚜껑의 절반 앞쪽이 문 역할을 한다.
26) 용봉장(龍鳳欌): 용, 봉황, 또는 그 무늬를 새긴 장. '장'은 물건을 넣어두는 가구의 한 가지.
27) 쾌를 지어: 작쾌(作快). 엽전을 열 냥씩 꿰어 한 뭉치를 만들어. '쾌돈'은 열 냥씩 꿰어 뭉치를 만들어놓은 돈을 말함.
28) 오계(烏鷄): 오골계(烏骨鷄). 살, 가죽, 뼈가 모두 어두운 자색을 띤, 닭 품종의 하나.
29) 구진방(鉤陳房): '구진(鉤陳)'은 북극에 가장 가까운 여섯 별자리 가운데 갈고리 모양의 별자리. 혹은 '후궁(後宮)'을 달리 이르는 말. '구진방'은 뒤쪽에 있는 방이라는 의미로 쓰인 듯함.
30) 떼돼야지: 멧돼지.
31) 은전(銀錢)처 녹이 나도: 은으로 만든 돈에 녹이 생겨도.
32) 강짜: '강샘'을 속되게 이르는 말. 부부 사이나 사랑하는 이성(異性) 사이에서 상대되는 이성이 다른 이성을 좋아할 경우에 지나치게 시기하는 일.
33) 중문(中門): 사랑채에서 안채로 통하는 문.

붙어섰다가 아제뱀인가 동아뱀인가[34] 가난의 빚 봉수(捧受)[35]는 나라에서도 못 헌다고 까딱하면 쌀 돈, 아나 쌀, 아나 돈, 허고 홍보 빰을 딱 때려노니, 형님한테 맞던 것은 여반장(如反掌)[36]이요. 형수(兄嫂)씨한테 빰을 맞아노니 눈에서 불이 번쩍허여 하늘이 빙빙 돌고 땅이 툭 꺼지난 듯,

진양(계면)

"여보 형수씨, 여보 여보 아 아주머니, 형수씨가 시아재 빰 치는 법은 고금천지에 어디 가 보았소. 나를 이리 치지 말고 살지(殺之) 능지(陵遲)[37] 중장(重杖)[38]허여 아주 박살(撲殺) 죽여주오. 아이구 하느님 박홍보를 벼락을 때려주면 염라국(閻羅國)을 들어가서 우리 부모를 뵈옵는 날은 세세원정(細細原情)[39]을 아뢸라요." 부러진 막대기 붙들어 짚고 매운 고초(苦椒) 먹은 사람처럼 후후 불며 저으 집으로 건너간다.

안의리

그때 홍보집 자식들은 멍석 쓴 채 뭇놈이 나서, "어매 밥, 어매 밥." 밥 달라고 개고리 우는 소리로 각청으로[40] 울음 울 제, 홍보 마누라 막내동이를 등에 업고 밖으로 나서보니, 건넌편 빗돌이길[41]에서 홍보가 허리를 웅크리고 작대기 짚고 절뚝절뚝 들어오니 우루루 달려나와,

---

34) 아제뱀인가 동아뱀인가: '동아뱀'은 '도마뱀'의 방언(경기, 전남, 충청). 뱀의 운을 맞추어 홍보를 비꼬아 일컫은 말.
35) 빚 봉수(捧受): 빚을 거두어 받음.
36) 여반장(如反掌): 손바닥을 뒤집는 것과 같이 매우 쉽다는 뜻. 놀보보다 놀보 처가 때린 것이 훨씬 더 아프다는 뜻임.
37) 능지(陵遲): 능지처참(陵遲處斬). 대역죄를 범한 자에게 과하던 극형으로 죄인을 죽인 뒤 시신의 머리, 몸, 팔, 다리를 토막 쳐서 각지에 돌려 보이는 형벌.
38) 중장(重杖): 곤장으로 몹시 쳐서 엄중하게 다스리던 형벌.
39) 세세원정(細細原情): 갖가지 사정을 자세히 하소연함.
40) 각청으로: 각각 저마다 다른 목소리를 내어.
41) 빗돌이길: 경사진 길.

"여보 영감 전곡 간에 아무것도 못 얻어 왔소?", "날 건드리지 마오", "또 맞었구료", "여보 내 말을 들어보오. 형님의 댁을 갔더니 전보다 형님이 후해졌읍디다. 형수씨가 점심 지어 주기에 단단이 먹고 나니 전곡 간에 한 짐을 주시기에 짊어지고 오다가 요 넘에 강정 모퉁이[42]에서 도적떼가 나서, '네 이놈 돈이 크냐, 목숨이 크냐?' 엎어[43], 빰 한 주먹에 정신채릴 길 없이 모조리 빼앗기고 매만 실컷 맞고 왔오." 홍보 마누라가 물그러미 바라보더니,

평중머리(계면)

"그런대도 내가 알고 저런대도 내가 아요. 시숙님 속도 내가 알고 형님 속도 내가 알지요. 동생 하나 있는 것을 전곡은 못 줄망정 엄동설한(嚴冬雪寒) 추운 날에 굶어 죽게 된 동생을 저리 몹시 치단 말가. 가빈(家貧)에 사현처(思賢妻)요 국란(國亂)에 사양상(思良相)이라[44], 내가 얼마나 의젓하면[45] 중한 가장 못 먹이고 어린 자식을 벗기겠소."

진양(원계면)

"가난이야 가난이야 웬수년의 가난이야. 복(福)이라 허는 것은 어찌 허면 잘 타는고. 북두칠성(北斗七星)님이 복 마련을 허시는가, 삼신제왕(三神帝王)님이 짚자리 떨어질 제 허시는가[46], 승금상수(乘金相水) 혈토인목(穴土印木)[47] 묘(墓) 쓰기에 매였는가, 적선행인(積善行人) 인과응보

---

42) 강정 모퉁이: 강정(江亭), 곧 강가의 정자가 있는 모퉁이를 일컫는 듯함.

43) 엎어: '(홍보가) 가지고 가던 것들을 뒤집어'의 뜻인 듯함.

44) 가빈(家貧)에 사현처(思賢妻)요 국란(國亂)에 사양상(思良相)이라: 『사기史記』「위세가魏世家」에 나오는 구절인 '가빈사양처 국란사양상(家貧思良妻 國亂思良相)'을 변용한 것으로, 집안이 가난하면 어진 아내를 생각하고, 나라가 어지러우면 어진 재상을 생각한다는 뜻. 여기서는 남편이 굶주리고 어려움을 당하는 것은 아내인 자기 때문임을 스스로 상기시키고 있음.

45) 의젓하면: 의젓하지 못했으면, 곧 '제 역할을 하지 못했으면'의 뜻. 반어적으로 쓰이고 있음.

46) 삼신제왕(三神帝王)님이 짚자리 떨어질 제 허시는가: '삼신이 아기를 태어나게 할 때 (그 사람의 복을 마련)하시는가'의 뜻. '삼신'은 민속에서 아기 낳는 일을 맡은 신이며, '짚자리'는 아기가 태어나는 장소를 말하는 듯함.

(因果應報) 마음씨에 매였는가, 이목구비(耳目口鼻) 오악(五嶽)[48]으로 생기기에 매였는가, 나는 세상(世上)에 삼겨나서 불의행사(不義行事)[49] 아니 허고 밤낮으로 벌어도 삼순구식(三旬九食)[50] 살 수 없고 내 몸은 고사(姑捨)하고 가장(家長)은 부황(浮黃)[51]이 나고 자식들은 아사지경(餓死之境)이 되니 사람 차마 못 보겠네. 차라리 내가 자결(自決)하여 이런 꼴 안 보고저." 치마끈으로 목을 매니, 홍보가 옆에 앉아 울다, "여보소 마누라 아기어멈. 이것이 웬일인가. 부인(夫人)의 백년신세(百年身勢) 가장(家長)에게 매였는데 박복(薄福)한 나를 얻어 이 고생(苦生)을 허게 허니 내가 먼저 죽으려네." 허리띠로 목을 매여 죽기로 작정허니 홍보 마누라 겁(怯)을 내어, "영감 다시는 아니 울라요." 홍보 마누라 가장의 손목 잡고 홍보는 마누라 목을 안고 둘이 서로 통곡(痛哭)을 헌다.

47) 승금상수(乘金相水) 혈토인목(穴土印木): 묏자리를 나타내는 용어. '승금'은 묘혈(墓穴)의 윗머리, '상수'는 앞, '혈토'는 중앙, '인목'은 양편의 보호를 말함.

48) 오악(五嶽): 관상학에서, 이마·코·턱·좌우의 광대뼈를 이르는 말.

49) 불의행사(不義行事): 옳지 않은 일을 행함.

50) 삼순구식(三旬九食): '삼순'은 상순, 중순, 하순의 총칭. 30일에 아홉 끼니밖에 못 먹었다는 뜻으로, 가난하여 끼니를 많이 거름을 일컫는 말.

51) 부황(浮黃): 오래 굶어서 살가죽이 누렇게 부어오르는 병.

도승이 흥보의 집터를 잡아주다

안의리

이렇게 울음 울 제, 저 촌중(村中) 밖에서 노승(老僧) 하나 들어오는디 이분은 도승(道僧)이던 것이었다.

엇머리(엄·평 섞임)

중타령과 집터 잡는 데 김창환(金昌煥)[1] 선생님이 특수허다 하였었는데 정한(靜閑)하게 하는 곡을 일컬음이라.

대개 숭내를 내보는데,

중 하나 들어온다 중 하나 들어온다. 행색(行色)[2]을 알 수 없네. 년년(年年) 묵은 중 헐디헌[3] 중 양이수견미복면(兩耳垂肩眉覆面) 초의불침

1) 김창환(金昌煥, 1854~1939): 조선시대 후기·한말의 판소리 명창. 전남 나주(羅州) 출생으로, 정창업(丁昌業)에게 판소리를 배웠으며, 이날치(李捺致) 이후 서편제(西便制)의 창법을 이었다. 풍채가 좋고 너름새에 능하여 고종의 총애를 받고 의관(議官) 벼슬을 제수받았다. 「홍보가」를 잘 불렀으며 특히 '제비노정기' 대목에 뛰어났다. 제자 박녹주(朴綠珠)가 그 성음을 이었다.

2) 행색(行色): 겉으로 드러나는 차림이나 태도. 행색을 알 수 없다는 것은 중인 것은 분명하나 제대로 된 중의 복색을 갖추었다고 볼 수 없다는 뜻.

부불선(草衣不針復不線)[4] 다 떨어진 청올치송낙[5] 이리로 총총 저리로 총총[6] 헝겊으로 구멍 막어 수박 같은 대머리에 흠뻑 눌러쓰고, 누덕누덕 기운 장삼(長衫)[7] 율무 염주(念珠) 목에 걸고 한 손에는 절로 굽은 칠죽장(漆竹杖)[8] 또 한 손에다는 다 깨어진 목탁(木鐸) 들고, 동냥 얻으며는 무엇에 받아갈지 목기(木器)짝 바랑[9] 등물(等物) 하나도 안 가지고 개미 안 밟히게 가만가만 가려 디디여 촌중(村中)으로 들어올 제, 개 퀑퀑 짓고 나면 두 손 합장(合掌)하고 나무아미타불(南無阿彌陀佛) 사람이 말 물으면 허리를 굽히며 나무아미타불(南無阿彌陀佛), 이 집 저 집 다 지나고 홍보 문전(門前)에 당도(當到), 울음소리 한참 듣고 이리 주저(躊躇) 저리 주저 양구(良久)히[10] 주저하며 목탁을 뚜다리며, 목소리 내어 하는 말이, "거룩하신 댁문전(宅門前)에 걸승(乞僧) 하나 왔사오니 동냥 조금 주옵소서. 나무아미타불."

안의리

홍보가 눈물 씻고 애긍(哀矜)히 대답허되, "말씀하기 미안하오나 굶은 지 여러 날이라 전곡이 없사오니 다른 데나 가보시오", "주시고 아니 주기는 주인(主人)의 처분(處分)이오니 그저는 가려니와 통곡(痛哭)은

3) 헐디헌: '매우 헐어서 낡은'이라는 뜻으로, 여기서는 차림새가 허술하고 나이가 들었다는 의미로 쓰였음.

4) 양이수견미복면(兩耳垂肩眉覆面) 초의불침부불선(草衣不針復不線): '두 귀는 어깨까지 늘어지고, 긴 눈썹은 얼굴을 덮었으며, 초의는 바느질하지도 않았고, 또 꿰매지도 않았네.' 중의 모습을 노래한 잠삼(岑參)의 시 「태백호승가太白胡僧歌」에 나오는 구절. '초의'는 속세를 떠나 숨어 사는 사람의 의복을 말함.

5) 청올치송낙: '청올치'는 칡덩굴의 속껍질로, 베를 짜거나 노를 만드는 재료로 쓰이는 것이며, '송낙'은 예전에 여승이 주로 쓰던, 송라(松蘿, 소나무겨우살이)를 우산 모양으로 엮어 만든 모자를 말함.

6) 총총: 촘촘하고 많은 별빛이 또렷또렷한 모양. 군데군데 헝겊으로 기운 모양을 형상화한 것임.

7) 장삼(長衫): 검은 베로 만든 길이가 길고 소매가 넓은, 중의 옷.

8) 칠죽장(漆竹杖): 옻칠을 한 대나무 지팡이.

9) 바랑: 중이 등에 지고 다니는 자루 같은 큰 주머니.

10) 양구(良久)히: 한참 동안.

웬일이요", "자식들은 여럿인데 가세(家勢)가 극빈(極貧)하여 굶어 죽게 되었기로 가련(可憐)한 부부(夫婦) 목숨 먼저 죽기 다투다 둘이 잡고 우나이다." 노승(老僧)이 허는 말이, "어허 신세 가련하오. 부귀(富貴)가 임자 없어 적선(積善)하면 그 댁으로 가느니다. 무지(無知)한 중의 말을 만일(萬一) 듣고 믿을 테면 집터 하나 가르칠께 소승(小僧) 뒤를 따르시오." 홍보가 대희(大喜)하여 천만(千萬) 번 치하(致賀)하고 대사(大師) 뒤를 따라가니, 천장지비(天藏地秘)[11]한데 배산임수(背山臨水)[12] 개국(開局)[13]하고 무림수죽(茂林修竹)[14] 좋은 곳에 집터를 재혈(裁穴)[15]헐 제 명당수법(明堂手法)이 분명(分明)하것다.

진양(청·엄·계면 섞임)

감계룡(坎癸龍)[16] 간좌곤향(艮坐坤向)[17] 탐랑득거문파(貪狼得巨門派)[18] 반월형(半月形)[19] 일자안(一字案)[20]에 문필봉창고사(文筆峰倉庫砂)[21]가 좌우(左右)에 놓았으니, 이 터에다 집을 짓고 안빈(安貧)하고 지내오면 가세(家勢)가 속발(速發)하고 도주의돈(陶朱猗頓)[22]에 돈을 비길 테요.

---

11) 천장지비(天藏地秘): 파묻혀서 세상에 드러나지 않음.
12) 배산임수(背山臨水): 산을 등지고 물을 바라보는 지세(地勢). 풍수지리설에서 주택이나 건물을 지을 때 이상적으로 여기는 배치를 말함.
13) 개국(開局): 풍수지리에서 형각 국소가 열림을 말함. '형각(形殼)'은 겉으로 드러나 보이는 형상이며, '국소(局所)'는 일정한 장소임.
14) 무림수죽(茂林修竹): 무성한 숲과 길게 자란 대나무.
15) 재혈(裁穴): 풍수지리에서 명당자리에 집터를 정하거나 묏자리를 마련하는 일을 말함.
16) 감계룡(坎癸龍): 풍수지리에서 감방(坎方, 정북방)과 계방(癸方, 북동쪽)에서 뻗어나온 산의 정기가 흐르는 산줄기.
17) 간좌곤향(艮坐坤向): 풍수지리에서 간방(艮方, 동북방)을 등지고 곤방(坤方, 서남방)을 향한 좌향(坐向). '좌향'은 묏자리나 집터가 자리 잡은 방위(方位)를 말함.
18) 탐랑득거문파(貪狼得巨門派): '탐랑'과 '거문'은 풍수지리에서 산 모양을 구성(九星, 탐랑성·거문성·녹존성·문곡성·염정성·무곡성·파군성·좌보성·우필성)에 비유해 일컫는 명당자리. 득(得)과 파(派)는 수세(水勢)의 출입 방위를 말함.
19) 반월형(半月形): 풍수지리에서 말하는 반달 모양의 산.
20) 일자안(一字案): 일자(一字) 모양으로 앞을 가로막은 산. '일자안'은 풍수지리에서 말하는 우편의 백호, 좌편의 청룡, 뒤편의 주산(主山), 앞의 안산(案山)의 4요소 중 하나임.
21) 문필봉창고사(文筆峰倉庫砂): '문필봉'은 풍수지리에서 문필가가 난다고 하는 산의 형세이고, '창고사'는 풍수지리에서 부자가 난다고 하는 산의 형세.

자손(子孫)이 영귀(榮貴)하야 만세유전(萬歲遺傳)하오리라. 전한입주(廛閈立柱)[23] 자리에 막대기 넷 꽂아 놓고 한두 걸음 나가더니 인홀불견(因忽不見)되었구나. 홍보가 그제는 도승(道僧)인 줄 짐작(斟酌)허고, 있던 초막(草幕) 헐어다가 그 자리에 의지(依支)하고[24] 간신(艱辛)이 지낼 적에 백설한풍(白雪寒風) 동지(冬至)섣달 헐게 벗고 텅 빈 배로 아니 죽고 살아갈 제,

22) 도주의돈(陶朱猗頓): '도주'는 춘추시대 월(越)나라의 범려(范蠡)를 말하며 '의돈'은 노(魯)나라의 큰 부자를 말한다. 범려는 도주공(陶朱公)이라고도 불리는데 월나라 왕 구천을 떠나 제나라로 가서 해변을 일구어 큰 부자가 되었다고 전한다. 의돈은 가족이 굶는 지경에 이르자 학문을 버리고 농사를 짓지만 가난하기는 마찬가지여서 도주공에게 찾아가 부자 되는 법을 물어 결국 소금장사를 시작해 10년 만에 거부가 되었다고 한다. 따라서 '도주 의돈'은 도주와 의돈과 같은 큰 부자를 지칭하는 말이다.

23) 전한입주(廛閈立柱): '전'은 주나라 때 시가의 2묘 반의 집터를 가리키고, '한'은 담장이라는 뜻. 따라서 '전한입주'란 담으로 두른 집터의 기둥이라는 뜻인 듯함.

24) 있던 초막(草幕) 헐어다가 그 자리에 의지(依支)하고: 사실 이 부분에는 대강이나마 홍보가 집을 지었다는 내용이 있어야 함.

다친 제비가 박씨를 물고 오다

중중머리(애련성·홍나게)

정월(正月) 이월(二月) 해동(解凍)하니 산수경개(山水景槪)가 장(壯)히 좋다. 유색황금눈(柳色黃金嫩)[1] 꾀꼬리는 노래허고 이화백설향(梨花白雪香)[2]에 나비 앉아 춤을 춘다. 유작유소(維鵲有巢)[3] 짓는 재주 내 집보다 단단허고 산량자치(山粱雌雉)[4] 우는 소리 너는 때를 얻었도다. 집은 방장(方將) 새려는데 소로기는 비오 비오[5]. 쌀 한 줌이 없는 것을 소쩍새는 (솟쩍다)[6] 배가 정녕 고프거든 이걸 먹소. 쑥국 쑥쑥국 포곡(布

---

1) 유색황금눈(柳色黃金嫩): 버드나무는 황금빛을 띠어 곱고. 이백의 시 「궁중행락사宮中行樂詞」 8수 중 제2수 첫째 구절임.
2) 이화백설향(梨花白雪香): 오얏꽃은 눈처럼 희고 향기로워라. 이백의 시 「궁중행락사」 8수 중 제2수 둘째 구절임.
3) 유작유소(維鵲有巢): 까치는 손수 제 집을 지어 가짐. 『시경詩經』 「소남召南」에 나오는 구절임.
4) 산량자치(山粱雌雉): 산비탈의 암꿩.
5) 집은 방장(方將) 새려는데 소로기는 비오 비오: 집은 허술하여 장차 새려 하는데, 소리개 우는 소리는 '비가 온다'는 소리로 들린다는 뜻.
6) 소쩍새는 (솟쩍다): 소쩍새의 울음소리가 '솥 적다'와 비슷하기 때문에 이러한 표시를 해둔 듯함. 소쩍새가 많이 울면 풍년이 든다고 함.

穀[7]은 운다마는 논 있어야 농사(農事)하지. 대승(戴勝)[8]아 날지 마라 누에 쳐야 뽕을 따 먹을 것이 없었으니 계견(鷄犬)을 내가 기르겠나. 살해(殺害)를 아니하니 미록(麋鹿)[9]이 모도 와 벗이라. 겨울 동(冬) 자 갈 거(去) 자 삼월삼(三月三)질에 올 래(來) 자 봄 춘(春) 자가 좋을시고[10]. 향화분분(香花紛紛)[11] 도화(桃花)요 이화만지(梨花滿地) 불개문(不開門)[12]허니 실실 동풍(東風)[13]에 꽃 화(花) 자 나비 접(蝶) 자 훨훨 춤출 무(舞) 자가 장관(壯觀)이요, 꾀꼬리 수리루 날아 노래 가(歌) 자가 좋을시고. 기난 것은 짐승 수(獸) 나는 것은 새 조(鳥)라 쌍쌍이 왕래(往來)허니 제비 연(燕) 자가 좋다.

자진모리(평반경제)

삼월동풍(三月東風) 방춘화시(芳春和時)[14] 비금주수(飛禽走獸)가 즐길 제 강남(江南)에서 오는 제비 비입심상백성가(飛入尋常百姓家)[15] 홍보 움막에 당도. 홍보가 보고 좋아라고, "반갑다 저 제비야 늬가 이리 찾아와 소박(素朴)한 소인심(小人心)[16]이 부귀(富貴)를 추세(趨勢)허여 적

---

7) 포곡(布穀): 포곡조(布穀鳥), 곧 뻐꾸기. 뻐꾸기는 입하 무렵에 나오고 처서 때 들어가는 철새이므로 농사철과 관련이 깊어, '포곡조(곡식을 뿌리는 새)'라 함.

8) 대승(戴勝): 오디새. '오디새'의 '오디'가 뽕나무에 열리는 열매를 가리키므로 누에에 관한 언급이 이어짐.

9) 미록(麋鹿): 고라니와 사슴.

10) 겨울 동(冬) 자 갈 거(去) 자 삼월삼(三月三)질에 올 래(來) 자 봄 춘(春) 자가 좋을시고: 동거춘래(冬去春來). 겨울이 가고 봄이 와서 좋다는 뜻을 글자 풀이하듯 하여 흥취를 돋운 것임.

11) 향화분분(香花紛紛): 향기로운 꽃이 어지러이 피어 있음.

12) 이화만지(梨花滿地) 불개문(不開門): 배꽃이 뜰에 쌓여도 문을 열지 않는다는 뜻. 당나라 시인 유방평(劉方平)의 시 「춘원春怨」의 한 구절.

13) 실실 동풍(東風): 슬슬 부는 봄바람.

14) 방춘화시(芳春和時): 바야흐로 봄이 한창 화창한 때.

15) 비입심상백성가(飛入尋常百姓家): 중국 당나라 시인 유우석(劉禹錫)의 시 「오의항烏衣巷」의 마지막 구절로, '백성들의 집에 예사롭게 날아든다'는 뜻. '오의항'은 4세기 동진(東晉)의 수도였던 금릉(지금의 난징)의 귀족들이 살던 동네 이름인데, 그 옛날 귀족들의 집에서 살던 제비들이 지금은 평범한 백성들의 집에도 예사롭게 날아든다는 뜻임. 여기서는 홍보 자신의 집에 날아든 제비들을 반기며 하는 말임.

16) 소박(素朴)한 소인심(小人心): 꾸밈이 없고 순진하기만 한 백성들의 마음.

막(寂寞)헌 이 산중(山中)에 찾아올 리 없건마는 연불부빈가(燕不負貧家)[17]라 주란화각(朱欄畵閣)[18]을 다 버리고 (되)말(斗)만 한 내 집이를 찾아오니 반갑다." 저 제비 거동 보소. 그래도 성조(成造)[19]라고 남남지성(喃喃之聲)[20] 하례(賀禮)하고 좋은 진흙을 물어다가 처마 안에 집을 짓고 웅비종자(雄飛從雌)[21] 힐지항지(頡之頏之)[22] 알을 낳아 새끼 까서 밥 물어다 먹이면서 자모구구(慈母呴呴)[23] 즐긴다.

안의리

뜻밖에 하루는 대망(大蟒)[24]이가 제비집이 들어 제비새끼를 하나씩 잡아먹거늘, 홍보가 깜짝 놀라 대망이를 정설(情說)하여[25] 꾸짖어 쫓는디, "무상(無狀)허다[26] 저 대망(大蟒)아 청초지당(青草池塘)에 처처와(處處蛙) 춘면불각(春眠不覺) 산산조(山山鳥)[27] 너 먹을 것 많겼구나. 어찌타 내 집이 들어 제비새끼 잡아먹노. 한고조(漢高祖) 과대택(過大澤)에 적소검(赤小劍) 드는 칼로 네 허리를 베고지고[28]. 남악사원정(南嶽祠願

17) 연불부빈가(燕不負貧家): 제비는 가난한 집을 저버리지 않음.
18) 주란화각(朱欄畵閣): 단청을 아름답게 한 누각. 여기서는 좋은 집을 뜻함.
19) 성조(成造): '성조' '성주'는 집을 다스리는 신이나 여기서는 새로 집을 짓는 일로 쓰이고 있음.
20) 남남지성(喃喃之聲): 재잘거리는 소리.
21) 웅비종자(雄飛從雌): 수컷이 암컷을 쫓아 날아다님.
22) 힐지항지(頡之頏之): 새가 올라갔다 내려갔다 하며 나는 모양.
23) 자모구구(慈母呴呴): 어미가 새끼가 사랑스러워 구구거리는 모양.
24) 대망(大蟒): 아주 큰 구렁이 또는 이무기.
25) 정설(情說)하여: 다정하게 이야기하여. 다만 문맥상 '정색(正色)하여'가 어울리지 않을까 함.
26) 무상(無狀)허다: 아무렇게나 함부로 굴어 버릇이 없다.
27) 청초지당(青草池塘)에 처처와(處處蛙) 춘면불각(春眠不覺) 산산조(山山鳥): 풀이 푸른 연못에는 곳곳에 개구리요, 봄잠을 깨지 못한 새들이 산마다 있도다.
28) 한고조(漢高祖) 과대택(過大澤)에 적소검(赤小劍) 드는 칼로 네 허리를 베고지고: 중국 한나라 고조(高祖) 유방(劉邦)이 큰 연못을 지날 때 칼로 뱀을 죽였듯 나(홍보)도 뱀의 허리를 베고 싶다는 뜻. 한고조가 풍읍(豊邑) 서쪽에서 술을 마시고 밤중에 늪지대를 걷다가 앞을 가로막은 큰 뱀을 칼로 토막낸 적이 있었는데, 뒤따라오던 사람이 그곳에 이르니 어떤 노파가 울면서, "내 아들은 백제(白帝)의 아들인데 방금 적제(赤帝)의 아들에게 죽었소" 하더니 문득 사라져 없어졌다고 한다. 은나라가 숭상하던 색은 백색이고 주나라가 숭상하던 색은 적색이었다. 유방은 주나라의 직계라고 자임했으므로 이 사건은 상징적 의미를 띤다. 홍보는 대망이를 물리치고자 하는 생각을 이 고사에 빗대어 말한 셈이다.

情)하여[29] 신병(神兵)을 몰아다가 네 큰 목을 자르고저." 급급(急急)히 쫓고 보니 제비새끼 여섯인대 어느새에 다섯 먹고 한 마리 남았구나. 날기 공부(工夫) 힘쓰다 거중(去中)에 뚝[30] 대발 틈에 발이 빠져 제비 다리 지끈 불어져서 거의 죽게 되었거늘, 홍보가 새끼를 주어들고, "가긍(可矜)한 네 목숨이 대망(大蟒)이게 안 죽기에 완명(頑命)[31]인 줄 알았더니 절각지환(折脚之患)[32]이 웬일이냐. 삼백우조(三百羽鳥) 많은 중(中)에 해(害) 없는 게 제비로다. 백곡(百穀)에 해(害)가 없고 사람을 별(別)로 따라 연어조량만(燕語雕梁晩)은 정부(情婦)의 수심(愁心)이라[33] 네 정상(情狀) 가련(可憐)허니 기어이 살리리라. 여보 마누라 우리가 성혼(成婚)할 제 쓰던 오색(五色)실 좀 찾아내 오소." 오색당사(五色唐絲)[34]로 찬찬히 감아 집어넣었더니 수일(數日)이 지난 후에 절골(折骨)이 완고(完固)하여[35] 비거비래(飛去飛來) 떠노는디,

진양(청 · 평 · 계면 엄우조 섞임)

구만리(九萬里) 장공(長空) 우에 높이높이 날아도 보고 일대장천(一帶長川)[36] 맑은 물로 배로 씩 씻어보고 평탄(平坦)한 뜰 앞에서 아장아장 걸어보고 길게 맨 빨랫줄에 한들한들 앉아도 보고 칠월유화(七月流火) 팔월환위(八月萑葦)[37] 이슬이 서리 되고 금풍(金風)이 삽삽(颯颯)하여[38]

29) 남악사원정(南嶽祠願情)하여: '남악사'는 남악, 곧 형산(衡山)에 있던 사당이며, '원정'은 사정을 하소연하는 일을 말한다.
30) 거중(去中)에 뚝: 공중으로 날아다니다 뚝 떨어져.
31) 완명(頑命): 죽지 않고 모질게 살아 있는 목숨.
32) 절각지환(折脚之患): 다리가 부러지는 재앙.
33) 연어조량만(燕語雕梁晩)은 정부(情婦)의 수심(愁心)이라: 제비들의 지저귀는 소리가 저녁 무렵 아름답게 조각한 들보 위에서 들리는데 이는 사랑하는 이를 그리는 여인들의 근심을 불러일으킨다는 뜻.
34) 오색당사(五色唐絲): 오색으로 된 중국산 명주실.
35) 절골(折骨)이 완고(完固)하여: 부러진 뼈가 완전히 굳어져서.
36) 일대장천(一帶長川): 한 줄기의 크고 긴 냇물.
37) 칠월유화(七月流火) 팔월환위(八月萑葦): 7월에는 화성(火星)이 서쪽으로 내려오고 8월에는 갈대를 베어들인다는 뜻으로 여기서는 7월과 8월이 지나간다는 의미로 쓰임. 『시경詩經』 빈풍(豳

수의구월(授衣九月)[39]이 되어오니 용산(龍山)[40]에 술 마시고 망향대(望鄕臺)[41]에 손 보낼 제, 홍보가 보고 탄식(歎息)헌다. "섭섭허다 저 제비야 날 버리고 가려느냐. 부러진 다리를 원망을 말어라. 고사(古史)의 손빈(孫臏)[42]이도 양족(兩足)이 없었으되 제(齊)나라 들어가 대장(大將)이 되고[43], 초한적(楚漢的) 한신(韓信)[44]이는 일지수(一支手)가 없다 하되[45] 대장단(大將壇) 높이 올라 일군(一軍)이 개경(皆驚)을 허였으니[46] 멀고 먼 만리강남(萬里江南)을 부디 평안히 잘 가거라. 명춘(明春)에 나오게 되면 부디 내 집 찾아와서 옛 주인(主人)을 보게 하여라." 제비도 듣고 섭섭하여라 들어왔다 나갔다가 제집으로 다시 들어가더니, 방 안

風) 「칠월七月」에 나오는 구절들임.

38) 금풍(金風)이 삽삽(颯颯)하여: 가을바람 부는 소리가 매우 쌀쌀하게 느껴져.

39) 수의구월(授衣九月): 9월에는 옷을 만들어줘야 한다는 뜻임. 『시경』 빈풍 「칠월」에 나오는 구절로 '구월수의(九月授衣)'가 맞음.

40) 용산(龍山): 중국 호북성 강릉현에 있는 산 이름. 이백의 시 「구일용산음九日龍山飮」에 연원을 둠.

41) 망향대(望鄕臺): 수나라 때 촉(蜀)의 왕수(王秀)가 지은 누대. 왕발의 시 「촉중구일蜀中九日」에 나오는 누대 이름임.

42) 손빈(孫臏): 중국 전국시대 제(齊)나라의 병법가. 손무(孫武)의 후예. 일찍이 방연(龐涓)과 함께 귀곡 선생에게서 병법을 배웠는데, 위나라 혜왕의 초청을 받고 위나라에 가 있을 때 그의 재능을 시기한 방연의 계략으로 참소를 입어 월형(刖刑)을 당하고 이마에 입묵(入墨)을 하는 형벌을 받았다. 그후 제나라의 순우곤이 그를 몰래 데려다가 제위왕의 군사(軍師)로 삼았다. 손빈은 제나라의 군사로서, 위나라의 침략을 받은 한나라를 도와 계략을 세워, 방연이 이끄는 위나라 군대를 유인하여 마릉에서 크게 쳐부수었다. 방연은 이때 스스로 목숨을 끊었다고 한다.

43) 양족(兩足)이 없었으되 제(齊)나라 들어가 대장(大將)이 되고: 손빈이 발을 못 쓰게 되는 월형(刖刑)을 당했으나 제나라의 군사(軍師)가 되었음을 거론하여, 제비가 다리를 다쳤으나 큰 탈이 없을 것임을 홍보가 위로하는 말.

44) 한신(韓信): 중국 한(漢)나라 초의 무장. 처음에는 초(楚)나라의 항량(項梁)·항우(項羽)를 섬겼으나 중용되지 않아 유방(劉邦)의 군에 참가했다. 승상 소하(蕭何)에게 인정을 받아 해하(垓下)의 싸움에 이르기까지 한군을 지휘하여 제국(諸國) 군세를 격파, 군사 면에서 크게 공을 세움으로써 제왕(齊王)과 초왕(楚王)이 되었다. 그러나 한제국(漢帝國)의 권력이 확립되자 유씨(劉氏) 외의 다른 제왕(諸王)과 함께 차차 밀려나, BC 201년 회음후(淮陰侯)로 격하되고, BC 196년 진희(陳豨)의 난에 통모(通謀)했다 하여 여후(呂后)의 부하에게 참살당했다.

45) 일지수(一支手)가 없다 하되: 한신이 높이 등용되지 못하자 도망을 했는데 이를 안 소하가 한신을 뒤쫓았다. 주변 사람들이 소하까지 달아났다고 하자, 유방이 "마치 양손을 잃은 듯이 낙담했다"는 말이 전하는바, 한신의 한쪽 손이 없다는 말은 이의 와전이다.

46) 일군(一軍)이 개경(皆驚)을 허였으니: 온 군사들이 모두 놀랐으니. 한고조가 승상인 소하의 뜻을 좇아 날을 가려 단을 쌓고 장군을 맞이할 예의를 갖춘 뒤에 한신에게 대장을 제수하자, 자신이 대장으로 뽑히리라고 생각하고 있던 여러 장수와, 모든 군사들이 깜짝 놀랐다고 한 데서 온 말.

을 바라보며 아름다운 말소리로 주인과 이별을 허는구나.

안의리

홍보는 본래 서름이 많은 사람이라, 제비허고 이별(離別)헐 제 눈물 사발이나 흘렸던 것이었다. 각국(各國)으로 갔던 제비 구월(九月) 그믐 시월초(十月初)에 들어가 장수에게 현신(現身)[47]하는 때인데 노(魯)나라에 갔던 제비 첫째로 들어가고[48] 조선(朝鮮)으로 왔던 제비 둘째로 들어갈 제,

중중머리(계면 · 홍나게, 안의리로도 한다)

홍보 제비가 들어간다, 박홍보 제비가 들어간다. 부러진 다리가 봉통아지가 져서[49] 전둥거리고[50] 들어와, "예." 제비 장수(將帥) 호령허되, "너는 왜 다리가 봉통아지가 졌노?" 홍보 제비 여짜오되, "소조(小鳥)[51]가 아뢰리다. 예 아뢰리다. 만리조선(萬里朝鮮)을 나가 태어났다 소조 운수 불길하야 뚝 떨어져 대번에 다리가 작각 부러져 거의 죽게 되었더니, 어진 홍보씨를 만나 죽을 목숨이 살었으니 어찌하면 은혜를 갚소리까. 제발 덕분에 통촉하오."

안의리

제비 장수 분부(分付)하되, "장령(將令)[52]을 어기면 번번(番番) 탈(頉)이 있느니라. 금춘이월(今春二月) 나갈 적에 그날이 을사일(乙巳日) 사

47) 현신(現身): 아랫사람이 윗사람에게 처음으로 자신을 보임.
48) 노(魯)나라에 갔던 제비 첫째로 들어가고: 노나라는 공자의 나라이므로 첫째로 들어간 것으로 설정했다.
49) 봉통아지가 져서: 상처가 나으면서 살이 고르지 않게 붙어 도톰해져서.
50) 전둥거리고: 절뚝거리고.
51) 소조(小鳥): 자신을 낮추어 이르는 말인 '소인(小人)'의 '인'을 '조'로 대체한 단어임.
52) 장령(將令): 우두머리가 내리는 명령.

불원행(巳不遠行)[53]이라 가지 말라 하였더니, 네 어미 고집(固執)으로 떠나가더니 뱀날 떠났기로 뱀 환(患)을 만났구나. 그러나 흥보씨(興甫氏) 한 일 생각허니 금세(今世)의 군자(君子)로다. 명춘(明春)에 나갈 적에 내게 다시 고(告)하여라." 삼동(三冬)을 다 지내고 날이 해동(解凍)하여 이월(二月)에 발행(發行)[54]할 제, 흥보씨 살린 제비 장수전(將帥前)에 하직(下直)하러 들어가니, 보은포(報恩匏) 박씨 하나를 내어주며, "이것을 물어다가 흥보씨(興甫氏)에게 신전(信傳)하라." 저 제비 받아 물고 나오는디, 무인지경누만리(無人之境累萬里)[55]에 인가(人家)를 볼 수 있나. 밤이면 낭기 자고 날이 새면 다시 날아 조선국(朝鮮國)을 나오는디 이리 나오것다.

늦인 자진모리(엄·중고·평 섞임, 자진중중이라 할 수도 있다)

(혹 중중머리로 하나 그러나 원래 김창환 제는 늦인 자진모리로 확실하게 한다)

흑운(黑雲) 박차고 백운(白雲) 무릅쓰고 거중(去中)에 둥실 높이 떠 두루 사면(四面) 살펴보니, 서촉(西蜀)[56]은 지척(咫尺)이요 동해창망(東海滄茫)[57]하구나. 축융봉(祝融峰)[58]을 올라가니 주작(朱雀)[59]이 넘놀고 상위토(上緯土) 과역표(過驛標)[60] 오작교(烏鵲橋)[61] 바라보니 오초동남(吳楚

---

53) 사불원행(巳不遠行): 십이지(十二支)의 여섯번째인 '사(巳)'는 뱀을 상징하므로, 뱀의 날에는 먼 길을 가지 않는다는 뜻.

54) 발행(發行): 길을 떠남.

55) 무인지경누만리(無人之境累萬里): 사람이 발견되지 않는 수만 리의 길.

56) 서촉(西蜀): 중국의 사천성. 유비가 이곳에서 나라를 세워 촉한(蜀漢)이라 했다.

57) 동해창망(東海滄茫): 동해가 넓고 멀어서 아득함.

58) 축융봉(祝融峰): 중국 호남성 형산현 서북쪽에 있는 형산(衡山)의 일흔두 봉우리 가운데 가장 높은 봉우리.

59) 주작(朱雀): 사신(四神)의 하나. 남쪽 방위를 지키는 신령을 상징하는 짐승을 이른다. 붉은 봉황으로 형상화했다.

60) 상위토(上緯土) 과역표(過驛標): '황우토(黃牛土) 황우탄(黃牛灘)'의 와전인 듯함. '황우토'는 중국 호북성 이창현의 서쪽에 있는 황우산을 말하는데, 그 산의 깎아지른 듯한 절벽 아래로 황우탄이 흐른다.

東南)[62]의 가는 저 배 북을 두리둥 둥둥 울리면서 어기야자 어기여 저어가니 원포귀범(遠浦歸帆)[63]이 이 아니냐. 수벽사명양안태(水碧沙明兩岸苔) 불승청원각비래(不勝淸怨却飛來)[64]라 날아오는 저 기러기 갈대를 입에 물고 일점이점(一點二點) 점점(點點) 날아 평사낙안(平沙落雁)[65]이 여기요, 백구(白鷗) 백로(白鷺) 짝을 지어 청파상(淸波上)에[66] 왕래(往來)허니 석양천(夕陽天)이 거의노라. 회안봉(淮雁峰)[67]을 넘어 황릉묘(黃陵廟)[68] 들어가니 이십오현탄야월(二十五絃彈夜月)[69]에 반죽(班竹)[70]가지 쉬어 앉아 두견성(杜鵑聲)을 화답(和答)허고[71] 봉황대(鳳凰臺)[72] 올라가니 봉거대공(鳳去臺空) 강자류(江自流)[73]라. 황학루(黃鶴樓)[74]를 올라가

61) 오작교(烏鵲橋): 황우탄 위의 다리를 전설 속의 오작교로 가정하여 이른 듯함.

62) 오초동남(吳楚東南): 동정호 물줄기를 중심으로 동쪽에 있던 오나라와 남쪽에 있던 초나라를 함께 이르는 말. 두보(杜甫)의 「등악양루登岳陽樓」의 시구 '오초동남탁(吳楚東南坼, 오와 초는 동과 남으로 갈라져 있고)'에 연원을 둔 말임.

63) 원포귀범(遠浦歸帆): 바다 멀리서 포구로 돌아오는 고깃배의 모습. 소상팔경(瀟湘八景)의 하나. 소상팔경은 중국 호남성 동정호(洞庭湖) 남쪽 영릉(零陵) 부근에서 소수(瀟水)와 상수(湘水)가 합쳐진 곳의 아름다운 풍경들을 이르는 말로, 평사낙안(平沙落雁)·원포귀범(遠浦歸帆)·산시청람(山市晴嵐)·강천모설(江天暮雪)·동정추월(洞庭秋月)·소상야우(瀟湘夜雨)·연사모종(煙寺暮鐘)·어촌낙조(漁村落照) 등을 꼽는다.

64) 수벽사명양안태(水碧沙明兩岸苔) 불승청원각비래(不勝淸怨却飛來): 당나라 시인 전기(錢起)가 지은 「귀안歸雁」 중 두 구를 뽑은 것이다. '귀안'은 봄이 되어 남쪽에서 북쪽으로 돌아가는 기러기를 말하는데, 봄이 되자 남쪽으로 오는 제비와 상반되므로 여기 해당 작품의 구절들을 끌어온 것으로 짐작된다. 「귀안」의 내용은 다음과 같다. "瀟湘何事等閒回(소상을 떠나 어쩌자고 예사롭게 여겨 돌아왔나) 水碧沙明兩岸苔(푸른 물 맑은 모래에 양 언덕에는 이끼가 끼었는데) 二十五絃彈夜月(이십오현 비파를 달 아래 탈 때) 不勝淸怨却飛來(맑은 설움 못 이겨 문득 날아 돌아왔네)."

65) 평사낙안(平沙落雁): 평평한 모래밭에 기러기가 내려앉는 모양. 소상팔경의 하나.

66) 청파상(淸波上)에: 맑은 물결 위에.

67) 회안봉(淮雁峰): 중국 형산의 일흔두 봉우리 중 하나로, 기러기가 이곳에서 겨울을 지내고 봄에 북쪽으로 간다고 해서 붙인 이름.

68) 황릉묘(黃陵廟): 요임금의 두 딸이자 순임금의 두 부인이었던 아황과 여영을 모신, 소상강 가에 있는 사당.

69) 이십오현탄야월(二十五絃彈夜月): 이십오현 비파를 달 아래에서 탈 때. 당나라 시인 전기(錢起)가 지은 「귀안歸雁」 중 한 구.

70) 반죽(班竹): 순임금이 죽자 그의 두 부인인 아황과 여영이 슬피 울며 눈물을 상강의 대밭에 흘렸는데 그것이 반죽, 곧 점박이 대가 되어 자랐다고 함.

71) 두견성(杜鵑聲)을 화답(和答)허고: (날아가던 제비가 가지에 앉아) 두견새의 울음소리에 응하여 대답했다는 뜻임.

72) 봉황대(鳳凰臺): 중국 강소성 남경 동남쪽에 있는 누대. 이백의 「등금릉봉황대登金陵鳳凰臺」라는 시로 알려진 누대임.

니 황학일거불부반(黃鶴一去不復返)에 백운천재공유유(白雲天載空悠悠)[75]라. 금릉(金陵)[76]을 지내여 주사촌(酒肆村)[77] 들어가니 고주창가(沽酒娼家) 도리개(桃李開)[78]라. 낙매화(落梅花)를 툭 차 무연(舞筵)에 펄렁 떨어치고[79] 종남산(終南山)[80]을 넘어 이수(二水)[81]를 지내 계명산(鷄鳴山)[82] 올라가니 장자방(張子房)[83]은 간 곳 업고 남병산(南屛山)[84] 올라가니 칠성단(七星壇)이 빈 터요 연조지간(燕趙之間)을 순식히 지내 장성(長城)[85]을 지내여 갈석산(碣石山)[86]을 넘어 연경(燕京)을 들어가 황극전(皇極殿)[87]에 올라앉어 만호장안(萬戶長安)을 구경(求景)허고 경양문(景陽門)[88] 내다라 상달문(上達門)[89] 지내 봉관(鳳關)[90]을 들어가니 살

---

73) 봉거대공(鳳去臺空) 강자류(江自流): 봉황은 날아가고 누대는 비었는데 강물만 아래로 흐른다. 이백의 시 「등금릉봉황대」의 둘째 구.

74) 황학루(黃鶴樓): 중국 호북성 무창 서남쪽 양자강 가에 있는 누대. 최호(崔灝)의 「황학루黃鶴樓」라는 시로 알려진 누대임.

75) 황학일거불부반(黃鶴一去不復返)에 백운천재공유유(白雲天載空悠悠): 황학은 한번 가서 돌아오지 않고 흰 구름만 천년을 유유히 흐르는구나. 최호(崔灝)의 시 「황학루」의 둘째 연.

76) 금릉(金陵): 중국 남경의 옛 이름.

77) 주사촌(酒肆村): 술집이 있는 마을.

78) 고주창가(沽酒娼家) 도리개(桃李開): '술을 파는 창기의 집에 복숭아꽃과 오얏꽃이 피어 있다'는 뜻. '공숙창가도리개(空宿娼家桃李開, 홀로 자는 창기의 집에 아리따운 복숭아꽃과 오얏꽃이 피어 있구나)'의 잘못으로 볼 수도 있음.

79) 낙매화(落梅花)를 툭 차 무연(舞筵)에 펄렁 떨어치고: 두보의 시 「성서피범주城西陂泛舟」의 한 구절인 '연축비화낙무연(燕蹴飛花落舞筵)' 곧 '제비가 떨어지는 꽃잎을 차서 춤추는 자리에 떨어뜨린다'의 변형임.

80) 종남산(終南山): 중국 섬서성 남부 진령산맥(秦嶺山脈) 중부에 있는 산. 남산(南山), 주남산(周南山), 태을산(太乙山)이라고도 함. 옛 도시 서안(西安) 남부 산지의 역사적 경승지가 많으며 경치가 아름다운 여러 봉우리의 총칭이기도 함.

81) 이수(二水): 진수(秦水)와 회수(淮水).

82) 계명산(鷄鳴山): 중국 안휘성 합비현의 서북쪽에 있는 산.

83) 장자방(張子房): 장량(張良). 중국 한(漢)나라 고조(高祖) 유방(劉邦)의 공신. 진시황을 암살하고자 한 일과 홍문연에서 유방을 구해낸 일로 유명하다. 여기서는 계명산에 주둔하고 있던 항우의 군사들에게 초나라 민요를 부르게 하여 사기를 떨어뜨린 고사를 활용한 것이다.

84) 남병산(南屛山): 중국 강소성 상요현의 북쪽에 있는 산. 제갈공명이 조조의 군사들을 무찌르기 위해 동남풍을 빌려고 칠성단(七星壇)을 쌓은 곳이다.

85) 장성(長城): 만리장성.

86) 갈석산(碣石山): 중국 요동에 있는 산.

87) 황극전(皇極殿): 건륭제가 태상황 시절 업무를 보았다고 하는 곳. 자금성(紫禁城)에 있다.

88) 경양문(景陽門): 북경성의 정남쪽 문인 '정양문(正陽門)'의 와전인 듯함.

89) 상달문(上達門): 자금성의 문 중 하나인 듯하나 미상.

미륵(薩彌勒)이 백의(白衣)로다[91]. 요동칠백리(遼東七百里)를 순식간(瞬息間)에 다 지내여 압록강(鴨綠江)을 건너 의주(義州)를 다달아 영고탑(寧古塔)[92] 통군정(統軍亭)[93]을 올라보고 안남산(南山) 밖남산[94] 석벽강(石壁江) 용천강(龍川江)[95] 좌호령(左虎嶺)[96] 넘어 부산(釜山) 파발(擺撥) 환마(換馬) 고개[97] 강동(江東) 다리[98]를 건너 칠성문(七星門)[99] 들어가니 평양(平壤)의 연광정(練光亭)[100] 부벽루(浮碧樓)[101]를 구경(求景)허고 대동강(大同江) 장림(長林)[102]을 지내여 송도(松都)를 들어가 만월대(滿月臺)[103] 광덕전(廣德殿)[104] 박연폭포(朴淵瀑布)[105]를 구경(求景)허고 임진강(臨津江) 시각(時刻)의 건너 삼각산(三角山)에 올라앉아 지세(地勢)를 가만히 살펴보니, 청룡(青龍)[106]의 대원맥(大原脈)[107]이 충령(忠嶺)[108]으

90) [교감] 봉관: 박봉술 창본에서는 '동간'으로 되어 있음. 장안과 낙양 사이에 있는 지명인 '동관(潼關)'의 와전일 수 있음.

91) 살미륵(薩彌勒)이 백의(白衣)로다: '백의로다'는 '백(百)이로다'의 잘못이라고 보면, 보살과 미륵이 많다는 뜻임. 북경 주변의 민간 신앙과 관계가 있을 듯함.

92) 영고탑(寧古塔): 중국 흑룡강성 남동부에 있는 도시. 청(淸)의 시조가 자란 곳.

93) 통군정(統軍亭): 의주의 서북쪽 압록강 가의 높은 대에 있는, 경치가 좋은 정자.

94) 안남산(南山) 밖남산: 앞의 남쪽 산과 그 뒤의 남쪽 산, 곧 여러 산을 가리키는 듯함. '밖남산'은 '안' 혹은 '앞' 남산에 어울리게 지어 붙인 말임.

95) 석벽강(石壁江) 용천강(龍川江): 평안북도 의주와 용천 지역의 강 이름인 듯함.

96) 좌호령(左虎嶺): 용천강 근처의 고개 이름인 듯함.

97) 부산(釜山) 파발(擺撥) 환마(換馬) 고개: '부산을 향하여 가는 파발이 말을 갈아타던 고개'라는 뜻인 듯함. '파발'은 공문 따위를 급히 전하려고 일정한 거리마다 설치한, 역말을 갈아타던 곳, 또는 그 공문을 나르던 사람을 말함. '환마 고개'는 말을 갈아타는 고개라는 뜻인데 어디인지는 미상.

98) 강동(江東) 다리: 강동 지역의 다리 이름인 듯함. '강동'은 평안남도 강동군의 군청 소재지.

99) 칠성문(七星門): 평양성의 여섯 문 중 하나.

100) 연광정(練光亭): 평양의 대동강 가에 있는 누정(樓亭). 경치가 빼어나 예로부터 관서팔경의 하나로 알려졌다.

101) 부벽루(浮碧樓): 평양의 모란봉 밑 절벽 위에 있는 누각. 거울같이 맑고 푸른 물이 감돌아 흐르는 청류벽(淸流壁) 위에 떠 있는 듯한 누각이라는 뜻에서 부벽루라고 부르게 되었다 한다.

102) 장림(長林): 서울에서 갈 때 평양 입구에 있는 지명. 여기서 관찰사 등을 환영 또는 배웅함.

103) 만월대(滿月臺): 개성 송악산(松嶽山) 남쪽 기슭에 있는 고려의 왕궁터.

104) 광덕전(廣德殿): '관덕정(觀德亭)'의 잘못. 개성에 있는 고려 때의 정자.

105) 박연폭포(朴淵瀑布): 개성 박연리(朴淵里)에 있는 폭포. 송도삼절(松都三絶)의 하나이며, 금강산의 구룡폭포, 설악산의 대승폭포와 함께 한국 3대 명폭으로 꼽힌다.

106) 청룡(青龍): '천룡(天龍)'의 잘못. 풍수지리설에서 명당을 이루는 산세를 몰고 내려오는 가장 큰 산줄기.

로 흘러져 금화(金華)[109] 금성(金城)[110]이 분계(分界)허고[111] 춘당(春塘)[112] 영춘(迎春)[113] 휘돌아 도봉망월대(道峰望月臺)[114] 솟아 있다. 문물(文物)이 빈빈(彬彬)허고[115] 풍속(風俗)이 희희(嬉嬉)[116] 만만세지금탕(萬萬歲之金湯)[117]이라 경상도(慶尙道)는 함양(咸陽)이요 전라도(全羅道)는 운봉(雲峰)이라 함양(咸陽) 운봉(雲峰) 두 얼품에[118] 홍보가 게서 사는지라. 저 제비 거동 봐라. 박씨를 입에 가로 물고 남대문(南大門) 밖썩 나서서 칠패(七牌)[119] 팔패(八牌)[120] 청파(靑坡)[121] 배다리[122] 애고개[123] 지내 동작강(銅雀江) 월강(越江) 승방(僧房)들 지내[124] 남태령(南太嶺) 고개 넘어 두 쪽지 옆에 끼고 수루 수루 수루 번뜻 솟아,

---

107) 대원맥(大原脈): 대원맥(大元脈). 큰 줄기를 이루는 산맥.

108) 충령(忠嶺): '중령(中嶺)'의 잘못. 산줄기의 중간 마루.

109) 금화(金華): 인왕산 옆의 금화산.

110) 금성(金城): 미상. 오늘날 종로구 계동 일대의 산줄기를 뜻하는 '계산(桂山)'의 와전일 수 있음.

111) 분계(分界)허고: 나뉘고. 경복궁에서 볼 때 삼각산의 큰 산줄기가 갈라져 오른편의 인왕산은 백호가 되고, 왼편의 계산은 청룡이 된다고 한다.

112) 춘당(春塘): 창경궁 안에 있는 춘당대(春塘臺)를 가리키는 듯하나 미상.

113) 영춘(迎春): 경복궁의 동쪽문인 영춘문(迎春門)을 가리키는 듯함.

114) 도봉망월대(道峰望月臺): 도봉산의 망월봉(望月峰).

115) 문물(文物)이 빈빈(彬彬)허고: 문물이 찬란하고. 제비의 노정기이지만 한양을 이르는 부분이어서 서술자의 사견이 반영됨.

116) 풍속(風俗)이 희희(嬉嬉): 사람들이 즐거워하며 화락함.

117) 만만세지금탕(萬萬歲之金湯): 오랜 세월에 걸쳐 방비가 아주 견고한 성. '금탕'은 '금성탕지(金城湯池)'의 준말로, 성은 쇠와 같고 성을 둘러싼 연못은 끓는 물과 같다는 말임.

118) 두 얼품에: 어름에. 두 지역이 맞닿은 곳에.

119) 칠패(七牌): 지금의 서울시 중구 중림동 부근을 일컫던 말.

120) 팔패(八牌): 실제로 있던 지명인지 알 수 없음. '칠패'와 짝을 맞추기 위해 붙인 가상의 지명인 듯함.

121) 청파(靑坡): 서울역 남쪽의 역촌. 수륙교통의 연결지인 용산의 배후 취락이자 내륙으로 이어지는 교통상 요지였으며, 역졸들이 많이 살았다고 함.

122) 배다리: 서울시 용산구 동자동과 서계동에 걸쳐 있던 마을을 배다릿골이라고 했던 점으로 미루어, 오늘날의 서울역 가까이에 있던 어떤 다리를 말하는 듯함.

123) 애고개: 오늘날의 이태원 고개.

124) 동작강(銅雀江) 월강(越江) 승방(僧房)들 지내: 한강의 한 지류인 동작강을 건너고 승방들을 지나서.

중중머리(평・계면・섞임・홍나게)

홍보 문전(門前) 당도(當到). 홍보 움막을 당도하야 당상당하(堂上堂下) 비거비래(飛去飛來)[125] 편편(翩翩)히[126] 노는 거동 무엇 같다고 이르랴. 북해흑룡(北海黑龍)이 여의주(如意珠) 물고 채운간(彩雲間)으로 넘노는 듯[127], 단산봉황(丹山鳳凰)이 죽실(竹實)을 물고 오동(梧桐) 속으로 넘노는 듯[128], 춘풍황앵(春風黃鶯)이 나비를 물고 세류간(細柳間)으로 넘노는 듯[129], 집으로 펄펄 날아들 제, 홍보집 처마 밑에 들어갔다 나왔다, '지지지지(知之知之) 주지주지(主知主知) 거지년지(去之年至) 래우지배(來又之拜)오 낙지각지(落之脚之) 절지연지(折至燕之) 은지덕지(恩至德之) 수지차(酬之次)로 함지포지(含之匏之) 래지우지배(來之于之拜)오.'[130] 빼드드드드……홍보가 보고 좋아라고 찬찬히 살펴보니 절골양각(折骨兩脚)이 완연(完然)쿠나[131]. 당사(唐絲)실로 감은 흔적이 아리롱 아롱허니[132] 어찌 아니 내 제비랴. 천황(天皇) 지황(地皇) 인황(人皇)[133] 후(後) 유왈

125) 당상당하(堂上堂下) 비거비래(飛去飛來): 집 처마의 위아래로 이리저리 날아다님.

126) 편편(翩翩)히: 가볍게 날아다니는 모습을 나타내는 의태어.

127) 북해흑룡(北海黑龍)이 여의주(如意珠) 물고 채운간(彩雲間)으로 넘노는 듯: 북쪽 바다에 산다고 하는 검은 용이 여의주를 물고 아름다운 빛깔의 구름 사이로 넘노는 듯하다는 뜻으로, 제비가 박씨를 물고 날아오는 형상을 비유한 구절.

128) 단산봉황(丹山鳳凰)이 죽실(竹實)을 물고 오동(梧桐) 속으로 넘노는 듯: 단혈지산(丹穴之山)에 머문다는 봉황이 대나무 열매의 씨를 물고 오동나무에서 넘노는 듯하다는 뜻으로, 이 역시 제비가 박씨를 물고 날아오는 형상을 비유한 구절임. 『산해경山海經』에 따르면 봉황은 단혈지산 근처에 있는 새로, 생김새가 닭 같은데, 오색의 무늬가 있다고 한다. 먹고 마시는 것이 자연의 절도에 맞으며, 절로 노래하고 절로 춤추는데 이 새가 나타나면 천하가 평안해진다고 한다. 봉새는 오동나무가 아니면 깃들이지 않고 죽실이 아니면 먹지 않는다고 한다.

129) 춘풍황앵(春風黃鶯)이 나비를 물고 세류간(細柳間)으로 넘노는 듯: 봄바람 속의 노란 꾀꼬리가 나비를 물고 가는 버들가지 사이를 넘노는 듯하다는 뜻으로, 이 역시 제비가 박씨를 물고 날아오는 형상을 비유한 구절임.

130) 지지지지(知之知之) 주지주지(主知主知) 거지년지(去之年至) 래우지배(來又之拜)오 낙지각지(落之脚之) 절지연지(折至燕之) 은지덕지(恩至德之) 수지차(酬之次)로 함지포지(含之匏之) 래지우지배(來之于之拜)오: 제비가 지저귀는 소리를 흉내낸 의성이나, 작자가 "아시는지요, 아시는지요. 주인님 주인님. 지난해 갔던 제비가 돌아와 다시 인사를 드립니다. 떨어져서 부러진 다리를 이어주신 은덕을 갚으려고 박씨를 물고 와서 인사드립니다"라는 뜻을 의도적으로 부여했다.

131) 절골양각(折骨兩脚)이 완연(完然)쿠나: 뼈가 부러졌던 두 다리가 완전해졌구나.

132) 아리롱 아롱허니: 아롱다롱한 상태를 나타내는 의태어.

133) 천황(天皇) 지황(地皇) 인황(人皇): 중국 고대 전설상의 세 임금인 천황씨・지황씨・인황씨.

유소(有曰有巢)[134] 얽킨 낭기 위소차(爲巢次)로[135] 네 갔더냐. 화촉동방(華燭洞房) 좋은 때 강남시절(江南時節)을 갔다가 왔느냐. 얼씨구나 저 제비 북풍한청(北風寒淸)한 공기(空氣)[136] 기러기 넋이가 되야 평사낙안(平沙落雁)에 놀고 와 원촌(遠村) 근촌(近村)[137]에 너를 보내고 욕향청산문두견(欲向靑山問杜鵑)[138] 소식 적적 막연(邈然)터니 늬가 나를 찾아오니 어찌 아니 반가우냐. 저 제비 거동 봐라 물었던 박씨를 홍보 양주 앉은 앞에 뚝 떨어쳐 때그르…… 두 날개 자르…… 펼쳐 이리저리 떠놀다가 백운간(白雲間)으로 날아간다.

안의리

홍보 마누라가 주어들고 보니 부지괴물(不知怪物)로 생각하며, "애겨, 무슨 글자(字) 같은데 여보 영감 여기 무슨 글자가 쓰여 있소", "어디 보세." 홍보가 받아들고 보니, 갚을 보(報) 은혜 은(恩) 박 포(匏) 보은포(報恩匏)라. "제비가 올 제 노정기(路程記)[139] 적어가지고 왔나부네. 서울로 려산(礪山)으로 공주(公州)로 노성(魯城)으로 이리온 게 아니라 은진(恩津)으로 보은(報恩)으로 옥천(沃川)으로 이리왔구만. 보은(報恩) 대추 좋다고 하는 말은 들었지만 박씨 좋다는 말은 못 들었는디. 이것을 보니 박씨로만 생각이 나네. 아무튼 심어보세." 을불재종일(乙不裁種日)[140] 날을 보아 대장군(大將軍) 아닌 방(方)을 둥그렇게 깊이 파고 오

134) 유왈유소(有曰有巢): 유소라 하는 이가 있어. 유소씨(有巢氏)는 중국 삼황오제 시절의 전설적인 성인으로, 새가 보금자리를 만들어 사는 것을 보고 사람들에게 나무를 얽어 집 만드는 법을 가르쳐주었다고 함.

135) 위소차(爲巢次)로: (나무를 얽어) 집을 지으려고.

136) [교감] 북풍한청한 공기: '북풍한창안비고(北風寒窓雁飛高)'의 잘못. 북녘의 찬바람이 나그네의 창가에 몰아치는데, 기러기는 하늘 높이 날아간다는 뜻.

137) 원촌(遠村) 근촌(近村): 먼 동네와 가까운 동네. [교감] 이본에 따르면 '원촌진촌(遠村眞村)'으로 되어 있는데 이는 '강남'을 가리킴.

138) 욕향청산문두견(欲向靑山問杜鵑): 청산으로 가서 두견새에게 물으려 해도. 두견새도 남쪽의 새이므로 제비 소식을 혹 알까 해서 물어보려 했다는 뜻임.

139) 노정기(路程記): 여행할 길의 경로와 거리를 적은 기록. 홍보가 '보은포'라는 글자를 보고 지명인 보은을 떠올려 한 말임.

좀독에 담근 신짝을 많이 쟁이고[141] 흙과 재를 버무려 단단히 심었더니 입묘(立苗)하는 것을 보니 박은 정녕(丁寧) 박이었다. 박 세 통이 열었는데 처음에는 종자(種子)[142]만 보아기(甫兒器)[143]만 화로(火爐)만 장단(長短) 북통만[144] 폐문(閉門) 북통만[145] 밤낮으로 차차 크니, 약(弱)한 집이 무너질까 홍보가 걱정하야 단단한 장목(長木)으로 천정(天井)을 괴어놓고 그렁저렁 팔월가절(八月佳節)을 당하여 추석(秋夕)에 먹을 것이 없어 홍보 부처(夫妻) 의논(議論)을 허다 서름타령이 되는디,

중머리(계면, 혹 진양으로도 한다)

"가난이야 가난이야 웬수년의 가난이야. 우리 동내(洞內) 사람들은 올기[146] 잡어 서릿쌀밥[147] 풋돔부[148] 풋콩까서 밥을 짓네, 송편 찌네, 창(窓) 앞에 대추 따고 동산(東山)에 알밤 주워 선영제사(先塋祭祀)를 모신 후에 자식들을 곱게 입혀 선산성묘(先山省墓)를 보내는디, 가련한 우리 신세(身勢) 먹을 것이 바이 없네. 세상(世上)에 이리 죽는 목숨 밥 한 그릇 누가 주며 찬 부엌에 굶은 아내 조강(糟糠)[149] 꼴을 볼 수 있나."

140) 을불재종일(乙不栽種日): 을(乙) 자가 드는 날에는 씨를 뿌리지 않음. 날을 가려 씨를 뿌린다는 뜻임.

141) 오좀독에 담근 신짝을 많이 쟁이고: '쟁이다'는 물건을 차곡차곡 포개거나 쌓거나 밀어넣다는 뜻임. 이렇게 하는 이유는 씨를 뿌리기에 앞서 거름 위에 짚신 따위를 놓아 거름기가 바로 씨앗에 닿지 않게 하기 위한 것임.

142) 종자(種子): 씨앗. 종자는 씨앗 그 자체이므로 박씨를 비유하는 말로는 적당하지 않음. '처음에는 종자였던 것이' 정도로 이해하는 것이 좋을 듯함.

143) 보아기(甫兒器): 보시기. 김치 같은 것을 담는 작은 사발.

144) 장단(長短) 북통만: 장단을 치는 북통 크기만 한.

145) 폐문(閉門) 북통만: 고을 폐문루(閉門樓) 위에 달린, 시간을 알리는 북통 크기만 한.

146) 올기: 햅쌀.

147) 서릿쌀밥: 서리처럼 흰 쌀밥.

148) 풋돔부: 그해 새로 나온 돔부. '돔부'는 '광저기'라고도 하는데, 콩과에 속하는 한해살이 덩굴풀임. 여름에 담자색 꽃이 피고 꼬투리 열매가 맺히는데 그 씨와 깍지를 식용함.

149) 조강(糟糠): 지게미와 쌀겨라는 뜻으로, 가난한 사람이 먹는 변변치 못한 음식을 이르는 말. 여기서 '조강꼴'이란 제대로 먹지 못하는 아내의 고생하는 모습을 일컬음.

어이여라 톱질이야, 실근실근 박을 타세

중중머리(평·계면 섞임)

홍보 울다 일어서며, "사람이라 허는 것이 생기쪽이 있어야지. 장근[1] 이렇게 설리 울며는 되는 일이 없는 법이라, 우리는 저 박을 타서 박속을 끄려먹고 박짝[2]은 팔아다가 굶은 자식을 구급(求急)하세." 동내(洞內) 도끼 얻어 들어메고 지붕 위로 올라가서 박꼭지를 컥컥 찍어다 놓는다고 놓은 것이 개문방(開門方)[3]에다 놓았다, 또 한 통 컥컥 찍어 놓는다고 놓은 것이 복덕방(福德方)[4]에다 놓았다, 마지막 통 컥컥 찍어 놓는다고 놓은 것이 생문방(生門方)[5]에다 놓았구나. "여보소 마누라 울

1) 장근: 늘.
2) 박짝: '바가지'의 방언.
3) 개문방(開門方): 민속에서 이르는 개문(開門)의 방위. '개문'은 점술에서 점을 치는 팔문(八門)의 하나로 길(吉)한 문임.
4) 복덕방(福德方): '타고난 복과 후한 마음의 방위'라는 뜻으로 붙인 이름. '복덕궁(福德宮)'은 점술에서 이르는 십이궁(十二宮)의 하나로, 복(福)과 덕(德)의 많고 적음을 점치는 별자리임.
5) 생문방(生門方): 민속에서 이르는 생문(生門)의 방위. '생문'은 점술에서 점을 치는 팔문(八門)의 하나로 길(吉)한 문임.

지 말고 이리 오소."

안의리

간신(艱辛)히 통을 내려놓고 건넌마을 박목수(朴木手) 큰 톱 얻어다 박을 타려 하는데, 흥보가 가난 꼴은 이러하나 속멋은 답북 들어[6], "여보소 아이어멈, 평지(平地)에 지어도 절은 절이요 성복(成服)[7] 술에도 권주가(勸酒歌) 한다는 말이 있네. 우리가 일년농사(一年農事) 논을 버나[8] 밭을 가는가. 남들은 모 심을 제 상사소리[9],[10] 밭노래를 부르지마는 우리는 이 박 타며 박노래를 불러보세", "아이고 부끄러워 어찌 할꼬", "내가 사설(辭說) 지어 메기거든[11] 자네는 뒷소리만 맡소." 박을 타는디,

진양(계면, 거성・반계・반우・섞임)

"시르르렁 실근 당겨주소. 에이여루 당겨주소. 이 박을 타거들랑은 아무것도 나오지를 말고 밥 한 통만 나오너라. 평생의 포한(抱恨)이로구나. 여이여루 당그어여라. 금석사죽포토혁목(金石絲竹匏土革木)[12] 이 박이 아니며는 팔음(八音)[13]을 어찌 알이.[14] 아성(亞聖) 안자(顏子) 안빈

6) 속멋은 답북 들어: (흥보가 비록 가난하나) 멋낼 줄은 잘 알아서.

7) 성복(成服): 초상이 나서 처음으로 상복을 입는 것을 뜻함. 보통 초상난 지 나흘 되는 날부터 상복을 입음. '성복 술'은 성복할 때 제사를 드리며 올리는 술.

8) 버나: '벌다'는 소작 따위로 농사짓는다는 뜻임.

9) 상사소리: 농사꾼이 모를 심거나 김을 맬 때 부르는 노래. 노동요의 중심이 되는 노래로, 전국 각지에 퍼져 있으나, 전라도 지역의 것이 가장 많이 알려져 있음.

10) '밭을 갈 때'가 빠져 있는 듯함.

11) 메기거든: '메기다'는 두 편이 노래를 주고받을 때 한 편이 먼저 부른다는 뜻임.

12) 금석사죽포토혁목(金石絲竹匏土革木): 아악(雅樂)에서 쓰는 여덟 가지 악기의 재료들. 『증보문헌비고增補文獻備考』에 따르면, 금부(金部)에는 편종(編鍾)・특종(特鍾)・방향(方響)・징, 석부(石部)에는 편경(編磬)・특경(特磬), 사부(絲部)에는 거문고・가야금・아쟁・비파, 죽부(竹部)에는 피리・대금・당적(唐笛)・단소, 포부(匏部)에는 생황(笙簧), 토부(土部)에는 훈(壎)・부(缶), 혁부(革部)에는 장구・갈고(羯鼓)・좌고(座鼓)・절고(節鼓)・소고, 목부(木部)에는 박(拍)・축(柷)・어(敔) 등이 있다고 함.

13) 팔음(八音): 아악에서 쓰는 여덟 가지 재료로 만든 악기. 또는 그 소리.

낙도(安貧樂道) 이 박이 아니며는 일포음(一瓠飮)을 어찌 하며[15] 소부(巢父)의 둔세고절(遁世孤節) 기산괘표(箕山掛瓢) 어찌 하리.[16]" 한참 말을 혼자 하더니, "여보게 마누라, 내가 하는 말의 뜻풀이를 하야 줌씨. 공자님 다음에 가는 성현 안자님은 위대한 성현이나 누항(陋巷)에 한사(寒士)[17] 되야 가난을 참고 도의(道義) 즐겨 옥천(玉泉)의 맑은 물 한 바가지로 넉넉한 생애를 하였다 하네. 에이여루 당그여라. 톱소리를 어서 맞소", "톱소리를 내가 맞자고 한들 배가 고파서 못 맞것소", "배가 정 고프거든 허리띠를 졸라매소. 에여루 당겨주소. 작은 자식은 저리 가고 큰 자식은 나한테로 오너라. 우리가 박을 타서 박속일랑 끓여 먹고 바가질랑은 부자집이 가 팔어다가 목숨보명[18] 살아나세. 당겨주소 강상에 떴난 배가 수천 석을 지가 싣고 간들[19] 저희만 좋았지, 내 박 한 통을 당할 수 있느냐. 시르르……렁 실건 시르렁 실건 시르렁 실근 당그여라 톱질이야."

---

14) 이 박이 아니며는 팔음(八音)을 어찌 알이: '박'이 아악에서 쓰는 여덟 가지 악기 재료 중 하나이므로, 박이 없었다면 여덟 가지 소리를 모두 낼 수 없다는 뜻.

15) 아성(亞聖) 안자(顏子) 안빈낙도(安貧樂道) 이 박이 아니며는 일포음(一瓠飮)을 어찌 하며: 가난한 가운데 마음을 편안히 하고 도를 즐기던 안자도 이 박이 아니었다면 한 표주박의 물을 어찌 마셨으며. 『논어論語』에 따르면 공자는 안회를 보고 "어질도다, 안회여. 한 소쿠리의 밥과 한 표주박의 물로 누추한 곳에 거처하며 산다면, 다른 사람은 그 근심을 견뎌내지 못하거늘 안회는 즐거움을 잃지 않는구나. 어질도다 안회여(賢哉回也 一簞食一瓢飮在陋巷 人不堪其憂 回也不改其樂 賢哉回也)"라 한 바 있다. 이 일을 홍보의 가난과 현재 박을 타고 있는 상황에 견주어 표현한 것이다.

16) 소부(巢父)의 둔세고절(遁世孤節) 기산괘표(箕山掛瓢) 어찌 하리: (이 박이 없었다면) 소부가 세상을 버리고 홀로 고고한 절개를 지키며 기산에서 표주박을 걸어두던 일을 어찌 했으리. '소부'는 중국 고대의 선비로 요임금이 그에게 나라를 맡기고자 했으나 거절했다는 고사로 유명한 인물임. 『일사전逸士傳』에 따르면 "허유가 손으로 물을 떠 마시니 사람들이 물을 마신 뒤에 표주박 한 개를 나무 위에 걸어 놓았다. 바람이 불면 소리가 나니, 허유가 번거롭다고 버렸다(許由手捧水飮 人遺一瓢飮訖掛木上 風吹有聲 由以爲煩去之)"고 한다. 따라서 표주박과 관련된 인물은 소부가 아닌 허유일 것임. 여기서는 홍보가 박을 타고 있는 상황과 이 고사를 관련지어 표현한 것임.

17) 한사(寒士): 가난하게 사는 선비.

18) 목숨보명: 목숨 보명(保命). 목숨을 지킨다는 뜻. 바가지라도 팔아먹고 살 수 있을 것이라는 말임.

19) 강상에 떴난 배가 수천 석을 지가 싣고 간들: 도주공(陶朱公) 범려(范蠡)가 서시와 함께 오호로 돌아가 물물교역을 통해 많은 재산을 갖게 되었는데 그때의 한 정황을 끌어들여 홍보의 부에 대한 갈망을 간접적으로 표현한 말인 듯함.

휘모리(평우성)

시르렁 시르렁 시르렁 식싹 실근식싹 실근식싹 톡탁

안의리

박을 탁 타놓니 박속이 휑 비여 무복자(無福者)는 계란에도 유골(有骨)이라더니[20] 박속이 어데로 다 갔구나. 뜻밖에 청의(靑衣) 입은 동자(童子) 한 쌍(雙) 썩 나서며, "이것이 홍보씨 댁이요?" 홍보가 깜짝 놀라 뒤꼭지 탁 치며, "이런 재변(災變) 보았나. 초(楚)나라 유자(柚子) 속에 노인(老人)이 바둑 둔다는 말[21]은 있으나 박통 속에 동자(童子) 들기는 천만고(千萬古)에 처음이라. 내 이름을 어찌 알고 무엇하자 와 찾는지. 허 참 도망(逃亡)키나 되었나. 죽자꾸나. 내가 홍본디 무엇하자고 찾아왔노?" 저 동자 여짜오되, "삼신산(三神山)[22] 열위선관(列位仙官)[23] 모여 앉아 공론(公論)하되 홍보씨 지극덕화(至極德化) 금수(禽獸)까지 미쳤으니 그저 있지 못하리라, 여러 약(藥)을 보냈습니다."

단중머리(평우조 붙임)

"백옥병(白玉甁)에 넣은 것은 죽게 된 사람 혼(魂) 불러 돌아오는 환혼주(還魂酒)요, 밀화병(蜜花甁)[24] 넣은 것은 맹인(盲人)이 먹었으면 눈이 밝는 개안주(開眼酒)요, 호박(琥珀) 그릇에 넣은 것은 벙어리가 먹었

20) 무복자(無福者)는 계란에도 유골(有骨)이라더니: 복이 없는 사람에게는 계란에도 뼈가 있다더니. 늘 일이 잘 안 되던 사람이 모처럼 좋은 기회를 만났으나 이 또한 잘 안 될 경우를 빗대어 이르는 말.

21) 초(楚)나라 유자(柚子) 속에 노인(老人)이 바둑 둔다는 말: 바둑을 두는 재미를 뜻하는 '귤중지락(橘中之樂)'과 관련한 고사에서 온 말. 옛날 중국 한 농가에서 기르던 귤나무가 유달리 큰 열매를 맺어 기쁜 마음으로 마을 사람들과 함께 귤을 갈라 보았는데 그 속에 귤은 없고 신선이 바둑을 두고 있었다고 함.

22) 삼신산(三神山): 중국 전설에 나오는 봉래산·방장산·영주산을 통틀어 이르는 말. 진시황과 한무제가 불로불사약을 구하기 위해 동남동녀(童男童女) 수천 명을 이곳에 보냈다고 전한다.

23) 열위선관(列位仙官): 여러 신선들.

24) 밀화병(蜜花甁): 밀화로 만든 병. '밀화'는 밀랍 같은 누런빛이 나고 젖송이 같은 무늬가 있는 호박(琥珀).

으면 말 잘하는 능언초(能言草)요, 산호(珊瑚) 그릇에 넣은 것은 귀먹은 이 먹으며는 귀 열리는 천태산(天台山)[25] 벽이초(闢耳草)요, 설화지(雪花紙)[26]로 묶은 것은 병(病)이 없는 만병초(萬病草), 금화지(金花紙[27])로 묶은 것은 아니 늙는 불로초(不老草), 가지가지 있삽는데 약(藥)이름과 쓰는 법(法)을 그 옆에 썼사오니 그리 알아서 쓰옵소서."

안의리

"가다가 동정용궁(洞庭龍宮)[28] 전할 사지(使紙)[29] 있삽기로 총총(怱怱)이 가옵니다." 홍보 굶은 중에 헛인사(人事) 한번 하여, "저러한 선동(仙童)네가 나 같은 사람 보려 허고 그 먼 데서 오셨다가 아무리 가난하나 점심요기(點心療飢) 해야 하지." 동자(童子) 웃고 대답하되, "세상(世上) 사람 아니기로 목마르면 감로수(甘露水)[30] 시장하면 구전단(九轉丹)[31] 연화식(煙火食)[32]을 못 하오니 염려(念慮)치 마옵소서." 인홀불견(因忽不見)이라. 홍보가 동자(童子)를 보낸 후(後)에 하도 괴이(怪異)하야 박짝 속을 또 굽어보니 목물(木物)[33] 두 개가 놓였는데, 반닫이[34] 농(籠)만 한데 궤 두 짝에다 황금정자(黃金正字)로 쓰였는데, '박홍보(朴興甫) 개탁(開坼)[35]'이라. 홍보가 보고 장담(壯談)하여, "내가 비록 산중(山中)에 사나 이름은 바로 멀리 났지." 두 궤를 열고 보니 하나는 쌀이

25) 천태산(天台山): 『태평광기』에 실린 이야기에 따르면 유신(劉晨), 완조(阮肇)가 약초를 캐다가 아름다운 두 여인과 만난 곳임.
26) 설화지(雪花紙): 흰 꽃무늬가 있는 백지.
27) 금화지(金花紙): 황금빛 꽃을 그려 넣은 종이.
28) 동정용궁(洞庭龍宮): 동정호에 있는 용궁. '동정호'는 중국 양자강 중류에 있는 호수.
29) [교감] 사지: '편지'의 잘못인 듯함. 신재효본에는 '편지'로 되어 있음.
30) 감로수(甘露水): 신선 세계에 있다는 좋은 물.
31) 구전단(九轉丹): 구전금단(九轉金丹). 먹으면 3일 만에 신선이 된다는 약.
32) 연화식(煙火食): 굽거나 익혀서 먹는 음식.
33) 목물(木物): 나무로 만든 물건.
34) 반닫이: 앞의 위쪽 반만 열리게 된 궤짝. 의류·두루마리문서·서책·유기류(鍮器類)·제기류(祭器類) 등을 보관, 저장하는 기구로 사용했다.
35) 개탁(開坼): ('봉한 편지나 서류를 뜯어보라'는 뜻으로) 아랫사람에게 보내는 편지 겉봉에 쓰는 말.

가득 하나는 돈이 가득, 홍보가 좋아라고 쌀을 비어 떨어내보는데,

휘모리(평우조 붙임)

홍보가 좋아라고 홍보가 좋아라고, 궤 두 짝을 떨어 붓고 나면 도로 수북, 톡톡 떨어 붓고 나면 도로 수북, 돌아섰다 도로 보면 도로 하나 가뜩, 돌아섰다 도로 보면 도로 하나 가뜩, 비어내고 비어내고……비어내고 돌아섰다 돌아서서 도로 궤를 열고 보면 돈도 도로 하나 가뜩 쌀도 하나 가뜩 가뜩 가뜩. "아이고 좋아라. 일년삼백육십일(一年三百六十日)을 그저 꾸역꾸역 나오너라."

안의리

돈이 일만구만 냥이라, 어쩐 말인지[36]. 별안간 섬밥[37]을 짓기로 동내 가마솥을 찾아서 짓고 쇠고기를 몇 근을 덥벅 사서 소금 흩고 맹물 처서 토정(土鼎)[38]에 삶아내고 헌 소죽통에 밥 두 통을 퍼다 놓고 숟가락은 근본 없지만은 있더라도 찾을 수 없는 형편이라 밥통가에 늘어앉아서 주어먹는디, 홍보 또한 밥 먹노라 윤기(倫紀)를 잊어버리고 밥을 먹는디 먹다 먹다 나종에는 죽(竹)방울 놀리는 모양[39]으로 밥을 손으로 뭉쳐 던져 놓고 밥 내려질 때 되면 입으로 맞으러 나가는디, 툭탁딱 꿀떡 툭탁딱 꿀떡 딱딱 엊이 먹었던지 배가 큰 북통이 되어 숨이 차서 죽을 지경이 되었을 제, 홍보 마누라 또한 눈물을 흘리며 밥 먹어도 죽고 밥 있어도 죽게 되니 이를 어찌허리. 그때 홍보 아들 중에 한 놈이 나서더니, "어머니, 아부지가 배가 불러 죽게 되었소", "오냐",

36) 어쩐 말인지: 일만구만 냥이라는 표현이 잘못된 것이나 어차피 얼마인지 모르므로 관계없다는 뜻이 함축된 말.

37) 섬밥: 쌀 한 섬으로 지은 밥.

38) 토정(土鼎): 질솥. 질흙으로 구워 만든 솥.

39) 죽(竹)방울 놀리는 모양: '죽방울'은 장난감의 한 가지. 장구 비슷하게 생긴 자그마한 나무토막에 노끈을 걸어서 공중으로 던져 올렸다 받았다 하며 놀림.

"그러면 좋은 수가 있소. 강아지 하나를 똥구멍에 몰아넣읍시다", "이 자식 무슨 소리냐", "그러고 강아지 못 나오면 호랑이 한 마리 몰아넣읍시다. 그것도 못 나오면 건너말 박포수 불러다 캉 노면[40] 누가 죽든지 살든지 할 것 아니요." 이것은 잠깐 이 대목에 재담(才談)이요.[41] 홍보가 기운을 내어, (홍보가 좋아라고)

안의리

어찌 떨어 부어 놨던지 쌀이 일만구만 석이요. 돈 한 꿰미를 들고 홍보가 좋아라고 춤을 추고 노는디,

중중머리(평・계면・홍나게)

박홍보가 좋아라 돈 한 꿔미를 손에다 들고 춤을 추고 논일 제, "얼시구나 절시구 돈 봐라 돈 돈 봐라. 잘난 사람도 잘생긴 돈, 못난 사람도 잘난 돈, 맹상군(孟嘗君)의 수레바퀴처럼 동글동글이 생긴 돈, 생살지권(生殺之權)을 가진 돈, 부귀공명(富貴功名)이 붙은 돈, 얼시구나 돈 봐라. 어디를 갔다가 이제 오느냐. 얼시구 돈 봐라. 여보아라 큰 자식아 건너말 건너가서 너의 백부님을 오시래라. 경사(慶事)를 보아도 우리 형제 보자. 얼시구나 절시구. 어화 세상 여러분들 나의 한 말 들어보오. 부자라고 자세(藉勢)[42]를 말고 가난타고 한(恨)을 마소. 엊그저께까지 박홍보도 문전걸식(門前乞食)을 일삼더니 오늘날 부자가 되었으니 이런 경사가 어디 있으리. 얼시구나 절시구." 홍보 마누라가 좋아라고, "우리집이 가난키로 문전걸식을 다녔더니 오늘날 부자가 되였으니 석숭(石崇)[43]이를 내가 부러허리. 불상하고 가련한 사람들 우리집을 찾

---

40) 캉 노면: '총을 쏘면'의 뜻.

41) 이것은 잠깐 이 대목에 재담(才談)이요: 위 부분은 서사적 진행과는 직접적인 관련이 없는 부분으로 홍을 돋우기 위한 것이라는 창자-서술자의 말임.

42) 자세(藉勢): 자기의 세력이나 남의 세력을 믿어 빼기고 으스댐.

43) 석숭(石崇): 중국 서진(西晉)의 부호(富豪). 발해(渤海) 남피(南皮) 사람으로 형주자사(荊州刺史)가

아오소. 나도 오늘부터 기민(飢民)을 줄나네[44]. 어……얼시구 얼시구 얼시구."

안의리

이렇게 돈을 가지고 놀더니 뱃속 든든한 판에 또 한 통을 들여놓고 타는데,

중머리(계면, 힘차게 평우조 섞임)

"시르렁 실근 당겨주소. 에그여라 톱질이야 당겨주소 톱질이야. 오자서(伍子胥) 도망(逃亡)할 제 오시(吳時)에 걸식(乞食)하고,[45] 한신(韓信)이 궁곤(窮困)할 제 표모(漂母)의게 기식(寄食)이라,[46] 진문공(晉文公) 전간득식(田間得食),[47] 한광무(漢光武) 호타맥반(滹沱麥飯)[48] 중(重)한 것이

되었다. 진(晉)나라 남조(南朝)의 고급 관리 중에는 부호가 많았는데 그 대표적인 인물이다. 팔왕(八王)의 난(亂)을 만나 조왕(趙王) 윤(倫)에게 살해되었다.

44) 기민(飢民)을 줄나네: '기민'은 굶주린 백성. '기민을 주다'는 '기민을 먹이다' 곧 흉년을 맞아 굶주리는 사람에게 곡식을 나누어 준다는 뜻.

45) 오자서(伍子胥) 도망(逃亡)할 제 오시(吳時)에 걸식(乞食)하고: 오자서가 초나라를 떠난 뒤 여러 곳을 전전하던 때를 이른 말인 듯하다. 흥보의 현재 처지를 중국 역사 속 인물들이 곤란한 상황에 처했을 때에 빗대어 이른 말이다. '오시(吳時)'는 분명치 않으나 '오시(吳市)'인 듯하다. 오자서는 중국 춘추시대 말기 사람으로 이름은 원(圓). 초(楚)나라 평왕(平王)이 아버지와 형을 살해하자 초나라를 떠나 여러 나라를 떠돌아다닌 뒤 오(吳)나라에 정착했다. 오왕 합려(闔閭)가 부왕(父王)을 죽이고 즉위하는 것을 도와 그의 신임을 받고 병법가 손무(孫武)와 함께 오나라의 국력신장을 위해 힘썼다. 국력이 신장된 오나라는 초나라를 침공해 초나라의 수도 영을 함락시켰으며, 오자서는 이미 죽어 장사까지 지낸 평왕의 무덤을 파헤치고 시신을 채찍으로 때려 아버지와 형의 원수를 갚았다고 한다. 그 뒤 합려는 중원(中原)으로의 진출을 계획하고 종종 북방으로 군사를 움직였으나 오자서는 배후의 월(越)을 경계해야 한다고 주장했다가 합려와 의견이 맞지 않자 자살했다.

46) 한신(韓信)이 궁곤(窮困)할 제 표모(漂母)의게 기식(寄食)이라: 한고조 유방의 핵심 참모였던 한신이 곤궁할 때 빨래하는 여인네에게 얻어먹으며 지냈다는 뜻. 한신은 궁핍한 가정에 태어나 어릴 적에 부모를 잃고 강가로 가서 고기를 잡아 팔기도 하고 고기를 잡지 못한 날에는 주린 배를 움켜쥐며 지냈다고 한다. 그 시절 빨래어멈에게 밥을 얻어먹은 적이 있었는데 후에 그 은혜를 크게 갚았다고 한다.

47) 진문공(晉文公) 전간득식(田間得食): 진문공이 밭에서 얻어먹음. 진문공은 중국 춘추시대 진(晉)나라의 제24대 공(公). 진문공은 아버지 헌공(獻公)에게 추방당하여 19년 동안 있다가 의형(義兄)인 진나라 목공(穆公)에 의하여 62세에 고국으로 돌아오게 된다. 진나라의 공이 되자 많은 현신(賢臣)을 얻어 결국에는 제환공(齊桓公)과 아울러 제후의 패자(覇者)가 되었다.

48) 한광무(漢光武) 호타맥반(滹沱麥飯): 호타하에서 장군 풍이(馮異)가 창황중에도 광무제에게 보리밥

밥뿐이라, 만고(萬古)에 영웅(英雄)들도 밥 없으면 살 수 있나. 톱밥이 펄펄 흐날리게 한심 써서 당기여라. 이 박을 타거들랑은 아무것도 나오지를 말고 은금(銀金)보화만 나오너라. 은금보화가 나오게 되면 형님 갖다 드릴난다."

〈말로〉 홍보 마누라 기가 막혀

진양(단계)

"나는 나는 안 탈라요, 당신은 잊었소. 형제간이라 잊었소그래. 엄동설한 치운 날에 구박(驅迫)을 당하여 나오던 일은 곽(槨) 속에 들어도 못 잊겠오." 홍보가 화를 내며, "갑갑허구나 이 사람아. 계집은 상하(上下) 의복이요 형제는 일신 수족(手足)이라.[49] 의복(衣服)은 떨어지면 해 입기가 쉽거니와 형제 일신 수족은 아차 한 번 뚝 떨어지면 다시 잇지를 못하는 법이다. 타지 마라."

〈말로〉 홍보 마누라가 가만히 생각하더니마는, "영감 말씀 듣고 보니 내가 잘못 생각이요, 다시는 안 할라요. 어서 탑시다." 홍보가 좋아라고,

휘머리(평우성)

시르렁 시르렁 싹싹싹싹 시르렁 시르렁 실근 실근 실근 실근 씩삭

안의리

박을 탁 타놓니 이 박 속에서는 왼갖 비단이 나오는데 이렇게 나오것다.

을 지어 배고픔을 잊게 해주었다고 함. 한광무는 중국 후한(後漢)의 시조인 유수(劉秀)를 말함.
49) 일신 수족(手足)이라: 한 몸의 손과 발과 같다는 뜻.

중중머리(평·중고 섞임)

왼갖 비단이 나온다. 각색 비단이 나온다. 소광부상삼백척(韶光扶桑三白尺)[50] 번듯 떴다 일광단(日光緞)[51], 고소대(姑蘇臺)[52] 악양루(岳陽樓)[53] 적선음미(謫仙吟味) 월광단(月光緞)[54], 서왕모(西王母)[55] 요지연(瑤池宴)[56]의 진상(進上)하던 천도문(天桃紋)[57], 천하구주(天下九州)[58] 산천초목(山川草木) 그려내던 지도문(地圖紋)[59], 등태산소천하(登泰山小天下)에 공부자(孔夫子)의 대단(大緞)[60], 남양초당(南陽草堂)[61] 경(景) 좋은데 천하영웅(天下英雄)에 와룡단(臥龍緞)[62], 사해(四海)가 분분(紛紛) 요란(擾亂)허니[63] 뇌고함성(雷鼓喊聲) 영초단(英綃緞)[64], 풍진(風塵)을 시르르

50) 소광부상삼백척(韶光扶桑三白尺): '소간부상삼백척(笑看扶桑三百尺)'의 잘못. '해 뜨는 곳 삼백척을 웃으며 바라보니'의 뜻으로 『전등신화剪燈新話』「수궁경회록水宮慶會錄」에 나오는 구절이다. '일광단'의 '해'와, 해 뜨는 곳으로 알려진 '부상'을 관련지어 홍취 있게 표현하기 위한 수식 어구. 이하에서도 비단의 이름과 관련된 수식 어구를 덧붙여 홍취를 높인 것임.

51) 일광단(日光緞): 해나 햇살 무늬를 놓은 옛 비단의 일종.

52) 고소대(姑蘇臺): 중국 춘추시대에 오(吳)나라 임금 부차(夫差)가 지은, 강소성 고소산에 있는 누대.

53) 악양루(岳陽樓): 중국 호남성 악양현에 위치한 성루(城樓). 당나라 때 세워졌으며 아름다운 동정호의 조망으로 유명한 곳임.

54) 적선음미(謫仙吟味) 월광단(月光緞): '적선(謫仙)의 아미산월가(峨眉山月歌)의 월광단'인 듯. '적선'은 이태백을 말하며 「아미산월가」는 이태백의 시임. '월광단'은 그 시 속의 달과 관련지어 붙인 것임.

55) 서왕모(西王母): 중국 신화에 나오는 신녀(神女)의 이름. 『산해경山海經』에 따르면 서왕모는 서방 곤륜산에 사는, 사람 얼굴에 호랑이의 이빨, 표범의 털을 가진 신인(神人)이라고 한다. 그러나 일반적으로는 불사약을 가진 선녀라고 전해진다. 한나라 때에 서왕모의 이야기가 민간에 널리 퍼졌다 한다.

56) 요지연(瑤池宴): 서왕모가 사는 연못인 요지에서 벌이는 잔치. 「목천자전穆天子傳」에 따르면, 주나라 목임금이 서쪽으로 정벌을 나갔다가 서왕모를 만나 그가 베푼 요지의 잔치에서 놀았다고 한다.

57) 천도문(天桃紋): 천상계에서 난다는 복숭아를 그린 비단.

58) 천하구주(天下九州): 중국 고대에 전국을 통치하려고 나누었던 아홉 개의 주. 요순시대와 하(夏)나라 때에는 기(冀)·연(兗)·청(靑)·서(徐)·형(荊)·양(揚)·예(豫)·양(梁)·옹(雍)이며, 은(殷)나라 때에는 기·예·옹·양·형·연·서·유(幽)·영(營)이고, 주(周)나라 때에는 양·형·예·청·연·옹·유·기·병(幷)이다. 여기서는 '온 천하'를 뜻한다.

59) 지도문(地圖紋): 지도가 그려진 비단.

60) 등태산소천하(登泰山小天下)에 공부자(孔夫子)의 대단(大緞): '태산에 올라보니 비로소 천하가 작은 것을 알게 되었다'고 하던 공자가 대단하다는 뜻이 함축되어 있다. '대단'은 중국산 비단으로 한단(漢緞)이라고도 한다.

61) 남양초당(南陽草堂): 중국 하남성 남양현에 있던, 제갈량이 벼슬길에 나가기 전에 살던 집.

62) 와룡단(臥龍緞): 누워 있는 용이 새겨진 비단. 제갈량의 호가 '와룡'이었으므로 그것을 비단 이름으로 관련지은 것임.

치니 태평건곤(泰平乾坤) 대운단(大運緞)[65], 큰방 골방 가루다지[66] 국화(菊花) 새김에 완자문(卍字紋)[67], 초당전(草堂前) 화계상(花階上)에 머루 다래 포도문[68], 화란춘성(花爛春盛) 만화방창(萬花方暢) 봉접(蜂蝶) 분분 화초단(花草緞)[69], 꽃수풀 젓가지에[70] 얼크러진 넌출문(紋)[71], 통영칠(統營漆) 대모반(玳瑁盤)에[72] 안성유기(安城鍮器) 대접문[73], 강구연월(康衢烟月)[74] 격양가(擊壤歌)[75] 배 부르다 함포단(含哺緞)[76], 알뜰 사랑 정(情)든 님이 나를 버리고 가겨주[77], 두 손목 덥벅 잡고 가지 말라 도리

---

63) 사해(四海)가 분분(紛紛) 요란(擾亂)허니: 세상이 어지럽고 요란하니.

64) 뇌고함성(雷鼓喊聲) 영초단(英綃緞): '뇌고함성'은 천둥 치듯 북을 치는 소리와 여러 사람의 고함 소리. '영초단'은 중국산 비단의 하나로, 올은 가늘지만 씨가 좀 굵어 바닥이 꺼칠꺼칠한 비단임. 하지만 여기서는 전쟁과 관련된 것이므로 '영초(營哨)'를 뜻할 가능성도 있다.

65) 태평건곤(泰平乾坤) 대운단(大運緞): '태평건곤'과 관련해 볼 때, '대운단'은 '대원단(大願緞)'이 아닐까 함. 곧 태평한 세상을 바란다는 것을 비단 이름으로 끼워 맞춘 것이라 생각됨. 혹은 '대원단(大元緞)'일 수도 있음.

66) 가루다지: 가로다지. 가로지르게 열고 닫는 문.

67) 완자문(卍字紋): '卍' 자 모양을 이어서 만든 무늬.

68) 초당전(草堂前) 화계상(花階上)에 머루 다래 포도문: 몸채 옆이나 뒤에 따로 지은 초당 앞 화단 위에 피어 있는 머루, 다래, 포도 무늬.

69) 화란춘성(花爛春盛) 만화방창(萬花方暢) 봉접(蜂蝶) 분분 화초단(花草緞): 봄날에 꽃들이 난만하게 피어 있고 온갖 생물이 한창 피어나 자라고 벌과 나비가 꽃들 사이를 어지러이 날아다님. '화초단'은 화초 무늬가 그려진 비단.

70) 젓가지에: '곁가지에'의 방언.

71) 넌출문(紋): 길게 뻗어나가 늘어진 식물의 줄기가 새겨진 무늬. '넌출문(門)'은 문짝 넷이 죽 잇따라 달린 문이라는 뜻이기도 함.

72) 통영칠(統營漆) 대모반(玳瑁盤)에: 통영에서 나는 질 좋은 칠을 한, 바다거북 등껍데기로 만든 쟁반에.

73) 대접문: 대접만큼 크고 둥글게 놓은 비단의 무늬. 통영칠을 한 대모쟁반과 안성유기 같은 고급 그릇으로 손님을 대접한다는 뜻을 '대접문'과 관련지은 것임.

74) 강구연월(康衢烟月): 큰 길거리에서 달빛이 연기에 은은하게 비치는 모습을 나타낸 말. 태평한 시대의 평화로운 풍경을 일컫는 관용적인 어휘임.

75) 격양가(擊壤歌): 농부가 풍년이 들어 태평한 세월을 즐겨서 부르는 노래를 일컫는 말. 요(堯)나라 때 태평세월을 구가(謳歌)한 노래로 『제왕세기帝王世紀』에 다음과 같이 전한다. "때는 요임금 시절, 천하는 태평하며, 백성은 아무 걱정이 없다. 팔십, 구십 되는 노인이 양을 두드리며 노래를 부르는데, 그 노래는, 해 뜨면 일하고 / 해가 지면 쉰다 / 우물을 파서 물을 마시고 / 밭을 갈아서 먹으니 / 제왕의 힘인들 어찌 내게 미치리오(帝堯之世 天下太和 百姓無事有八九十老人擊壤而歌 歌曰 日出而作 日入而息 鑿井而飮 耕田而食 帝力于我何有哉)."

76) 함포단(含哺緞): 배불리 먹는다는 뜻으로 지은 가상의 비단 이름.

77) 가겨주: 가계주. 아롱아롱한 무늬가 있는 중국 비단. '가계'를 '가게', 곧 '가다'의 활용으로 보아 수식 어구를 덧붙인 것임.

(桃李)불수[78], 임 보내고 홀로 앉아 독수공방(獨守空房) 상사단(相思緞)[79], 추월적막(秋月寂寞) 공단(貢緞)[80]이요 심산궁곡(深山窮谷) 송림간(松林間)에 무섭다 호피단(虎皮緞)[81], 쓰기 좋은 양태문[82] 인정 있는 인조사(人造絲)[83]요, 부귀다남 복수단(福壽緞)[84] 삼순구식(三旬九食)의 궁초단(窮草緞)[85], 장부절개(丈夫節介) 송죽단(松竹緞)[86] 서부렁섭적 세발랑능(細－浪綾)[87], 노방주[88] 청사(靑絲) 홍사(紅紗) 통견(通絹)[89]이며 백랑능(白浪綾) 홍랑능(紅浪綾)[90], 월하(月下)사주[91] 당포[92] 윤포[93] 백저

78) 도리불수(桃李佛手): '도리불수'는 복숭아와 오얏처럼 생긴 노리개를 말하나, 여기서는 그 앞 구절과 관련지어 볼 때 머리를 좌우로 흔드는 '도리질'의 '도리'와 '不' 자를 합성한 것으로 여겨짐. 혹은 '돌아보다'와 음이 비슷하여 쓴 말로 볼 수도 있음. '가겨주'는 이 '도리불수'와 상반되는 짝임.

79) 독수공방(獨守空房) 상사단(相思緞): 혼자서 지내며 임을 그리워하는 비단이라는 뜻으로, '독수공방'에 짝을 맞추어 지어낸 비단 이름.

80) 공단(貢緞): 두껍고 무늬가 없으며 윤기가 있는 고급 비단. '추월적막(秋月寂寞)'과 관련하여 비단 이름인 '공단'의 '공'을 '空'이라 보아 관련지은 것임.

81) 호피단(虎皮緞): 호랑이 가죽 무늬의 비단. '심산궁곡(深山窮谷) 송림간(松林間)에'는 호랑이와 관련지어 덧붙인 수식 어구임.

82) 양태문: 양태는 갓양태로, 갓 밑 둘레 밖으로 둥글넓적하게 된 부분을 말함. 쓰기 좋다는 것은 '양태'만을 꾸며주는 말임.

83) [교감] 인정 있는 인조사: 이본에 따라 이 부분은 '인정 있는 은조사(銀造紗)' 혹은 '절개 높은 은조사(銀造紗)'로 되어 있다. '은조사'는 여름 옷감으로 주로 쓰이는, 중국산의 얇은 비단이다. '은'에 '인정'이 덧붙은 것은 돈을 가진 사람은 베풀어야 한다는 뜻을 담으려 했기 때문인 듯하다.

84) 복수단(福壽緞): '福' 자와 '壽' 자 무늬를 새긴 비단.

85) 삼순구식(三旬九食)의 궁초단(窮草緞): '삼순구식'은 30일에 아홉 번 식사를 할 정도로 가난함을 말함. '궁초단'은 엷고 무늬가 둥근 비단의 하나인 '宮綃緞'을 말하나, 여기서는 곤궁하다는 뜻을 지닌 '궁(窮)' 자와 음이 같아 함께 관련지은 것임.

86) 송죽단(松竹緞): 소나무와 대나무가 그려진 비단을 말하는 듯. 혹은 가상적으로 지어낸 비단 이름일 수도 있음.

87) 서부렁섭적 세발랑릉(細－浪綾): '서부렁섭적'은 힘들이지 않고 가볍게 움직이는 몸짓을 나타내는 의태어이고, '세발랑릉'은 발이 가늘고 얇은 비단 이름임.

88) 노방주: 중국산 명주의 하나. 촉감이 가슬가슬하여 주로 여자들의 여름 옷감으로 쓴다.

89) 통견(通絹): 얇고 여린 비단.

90) 백랑릉(白浪綾) 홍랑릉(紅浪綾): 흰색 낭릉과 붉은색 낭릉. '낭릉'은 얇은 비단을 말함.

91) 월하(月下)사주: '월하노인'은 부부의 인연을 맺어준다는 전설상의 노인이므로, '월하사주'는 좋은 사주를 뜻함. '사주'는 비단의 이름일 수도 있으나 '사주(四柱)'와 같은 음이어서 관련지은 것임.

92) 당포: 당포(唐布). 중국에서 들어온 목면포(木綿布).

93) 윤포: 무당들이 쓰는 발이 굵은 베.

포(白苧布)[94] 수주(壽紬)[95] 통(通)오주[96] 경상도(慶尙道) 황저포(黃苧布)[97] 매매(賣買) 흥정에 갑사(甲紗)로다[98], 해주(海州) 원주(原州) 공주(公州) 옥구(沃溝) 자주(紫紬)[99] 길주(吉州) 명천(明川) 세마포(細麻布)[100] 강진(康津) 나주(羅州) 극상(極上) 세목(細木)[101] 해남포(海南布)[102] 도리마[103] 장성(長城) 모수 한산(韓山) 모수 생수[104] 삼팔(三八)[105] 갑진[106] 고사(庫紗)[107] 관사(官紗)[108] 청공단(靑貢緞) 홍공단(紅貢緞) 백공단(白貢緞) 흑공단(黑貢緞)[109] 송화색(松花色)[110]까지 꾸역꾸역이 다 나온다.

안의리

위에 기록한 비단타령은 고(故) 박록주 선생 가사라고 할 수 있으며 요즘 대개 이리하는데 고(故) 김창환(金昌煥) 의관선생(議官先生)[111]님이 전수(傳授)하여주신 비단과 세간타령은 지금에 좀 귀하게 되었기로 다시 한번 불러볼까 하는 바이오며 김창환(金昌煥) 선생 생존시(生存時)에 말씀이 고창(高敞) 신재효씨(申在孝氏)[112] 선생(先生)님의 가사(歌辭)

94) 백저포(白苧布): 삶아서 빛이 바랜 흰 모시.
95) 수주(壽紬): 수주(水紬). 수아주. 품질이 좋은 비단의 하나.
96) 통(通)오주: '통의주(統衣紬)'의 잘못. 병사의 군복을 짓는 옷감.
97) 황저포(黃苧布): 경상북도에서 나는 삼베의 하나. 삼의 겉껍질을 긁어 버리고 만든 실로 짬.
98) 매매(賣買) 흥정에 갑사(甲紗)로다: '갑사'는 품질이 좋은 얇은 비단 이름인데, 발음이 '값 싸'와 통하므로 '값이 싸서 사고팔기에 좋다'는 뜻으로 꾸민 것임.
99) 자주(紫紬): 자줏빛이 나는 명주.
100) 세마포(細麻布): 가는 삼실로 짠 고운 삼베.
101) 극상(極上) 세목(細木): 아주 발이 가는 무명베.
102) 해남포(海南布): 전남 해남에서 나던 올이 가는 모시.
103) 도리마: '도루마(麻)'의 방언. 여름 옷감으로 쓰이는 중국 베.
104) 생수: '생초'인 듯함. 생초는 명주실로 얇게 짠 비단의 하나.
105) 삼팔(三八): 삼팔주(三八紬). 중국에서 나는 명주의 하나.
106) 갑진: '값진'의 뜻일 듯함.
107) 고사(庫紗): 고급 비단의 하나. 감이 약간 두껍고 깔깔하며 윤이 나는 여름 옷감.
108) 관사(官紗): 중국에서 나는 비단의 하나. 생사로 짠 여름 옷감.
109) 청공단(靑貢緞) 홍공단(紅貢緞) 백공단(白貢緞) 흑공단(黑貢緞): 푸른색 공단, 붉은색 공단, 흰색 공단, 검은색 공단. '공단'은 두껍고 무늬는 없지만 윤기가 도는 비단으로 고급 비단임.
110) 송화색(松花色): 송화색 공단. '송화색'은 소나무의 꽃가루 빛깔과 같이 엷은 노란색을 말함.
111) 의관선생(議官先生): 의관 벼슬을 받은 명창 김창환을 높여 부르는 말임.

로 자기(自己)의 작곡(作曲)을 병행(竝行)하였다는 말씀을 들었음.

자진모리(엄·평·섞임)

천문일사황금방(天門日射黃金牓)[113] 번뜻 떴다 일광단(日光緞), 재도중천만국명(纔到中天萬國明)[114] 산하영자(山下影子)[115] 월광단(月光緞), 평치수토하우공덕(平治水土夏禹功德)[116] 구주토산(九州土産)[117] 공단(貢緞), 금성옥진(金聲玉振)[118] 높은 도덕(道德) 공부자(孔夫子)의 대단(大緞), 진시황(秦始皇)이 안 무섭네 입이 바른 모초단(毛綃緞)[119], 남궁연(南宮宴) 대풍가(大風歌)[120] 금도천지[121] 한단(漢緞)[122], 훈금에 상군무늬 도들십진[123] 영초단(英綃緞), 나는 짐승 우단(羽緞)[124]이며 기는 짐승 모단(毛緞)[125], 쥐털 모아 짜내이니 불에 씻는 화한단(火漢緞)[126], 일조낭군(一朝郎君) 이별후(離別後)에 독숙공방(獨宿空房) 상사단(想思

112) 신재효(申在孝): 19세기에 활동한 판소리 후원가이자 판소리 이론가. 「변강쇠가」를 포함한 판소리 여섯 작품 사설을 개작한 바 있다. 이 부분은 김창환이 신재효의 개작 사설을 적잖이 활용했음을 밝힌 부분이다. 그가 개작한 판소리 여섯 마당은 매우 중요한 자료이다.

113) 천문일사황금방(天門日射黃金牓): 하늘 문에서 햇빛이 황금의 패를 비추는구나.

114) 재도중천만국명(纔到中天萬國明): (달이) 가까스로 중천에 이르니 만국이 밝구나.

115) 산하영자(山下影子): 산 아래 그림자. 그림자가 생긴 것이 달빛 때문이므로 월광단과 어울려 있는 구임.

116) 평치수토하우공덕(平治水土夏禹功德): 황하의 홍수를 다스린 하우씨의 공덕.

117) 구주토산(九州土産): '구주'는 옛 중국을 아홉 개의 구역으로 나눈 데서 온 말로, 중국 전체를 가리킴. 그러므로 '구주토산'은 중국에서 생산되었다는 뜻임.

118) 금성옥진(金聲玉振): ('종을 쳐서 음악을 시작하고 경을 쳐서 음악을 거둔다'는 뜻으로) '사물을 집대성함'을 찬양하는 말, 혹은 '지와 덕을 완전히 갖춤'을 비유하는 말. 여기서는 공자의 덕을 비유하는 말로 쓰임.

119) 모초단(毛綃緞): 가는 날에 굵은 올로 짠 중국산 비단. 제나라 사람인 모초(茅焦)가 시황을 설득했던 일을 비단 이름과 관련지은 것임.

120) 남궁연(南宮宴) 대풍가(大風歌): '남궁연'은 낙양에 있던 남궁에서 한고조가 베풀었던 잔치를 가리키며, '대풍가'는 한고조가 지었다는 노래 이름임.

121) 금도천지: 미상.

122) 한단(漢緞): '대단(大緞)'이라고도 하는, 중국 비단의 하나.

123) 훈금에 상군무늬 도들십진: 미상.

124) 우단(羽緞): 거죽에 곱고 짧은 털이 촘촘히 돋게 짠 비단.

125) 모단(毛緞): 중국산 우단의 하나.

126) 화한단(火漢緞): 불에도 잘 안 탄다는 대단(大緞).

緞)[127], 월중단계(月中丹桂)[128] 꺾었으니 낙수청운(洛水靑雲) 장원주(壯元紬)[129], 팽조(彭祖)[130]와 동방삭(東方朔)[131]이 오래 사는 수주(壽紬)[132], 만동묘(萬東廟)[133] 대보단(大報壇)[134]에 만세불망명주(萬歲不望明紬)[135], 황국단풍(黃菊丹楓) 구경(求景) 가세 소소금풍(蕭蕭金風) 추라단(秋羅緞)[136], 천간(天干) 열[137]을 세어갈 제 그중(中) 거수갑사(居首甲紗)[138], 남월북호(南越北胡)[139]마다 마소 주먹 쥐고 지우사[140], 만물지리무궁(萬物之理無窮)허니 천지대덕(天地大德) 생초(生綃)[141], 상풍구월(霜風九月)

---

127) 독숙공방(獨宿空房) 상사단(想思緞): 혼자서 지내며 임을 그리워하는 비단이라는 뜻으로, '독숙공방'에 짝을 맞추어 지어낸 비단 이름.

128) 월중단계(月中丹桂): 달 가운데 있다는 계수나무.

129) 낙수청운(洛水靑雲) 장원주(壯元紬): '낙수청운'은 벼슬길을 이르는 말이므로 중국에서 나는 비단 이름인 '원주'를 이와 관련하여 '장원주'라 부른 것임.

130) 팽조(彭祖): 중국 전설에 나오는 신선의 이름. 요임금의 신하로서 은나라 말년까지 800세를 살았다고 함.

131) 동방삭(東方朔): 중국 한(漢)나라 무제(武帝) 때의 사람. 자는 만청. 벼슬이 금마문시중(金馬門侍中)에 이르고, 해학·방술(方術)·기행(奇行)·풍자로 유명한 무제의 측신(側臣)이었음. 서왕모(西王母)의 복숭아를 훔쳐 먹어 장수했다는 속설이 전해지므로 '삼천갑자(三千甲子) 동방삭'이라고 일컬음.

132) 수주(壽紬): '수(壽)' 자를 무늬로 그려 놓은 비단. 여기서는 팽조와 동방삭의 수명과 비단 이름을 관련지은 것임.

133) 만동묘(萬東廟): 송시열이 죽은 뒤 그의 뜻에 따라 권상하(權尙夏) 등이 부근의 유생(儒生)들의 협력을 얻어 임진왜란 때 조선을 도와준 명(明)나라 신종(神宗)을 위해 세운 사당(祠堂). 1704년(숙종 30) 충청북도 괴산군(槐山郡) 청천면(靑川面) 화양동(華陽洞)에 세워졌으며 지금은 묘비만 남아 있다.

134) 대보단(大報壇): 임진왜란 때 일본의 침략을 막고 조선을 지키기 위해 군대를 파견했던 명나라 신종의 뜻을 기리기 위해 쌓은 제단. 병자호란의 치욕을 새기며 청나라에 불복한다는 뜻도 내포되어 있다. 1704년(숙종 30) 예조판서 민진후(閔鎭厚)의 발의로 옛 내빙고 터에 지었다.

135) 만세불망명주(萬歲不望明紬): 영원히 잊지 못할 명(明)이라 할 수 있을 '명(明)' 자가 새겨진 비단. 만동묘, 대보단과 비단 이름을 관련지은 것임.

136) 소소금풍(蕭蕭金風) 추라단(秋羅緞): '쓸쓸하게 부는 가을바람'이 느껴지는 추라단. '추라단'은 중국산 비단의 한 가지.

137) 천간(天干) 열: 갑(甲)·을(乙)·병(丙)·정(丁)·무(戊)·기(己)·경(庚)·신(辛)·임(壬)·계(癸) 등의 10천간.

138) 거수갑사(居首甲紗): '거수'는 으뜸 자리를 차지한다는 뜻으로 '거갑'이라고도 하기 때문에 '갑사'를 관련지은 것임. '갑사'는 품질이 좋은 얇은 비단으로 여름 옷감이나 댕기를 하는 데 쓰는 비단임.

139) 남월북호(南越北胡): 남쪽에 있는 월(越)나라와 북쪽에 있는 오랑캐.

140) [교감] 지우사 : 신재효본에는 '뒤쥐사(紗)'로 되어 있음. 월과 호를 뒤진다는 것과 관련지은 듯함.

141) 생초(生綃): 생사로 얇게 짜 여름 옷감으로 쓰는 비단의 한 가지.

에 축장포(築場圃)142) 백곡등풍(百穀登豊) 숙초(熟綃)143), 뭉게뭉게 구름문(紋) 두리두리 대접문 이견대인(利見大人) 용문(龍紋)144)이요, 낙서(洛書) 짓던 거북문(紋)145) 투드럭 굽뻑 말굽문(紋), 북포(北布)146) 저포(苧布) 황저포(黃苧布) 세목(細木) 중목(中木) 상목(上木)147)이며,

안방(房) 세간이 다 나온다. 삼층이층(三層二層)의 층장(層欌)148) 오합삼합(五合三合)149) 자드리 상자(箱子) 칠롱(漆籠)150) 목롱(木籠) 자개농(籠) 큰 궤 두지 장 앞닫이151) 혼합경대(混合鏡臺)152) 말빗접153) 바느질 상자(箱子) 반닫이154) 선반(盤) 횃대155) 큰 병풍(屛風) 작은 병풍 온갖 그림 황홀(恍惚)허고 핫이불156) 누비이불 각색비단(各色緋緞) 좋을시구. 화문(花紋)보료157) 우단(羽緞)요158)와 녹전(綠氈)처녀159) 원앙침(鴛鴦枕)을 한데 모두 괴어놓고

142) 상풍구월(霜風九月)에 축장포(築場圃): 서리 오는 단풍철인 9월에는 타작마당을 만듦.
143) 백곡등풍(百穀登豊) 숙초(熟綃): '백곡등풍'은 온갖 곡식이 여물어 풍년이 들었다는 뜻. '숙초'는 연사(鍊絲)로 짠 사(紗)의 하나임. '숙(熟)'은 곡식이 여문다는 뜻이 있어 '백곡등풍'과 관련된 것임.
144) 이견대인(利見大人) 용문(龍紋): '이견대인'은 임금의 덕을 입는다는 뜻. '용'은 임금을 상징하기도 하므로 '용문'과 관련된 것임. '용문'은 용무늬를 새긴 비단.
145) 낙서(洛書) 짓던 거북문(紋): '낙서'는 중국 하나라의 우왕이 홍수를 다스렸을 때 나온 거북 등에 쓰여 있었다는 글. 이 고사를 거북 무늬와 관련지은 것임.
146) 북포(北布): 함경북도에서 나던 올이 가늘고 고운 삼베.
147) 중목(中木) 상목(上木): '중목'은 중간 품질의 무명이고 '상목'은 좋은 품질의 무명.
148) 층장(層欌): 층층이 얹어 놓을 수 있도록 된 장.
149) 오합삼합(五合三合): 크기가 다른 다섯 개 또는 세 개씩 포개도록 된 상자.
150) 칠롱(漆籠): 옻칠을 한 농. [교감] 신재효본에서는 종이로 만든 농이라는 뜻의 '지농(紙籠)'으로 되어 있음.
151) 앞닫이: 앞으로 여닫는 농.
152) 혼합경대(混合鏡臺): 거울을 담아 세우고 서랍이 달린, 화장대의 하나.
153) 말빗접: '큰 빗접'인 듯함. '빗접'은 머리 빗는 기구를 담아두는 그릇.
154) 반닫이: 앞의 위쪽 절반이 문짝이 되어 아래로 젖혀 여닫게 되어 있는 궤.
155) 횃대: 두 끝에 끈을 매어 벽에 달아매어두고 옷을 걸도록 만든 막대.
156) 핫이불: 솜을 넣어 만든 이불.
157) 화문(花紋)보료: 꽃무늬를 수놓은 보료. '보료'는 솜이나 짐승의 털로 두껍게 속을 넣고 헝겊으로 싸서 만든, 낮이나 밤에 앉는 자리에 늘 깔아두는 요.
158) 우단(羽緞)요: 우단으로 만든 요.
159) 녹전(綠氈)처녀: '녹전 처네'의 잘못. 솜털로 만든 모직물의 하나인 녹전으로 만든 처네. '처네'는 덧덮는 얇고 작은 이불.

사랑 세간이 다 나온다. 문갑(文匣)[160] 책상(冊床) 개께수리[161] 사서삼경(四書三經) 백가어(百家語)를 가득가득이 담은 책롱(冊籠) 오음육률(五音六律)[162] 묘(妙)한 자미 가지가지 풍류기계(風流器械)[163] 흑각장궁(黑角長弓)[164] 유엽전(柳葉箭)[165]을 궁대(弓袋) 전동(箭筒)[166] 각기(各其) 넣고 조총(鳥銃) 철편(鐵鞭) 등(籐)채[167] 환도(環刀)[168] 호반기계(虎班器械)[169] 좋을시구. 금분(金盆)에 매화(梅花) 피고 옥항(玉缸)[170]에 붕어 떴다. 요지반도(瑤池蟠桃) 동정귤(洞庭橘)을 대화접시[171] 담아 놓고 감로주(甘露酒)[172] 천일주(千日酒)를 유리병(琉璃甁)에다 넣었으며 당판책(唐板冊)[173] 보아가다 안경(眼鏡) 벗어 거기 놓고 귤중선(橘中仙) 두던 판(板)[174]에 바돌을 그저 벌였구나. 풍로(風爐)[175]에 얹은 차관(茶罐)[176] 붉은 내가 일어나고 필통(筆筒) 옆에 놓은 부채 흰 깃이 조출하다. 질

---

160) 문갑(文匣): 서랍이 여러 개 있거나 문짝이 달려 있는, 문서나 문구를 넣어두는 긴 궤짝. 여기서부터는 사랑 세간이므로 남성이 사용하는 물건들인데, 서적들도 있지만 풍류기계와 유엽전 등이 있는 것으로 보아 중인 부호나 무반의 사랑 풍경인 듯하다.

161) 개께수리: '가케스즈리'의 오기. 우리말로는 '왜궤(倭櫃)'. 패물과 주요 문서를 보관하는 궤로 대개 내부에 서랍이 있고 겉에 여닫이문을 단다.

162) 오음육률(五音六律): 옛날 중국 음악의 다섯 가지 소리와 여섯 가지 율(律). '오음'은 궁(宮)·상(商)·각(角)·치(徵)·우(羽), '육률'은 12율 가운데 양성에 딸리는 여섯 가지 소리로, 태주(太簇)·고선(姑洗)·황종(黃鐘)·이칙(夷則)·무역(無射)·유빈(蕤賓)임.

163) 풍류기계(風流器械): 풍류를 연주하는 악기. '풍류'는 정악 연주곡의 한 가지.

164) 흑각장궁(黑角長弓): 물소의 검은 뿔로 만든 긴 활.

165) 유엽전(柳葉箭): 살촉이 버들잎처럼 생긴 화살.

166) 궁대(弓袋) 전동(箭筒): 활집과 화살을 넣는 통.

167) 등(籐)채: 굵은 등나무 도막 머리 쪽에 물들인 녹비나 비단의 끈을 단, 무장할 때 쓰던 채찍.

168) 환도(環刀): 예전에 군복에 갖추어 차던 군도.

169) 호반기계(虎班器械): 예전에 무관들이 갖추어야 하던 여러 가지 기구.

170) 옥항(玉缸): 옥으로 만든 어항.

171) 대화접시: 큰 접시.

172) 감로주(甘露酒): 소주에 용안육·대추·포도·살구씨·구기자·두충·숙지황 등을 넣어 우린 술.

173) 당판책(唐板冊): 중국 책판으로 만든 책.

174) 귤중선(橘中仙) 두던 판(板): 바둑을 두는 재미를 뜻하는 '귤중지락(橘中之樂)'과 관련한 고사에서 온 말. 옛날 중국 한 농가에서 기르던 귤나무가 유달리 큰 열매를 맺어 기쁜 마음으로 마을 사람들과 함께 귤을 갈라 보았는데 그 속에 귤은 없고 신선이 바둑을 두고 있었다고 함. 여기서는 바둑판을 말함.

175) 풍로(風爐): 아래쪽으로 바람이 통하도록 되어 있는 화로의 한 가지.

176) 차관(茶罐): (주전자 비슷한) 찻물을 끓이는 그릇.

요강(尿鋼) 침타구(唾具)와 담배서랍 재떨이며

왼갖 기명(器皿)[177] 볼작시면 천은반상(天銀飯床)[178] 놋쇠반상 순은반상(純銀飯床) 화기반상(畵器飯床) 시저(匙箸)[179] 주걱 국자이며 밥소래[180] 놋등우[181] 양판[182] 유합(鍮盒)[183] 탕기(湯器) 쟁반(錚盤) 열구자(悅口子)[184] 전골판 노구[185] 남비 대화로(大火爐)며 대야 요강(尿鋼) 놋광명[186] 등촉대(燭臺) 함께 모도 놓았으며 이리 많은 세간 등물(等物)이 꾸역꾸역 산(山)과 같이 쌓이고 박물관(博物館)이 정녕(丁寧)허구나.

안의리

홍보 허는 말이, "마누라, 수년 의복의 그리웠으니 비단 많은 중에 마음대로 한번 골라 입어보오. 무엇이 좋은가?" "나는 평생 원이 송화색 삼호장[187] 저고리가 좋습디다. 영감은 무엇이 좋소", "나는 흑공단이 좋데", "그럼 영감 먼저 꾸며보시오." 한번 꾸미는디,

중중머리(평우성)

흑공단 망건 흑공단 갓끈 흑공단 저고리 흑공단 바지 흑공단 도포 흑공단 허리끈 흑공단 댄님[188] 흑공단 버선 흑공단으로 수건을 들고

---

177) 기명(器皿): ('그릇과 접시'라는 뜻으로) 살림살이에 쓰는 온갖 그릇.
178) 천은반상(天銀飯床): 아주 품질이 좋은 은으로 만든 반상기. '반상기(飯床器)'는 격식을 갖추어 밥상 하나를 차리게 만든 한 벌의 그릇.
179) 시저(匙箸): 숟가락과 젓가락.
180) 밥소래: 소래기. 굽 없는 접시와 비슷한 넓은 질그릇. 독 뚜껑이나 그릇으로 쓰임.
181) 놋등우: '놋동이'의 잘못. 놋쇠로 만든 물동이.
182) 양판: '양푼'의 잘못. 음식을 담거나 데우는 데 쓰는 놋그릇.
183) 유합(鍮盒): 놋쇠로 만든 합. '합'은 둥글고 넓적하며 뚜껑이 있는 놋그릇.
184) 열구자(悅口子): 열구자탕. 신선로(神仙爐)에 여러 가지 어육과 채소를 넣고 석이버섯·호두·은행·황밤·실백·실고추 따위를 얹은 다음 장국을 붓고 끓이면서 먹는 음식.
185) 노구: 놋쇠나 구리쇠로 만든 솥. 자유로이 옮겨 따로 걸고 음식을 익히는 데 씀.
186) 놋광명: '놋광명두'의 잘못. 놋쇠로 만든 등잔걸이.
187) 삼호장: '삼회장(三回裝)'의 잘못. 여자 저고리의 깃·소맷부리·겨드랑이에 대는 세 가지의 회장.
188) 댄님: 대님. 한복에서 남자들이 바지를 입은 뒤에 그 가랑이 끝 쪽을 접어서 발목을 졸라매

어떤가 좀 보소. (영감 할일없는 흑제장군黑帝將軍[189]이 되였소그려.) 홍보 마누라도 꾸민다. 송화색 댕기 송화색 저고리 송화색 치마 송화색 단의(單衣)[190] 송화색 고쟁이 송화색 속속곳 송화색 허리띠 송화색 주머니 송화색으로 수건을 들고, "어떤가 날 보소."

안의리

"마누라는 할일없는[191] 꾀꼬리 같네. 여보 마누라 박 세 통을 마저 타보세."

중머리(단계 · 홍나게)

마지막 통을 들여다 놓고, "시르렁 실근 톱질이야. 실근 실근 당겨주소. 좋을시구 좋을시구 밥 먹으니 좋을시구. 만고 영웅들도 밥 없으면 살 수 있나. 중한 것이 밥이로다. 이 박통 속에서 나오는 보화는 김제 만경 외배미들[192]을 억십만금을 주고 사자. 충청도 소새들[193]을 수만금을 주고 사면 부익부(富益富)를 하겠구나. 시르렁 실근 톱질이야."

휘모리(평우성)

시르렁 시르렁 실근 실근 박통이 반만 벌어진다. 박통 속에서 사람소리가 두런두런 두런두런 사람이 나오는디 대짜구[194] 든 자 소짜구 든 자 소톱 대톱 대패 든 자 끌 든 놈 먹통[195] 든 놈 방망이 든 놈

는 나비가 좁은 끈.

189) 흑제장군(黑帝將軍): '검은 장군'이라는 지어 붙인 이름. 서로 비단옷들을 입으면서 홍겨워하고 있음을 알 수 있음.

190) 단의(單衣): 속곳. 속속곳과 단속곳의 총칭. '속속곳'은 옛 복장에서 여자가 맨 안에 입는 속옷으로, 다리통이 넓고 밑이 막혀 있음. '단속곳'은 양 가랑이가 넓고 밑이 막혀 있으며 흔히 속바지 위에 덧입고 그 위에 치마를 입음.

191) 할일없는: '하릴없는'의 잘못. '어찌할 수 없는'의 뜻이나 여기서는 '영락없는'이 어울림.

192) 외배미들: 한 배미로 된 들. '배미'는 구획진 논을 세는 단위.

193) 소새들: 소사(素砂)들. 충청도 북부에 있는 넓은 들.

194) 대짜구: 큰 자귀. 두 손으로 들고 서서 재목을 깎는 연장.

괭이 가래 살포[196] 돗치[197] 든 자 꾸역 꾸역 꾸역 나오는디, 운애(雲靉)[198]가 자욱,

안의리

여그서 퉁탕 저기서 퉁탕 와직끈 툭탁 야단이 되더니 순식간에 날이 훤허니 운애가 활짝 걷혀버렸는듸, 몸채 행랑 좌우로 기와집이 가뜩 세워졌구나.

진양(엄·평·중고·섞임)

동산하(東山下) 너른 천지 임좌병향오문(壬坐丙向午門)[199]으로 팔괘(八卦)[200]를 벌여 왼담[201]을 치고 주란화각(朱欄畵閣)[202]이 좌우(左右)로 세웠난디 안팎 중문(中門)[203] 소슬대문[204] 풍경(風磬)[205] 소리가 더욱 좋다. 천석(千石)지기 밭문서와 만석(萬石)지기[206] 논문서와 백 가구(百家口) 종 문서(文書)가 가득 담뿍 들어 있고 샛별 같은 순은(純銀)대야 다문 담숙[207] 놓여 있고,

195) 먹통: 곧은 금을 긋기 위해 먹줄을 치는 데 쓰는 나무 그릇.
196) 살포: 논에 물꼬를 트거나 막을 때 쓰는 네모진 삽.
197) 돗치: '도끼'의 방언인 듯.
198) 운애(雲靉): 구름이나 안개가 끼어 흐릿한 기운.
199) 임좌병향오문(壬坐丙向午門): 임방(壬方)을 등지고 병방(丙方)을 향한 자리. 곧 북북서쪽을 등지고 남남동쪽을 향한 자리. '오문'은 문의 위치를 정남향에 둔다는 뜻임. 풍수지리상 좋은 방위를 점했다는 뜻임.
200) 팔괘(八卦): 『주역周易』의 산목(算木)에 그려진 점상(占象)인 건(乾)·태(兌)·이(離)·진(震)·손(巽)·감(坎)·간(艮)·곤(坤) 등 8가지 괘. 고대 중국인들이 인간 운명 판단의 기본 원리를 점쳐 보는 데서 사용하여 발전해온 것임.
201) 왼담: '엔담'의 잘못. 사방으로 빙 둘러쌓은 담.
202) 주란화각(朱欄畵閣): 단청을 아름답게 한 누각.
203) 중문(中門): 대문 안에 거듭 세운 문.
204) 소슬대문: 솟을대문. 행랑채의 지붕보다 높이 솟게 만든 대문.
205) 풍경(風磬): 처마 끝에 다는 경쇠. 작은 종처럼 만들고 그 속에 쇳조각으로 붕어 모양을 만들어 달아서 바람이 부는 대로 흔들려 소리가 나게 되어 있음.
206) 천석(千石)지기, 만석(萬石)지기: 각각 벼 천 석, 만 석을 추수할 만큼 부유함을 일컬음.
207) 다문 담숙: '다문'은 '다물다물'에서 파생된 말인 듯함. '다물다물'은 물건이 무더기무더기 쌓인 모양을 일컬음. '담숙'은 가득한 모양을 일컫는 말인 듯함.

중머리(평 · 단계 · 홍나게)

사랑방을 볼작시면, 각장장판(角壯壯版)[208] 소래 반자[209] 완자 밀창[210] 화류문갑(樺榴文匣)[211] 대모책상(玳瑁冊床)까지 놓여 있고 시전(詩傳) 서전(書傳) 주역(周易)이며 이백(李白) 두시(杜詩)[212] 통사략(通史略)[213]을 좌우(左右)로 좌르르 벌렸는디, 홍보가 좋아라고 두 주먹을 불끈 쥐고 절구대 춤[214]으로 노닐 적에, "얼시구나 좋을시구 지아자자 좋을시구. 여보아라 큰자식아 건넌말 건너가서 너의 큰아버지를 오시래라. 경사를 보아도 우리 형제 볼란다. 어화 세상(世上) 여러분들 마음 심자(心字) 적선(積善)하면[215] 이런 경사(慶事)가 찾아온다네. 이리렁성 저리렁성 세월아 가지 마라. 근심 걱정 흩어버리자. 얼씨구나 좋을시구."

---

208) 각장장판(角壯壯版): '각장'은 보통 것보다 넓고 두꺼운 장판지. '장판'은 누른빛의 고운 흙을 바른 후 그 위에 기름 먹인 종이로 바른 방바닥을 말함.

209) 소래 반자: 소란 반자. 반자틀을 여러 '井' 자를 모은 것처럼 소란을 맞추어 짜고 그 구멍마다 네모진 널조각의 개판을 얹어 만든 반자. '반자'는 방이나 마루에 종이나 나무로 평평하게 만든 천장.

210) 완자 밀창: 완(卍)자 무늬가 여럿 이어져서 이루어진 미닫이문.

211) 화류문갑(樺榴文匣): 붉은빛을 띠며, 결이 곱고 몹시 단단한 자단나무로 만든, 문서나 문구 따위를 넣어두는 긴 궤.

212) 이백(李白) 두시(杜詩): 당나라 시인 이태백과 두보(杜甫)의 시.

213) 통사략(通史略): 『자치통감資治通鑑』과 『십팔사략十八史略』을 아울러 일컫는 말. 『자치통감』은 북송의 사마광이 편년체로 엮은 역사책이며, 『십팔사략』은 원나라 증선지가 중국 태고부터 송나라까지 열여덟 가지 정사(正史)를 줄여 엮은 역사책임.

214) 절구대 춤: 절굿대춤. 즉흥적으로 추는 허튼춤 중 입춤으로, 흥에 겨워 마치 절굿공이처럼 뻣뻣이 서서 뛰어오르내리며 추는 춤.

215) 마음 심자(心字) 적선(積善)하면: 진심에서 우러나오는 마음으로 선을 쌓으면.

부자가 된 흥보를 찾아가는 놀보

안의리

그때 놀보가 흥보 부자(富者) 되었다는 소문(所聞)을 듣고 배가 앓는디, '이놈을 어떻게 떨어 없애야 할꼬. 이놈 집을 찾아가야 하지.' 놀보가 걸어오며 이를 갈고 허는 말이,

자진모리(엄 · 평 · 섞임)

"흥보놈이 잘산다 허니 이놈 집에다 불을 놓아 누거만금(累巨萬金) 없앤 후에 다리 뻗고 잠을 자제." 흥보집을 당도하여 가만히 보더니, "이게 어디서 어느 재상(宰相)의 댁(宅)이 이곳에 지었는가." 고루거각(高樓巨閣) 오간팔작(五間八作)[1] 즐비(櫛比)허니 문(門) 안을 들어서며, "야 흥보야." 흥보가 저의 형님(兄任) 소리를 듣고 깜짝 놀라 뛰어나와

1) 오간팔작(五間八作): 다섯 간 크기의 팔작집. '간'은 일정한 규격으로 건물을 둘러막은 공간의 수효를 세는 단위이며, 팔작은 네 귀에 모두 추녀를 단 경우를 일컬음. 그럴듯한 규모의 집을 말하는 듯함.

인사(人事)를 드리며, "형님 제가 가서 형수님을 모시고 올려는 판인데 죄송합니다." "뭐뭐 씨식잔헌[2] 놈 늬가 이놈 근래에 밤이슬을 잘 맞고 다닌다면서,

안의리

내가 소문을 들으니 늬가 도둑질을 잘한다고 영문포졸(營門捕卒)[3]들이 너를 잡으러 곳 올 게다. 모든 문 쇳대[4] 나에게 맡기고 멀리 떠나거라", "아니 형님 그게 무슨 말씀이시오. 제비 다리가 부러져 솔거풀[5]을 벗겨 감고 오색당사(五色唐絲)실로 친친 동여매어 살렸더니 그 이듬해 박씨를 물고 와서 그 박씨를 심었더니 박 세 통이 열려 그 박 속에서 은금보화 이렇게 나왔습니다." "음. 야 부자 되기가 쉽구나." 놀보를 사랑으로 인도하고 안으로 들어가, "여보 마누라, 건넌말 형님이 오셨으니 나와 인사(人事)를 드리오." 흥보 마누라 속이 떨리나[6] 가장의 영 거역 못 하고 나오는디,

평중머리(단계 · 붙임 · 평 · 석임)

흥보 마누라가 나온다. 흥보 마누라가 나오는듸 전일에 못 먹고 못 입고 굶주리던 일을 잊으리요. 지금이야 비단이 없나 쌀이 없나 돈이 없나 은금보화가 없나 인삼(人蔘) 녹용(鹿茸)이 없나. 며느리들을 호사(豪奢)를 많이 시키고 흥보 마누라도 한산 세모시[7]에다 당(唐)청아물[8]

2) 씨식잔헌: 시식잖은. 같잖고 되잖은.
3) 영문포졸(營門捕卒): 포졸은 본래 포도청의 군졸을 가리키나 여기서는 병영에 속한 군졸을 일컫고 있음.
4) 쇳대: 열쇠.
5) 솔거풀: 소나무 껍질.
6) 속이 떨리나: 예전에 쫓아낸 일과 양식 구걸 갔을 때 도움을 주지 않은 일을 생각하여 분해하나.
7) 한산 세모시: 충남 한산에서 나는 올이 아주 가는 모시.
8) 당(唐)청아물: 중국에서 들여온 청색 물감인 듯.

을 파리소롬허니 들여 주름은 잘게 잡고 말[9]은 넓게 달아 외로[10] 걷어 안고 나오는듸 아장거리고 나오더니,

안의리

시숙님께 인사를 드리니 제수가 인사를 허거든 그대로 받는 것이 아니라 이놈 허는 말이 허 참 뺀지르……허니, "되었구나. 미꾸리가 용 되었어. 야 이놈 홍보야 제수를 보니까 미꾸라지가 용 되었구나." 홍보 마누라 들은 체 아니허고 안으로 들어가 음식을 채리는디 바쁘게 채리것다.

반휘모리(잦인) **잦은모리**(평·엄·홍나게)

음식(飮食)을 채리는듸, 안성유기(安城鍮器)[11] 통영칠판(統營漆板)[12] 천은수저(天銀手箸)[13] 구리저 진영(陣營)서리 수 벌이듯[14] 주루루루루 벌여 놓고, 꽃 그렸다 오죽(烏竹)판[15] 대모양각 당화기(唐花器)[16] 얼기설기[17] 송편 네 귀 번듯 정절편[18] 주루루루루 엮어 산피떡[19]과 빈과(果)[20] 쟁첩[21] 생청(生淸)[22] 놓고, 조란(鳥卵) 산적(散炙)[23] 외김치[24] 양

9) 말: 치마나 바지 따위의 맨 위. 허리에 둘러 대는 부분.
10) 외로: 왼쪽 방향으로. 한쪽으로 기울어지거나 뒤바뀌게.
11) 안성유기(安城鍮器): 경기도 안성에서 나는 질 좋은 놋그릇.
12) 통영칠판(統營漆板): 경남 통영에서 나는 질 좋은 옻칠 소반.
13) 천은수저(天銀手箸): 품질이 좋은 순은으로 만든 수저.
14) 진영(陣營)서리 수 벌이듯: 관아의 서리들이 계산을 위해 산가지를 벌여 놓듯. '진영'은 군사들이 진을 치고 있는 곳이므로 여기서는 적절하지 않음. '서리(書吏·胥吏)'는 관아에서 일을 보던 구실아치, 아전.
15) 오죽(烏竹)판: 빛깔이 검어 죽세공의 재료로 쓰는 오죽에다 꽃을 그려 붙인 소반.
16) 대모양각 당화기(唐花器): 바다거북 등껍데기로 돋을새김을 한 당화기. '당화기'는 채화가 그려진 중국 사기그릇.
17) 설기: 켜를 지어 만든 시루떡. '얼기'는 '설기'의 운을 맞춰 덧붙인 말이지만 '설기'라는 말과 함께 이리저리 뒤얽혀 있다는 뜻이 되기도 함.
18) 정절편: 네모반듯하게 자른 흰 떡.
19) 산피떡: 팥을 껍질째로 삶아 찐 떡.
20) 빈과(果): '평과(苹果)'의 잘못인 듯. '평과'는 사과임.
21) 쟁첩: 반찬을 담는 작고 오목한 접시.

회(胖膾)[25] 간 천엽[26] 콩팥 양편에다가 벌여 놓고, 인삼채 도라지채 청단(淸團)[27] 수단(水團)[28] 잣박이[29]며 낙지 연포(軟脯)[30] 콩기름 시금채로 웃짐을 쳐[31] 갖은 양념 모아 놓고, 청동화로(靑銅火爐) 백탄(白炭)숯[32] 부채질 활활 고초같이 이뤄 놓고, 살찐 소 반(半)짝고기[33] 반환도(半還刀)[34] 드는 칼로 점점(點點) 편편(片片) 오려내어 깨 소금 참기름 쳐 부어[35] 주물러 잠을 재워[36] 대양판 소양판[37]에다 여도 담고 저기도 담고, 끌끌 푸드득 산치(山雉)다리[38] 오두둑 포두둑 메추리탕[39] 꼭교우 앵계(嬰鷄)[40]찜 어(魚)전 육전[41] 지지개[42]며 수란탕(水卵湯)[43] 청

22) 생청(生淸): 꿀통에서 떠낸 꿀.
23) 조란(鳥卵) 산적(散炙): 달걀을 풀어 씌워 구운 산적. '산적'은 쇠고기 따위를 길쭉길쭉하게 썰어 갖은 양념을 하여 대꼬챙이에 꿰어서 구운 적.
24) 외김치: '오이김치'의 준말. '오이김치'는 오이로 담근 김치.
25) 양회(胖膾): 소의 양으로 만든 회. '양'은 '소의 밥통'을 고기 이름으로 일컫는 말.
26) 천엽: 처녑. 소·양 등과 같은 새김질 동물에서, 밥통에 들어갔던 먹은 물건을 새김질하여 넘긴 것을 다시 받아 삭이는 작용을 맡은, 잎 모양의 얇고 많은 조각으로 된 위.
27) 청단(淸團): 꿀물에 경단을 담근 음식.
28) 수단(水團): 흰떡을 젓가락만 하게 비벼서 한 푼 반 길이로 썰어 마르기 전에 꿀물에 넣어 잣을 띄운 음식.
29) 잣박이: 잣박산. 잣을 꿀이나 엿에 버무려 반듯반듯하게 만든 음식.
30) 낙지 연포(軟脯): 낙지 연포탕. 낙지와 두부 등을 끓여 만든 탕 음식.
31) 웃짐을 쳐: 위에 덧붙여.
32) 백탄(白炭)숯: 흰 재의 가루로 덮여 희읍스름하며 불의 힘이 가장 센 참숯.
33) 반(半)짝고기: '방자고기'의 잘못. 씻지 않은 채 양념 없이 소금만 뿌려 구운 고기.
34) 반환도(半還刀): 주로 고기를 썰 때 쓰는, 끝이 말려 올라간 큰 칼.
35) [교감] 부어: 박봉술 창본에서는 '부두두'로 되어 있음. '부두둑'은 단단하고 질기거나 번드러운 큰 물건을 되게 문지를 때 가볍게 나는 소리임. 여기서는 고기를 주물러 양념을 재어낼 때 나는 소리로 여겨짐.
36) 잠을 재워: (양념을 재워) 가라앉혀.
37) 대양판 소양판: 큰 양푼 작은 양푼. 양푼은 음식을 담거나 데우는 데 쓰는, 아가리가 넓은 그릇.
38) 끌끌 푸드득 산치(山雉)다리: '끌끌'은 꿩이 내는 소리를, '푸드득'은 꿩이 날갯짓할 때 나는 소리를 표현한 말인데, 산꿩을 재미있게 꾸며주는 말로 쓰이고 있음.
39) 오두둑 포두둑 메추리탕: '포두둑'은 여기서 메추리가 날갯짓할 때 나는 소리를 표현한 말로, 뒤의 메추리를 재미있게 꾸며주는 말로 쓰이고 있음. '오두둑'은 '포두둑'에 어울리게 지어 만든 말.
40) 앵계(嬰鷄): '영계'의 잘못. 병아리보다 조금 큰 닭.
41) 육전: 고기를 얇게 썰어 밀가루를 묻혀 기름에 지진 음식.
42) 지지개: 지짐이, 곧 '기름에 지진 음식'을 통틀어 일컫는 말인 듯함.
43) 수란탕(水卵湯): 달걀을 깨뜨려 끓는 물에 반숙으로 익힌 음식.

라(青蘿)[44] 복채[45] 치자(巵子)[46] 고초 생강 마늘 문어(文魚) 전복 봉오림[47]을 나는 듯이 받쳐 놓고, 산채(山菜) 고사리 수진[48] 미나리 녹두(綠豆)채 맛난 장(醬)국[49] 주루……대려붓고 겨란(鷄卵)을 툭툭 깨어 웃딱지를 떼버리고 길게 늘어워라[50]. 손 뜨건데 수저(手箸) 버리고 나무 저분을 드려라. 고기 한 점 덥벅 집어 맛난 기름에 간장국에다 풍덩 드리쳐[51] 덥벅 피시……

안의리

이렇게 차(茶)담[52]을 채려 하인(下人)들께 먼저 상을 들이고 강화주[53] 좋은 술을 꽂잔에 부어들고, "옛소 시숙님 약주 한잔 잡수시오." 놀보놈 제수가 권하는 술이니 선뜻 점잔하게 받아먹는 것이 아니라, 책상다리를 쏙 올리고, "야 홍보야 너는 형제간이라 내 속을 잘 알지. 남의 집 소대상(小大祥)날[54]에 가서 술을 먹어도 권주가(勸酒歌) 없이 안 먹는다. 네 처(妻) 곱게 채린 김에 권주가 한마디 시켜라." 홍보 마누라가 이 말을 듣더니 기가 막혀 잡었든 술잔을 공중에 피르르……내 떤지고,

---

44) 청라(靑蘿): 푸른 담쟁이 넌출. 여기서는 무엇을 지칭하는지 미상임.
45) 복채: 미상.
46) 치자(巵子): 치자나무의 열매. 붉노란 물감 원료로 쓰고, 눈병·황달 등의 약재로 씀.
47) 봉오림: 말린 문어나 전복 따위를 봉황 모양으로 오려서 잔칫상에 올리는 음식.
48) [교감] 수진: 박봉술 창본에는 '수근'임. '수근(水芹)'은 미나리.
49) 장(醬)국: 토장국이 아닌 국물을 통틀어 이르는 말. 또는 열구자, 전골 따위의 국물로 쓰는, 간장을 타서 끓인 국.
50) 늘어워라: 위에 얹어 붓는다는 뜻인 듯함.
51) 드리쳐: 흠뻑 적셔.
52) 차(茶)담: 다담(茶啖). 손님을 대접하기 위해 내놓은 다과(茶菓) 따위.
53) 강화주: 강한 화주(火酒), 곧 불을 붙이면 탈 수 있을 만큼 독한 증류주를 일컫는 듯함.
54) 소대상(小大祥)날: 소상과 대상날. 소상(小祥)은 사람이 죽은 지 1년 만에 지내는 제사이고, 대상(大祥)은 2년 만에 지내는 제사.

진양(원계)

“여보 시숙님 여보 여보 아주버님, 제수더러 권주가(勸酒歌) 허란 말은 고금천지(古今天地)에 어디 가 보았소. 지성(至誠)이면 감천(感天)이라더니 나도 인제는 쌀과 돈이 많이 있소. 전곡(錢穀) 자세(藉勢)[55]를 너머 마오. 엄동설한(嚴冬雪寒) 치운 날에 자식(子息)들을 앞세우고 구박(驅迫)당하여 나오던 일을 곽(槨)[56] 속에 들어도 못 잊겠소. 보기 싫소. 어서 가시오. 속을 채리면[57] 뭣허러 내 집에 왔소. 안 갈라면 내가 먼저 들어갈라요.” 치마자락 돌리여 떨치고 일어서며 안으로 들어간다.

안의리

놀보가 보더니, “야 홍보야, 네 계집 못쓰겠다. 썩 당장 버려라. 내가 다시 장가들여주마. 그리고 저 웃목에 벌건 궤가 무엇이냐?” “화초장(花草欌)[58]이라고 하옵니다”, “화초장이여? 거 좋다. 그 속에 뭣 들었느냐?”, “은금보화(銀金寶貨)가 가득 들었습니다”, “그럼 하나도 꺼내지 말고 저 롱을 날 도라”, “예 그렇게 하옵지요. 형님 먼저 건너가시면 하인에게 보내오리다”, “아서라 매사(每事)는 불여(不如)튼튼[59]으로 내가 아주 지고 갈란다. 내놔라”, “형님 내일 아침에 하인에게 보내오리다”, “뭐 이놈 밤새 좋은 보물(寶物)은 다 빼내고 빈 궤만 보낼라고야? 아니다. 온 짐에 지고 갈란다.” 홍보가 명주 한 필 내다가 질빵[60] 걸어놓니, 놀보가 화초장을 지고 가며 잊어버릴까봐, 또는 본래(本來) 잊음이 많은 놈이라 외고 가는디,

55) 전곡(錢穀) 자세(藉勢): 돈과 곡식이 있다고 뻐기는 일.
56) 곽(槨): 덧널. 널을 넣기 위해 따로 짜 맞춘 매장 시설. 시체를 안치하는 나무로 만든 관(棺)이 '널'인데, '곽'은 널을 바깥에서 다시 싼 나무 상자이다.
57) 속을 채리면: 마음을 바로잡았으면. '올바르게 판단을 했으면'의 뜻인 듯함.
58) 화초장(花草欌): 문짝에 유리를 붙이고 화초 무늬를 채색한 장롱.
59) 매사(每事)는 불여(不如)튼튼: 모든 일은 튼튼하게 하는 것이 제일임.
60) 질빵: 짐을 걸어서 메는 데 쓰는 줄.

중중머리(평 · 단계 · 홍나게)

"화초장 화초장 화초장 화초장 하나를 얻었다. 얻었네 얻었네 화초장 하나를 얻었네." 또랑을 건너 뛰다가, "아차 내가 잊었다. 초장 초장? 아니다. 방짱[61] 천장 고추장 된장 구들장 띠장[62]? 아니다. 아이구 이것이 무엇이냐?" 이놈이 까구로 붙이면서, "모르것다. 초장화 장화초? 아니다. 아이고 이것이 무엇이냐? 갑갑하여서 못 살것다. 아따 이것이 무엇이냐?" 저으 집을 들어가며, "여보게 마누라 집안어른이 어디 갔다가 집이라고 들어오면 우루루…… 쫓아나와서 영접허는 게 도리가 옳지, 좌이부동(坐而不動)이 웬일이냐. 에라 이 사람 몹쓸 사람." 놀보 마누라가 나온다, 놀보 마누라가 나와. "영감 오신 줄 내 몰랐소. 영감 오신 줄 내가 몰랐소. 이리 오시오 이리 와요."

안의리

놀보가 화초장을 지고 들어가며, "여보게 마누라. 내 등에 진 것이 무엇인가?" "우선 거 좀 내려나 노시요. 우리 친정 아부지가 서울 가서 그런 장롱을 사왔었는디 화초장이라고 하던데요." 이 놀보 어찌 반갑던지, 말이 어데로 도라가는 줄 모르고, "그래 화초장이야. 아이고 내 딸이야", "에이 여보시오. 세상에 그것이 무슨 소리요?" "급할 제는 이리도 쓰고 저리도 허제. 어찌여", "그런데 여보, 그 궤가 어디서 났소?" "홍보가 과연 부자가 됐어. 홍보집을 갔더니 허는 말이. '제비 다리를 분질러 살려 보냈더니 그 이듬해 박씨를 물고 와서 동편 처마 끝에 거름 넣고 심었더니 박 세 통이 열렸는데 그 박 속에서 은금보화 한정없이 나왔다'네. 우리는 제비 다리 열 개만 분질러 살려 보내면 억십만금 부자가 될 것 아닌가. 천하에 갑부가 될 것이란 말이여." 그

61) 방짱: 방장(房帳). 겨울에 외풍을 막고자 방 안에 치는 휘장.

62) 띠장: 띳장. 널빤지로 만든 울타리나 문 따위에 가로로 대는 띠 모양의 나무.

날부터 신 잘 삼는 사람들을 골라다가 제비받기와 제비집을 수백 개 만들어서 앞뒤 처마 동서남북 칙실[63]까지 달어놓고 제 망건 당[64] 우에다 풍잠(風簪)[65] 달듯 달고 또 뒤꼭지에다가 달아 쓰고 아무리 기다려도 제비가 아니 오니 환장이 되어, 하루는 그물을 만들어 둘러메고 제비를 후리러(몰러) 나가것다.

---

63) 칙실: '측실(廁室)'의 잘못. 뒷간, 또는 변소.

64) 당: '망건당'의 준말. 말총을 촘촘히 세워 곱쳐 구멍을 내어 윗당줄을 꿰게 되어 있는, 망건의 윗부분.

65) 풍잠(風簪): 바람이 불어도 갓모자가 넘어가지 못하게 망건의 당 앞쪽에 쇠뿔·대모·금패·호박 따위로 꾸미는 물건.

제비 다리 부러뜨려 박씨를 받아내다

중중머리(중고 · 혹 권제)

이때 춘절만시춘(春節晩時春) 연자(燕子) 나비는 펄펄 수양(垂楊)버들에 앉은 꾀꼬리 제 이름을 제 불러[1] 제비 몰러 나간다. 복희씨(伏羲氏)[2] 내신 그물 그물을 맺어 들어메고 망당산(硭當山)[3]으로 나간다. 이편(便)은 우도봉(右道峰) 저편(便)은 좌도봉(左道峰) 건너봉 맞은봉[4] 좌우(左右)로 층층(層層) 둘럿난듸 망당산 짓둘러 (지슬기[5]) 덤풀을 툭 쳐 후여 허허어 허허차 저 제비야 늬가 어데로 행하느냐. 떴다 저 제비. 야이이 아아이고 이리와 연비려천(鳶飛戾天)[6]에 소래기[7] 보아도 제빈

1) 제 이름을 제 불러: 꾀꼬리가 '꾀꼴꾀꼴' 하고 울기 때문에, 제 이름을 제가 부른다고 한 것임. 봄철의 풍경을 홍겹게 표현하기 위해 꾸민 말임.

2) 복희씨(伏羲氏): 삼황(三皇)의 첫머리에 꼽는 중국의 전설상의 제왕 또는 신. 어렵(漁獵)을 가르치고 팔괘(八卦)를 만들었다 함.

3) 망당산(硭當山): 미상. '방장산(方丈山)' 곧 지리산을 지칭하는 듯함.

4) 건너봉 맞은봉: 건너편 산봉우리와 맞은편 산봉우리라는 뜻으로 지어 붙인 이름임.

5) 지슬기: 미상. 남은 부스러기라는 뜻의 '지스러기'의 방언이거나 와전인 듯함.

6) 연비여천(鳶飛戾天): 소리개는 하늘 높이 사납게 날고. '연비여천(鳶飛戾天) 어약우연(魚躍于淵)'에서 온 말로, 솔개라는 날짐승은 하늘에서 나는 것이 당연한 이치요, 고기는 물속에서 노니는

가 의심(疑心), 남비오작(南飛烏鵲)[8]이 까치만 보아도 제빈가 의심, 춘풍황앵(春風黃鶯) 꾀꼬리만 보아도 제빈가 의심, "저기 가는 저 제비야, 그 집으로 들어가지 마라. 천화일(天火日)[9]에 지은 집이로다. 화급(火及)이 동량(棟梁)이라[10] 내 집으로 들어오너라 이이이리와."

안의리

놀보놈이 날만 새면 제비 몰기로 일삼을 제, 하로는 신수(身數) 불길(不吉)한 제비 한 쌍(双)이 놀보집을 들어오니, 놀보가 어떻게 반갑던지 두 손 합장 절을 하며, "제비님 어찌 이리 행차가 더디시오." 제가 손수 흙을 이겨 메주 덩어리만씩 뭉쳐 처마 안에 집을 짓고 소 외양간 짚 깔듯이 짚을 담북 넣어 주었더니 미친 제비 아니여든 게다 알을 낳겠느냐마는 위가상치(違家相值)[11]하였기로 어찌타 알 여섯을 낳았더니 마음 바쁜 놀보놈이 삼시(三時)로 만져보아 다섯은 곯고 하나 까서 날기 공부(工夫) 익힐 적에 제 집가에 날개를 발발 떨며 발 붙이고 있는디, 구렁이가 오지 않고 떨어지들 아니허고 그렁저렁 점점 커서 날아가게 되었구나. 놀보가 망단(妄斷)[12]하여 제가 구렁이 노릇을 하며 제비집이 손을 넣어 제비새끼 집어내어 약(弱)한 제비다리 두 개 무릎에 대고 작끈 꺾어 마룻바닥에 선뜻 놓고 저 계집을 급(急)히 불러, "여보소 마누라 큰일 났어. 내가 잠깐 거니노라 미처 보들 못했더니 구렁이

것이 자연의 섭리이니 세상 삼라만상이 자연스럽게 가장 조화를 이룬 상태를 일컫는 말로 쓰임. 여기서는 제비가 아닌 소리개와 관련된 수식 어구로 쓰이고 있음.

7) 소래기: '소리개' 곧 '솔개'의 방언.

8) 남비오작(南飛烏鵲): 남쪽으로 날아가는 까마귀와 까치. 소동파(蘇東坡)의 「적벽부赤壁賦」에서, 조조(曹操)가 지은 시구 '월명성희(月明星稀) 오작남비(烏鵲南飛)'에 연원을 두고 있음. 여기서는 제비가 아닌, 까마귀와 까치임을 뜻하는 말로 쓰이고 있음.

9) 천화일(天火日): 화재가 난다고 하여 꺼리는 흉일. 1, 5, 9월은 자일(子日), 2, 6, 10월은 묘일(卯日), 3, 7, 11월은 오일(午日), 4, 8, 12월은 유일(酉日)로, 이날 상량(上樑)을 하거나 지붕을 이면 불이 난다고 한다.

10) 화급(火及)이 동량(棟梁)이라: 기둥과 들보에 불기운이 끼었다는 말임.

11) 위가상치(違家相值): 잘못된 집에서 서로 만남.

12) 망단(妄斷): 망령되게 결단하여.

가 물어 제비새끼 떨어져 절각(折脚)이 되었으니 불쌍하여 볼 수 없네. 어서 동여 살려주세." 흥보보다 더 하려고 민어(民魚) 껍질을 벗겨 세 겹으로 거듭 싸고 튼튼한 당팔사(唐八絲) 끈으로 단단히 동인 후에 제비집에 도로 넣고 기다릴 제, 놀보 망(亡)칠 제비여든 죽을 리가 있겠느냐, 십여 일(十餘日)이 지났더니 절각(折脚)이 완합(完合)하야 비거비래(飛去飛來) 출입(出入)터니 연위후조사소거(燕爲候鳥辭巢去)[13]하여 강남(江南)으로 들어가서 놀보의 전후내력(前後來歷)을 장수전(將帥前)에다 고하니, 제비왕이 분을 내어, 갚을 보자(報字) 원수 구자(仇字) 바람 풍자(風字) 쓴 박씨 하나를 내어주며, "이것 갖다 놀보 주어 원수를 갚게 하라." 저 제비 겨울을 다 보내고 이듬해 춘분(春分)을 지내고 점점 해동(解凍)하여 원수 갚을 박씨를 물고 제비 장수 전에 하즉(下直)허고 나오는디,

중중머리(평·계면·홍나게)

놀보 제비 노정기는 고(故) 장판개 선생이 장기인 것을 일즉이 알었는데 이 책에 기록한 가사는 무용가 김숙자 여사가 가지고 있어서 등사(謄寫)하여 기입하였으며 조금 오자와 이상한데 수정이 있는 것이다.

앞남산 지내고 밖남산[14]을 지내 촉국(蜀國)[15]을 지내고 촌산동[16] 이천 리 낙양산[17] 오백 리 소상강(瀟湘江)[18] 칠백 리 동정호(洞庭湖) 팔백 리라, 금릉(金陵) 육백 리라, 악양루(岳陽樓) 고소대(姑蘇臺) 왕위와

13) 연위후조사소거(燕爲候鳥辭巢去): '연지사일사소거(燕知社日辭巢去)'. 제비는 사일(社日, 춘분이나 추분이 지난 뒤 다섯번째 술戌일)을 알고 집을 떠나겠다고 인사를 함. 황보염(皇甫冉)의 시 「추일동교작秋日東郊作」의 한 구절.

14) 앞남산, 밖남산: 앞의 남쪽 산과 그 뒤의 남쪽 산, 곧 여러 산을 가리키는 듯함. '밖남산'은 '안' 혹은 '앞' 남산에 어울리게 지어 붙인 말임.

15) 촉국(蜀國): 중국 사천성의 옛 이름.

16) 촌산동: 미상. 촉산의 동쪽을 일컫는 '촉산동(蜀山東)'의 오기일 수 있음.

17) 낙양산: 미상. 하남성 서부의 황하 중류에 위치해 있는, 동주, 동한, 수, 당 등 나라가 수도로 삼은 '낙양성(洛陽城)'의 오기일 수 있음.

18) 소상강(瀟湘江): 중국 호남성 동정호의 남쪽에 흐르는 소수와 상강을 아울러 이르는 말.

청사[19] 구경허고 구정마창 육십 리를 사마성이 삼십 리라, 월택성[20] 돌아들고 고소산(姑蘇山)[21] 바라보니 한산사(寒山寺)[22] 비껴가고 아방궁(阿房宮)[23] 육십 리에 만리장성 내려가니 일만 오천 리, 연광정(練光亭)[24] 나라들 제, 천하 제비가 좋아라고 각국으로만 흩어질 제, 삼남(三南)으로 오는 제비 포기포기 떼를 지어 서로 짖어 언약한다. '금년 구월 보름날 이곳에 와서 상봉하자.' 약속을 정한 후에 중천에 가 높이 떠 강릉(江陵)[25]을 구경하고 적벽강(赤壁江)[26]을 돌아드니 소동파(蘇東坡)[27] 조맹덕(曹孟德)[28]은 이금(而今)의 안재재(安在哉)요[29]. 청설령[30] 오백 리를 순식간에 당도허니 오한하간[31]이 저기로다. 심양강(瀋陽江)[32] 팔백 리에 정주(定州)[33]를 지내 수원[34] 순천(順天) 칠십 리를 바

19) 왕위와 청사: 미상. [교감] 박봉술 창본에는 이 부분이 '오하 영산'으로 되어 있어 본래는 '오악(五嶽) 형산(衡山)'의 와전일 가능성이 있음. '형산'은 오악 중 남악(南嶽)으로 일컬어지는 산으로 중국 호남성에 있음. 오악은 중국의 다섯 개 명산으로 남악 형산 외에 동악(東嶽) 태산(泰山)·서악(西嶽) 화산(華山)·북악(北嶽) 항산(恒山)·중악(中嶽) 숭산(嵩山)을 이름.

20) 구정마창, 사마성, 월택성: 미상.

21) 고소산(姑蘇山): 중국 강소성에 있는 산 이름. 중국 춘추시대에 오나라 임금 부차(夫差)가 도망가 자결한 곳으로 알려져 있음.

22) 한산사(寒山寺): 중국 강소성에 있는 절 이름. 당나라 시인인 장계(張繼)가 지은 시 「풍교야박楓橋夜泊」의 한 구절인 '고소성외한산사(姑蘇城外寒山寺)'로 알려짐.

23) 아방궁(阿房宮): 중국 진시황(秦始皇)이 함양에 짓다가 만 크고 호화로운 궁전. '아방궁'의 이름은 그 일대인 아방촌에 세워진 궁궐이라는 뜻으로 뒷사람들이 붙인 이름임.

24) 연광정(練光亭): 평양의 대동강 가에 있는 누정(樓亭). 경치가 빼어나 예로부터 관서팔경의 하나로 알려졌다. 아직 중국을 벗어나지 못한 것으로 되어 있으므로 연광정이 이곳에 놓인 것은 잘못이다. 혹 중국 누정 중에 연광정이라는 것이 있을 수도 있지만.

25) 강릉(江陵): 중국 호북성 남부에 있는 현. 옛 이름은 형주(荊州)였고 양자강 중류의 북쪽 기슭에 자리하여 남북 육상교통의 요충지 역할을 했음.

26) 적벽강(赤壁江): 첫째, 중국 삼국시대의 적벽대전이 있었던 호북성 가어현에 있는 강. 둘째, 소식이 「적벽부」를 지어 부른 곳인, 호북성 황강현에 있는 강.

27) 소동파(蘇東坡): 중국 북송(北宋) 때 정치가·문학자. 이름은 식(軾). 자는 자첨(子瞻). 우리에게 「적벽부赤壁賦」의 작자로 널리 알려졌음.

28) 조맹덕(曹孟德): 중국 삼국시대 위(魏)나라 초대 왕. 이름은 조(操).

29) 이금(而今)의 안재재(安在哉)요: 지금은 어디에 있느냐. 소식이 지은 「적벽부」의 한 구절.

30) 청설령: '청석령(青石嶺)'인 듯함. 만주 요령성에 있는, 우리나라 사신들이 연경을 갈 때 지나던 곳.

31) [교감] 오한하간: 박봉술 창본에는 '옥하관'으로 되어 있음. '옥하관(玉河館)'은 북경 서쪽으로 흐르는 사하(沙河)의 옥하교 위에 있던, 우리나라 사신들이 묵던 곳. 뒤에는 북경 안의 조선관으로 숙소를 옮겼음.

32) 심양강(瀋陽江): 심수(瀋水). 중국 요령성 심양(瀋陽) 지역의 강. '심양'이라는 이름은 원대에 지

라보니, 평양이라 동설령35) 높이 날아 의리(蟻理)36) 장안(長安)을 구경허니, 승필(乘匹) 망중(望重)이요37) 효자 열녀 가가재(家家在)라. 송객정(送客亭)38) 순간의 히여39) 살같이 빨리 날아 개성(開城) 부중(府中)40)에 들어서니 왕태조(王太祖) 고사적(古史蹟)은 망월대41)뿐이요, 무악대42) 영주봉43)은 엄의(嚴毅)44)세력을 지녀 있고 제일 삼각산(三角山) 올라 앉아 장안을 가만가만이 굽어보니 남산은 천년산(千年山) 한강은 만년수(萬年水)라. 45)문물이 빈빈하고 풍속이 희희하야 만만세지금탕이라. 경상도는 함양이요 전라도는 운봉이라. 함양 운봉 두 월품의 놀보가 거기 사는지라. 저 제비 거동 보소. 놀보 망할 박씨 입에다 물고 거중(去中)에 둥실 높이 떠 남대문 박 썩 내다 칠패 팔패 청패 배다리 애고개 얼핏 넘어 동작강을 월강 승방을 지내고 남태령 고개 넘어 두 죽지 쩍 벌려 번뜻 수루루루 펄펄 놀보집을 당도허니, 놀보가 보고서 반긴다. "얼씨구나 좋다. 내 제비야 어듸를 갔다가 인제 오는가. 얼씨구나 저 제비야. 얼씨구 절씨구 지아자 좋네. 얼씨구 절씨구 좋을씨구."

리적으로 심수의 양(陽, 물의 북쪽)에 위치한다고 하여 붙여진 것임.

33) 정주(定州): 평안북도 남서 해안에 있는 읍.

34) 수원: '순안(順安)'의 잘못인 듯함. '순안'은 평안남도의 평양과 순천 사이에 있는 고을.

35) 동설령: 동선령(洞仙嶺). 황해도 황주의 남쪽으로 이십 리쯤 되는 곳에 있는 고개 이름.

36) 의리(蟻理): 미상.

37) 승필(乘匹) 망중(望重)이요: 말을 탐은 명망이 높음이요. 말을 타는 일은 망종(亡終), 곧 끝이라는 뜻일 수도 있음.

38) 송객정(送客亭): 평양의 서쪽에 있던 정자.

39) [교감] 순간의 히여: 박봉술 창본에는 '순간을 지내'라 되어 있음.

40) 부중(府中): '부(府)'의 이름이 붙은 행정단위의 구역 안.

41) 망월대: '만월대(滿月臺)'의 잘못. 만월대는 황해북도 개성시 송악산 기슭에 있는 고려의 궁궐터. 919년(태조 2) 태조가 송악산 남록에 도읍을 정하고 궁궐을 창건한 이래 1361년 홍건적의 침입으로 소진될 때까지 고려 왕의 주된 거처였음.

42) 무악대: '무악재'의 잘못인 듯. 무악재는 서울 서대문구에 있는 고개 이름.

43) 영주봉: 미상. '양주군(楊州郡)'의 잘못인 듯함. 본래 한양은 양주군의 한 고을이었음.

44) 엄의(嚴毅): 엄숙하게 굳센.

45) '문물이 빈빈하고' 이후는 홍보제비 노정기의 부분을 그대로 다시 사용하고 있음.

안의리

놀보가 앉은 앞에 박씨를 떨어트리니 놀보가 주어들고,

중중머리(평 · 홍나게)

"얼씨구나 좋을시구 얼시구 절시구 지아자 좋아. 반갑구나 저 제비야 어디를 갔다가 이제 오느냐. 얼시구나 저 제비. 소호시절(小昊時節) 이조기관(以鳥紀官)[46] 벼슬하려 네 갔더냐. 얼시구나 절시구 지아자 좋을시구."

안의리

놀보가 좋아 미치다가, "여보소 마누라 이것 좀 보소. 제비가 박씨를 물어왔으니 살림 밑천 억만금을 가지고 왔네. 박씨를 심어야지." 놀보 마누라, "어듸 좀 보여주시오. 애겨 이것 내버리소 갚을 보(報) 원수(怨讐) 구(仇) 바람 풍(風) 자 쓰였으니 원수 갚을 바람이니 어디 그것 쓰겠는가." 놀보가 대답하되,

단중머리(엄 · 평 · 단계 · 홍나게)

"자네 내 말을 들어보소. 자네가 그 뜻을 어찌 알어. 원수 구(仇)라 하는 글자 군자호구(君子好逑)[47]란 짝 구(逑) 자와 통용(通用)하니 양귀비(楊貴妃) 같은 미인(美人) 하나 나에게 보내어 짝지어준다는 말이로세." 놀보 가속(家屬) 이 말 듣고, "저런 사람 죽을 말이 있나. 만일 그러하면 바람 풍(風) 자 웬일인가?" "바람 풍 자 더욱 좋지. 태호(太昊)

46) 소호시절(小昊時節) 이조기관(以鳥紀官): 소호금천(少昊金天) 때 새 이름으로 관직의 순서를 정하여 기록함. 소호금천은 중국 전설상의 임금. 황아(皇娥)와 백제(白帝)의 아들로 후에 장성하여 동방의 바다 밖으로 가 나라를 만들고 소호국이라는 이름을 붙였다. 소호의 신하는 모두 각종 새였다고 한다. 그의 신하 중에는 제비와 까치, 종달새, 금계(錦鷄)가 각각 춘하추동을 다스렸으며 이들은 다시 봉황에 의해 다스려졌다고 한다(위앤커袁珂, 『중국의 고대신화』).

47) 군자호구(君子好逑): 군자의 좋은 배필. 『시경詩經』 「관저關雎」에 나오는 구절.

복희씨(伏羲氏)는 풍성(風姓)으로 왕(王)하시고[48] 순(舜)임금 오현금(五絃琴)[49]의 남풍시(南風詩)[50]를 노래하고 문왕(文王)[51] 무왕(武王)[52] 장(壯)한 덕화(德化) 천무열풍(天無熱風)[53]하였으며 주공(周公)[54]은 성인(聖人)이라 빈풍시(豳風詩)[55] 지으시고 한태조(漢太祖) 수수풍(濉水風)[56] 광무황제(光武皇帝)[57] 곤양풍(昆陽風)[58] 와룡선생(臥龍先生) 적벽풍(赤壁風)[59] 백이숙제(伯夷叔齊) 고절청풍(高節淸風)[60] 엄자릉(嚴子陵)[61]의 선생지풍(先生之風) 도정절(陶靖節)의 북창청풍(北窓淸風)[62] 만고(萬古)에 맑았으니 그 아니 좋을손가. 우리도 이 박 심어 습습동풍(習習東風) 입묘(立苗)하여[63] 삼월남풍(三月南風)에 점점(漸漸) 자라 우순풍조(雨順風調)[64] 호시절(好時節)에 꽃이 피고 박이 열어 팔월고풍(八月高風)에 따서 켜면

48) 풍성(風姓)으로 왕(王)하시고: 풍(風) 성(姓)으로 왕이 되었다는 말임. 이 부분 이후에는 놀보가 '풍' 자 운을 맞추어 고사를 나열함으로써 바람 풍 자가 나쁘지 않다는 근거로 삼고 있음.
49) 오현금(五絃琴): 순임금이 만들어 「남풍시南風詩」를 타던 태평금(太平琴).
50) 「남풍시南風詩」: 순임금이 남훈전(南薰殿)에서 오현금에 얹어 불렀다는 노래. 『예기』 「악기」에 "효자의 시로, 내용은 부모가 자식을 낳아 길러주는 것이, 만물이 남풍을 만나 자라나는 것과 같다"고 전함.
51) 문왕(文王): 주나라를 세운 무왕의 아버지. 덕으로써 만민을 다스렸다고 알려짐.
52) 무왕(武王): 은(殷) 주왕(紂王)을 멸망시키고 주나라를 세운 임금.
53) 천무열풍(天無熱風): 하늘에는 병을 일으키는 더운 바람이 불지 않고.
54) 주공(周公): 문왕의 아들이며 무왕의 아우. 무왕을 도와 은(殷)나라를 멸망시켰고 무왕이 죽은 뒤에는 어린 나이로 즉위한 성왕(成王)을 섭정(攝政)했다 함.
55) 빈풍시(豳風詩): 『시경』의 편명.
56) 수수풍(濉水風): 수수의 바람. '수수'는 중국 하남성 기현(杞縣)에서 동쪽으로 흐르는 강. 항우가 여기서 유방의 군대를 물리쳤는데, 이때 큰 바람이 불어 유방이 도망하여 살 수 있었다고 함.
57) 광무황제(光武皇帝): 중국 후한(後漢)의 초대 황제. 고조(高祖) 유방(劉邦)의 9세손.
58) 곤양풍(昆陽風): 곤양의 위풍. 곤양은 중국 지명으로 지금의 하남성 엽현(葉縣). 이곳에서 광무제가 왕망(王莽)을 물리치고 후한을 세웠음.
59) 적벽풍(赤壁風): 적벽의 바람. 제갈공명이 적벽강에서 바람을 이용하여 화공을 가함으로써 조조 대군을 물리친 일을 관련지은 것임.
60) 고절청풍(高節淸風): 고고한 절개와 청렴한 기풍.
61) 엄자릉(嚴子陵): 후한의 은자(隱者)인 엄광(嚴光). 어려서 광무제와 함께 수학했음. 광무제가 그에게 간의대부(諫議大夫)의 벼슬을 내리자 엄광은 벼슬을 받지 않고 부춘산(富春山)으로 들어가 몸을 숨겼다 함.
62) 북창청풍(北窓淸風): 북쪽 창에서 불어오는 맑은 바람. 도연명이 지은 「여자엄등소與子儼等疏」에 '북창하와(北窓下臥) 우양풍잠지(遇涼風暫至)'라는 구절이 있음.
63) 습습동풍(習習東風) 입묘(立苗)하여: 솔솔 부는 봄바람에 싹을 틔워.
64) 우순풍조(雨順風調): 비가 순조롭게 내리고 바람도 조화로움.

보물(寶物)이 풍풍 나와 재물 풍덩풍덩 그 아니 좋을손가. 풍류랑(風流郞) 모여 앉아 풍악(風樂)으로 지낼 적에 방(房) 안에 병풍(屛風) 치고 풍로(風爐)에 차관(茶罐) 얹고 풍석(風席)[65] 없는 배를 타고 경수무풍야자파(鏡水無風也自波)[66]가 그만하면 풍족(豊足)하지 잔말 말고 심어보세."

안의리

놀보가 사랑(舍廊) 앞을 급(急)히 파고 못자리 할 거름을 모두 게다퍼 쟁이고 단단히 심었더니, 아침에 심은 것이 오후(午後)가 겨우 되어 솟아난 큰 박순이 수종(水腫)난 놈 다리만큼[67], 놀보 아내가 깜짝 놀라, "여보시오 아이 압시. 이것 급히 빼버리오. 은(殷)나라 상상곡(祥桑穀)[68]이 아침에 났던 것이 저녁에 큰 아람[69] 요물(妖物)이라 하였으니, 이것 정녕(丁寧) 재변(災變)이오." 놀보가 화를 내어, "여편네가 그저 방정맞은 소리 하는구만. 나물이 되련 것은 떡잎부터 안다지 않어." 이 박넝쿨이 날마다 갑절씩이 더럭더럭 뻗어가는듸 박순이 커지기를 한 아람씩이 넘는구나. 어디 가 턱 걸치면 모두 다 무너질 제 사당(祠堂)에 걸치더니 신주(神主)[70]가 깨어지고 곳간(庫間)에 걸치더니 곳간이 무너지고 동내 이웃으로 쭉쭉 뻗어 누구집이고 턱 걸치면 무너지고 무너지면 값을 물고 놀보가 발서부터 박에 해(害)를 보것다. 꽃이 피어 박 맺을 제 처음에 바로 북통만씩 십여 일(十餘日)이 지나더니 객사폐문(客舍閉

---

65) 풍석(風席): 돛을 만드는 데 쓰는 돗자리.

66) 경수무풍야자파(鏡水無風也自波): 바람이 불지 않아도 물결이 절로 인다. 당나라 때 시인 하지장(賀知章)의 시 「채련곡採蓮曲」의 한 구절. 여기까지, 놀보는 '풍' 자가 들어간 말을 들어 바람 '풍' 자가 괜찮다는 근거를 대고 있다.

67) 수종(水腫)난 놈 다리만큼: 박순의 크기가 병으로 인해 부은 다리만 하다는 뜻. 크기 외에 놀보에 대한 부정적 시각이 담겨 있음.

68) 상상곡(祥桑穀): 상곡(桑穀). 아침에 나면 좋지 못하다는 들풀의 이름.

69) 아람: 밤이나 상수리 따위가 충분히 익어서 저절로 떨어질 정도로 된 상태. 또는 그 열매.

70) 신주(神主): 사당 따위에 모셔두는 죽은 사람의 위패.

門)[71] 북통만큼 박이 여러 통이 열었거든. 한 달이 지난 후에 박을 타려 할 제 책력(冊曆)[72]에 납재일(納財日)[73]을 가려내여 삯군 삼십(三十) 여 명(名)을 사가지고 박을 타는듸, 놀보가 설소리를 메기되[74] 똑 금(金)이 나올 줄로 금(金)말[75]을 지어가지고 메기던 것이었다.

71) 객사폐문(客舍閉門): 객사(客舍)는 고려·조선시대 각 고을에 설치했던 관사(館舍)로, 주관(主館)에는 임금이 계시다는 표시로 궐패를 두고, 양 익사에는 중앙에서 내려온 관원들이나 외국의 사신들이 머물렀음. "폐문 북통만큼"이라는 말은 대궐이나 관청 등의 바깥 문 위에 지은 다락집에 있던, 폐문을 알리기 위해 치던 북 크기만큼이라는 뜻임.

72) 책력(冊曆): 1년 동안의 월일, 해와 달의 운행, 월식과 일식, 절기, 특별한 기상 변동 따위를 날의 순서에 따라 적은 책.

73) 납재일(納財日): 재물을 들이기 좋은 날.

74) 설소리를 메기되: 두 편이 노래를 주고받고 할 때 먼저 하는 소리인 선소리를 부르되.

75) 금(金)말: '금'이라는 말이 들어 있는 가사라는 뜻임.

놀보가 기가 막혀

진양(엄 · 평 · 계면 · 홍나게)

"시르렁 실근 톱질이야. 어유와 톱질이로구나. 여보게 이 사람들 금(金)의 내력을 들어보소. 초한시(楚漢時) 진평(陳平)[1]이는 범아부(范亞父)[2]를 잡으랴고 황금 사만냥(四萬兩)을 초진중(楚陣中)에다 흩었으며, 소진(蘇秦)[3]이 구변(口辯)으로 많이 얻어 실어갔고, 곽거(郭巨)[4]는 효성(孝誠)으로 묻친 금을 파내었네. 시르렁 시르렁 당기여라 톱질이야. 나

1) 진평(陳平): 중국 한(漢)나라 초기의 공신. 빈농 출신으로 항우(項羽)의 군에서 도위(都尉)를 지냈고 그 뒤 유방(劉邦)의 호군중위(護軍中尉)가 되어 한나라 통일에 큰 역할을 한 인물이다. 통일 후 혜제(惠帝) 때 좌승상·우승상이 되었고, 여후(呂后) 집정 아래에서 어려움을 겪었으나 여후가 죽은 뒤 주발(周勃)과 함께 여씨 일족을 주멸(誅滅)하고 문제(文帝)를 옹립했다.

2) 범아부(范亞父): 범증(范增). 초(楚)나라 항우(項羽)의 참모. 항우가 군사를 일으키자 그를 잘 보필하여 제후에게 승리를 거두었기 때문에 아부(亞父, 아버지 다음으로 존경하는 인물이라는 뜻)로 존경을 받았다. 그러나 진평(陳平)의 이간책으로 말미암아 항우로부터 유방(劉邦)과 내통한다고 의심을 받게 되자, 물러나 팽성으로 돌아가던 도중에 등창이 터져 75세의 나이로 죽었다고 한다.

3) 소진(蘇秦): 중국 전국시대의 정치가. 낙양(洛陽) 출신으로 구변이 뛰어났다. 진(秦)나라에 대항하는 6국의 연합을 성공시켜 6국의 재상을 겸임했다. 그러나 연횡설(連横說)을 주장한 장의(張儀) 때문에 합종(合從)이 깨져 제나라로 피신했다.

4) 곽거(郭巨): 중국 후한 시대의 24효(孝) 가운데 한 사람. 극진한 효자로 노모의 굶주림을 면하게 하기 위해, 자식을 묻으려고 땅을 파다가 황금솥을 얻었다고 한다.

도 이 박을 어서 타서 금이 많이 나오며는 석숭(石崇)이를 부러워할까. 이 동내(洞內) 이름을 금곡동(金谷洞)이라 하여볼까 어여루 당기여 주소."

〈휘모리조로〉 슬근슬근 슬근슬근 박을 거진 타니,

안의리

박통 속에서 글 읽는 소리가 나는디, "맹자견양혜왕(孟子見梁惠王)하신대 왕왈수불원천리(王曰叟不遠千里) 이래(而來)하시니 역장유이이오국호(亦將有以利吾國乎)이까[5]." 놀보가 듣고 어디 이게 박속이냐 서당(書堂)이지 한참 의심하노라니,

자진모리(엄·평·홍나게)

박통문을 반만 열고 노인(老人) 한 분이 나오는디, 채린 복색(服色) 볼작시면, 헐고 헌 쳇불관(冠)[6]에 빈대알이 따닥따닥, 생마포(生麻布) 적삼[7] 위에 개가죽 묵은 배자(褙子)[8] 무릎 밑에 털렁털렁, 구멍이 뻰뻰한 중치막[9] 아랫단에 황토(黃土) 묻고 세전지물(世傳之物)[10] 묵은 바지 오줌 싸서 얼룽지고, 또닥또닥 기운 버선 사(四)날 초신(草鞋)[11]을 들메신고[12] 곱돌조대[13] 중동[14] 쥐고 개털 모선(毛扇)[15] 차면(遮面)하고

5) 맹자견양혜왕(孟子見梁惠王)하신대 왕왈수불원천리(王曰叟不遠千里) 이래(而來)하시니 역장유이이오국호(亦將有以利吾國乎)이까: 맹자께서 양혜왕을 뵈시니 왕이 말씀하시기를 "노인께서 천리를 멀리 여기지 않고 오셨으니 또한 장차 우리나라를 이롭게 해주시려는 것입니까?" 『맹자孟子』 양혜왕장(梁惠王章)의 첫 구절.

6) 쳇불관(冠): 선비들이 머리에 쓰던 관의 한 가지. 말총으로 만듦.

7) 적삼: 윗도리에 입는 홑옷. 모양은 저고리와 똑같음.

8) 배자(褙子): 저고리 위에 덧입는, 단추가 없는 짧은 조끼 모양의 옷. 마고자와 비슷하나 소매가 없음.

9) 중치막: 벼슬하지 않은 선비가 입은 웃옷의 하나. 넓은 소매에 길이가 길고, 앞은 두 자락 뒤는 한 자락이며, 옆이 터짐.

10) 세전지물(世傳之物): 여러 대를 전해 내려오는 물건.

11) 사(四)날 초신(草鞋): 네 날로 된 짚신. '날'은 짚신을 삼을 때 바닥에 세로 놓는 노끈을 말함.

12) 들메신고: 신이 벗어지지 않게 끈을 발에다 동여매 신고.

놀보의 안방으로 점잔히 들어가는구나. “이놈 놀보야 구상전(舊上典)을 모르느냐.

안의리

네 할아비 덜렁쇠 네 할미 허천덕이 네 아비 껄덕쇠 네 어미 허천네 다 모두 댁(宅)종이라. 병자팔월(丙子八月)에 과거(科擧) 보러 서울 가고 댁사랑(宅舍廊)[16]이 비었을 제 흉녕(凶獰)[17]한 네 아비놈 가산 모두 도둑하야 부지거처(不知去處) 종적(踪迹)을 모르더니 조선(朝鮮) 왔던 제비 편에 자세(仔細)히 들어보니 네놈이 이곳에서 부자로 산다기로 불원천리(不遠千里) 나왔으니 네 계집 네 자식 문안(問安)을 아니하니 이런 변(變)이 있단 말이냐. 일 오너라”, “예.” 범강(范彊) 장달(張達)[18] 허저(許褚)[19] 같은 실금찬 여러 군(軍)이 몽치[20]들고 꾸역꾸역 펴 나오니, 놀보가 엎디어 애걸(哀乞)한다. “여보시요 상전님(上典任), 이 동내가 반촌(班村)이요 아비 가세 요부(饒富)키로 착관(着冠)[21]하고 지내오니 모모(某某)한[22] 양반댁이 다 모두 사둔(查頓)이요 방장부절(方長不折)[23] 생

13) 곱돌조대: 곱돌을 깎아 만든 담뱃대. ‘곱돌’은 광택이 있고 매끈매끈한 돌.
14) 중동: 사물의 중간이 되는 부분이나 가운데 토막.
15) 모선(毛扇): 벼슬아치가 추운 겨울날에 얼굴을 가리던 방한구. 네모반듯하게 겹친 비단 양편에 털가죽으로 싼 긴 자루가 달렸음.
16) 댁사랑(宅舍廊): 우리 집 사랑.
17) 흉녕(凶獰): 성질이 흉악하고 사나움.
18) 범강(范彊) 장달(張達): 장비 수하의 장수들. 장비에게 매를 맞은 후 장비의 목을 베어 오나라에 항복한 인물들. 손권이 이들을 유비에게 돌려보내고 장비의 아들 장포(張苞)가 잡혀온 이들을 죽여 아비의 원수를 갚음. 몸집이 크고 우락부락하게 생긴 사람을 이르는 말로도 쓰임.
19) 허저(許褚): 조조 막하의 용장. 복양전투 이래 조조의 휘하에 들어가 조조를 항상 곁에서 보좌하며 깊은 신임을 얻음. 특히 조조가 마초, 한수 등을 공격하다가 곤경에 빠졌을 때 조조를 업고 배에 뛰어올라 말안장으로 적의 화살을 막으며 노를 저어서 위기를 모면하게 한 것은 유명한 일화임.
20) 몽치: 짤막하고 단단한 몽둥이. 주로 사람이나 동물을 때리는 데 쓰며, 예전에는 무기로도 사용했다.
21) 착관(着冠): 관을 씀. 양반 행세를 했다는 뜻임.
22) 모모(某某)한: 아무아무라고 손꼽을 만한. 또는 그만큼 저명한.
23) 방장부절(方長不折): 한창 자라는 풀이나 나무를 꺾지 아니한다는 뜻으로, 앞길이 유망한 사람이나 사업에 헤살을 놓지 않음을 이르는 말.

각하와 아무 말씀 마시옵고 속전(贖錢)으로 바치옵게 속량(贖良)[24]하여 주옵소서." "네 말이 그러하니 차역인자(此亦人子)라, 가선우지(可善遇之)[25]로," 조그마한 주머니를 허리에서 끌러주며, "아무것을 넣든지 여기만 채워오라." 놀보가 "예 그리하오리다." 주머니를 가지고 방으로 들어가서 돈 스무 냥을 풀어놓고,

단중머리(단계)

한 줌 넣고 또 한 줌 넣고 두 줌 석 줌 넣어도 간 곳 없고 열 줌을 넣어도 간 곳 없고 아무 동정(動靜)이 없었구나. 싸돈[26]이라 그러한가.

자진모리(평・계면・섞임)

닷 냥을 넣어도 간데없고 스무 냥을 넣어도 간데없고 또 열 냥을 넣어도 간데없고 암만 넣어도 간데없다. 묶음으로 넣어보자. 스무 냥씩 묶은 묶음 한 묶음이 두 묶음이 백(百) 묶음이를 한번에 넣어도 간데없다. 놀보 기가 막혀, 이대로 허다가는 자신방매(自身放賣)[27] 새 상전(上典) 또 생기겠구나. "아이고 여보시오 상전님, 이게 무슨 주머니요? 비옵니다 상전님 전 비옵니다. 상전님 덕택(德澤)에 살려주오. 공돈[28] 속전(贖錢) 또 바치지 이 주머니 챌 수 없소."

안의리

"네 원(願)이 그러하다면 칠천 냥(七千兩)을 바치라." 놀보가 칠천 냥을 또 바치니, 저 양반(兩班) 그 돈 받아 주머니에 들여 넣으니 경각간(頃刻間)에 간데없다. 놀보가 속량(贖良)하고 생원으로 부르것다. "여보

24) 속량(贖良): 몸값을 받고 노비의 신분을 풀어주어서 양민이 되게 하던 일.
25) 차역인자(此亦人子) 가선우지(可善遇之): 이 또한 사람의 자식이니 잘 대접하는 것이 옳음.
26) 싸돈: 푼돈.
27) 자신방매(自身放賣): 자신의 몸을 팔아 또다시 종이 될 수 있다는 뜻.
28) 공돈: 여기서 '공'은 '貢'임. 바치는 돈이라는 뜻.

시오 생원님(生員任) 이왕(已往) 작처(酌處)[29]한 일이니, 주머니 이름이나 가르쳐주옵소서", "음, 이 주머니가 능천낭(凌天囊)[30]이라." 당하(堂下)에 내리더니 인홀불견(因忽不見)이라.

안의리

놀보가 하는 말이, "대명당(大明堂)을 쓰려 하면 초년패(初年敗)가 똑 있나니[31], 여보소 역군들, 무안(無顔)히 알지 말고 어서 톱질하세." 놀보가 설소리를 또 메기되 부자만 원(願)하는듸,

중머리(단계 · 홍나게)

"어기여라 톱질이야 슬근슬근 당거주소 어여루 톱질이야. 인간에 좋은 것은 부자밖에 또 있는가. 요(堯)임금은 어찌하여 다사(多事)타 마다고 맹자는 어찌하야 불인(不仁)하면 된다신고[32]. 다사(多事)해도 내사 좋고 불인(不仁)해도 내사 좋으네. 어여루 당거여라. 범려(范蠡)[33]의 부자 되기 계연(計然)[34]의 남은 꾀요 공자(孔子) 같은 대성현(大聖賢)도 자공(子貢)[35]이 아니며는 철환천하(轍環天下)[36] 어찌 하며 한태조 영웅

29) 작처(酌處): 죄의 가볍고 무거움을 헤아려 처단함.

30) 능천낭(凌天囊): 그 속에 넣은 것은 모두 하늘로 올라간다는 주머니.

31) 대명당(大明堂)을 쓰려 하면 초년패(初年敗)가 똑 있나니: 크게 잘되기 위해서는, 처음에는 일이 잘못될 수도 있다는 뜻.

32) 전후 문맥상 '된다신고'가 아니라 '안 된다신고'가 맞음.

33) 범려(范蠡): 중국 춘추시대 말기의 정치가. BC 494년 월나라 왕 구천(句踐)이 오(吳)나라 왕 부차(夫差)에게 패하고 20여 년 뒤 오나라를 멸망시킬 때, 대부(大夫) 종(種)과 함께 부차를 자살하게 했다. 그러나 구천을 더이상 섬길 수 없는 군주라고 생각하여, 월나라를 버리고 제(齊)나라로 갔다. 이름을 고치고, 해변(海邊)을 일구어 거부가 되었다 한다. 도(陶) 땅에서 큰 부를 이루었으므로 '도주공'이라 불렸다.

34) 계연(計然): 범려의 스승. 범려는 계연의 계책 일곱 가지 중 다섯 가지는 월나라를 위해 사용하고 나머지 두 가지는 자기 자신을 위해 사용하여 억만금의 부를 이루었다.

35) 자공(子貢): 중국 춘추시대 위나라의 유학자. 성은 단목(端木), 이름은 사(賜). 공문십철(孔門十哲)의 한 사람으로 언어에 뛰어났으며, 노나라와 위나라의 재상(宰相)을 지냈다. 제자 중 제일 가는 부자였으므로 경제 면에서 공자를 도왔다고 한다.

36) 철환천하(轍環天下): 수레를 타고 온 천하를 돌아다님. 공자가 13년간 철환천하할 때 자금을 댄 것이 자공이었다.

이나 소하(蕭何)[37] 곧 아니며는 통일천하(統一天下)할 수 있나. 어여루 당거주소."

안의리

역군(役軍) 중에서 입바른 척하는 사람이 있는듸, 이는 얼청이[38]고 또 하나는 쌍얼청이가 있어 서로 하나씩 설소리를 메기는디,

중머리(단계 · 홍나게 · 재담 · 섞임)

"어여루 홈질이야. 근래풍속(近來風俗) 소박(疎薄)[39]하야 사람마다 모두 경박(輕薄)이네. 어여루 홈질이야." 쌍얼청이가 나서는듸, "어여루 홍기리야[40]. 흥보의 심은 박 제비 은혜 받는 박 놀보의 심은 박이 정녕(丁寧) 재물 부서질 쪽박. 어여루 홍길이야 어여루 톱질이야. 이렇게 하여보소. 어여루 홈질이야." 슬근슬근 슬근슬근 박이 딱 벌어지니,

안의리(흩은 목청 장단 없이 덩실거린다)

사당(寺黨)이패[41]가 나오는듸, 목청을 내서 사거리[42] 가락으로 (창唱조로 경기 민요제로) "산천초목(山川草木)이 성림(盛林)[43]이 난디 구경(求景)가기 즐겁도다." 하나가 뒤따라 나오며, "녹양방초(綠楊芳草) 밝은 날에 해는 어찌 더디 가며 오동추야(梧桐秋夜) 성긴 비[44]에 밤은 어찌

37) 소하(蕭何): 중국 전한시대의 정치가. 한고조 유방의 참모로서 전한 건국의 일등공신이었다.
38) 얼청이: 언청이. 선천적으로 윗입술이 세로로 찢어진 사람. 언청이 둘이 서로 소리를 메기며 박을 타는 장면이다.
39) 소박(疎薄): 처나 첩을 박대하는 것을 이르는 말. 여기서는 사람들 사이에 서로 소원하고 사귐이 엷어진 것을 이름.
40) 홍기리야: 언청이이기 때문에 '톱질이야'를 이렇게 발음한 것으로 보임.
41) 사당(寺黨)이패: 사당패. 조선 후기에 생긴 유랑 연예인 집단 중 하나. 여자들로 구성되어 있으며 주로 노래와 춤, 매음을 업으로 삼았다. 사당패의 책임자는 모갑이라 했고 그 밑에 남자 거사(居士)와 여자 사당이 있었다.
42) 사거리: 남도 선소리의 하나인 화초사거리를 말함.
43) 성림(盛林): 무성한 숲. 보통 '속잎'으로 부름.
44) 성긴 비: 세차지 않고 드문드문 내리는 비.

깊었는고. 얼사절사 만들어라 이리 흔들 저리 흔들 흔들거리고 놀아보자. 갈까보다 갈까보다 잦힌[45] 밥을 못다 먹고 임을 따라 갈까보다. 경방산성(傾方山城)[46] 빗긴 길로 알배기 처자(處子)[47] 앙금살살 게게[48] 돌아간다."

안의리

여사당(女寺黨) 모양을 바라보니 고방머리[49] 곱게 빼고 주사수건(紬紗手巾)[50] 자지수건(紫地手巾)[51] 머리에 질끈 동이고 연두색(軟豆色) 저고리에 담뱃대 입에 물고 짐군들은 곱게 결은 오쟁이[52]에 이불보 요강(尿鋼) 망(網)태 기름병(甁) 달아가지고 꾸역꾸역 나와, "소사(小士) 문안(問安)이요. 근래 흉년(凶年)에 살 수 없어 강남(江南)으로 갔삽더니, 강남황제(江南皇帝) 분부(分付)하기를 너의 나라 박놀보가 삼국(三國)에 유명(有名)한 부자라니 박통 타고 그리 가서 수천 냥(數千兩)을 뜯어내되 만일 적게 주거들랑 다시 와서 아뢰어라, 분부 모시고 나왔으니 후차(厚差)[53]하옵소서." 놀보가 하릴없어 매명(每名)에 일백 냥(一百兩)씩 후히 주어 보낸 후에, 옆에 놓아 있던 박 한 통이 저절로 딱 벌어지더니 각설이패[54] 풍각쟁이[55] 초라니패[56]가 나오는듸,

45) 잦힌: '잦히다'는 밥이 끓은 뒤에 불을 잠깐 물렸다가 다시 불을 조금 때어 물이 잦아지게 한다는 뜻.
46) 경방산성(傾方山城): 산성의 경사진 방향.
47) 알배기 처자(處子): 성숙한 처녀.
48) 게게: 코나 침을 보기 흉하게 흘리는 모양.
49) 고방머리: 고머리. 머리 땋은 것으로 머리통을 한 번 두르고, 남은 머리와 댕기를 이마 위쪽에 얹은 머리 모양.
50) 주사수건(紬紗手巾): 명주로 만든 수건. '주사'는 명주실.
51) 자지수건(紫地手巾): 자줏빛 수건.
52) 오쟁이: 짚으로 엮어 만든 가마니처럼 생긴 물건.
53) 후차(厚差): 후히 차하(差下)하는 일. '차하'는 벼슬을 시키던 일을 말하나 여기서는 돈을 달라는 뜻으로 쓰임.
54) 각설이패: 장타령을 부르면서 구걸을 다니던 사람들을 일컫는 말.
55) 풍각쟁이: 시장이나 집을 돌아다니면서 노래를 부르거나 악기를 연주하며 구걸하는 사람들을 일컫는 말.

두짝거리(장타령으로)

“뜨르르르 들어왔소. 각설이라 먹서리[57]라 동서리[58]를 짊어지고 죽지도 않고 찾아왔소. 옥동도화만수춘(玉洞桃花萬樹春)[59] 가지가지가 봄바람. 어품바[60] 잘한다. 오리고 내리고 나리매장[61] 다리 아파 못 보고, 흰오얏꽃 옥과장(玉果場) 눈이 희어서 못 보고, 노란 버들 김제장(金堤場) 부창부수(夫唱婦隨) 화순장(和順場)[62], 시화연풍(時和年豊) 낙안장(樂安場)[63] 쑥 솟았다 고산장(高山場), 철철 흘러 장수장(長水場) 삼도도회(三道都會) 금산장(錦山場)[64], 일색춘향(一色春香) 남원장(南原場) 십리오리(十里五里) 장성장(長城場)[65], 애고애고 곡성장(谷城場)[66] 코 풀었다 홍덕장(興德場), 불은 타도 원주장(原州場)[67] 탁주(濁酒)를 먹어도 청주장(淸州場), 돈을 냈어도 공주장(公州場)[68].” 살만 남은 헌 부채로 뒤꼭지를 탁탁 치며, “잘한다 잘한다 이러니 저저러니 하여도 초당삼간(草堂三間) 지어놓고 말관(冠) 쓰고 한 공부(工夫)[69] 미끈미끈 잘한다. 네가 저리 잘할 적에 네 선생이 오죽하랴. 네 선생(先生)이 나로구나. 잘

56) 초라니패: 음력 섣달그믐날 밤에 대궐에서 악귀와 사신(邪神)을 쫓아내기 위해 나례의식을 베풀 때 그 의식을 거행하던 자들이었으나, 후에 마을을 돌며 집집마다 들러 장구도 치고 ‘고사소리’를 부르며 동냥을 하던 유랑 연예인패.

57) 먹서리: 멱서리. 짚으로 날을 촘촘히 만들어 쌀이나 벼 등을 담는 기구.

58) 동서리: ‘각설이라 먹서리라’에 이어 지어 붙인 말. ‘동’은 겨울을 뜻하는 듯함.

59) 옥동도화만수춘(玉洞桃花萬樹春): 옥동의 복사꽃과 온갖 나무에는 봄이 가득하네.

60) 어품바: 장타령을 부를 때의 후렴구.

61) 나리매장: ‘나리매’에 서는 장. ‘나리매’는 지명인 듯하나 어디인지는 불명. 오르고 내린다는 수식어는 ‘나리매’라는 지명을 홍취 있게 꾸며주는 말임.

62) 부창부수(夫唱婦隨) 화순장(和順場): 남편이 노래를 하면 부인이 따라한다는 뜻의 ‘부창부수’라는 말을 ‘화순’이라는 이름과 관련지은 것임.

63) 시화연풍(時和年豊) 낙안장(樂安場): ‘낙안’은 전남 순천에 있음. 나라가 태평하고 해마다 풍년이 든다는 ‘시화연풍’이라는 말을 ‘낙안’이라는 이름과 관련지은 것임.

64) 삼도도회(三道都會) 금산장(錦山場): 전라, 충청, 경상 세 도의 사람들이 모두 모이는 금산장.

65) 십리오리(十里五里) 장성장(長城場): 십리, 오리 등은 ‘장성’의 장(長)과 관련지어 덧붙인 것임.

66) 애고애고 곡성장(谷城場): ‘애고애고’는 ‘곡성’을 곡성(哭聲)으로 풀이하여 덧붙인 것임.

67) 불은 타도 원주장(原州場): 미상.

68) 돈을 냈어도 공주장(公州場): ‘돈을 냈어도’는 ‘공주’의 ‘공’을 ‘공(空)’으로 보아 덧붙인 것임.

69) 말관(冠) 쓰고 한 공부(工夫): ‘말공부’를 뜻하는 것이 아닌가 함. ‘말공부’는 ‘어떤 문제의 해결이나 실천에 도움을 주지 못하고 부질없이 빈말을 일삼음. 또는 그 말’을 뜻함.

한다 잘한다 품바 잘한다."

안의리

한참 이리 노닐 적에 한편에서는 고사(告祀)[70] 초라니가 덤벙이는데 구슬 상모(象毛)[71] 담벙거지[72] 되게 맨 통장고(長鼓)[73]를 턱 밑에 되게 메고,

반중중(각설이타령 섞임)

"꽁그락꽁 꽁꽁 꽁꽁 꽁꽁 꽁꽁 꽁그락꽁 꽁꽁 소상(瀟湘)에 반죽(班竹) 꽁그락 꽁꽁꽁꽁 열두 마듸 꽁그락공 꽁꽁. 구름 같은 댁(宅)이 꽁그락꽁 꽁꽁 신선(神仙) 같은 나그네 왔소. 에헤라 액(厄)이야 액이야 중천액(中天厄)[74]을 막자. 정월이월(正月二月)에 드는 액은 삼월삼일(三月三日)에 막아내고 사월오월(四月五月)에 드는 액은 구월구일(九月九日)에 막아내고 시월동지(十月冬至) 드는 액은 납월납일(臘月臘日)[75]에 막아내고 매월매일(每月每日) 드는 액은 초라니 장구로 막아내새."

〈말로〉 놀보가 보다가 하는 말이, "야 이 초라니들아, 액막이고 머 무엇이고 모도 다 귀찮다 다들 물러가거라." 초라니패들이, "그러면 사당(寺堂)패 솔패[76] 풍각쟁이 각설이패 각각 일천 냥씩을 내놓으시오." 놀보가 하릴없어 집문서까지 다 잡히어 오천 냥을 갖다 주었구나. 갖

70) 고사(告祀): 액운(厄運)은 없어지고 풍요와 행운이 오도록 집안에서 섬기는 신(神)에게 음식을 차려 놓고 비는 제사. 여기서는 이러한 고사를 하는 초라니패를 꾸미는 말로 쓰임.
71) 상모(象毛): 벙거지의 꼭지에다 참대와 구슬로 장식하고 그 끝에 해오라기의 털이나 긴 백지 오리를 붙인 것.
72) 담벙거지: 털벙거지. 짐승의 털을 다져서 담(毯)을 만들고 그것을 골에 넣어 만든 모자. '담'은 짐승의 털을 물에 빨아서 짓이겨, 편평하고 두툼하게 만든 조각.
73) 통장고(長鼓): 장고의 통을 두 짝으로 만들어 붙인 것이 아니라 한 조각의 나무로 깎아 만든 장고.
74) 중천액(中天厄): 하늘 한가운데로부터 오는 액.
75) 납월납일(臘月臘日): '납월'은 섣달, '납일'은 동지 뒤의 셋째 술일(戌日).
76) 솔패: 미상.

다 주니 문밖에 나서면서 인홀불견(因忽不見)이로구나. 잡색(雜色)군[77] 들 보낸 후에 놀보댁이 옆에 앉아, "아이고 아이고." 통곡(痛哭)하고, "남은 박은 내버리시오." 역군들도 무색(無色)하야 만집(挽執)[78]한다. "그만 타오 그만 타오. 이 박을 그만 타오. 삼도유명(三道有名) 자네 성세(聲勢) 일조탕진(一朝蕩盡)[79]하였으니 만일 이 통 또 타다가 무슨 재변(災變) 또 나오면 무엇으로 방천(防川)[80]할까. 제발 덕분(德分) 그만 타오."

안의리

고집 많은 놀보가 가세(家勢)는 망(亡)하여도 성정(性情)은 안 풀리어, "너의 말이 녹녹(碌碌)하다[81] 천금산진환부래(千金散盡還復來)[82]가 옛문장의 말씀이거든 빼던 칼 도로 꽂기 장부(丈夫) 할 일인가. 기어(期於)이 타볼 테네."

중머리

"슬근슬근 당거주소 에여루 톱질이야. 초패왕(楚霸王)[83] 장감(章邯)[84] 칠 제 삼일량(三日糧)만 가졌으며, 한신(韓信)이 진여(陣餘)[85] 칠 제 배

---

77) 잡색(雜色)군: 본래 '잡색'은 농악 및 민속놀이에서 정식 구성원이 아닌, 놀이의 흥을 돋우기 위해 등장하는 사람으로, 농악패를 따라다니며 춤을 추기도 하고 구경꾼과 잡담을 나누기도 하는 대포수, 창부 영감, 꼽추 등을 지칭하지만, 여기서는 유랑 연예인패들 정도의 뜻.

78) 만집(挽執): 만류.

79) 일조탕진(一朝蕩盡): 하루아침에 다 없앰.

80) 방천(防川): 둑을 쌓거나 나무를 많이 심어서 냇물이 넘쳐 들어오는 것을 막음. 여기서는 밀려오는 재앙을 막는다는 뜻으로 쓰임.

81) 녹록(碌碌)하다: 평범하고 보잘것없다.

82) 천금산진환부래(千金散盡還復來): 천금의 돈을 쓰면 다시 돌아오게 마련이라는 뜻. 이백의 「장진주將進酒」의 한 구절.

83) 초패왕(楚霸王): 항우(項羽)를 가리킴.

84) 장감(章邯): 진(秦)나라 장수. 처음에는 항우의 숙부 항량을 죽이는 등 승전했으나, 나중에는 항우에게 패함.

85) 진여(陣餘): 진(秦)나라 사람. 진승(陳勝)에 응해 장이(張耳)와 함께 조왕(趙王)을 세웠으나 한신에게 패하여 죽었음.

수진(背水陣)이 영웅(英雄)이라. 어여루 톱질이야. 정녕(丁寧)코 좋은 보물(寶物) 이 박통 속에 있을 테니 일락서산(日落西山) 덜 저물어 한힘 써서 당기어라. 어여루 톱질이야."

안의리

박이 반만 벌어지니 불시(不時)에 상여(喪輿)소리가 나오는듸,

중머리(계면)

땡그랑 땡그랑 "어넘차 너하너 어너 어너 어허너 어이 가리 넘차 너화너 행진강남수천리(行盡江南數千里)[86]에 고생(苦生)도 하였더니 박통문(門)이 열렸으니 안장처(安葬處)가 어디신고. 어허너 어허너 일침운중우세(日沈雲中雨勢)[87] 있다 앙장(仰帳)[88] 떼고 우비(雨備) 껴라." 땡그랑 땡그랑,

안의리

요란(搖亂)하게 나오더니, "여봐라." 상여군(喪輿軍)들 벽력(霹靂)같이 외난 소리, "주인(主人) 놀보 어디 갔나? 대병(大屛) 치고 제상(祭床) 놓고 촉대(燭臺)에 밀초 켜고 향로(香爐)에 향(香) 피워라. 방 더울라 불 때지 말고 괴[89] 들어갈라 구들을 막아라." 이런 야단(惹端)이 없구나. 놀보 넋을 잃어 처자(妻子)를 데리고 상제(喪制)에 문안(問安)하고 공순히 묻자오되, "어떠한 상행차(喪行次)인지 내력(來歷)이나 아사이다." 상제가 대답하되, "오 네가 박놀본가?" "예", "우리댁(宅) 노생원님(老生員任)이 너를 찾아보시려고 첫 박통 속에 행차(行次)하셔 너를 속량(贖

86) 행진강남수천리(行盡江南數千里): 강남으로부터의 수천 리 길을 다 옴.
87) 일침운중우세(日沈雲中雨勢): 해는 지고 구름 낀 가운데 비가 올 기미가 있음.
88) 앙장(仰帳): 천장이나 상여 위에 치는 휘장.
89) 괴: '고양이'의 옛말.

良)하여주고 환행차(還行次)하신 후에 노인(老人)의 병환(病患)이라 하루 내에 별세(別世)를 하시는데 놀보의 안방(房)터가 장(壯)히 좋은 명당(明堂)이라 내 말하고 찾아가면 반겨 허락(許諾)할 것이니, 그리고 신적(信迹)[90]을 가지고 가라고 유언(遺言)하시기로 불원천리(不遠千里) 찾아왔다." 소매에서 능천낭(凌天囊)을 실그미 내놓으니 놀보가 이것 보니 송장보다 더 밉고 징헌지라 꿇어 업디여 쉽게 비는듸,

중머리(계면 · 재담 · 섞임)

"아이고 상제님(喪制任) 상제님 소인(小人) 살려주옵소서. 노생원님(老生員任) 하신 유언 임종시에 하셨으니 정신이 혼미하야 망치(忘置)[91]한 말씀이니 상제님 살려주옵소서. 산이치(山理致)[92]로 할지라도 이 집터가 명당(明堂)이면 일조패가(一朝敗家)하오리까. 운진(運盡)한 땅이오니 내 집보다 더 좋은 명당 가르처드릴 터이니 그리로 가시기를 바라나이다", "이놈 그곳이 어데란 말인고?" "여기서 멀지 않은 촌명(村名)은 복덕촌(福德村)에 박흥보 집이온데 그 터 명당덕(明堂德)으로 억십만금(億十萬金) 일조(一朝)에 부자(富者)가 되온 천하제일(天下第一)가는 명당이오니 그리 운상(運喪)을 하시옵소서", "이놈 놀보야 그는 내가 생각(生覺)할 일이요. 네 원(願)이 그러하면 산지가(山地價)를 대전(代錢)으로[93] 바친다고 하였지."

안의리

"예예 바치오리다", "그럼 삼만 냥을 곧 바치어라. 너 이놈 이 능천낭(凌天囊)에다 넣어 갈 것이다." 놀보 질겁하야, "예예 바치오리다."

90) 신적(信迹): 믿을 만한 표적.
91) 망치(忘置): 망각(忘却).
92) 산이치(山理致): 묏자리의 위치에 따라 재앙과 복이 생긴다는 이치.
93) 산지가(山地價)를 대전(代錢)으로: 묏자리로 쓸 땅값을 돈으로 대신함.

놀보가 밖에로 뛰어나가서 삼만 냥을 빚을 얻어, "상제님 받으시요." 돈을 받고 두어 걸음 나가드니 인홀불견(因忽不見)이라. 상행치송(喪行治送)한 연후에 남아 있는 박통 또 타려고 달려드니 홍보 마누라 만류(挽留)한다.

중머리(단계성)

"타지 맙소 타지를 마소. 그 박씨에 쓰인 글자(字) 갚을 보(報) 자 원수 구(仇) 자 원수(怨讐) 갚자 한 말이라, 탈수록 망(亡)할 테니 제발 그만 타지 마소. 부모님이 모은 세간 잡(雜)것들께 다 뜯기니 이럴 줄 알았더면 시아제 굶을 적에 구(求)완[94] 아니하였을까. 만일 잡것 또 나오면 적수공권(赤手空拳)이 우리 신세(身勢) 무엇으로 감당(堪當)할까. 가련한 우리 부부(夫婦) 목숨까지 없앨 테니 내 허리를 함께 켜소." 그 자리 엎디여 슬피 운다.

안의리

놀보가 그제는, "여보소 톱질군들, 양줄 풀어 톱지우고[95] 저 박통을 어다가 멀리 가서 내버리소." 한참 이리할 제,

자진모리(엄우조)

뜻밖에 야단(惹端)난다. 박통이 떡 벌어지며 대포수(大砲手)[96] (예) 개문포삼방(開門砲三放)[97]하라 방포(放砲)소리 쿵캉캉 천병만마(千兵萬馬) 거느리고 일원대장(一員大將)이 나오는듸, 신장(身長)은 팔척(八尺)이요 얼굴은 먹빛 같고 표(豹)범머리 제비턱[98] 고리눈[99] 다박수염[100] 황금

94) 구(求)완: 병자나 산모를 돌보아주는 일. 여기서는 불쌍한 이를 도와준다는 뜻으로 쓰임.
95) 톱지우고: 기구를 해체하여 기능을 못 하게 하고.
96) 대포수(大砲手): 군중(軍中)에서 대포를 쏘던 군사.
97) 개문포삼방(開門砲三放): 포문을 열고 세 발을 쏨.
98) 제비턱: 밑이 두툼하고 널찍하게 생긴 턱.

(黃金)투구 쇄자갑(鎖子甲)옷[101] 장팔사모장창(丈八蛇矛長槍)[102]을 번듯 들고 우뢰 같은 큰 소리를 벽력(霹靂)같이 뒤지르며[103], "이놈 놀보놈아 네 나를 모르리라. 한나라 말세시절(末世時節) 천하(天下)가 분분(紛紛)할 제 유관장(劉關張) 세 영웅(英雄)이 도원(桃園)에 결의(結義)하고 한실(漢室)을 흥복(興復)하자 천하에 횡행(橫行)하던 삼형제(三兄弟) 중 말(末)째 오호대장(五虎大將)[104] 둘째 되는 탁군(□郡) 따 장익덕(張益德) 장비장군[105] 용맹(勇猛)을 아느냐 모르느냐. 천하에 중(重)한 의(誼)가 형제(兄弟)밖에 또 있느냐. 네놈은 웬 놈으로 동기박대(同氣薄待)[106] 그리하여 구박출문(驅迫出門)[107]하였으니 엎디어 칼 받아라. 그도 그리하지마는 백곡(百穀)에 해가 없고 사람에게 별로 따라 죄없는 제비다리 생다리를 꺾어놓고 공 받고저 하였으니 그 죄 어찌 용납(容納)하랴.

엇머리

내가 근본(根本) 생긴 모양(模樣) 제비턱을 가졌기로 제비를 사랑터니, 제비말을 들어본즉 생다리를 꺾었다니, 불꽃같은 내 성미에 제비왕(王)께 자원(自願)하고 너 죽이러 여기 왔다. 어서 목을 바치거라."

---

99) 고리눈: 동그랗고 커다란 눈. 놀라거나 화가 나서 휘둥그레진 눈. 주로 동물들의 눈 중 눈동자의 둘레에 흰 테가 둘린 눈을 말함.

100) 다박수염: 다박나룻. 다보록하게 난 짧은 수염.

101) 쇄자갑(鎖子甲)옷: 갑옷의 하나. 사방 두 치 정도 되는 돼지가죽으로 된 미늘(갑옷에 단 비늘 모양의 가죽 조각이나 쇳조각)을 작은 고리로 꿰어 만들었음.

102) 장팔사모장창(丈八蛇矛長槍): 길이가 1장 8자가 되는 사모장창. '사모장창'은 창끝이 뱀의 머리처럼 세모로 된 긴 창을 말함.

103) 뒤지르며: 크게 소리를 지르며.

104) 오호대장(五虎大將): 『삼국지연의』에 나오는 용맹스런 다섯 장군. 관우·장비·조운·마초·황충.

105) 장익덕(張益德) 장비장군: 장비(張飛). 중국 삼국시대 촉한의 무장(武將). 자는 익덕(益德). 후한 말엽에 유비를 좇아 군사를 일으켰다. 조조가 형주를 차지하고, 유비가 장판(長坂)에서 패했을 때, 그가 기병을 이끌고 저항하자 조조의 군사들이 감히 접근하지 못했다고 한다. 나중에 유비를 따라 익주(益州)를 차지하고, 거기장군(車騎將軍)이 되었다. 당시 관우와 더불어 '만인적(萬人敵)'으로 불렸다. 221년에 유비를 좇아 오나라를 공격하려 했는데, 출발할 즈음 부하 장수의 칼에 찔려 살해되었다.

106) 동기박대(同氣薄待): 형제간에 박대함.

107) 구박출문(驅迫出門): 못 견디게 굴어 쫓아냄.

안의리

놀보가 황겁(惶怯)하야 그 자리에서 졸도(卒倒)하여 넋을 잃었는데, 그때에 마당쇠가 진즉 홍보씨 댁(宅)에 달려가서 이 말을 전했것다. 홍보 소식을 듣고 천방지축(天方地軸)[108] 달려와서 장군 앞에 엎디어 비는듸,

중머리

"아이고 장군님 살려주오. 비나이다 비나이다 장군님(將軍任) 전에 비나이다. 소인(小人)의 형(兄)의 죄(罪)는 벌(罰)을 받아 마땅하오나 생수각일(生雖各日) 사즉동일(死則同日)[109]은 장군님(將軍任)의 의열(義烈)[110]이오니 소인(小人)인들 모르리까. 또한 형제(兄弟)는 일신(一身)이온데 형(兄)의 죄(罪)를 대신(代身)하여 제 한 몸을 죽여주사이다." 방성통곡(放聲慟哭) 슬피 운다.

안의리

장군 이에 감탄(感歎)하시고 말씀하시되, "우리 중형(仲兄) 관공(關公)께에 여몽(呂蒙) 간계(奸計)[111]에 별세하심이 철천지한(徹天之恨)일러니 오늘날 홍보씨 마음 불측무도(不測無道)[112] 놀보형의게 한사결단(限死決

108) 천방지축(天方地軸): 매우 급하여 허둥지둥 바삐 날뛰는 모양.

109) 생수각일(生雖各日) 사즉동일(死則同日): 태어난 날은 비록 각기 다른 날이나 죽는 날은 한날에 하고자 함.

110) 장군님(將軍任)의 의열(義烈): 장군의 의롭고 장렬함. 장비가 그러하지 않느냐는 뜻임.

111) 여몽(呂蒙) 간계(奸計): '여몽'은 중국 삼국시대 오(吳)나라의 장수. 형주의 통치와 방어를 맡고 있었던 관우가 독자적으로 위나라 정벌에 나섰다가 여몽이 이끄는 오나라에 패하여 형주를 빼앗기고 관우 자신도 포로로 잡혀 죽었다 한다. 이때 여몽은 관우가 마음을 놓도록 하기 위해 병이 든 것처럼 속여 물러갔고, 무명의 육손(陸遜)이 그를 대신하게 했는데, 육손은 육구에 부임하여 관우의 무용을 칭송하는 겸손한 내용의 편지를 보냈으며, 관우는 노련한 여몽은 경계했지만 젊고 무명인 육손에 대해서는 애송이라 여기고, 형주 병력의 태반을 거두어 번성을 공격하는 데 투입했다. 여몽은 형주의 병력이 취약한 틈을 타서 공격하여 함락시켰다.

112) 불측무도(不測無道): 지켜야 할 도리를 지키지 않음이 헤아릴 수 없을 정도임.

斷)[113] 공경(恭敬)하니 나도 우리 중형님 생각 간절(懇切)하야 눈물이 나느니다. 홍보씨 말씀 듣고 놀보를 용서(容恕)하고 지금 곧 떠나겠소." 장군(將軍) 떠나간 후로 놀보가 맥(脈)이 돌아들어 정신을 채리더니 홍보의 손길 잡고, "아이고 동생 내 눈에 이제서야 동생으로 확실하게 눈에 보이네. 이전에 지은 죄(罪)를 반성(反省)하겠으니 동생 형(兄)을 용서하소."

엇중머리

놀보가 그날부터 개과천선(改過遷善)하였으며 홍보씨 어진 마음 극진(極盡)히 형의게 위로(慰勞)하고 세간을 반분(半分)하야 형우제공(兄友弟恭)[114] 지내는 모양(貌樣) 누가 아니 칭찬(稱讚)하리. 도원(桃園)에 빛난 의기(義氣) 천고(千古)에 유전(遺傳)하야 놀보에 무거불측(無據不測)[115] 감동(感動)하게 하시오니 천세만세(千歲萬歲) 빛이 나리. 홍보씨 어진 행실(行實) 전지전창(傳之傳唱)[116]하야 세상에 전해오니 이 아니 빛날손가. 더질더질.[117]

113) 한사결단(限死決斷): 죽음을 무릅쓰고 결단함.
114) 형우제공(兄友弟恭): 형은 아우를 사랑하고 동생은 형을 공경한다는 뜻으로, 형제간에 서로 우애 깊음을 이르는 말.
115) 무거불측(無據不測): 성질이 말할 수 없이 흉측함.
116) 전지전창(傳之傳唱): 노래로 전함.
117) 더질더질: 판소리를 끝맺을 때 쓰는 말인데, 그 뜻이나 정확한 어원은 알 수 없다.

| 원본 |

옹고집전

옹고집이 된 사연

옹정(雍正)[1] 말셰(末世)의 죠션국 영남 ᄯᅡ 장동 ᄆᆡᆼ낭촌(孟浪村)[2]에 거(居)ᄒᆞ난 한 양반이 잇스ᄃᆡ, 셩은 옹시(壅氏)요, 자(字)난 '담창(南昌)은 고군(故郡)[3]'이라 '담' 자와 '강남풍월(江南風月)'이란 '풍(風)' 자 일씬이 부르거면[4] 옹담풍이라 ᄒᆞ더이. 그 양반이 ᄃᆡ체 성정(性情)이 고양ᄒᆞ되 남으 말은 제게 이ᄒᆡ(利害) 간에 듣난 일리 업난 고로, 별후(別號)를 옹고집(壅固執)이라 ᄒᆞ더라.

이 사람 ᄯᅡ은 고약ᄒᆞ되 복녹(福祿)은 ᄃᆡ단ᄒᆞ야 사난 집체례[5] 볼작시면, 사간 팔쳡 고ᄅᆡ집의[6] 세살창[7]을 덩그럭게 다라두고, 전후로 각ᄉᆡᆨ

1) 옹정(雍正): 중국 청(淸)나라 제5대 황제(1722~1735) 옹정제(雍正帝)가 다스리던 때의 연호. 옹고집의 '옹' 자와 맞추기 위해 이 연호를 일부러 선택한 것임.

2) 맹랑촌(孟浪村): 허망하고 실상이 없다는 뜻의 '맹랑하다'의 어근을 가져와 가상적으로 만든 마을 이름.

3) 담창(南昌)은 고군(故郡): '남창(南昌) 고군(故郡)'(남창은 옛 고을)의 잘못. '남창은 고군'이라고 할 때의 '남' 자라고 해야 함. 왕발(王勃)이 지은 「등왕각서滕王閣序」의 첫 구절임.

4) 일씬이 부르거면: 한꺼번에 부르면.

5) 집체례: 집치레. 보기 좋게 꾸민 집의 모양.

6) 사간 팔첩 고래집의: 매우 큰 집에. '팔첩'은 '팔작(八作)'인 듯함. 팔작집은 좌우 측면에 합각

화초(花草)은 바람길에 춤을 추고, 총당[8] 압페 연못시 잇시되, 동방동방[9] 오리 등과 질눅질눅 ᄯᆡ을 써운[10]난 ᄯᆡ을 차ᄌᆞ 우름을 울고, 방안 치러 볼작시면, 청능(靑綾) 도벽(塗壁)이 ᄇᆡᆨ릉(白綾) ᄯᅱ고[11] ᄇᆡᆨ능 도벽은 청능ᄯᅱ을 ᄯᅱ연 ᄃᆡ난[12], 왜경(倭鏡) ᄃᆡ경(大鏡) 강세슈라[13] 자기 ᄒᆞᆷ농(函籠)[14] 반다지[15]며 이층경[16] 비다지며 삼층경 반다지일 좌우로 버려 놋코, 유기(鍮器) 등물(等物) 볼작시면, 칠첩[17]오첩 놋반상기(飯床器)[18]을 층층이 괴이두고[19], 문젼옥답(門前沃畓)[20] 쳐여(千餘) 셕(石) 지기난 ᄒᆞᆫ 물고로 연평(連坪)ᄒᆞ고[21], 남노여비(男奴女婢) 우마(牛馬) 등을 슈(數) 업시 세워시되, 형셰(形勢)[22]난 그려ᄒᆞ나 간사ᄒᆞ고 모지던가, 일가친척 사방 사람이 ᄒᆞᆫ도 투족(投足)[23]이 업난지라.

그려ᄒᆞᆫ 즁(中)의 제의 부친 병이 드러 쥬야(晝夜)로 고상(苦生)ᄒᆞ되,

(合閣)이 있는 4면 구성의 지붕을 지닌 집. '합각'은 지붕 위쪽 양옆에 박공으로 'ㅅ' 자 모양을 이룬 각을 말함.

7) 세살창: 가는 창살을 넣어 만든 창.

8) 총당: 초당(草堂). 집의 원채에서 따로 떨어져 있는, 억새나 짚 같은 것으로 지붕을 인 조그마한 집.

9) 동방동방: 오리가 물 위를 떠다니는 모양의 의태어.

10) ᄯᆡ을 써운: 전후 문맥상 '떼거워는'으로 보아야 할 듯함.

11) 청릉(靑綾) 도벽(塗壁)이 백릉(白綾) 뛰고: 푸른 비단 벽에 흰 비단 띠를 두르고. 푸른색과 흰색이 어우러져 있는 화려한 벽을 묘사하는 표현인 듯함.

12) ᄯᅱ연 ᄃᆡ난: '띠었는데'의 오기.

13) 강세슈라: 흔히 '각게수리'로 일컬어지는 '가케스즈리'. 우리말로는 '왜궤(倭櫃)'. 패물과 주요 문서를 보관하는 궤로 대개 내부에 서랍이 있고 겉에 여닫이문을 단다.

14) 자기 함롱(函籠): 자개 함롱. 자개를 박은 함롱. '함롱'은 옷을 담는 큰 함처럼 생긴 농.

15) 반다지: '반닫이'의 와음. 앞의 위쪽 반만 열리게 된 궤짝. 의류·두루마리 문서·서책·유기류(鍮器類)·제기류(祭器類) 등을 보관, 저장하는 기구로 사용했다.

16) 이층경: 이층장(二層欌)이라 해야 맞지 않을까 함. 삼층경도 마찬가지임.

17) 칠첩: 칠첩반상. 밥·국·김치·장류·조치(찌개와 찜) 외에 숙채·생채·구이·조림·전유어·마른반찬·회를 담은 접시의 수효가 일곱인 밥상. 또는 그 그릇 한 벌.

18) 반상기(飯床器): 격식을 갖추어 밥상 하나를 차리게 만든 한 벌의 그릇. 쟁첩(접시)의 수에 따라 삼첩·오첩·칠첩·구첩 등으로 구별한다.

19) 괴이두고: 괴어두고. 쌓아두고.

20) 문전옥답(門前沃畓): 집 가까이에 있는 기름진 논.

21) 한 물고로 연평(連坪)하고: '물꼬를 이어지게 하고'의 뜻인 듯함. '물꼬'는 논에 물이 넘나들도록 만든 어귀.

22) 형세(形勢): 경제적 상태.

23) 투족(投足): 발을 들여놓음. 일가친척 중 한 명도 방문하는 사람이 없다는 뜻.

구병범절(救病凡節) 전이 업다. 병셕(病席)의 누어서 ᄒᆞ난 말이,

"보고지거 보고지거 우리 옹고집을 보고지거. 나난 뉘면 너난 뉘야. 네 아비가 아인가. 천지ᄀᆡ벽(天地開闢) ᄐᆡ고(太古) 후로 부ᄌᆞ졍(父子情)이 ᄌᆞᆺ타 ᄒᆞ건마난 널노 두고 볼작시면 모도 다 헌말리라. 처염젹[24] 일등전답(一等田畓) 다 네게 다 젼장(傳掌)[25]할 제, 말연(末年)을 후사(後嗣) 쥬족[26]ᄒᆞᆯ ᄯᆡ 호강은 고사ᄒᆞ고 병든 ᄋᆡ비 귀병[27]ᄌᆞᆺ차 못ᄒᆞᆯ소야. 봉사 불너 독경(讀經)ᄒᆞ기와 무여(巫女) 잡펴 굿ᄒᆞ기도 얼마야 ᄃᆡ단ᄒᆞ야. ᄇᆡᆨ미 셔 말 드려시면 넉넉이 ᄒᆞ련마난 엇절 슈 젼이 업다. ᄑᆡ독산(敗毒散)[28] ᄒᆞᆫ 첩에난 ᄒᆞᆫ 돈 오 푼 ᄒᆞ지 안코 ᄀᆡ ᄒᆞᆫ 마리에난 ᄒᆞᆫ야 안작[29], 그도 셜마 못ᄒᆞᆯ소야. 쥭을 박키 무가ᄂᆡ(無可奈)다. ᄇᆡ 곱푸다 쥭 쑤어라. 목 모르다 물 더 도라. ᄋᆡ고ᄋᆡ고 서룬지고 형셰(形勢) 잇다 ᄌᆞᆺ탄 놈과 자식 잇다 ᄌᆞᆺ탄 놈은 역젹 쇠아달놈이로다."

이려치로 강타(强咤)[30]ᄒᆞᆯ 제, 옹고집 지ᄂᆡ다가 이 말 귀의 얼푸 듯고 물통지계 ᄒᆞ난 말리,

"쥭열 쑤면 밋 동우[31]나 먹을 거시면 물을 ᄶᅥ 오면 밋 동우나 먹을난고. 어ᄃᆡ서 뉘아달놈이 병든 사람 귀의 ᄃᆡ고 ᄑᆡ독산 ᄒᆞᆫ 첩에 돈 반색[32]과 ᄀᆡ ᄒᆞᆫ 마리의 돈 ᄒᆞᆫ 양 안작 쥬고 산단 말을 엇놈이 ᄒᆞ연난고. 아무놈이라도 그 말 이른 놈이 우리 어룬관 ᄒᆞᆫ 시리에[33] 손임ᄒᆞᆫ[34] 놈이라."

24) 처염젹: 처음에.
25) 전장(傳掌): 일이나 물건을 남에게 넘겨서 맡김.
26) 후사(後嗣) 주족: 대를 이을 자식이 돌보아준다는 뜻인 듯함.
27) 귀병: 구병(救病). 병구완.
28) 패독산(敗毒散): 감기와 몸살을 다스리는 한약.
29) 한야 안작: 하나 안짝. 돈 한 냥 이내라는 뜻.
30) 강타(强咤): 강하게 꾸짖음.
31) 밋 동우: 몇 동이.
32) 돈 반색: 한 돈 반씩. 앞서 '한 돈 오 푼 하지 않는다'는 말을 다시 거론한 것임.
33) 한 시리에: '같은 때에' 정도의 뜻인 듯함.
34) 손임한: 손님한. 마마한, 곧 천연두를 앓은.

ᄒᆞ고, 악을 씨고 지ᄂᆡ갈 제, 불효(不孝)ᄒᆞᆫ 일 전이 업다. 문젼(門前)의 걸린(乞人) 오면 동양(洞糧) 쥴 듯시 세워두고 만일 조르다가 ᄭᅳᆺ판에난 동양 ᄒᆞᆫ 쥼 아이 주고 별ᄆᆡ로[35] 좃차ᄂᆡ고, 사랑에 과ᄀᆡᆨ(過客) 오면 황혼이 되야스이 불승ᄒᆞ다 져 과ᄀᆡᆨ아 어ᄃᆡ로 가난 말가, 불통지게 좃ᄎᆞᄂᆡ고, 제일의 ᄃᆡ비상(大非常)[36]은 중놈이라, 중곳 보면 왈각 ᄯᅮ여 ᄂᆡ다라 염쥬 목탁을 광광 부슈우고 셜급[37] 차고, 유력ᄒᆞᆫ 여려 종놈 분분(分付)[38]ᄒᆞ야, 이 중놈 빈듬업시 절박(結縛)ᄒᆞ고 나무송곳 ᄭᅳᆺ터리[39]로 두 귀 구역을 ᄯᅮ러 귀고 모ᄀᆡ나무[40] 쇠약[41] 반어 ᄯᅳᆯ 아ᄋᆡ ᄭᅮᆯ여 안쳐 셩문(刑問)[42] 치고 볼기 쳐 저 ᄃᆡ체[43] 멘 ᄎᆡ로 좃차ᄂᆡᆯ 제, 중곳 보면 이리ᄒᆞ이 팔도강산 중놈덜이 여그져그 결식(乞食)ᄒᆞ도 그 동ᄂᆡ난 가난 일이 업난지라.

35) 별매로: 뜻밖의 매로. 특별한 매로.
36) 대비상(大非常): 예사롭지 않고 매우 특별함.
37) 설급: 전후 문맥상 '실컷' 정도의 뜻인 듯함.
38) 분분: '분부(分付)'의 오기.
39) ᄭᅳᆺ터리: 끝.
40) [교감] 모ᄀᆡ나무: '모과나무 심사로' 정도가 와야 적절함. '모과나무 심사'는 모과나무처럼 뒤틀려서 심술궂고 순순하지 못한 마음씨를 이르는 말.
41) 쇠약: 고두쇠. '고두쇠'는 작두나 협도의 머리에 가로 끼우는 쇠.
42) 형문(刑問): 형장(刑杖)으로 죄인의 정강이를 때리던 형벌. '형문 치다'는 정강이를 때린다는 뜻.
43) 대체: 대테. 주머니에 콩을 넣은 후 그것을 머리에 묶고 거기에 물을 뿌려 콩을 불려서 머리를 조임으로써 고문하는 기구 혹은 그 일.

도승을 학대하는 옹고집

각셜(却說)리라. 잇ᄃᆡ에 강원도 ᄀᆡ골산(皆骨山)[1] 극낙암ᄌᆞ(極樂庵子)어 영불화상이란 즁이 잇스되, 술볍(術法)이 기ᄆᆈ(奇妙)ᄒᆞᆫ 도승이라, 육경갑[2]과 오방신ᄌᆞᆼ(五方神將)[3]을 임으로 부으난지라. 그 도승에 거동보. 팔도 명산ᄃᆡ쳔(名山大川)을 부운(浮雲)갓치 단일 적의난 ᄀᆡ골산이요, 남편에난 지레산[4]이요, 구월산(九月山)[5]과 ᄒᆡᆼ산[6]은 팔도 즁의 명산이라, 사방으로 귀경ᄒᆞᆯ 제, ᄇᆡᆨ팔염쥬(百八念珠) 목의 걸고 구절쥬장(九節竹杖)[7] 손의 들고 헌튼 노[8]로 ᄎᆞᆼᄎᆞᆼ[9] ᄆᆡ친 송낙[10]을 두지질근 눌너지고

1) 개골산(皆骨山): 겨울의 '금강산'을 이르는 말.
2) 육경갑: 육정육갑(六丁六甲). 둔갑술을 할 때 부르는 신장(神將)의 이름.
3) 오방신장(五方神將): 다섯 방위를 지키는 다섯 신. 동쪽의 청제(青帝), 서쪽의 백제(白帝), 남쪽의 적제(赤帝), 북쪽의 흑제(黑帝), 중앙의 황제(黃帝)이다.
4) 지레산: '지리산'의 잘못.
5) 구월산(九月山): 황해도 신천군 용진면과 은율군 남부면·일도면에 걸쳐 있는 산. 단군이 은퇴한 아사달이 이 산이라고 한다.
6) 행산: 향산(香山). 묘향산(妙香山)을 말함. 묘향산맥의 주봉을 이루며 예로부터 동금강(東金剛)·남지리(南智異)·서구월(西九月)·북묘향(北妙香)이라 하여 우리나라 4대 명산의 하나로 꼽혔다.
7) 구절주장: '구절죽장(九節竹杖)'의 오기. 마디가 아홉인 대나무로 만든, 중이 짚는 지팡이.
8) 노: 실, 삼, 종이 따위를 가늘게 비비거나 꼬아 만든 줄.

자쥬바랑[11] 드러메고 죽ᄇᆡᆨ(竹帛)[12] 작삼[13] 쎨쳐 메고 목닥을 뚜달리며 영남(嶺南) 당으로 나려갈 제 풍편(風便)의 들이난 말리,

‘상동 ᄆᆡᆼ촌 옹고집 옹ᄉᆡᆼ원이 평ᄉᆡᆼ에 즁곳 보면 동양은 고사ᄒᆞ고 형별(刑罰)이 자심(滋甚)[14] ᄒᆞ다.’

ᄒᆞ거날 그 진위(眞僞)을 아ᄌᆞ ᄒᆞ고, 그 마을 ᄎᆞ자갈 제 ᄆᆡᆼ낭촌을 나려가셔, 옹ᄉᆡᆼ원집 압페 당도하야 목닥을 뚜다리며,

“나무아미타불. 이런 ᄃᆡᆨ이셔 ᄒᆞᆫ ᄃᆡ 동양 ᄒᆞᆫ 쥼 비ᄌᆡ(費財)[15] ᄒᆞ옵소셔.”

ᄒᆞ이, 종홀미 셕 나셔며

“여바라 져 즁이 소문도 못 드른 즁이로다.”

ᄒᆞ거날, 그 도승의 거동 보소. 그 말을 짐작ᄒᆞ고 짐짓 모르난 체ᄒᆞ고 가지 아이ᄒᆞ며 인면부동(人面不動) ᄒᆞ난 마리,

“소승은 다람이 아이라 강원도 ᄀᆡ골산 극낙암ᄌᆞ의 사옵더이, 볍당(法堂)이 젼복(顚覆)ᄒᆞ게 되며 암자가 퇴락(頹落)ᄒᆞ와 거의 ᄑᆡ사(廢寺)[16]가 되옵기로, 즁수(重修)ᄒᆞ라 ᄒᆞ되 ᄌᆡ정(財政)이 부족ᄒᆞ와 권션(勸善)[17]을 셜졉(設接)[18]ᄒᆞ야 일이져리 다이옵다가, ᄃᆡᆨ집의 팔도에 유명ᄒᆞᆫ 부ᄌᆞ(富者)라 ᄒᆞ옵기로 부원쳘이(不遠千里) 왓사오이, 시쥬(施主)[19] 마이 쳐분ᄒᆞ옵신 권션(勸善)에 치부(置簿)[20]ᄒᆞ와 ᄇᆡᆨᄇᆡᆨ사레(百拜謝禮)로라.”

---

9) 총총: 촘촘하고 많은 별빛이 또렷또렷한 모양. 군데군데 헝겊으로 기운 모양을 표현한 말.

10) 송낙: 예전에 여승이 주로 쓰던, 송라(松蘿, 소나무겨우살이)를 우산 모양으로 엮어 만든 모자를 말함. 다른 본에는 ‘청올치송낙’으로 나오는데 ‘청올치’는 칡덩굴의 속껍질로, 베를 짤 수도 있고 노를 만드는 재료로도 쓰이는 것임.

11) 자주바랑: 자줏빛 바랑. ‘바랑’은 중이 등에 지고 다니는 자루 같은 큰 주머니.

12) 죽백(竹帛): 대쪽이나 헝겊. 재료 정도의 의미로 ‘장삼’을 꾸며주는 말로 쓰인 듯함.

13) 작삼: 장삼(長衫)의 잘못. ‘장삼’은 길이가 길고, 품과 소매를 넓게 만든, 중의 웃옷.

14) 자심(滋甚): 더욱 심함.

15) 비재(費財): 재물이나 돈을 씀.

16) 패사: ‘폐사(廢寺)’의 오기. 못쓰게 되어 중이 거의 없다시피 한 절.

17) 권선(勸善): 불교에서 절을 짓거나 불사를 하기 위해 선심 있는 사람에게 보시를 청하는 일.

18) 설접(設接): 설행하여 받아들임.

19) 시주(施主): 중에게나 절에 물건을 베풀어주는 사람 또는 그 일.

20) 치부(置簿): 돈이나 물건의 드나드는 것을 적음.

가셔기진[21] 수록ᄌᆡ[22] 마질 제, 팔만ᄃᆡ장경(八萬大藏經)을 훨쳑 펼쳐 놋코 소리 조흔 옹강졍[23]을 ᄯᅮ다리며 조흔 말노 츅권(祝願)ᄒᆞ되,

"조션국 영남 ᄯᅡ에 옹시(雍氏) 가문이 슈부귀다남자(壽富貴多男子)ᄒᆞ와 만세무양(萬歲無量)[24] 후의 극낙세게(極樂世界)로 평안이 힝차ᄒᆞ옵소셔. 나무아미다불."

이럿타시 ᄋᆡ걸(哀乞)ᄒᆞᆯ 제, 옹ᄉᆡᆼ원이 별당(別堂)의 누어ᄯᅡ가 소리예 감족 놀여 두 쥬먹을 불근 쥐고 두 눈을 부릅ᄯᅳ며 영ᄎᆞᆼ(映窓)을 밀치면셔,

"네 어이 중놈이야."

호령이 요란ᄒᆞ이, 도승이 옹ᄉᆡᆼ원을 보고 ᄒᆞᆸ장ᄇᆡ례(合掌拜禮)ᄒᆞ여,

"소승 문안이요."

ᄒᆞ이, 옹ᄉᆡᆼ원이 중놈을 찬찬이 보고,

"거 잇지."

회염(懷念)[25] 무른 말이,

"네가 법승(法僧)이 안이야. 무슨 ᄌᆡ조 인나야?"

도승이 ᄃᆡ답ᄒᆞ되,

"소승이 ᄌᆡ조 업사오나 약간 상(相)[26]을 보압이. ᄉᆡᆼ원임의 상을 보오이 ᄃᆡ단ᄒᆞ오이다."

ᄒᆞ이, 옹ᄉᆡᆼ원 ᄒᆞ난 말리,

"네 지약[27] 그러ᄒᆞ면 ᄂᆡ 상을 자세에 폄노[28]ᄒᆞ라. 만일 츄호(秋毫)라도 그릇ᄒᆞ면 엄영(嚴刑)얼 당ᄒᆞ오리라."

21) 가셔기진: 미상.
22) 수록재: '수륙재(水陸齋)'의 오기. 불교에서, 물과 육지의 홀로 떠도는 귀신들과 아귀(餓鬼)에게 공양하는 재.
23) 옹강정: 용강정(鎔鋼鼎). 강철을 녹여 만든 솥.
24) 만세무량(萬歲無量): 헤아릴 수 없이 오래 삶.
25) 회염(懷念): (다른) 생각을 품고.
26) 상(相): 관상에서, 얼굴이나 체격의 됨됨이.
27) 지약: 문맥상 '만약'의 뜻.
28) 폄노: 평로(評露)인 듯함. 평하여 드러냄.

ᄒᆞ이, 도승 ᄉᆡᆼ각ᄒᆞ되, '이놈이 셩졍(性情)을 거스려 말ᄒᆞ리라' ᄒᆞ고, ᄉᆞᆼ을 보난 체ᄒᆞ다가,

"텬유이월(天有日月)ᄒᆞᆫ이 인유안목(人有兩目)이요[29] 지유초목(地有草木)ᄒᆞᆫ이 인모바리[30]라. 텬지만물(天地萬物)리 이상(異常)ᄒᆞᆫ 제일지상(第一之相)이요만난, 아조 파탄(破綻)ᄒᆞᆫ 흉험(凶險)이 잇스이 허물 말고 드르소셔. 둔둔가 날남ᄒᆞ이[31] 간사(奸詐)ᄒᆞᆫ 일 만ᄒᆞᆯ 거시요, 시부인 조조ᄒᆞ이[32] 남의 말은 안이 드을 거시요, 건공이 공쳐ᄒᆞᆫ이[33] 부션망(父先亡)ᄒᆞᆯ 거시요, 슈당이 건골ᄒᆞᆫ이[34] ᄌᆞ손 두지 못ᄒᆞᆯ 거시요, 인당(印堂)[35]이 닉릉[36]ᄒᆞᆫ이 형제불ᄒᆞᆸ(兄弟不合)ᄒᆞᆯ 거시요, 낫비시 음흑(陰黑)[37]ᄒᆞᆫ이 부모으게 불효ᄒᆞᆯ 거시요, 안즁(眼中)이 조조(粗粗)ᄒᆞᆫ이[38] 즁곳 보면 원수 갓치 ᄒᆞᆯ 거시요, 등이 굽고 ᄇᆡ가 고푸이 후분(後分)[39] 팔ᄌᆞ 긔구(崎嶇)ᄒᆞ야[40] 칠십 젼(前)의 쥬을 터인이 그만 살고 주으시요."

ᄒᆞ이, 옹ᄉᆡᆼ원 이 말을 듯고 ᄊᆡᆼ을 ᄂᆡ여 노복 등을 보으되,

"고노야 ᄃᆡ갈쇠[41] 무거불측(無據不測)[42] 져 즁놈을 아조 졀박(結縛)ᄒᆞ

29) 천유일월(天有日月)하니 인유양목(人有兩目)이요: 하늘에는 해와 달이 있듯 사람에게는 두 눈이 있고.

30) 인모바리: '인유모발(人有毛髮)', 곧 '사람에게는 털이 있다'고 해야 할 듯함.

31) 둔둔가 날남하니: '둔둔'은 '준두(準頭)' 곧 코끝을 말하는 듯함. '날남'은 미상. 관상학에서 코끝이 뾰족한 사람은 고집이 세고 자존심이 매우 강하여 스스로 운을 망친다고 함(류래웅, 『관상학개론』, 창원출판사, 1992).

32) 시부인 조조하니: 미상.

33) 건공이 공쳐하니: 미상.

34) 수당이 건골하니: '수당'은 '누당(淚堂)'인 듯함. '누당'은 눈 아래 눈썹 밑에 웃을 때 약간 두툼해지는 부위를 말함. 관상학에서는 이곳의 살이 짜임새가 없어 보이는 사람은 자손과 인연이 박하고 자손이 있다 하여도 없는 것이나 마찬가지라 함(류래웅, 앞의 책).

35) 인당(印堂): 양쪽 눈썹 사이.

36) 내릉: 미상. 관상학에서 인당에, 만약 눈썹이 산란하고 지저분하여 보기 흉함이 있으면 형제간 우애가 없으며, 눈썹의 첫머리가 닭이 싸울 때 털이 선 것처럼 역립된 사람은 자신만 알고 형제간의 우애를 찾아볼 수 없는 비정한 사람이라 함(류래웅, 앞의 책).

37) 음흑(陰黑): 어둡고 검음.

38) 안중(眼中)이 조조(粗粗)하니: 눈 속이 거치니, 곧 흐릿하니.

39) 후분(後分): 평생을 초분·중분·후분의 셋으로 나눈 것의 마지막 부분. 늙은 뒤의 운수나 처지를 뜻함.

40) 기구(崎嶇)ᄒᆞ야: 인생살이가 순탄하지 못하고 가탈이 많아.

라."
ᄒᆞᆫ이, 져 종놈 거동 보소. 벌데갓치 달여드러 도승으 양편 귀을 이놈 잡고 져놈 잡고 쌩 ᄂᆡ두르며,
"중놈 잡드련나이다."
ᄒᆞ이, 옹ᄉᆡᆼ원이 고셩ᄃᆡ질(高聲大叱)ᄒᆞ난 말이,
"네 이 중놈 드려보라. 삭발위승(削髮爲僧)ᄒᆞ여 명층(名稱) 수자지사[43]라 ᄒᆞ고, 무엇슬 아난 체ᄒᆞ고 자쥬바랑 드려며고 구절죽장 손의 들고 ᄇᆡᆨ불염주 목의 걸고, 아도 못ᄒᆞᄂᆞᆫ 상(相)을 본다 ᄒᆞ고 임으로 졀 밧게 다이면셔, ᄉᆞᆺ놈[44] ᄒᆞᆫ나 보면 ᄉᆞᆼ을 보아 젼미(錢米) 간의 탐심(貪心)ᄒᆞ고[45] 주막의 횡힝(橫行)ᄒᆞ야 ᄀᆡ졍[46]의 술을 먹기와 기집질 임으로 ᄒᆞ난 놈이 무슨 ᄌᆡ조 인난고. 별ᄆᆡ을 골나 들고 각별이 ᄆᆡ우 쳐라."
ᄒᆞ고,
"네 나히 멧 살인고."
ᄒᆞ이, 도승이 ᄃᆡ답ᄒᆞ되,
"소승 나히 삼십이로소이다."
옹ᄉᆡᆼ원 ᄒᆞ난 마리,
"연장(年壯)[47] 삼십이 ᄐᆡ장(笞杖)[48] 삼십도 가이 당사(當事)[49]라."
별장(別杖)으로 삼십도(三十度)을 치 연후에 ᄊᆞᆨ지 질너 ᄂᆡ초 친이, 도승이 얼쳑[50]이 업셔 부ᄒᆞᆫ 마음을 게우 참고 본사(本寺)로 도라오이,

---

41) 대갈쇠: '대갈'은 말굽에 편자를 신기는 데 박는 징. '대갈쇠'는 '대갈마치'가 아닌가 생각되는데, 대갈마치는 '온갖 어려운 일을 많이 겪어서 아주 여무진 사람'의 비유임.
42) 무거불측(無據不測): 성질이 말할 수 없이 흉측함.
43) 수자지사: '점을 치고 상을 보아주는 사람'이라는 뜻인 듯함.
44) ᄉᆞᆺ놈: 순박하고 어수룩한 사람.
45) 전미(錢米) 간의 탐심(貪心)하고: 돈과 쌀을 탐내어.
46) 개정: 개장. 개장국, 곧 개고기를 고아 끓인 국.
47) 연장(年壯): 나이가 젊고 원기가 왕성함. 보통 30세 전후를 이름.
48) 태장(笞杖): 태형(笞刑)과 장형(杖刑)을 아울러 이르는 말.
49) 당사(當事): 나이 30세이니 태형이나 장형 30대를 가하더라도 마땅한 일이라는 뜻임.
50) 얼척: '어처구니'의 방언(경상, 전남).

옹고집을 어떻게 징계할 것인가

상자[1] 등이 ᄂᆡ다르며,

"서임[2] 평안이 다여오시난잇가? 오시난 기레 영남 ᄯᅡᆼ 밍낭촌 옹고집이라 ᄒᆞ난 사람 집이 다여오시난잇가? 그놈으 소문이 안ᄌᆞ 듯기 괴괴ᄒᆞᆫ이 알고 치펴 문난이다."

도승이 ᄃᆡ답ᄒᆞ되,

"엇다, 그런ᄒᆞᆫ 봉ᄑᆡ(逢敗)가 업다. ᄃᆡ체 그놈에 집을 갓더이 듯치난[3] 말과 갓더라. ᄂᆡ가 그놈으게 무수ᄒᆞᆫ 치(恥)을 보고 거그셔 분ᄒᆞᆫ 마음을 이기지 못ᄒᆞ야 풀고 시푸되 ᄃᆡ인(大人)이 도리가 안이기로 십분 감작(甘作)ᄒᆞ여[4] 왓거이와, 그놈을 살여두면 불도(佛道)가 허사(虛事)요 도승이 짐승이라, 너히덜도 각기 ᄉᆡᆼ각ᄒᆞ여 게고(計巧)을 알외라."

ᄒᆞ이, 상자 등이 ᄂᆡ다르며 ᄒᆞ난 말리,

1) 상자: 상좌(上佐). 스승의 대를 이을 여러 중 가운데에서 가장 높은 사람.
2) 서임: 스님.
3) 듯치난: 들리는.
4) 감작(甘作)하여: 아무 불만 없이 어떤 일을 달갑게 받고.

"그렷ᄎᆞᆫᄒᆞᆫ 일 잇소. 광ᄃᆡ(廣大)ᄒᆞᆫ 쳔지 간에 그런 놈이 잇스면 우션 집왕[5]게 견갈ᄒᆞ야 옹가놈을 자바다가 무순 죄목(罪目)을 물논ᄒᆞ고 오륙연(年)을 가두다가 참(斬)홈이 올토소이다."

도승이 왈,

"아셔라 그난 넘어 볼강시럽다[6]."

도 ᄒᆞᆫ 상ᄌᆞ ᄂᆡ다르며,

"그려찬 슈가 잇소. ᄂᆡ 몸이 변화ᄒᆞ야 ᄀᆡ비야온 보ᄅᆡ미[7]가 되야 쳥쳔(青天)에 놉피 ᄯᅥ다가 밍낭촌을 수수(數數)이[8] 나려가셔, 옹가놈 집우의 동동 ᄯᅥ다가 옹가놈이 얼넌ᄒᆞ면[9] 잠간 나려가셔 사졍(事情)업난 두 발톱으로 옹가놈으 ᄃᆡ갈박을 조실 젹의, ᄒᆞᆫ 발노난 상도 쥐고 ᄒᆞᆫ 발노난 코을 쥐고 날ᄀᆡ로난 ᄲᅣᆷ을 처고, 신님 몰나본 죄로 두 눈을 ᄶᅪᆨ ᄶᅪᆨ 조사 먹물리 푹푹 소사나게 ᄒᆞ오리다."

"아셔라. 그도 못될 말이라. 그놈으 집을 살펴본이 ᄀᆡ가 만이 잇스되 누령이 검엉이 삽살ᄀᆡ 목포리 ᄇᆡᆨ사이[10] 일등ᄀᆡ가 만이 잇더라. 왈칵 달여 물어 죽이면 ᄂᆡ 장자[11]만 일케야."

ᄯᅩ ᄒᆞᆫ 샹자 ᄂᆡ다르며,

"이 말 져 말 다 바리고 ᄂᆡ가 금강산 범이 되야 밍낭촌을 살금살금 차자각셔, 월야삼경(月夜三更) 집푼 밤에 은그이 숨엇다가, 놈이 얼넌ᄒᆞ면 왈칵 달여드어 소ᄅᆡᄒᆞ며 산 치로 ᄌᆞ바다가 싱킨 후의, 우리 졀노 도라와셔 도로 게워놐코 무슈히 조으다가 쥭여 업심이 올토소이다."

도승이 왈,

5) 집왕: 지부왕(地府王). 지부의 왕이라는 뜻으로, '염라대왕'을 달리 이르는 말.

6) 볼강시럽다: '볼강스럽다'의 잘못. 어른 앞에서 버릇없고 공손하지 못한 태도가 있다.

7) 보래매: 보라매. 난 지 1년이 안 된 새끼를 잡아 길들여서 사냥에 쓰는 매.

8) 수수(數數)이: 아주 여러 번.

9) 얼넌하면: 얼른거리면.

10) 목포리, 빅사이: 개를 일컫는 말인 듯하나, 미상.

11) 장자: '상좌'의 잘못.

"그 말도 못될 말리다. 그놈의 이종사촌놈이 그 골 군감과(軍監官)[12] 이라 밀뒤갓치 조흔 총을 만이 곳쳐 세워더라. 범이 되야 갓다가난 날닌 총(銃)의 악(藥)을 잡아[13] 양동(洋銅)[14] 철흰(鐵丸)[15] 다북 장여 화문(火門)[16]에 번듯흐면, 네 진구리[17]에 셔식밑[18] 박키듯 흐고, 흔번 얼넌 부쳐노면 과가이 밧치고[19] 파종차경(播種借耕)[20]하게야."

쏘 흔 상자 셕 나셔며,

"그럿촌흔 슈가 잇소. 닉 몸이 둔갑(遁甲)흐여 여시[21]가 되야 일식(一色) 게집으 틱도얼 흐고 옹가놈으 집을 차자가셔 흔번 두번 수청(守廳)[22]흐다가 은근이 둘너갓고[23] 본사(本寺)로 도라와셔 쥭여 업심이 올토소이다."

"아셔라. 이 말 져 말 다 바리고 닉 소견딕로 쇠기가리라."

부드러온 찰베집으로 허수아비을 만드라, 니목구비(耳目口鼻) 옹가와로 일반이요, 부른 빅 구분 등과 곰빅포리[24] 갈쿠손의 마당발[25]과 수통다리[26] 싱긴 거동이 참옹가와 갓도다. 명왈(名曰) 집옹가[27]라. 도승의 집푸 이사로[28] 묘흔 진언(眞言)을 베푸러 허수아비 빅 속에 너허

12) 군감관(軍監官): 군감(軍監). 군사(軍事)를 감독하는 직책.
13) 악(藥)을 잡아: 화약(火藥)을 장전하여.
14) 양동(洋銅): 녹은 구리. 여기서는 '구리를 녹여 만든'의 뜻인 듯.
15) 철환(鐵丸): 엽총 따위에 쓰는, 잘게 만든 총알. 혹은 쇠붙이로 잔 탄알같이 만든 물건을 통틀어 이르는 말.
16) 화문(火門): 총, 대포 따위와 같은 화기의 아가리.
17) 진구리: 허리 양쪽으로 잘록하게 들어간 부분.
18) 서새밑: 미상.
19) 과가이 밧치고: 미상. 범을 잡아 관가에 바친다는 뜻인 듯함.
20) 파종차경(播種借耕): (관가에 바치고 그 대가로 땅을 빌려) 논밭에 씨를 뿌리고 경작함.
21) 여시: '여우'의 방언(강원, 경남, 전라, 제주).
22) 수청(守廳): 아녀자나 기생이 높은 벼슬아치에게 몸을 바쳐 시중을 들던 일.
23) 둘러갖고: 그럴듯하게 말하여 속여서.
24) 곰배포리: 곰배팔이. 팔이 꼬부라져 붙어 펴지 못하거나 팔뚝이 없는 사람을 낮잡아 이르는 말.
25) 마당발: 볼이 넓고 바닥이 평평하게 생긴 발.
26) 수통다리: '수중다리'의 잘못인 듯함. '수중다리'는 병 때문에 통통 부은 다리.
27) 집옹가: 짚옹가. 짚으로 만든 가짜 옹고집이라는 뜻임.
28) 집푸 이사로: 깊은 의사로. 깊은 생각을 내어.

노이 와연(宛然)이[29] 말ᄒᆞ난 거동과 힝동거지 참옹싱원과 털긋도 다람이 업더라. 도승의 집픈 인사로 가치되,

'영남 짱을 네가 나려가셔 이리이리 ᄒᆞ라.'

ᄒᆞᆫ이, 집옹가 영을 듯고 영남 짱 밍낭촌을 차자가셔 이리져리 다이난 거동이 과연 참옹싱원이라 뉘라셔 능히 알이요.

29) 완연(宛然)이: 눈에 보이는 것처럼 뚜렷이. 모양이 서로 비슷하여.

진짜보다 더 진짜 같은 존재

잇ᄯᆡ에 참옹ᄉᆡᆼ원이 동ᄂᆡ 져거리[1] ᄒᆞ난 ᄃᆡ 갓난지라. 집옹ᄉᆡᆼ원이 그 ᄉᆡ이이 별ᄯᅡᆼ(別堂)예 얼넌 올나안자 권속(眷屬)을 부르되,

"도령소아 글 일거라."

종을 불너 분분(吩咐)ᄒᆞ되,

"오랄은 밧슬 갈고 ᄂᆡ일은 집심 ᄆᆡ고[2] 모ᄅᆡ난 보ᄅᆡ을 붓고 셤[3]도 영거라[4]. 잘ᄒᆞ고 조ᄒᆞᆫ 날은 션일[5]ᄒᆞ고 구진 날은 신도 삼고 ᄉᆡ벽 달의 거름 ᄂᆡ고 ᄊᆡᆨ키 ᄭᅩ와 집도 이라. 부즉 다사 걱졍이라.[6]"

이럿타시 지위(知委)[7]ᄒᆞᆯ 제, 참옹ᄉᆡᆼ원이 이제 거리에 술잔이나 먹어던가 ᄶᅦ욱ᄶᅦ욱ᄒᆞ고 밧 ᄃᆡ문에 드러가이 듯밧게 제와 갓튼 놈이 별ᄯᅡᆼ에

1) 저거리: 미상.
2) 집심 매고: '짚신 삼고' 혹은 '밭을 매고'라 해야 옳음.
3) 섬: 짚으로 엮어서 가마니보다 크게 만든, 주로 곡식을 담는 데 쓰이는 물건.
4) 영거라: 엮어라.
5) 선일: 서서 하는 일.
6) 부즉 다사 걱정이라: 하지 않으면 일이 많아서 걱정거리가 될 것이라.
7) 지위(知委): 통지나 고시 따위의 형식으로 명령을 내려 알려줌.

셔 호령ᄒᆞ되,

"네 이 종놈더라. 어ᄃᆡ 간나야. 난ᄃᆡ업난 놈이 중ᄃᆡ문(中大門)[8]으로 드러온이 죄 맛짱히 죽일지라. 남문 ᄂᆡ정(內庭)으로 언연이[9] 드러오이 ᄒᆡᆼ실(行實) 쳐사(處事) 괘심ᄒᆞ다. 종놈더라. 어ᄃᆡ 간나야. 져놈 밥비 자바ᄂᆡ라."

참옹ᄉᆡᆼ원이 얼척업셔 집옹ᄉᆡᆼ원얼 찬찬이 보온이 ᄉᆡᆼ긴 모양과 ᄒᆞ난 거동이 쏙 당신과 갓탄지라, 속을[10] ᄉᆡᆼ각ᄒᆞ되, '용모젼신(容貌全身)이 털긋도 다람업난지라. 필연 고히ᄒᆞᆫ 이리로다.' 기가 ᄆᆡᆨ키여여 아모 말도 못ᄒᆞ고 종을 부르ᄌᆞ ᄒᆞ고, 종놈더리 발셔 져놈의 영을 거ᄒᆡᆼ(擧行)ᄒᆞᆯ 듯시푸오이 무가ᄂᆡᄒᆞ(無可奈何)라[11]. 졀분(切忿)[12]ᄒᆞ여 ᄒᆞ난 말이,

"이놈아 네가 어인 놈이관ᄃᆡ 이 집 주인은 ᄂᆡ가 기거날 너난 엇탄 ᄒᆞ[13] 놈으 자식으로셔 도로혀 주인을 구축(驅逐)ᄒᆞᆫ닷. ᄒᆡᆼ낭(行廊)이 몸ᄎᆡ가 될 수가 잇나야[14]. 이놈아 어셔 밧비 나가거라. 이놈아 기가 막켜 나 죽것다."

집옹ᄉᆡᆼ원이 허허 우스며,

"ᄂᆡ가 평일에 요악(妖惡)ᄒᆞᆫ 소치(所致)[15]로 유명ᄒᆞ여 유경ᄑᆡ[16] 동양도 쥬지 아이ᄒᆞ여던이 제라놈[17]이 ᄂᆡ게다 억지을 쓸 테야. 무삼 ᄶᅦ을 쓸나야. 져놈 바로 자바ᄂᆡ라."

---

8) 중대문(中大門): 중문(中門). 대문 안에 거듭 세운 문.

9) 언연이: '엄연히'의 잘못. 언행이 씩씩하면서도 점잖게.

10) 속을: 마음속으로.

11) 무가내하(無可奈何)라: 도무지 어찌할 수 없더라.

12) 절분(切忿): 매우 원통하고 분함.

13) 엇탄 ᄒᆞ: 어떤 하(何). 어떤.

14) 행랑(行廊)이 몸채가 될 수가 있나야: 하인 혹은 손님이 주인이 될 수 없다는 말. 행랑은 옛날 대문 안에 죽 벌여 있어 하인들이 거처하던 방이며 몸채는 몇 채로 된 살림집에서 주가 되는 집채.

15) 요악(妖惡)한 소치(所致): 간악함으로 생긴 일.

16) 유경패: 미상. 경사가 있을 때 찾아오는 패거리 정도의 뜻인 듯함.

17) 제라놈: 제기랄 놈.

호령을 추산(秋霜) 갓타[18]. 이 종놈덜리 이놈 보고 져놈 보고 ᄯᅩ 아조 둘 다 제 상젼이라 ᄯᅮ렷ᄯᅮ렷ᄒᆞ고 션난지라. 참옹ᄉᆡᆼ워이 ᄉᆡᆼ각ᄒᆞ되,

'이 일을 어이ᄒᆞᆯ고?'

억울ᄒᆞᆫ 마음을 게우 참고,

'졔가 ᄂᆡ라 ᄒᆞᆫ이 참으로 ᄉᆡᆼ일(生日)로 날과 갓탄가 뭇자.'

ᄒᆞ고, 집옹ᄉᆡᆼ원다려 문왈,

"네 ᄉᆡᆼ일이 언제야?"

집옹ᄉᆡᆼ원이 호령ᄒᆞ되,

"이놈 요망(妖妄)ᄒᆞ고 괘심ᄒᆞᆫ 놈. 내라셔 감히 양반으 ᄉᆡᆼ신(生辰)을 아라 무엇ᄒᆞᆯ고. ᄒᆞ여(何如)ᄒᆞ다마은[19] ᄃᆡᆨ ᄉᆡᆼ일[20]은 병신연(丙申年) 오월 오일 오시(午時)에 낫다. 글희셔 무엇ᄒᆞᆯ고."

참옹ᄉᆡᆼ원이 혼미(昏迷) 중에 ᄉᆡᆼ각ᄒᆞ이,

'연월일시(年月日時)가 날과 갓타이 이런 ᄌᆡ변(災變)이 도 이나냐. 아ᄆᆡ도 우리 어룬이 쌍동이을 나헛다가 ᄒᆞᆫ나을 일럿던가.'

이심(疑心)ᄒᆞᆯ 제, 옹ᄉᆡᆼ원이 호령ᄒᆞ되,

"네 이 져셕놈아. 그런 말을 다 말 다시 말고 ᄉᆡᆼᄯᅩᆼ[21] 싸게 아이 마질나거든 자로자로[22] 나가거라."

참옹ᄉᆡᆼ원 호령ᄒᆞ되,

"너 이놈아, 걸ᄀᆡᆨ(乞客)으로 왓시면 조젹(糶糴)[23]이나 쥬난 ᄃᆡ로 먹고 갈 거시제 ᄂᆡ가 영남(嶺南) 거부(巨富)란 말을 듯고 제라셔 ᄂᆡ 세간을 탈취(奪取)ᄒᆞᆯ 탠야. 그놈 장도(贓盜)ᄒᆞᆫ[24] 도젹놈이로고."

---

18) 호령을 추상(秋霜) 같다: 호령을 추상같이 하다. 곧 호령이 매우 엄하다.

19) 하여(何如)하다마은: 하여튼. 어쨌든.

20) [교감] ᄃᆡᆨ ᄉᆡᆼ일: '내 생일'이라고 해야 옳음.

21) 생똥: '산똥'의 방언(경상). 배탈로 먹은 것이 제대로 소화되지 못하고 나오는 똥. '생똥 싸게'라는 말은 '산똥을 쌀 정도로 몹시'의 뜻.

22) 자로자로: 문맥상 '바로'의 뜻인 듯함.

23) 조적(糶糴): 곡식의 매매. 여기서는 곡식의 뜻임.

24) 장도(贓盜)한: 장물을 감추는 짓을 하는.

종놈다려 일은 말이,

"이놈 자바닉라."

집옹싱원 거동 보소. 두 팔둑을 쑥쌋딕면셔[25] 두 듀먹을 불근 주고 두 눈을 부릅드며 영칭(映窓)[26]을 쑤다리면셔 고셩(高聲)으로 호령ᄒᆞ되, 거명(擧名)ᄒᆞ야 종을 부을되,

"늘근 종 놋쇠야. 졀문 종 빅쇠야. 일소싱아. 일봉아. 잇소싱아. 봉아. 삼봉아. 칠봉이. 팔봉아. 팔도야. 딕갈쇠야. 막쏭아."

일시에 닉닷거날,

"닉 집의 엇더ᄒᆞᆫ 기구(奇構)ᄒᆞᆫ[27] 놈이 드려와셔 제가 닉라 ᄒᆞ고 억탈(抑奪)을 ᄒᆞᆫ다. 질근 자바드리여라. 포도(捕盜) 출사(出使) 도젹놈 뭉쑤돗[28], 사린(殺人) 죄인(罪人) 뭉쑤듯, 타란[29]에 이수(移囚) 죄인 뭉구듯, 쑥지[30]을 질근 뭉궈 빈틈업시 결박(結縛)ᄒᆞ고 낫낫치 고찰(考察)ᄒᆞ야, 별장(別杖)으로 창힝역사(滄海力士)[31] 철퇴(鐵槌) 치듯, 형가(荊軻)[32] 비수(匕首)[33] 치듯, 유월 염쳔(炎天)의 번기 치듯, 발숭치가 쌍쌍 쳐셔 멀이멀이 쏘ᄎᆞ닉여라."

참옹싱원이 분을 게우 춤고, 쏘 ᄒᆞᆫ 종을 분분ᄒᆞ되,

"네 이놈더라. 아무리 미련ᄒᆞ고 슬 것 업고 소견 업난 놈인들 네 상젼 나을 볼라보니. 닉 분분 거역ᄒᆞᆫ다. 져놈 바로 써어닉라."

---

25) 쑥빳대면서: 쭈뼛대면서. 뾰족하게 솟아나게 하면서.

26) 영창(映窓): 방을 밝게 하기 위해 방과 마루 사이에 낸 두 쪽의 미닫이.

27) 기구(奇構)한: 이상한 생김새를 한.

28) 포도(捕盜) 출사(出使) 도적놈 뭉꾸돗: 포도청에서 명령을 받고 나가 도적을 묶듯. '뭉꾸다'는 '묶다'의 방언(경남, 전남).

29) 타란: 미상. 문맥상 죄인을 이송할 때 묶는 도구인 듯함.

30) 쑥지: '죽지'의 잘못. 팔과 어깨가 이어진 관절의 부분.

31) 창해역사(滄海力士): 장량과 함께 박랑사에서 진시황을 습격한 인물. 설화에서는 고대 예국의 인물로 전해짐.

32) 형가(荊軻): 중국 전국시대의 자객. 위나라 사람으로, 연나라 태자인 단(丹)의 부탁을 받고 진시황제를 암살하려 했으나 실패하고 죽임을 당했음.

33) 비수(匕首): 날이 썩 날카롭고 짧은 칼. 형가가 진시황을 비수로 살해하려 했으나 처음에는 옷소매만 잘랐을 뿐이며 이어 비수를 진시황을 향해 던졌으나 적중시키지 못하고 기둥에 꽂혔다.

집옹싱 거동 보소. 종을 보고 호령ᄒᆞ되,

"네 이 못실 놈더라. 져러ᄒᆞᆫ ᄑᆡ악(悖惡)[34] ᄒᆞ고 후의잡놈[35]으 말만 듯고 ᄂᆡ 분분 거역ᄒᆞᆫ이 네히난 눈이 업나야. 날거린[36]을 분간치 못ᄒᆞᆫ이 이 결단 후의난 너히난 ᄂᆡ 손의 쥭을 거신이 져놈이나 자로자로 ᄲᅧ여 ᄂᆡ라."

두 옹싱원이 싸오나, 이 종놈더리 정신이 어질ᄒᆞ고 눈이 침침ᄒᆞ야 아무리 ᄎᆞᆫᄎᆞᆫ이 보아도 천신(全身)과 언어 수작이 ᄯᅩᆨ갓탄이 어ᄂᆡ 놈을 자바ᄂᆡ여 분분 시힝ᄒᆞᆯ 줄 몰나 주져주져ᄒᆞ더이, 참옹싱원 마느ᄅᆡ 이 말을 듯고,

"이거시 웬 말인고. 인련 볍(法)이 어ᄃᆡ 도 잇스리요. 수쳥ᄒᆞ인(守廳下人)[37] 거 인나야. 정월라. 이워라. 번덕아. 구월아. 쳥추나. 네이들 드러가 ᄎᆞᆫᄎᆞᆫ이 살펴보와 우리집 ᄉᆡᆫ임은 ᄒᆞᆫ 편의 체여[38] 노아라."

수쳥ᄒᆞ님 종연더리 일세에 ᄂᆡ다라 이리 보고 져리고 압푸로 보고 뒤로 보고 안져 보고 셔셔 보고 보아도 두 옹가분일네라. 정영(丁寧)이 갓탄지라. 안으로 드러와셔 마드ᄅᆡ게 엿ᄌᆞ오되,

"아무리 보아도 어ᄂᆡ 긔시 ᄉᆡᆫ님인 줄 모로것나이다."

이제난 혈 수가 업셔 마르ᄅᆡ 홰을 ᄂᆡ여,

"에라 이 연더라. 아무리 상연 누이들 우리ᄃᆡᆨ ᄉᆡᆫ임을 모을소냐. 며나리 네에덜도 나아가 보아라."

도령손[39] 마느ᄅᆡ 일시의 ᄂᆡ달나 자시 보더이, 며나리 들러오며 ᄒᆞ난 말이,

34) 패악(悖惡): 사람으로서 마땅히 해야 할 도리에 어그러지고 흉악함.
35) 후의잡놈: '후레잡놈', 곧 '후레자식'인 듯함. 배운 데 없이 제풀로 막되게 자라 교양이나 버릇이 없는 사람을 낮잡아 이르는 말.
36) 날거린: '날'과 '걸인(乞人)'의 합성어인 듯.
37) 수청하인(守廳下人): 청지기.
38) 체여: '채어'의 잘못. 갑자기 세게 잡아당겨.
39) 도령손: 아들을 지칭하는 듯함.

“ᄋᆡ고 시어만임 젼의난 아바님이 ᄒᆞᆫ나더이 오날은 가보오이 아반임이 두리 되야스이, 이런 변이 ᄯᅩ 잇스릿가.”

도령손 드러오며,

“ᄋᆡ고. 어마임 눈으로 찬찬이 보와셔 참아부지난 집이 두고 거짓 ᄋᆡ비난 멀이 조ᄎᆞ버라소셔.”

망ᄂᆡ아달 들러오며,

“어마님아. 아부지난 둘인ᄃᆡ 어마이난 ᄒᆞᆫ나밧기 ᄯᅩ 잇난가.”

마느ᄅᆡ 이 말으 듯고,

“ᄋᆡ고. 이게 원 마린고. 너에 붓친 옹싱원과 귀영머리[40] 마조 푸러 복히씨(伏羲氏)[41] ᄆᆡ진 절ᄀᆡ(節槪) 우리 금실(琴瑟) 중(重)ᄒᆞ기로 아달 나허 입ᄌᆞᆼ(入丈)[42]ᄒᆞ고 ᄯᅡ을 나허 출가(出嫁)ᄒᆞ고 수복겸젼(壽福兼全)ᄒᆞ야 아순 거시 업셔더이. 사나종을 부을진ᄃᆡ 중총(周倉) 갓탄[43] 모진 종놈 ᄃᆡ답ᄒᆞ고 셕 나셔며, 게집종을 부을진ᄃᆡ 잉무갓[44] 조흔 ᄐᆡ도 ᄃᆡ답ᄒᆞ고 셕 나셔며, 듯고 보난 거시 부족ᄒᆞᆫ 것 업셔, 옹싱워 양주(兩主) 부쳐(夫妻) 팔ᄌᆞ 좃타 이러더이 후분팔ᄌᆞ(後分八字) 무상(無常)ᄒᆞ다[45]. 가ᄂᆡ(家內) 변(變)을 본다 ᄒᆞᆫ들 이ᄆᆡ지 망측(罔測)ᄒᆞ라. ᄋᆡ고ᄋᆡ고 셔룬지고. 그려ᄒᆞ나 원앙금침(鴛鴦衾枕) ᄒᆞᆫ 버ᄀᆡ의 일싱 노든 ᄂᆡ에 가장(家長) 아무리 ᄒᆞᆫ들 모을소야. 거드어라 ᄂᆡ가 보리라.”

사랑에 들러가셔 문을 반만 열고 좌우로 살펴보더이, 물너 나오면셔,

40) 귀영머리: ‘귀밑머리’의 잘못. 귀밑머리 마주 풀었다는 말은 예식을 갖추어 결혼했다는 뜻임.

41) 복희씨(伏羲氏): 중국 고대의 제왕. 삼황오제(三皇五帝)의 수위를 차지하며, 팔괘(八卦)를 처음으로 만들고 그물을 발명하여 고기잡이의 방법(方法)을 가르쳤다 함. 그런데 실은, 중매인의 규범과 결혼의 규범을 세우는 데 이바지했고, 남녀 사이의 올바른 행실을 규정했다고 알려진, 복희의 아내(또는 누이)였던 ‘여와(女媧)’가 문맥상 적합함.

42) 입장(入丈): 장가를 듦.

43) 주창(周倉) 같은: ‘주창’은 『삼국지연의』에서 관우를 섬기면서 항상 관우와 함께 행동하던 장수. 형주 반환을 요구하던 노숙(魯肅)과 관우가 회견할 때 재치를 발휘해 회견을 중지시키기도 했다. ‘주창 같다’는 말은 관우의 심복으로서 활동하던 주창에 빗대어 재치 있고 재빠른 하인의 행동을 비유하는 말이다.

44) 앵무갓: 앵무 같은. 앵무새처럼 잘 대답한다는 뜻인 듯함.

45) 무상(無常)하다: 일정치 아니하다. 변하다.

"나도 ᄯᅩᄒᆞᆫ 그 일 결단 못ᄒᆞ것다. 정월아. 이월라. 밧상의[46] 젼갈ᄒᆞ되 두리 셔로 싸와 죽그단, 산난 놈이 ᄂᆡ 가중이라."
ᄒᆞᆯ 제, 집옹ᄉᆡᆼ원 눈치 보소. 안낙[47] 젼갈 짐ᄌᆞᆨᄒᆞ고 밀창 열면셔,

"졍월라. 이월라. 마느ᄅᆡ님 젼에 엿주아라. 이런 큰 우세가 잇기로 이러ᄒᆞ나 조곰도 염여치 마르시리라. 게도 아즉 ᄂᆡ ᄉᆡᆼ젼(生前)의나, 당신이 ᄂᆡ 마느ᄅᆡ요 ᄂᆡ각 당산[48] 가장이라. 엇던 중손 센 놈이 ᄂᆡ 마느ᄅᆡ와 ᄂᆡ 세간을 탈취(奪取)ᄒᆞ라. 조곰도 염여[49]."

ᄒᆞᆫ이, 참옹ᄉᆡᆼ원 거동 보소. 가득이 분ᄒᆞᆫ 중의 마느ᄅᆡ란 마을 듯고 왜고리 나셔,[50] 죽을 동 살 동 왈칵 달여드러 집옹ᄉᆡᆼ원의 약다리럴 드러메고 두 상토을 마조 잡고 물건이 치거이 봅써, 이리저리 쒸여넘우며 셔로 'ᄋᆡ고 ᄃᆡ구리야' ᄒᆞ난 소ᄅᆡ 사방의 진동(振動)ᄒᆞ고, 이럿타시 다토울 제, 벼람ᄡᆡᆨ[51]이 문어지고 충살이 부러진다. 와당탕탕 닷토올 제, 노비(奴婢) 권속(眷屬)과 사방 사람이 모와 귀경ᄒᆞ되 두 옹ᄉᆡᆼ원을 뉘가 분별(分別)ᄒᆞ리요.

ᄒᆞᆫ참 이럿타시 싸오더이 두 옹ᄉᆡᆼ원이 기운이 쇠진ᄒᆞ야 ᄒᆞᆫ가로[52] 보덤고 넘어진이 둘 다 기운이 독갓탄지라. 집옹ᄉᆡᆼ원이 몬져 이러나면셔 허허 우스면,

"그 져셕 잡자식이로고. 양ᄒᆞ 고투(苦鬪)에 불등ᄉᆡᆼ(不等生)[53]이라 ᄒᆞ마 ᄒᆞ면 둘 다 죽을 변ᄒᆞ엿다. ᄂᆡ가 네 아비 원수관ᄃᆡ 이리 쥐엿듯고 솔ᄀᆡ ᄭᆞᆫ치 잡앗듯[54] ᄂᆡ 세간을 ᄇᆡ슬나고 이 이럿타시 ᄒᆡ기(害氣)을 ᄂᆡᆯ

46) 밧상의: '바깥에' 정도의 뜻인 듯함.
47) 안낙: 아낙. 부녀자가 거처하는 곳을 점잖게 이르는 말.
48) [교감] ᄂᆡ각 당산: 내가 당신.
49) [교감] 염여: 염려 마라. '마라'가 빠져 있음.
50) 왜고리 나서: 골이 나서. 비위에 거슬리거나 마음이 언짢아서 성이 나.
51) 벼람뻭: 바람벽. 방이나 칸살의 옆을 둘러막은 둘레의 벽.
52) 한가로: 함께.
53) 양하 고투(苦鬪)에 불등생(不等生): 미상. '힘들게 싸워서는 같이 살아남지 못한다'는 정도의 뜻인 듯함.
54) 솔개 깐치 잡앗듯: 문맥상 '솔개 까치집 뺏듯'이 더 어울림. 남의 것을 강제로 빼앗는다는 뜻

소야. 허허 그 져셕 두럭기[55] 즙져셕이로고."

춤옹싱원 거동 보소. 게우 이러나며 정신 ᄎᆞ러 녹사녹사[56] 분ᄒᆞᆫ 마음 복지비질[57] 썰썩, 병랑박[58]이며 지동[59]이며 ᄃᆡ구리로 썽썽 쑤다리며, 주먹 갓탄 손질노 그 머리털도 쥐여듯고 ᄃᆡ셩통곡(大聲痛哭)ᄒᆞ난 말리,

"ᄋᆡ고. 이게 웬이리야. ᄉᆡᆼ시(生時)야 굼이거든 ᄭᆡ여주고 ᄉᆡᆼ시거든 주여주소."

두 주먹을 불근 쥐고 울면셔 ᄒᆞ난 말리,

"천지(天地) 귀신(鬼神)은 알연마나 인간부지(人間不知) 웬일인고. 절통(切痛)ᄒᆞ 부ᄒᆞᆫ 마음을 알외나이다. 쳔지일월(天地日月)은 통축ᄒᆞ옵소셔. 당ᄃᆡ(當代)이 거부(巨富)로서 노비 전ᄌᆞᆼ(田莊)[60] ᄉᆔᆼ부다남ᄌᆞ[61] 팔ᄌᆞ 좃타 일으더이, 후분 팔ᄌᆞ 기구(崎嶇)ᄒᆞ야 이갓치 괴괴ᄒᆞᆫ[62] 변을 본다." ᄒᆞ고, 셔운[63] 마음을 이기지 못ᄒᆞ야, '쌉쌉ᄒᆞ고 답답하다' 훌젹 울거날, 집옹싱원이 밧듯 웃고 반듯 ᄒᆞᆫ 수 치며[64] 이려 안ᄌᆞ ᄒᆞ난 말리,

"허허 구진 자식이로고. 젹반ᄒᆞ장(賊反荷杖)으로 ᄂᆡ가 울 ᄃᆡ 네가 운이 헐 말 업[65]."

참옹싱원 ᄒᆞ는 말리,

"네 이놈아, 이 말 저 말 다 바리고 날을 아죠 쥬겨도[66]."

으로 이르는 말.

55) 두럭개: '누렁개'의 오기인 듯함.

56) 녹사녹사: 분한 마음을 형상한 의태어인 듯함.

57) 복지비질: '복지비장(腹之脾臟)'인 듯함. 한의학에서 화가 나서 열이 나면 식욕을 다스리는 비장을 자극한다고 한다.

58) 병랑박: 미상. 박의 일종인 듯함.

59) 지동: '기둥'의 방언.

60) 전장(田莊): 개인이 소유하는 논밭.

61) 숭부다남자: '수부귀다남자(壽富貴多男子)'의 와전. 오래 살고 부유하고 귀하며 아들이 많음.

62) 괴괴한: 이상야릇한.

63) [교감] 셔운: 전후 문맥상 '서러운'의 뜻임.

64) 한 수 치며: '한 손 치며'인 듯함.

65) [교감] 업: 없다.

ᄋᆡ고ᄋᆡ고 설이 우다가 ᄉᆡᆼ각ᄒᆞ되,

"네 여바라 그렷찬 슈가 잇. 너도 옹가ᄒᆞ고 나도 옹가라 ᄒᆞᆫ이, 숑ᄉᆞ(訟事)ᄒᆞ여보ᄌᆞ. 여기서 이러가난 ᄇᆡᆨ연(百年)이라도 그 팔ᄌᆞ[67]이라. 두리 다 죽거난 쉽거이와 결단ᄒᆞ기난 어려운이 일체 구밸(區別) 엇더ᄒᆞᆫ요?"

집용ᄉᆡᆼ원이 ᄃᆡ답ᄒᆞ되,

"온야 그말 좃타. 네가 지ᄂᆞ ᄂᆡ가 지ᄂᆞ 란송체단(奻訟諦斷)[68] 올토다."

ᄒᆞ고,

"송ᄉᆞ 안이ᄒᆞ난 놈은 후에 ᄀᆡᄂᆞ달놈이라 ᄒᆞ아."

그제ᄂᆞᆫ 두 옹원이 송ᄉᆞ가는 제 읍ᄂᆡ을 드러가이, 집옹ᄉᆡᆼ원 거동 보소. 쥬전 업시[69] 제가 압페 가며 읍의 촌가인(村家人) ᄒᆞ나와 만ᄂᆞ 보면 쌈작 반게 두 숀을 잡고,

"나난 가변(家變)을 숑ᄉᆞᄒᆞ려 가난지라. ᄌᆞᄂᆡ와 나와 아무 연분(緣分)에 서로 아라 주마고우(竹馬故友)로 지ᄂᆡ슨이 날을 몰나볼쇼야."

ᄯᅩ ᄒᆞᆫ다을 보면,

"잔에 ᄂᆡ게셔 아무 연분에 돈 오십 양을 취ᄒᆞ여 갓시이 이 참에 못 주건나야? 노ᄌᆞ똔 봇ᄐᆡ 쓰게 ᄒᆞ라."

ᄯᅩ ᄒᆞᆫ나 보면,

"ᄌᆞ네 쥐골평 논 두 셤지기 잇ᄃᆡ가자[70] 시ᄌᆞᆫ(時作)[71]ᄒᆞᆯ 제, 거연(去年) 션ᄌᆞ(先資)[72] 스물단 말 미수(未收)을 엇지 안이 보ᄂᆡ난가."

---

66) 도: '다오'의 방언.

67) 팔작: '팔자'의 오기 혹은 전후 문맥상 '변화가 없음'을 뜻하는 말일 것임.

68) 난송체단(奻訟諦斷): 송사를 하여 결단을 살피는 일.

69) 주전 업시: 주저없이.

70) 잇대가자: 이때까지.

71) 시작(時作): 소작(小作). 농토를 갖지 못한 농민이 일정한 소작료를 지급하며 다른 사람의 농지를 빌려 농사를 짓는 일.

72) 선자(先資): 일을 시작하기에 앞서 드는 돈.

이려치로 ᄒᆞᆫ이, 참옹싱원이 그 사람을 본즉 난난치 ᄂᆡ 소견(所見)ᄃᆡ로 ᄂᆡ가 ᄒᆞᆯ 말을 제가 몬져 ᄒᆞᆫ이여 기가 질여 뒤의 오며, 실셩ᄒᆞ난 사람갓치. 아난 사람도 오히려 집옹싱원갓치도 모르난지라[73]. 집옹싱원이 노변(路邊)의서 지ᄂᆡ가난 사람 다리고 ᄒᆞ난 말이,

"ᄃᆡᆨ집이 가운(家運)이 불길(不吉)ᄒᆞ여 엇더ᄒᆞᆫ 놈이 왓스되 용모 난과 바ᄉᆞᄒᆞ[74] 제가 ᄂᆡ라 ᄒᆞ고 ᄌᆞ층(自稱) 옹싱워이라 ᄒᆞ기로, 어울ᄒᆞᆫ 분을 견ᄃᆡ지 못ᄒᆞ야 일체 구별노 송사(訟事)ᄒᆞ려 가난지라. 뒤에 오난 사람이 기ᄂᆡ. 존ᄂᆡ덜도 ᄃᆡ소간 눈이 잇거든 혹 흑백(黑白)을 갈일소야?"

ᄎᆞᆷ옹싱원이 뒤의 오면셔 기가 ᄆᆡᆨ키고 얼척도 업셔 말도 못ᄒᆞ고 우룸울 제, ᄒᆡᆼ인(行人)덜리 여어[75] 보고 ᄒᆞ난 말리,

"뉘가 아라볼이요. 뉘 아다린지 알 수가 업다. 아ᄆᆡ도 상동이란 말박기 ᄯᅩ ᄒᆞ리요."

참옹싱원이 역여ᄒᆞ여[76] 셔스되, 집옹싱원 ᄒᆞᆫ 말리,

"요소 이 사라덜아 자ᄂᆡ와 나와 멧히치 안난 치고[77]라고 그런들 날을 몰나보난가. ᄋᆡ도롭다[78]."

참옹싱원이 ᄭᅮᆼᄭᅮᆼ 아르면셔 ᄒᆞ난 말리,

"기 ᄆᆡᆨ기여 나 죽것다."

73) 아난 사람도 오히려 집옹생원갓치도 모르난지라: 참옹생원이 평소에 알던 사람일 텐데 짚옹생원이 더 잘 알고 있다는 뜻임.

74) 바사하: 비슷해.

75) 여어: 이어서.

76) 역여하여: '역력하여'인 듯함. 자취나 기미, 기억 따위를 환히 알 수 있게.

77) 치고: '친구'의 오기.

78) 애도롭다: 애달프다.

누가 진짜 옹고집이냐

두리 다 동원(東軒)[1]엑 드려가 ᄎᆞᆷ옹ᄉᆡᆼ원이 소지(所志)[2]을 못져 올이거날, 형방(刑房)이 바다 올이고 알외되,

'ᄉᆡᆼ은 상동 ᄆᆡᆼ낭촌에 ᄒᆞ난 옹고집이옵고, 우근(右謹)[3]은 절박통분(切迫痛憤)ᄒᆞᆫ 사람 미언보시[4] 옹홀님(雍翰林)이 ᄌᆞ손(子孫)을 세게(世系)[5] 청량(淸良)[6]ᄒᆞ옵더이, 금월 십칠일에 민(民)이 맛춤 줄닙(出入)ᄒᆞ엿다가 드려오이, 부지(不知)헌 이 당돌리 ᄂᆡ정(內庭) 출입ᄒᆞ옵거날, 거리ᄎᆡᆨ지(據理責之)ᄒᆞ야[7] 나가라 ᄒᆞ옵고, ᄃᆡ단 ᄎᆡᆼ방(責放)ᄒᆞ올 제, 그놈이 용모난 과연 민과 갓탄지라, 노속(奴屬)과 가권(家眷)[8]도 오히려 분간치 못

1) 동헌(東軒): 지방 관아에서 고을 원(員)이나 감사(監司), 병사(兵使), 수사(水使) 및 그 밖의 수령(守令)들이 공사(公事)를 처리하던 중심 건물.

2) 소지(所志): 예전에 청원이 있을 때 관아에 내던 서면.

3) 우근(右謹): 소지를 올릴 때 맨 앞에 쓰는 말. 예컨대 '우근진소지의단(右謹陳所志矣段)'은 '(제가) 삼가 소지를 올리는 일은 다음과 같습니다'의 뜻.

4) 미언보시: 미상.

5) 세계(世系): 조상으로부터 대대로 내려오는 계통.

6) 청량(淸良): 인품이나 성격이 깨끗하고 선량함. 또는 그런 사람.

7) 거리책지(據理責之)하야: 사리를 따져 잘못을 꾸짖어.

ᄒᆞᆫ이, 놈이 감히 싱심(生心)ᄒᆞ와 제가 춤으로 옹가라 ᄒᆞ고 억지을 스이나이다. 싱심ᄒᆞ와 제가 춤으로 옹가라 ᄒᆞ고 억지을 스이나이다.[9] 다람이 아이라, 부형으 세간이 족급요조(足及饒足)[10] ᄒᆞ기로 이놈이 미으 세간을 탈취코져 ᄒᆞ난 쓧시온이, 통촉ᄒᆞ신 후의 신명지ᄒᆞ(神明之下)[11]에 져놈을 엄치국문(嚴治鞫問)ᄒᆞ와[12] 이율정비(依律定配)[13]ᄒᆞ옵시고, 사ᄎᆞ 단명(單明)으로[14] 비무후환지폐(備無後患之弊)[15]ᄒᆞ시기을 바ᄅᆡ오이 집피 싱각ᄒᆞ옵소서.'

집옹싱원이 쏘 소지을 올이거날, 관가(官家)의 문난 말리,

"이것도 옹가요 져것도 옹가라."

말가에[16] "그러ᄒᆞ오이다."

허허 웃고,

"밍낭ᄒᆞᆫ 일이오다. 송사결단(訟事決斷)을 만이 ᄒᆞ여스되, 이러ᄒᆞᆫ 일ᄂᆡ 평싱에 쳐음이르다."

ᄒᆞ고, 침음양구(沈吟良久)에[17] 싱각ᄒᆞ되, 분분 왈,

"네으 소지만 보고 송사결단 못ᄒᆞ것다. 각기 네의 간[18]을 낫낫치 알외라. 만일 거기셔 취칙(差錯)이 나며[19] 제ᄂᆞᆫ 헛옹가라 아조 결단ᄒᆞ리라."

8) 가권(家眷): 호주나 가구주에게 딸린 식구. 남에게 자기의 아내를 낮추어 이르는 말.
9) [교감] '싱심ᄒᆞ와 제가 춤으로 옹가라 ᄒᆞ고 억지을 스이나이다'가 2회 반복되어 있음.
10) 족급요족(足及饒足): 매우 넉넉함.
11) 신명지하(神明之下): 천지 신령 아래.
12) 엄치국문(嚴治鞫問)하와: 국청(鞫廳)에서 형장(刑杖)을 가하여 신문함으로써 엄격히 다스려.
13) 의율정배(依律定配): 법에 의거하여 정배를 보냄. '정배'는 죄인을 지방이나 섬으로 보내 정해진 기간 동안 그 지역 내에서 감시를 받으며 생활하게 하는 형벌.
14) 사차 단명(單明)으로: '사차'를 이 일을 조사한다는 뜻으로 본다면 '이 일을 조사하되 간단 명료하게 하여'의 뜻이 됨.
15) 비무후환지폐(備無後患之弊): 잘 갖추어 후환의 폐단이 없도록 함.
16) 말가에: 전후 맥락상 '말마다' 정도의 뜻인 듯함.
17) 침음양구(沈吟良久)에: 마음속으로 깊이 생각한 지 오랜 뒤에.
18) [교감] 간 : 세간.
19) 차착(差錯)이 나며: 어그러져서 순서가 틀리고 앞뒤가 서로 맞지 아니하면.

ᄒᆞ니, 집옹싱원이 못저 나셔며,

"그 분분 지당ᄒᆞ여니다."

ᄒᆞ고, 가산(家產)을 낫낫치 강문(講問)[20]ᄒᆞᆯ 제, 여흡부절(如合符節)리라[21].

"전답(田畓)으로 이를진ᄃᆡ, 처ᄌᆞ담[22]이 일등논이 일빅야든 섬지기[23]에 쇼경(疏耕)[24]은 야든두 먹[25] ᄒᆞᆫ 짐[26]이오, 천군전 일등밧시 단 섬 열셔 마지게[27]에 쇠경은 셔 먹 마훈두 짐이요, 모도 타죽(打作)ᄒᆞ면 일천일빅닷 셤 츄슈(秋收)나 ᄒᆞ여 사간 곡간(庫間)[28]에 답북 차고,

노복(奴僕) 등을 일을진ᄃᆡ, 남노(男奴)나 일흔둘 ᄂᆡ의, 연전(年前)에 ᄒᆞᆫ 놈 나가고 금연(今年) 정월에 ᄯᅩ ᄒᆞᆫ 놈 다라난이, 남은 놈이 에슌 ᄋᆞ홉 명에 삼십 놈은 드난[29]ᄒᆞ옵난ᄃᆡ, 얼칭이[30]가 두리오, 슈통다리가 ᄒᆞᆫ나옵고, 게집종을 일을진ᄃᆡ, 일빅스물여섯에 벙어리가 둘리요 청밍긱이[31]기 두리요 곱ᄉᆞ가 하나요, 봉덕이라 ᄒᆞᆫ 연 포틱(胞胎)[32]ᄒᆞ여 이졔 아즉 히복(解腹)[33] 아이ᄒᆞ옵고, 일소싱(一所生) 이소싱(二所生) 모도 ᄒᆞᆸᄒᆞ면 이빅삼십육 명이요, 도주ᄒᆞᆫ 연과 ᄒᆞᆸᄒᆞ 일빅쉬훈일곱이요, 직금 인난 연

20) 강문(講問): 따져서 물음. '강론하여 설명한다'는 뜻의 강설(講說)이 옳을 듯함.
21) 여합부절(如合符節)리라: 꼭 들어맞는다.
22) 처ᄌᆞ담: 미상.
23) 섬지기: 논밭 넓이의 단위. 한 섬지기는 볍씨 한 섬의 모 또는 씨앗을 심을 만한 넓이로 한 마지기의 열 배이며 논은 약 2000평, 밭은 약 1000평 정도에 해당한다.
24) 소경(疏耕): 땅을 갈지 아니하고 괭이로 땅의 겉을 헤쳐 씨를 뿌린 다음 거두어들일 때까지 전혀 손질을 하지 아니한 것.
25) 먹: '뭇'의 잘못. 세금을 계산할 때 쓰던 논밭 넓이의 단위.
26) 짐: '줌'. 세금을 계산할 때 쓰던 논밭 넓이의 단위. 한 줌은 1뭇의 10분의 1로, 그 넓이는 시대에 따라 달랐음.
27) 마지게: '마지기'의 잘못. 논밭 넓이의 단위. 한 마지기는 볍씨 한 말의 모 또는 씨앗을 심을 만한 넓이로, 지방마다 다르나 논은 약 150~300평, 밭은 약 100평 정도이다.
28) 사간 곡간(庫間): 사간 곳간. 방 하나의 크기를 네 칸으로 하여 만든 창고.
29) 드난: 임시로 남의 집 행랑에 붙어 지내며 그 집의 일을 도와줌. 또는 그런 사람.
30) 얼칭이: '언청이'의 방언(경상). 선천적으로 윗입술이 세로로 찢어진 사람. 또는 그렇게 찢어진 입술.
31) 청맹객이: 청맹과니. 겉으로 보기에는 눈이 멀쩡하나 앞을 보지 못하는 눈. 또는 그런 사람.
32) 포태(胞胎): 임신(妊娠).
33) 해복(解腹): 해산(解產). 아이를 낳음.

이 일ᄇᆡᆨ쉬훈세 명이옵고,

밧ᄒᆡᆼ낭은 칠간(間)이옵고 별당은 육간이옵고 남편(南便) 곡간은 열간이옵고, 졋터 ᄒᆡᆼ낭ᄎᆡ 잇스되 ᄯᅩ두말집[34]으로 지여 마름[35]놈덜 시게 곡간 수ᄌᆞᆨ(守直)[36]ᄒᆞ라 ᄒᆞ고, 상ᄃᆞᆼ(上堂)은 두 간인ᄃᆡ 임좌병ᄒᆡᆼ(壬坐丙向)[37]이옵고, 사ᄃᆡ봉사(四代奉祀)[38]의 가묘(家廟)은 ᄒᆞᆸᄃᆞᆨ(合櫝)[39]ᄒᆞ여신이 모도 너히 될 터이요, 민의 조부가 전후취(前後娶)ᄒᆞ엿기로 수가 다셔 위(位)[40]옵고,

수다(數多)ᄒᆞᆫ 압다지[41]며 뒷다지며 ᄋᆡ장(愛藏) ᄡᅦ다지[42]며, 엇지 다 수을 세오릿가마은 그중의 옹모쒸[43]가 아홉이옵고 화륜운갑(樺榴文匣)[44]이 일곱이옵고, 수만ᄒᆞᆫ ᄡᅦ다지 중에 ᄒᆞᆫ나 잇난ᄃᆡ 가문(價文)[45]이 오만 칠천 양ᄌᆞ(糧資)[46] 되옵고, ᄯᅩᄒᆞᆫ 방위(方位) ᄎᆞ리로[47] 노와 두고, 공단(貢緞) 이불[48]이 두 치요, 유문단질[49] 이불은 쳐가소ᄃᆞᆨ(妻家所得)[50]

---

34) 꼬두말집: '꼬두'는 '곡두' 곧 환영. '말집'은 추녀를 사방으로 뼹 둘러 지은 모말 모양의 집. '꼬두말집'은 집 형상을 제대로 갖추지 못한 집을 말하는 듯함.

35) 마름: 지주를 대신하여 소작권을 관리하는 사람.

36) 수직(守直): 건물이나 물건을 맡아서 지킴. 또는 그런 사람.

37) 임좌병향(壬坐丙向): 뫼자리나 집터 따위가 임방(壬方)을 등지고 병방(丙方)을 향한 방향. 북서 방향을 등지고 남동 방향을 바라보는 방향을 말한다.

38) 사대봉사(四代奉祀): 고조・증조・조부・아버지의 사대 신주(神主)를 집안 사당에 모시는 일.

39) 합독(合櫝): 신주를 한 독안에 넣음. 또는 그 독.

40) 위(位): 신주(神主) 또는 위패(位牌)로 모신 신을 세는 단위. 조부의 부인이 둘이므로 신주가 하나 더 늘어났다는 뜻임.

41) 압다지: 앞닫이. '반닫이'의 방언. '반닫이'는 앞의 위쪽 절반이 문짝으로 되어 아래로 젖혀 여닫게 된, 궤 모양의 가구. '뒷다지'는 '앞다지'와 어울리게 지어낸 말임.

42) 빼다지: '서랍'의 방언.

43) 옹모쒸: 미상.

44) 화류문갑(樺榴文匣): 화류(樺榴)를 재료로 하여 만든 질 좋은 문갑. '화류'는 붉은빛을 띠며, 결이 곱고 몹시 단단하여 건축, 가구, 미술품 따위를 만드는 데 쓰는 고급 재료인 자단(紫檀)의 목재. '문갑'은 문서나 문구 따위를 넣어 두는 방세간.

45) 가문(價文): 값.

46) 양자(糧資): 양식과 비용을 아울러 이르는 말.

47) 방위(方位) 차리로: 음양(陰陽), 오행(五行), 간지(干支), 팔괘(八卦) 따위를 배치하여 사람의 길흉화복과 결부시킨 방향에 맞게.

48) 공단(貢緞) 이불: 두껍고 무늬가 없으며 윤기가 있는 고급 비단인 공단으로 만든 이불.

49) 유문단질: '무늬가 있는 비단으로 만든'의 뜻인 듯함.

50) 처가소득(妻家所得): 처가로부터 얻은 것.

이요, 질요강[51)]이 일곱이요 ᄃᆡ요강[52)]이 다섯시오, 모도 다 유리ᄃᆡ의 밧차 두고, 기명(器皿)[53)] 유기(鍮器)[54)] 열일곱 반상기와 동ᄂᆡ 화기(花器)[55)] 아홉 방상기 왜물(倭物)[56)] 반상기 네 벌리요, 도 ᄅᆡ양판[57)] 소양판 통영칠판(統營漆板)[58)] 놋동우[59)]며 모짐이[60)] 동고리[61)] 족결자[62)] 동경(銅鏡) 상용(常用) 빗접[63)]의 ᄃᆡ소중쇠[64)] ᄃᆡ체경(大體鏡)[65)] 소체경(小體鏡) 사방으로 거러두고, 수제(手製) 열 단 ᄂᆡ에 ᄒᆞᆫ 단은 닥근 ᄎᆡ로드 지소(紙所)[66)]에 너허두고, ᄇᆡᆨ통ᄃᆡ[67)] 간지(簡紙)[68)]난 어제야 사서 그비[69)]에 질너두고,

전곡(田穀)이 두 말리요, 콩은 일ᄇᆡᆨ셔룬 셤에 무근 콩이 셕 셤이요, 파션 쉬훈닷 셤이요, 녹두난 마훈 셤이요, 괘[70)]은 쉬훈 셤 ᄂᆡ에 무근 괘가 넉 셤이요, 돈은 사만 오쳔 양은 동편 곡간에 셤에 담아두고 일만 팔쳔 양은 가용(家用)으로 씨라 ᄒᆞ고 벽작(壁欌) 안에 너허두고, 금일ᄇᆡᆨ 양이 소인삼 열 셤이요, 우황(牛黃)[71)]이 셔 말리요, 청심환(淸心

51) 질요강: 길요강. 말이나 가마를 타고 여행할 때 가지고 다니는 놋요강.
52) 대요강: '큰 요강'의 뜻인 듯함.
53) 기명(器皿): 살림살이에 쓰는 그릇을 통틀어 이르는 말.
54) 유기(鍮器): 놋그릇.
55) 화기(花器): 꽃을 꽂는 데 쓰는 그릇. 꽃병, 수반, 꽃바구니 따위가 있음.
56) 왜물(倭物): 일본에서 수입한 물건을 낮잡아 이르는 말.
57) 래양판: '대양푼'의 잘못. 큰 양푼. 양푼은 음식을 담거나 데우는 데에 쓰는, 아가리가 넓은 그릇.
58) 통영칠판(統營漆板): 경남 통영에서 나는 질 좋은 옻칠 소반.
59) 놋동우: 놋동이. 놋쇠로 만든 동이. '동이'는 물 긷는 데 쓰는 질그릇의 하나.
60) 모짐이: 미상.
61) 동고리: 고리버들로 동글납작하게 만든 작은 고리.
62) 작결자: 미상.
63) 상용(常用) 빗접: 일상적으로 쓰는 빗접. '빗접'은 머리 빗는 기구를 담아두는 그릇.
64) 대소중쇠: 크기가 각기 다른 쇠. '쇠'는 열쇠나 자물쇠, 혹은 쇠붙이들을 통틀어 이르는 말.
65) 대체경(大體鏡): 큰 체경. '체경'은 몸 전체를 비추어 볼 수 있는 큰 거울.
66) 지소(紙所): 종이를 넣어두는 곳.
67) 백통대: 백통죽. 대통과 물부리를 백통으로 만든 담뱃대.
68) 간지(簡紙): 두껍고 품질이 좋은 편지지.
69) 그비: '고비'인 듯함. '고비'는 편지 따위를 꽂아두는 물건. 종이 따위로 주머니나 상자처럼 만들거나 종이를 '+' 자나 'x' 자 모양으로 오려서 벽에 붙임.
70) 괘: '깨'를 지칭하는 듯함.

丸)[72]이 요ᄇᆡᆨ쉬흔 ᄀᆡ요, 당쥬사[73]가 ᄒᆞᆫ 말이요, 당신황[74]이 ᄒᆞᆫ 말 서되의, 각각 문기(文記)[75] 경ᄃᆡ(鏡臺)[76]에 너허두고, 홉구릉[77] 기리 봉으쇠[78]을 ᄎᆡ와두고, 항아리 일ᄇᆡᆨ쉬흔 ᄀᆡ에 제물의 튼[79] 놋이 아홉이요, 소ᄃᆡ항[80]으로 ᄶᅡᆼ의 무더두고, 동우가 야든인ᄃᆡ 테 ᄆᆡᆫ[81] 놈이 다서시오, 기름병이 마흔인ᄃᆡ ᄒᆞ은[82] 놈이 셔시오, 식정(食鼎)이 이은 ᄎᆡ에 ᄯᆡ마진 놈[83]이 일곱이요, 남무ᄒᆞᆷ지[84] 좁박[85] 박조가리 부지기수(不知其數)요, 능운난삼(凌雲襴衫)[86] ᄇᆡᆨ시 필 ᄂᆡ에 ᄒᆡᆫ소가 셔이요, 치러이가 너히기로[87] 그젹 장의 팔너 보ᄂᆡ고, 징기난 쉬훈네 ᄎᆡ요, 빗 보습[88]은 일ᄇᆡᆨ다셧 거리요, 주며(走馬) ᄇᆡᆨ 필 ᄂᆡ에 비(痱)[89] 알는 놈이 셔이요, 괴양이이가 스물두리요, ᄀᆡ갸 야든 말리 ᄂᆡ에 ᄉᆡᆨ기 ᄇᆡᆫ 놈이 열 말리요, 도야지가 팔십여 수요, 황게(黃鷄)난 좌웅(雌雄) ᄶᅧ서 수난 세겨 어렵거이와 일곱 중ᄐᆡ[90]에 답북 차고, 오리넌 셜운 좌웅 ᄲᅦ둘기난 쉬훈 좌웅

71) 우황(牛黃): 소의 쓸개 속에 병으로 생긴 덩어리. 열을 없애고 독을 푸는 작용을 하여, 중풍, 열병, 경간(驚癎) 따위에 씀.

72) 청심환(淸心丸): 심경(心經)의 열을 푸는 환약. '우황청심환'을 줄여 청심환이라 이르기도 함.

73) 당주사: '단주(丹朱)' 혹은 '주사(朱沙)' '진사(辰沙)'를 일컫는 듯함. '진사'는 수은으로 이루어진 황화 광물로, 흔히 덩어리 모양으로 점판암, 혈암, 석회암 속에서 나며 수은의 원료, 붉은색 안료(顔料), 약재로 씀.

74) 당신황: 미상.

75) 문기(文記): 문권(文券). 땅이나 집 따위의 소유권이나 그 밖의 권리를 증명하는 문서들.

76) 경대(鏡臺): 거울을 버텨 세우고 그 아래에 화장품 따위를 넣는 서랍을 갖추어 만든 가구.

77) 홉구릉: 미상.

78) 봉으쇠: 봉쇠. '강철(鋼鐵)'의 옛말.

79) 제물의 튼: 저절로 틈이 생겨 갈라진.

80) 소대항: 작고 큰 여러 독.

81) 테 맨: 어그러지거나 깨지지 아니하도록 그릇 따위의 몸을 줄로 둘러맨.

82) ᄒᆞ은: '허연'의 방언. 다소 탁하고 흐릿하게 흰.

83) 식정이 이은 ᄎᆡ에 ᄯᆡ마진 놈: 미상.

84) 남무함지: 나무로 네모지게 짜서 만든 그릇. 함지박.

85) 좁박: '쪽박'의 방언(충남). '쪽박'은 작은 바가지를 말함.

86) 능운난삼(凌雲襴衫): 구름을 헤치고 나아가는 무늬가 있는, 혹은 구름을 헤치고 나아가는 의미가 있는 난삼. '난삼'은 조선시대에 생원이나 진사에 합격했을 때에 입던 예복.

87) ᄒᆡᆫ소가 셔이요 치러이가 너히기로: 미상.

88) 보습: 땅을 갈아 흙덩이를 일으키는 데 쓰는 농기구로 삽 모양의 쇳조각임.

89) 비(痱): 중풍 후유증으로 통증이 없으면서 한쪽 팔다리를 잘 쓰지 못하는 병.

90) 장태: 닭장을 지칭하는 듯함.

ᄣᆡ거우[91]난 열세 좌웅 ᄣᆡ을 ᄎᆞᄌᆞ 울름 울고 양피(羊皮) 비ᄌᆞ(褙子)[92] 셔른 별을 방 벽상의 거러두고,

나그 ᄌᆞ식 갑술ᄉᆡᆼ(甲戌生)은 정월 망일(望日)[93]이 ᄉᆡᆼ일인ᄃᆡ, ᄌᆡ강연[94]에 입ᄌᆞᆼ(入丈)ᄒᆞ야 운봉 최승지가 친사돈이요. 두ᄌᆡ아달 병ᄌᆞᄉᆡᆼ(丙子生)은 이월 스무잇틀날이 ᄉᆡᆼ일인ᄃᆡ, 십세 전에 입ᄒᆞᆨ(入學)ᄒᆞ아[95] 무어비리[96] 거록ᄒᆞ고, 말ᄌᆡ아달 기묘ᄉᆡᆼ(己卯生)언 사월 초십일리인ᄃᆡ ᄉᆡᆼ긴 거시 살망시럽고[97] 억지손[98]이 지금 파ᄒᆞ난[99] ᄌᆡ조 비상(非常)ᄒᆞ야 엇그저 입ᄒᆞᆨᄒᆞ고, 아달 글 가라친난 션ᄉᆡᆼ은 충청도 연일[100] 김진사가 과문육처(科文六體)[101] 잘ᄒᆞ기로 오ᄇᆡᆨ 양 페ᄇᆡᆨ(幣帛) ᄒᆞ(賀)ᄒᆞ고[102] 안치고, 민으 쳐ᄒᆡᆼ[103]은 충청도 송씨 가문인ᄃᆡ, 미으 쳐(妻)난오 약다리에 거문졈 두리 입삽고, 오른 젓통 밋ᄐᆡ 주먹만 ᄒᆞᆫ 혹이 잇기로 ᄆᆡ양 줌자리에 괴롭삽나이다.

형주[104] 민에 말리 혹 이심(疑心)이 나면 민에 사화(使喚) 강노란 놈을 불러 강문(講問)ᄒᆞ와 추호(秋毫)라도 ᄎᆞᆨ인(錯認)[105] 인난가 낫낫치

---

91) 때거우: 댓거위. '거위'의 잘못.

92) 양피(羊皮) 배자(褙子): 양가죽으로 만든 배자. '배자'는 추울 때에 부녀자들이 저고리 위에 덧입는 옷.

93) 망일(望日): 음력 보름날.

94) 재강연: 재작년.

95) 입학(入學)하야: '학질에 걸려'의 뜻인 '입학(入瘧)'일 수도 있음.

96) 무어비리: 미상. '무어비리(無語非理)'라면 올바른 이치나 도리에서 어그러진 경우가 말할 수 없이 많다는 뜻임.

97) 살망시럽고: '산망스럽고'의 잘못. '산망스럽다'는 말이나 행동이 경망하고 좀스러운 데가 있다는 뜻.

98) 억지손: 억짓손. 무리하게 억지로 해내는 솜씨.

99) 파하난: 약속 따위를 중간에서 어그러뜨리는.

100) 연일: 연일(延日)은 경북 포항의 지명이므로 '충청도 연일'이라는 표현은 잘못임.

101) 과문육체(科文六體): 문과(文科) 과거에서 시험을 보이던 시(詩)·부(賦)·표(表)·책(策)·의(義)·의(疑)의 여섯 가지 문체(文體).

102) 폐백(幣帛) 하(賀)하고: 제자(弟子)가 처음 뵙는 선생(先生)에게 올리는 예물(禮物)로써 예의를 갖추고.

103) 처행: 처(妻)의 집안 정도의 뜻인 듯함.

104) 형주: '형주(兄主)'는 '형'을 정중히 이르는 말이나, 여기서는 '성주(城主)'의 와전이라 봐야 함.

105) 착인(錯認): 오인(誤認).

통곡ᄒᆞ옵소셔."

원임 왈,

"네 형세(形勢) ᄆᆡ우 부ᄌᆞ(富者)로다."

하면서,

"져 옹가도 알외라."

ᄎᆞᆷ옹ᄉᆡᆼ원이 묵묵부답(默默不答)ᄒᆞ고 안ᄌᆞ다가 얼쳑업셔 ᄒᆞ난 말리

"횡송ᄒᆞ오나 형쥬 짐ᄌᆞᆨᄒᆞ옵소셔. 져놈이 민의 ᄒᆞᆯ 말을 제가 몬져 ᄒᆞ이 민언 과연 ᄒᆞᆯ 말삼 업나이다. 형주 집피 통촉ᄒᆞ옵소셔."

ᄒᆞ이 원임이 왈,

"네 이놈 듯거라. 그런들 ᄃᆡ조(大小) 간도 모르난 놈이 네가 옹고집이라 ᄒᆞᆫ단 말가."

참옹ᄉᆡᆼ원이 알외되,

"민이 과연 무식ᄒᆞ여 수다(數多)ᄒᆞᆫ 져답(田畓) 소경(疏耕)도 다 기록지 못ᄒᆞ고, ᄯᅩ한 ᄃᆡ소 간에 안다 ᄒᆞ여도 민이 ᄒᆞᆯ 말을 져놈이 몬져 ᄒᆞ여시이 무사가답(無辭可答)[106]이로소이다. 원임으게 자상이 진위(眞僞)얼 알외리다."

ᄒᆞ이, 원임이 호척장(戶籍帳)[107]을 ᄂᆡ어 분분ᄒᆞ되,

"내히 사조(四祖)[108]을 각기 강(講)ᄒᆞ라. 거기서 위ᄎᆡᆨ(僞策)이 나면[109] 그지난 허실(虛實) 알이라."

ᄒᆞᆫ되, 참옹ᄉᆡᆼ원 속으로 ᄉᆡᆼ각ᄒᆞ,

'다시난 무슨 말을 물으면 ᄂᆡ가 몬져 알외리라.'

중심(中心)의 면엇다가[110] 그 분분을 듯고,

---

106) 무사가답(無辭可答): 사리가 옳아 감히 무어라고 대답할 말이 없음. 여기서는 말을 하지 않는 것이 답이라는 뜻으로 쓰임.

107) 호적장(戶籍帳): '호적'은 호주(戶主)를 중심으로 하여 그 집에 속하는 사람의 본적지, 성명, 생년월일 따위의 신분에 관한 사항을 기록한 공문서.

108) 사조(四祖): 아버지, 할아버지, 증조할아버지, 외할아버지의 네 조상을 통틀어 이르는 말.

109) 위책(僞策)이 나면: 속임수임이 발견되면.

"에, 과연 형주 분분 지당(至當)ᄒᆞ여이다. ᄆᆡᄋᆞ 부명(父名)은 무숙이옵고 조부(祖父)의 명언 거 ᄌᆞ와 무슨 ᄌᆞ건마난 허 촘 모르겄고 증조(曾祖)의 명언 허 이져버렷고 ᄂᆡ 촘 갑갑ᄒᆞ여 죽겄고."

돌탄(咄嘆)할[111] 제 원임이 왈,

"네 이놈 그밧기 모르난다?"

"예. ᄯᅩ 알외리다. 민은 쳐힝은 회덕(懷德) 숑시(宋氏) 가문인ᄃᆡ 쳐부(妻父)의 자(字)은 여쳡이옵고 ᄒᆞ나이다."

원임이 홰을 펼적 ᄂᆡ여,

"너다려 자을 알뢰라야. 일홈을 알외라."

ᄒᆞ이,

"에. 일홈은 과연 모로겄나이다."

원임이 왈,

"네 그밧기 모르겄나야?"

참옹싱원이,

"무식ᄒᆞ여 그밧기 모르나이다."

이러홀 제 집옹싱원 왈칵 달여드러 알외되,

"저놈이 아낙리ᄒᆞ것만은[112] 남으 일홈을 엇지 알외릿가. 글노 통촉ᄒᆞ옵닌ᄃᆡ 진위(眞僞)을 엇지 만탕치[113] 못ᄒᆞ릿가. 호젹중을 형쥬 젼의 놋코 민이 알외겄나이다."

ᄒᆞ며,

"민이 부친의 명은 과연 져놈으 말과 무숙이더이다. 그놈이 남의 일홈을 귀동영으로[114] 듯고 아라겄이와, 민의 조부의 명은 건이러옵고

---

110) 중심(中心)의 면엇다가: '마음속에 유념해두었다가'의 뜻인 듯함.

111) 돌탄(咄嘆)할: 혀를 차며 탄식할.

112) 아낙리하것만은: 미상. 전후 문맥상 '가짜'라는 뜻이거나 '다른 사람을 사칭한다'는 뜻일 것임.

113) 만탕치: 마땅치. 이치를 따져 마땅히 하지.

114) 귀동영으로: 귀동냥으로. 남들이 하는 말을 얻어들어서.

증조 명은 빗날 혁ᄌᆞ(赫字) ᄒᆞᆫ 일홈이압나이다. 션조(先祖)의 이부시랑(吏部侍郞)[115]으로 뇌셩군을 봉(封)ᄒᆞ엿삽기로[116] 만인관ᄒᆡᆼ[117]을 뇌셩 이좌[118]ᄒᆞ난이다. 민이 친ᄒᆡᆼ은 과연 회덕 송씨오, 나 쳡(妾)은 명은 상욕이옵고 쳐 고조(高祖)으 면연 뒤화옵난ᄃᆡ ᄉᆡᆼ원(生員) 진사(進士)하엿삽고, 제 외조(外祖)으 셩명(姓名)은 긩진히라 하난이다."

알왼 후에,

"네 니 기 갓탄 져셕아. 네 아무리 무경조촉[119]ᄒᆞᆫ 도젹놈아, 놈무 세간을 탈취(奪取)코져 ᄒᆞ건이와 명쳔(明天)[120]이 닛거든 네 언강ᄉᆡᆼ심(焉敢生心)ᄒᆞ와[121] 그러ᄒᆞᆯ고. 형쥬 ᄌᆞ상(仔詳)히[122] 통촉ᄒᆞ옵소셔. 네 아무리 ᄒᆞᄒᆡᆼ이 무거(無據)ᄒᆞᆫ들[123] 니런 변(變)이 또 잇슬가. 만일 니가 불혹무식(不學無識)ᄒᆞ고 형쥬게옵셔 명ᄇᆡᆨ(明白)지 안이ᄒᆞ옵시면 쳔여 셕 죠흔 가산(家産)을 져 자식으겨 일을 번ᄒᆞ여ᄂᆞ이ᄃᆞ."

ᄒᆞ거날, 원임이 왈,

"분간(分揀)ᄒᆞ여신이 잡놈은 네 집으로 불너가셔 쳐ᄌᆞ(妻子)을 안존(安存)ᄒᆞ고 다산(家産)을 보존ᄒᆞ라."

ᄒᆞ면,

"셩명(姓名)을 변ᄒᆞ야 광졍(官廷)가지[124] 모란(謀亂)케 ᄒᆞᆫ이 져놈의 죄난 각별리 미우 저라."

ᄒᆞ고,

---

115) 이부시랑(吏部侍郞): 고려시대에 이부의 차관. '이부'는 조선시대에는 '이조(吏曹)'에 해당함.
116) 봉(封)하엿삽기로: 임금이 작위(爵位)나 작품(爵品)을 내려주셨기로.
117) 만인관행: 미상. 만인(萬人)의 관행(官行)인 듯함. 이부 혹은 이조(吏曹)는 관리들의 인사 문제를 맡은 관서였음.
118) 뇌셩 이좌: 미상. 천둥소리로 다스렸다는 뜻인 듯함.
119) 무경조촉: 미상. '경우 없는 도척(盜跖) 같은'의 뜻인 듯함.
120) 명천(明天): 밝은 하늘. 모든 것을 똑똑히 살피는 하느님.
121) 언감생심(焉敢生心)하와: 어찌 감히 그런 마음을 내어.
122) 자상(仔詳)히: 찬찬하고 자세하게. 인정이 넘치게.
123) 하행이 무거(無據)한들: 행실이 무거불측(無據不測)한들. 곧 성질이 말할 수 없이 흉측한들.
124) 관정(官廷)가지: 관가(官家)까지.

"이율정ᄇᆡ(依律定配)할지라. 저놈을 성틀[125] 우에 올여ᄆᆡ라."

분분 츄ᄉᆞᆼ(秋霜)갓탄어[126] 참옹싱원 ᄭᅩ두상토[127]을 동ᄃᆡᆼ이질처 ᄌᆞᆸ어 드려 성틀 우의 안저 질근 절박(結縛)ᄒᆞ야 형ᄌᆞᆼ(刑杖)[128] 곤ᄌᆞᆼ(棍杖)[129]을 좌우의 골ᄂᆞ노코 ᄃᆡ상(臺上)이서 분분 ᄂᆞ기을 기다릴 제, 원임이 분분하되,

"네 일정 젹심(賊心)이 잇셔 ᄂᆞ무 거살 탈취코ᄌᆞ 하면 칠야삼경(漆夜三更) 어둔 밤의 무수ᄇᆡᆨ병(無數白兵)으로[130] 작당(作黨)ᄒᆞ고 전곡 간에 도젹ᄒᆞ야 영히 업시 도망ᄒᆞ면, 이런타시[131] 관정가지 불난(紛亂)[132]ᄒᆞ게 ᄒᆞ이 각별리 ᄆᆡ우 쳐라."

분분ᄒᆞᆫ이 저 사령놈 거동 보소. 오른팔을 얼메고션[133] 진퇴(進退)ᄂᆡ여[134] 달여드러 무수이 ᄯᅮ다리 급ᄌᆞᆼ(及唱)[135] 소ᄅᆡ 놉지 나면 형ᄌᆞᆼ(刑杖)으로 ᄯᅡᆨ 붓칠 제, 유혈낭ᄌᆞ(流血狼藉)ᄒᆞ이 ᄎᆞᆷ옹싱원 거동 보소. 울면서 ᄒᆞ난 말리,

"원슈로다 원슈로다. 부ᄌᆞ득병(富者得病) 워수로다. 혈혈(孑孑)리[136] 모든 세간을 다 아시니, 고분(孤憤)[137] 벽사창(碧紗窓)[138] 조흔 방의 요조슉여(窈窕淑女) 우리 안ᄒᆡ 무서불측(無據不測) 져 잡놈 흉기 사단 말

125) 성틀: 형틀. 죄인을 신문할 때에 앉히던 형구.
126) 추상(秋霜)같아: 호령 따위가 위엄이 있고 서슬이 푸르러서.
127) 꼬두상토: '꼭뒤상투'의 잘못. '꼭뒤상투'는 뒤통수 한가운데에 튼 상투를 말함.
128) 형장(刑杖): 죄인을 신문할 때에 쓰던 몽둥이.
129) 곤장(棍杖): 죄인의 볼기를 치던 형구. 또는 그 형벌. 버드나무로 넓적하고 길게 만들었음.
130) 무수백병(無數白兵)으로: 수많은 사람들과 무기들로써. 혹은 칼이나 창을 든 많은 사람들을 동원하여.
131) 이런타시: 이렇듯이. 여기서는 진짜 옹고집 행세를 하는 일이, 작당하여 전곡을 도적질하는 일과 다름없다는 뜻인 듯함.
132) 분란(紛亂): 어수선하고 소란스러움.
133) 얼메고션: 얽어매고선.
134) 진퇴(進退)내어: 앞으로 갔다 뒤로 갔다 하여.
135) 급창(及唱): 조선시대에 군아에 속하여 원의 명령을 간접으로 받아 큰 소리로 전달하는 일을 맡아보던 사내종.
136) 혈혈(孑孑)리: 몸 하나만 남기고.
137) 고분(孤憤): 홀로 분하게 여김.
138) 벽사창(碧紗窓): 짙푸른 빛깔의 비단을 바른 창.

가. 절통(切痛)ᄒᆞ다 ᄂᆡ의 ᄌᆞ식과 며나리덜 혹기 문안 다이면서 공연ᄒᆞᆫ 놈다려 ᄋᆡ비라고 불을 적에, 모모이[139] ᄉᆡᆼ각ᄒᆞ면 각골분통(刻骨憤痛)ᄒᆞᆫ 이 ᄂᆡ 목몰치고[140] 기가 ᄆᆡᆨ켜 못살것다."

ᄃᆡ셩통곡(大聲痛哭)ᄒᆞᆫ이, 집옹ᄉᆡᆼ원 거동 보오. 복지(伏地)ᄒᆞ야 알외되,

"져놈이 죄(罪)난 만사무석(萬死無惜)[141]이라, 정비(定配)난 공사(姑捨)ᄒᆞ고 쥭여도 ᄆᆡᆫ의 분ᄒᆞᆫ 마음을 다 주지 못ᄒᆞ오나, 두루쳐 ᄉᆡᆼ각ᄒᆞ오면 모도 ᄆᆡᆫ의 가화(家禍) 우세슈[142]로 난 일이오니 그놈으 죄은 ᄆᆡᆫ의 운각[143]이요, ᄯᅩᄒᆞᆫ ᄆᆡᆫ의 ᄌᆡ물도 ᄒᆞᆫ 푼 제가 먹은 ᄇᆡ 업시 엄치즁장(嚴治重杖)ᄒᆞ여신니, 김작(斟酌)ᄒᆞ와 방숑(放送)ᄒᆞ면, 져도 ᄯᅩᄒᆞᆫ 사람이라 회과천션(悔過遷善)ᄒᆞ야 후일 증습(懲習)[144]될 듯시부오이, 제로 방종ᄒᆞ오면, 형주게입셔난 ᄋᆡ민션정(愛民善政)이 되옵고 ᄆᆡᆫ으게난 화린젹션(活人積善)[145]이 될 듯시푸오이다."

ᄒᆞᆫ이 원임이 분분ᄒᆞ되,

"너난 참으로 ᄃᆡ인군자(大人君子)로다. 후록(厚祿)[146]에 잇스리라."

139) 모모이: 이런 면 저런 면마다.
140) 목몰치고: 미상.
141) 만사무석(萬死無惜): 만 번 죽어도 아까울 것이 없음.
142) 우세수: 남에게서 비웃음을 당할 운수.
143) 운각: 미상. 자신의 운(運)에 따른 일이라는 뜻인 듯함.
144) 징습(懲習): 못된 버릇을 징계함.
145) 활인적선(活人積善): 활인적덕(活人積德). 사람의 목숨을 살려 음덕을 쌓음.
146) 후록(厚祿): 많은 녹봉. 여기서는 '대인군자에 걸맞은 보답을 받으리라'는 정도의 뜻으로 쓰임.

ᄒᆞ고, 슈죄(受罪)ᄒᆞᆫ이 둘 다 물너나와 집옹가난 밍낭촌을로 힝ᄒᆞ고.

가련코 불상ᄒᆞ다. ᄎᆞᆷ옹가난 부지소힝(不知所行) 정쳐(定處) 업다. 어ᄃᆡ로 갈 쥴 몰나 쥬져쥬져홀 ᄃᆡ의 집옹싱원 거동 보소. 참옹가다려 ᄒᆞ난 말리,

"아셔라 허물 말고 너 갈 ᄃᆡ 업스면 불힝(不幸)ᄒᆞᆫ 직심(直心)은 회과(悔過)호고[1] ᄂᆡ 집으로 가셔 우마(牛馬)나 거두고 사환(使喚) 체로 잇스면 네 일신이 으탁(依託)이 될 거시이 가ᄌᆞ. ᄂᆡ의 종연 츈단이란 연이 연젼(年前)의 상부(喪夫)ᄒᆞ고 측 작비(作配) 못ᄒᆞ여시이, 네가 다리고 살면 엇더ᄒᆞ요? 네 송힝(所行)을 싱각ᄒᆞ면 그도 못 될 리이나, 불상ᄒᆞ물 싱각ᄒᆞᆫ 일이나 아모조록 ᄀᆡ과(改過)하야 잇스라."

ᄒᆞ이, ᄎᆞᆷ옹싱원 분기등등(憤氣騰騰)ᄒᆞᆫ 즁의 더혹 이럿터시 조록(嘲弄)가지 ᄒᆞᆫ이 분분(忿憤)[2]ᄒᆞ여 묵묵부답(默默不答)ᄒᆞ고 도라셔셔 가거날, 집

1) 불행(不幸)한 직심(直心)은 회과(悔過)하고: 불행한 일은 곧은 마음으로 잘못을 뉘우치고.

2) 분분(忿憤): 분하고 원통하게 여김.

옹가 반만 웃고 집으로 도라와셔 바로 ᄂᆡ정(內庭)으로 드러가이 쳐자권속(妻子眷屬)이 ᄂᆡ다라 손을 잡드러간이,

"쳔(天)도 무심치 아이ᄒᆞ기로 ᄂᆡ의 조흔 형세(形勢)[3]와 쳐ᄌᆞ을 아시지 아니ᄒᆞ엿다."

득송(得訟)ᄒᆞᆫ ᄂᆡ력을 말ᄒᆞ이 쳐ᄌᆞ권속이며 ᄉᆞᆼᄒᆞ노복(上下奴僕) 등이 춤옹가로 알고, 만으ᄅᆡ난,

"우리 셔방임이 그런 고ᄉᆞᆼ이 ᄯᅩ 잇슬가."

못아달 나셔면,

"그런 ᄀᆡ 가탄 잡ᄌᆞ식의게 아부지가 큰 봉ᄌᆡ(逢災)을 보왓."

노복종이며 마을사람더리 다 층촌ᄒᆞ거날. 집옹생원이.

"ᄂᆡ가 혈혈단신(孑孑單身)으로 젹수셩가(赤手成家)ᄒᆞ엿기로 젼곡(錢穀)간에 과연 ᄋᆡᆨ길 쥴만 아라던이, ᄂᆡ빈왕ᄀᆡᆨ(來賓往客) 졉ᄃᆡ상(接待床)과 만가(萬家)동영 유결ᄑᆡ(流乞牌)[4]을 강독(强毒)이 박ᄃᆡ(薄待)ᄒᆞ여던이, 인심부득(人心不得) 절노 되야 이런 ᄌᆡ변이 난 듯시푸온이, 사람 되고 ᄀᆡ과쳔션(改過遷善) 못ᄒᆞᆯ소야. 오날보틈 ᄌᆡ물과 곡식을 흣치 활린구제(活人救濟)ᄒᆞ리라."

전곡 간을 흣터 사방에 구ᄎᆞ(苟且)ᄒᆞᆫ[5] 사람을 구제ᄒᆞᆫ단 말리 낭ᄌᆞᄒᆞᆫ이, 팔도 유결ᄑᆡ와 각졀 유결승(流乞僧)이 구름 못듯 ᄒᆞ와 모와드이, ᄇᆡᆨ양 돈 쳔양 돈을 흣쳐 쥬이 옹ᄉᆡᆼ원은 인심 조탄 마리 낭ᄌᆞᄒᆞ더라.

ᄒᆞ네난[6] 쥬호(酒肴)[7]얼 낭ᄌᆞ(狼藉)케 족만ᄒᆞ고, 원근(遠近)에 모모(某某)ᄒᆞᆫ[8] 친고면 사방 사람을 쳥좌(請坐)ᄒᆞ여 ᄃᆡ연(大宴)을 ᄇᆡ셜(排設)ᄒᆞᆯ제,

3) 형세(形勢): 살림살이의 형편. 여기서는 가산(家産)을 뜻함.
4) 유결패(流乞牌): 거지의 무리.
5) 구차(苟且)한: 살림이 몹시 가난한.
6) 하네난: '하루는' 정도의 뜻인 듯함.
7) 주효(酒肴): 술과 안주.
8) 모모(某某)한: 아무아무라고 손꼽을 만한. 또는 그만큼 저명한.

잇ᄯᅢ의 참옹가 전젼걸식(轉轉乞食)ᄒᆞ다가 ᄆᆡᆼ낭촌 옹ᄉᆡᆼ원 화린구제ᄒᆞᆫ단 말 듯고 분심(忿心)으로 ᄒᆞ난 마리,

'나무 ᄌᆡ물 갓고 제 마음ᄃᆡ로 쓰난 놈언 엇던 놈의 팔ᄌᆞ이런고. 차좀 ᄎᆞ자가셔 ᄂᆡ 집 망즁(亡終) 보고 절항(結項)[9]ᄒᆞ여 쥭ᄌᆞ.'

ᄒᆞ고, 쥭ᄌᆞᆼ망혜(竹杖芒鞋)[10]로 ᄎᆞ자갈 제, 집옹가 도쥴 보고 근쳐으 참옹가 온 줄 알고 사환을 분분ᄒᆞ되,

"오날 큰 존치의 음식도 낭ᄌᆞᄒᆞ고 거린도 만ᄒᆞᆯ 제, 타일(他日) 쳔(賤)이 닷토던 거짓 옹가놈이 ᄇᆡ도 곱주고 기ᄒᆞᆫ(飢寒)을 전ᄃᆡ지 못ᄒᆞ야 전전걸식 다일 제, 존치 소문을 듯고 마을 근쳐에 왓스나 참아 못 드러오난가 시주오이, 네의 등은 가셔 다려오라. 일변 ᄉᆡᆼ각ᄒᆞ면 되도 못ᄒᆞᆯ 일 ᄒᆞ다가 중장(重杖)만 만져슨이 불상ᄒᆞ다."

사환 등이 영을 듯고 사방으로 나가보오이 과연 마을 뒷잔등[11]에 안자, 잔치 ᄒᆞ난 ᄃᆡ을 보고 눈물을 흘이고 안ᄌᆞ거날, ᄉᆞ환더리 바로 가셔 엉겁절에 ᄇᆡ례(拜禮)ᄒᆞ고 무안ᄒᆞ이. 슬프다. 옹ᄉᆡᆼ원이 ᄃᆡ셩통곡 절노 난다. 사환더리 가ᄌᆞ ᄒᆞ이,

"갈 마음 젼이 업다."

여러 놈이 부츅ᄒᆞ여 드러가셔 좌상(座上)[12]에 안치이, 집옹가 이러셔며 인사 후에,

"네 드려라. 형세 잇셔 조타 ᄒᆞ난 거시, 화린구제ᄒᆞ야 만인젹션(萬人積善)잇 그듬이거날,[13] 쳐여 셕 거부(巨富)로셔 쳣지로난 부모 박ᄃᆡ(薄待)ᄒᆞ이 세상에 용납지 못ᄒᆞᆯ 놈이요, 둣ᄎᆡ난 유걸산승 욕비인이 불도

---

9) 결항(結項): 목숨을 끊기 위해 목을 매어 닮.

10) 죽장망혜(竹杖芒鞋): 대지팡이와 짚신이란 뜻으로, 먼 길을 떠날 때의 아주 간편한 차림새를 이르는 말.

11) 뒷잔등: 뒷산등성이.

12) 좌상(座上): 여러 사람이 모인 자리. 혹은 여러 사람이 모인 자리에서 가장 나이가 많거나 으뜸가는 사람.

13) 만인적선(萬人積善)잇 그듬이거날: 세상 사람들에게 선을 쌓는 것이 으뜸이거늘.

(佛道)가 엇지 허사리요. 우리 절 도승(道僧)이 날을 보ᄂᆡ여 묘하신 불법으로 가라쳐셔 너의 죄목을 ᄌᆞ바 아조 아조 쥭여 세상의 네히 영힝ᄌᆞ죄[14] 업게 ᄒᆞ야 셰상 사람으게 모범이 되게 ᄒᆞᄅᆞ ᄒᆞ시거날, 너날 ᄃᆞ시 셰상에 ᄂᆡ여 보ᄂᆡ게난 ᄂᆡ으 어진 용심(用心)[15]으로 술일 거시이, 이만ᄒᆞ도 후싱(後生)으게 너 갓탄 힝실알 즁습이 될 듯시주온이 니후난 아쏘록 ᄀᆡ과ᄒᆞ라."

ᄒᆞ고, 좌상에 ᄂᆞ ᄋᆞᆫ지면 문득 자빠진이 허슈아비 출베집 뭇[16]시라.

일 좌상이 ᄃᆞ 놀ᄂᆡ여 공골ᄒᆞ고,[17] 옹싱원이 니날보틈 ᄀᆡ고쳔션ᄒᆞ여 세상에 젼ᄒᆞ 일기친쳑(一家親戚)이면 원근친고(遠近親故) ᄉᆞ람으제 인심을 쥬장ᄒᆞ니, 옹싱원의 인심을 만만세(萬萬歲)우 젼ᄒᆞ더라.

---

14) 자죄: 자최. '자취'의 옛말.
15) 용심(用心): 정성스레 마음을 씀.
16) 뭇: 짚, 장작, 채소 따위의 작은 묶음을 세는 단위. 한 뭇이라는 뜻임.
17) 공골하고: 공고(公告)를 하고. 세상에 널리 알리고.

해설

선악과 빈부의 세계를 넘어서

제비와 박씨의 세계, 『흥보전』

『흥보전』은 조선 후기에 발생하여 널리 불린 판소리 작품이면서 오늘날에도 우리에게 친숙한 고전 작품 중 하나이다. 판소리 계열 작품이 대체로 그러하듯 『흥보전』도 기존 설화로부터 제재를 취했다. 『흥보전』의 핵심 서사라 할 수 있을, 인물의 선악善惡이 빈부貧富의 결과를 낳는다는 내용은, 이미 설화 단계에서 지니고 있던 것이라 보아도 무방하다. 『흥보전』의 표층적 주제를 권선징악 혹은 형제 간 우애 회복이라 할 수 있는 것도 이 때문이다. 19세기 후반의 인물 정현석이 "박타령은 형은 어질고 동생은 욕심쟁이인 이야기이니 이는 우애를 권장하는 내용이다"라고 한 것도 이 점을 지적한 것이다. 그러나 『흥보전』을 제대로 이해하고 감상하기 위해서는 이러한 선악, 빈부의 대립이 조선 후기 사회의 맥락 속에 놓이면서 당대의 심각한 문제를 담아낼 수 있었다는 점까지 파악해야 한다.

『흥보전』의 배경이라 할 수 있는 조선 후기는 신분 외에 경제력이 인간을 평가하는 중요한 기준이 된 시대였다. 하층 신분 출신이라 하더라도 부자가 될 수 있었으며, 그중에는 경제적 가치를 지상至上의 가치로 여기고 부자가 되기 위해 수단과 방법을 가리지 않는 이들도 등장했다. 반면, 몇 해에 걸친 흉년으로 인해 자신의 농토를 잃어버리고 소작을 하거나 수탈 등의 이유로 그마저도 하지 못해 빈민貧民으로 추락하는 이들도 나타났다. 국가 차원의 경제력과도 관련되는 문제이지만, 대체로 부익부富益富는 빈익빈貧益貧과 병행하는 현상이라 할 수 있다. 이러한 조선 후기의 사회상을 선악과 빈부의 대립 구조로 실감 나게 포착한 것이 바로 『흥보전』인 것이다.

당위의 논리에 따르면, 선한 사람이 부자가 되어야 하고 악인은 그렇게 되어서는 안 된다. 하지만 현실에서는, 선한 사람은 하루의 안녕을 기약할 수 없을 정도로 가난하게 사는 반면 악한 사람은 거부巨富가 되어 있다. 이는 문제적 현상이다. 『흥보전』의 작자는 선악과 빈부의 이러한 어긋난 관계를 통해 현실의 문제성을 폭로한다. 그러나 실제 현실 속에서 그 문제를 바로잡을 수 있었던 것은 아니었다. 『흥보전』의 작자가 제비와 박씨라는 초월적 설정을 통해, 그리고 박 타는 대목에 마련된 환상을 통해 문학적 해결을 시도한 것도 그 때문이다. 꿈과 소망의 세계, 당위의 세계는 위안의 세계이기도 하다. 당대의 청중 혹은 독자는 흥보박 속에서 나오는 돈, 쌀, 비단 등을 통해 간접적으로나마 포만감을 맛보았을 것이고, 박 속에서 나온 존재들에 의해 놀보가 패망을 당하는 장면에서는 쾌재를 불렀을 것이다.

그런데 판소리 장르의 유동적 특성 때문에 『흥보전』의 등장 인물들의 형상도 조금씩 변해간 것으로 파악된다. 놀보는 심술궂은 악인이기는 하나 선진적 경제관의 소유자라는 점이 부각되어갔다. 반면 흥보는 점차 빈민의 대열에 새롭게 편입된 몰락 양반의 형상까지 내포하면서 착하기는 하나 화폐 경제라는 새로운 환경에 적응하지 못하는 무능한 모습도 첨가되어갔다. 그에 따라 홍보와 놀보의 대립보다는, 아무리 노력해도 면할 수 없었던 홍보의 궁핍상이 서사의 중심이 되어갔다. 직접적으로 홍보를 그렇게 만든 것은 놀보였지만, 어떠한 품팔이를 해도 홍보가 궁핍으로부터 벗어날 수 없었던 것은 당대 사회의 구조적 모순에 기인하기 때문이었다.

『홍보전』은 이처럼 화폐 경제로 치닫던 조선 후기를 배경으로 하여 가치관이 전혀 다른 두 인물의 삶을 추적하면서 당대의 사회경제적 동향에 대해 예리한 현실 인식을 보여준 작품이다. 기존 연구들에서도 이에 대해서는 합의를 보고 있는 것 같다. 그간의 『홍보전』 연구에서는 형성, 이본, 사설 구성, 당대 현실과의 대응성, 현대적 수용 등의 문제를 지속적으로 다루어왔는데, 특히 주제 문제는 이러한 논의들을 집약하는 핵심이었다. 이 문제와 관련해 개과천선, 권선징악, 우애 등 표층적 차원의 주제를 읽어내기도 했고, 수탈 계층과 피탈 계층의 대립 구도를 의미 있다고 보기도 했으며, 전도된 사회 현실의 모순에 초점을 맞추어 작품을 해석하기도 했다. 그리고 빈민의 생존, 부에 대한 열망 등을 더 중요시한 논의들도 있었으며, 근래에는 공동체 윤리, 생태론적 인식 등을 작품의 주요 함의로 거론하는 경우도 발견된다. 이러한 논의들은, 작품을 읽어내는 관점에는 약간의 차이가 있을지 모르나, 『홍보전』이 당대 사회에 대한 예리한 현실 인식을 담은 작품이라는 점에 대해서는 동의하고 있다고 봐야 할 것이다.

『홍보전』은 현재까지 전승되고 있는 여타 판소리 작품에 비하면 이본이 그리 많은 편은 아니다. 이본 간의 변이 또한 여타 판소리 작품에 비해 다양하다고까지 말할 수는 없다. 하지만 그렇다고 해서 의미 있는 변이가 발견되지 않는 것은 아니다. 본서에서 하버드대 연경도서관 소장본 『홍보전』과 정광수 창본 『홍보가』를 택해 역주한 것도 이 점을 고려한 것이다.

하버드대 연경도서관 소장본 『흥보전』은 이상택 교수에 의해 국내에 소개된 필사본이다. 이 이본은 이상택 편, 『해외수일본 한국고소설총서』 1(태학사, 1998)에 영인되어 있다. 이 이본의 안표지에는 '흥보타령이라瓢歌 一名 朴打詠'이라는 제명과 함께 '癸丑六月二十一日김횡길칙을본을밧고/丁酉十一月初五日필집유하노라/칙쥬 교본소쥬라/칙중 도합오십일중이라'는 필사 간기가 있다. 분명히 단정지어 말하기는 어려우나, 이에 따르면 이 이본의 필사 연도는 1897년이며 그 저본이 된 것은 1853년에 필사된(?) 한 이본이다. 만약 이 필사기가 정확하다면 이 이본은 19세기 중엽 혹은 그 이전의 『흥보전』 실상을 간직하고 있는 중요한 이본이 된다.

이 이본에서 놀보는 심술궂은 악인의 형상을 지닌다. 한 푼도 주지 않고 동생을 쫓아낸 후 그곳을 지나가며 조롱하고 있고, 부자가 된 흥보의 집을 방문했을 때에도 행패를 부림은 물론 비속한 언사를 서슴지 않는다. 이 이본의 놀보 박 타는 대목에서도 놀보가 패망하는 모습이 서민의 시각에서 흥미롭게 그려지고 있으며 흥보가 놀보를 포용하는 장면은 없다. 반면 흥보는 착한 서민으로서의 형상을 지닌다. 특히 매품을 팔려다가 실패하는 장면이 주목되는데, 여기서 흥보는 볼기를 맞으러 갔다가 자신보다 더 가난한 사람들에게 차례가 밀려서 그냥 돌아오는 것으로 되어 있다. 더 면밀히 따져봐야겠지만 이 연경도서관 소장본은 신재효 개작 이전의 이본이면서 당대 『흥보가』와도 모종의 관련을 지니는 이본이라 생각된다.

정광수丁珖秀 창본 『흥보가』는 정광수 자신의 사설본으로 『전통문화오가사전집』(문원사, 1986)에 실려 있다. 현재 전승되는 『흥보가』는 송만갑 바디 동편제와 정창업으로부터 김창환에게 이어진 서편제로 대별된다. 그중 정광수는 어렸을 때 그의 조부인 정창업으로부터 배웠다가 그가 타계하자 당대 서편제 명창 김창환을 찾아가 주로 김봉학으로부터 『홍보가』를 배운 것으로 알려져 있다. 현전 창본 중에는 놀보가 박 타는 대목을 부르지 않는 경우도 있지만, 이 창본은 그렇지 않다.

이 창본에서도 역시 놀보는 심술궂은 악인의 형상을 지니고 있다. 하지만 동생을 쫓아내는 데 그 나름의 최소한의 근거는 내세우고 있는 점이 앞의 연경도서관본과는 다르다. 또한 상대적으로 놀보 박의 개수가 적고, 홍보가 장비에게 빌어 놀보의 용서를 이끌어내고 있다는 점도 다른 점이다. 그리고 홍보는 여전히 착한 서민의 형상을 지니고 있으면서도 자의식이 강한 인물로 나온다. 홍보가 옆집 꾀수 애비에게 발등걸이를 당해 매품팔이에 실패하고 마지막 남은 희망이라 할 수 있던 형으로부터도 아무 도움을 받지 못하자, 홍보 부부는 극단적인 행동을 취하려고도 한다. 그때 중이 등장하여 집터를 마련해주는데, 이 장면은 연경도서관본에는 없는 장면이다. 이처럼 장면 단위로 두 이본을 비교하며 읽으면 흥미로운 점들을 발견할 수 있을 것이다.

오늘날에도 『홍보전』은 끊임없이 재평가되고 재창작되고 있다. 이 과정에서 가장 큰 쟁점은 홍보와 놀보의 인물 평가 문제일 것이다. 『홍보전』 이야기의 근간 틀 차원에서는, 홍보는 긍정적인 인물로 놀보는 부정적인 인물로 규정된다. 하지만 자본주의 논리가 지배하는 사회 속에 두 인물을 놓고 보면 그 평가를 일관되게 내리기 어려워진다. 한 연구자의 언급처럼 이익사회적 능률주의의 편에서 보는가 아니면 공동사회적 정의주의情誼主義 편에서 보는가에 따라 평가가 얼마든지 달라질 수 있기 때문이다. 오늘날에도 두 인물은 우리 주변에 살아 있다. 어떻게 보면, 우리 근대인들은 실제로는 놀보처럼 살면서(혹은 살아야 하면서) 겉으로는 홍보임을 가장하는(혹은 가장해야 하는) 존재들인지도 모른다.

『옹고집전』, 흥보 없는 '놀보전'

『옹고집전』은 19세기 중엽까지는 판소리로 불렸으나 언젠가부터 더 이상 판소리로 불리지 않게 되어 오늘날에는 필사본으로만 전하고 있는 작품이다. 판소리 작품으로서의 『옹고집타령』의 면모는 19세기 중엽 송만재가 지은 『관우희』 제17수(옹생원이 가짜 허수아비와 싸운다는雍生員鬪一芻偶 / 맹랑한 이야기가 맹랑촌에 전하네孟浪談傳孟浪村 / 부처님의 부적이 아니었다면丹籙若非金佛力 / 진짜 가짜를 누가 끝내 알아내었으랴疑眞疑假竟誰分)를 통해 간접적으로 추측할 수 있다. 이에 따르면 그때의 『옹고집타령』은 맹랑촌을 배경으로 하여 생원 옹고집이 가짜 옹고집과 진가眞假 쟁투爭鬪를 벌였으며 부처의 영험이 담긴 부적에 의해 사건이 해결된다는 내용을 지니고 있었음을 알 수 있다. 그렇다면 기본 줄거리는 판소리 『옹고집타령』과 오늘날 전하는 『옹고집전』이 크게 다르지 않다고 봐도 무방할 것이다.

『옹고집전』에 대한 그간의 연구는 근원설화 연구, 이본 연구, 작품 구조와 의미 연구 등의 단계를 밟아왔다. 근원설화 연구를 통해서 장자못전설, 쥐설화, 김경쟁주설화金慶爭主說話, 이리이샤설화, 조선 중기에 실제 있었던 유연柳淵 옥사獄事 등이 『옹고집전』의 소재적 원천으로 제시된 바 있다. 이본 발굴 및 계통 연구에서는 11종의 이본이 소개·계열화된 바 있으며, 옹고집 개과천선 과정에 초점을 맞춰 작품 구조에 대한 연구도 수행되었다. 작품 의미 연구 면에서는 풍자적 시각에서 서민의 현실 인식을 읽어내려 한 것, 작품 배경으로서의 불교사상을 염두에 두고 시대적 우의를 읽어내려 한 것, 조선 후기 향촌 사회의 동향과 관련하여 작품의 시대적 의미를 읽어내려 한 것 등이 주목된다. 근래에는 문화적 관점, 비교문학적 관점에 입각한 연구가 이어지고 있다.

『옹고집전』 이해의 관건은 주인공인 옹고집이 어떤 인물인가 하는 점이다. 이본에 따라 차이가 있기는 하지만, 현전 이본들에서 옹고집은 노모, 부친, 장모를 박대하고 심지어 부인까지 축출하고, 시주하러 온 중들을 학대하는가 하면 죄 없는 백성들에게 형벌을 가하는 등 예외 없이 부정적인 인물로 그려진다. 이에 따르면 옹고집은 성격적으로 문제점이 많은 인물이라 할 수 있다. 그런데 이런 옹고집이 만만치 않은 부를 축적했을 뿐 아니라 사회적 지위도 어느 정도 갖췄다는 점에 주목하지 않을 수 없다.

옹고집의 재산 규모는, 송사 때 진가眞假의 판정을 위해 각자 자신의 재산 내역을 진술하는 대목을 통해 알 수 있다. 판소리 특유의 장면 극대화 문법을 고려한다 하더라도 옹고집이 진술하는 재산의 규모는, 많은 논밭, 커다란 집, 값비싼 세간, 수많은 하인, 창고에 쌓인 곡식, 가축 등 엄청난 것이었다. 옹고집은 대지주이자 부농富農이며 그중에서도 최상위에 속하는 인물이었다 할 수 있을 것이다. 이러한 재산을 옹고집은 어떻게 축적했으며 또한 어떻게 유지해나갔을까. 일단, 불우한 환경에서 자라 혈혈단신孑孑單身으로 집안을 일으켰다는 언급이 이본에 따라 더러 발견되는 것으로 미루어볼 때 옹고집은 자수성가自手成家한 인물이었을 것으로 추측된다. 그 많은 재산을 유지하거나 불려가는 방법도 일부 이본에 제시되어 있다. 박순호 소장 30장본 『옹고집젼이라』에는 자신의 땅을 소작농에게 빌려주어 지대地代를 받으려 하는 부분이 있으며, 강전섭 소장 『옹고집전권지단리라』에는 가난한 양반이 도문到門, 과거에 급제하여 홍패를 받아 집에 돌아오던 일 잔치에 쓸 비용을 마련하기 위해 내어놓은 논밭을 헐값에 샀다는 언급이 있다. 옹고집이 재산을 늘려간 것은 이처럼 사회적 약자와의 관계를 통해서였다. 그렇다면 그것은 수탈의 형태를 띨 가능성이 높았다.

이러한 커다란 규모의 재산을 지닌 옹고집의 신분은 어땠을까. 『옹고집전』 이본들에서는 좌수 혹은 생원으로 설정된 경우가 대부분이므로 그의 신분은 표면적으로는 양반이라 볼 수 있을 것이다. 하지만 그렇게 보기만은 어렵다. 송사 때 옹고집에 의해 진술되는 그의 가계가 근본 없는 것으로 설정된 이본들도 있기 때문이다. 예컨대 박순호본 『용싱원전』처럼 고조 이름은 용숑, 증조는 망숑, 조부는 승숑이라 진술되는 경우가 그러하다. 그렇다면 옹고집은 애초에 근본 없는 집안 출신이었을 가능성이 높다. 생원 혹은 좌수는 그가 자신의 경제력을 바탕으로 후천적으로 획득한 지위일 것이다. 옹고집은 조선 후기 새로운 세력으로 등장했던 부민富民의 일원이었던 것이다. 이러한 점에서 옹고집은 놀보와 상통하는 점이 많다. 어떻게 보면 『옹고집전』은 흥보 없는 『놀보전』이라 할 수도 있을 것이다.

그렇다면 『옹고집전』의 서술자가 이러한 부민 옹고집을 부정적인 인물로 보고 계도의 대상으로 삼고 있는 이유는 무엇일까. 사건의 발단이 중을 학대한 데 있고 도승이 가짜 옹고집을 만든 것이 그 일에 대한 복수이자 징계의 성격을 띠고 있는 것으로 보아 일차적으로는 불교적 깨우침을 의도했기 때문이라 볼 수 있다. 하지만 『옹고집전』은 한 개 이본 정도를 제외한다면 초월적 영험에 서술의 초점을 맞추고 있지 않으며 작품의 결구도 불교 옹호로까지 이어지지는 않는다. 옹고집이 계도의 대상이 되어야 한다고 보는 진짜 이유는 그가 부민이면서도 반인륜적이고 반사회적인 행동을 한다는 데서 찾아야 할 것이다. 놀보가 그렇듯 성격적 결함을 지닌 자가 부자가 되어서는 안 된다. 더구나 그의 부가 약한 자의 수탈을 통해 유지되고 있다면 그것은 어떤 일이 있어도 용납될 수 없다. 만약 그렇다면 그의 부는 사회에 환원되어야 한다. 박순호 소장 30장본 『옹고집전이라』 결말 부분에서 가짜 옹고집으로 하여금 재산을 흩어 활인구제活人救濟하게 하는 것도 이와 관련된다. 따라서 『옹고집전』은 사회적 지위와 부를 획득한 사람이 반드시 갖춰야 할 덕목은 바로 도덕성이라는 메시지를 담고 있는 작품이라 할 수 있다.

다만 『옹고집전』은 한 개인의 성격적 결함에 집착하는 구성 방식을 지님으로써 그와 대립하는 계층적 실체가 분명히 드러나 있지 않다는 점은 지적해두어야겠다. 물론 굳이 상정해본다면, 옹고집으로부터 수탈의 대상이 된 약자들과, 옹고집 같은 부민들과 대립적 위치에 서 있던 향반鄕班들을 거론할 수 있겠다. 이들은 각각, 토지를 소작하면서 지대를 바쳐야 했으며, 향촌 사회의 주도권 문제로 부민과 갈등을 빚던 이들이었기 때문이다. 하지만 작품 속에 이들의 의식이 분명히 드러나지는 않는다. 옹고집이 계도되어야 한다고 보는 서술자의 시각 속에 그들의 의식이 스며들어 있기는 하지만, 작품 자체는 어디까지나 도승이라는 초월적 존재를 매개로 한 간접화된 대결 양상을 취하고 있을 뿐이다. 그렇다고 해서 옹고집이 불교와 대결을 벌이고 있다고 볼 수도 없다. 『옹고집타령』이 판소리 창 전승을 유지하지 못한 것도 이 점과 관련이 없지는 않을 것이다.

앞서 언급했듯 『옹고집전』 이본은 현재 11종 정도가 전해지고 있다. 그 이본들을 검토해보면 『옹고집전』은, 옹고집의 악행으로서 중 학대만 있던 것에서 부모 학대, 장모와 부인 학대 등이 차례로 첨가되어 그 부정적 성격이 강화되는 방향으로 변모했으며, 그러한 옹고집이 파멸하는 데서 끝나는 것으로부터 개과천선에까지 나아가는 것으로 변모했음을 알 수 있다. 작중 배경도 영남의 맹랑촌으로부터 안동으로 더 구체화되어갔음도 알 수 있다. 본서에서 소개하고자 하는 박순호 소장 30장본 『옹고집젼이라』(박순호 편, 『한글필사본고소설자료총서』 36, 월촌문헌연구소 편, 오성사, 1986)는 옹고집의 악행으로 중 학대 외에 부친 학대가 첨가되어 있으며 옹고집이 회개하는 것으로 끝난다. 작중 배경도 맹랑촌으로 설정되어 있다. 따라서 이 이본은 작품 초기의 모습을 그대로 담고 있는 이본이라 할 수는 없지만 그래도 아주 후대의 이본은 아님을 알 수 있다.

모름지기 부富는 그 소유자가 그에 어울리는 도덕성과 책임 의식을 아울러 갖출 때 가치 있는 법이다. 『옹고집전』을 읽으면서, 소위 구두쇠 혹은 수전노라 불리는 인물에 대해 생각해보고, 그러한 인물이 그려진 다른 작품과 비교해보는 것도 좋을 것이다.

정충권

〖 참고문헌 〗

강한영 교주, 『신재효 판소리 사설집(全)』, 보성문화사, 1978

김진영·최동현 교주, 『흥보가』, 박이정, 2000

김진영·차충환·김동건 교주, 『흥보전』, 민속원, 2005

박순호 편, 『한글필사본고소설자료총서』 36, 월촌문헌연구소 편, 오성사, 1986

뿌리깊은나무, 『판소리 다섯 마당』, 한국브리태니커회사, 1982

이상택 편, 『海外蒐佚本 韓國古小說叢書』 1, 太學社, 1998

정광수, 『전통문화오가사전집』, 문원사, 1986

최래옥, 「(자료) 옹고집전」, 『한국학논집』 10, 한양대 한국학연구소, 1986

문학동네 한국고전문학전집을 펴내며

우리가 고전에 눈을 돌리는 것은 고전으로 회귀하기 위해서가 아니다. 한국의 고전은 고전으로서 계승된 역사가 극히 짧고 지금 이 순간에도 발견되고 있으며 심지어 어떤 작품은 저 구석에서 후대의 눈길을 간절하게 기다리고 있기도 하다. 우리의 목표는 바로 이런 한국의 고전을 귀환시키는 것이다. 그러니까 고전 안에 숨죽이며 웅크리고 있는 진리내용들을 다시 불러들이고 그것으로 이 불투명한 시대의 이정표를 삼는 것, 이것이 우리의 궁극적인 목적이다.

문학동네 한국고전문학전집은 몇몇 전문가의 연구실에 갇혀 있던 우리의 위대한 유산을 널리 공유하는 것은 물론, 우리 고전의 비판적·창조적 계승을 통해 세계문학사를 또 한번 진화시키고자 하는 강한 열망 속에서 탄생하였다. 그래서 문학동네 한국고전문학전집은 이미 익숙한 불멸의 고전은 말할 것도 없고 각 시대가 새롭게 찾아내어 힘겨운 논의 끝에 고전으로 끌어올린 작품까지를 두루 포함시켰다. 뿐만 아니라 한국 고전의 위대함을 같이 느끼기 위해 자구 하나, 단어 하나에도 세밀한 정성을 들였다. 여러 이본들을 철저히 비교하는 과정을 거쳐 정본을 획정했고, 이제까지의 모든 연구를 포괄한 각주를 달았으며, 각 작품의 품격과 분위기를 충분히 살려 현대어 텍스트를 완성했다. 이 모두가 우리의 고전을 재발명하는 것이야말로 세계문학의 인식론적 지도를 바꾸는 일이라는 소명감 덕분에 가능했음은 물론이다. 부디 한국의 고전 중 그 정수들을 한자리에 모은 문학동네 한국고전문학전집이 그간 한국의 고전을 멀리했던 독자들에게 널리 읽히고 창조적으로 계승되어 세계문학의 진화를 불러오는 우리의, 더 나아가 세계 전체의 소중한 자산으로 자리하기를 기대해본다.

문학동네 한국고전문학전집 편집위원
심경호, 장효현, 정병설, 류보선

옮긴이 **정충권**
충북대학교 사범대학 국어교육과 교수. 판소리 문학을 중심으로 하여 고전소설과 구비문학을 함께 연구하고 있다. 저서로 『판소리 사설의 연원과 변모』 『흥부전 연구』 『전통 구비문학과 근대 공연예술』 1, 2, 3(공저) 등이 있다.

한국고전문학전집 008
흥보전·흥보가·옹고집전

1판 1쇄 2010년 8월 28일
1판 4쇄 2019년 7월 29일

옮긴이 정충권 | 펴낸이 염현숙

책임편집 구민정 | 편집 임혜지 오동규 | 독자모니터 김경범 | 디자인 윤종윤 이경란 한충현 김민하
마케팅 정민호 이숙재 양서연 안남영 | 홍보 김희숙 김상만 오혜림
제작 강신은 김동욱 임현식 | 제작처 영신사

펴낸곳 (주)문학동네
출판등록 1993년 10월 22일 제406-2003-000045호
주소 10881 경기도 파주시 회동길 210
전자우편 editor@munhak.com | 대표전화 031)955-8888 | 팩스 031)955-8855
문의전화 031)955-3578(마케팅) 031)955-2671(편집)
문학동네카페 http://cafe.naver.com/mhdn | 문학동네트위터 @munhakdongne
북클럽문학동네 http://bookclubmunhak.com

ISBN 978-89-546-0897-8 04810
978-89-546-0888-6 04810 (세트)

* 이 도서의 국립중앙도서관 출판예정도서목록(CIP)은 서지정보유통지원시스템 홈페이지 (http://www.seoji.nl.go.kr)와 국가자료종합목록 구축시스템(http://kolis-net.nl.go.kr)에서 이용하실 수 있습니다. (CIP제어번호: CIP2010002859)

www.munhak.com